紅樓夢古抄本叢刊【夢稿本】

乾隆抄本百廿回紅樓夢稿

下

上海古籍出版社

第五十七回　慧紫鵑情辭試莽玉　慈姨媽愛語慰痴顰

話說寶玉听說王夫人喚他忙至前邊來原來是王夫人要帶他拜甄夫人去寶玉自是歡喜忙去換衣服跟了王夫人到
那边見其家中的形景自与榮寧不甚差别或有一二稍盛的細问果有一寶玉甄夫人留席竟日方回寶玉方信因晚
间回家来王夫人又吩咐預備上等的席面定名班的大戲請过甄夫人母女後二日他母女便不作辭回任去了無話这日
寶玉因見湘雲漸愈然後去看代玉正值代玉才歇午覺寶玉不敢驚動因紫鵑正在迴廊上手裡做針線便上
来问他昨日夜裡咳嗽的可好些紫鵑道好些了寶玉笑道阿弥陀佛寧可好了罢紫鵑笑道你也念起佛来真是新
闻寶玉笑道所謂病急亂投医了一面說一面見他穿着弹墨綾薄棉袄外面只穿着青緞夹背心寶玉便伸手向他身上摸
了摸說道穿这樣单薄还在風口裡坐着看天風饞時氣又不好你再病了越發難了紫鵑便說道從此咱們只可說話别
動手動脚的一年大二年小的叫人看着不尊重打緊的那起混賬行子們背地裡說你你總不留心还只管和小時一般行為如何使得
姑娘常常吩咐我們不叫和你說笑你近来瞧他远着你还恐远不及呢說着便起身携了針線進别房去了寶玉見了这般景况
心中忽澆了一盆冷水一般只瞅着竹子發了一回獃因祝媽正来挖笋修竿便怔怔的走出来一时魂魄失守心無所知随便坐在一塊
山石上出神不覺滴下淚来直獃了五頓飯工夫千思万想總不知如何是好偶值雪雁從王夫人房中取了人參来從此經过忽扭頭
看見桃花樹下石上一人手托着腮頰出神不是别人却是寶玉雪雁疑惑道怪冷的他一个人在这裡做什么春天凡有残疾的人都
犯病敢是他也犯了獃病了一边想一边便走过来蹲下笑道你在这裡做什么呢寶玉忽見了雪雁便說道你又作什么来找

我你难道不是女儿他既防嫌疑不许你们理我你又来寻我倘被人看見豈不又生口舌你快家去罢雪雁听了只当是他又受了
黛玉的委屈只得回至(屋裡)黛玉未醒将人参交与紫鹃々々因问他太々做什麽呢雪雁道也歇中觉(呢)所以等了这半日姐々你听笑话兒我因
等太々的工夫和玉钏兒姐々坐在下房(屋)裡說话兒谁知赵姨奶々招手兒叫我々只当有什麽话说原来他和太々告了假出去给他兄(弟)
坐夜(伴宿)明兒送殡去跟他的小丫头子小吉祥兒没衣裳要借我的(月白)缎子袄兒我想他们一般也有两件子往(這)脏地方去恐怕弄脏(壞)了自
己的捨不得穿故此借别人的(穿)借我的弄脏(壞)了也是小事只是我想他素日有什麽好处到咱们跟前所以我说了我的衣裳簪
环都是姑娘叫紫鹃姐々收着呢先得去告诉他还得回姑娘呢姑娘身病着更费大事(費多少事)误了你老人家出门不如再转借罢
紫鹃笑道你这(个)小东西倒也巧你不借给他你往我和姑娘身上推叫人怨不着你他这会子就去呀还是等明日一早才去(呢)雪雁
道这会子就去只怕此时已去了紫鹃点头雪雁道(只怕)姑娘还没醒呢是谁给了宝玉气受坐在那裡哭呢紫鹃听了忙问在那
裡呢雪雁道在沁芳亭後头桃花底下呢紫鹃听说(了)忙放下针线又嘱咐雪雁好生听叫(要)问我答应我就来说着便出
了潇湘馆一(逕)来寻宝玉走至宝玉跟前含笑说道我不过说了那两句话为的是大家好你就赌气跑了这风地裡来哭(弄)
出病来唬我宝玉忙笑道(还了得)谁赌气了我因为听你说的有理我想你们既这样说自然别人也是这样说将来渐々的都不理
我了我所以想(到這裡)自己伤心(起来了)紫鹃也便挨他坐着宝玉笑道方才对面说话你(还)走开这会子(怎麽)又来挨着我坐紫鹃道你
都忘了几日前你们姊妹(兒)两个正说话兒赵姨娘一头走进来我才听见他不在家所以我来问你正是前日你和他才说了一句
燕窝就(不說)了总没提起我正想着问你宝玉道也没什麽要紧不过我想着宝姐々也是客中既吃燕窝不可间断若

只管和他要也太托实足不便和太太要我已经在老太太跟前略露了个风声只怕老太太和凤姐姐说了我要告诉他
也竟没告诉完如今听见你一日给你们一两燕窝这也就完了紫鹃道原来是你说了这又多谢你费心我们正疑惑老太太怎
么忽然想起来叫人每一日送一两燕窝来呢这就是了宝玉笑道这要天天吃惯了吃上二三年就好了紫鹃道在这里吃惯了明年家
去那里有这闲钱吃这个宝玉听了吃了一惊忙问谁家去紫鹃道你妹妹回苏州家去宝玉笑道你又说白话苏州虽是原
籍因没了姑爹姑母无人照看才接了来的明年回去找谁可见是扯谎紫鹃冷笑道你太看小了人你们贾家独是大族人
口多的除了你家别人只许有一父一母族中真个再无人了不成我们姑娘来时原是老太太心疼他年小虽有伯叔不如亲父母故
此接来住几年大了该出阁时自然要送还林家的终不成林家的女儿在你贾家一世不成林家虽贫到没饭吃也是世代
书宦之家断不肯将他家的人丢给亲戚落人耻笑所以早则明年春天迟则秋天这里纵不送去林家亦必有人来接
的前日夜里姑娘和我说了叫我告诉你将从前小时顽的东西有他送你的叫你都打点出来还他他也将你送他的
打点在那里呢宝玉听了便如头顶上打了一个焦雷一般紫鹃看他怎么回答等了半天见他总不作声忽见晴雯找来说老太
太叫你呢谁知在这里紫鹃笑道他这里问姑娘的病症我告诉了他半天他只不信你倒拉他去罢说着自己便走回房
去了晴雯见他呆呆的一头热汗满脸紫胀忙拉他的手一直到怡红院中袭人见了这般光景慌张起来只说时气所
感热身被风扑了无奈宝玉发热事犹小可更觉两个眼珠儿直直的起来口角边津液流出皆不知觉给他个
枕头他便睡下扶他起来他便坐着倒了茶来他便吃茶众人见他这样一时忙乱起来又不敢造次去回贾母先

叫人去请李嬷嬷来一时李嬷嬷来了看了半日问他几句话也无回答用手向他脉上摸了摸嘴唇人
中上边着力掐了两下掐的指印如许来深竟也不觉疼李嬷嬷只说了一声可了不得了呀的一声便搂着放声大哭起来急的袭人忙拉他说你老人家
瞧瞧可怕不怕且告诉我们去回老太太太太去你老人家怎么先哭起来李嬷嬷捶床捣枕的说道这可不中用了我白操了一世的心了袭
人等以他年老多知所以请他来看如今见他这般一说都信以为实也都哭起来晴雯便告诉袭人方才如此这般袭
人听了便忙到潇湘馆来见紫鹃正伏侍黛玉吃药也顾不得什么便走上来问紫鹃道你才和我们宝玉说了些什么你瞧瞧
他去你回老太太去我也不管了说着便坐在椅上黛玉忽见袭人满面急怒又有泪痕举止大变更不免也慌了忙问怎么了袭人
定了一回哭道不知紫鹃姑奶奶说了些什么话那个呆子眼也直了手脚也冷了话也不说了李嬷嬷掐着也不疼了已死了大半个了连
李嬷嬷都说不中用了那里放声大哭只怕这会子都死了黛玉一听此言李嬷嬷乃久经老妪说不中用了可知必不中用了
哇的一声将所服之药一概呛出抖肠搜肺炽胃扇肝的哑声大嗽了几阵一时面红发乱目肿筋浮喘的抬不起头来紫鹃忙上来
捶背黛玉伏枕喘息了半晌推紫鹃道你不用捶你竟拿绳子来勒死我是正经紫鹃哭道我并没说什么不过是说了几
句顽话他就认真了袭人道你还不知道他那傻子每每顽话认了真黛玉道你说了什么话趁早儿去解说他只怕就
醒过来了紫鹃听说忙下了床同袭人到了怡红院谁知贾母王夫人等已都在那里了贾母一见了紫鹃便眼内出
火骂道你这小蹄子和他说了什么紫鹃忙道并没敢说什么不过说了几句顽话谁知宝玉见了紫鹃方哎
呀了一声哭出来了众人一见方都放下心来贾母便拉住紫鹃只当他得罪了宝玉所以拉住紫鹃命他赔罪谁知宝玉

玉一把拉住紫鹃死也不放说要去连我也带了去众人不解细问起来方知紫鹃说要回苏州去一句顽话引出来的贾母流泪道我当有什么要紧大事原来是这句顽话又向紫鹃道你这孩子素日是个伶俐聪敏的你又知道他有个呆根子平白的哄他做什么薛姨妈劝道宝玉本来心实可巧林姑娘又是从小儿来的他姊妹两个一处长得这么大比别的姊妹更不同这会子热刺刺的说一个去别说他是个实心的傻孩子便是冷心肠的大人也要伤心这并不是什么大病老太太和姨太太只管万安吃两剂药就好了正说着人回林之孝家的单大家的都来瞧哥儿来了贾母道难为他们想着叫他们来瞧瞧宝玉听了一个林字便满床闹起来说了不得了林家的人接他们来了快打出去罢贾母听了也忙说打出去罢又忙安慰说那不是林家的人林家的人都死绝了再没人来接他你只管放心罢宝玉哭道凭他是谁除了林妹妹都不许姓林了贾母道没姓林的来凡姓林的我都打出去了一面吩咐众人以后别叫林之孝家的进园来你们也别说林字好孩子们你们听了我这句话罢众人忙答应了又不敢笑一时宝玉又一眼看见了十锦槅子上陈设的一支金西洋自行船便指着乱叫说那不是接他们来的船来了湾在那里呢贾母忙命人拿下来袭人忙拿下来宝玉伸手要袭人递过去宝玉便掖在被中笑道这可去不成了一面说一面死拉着紫鹃不放一时人回大夫来了贾母忙命快进来王夫人薛姨妈宝钗等暂避入里间贾母便端坐在宝玉身傍王太医进来见许多的人忙上来请了贾母安拿了宝玉的手胗了一回那紫鹃少不得低了头王太医也不解何意起身说道世兄这症乃是急痛迷心古人曾云痰迷有别有气血亏柔饮食不能镕化痰迷者有怒恼中痰裹而迷者有急痛壅塞者此亦痰迷之症系急痛所至不过一时壅蔽较别的痰迷似轻贾母道你只说怕不怕谁同你背医书呢王太医忙躬身笑说不妨不妨贾母道果真不妨王太医道实在不妨都在晚生身上贾母道既如此请到外面坐开方子若药吃好了我另外

预备细谢礼叫他亲自送去磕头若(要)耽悮了我打发人去拆了太医院的大堂王太医只躬身笑说不敢〻〻他原听了说另具上
等谢礼命宝玉去磕头故满口说不敢並未听见贾母后来说拆太医院之戏语犹说不敢贾母与众人反道(到)笑了一时按方煎了
药服下去果觉比先安静无奈宝玉只不肯放紫鹃只说他去了便是要回苏州去了贾母王夫人无法只得命紫鹃守着他另
将琥珀去伏侍代玉〻〻不时遣雪雁来探(消)息这边事务尽知自己心中暗叹幸喜众人都知宝玉原有些呆气自幼是他二人亲
密如今紫鹃之戏语亦是常情宝玉之病亦非罕事因不疑到别事去晚间宝玉稍安贾母王夫人等方回房去夜还遣
人来问讯(信)几次李嬷〻带领宋妈等几个年老人用心看守紫鹃袭人晴雯等日夜相伴有时宝玉睡去必从梦中惊醒不是
哭了说代玉已去便是说有人来接每一惊时必得紫鹃安慰一番方罢彼时贾母又命将祛邪守灵丹及开窍通神散各样上方
秘制诸药按方饮服次日又服了王太医的药渐次好起来宝玉心下明白因恐紫鹃回去故或(亦不)作佯狂之态紫鹃自那日也着
实后悔如今日夜辛苦並没有怨意袭人等皆心安神定因和紫鹃笑道都是你闹的还得你来治也没见我们这(往)獃(旁)子听见风就
是雨往后怎么好且不提(按下且谈)此时湘云之症已愈天〻过来瞧看见宝玉明白了便将他病中狂态形容(信)与他瞧引
的宝玉自己伏枕而笑〻原来起(他)先那样他竟是不知的如今听人说还不信众人将紫鹃在侧宝玉又拉他的手问道你为什么
唬我紫鹃道不过是哄你顽的(罢咧)话你就认(起)真了宝玉道你说的那样有情有理如何是顽话(呢)紫鹃笑道那些〻顽话都
是我编的林家真〻没了人〻总有也是极远的族中也都不在苏州住各省流寓不定纵有人来接老太〻也必不放去(叫他)
宝玉道便老太〻放去我也不依紫鹃笑道果真你不依只怕是口(嘴)裡的话你如今也大了连亲也定下了过二三年

再娶了親你眼睛裡還有誰了寶玉聽了又驚問道誰定了親定了誰紫鵑笑道年裡我就聽見老太太說要定下

琴姑娘呢不然那麼疼他寶玉笑道人人只說我傻你比我更傻不過是句頑話他已經許給梅翰林家了果然定下了

他我還是這個形景了先是我發誓賭咒砸這勞什子你都沒勸過說我瘋了剛剛的這幾日才好了你又來慪我一面說一

面咬牙切齒的又說道我只願這會子立刻我死了把心迸出來你們瞧見了然後連皮帶骨一概都化成一股灰灰還有

形迹不如再化一股烟烟還可凝聚人還看見須得一陣大風吹的四面八方都登時散了這才好一面說一面又滾下淚來紫

鵑忙上來握他的嘴替他擦眼淚又忙笑道你不用着急這原是我心裡着急故來試你寶玉聽了更又詫異問道你

又有什麼急紫鵑笑道你知道我並不是林家的人我也和襲人鴛鴦是一夥的偏把我給了林姑娘使偏他又和

我極好比他蘇州帶來的還好十倍一時一刻我們兩個離不開我如今心裡却愁他倘或要去了我必要跟了他去的我

是合家在這裡我若不去辜負了我素日情腸若去又棄了本家所以我疑惑故設出這謊話來問你誰知你

就傻鬧起來寶玉笑道原來是你愁這個所以你是傻子從此後再別愁了我只告訴你一句趸話活着咱們一處活

着不活着咱們一處化灰化烟如何紫鵑聽了心下暗暗籌畫忽有人回環哥兒蘭哥兒來寶玉道就說難為他們我才睡

了不必進來婆子答應去了紫鵑笑道你也好了該放我回去瞧瞧我們那一個去了寶玉道正是這話我昨日就要叫你

去的偏又忘了我已經大好了你就去罷紫鵑聽說方打疊鋪蓋妝奩之類寶玉笑道我看見你文具裡頭有兩三面

鏡子你把那面小菱花的給我留下罷我擱在枕頭旁邊睡着好照明兒出門帶着也輕巧紫鵑聽說只得與他

雨下先命人将东西送过去然后别了众人自回潇湘馆领来代玉近日闻得宝玉如此形景未免又添了些病症多哭几场今见紫鹃来了问其原故已知大愈仍遣琥珀去伏侍贾母夜间人定后紫鹃已宽衣卧下之时悄向代玉笑道宝玉的心倒实是听见偺们去就那样起来代玉不答紫鹃停了半晌自言自语的说道一动不如一静我们这里就算好人家别的都容易最难得的是从小儿一处长大脾气情性都彼此知道的了代玉啐道你这几天还不乏趂这会子不歇一歇还嚼什么蛆紫鹃笑道倒不是白嚼蛆我倒是一片真心为姑娘替你愁了这几年了无父母无兄弟谁是知疼着热的人趂早儿老太太还明白硬朗的时节作定了大事要紧俗语说老健春寒秋后热倘或老太太一时有个好歹那时虽也完事只怕躭悮了时光还不得趂心如意呢公子王孙虽多那一个不是三房五妾今儿朝东明儿朝西娶一个天仙来也不过三夜五夕也丢在脖子后头了甚至于为妾为丫头反目成仇的若娘家有人有势的还好些若是像姑娘这样的人有老太太一日还好一日若没了老太太也只是凭人去欺负罢了所以说拿主意要紧姑娘是个明白人岂不闻俗语说的万两黄金容易得知心一个也难求代玉听了便说道这丫头今儿可疯了怎么去了几日忽然变了一个人我明儿必回老太太退回你去罢我不敢要你了紫鹃笑道我说的是好话不过叫你心里留神并没叫你去为非作歹何苦回老太太叫我吃了亏又有何好处说着竟自己睡了代玉听了这话口内虽如此说心内未尝不伤感待他睡了便直泣了一夜至天明方打了一个盹儿次日勉强盥漱了吃了些燕窝粥便有贾母等亲来看视了又嘱咐了许多话目今是薛姨妈的生日自贾母起诸人皆有祝贺之礼代玉亦早备了两色针线送去是日也定了一班小戏请贾母王夫人等独有宝玉与代玉二人不曾得去至晚散时贾母等顺路又瞧了他二人一遍方回房去次日薛姨妈

六八八

家又命薛蟠陪諸伙計吃了一天酒連忙了三四天方完因薛姨媽看見邢岫烟生得端雅穩重且家道貧寒是个釵荆
裙布的女兒便欲說与薛蟠為妻因薛蟠素習行止浮奢又恐糟蹋了人家的女兒正在躊躇之際忽想起薛蝌未
曾娶親看他二人恰是一对天生地設的夫妻因謀之于鳳姐兒ゝゝ嘆道姑媽是知道我們太ゝ有些左性的這事等
我慢ゝ的謀因賈母去瞧鳳姐兒ゝゝ便和賈母說薛姨媽有一件事求老祖宗只是自己不好啟齒的賈母忙問何事鳳姐兒
便將求親一事說了賈母笑道這有什麼不好啟齒這是極好的好事等我和你婆ゝ說怕他不依因回房來即刻
就命人來請了邢夫人過來硬作保山邢夫人想了一想薛家根基不錯且現今大富薛蝌生得又好且賈母硬作保山
將計就計便應了賈母十分喜歡忙命人請了薛姨媽來二人見了自然有許多謙辭邢夫人即刻命人去告訴邢忠夫婦
他夫婦此來原是投靠邢夫人的如何不依早極口的說妙極賈母笑道我最愛管个閑事今兒又管成了一件事不知
得多少謝媒錢薛姨媽笑道這是自然的縱抬了十萬銀子來只怕不希罕但只一件老太ゝ既是主親還得一位主婚方好
賈母笑道別的沒有我們家折腿爛手的人還有兩个說着便命人去叫過尤氏婆媳二人來賈母告訴他原故彼此忙都
道喜賈母吩咐道咱們家的規矩你是盡知的從沒有兩親家爭礼爭面的如今你算替我在当中料理也不可
太嗇也不可太費把他兩家的事週全了回我尤氏忙答應了薛姨媽喜之不盡回家忙命寫了請帖補送過寧
府尤氏深知邢夫人情性本不欲管無奈賈母親自囑咐只得應了惟有忖度邢夫人之意行事薛姨媽是个無可無不可的人倒還容易說這且不在話下如今薛姨媽既定了
邢岫烟為媳合宅皆知邢夫人本欲接出岫烟去住賈母因說這又何妨兩个孩子又不能見面就是姨太

々和他一个大姑子一个小姑子又何妨况且都是女儿正好亲香呢邢夫人方罢蝌岫二人前次途中曾有一面之
遇大约二人心中也皆如意只是邢岫烟未免比先时拘泥些不好和宝钗姊妹共处闲话又兼湘云是个爱取笑的更觉不好意思
幸他是个知书达礼的虽有女儿身分还不是那种佯羞诈愧一味轻薄造作之辈宝钗自见他时见他家业贫寒二则别人之
父母皆是年高有德之人独他的父母偏是酒糟透了的人于女儿分上平常邢夫人也不过是脸面之情亦非真心疼爱且岫烟为人雅重
迎春是个老实人连他自己尚未照管齐全如何能照管到他身上凡闺阁中家常一应需用之物或有亏乏无人照管
又不和人张口宝钗倒暗中每相体贴接济也不敢叫邢夫人知道亦恐多心闲话之故耳如今却是意外之奇缘作成这门亲事
岫烟心中先取中宝钗然后方取薛蝌有时岫烟仍与宝钗闲话宝钗仍以姊妹相呼这日宝钗因来瞧黛玉恰值岫烟也来瞧
黛玉二人在半路相遇宝钗含笑唤他到跟前二人同走至一块石壁后宝钗笑问他这天还冷的很你怎么倒全换了夹的了岫烟见
问低头不答宝钗便知道又有了原故因又笑问道必定是这个月的月钱又没得凤丫头如今也这样没心没计了岫烟道他倒想
着不错日子给因姑妈打发人和我说一个月用不了二两银子叫我省一两给爹妈送出去要使什么横竖有二姐姐的东西能着些儿搭
着就使了姐姐想二姐姐也是个老实人也不大留心我使他的东西他虽不说什么他那些妈妈丫头那一个是省事的那一个是嘴
里不尖的我虽在那屋里却不敢很使唤他们过三天五天我倒得拿出钱来给他们打酒买点心吃才好因此一月二两银子
还不够使如今又去了一两前儿我悄悄的把绵衣服叫人当了几吊钱盘缠宝钗听了愁眉叹道偏梅家又合家在任上后年才进
来若是在这里琴儿过去了好再商议你的事离了这里就完了如今不先完了他妹妹的事也断不敢先娶亲的如今到是

一件难事再迟几年我又怕你熬煎出病来等我和妈再商议有人欺负你〻只管耐些烦儿千万别自己弄出病来不如把那一段民子㕶

儿也索性给了他们到都歇了心你已没也不用给傍那些人多心的魅薄你〻装听不见老人走开就完了倘或短了什么你别存要

小家子女儿气只管找我去并不是作亲后方如此你一来时僧们就好的便怕人说闲话你打发小丫头子悄〻的和我说去就是

岫烟低头答应了宝钗又指他裙上一个玉佩问道这是谁给你的岫烟道这是三姐〻给的宝钗点头笑道他见人〻皆有独你一个

没有怕人笑话故此送你一个这是他聪明细致之处但还有一说你也要知道这些妆饰原出于大官富贵之家你看我一从

头至脚可有这些富丽闲妆然而七八年之先我也是这样来的如今一时比不得一时了所以我都自己该省的就省了将来你这

一到我们家这些没用的东西只怕还有一箱子僧们如今比不得他们了总要一色从实守分为主不必比他们才是岫烟笑道姐〻既

这样说我回去摘了就是了宝钗忙笑道你也太听说了这是他的好意送你〻不佩着他岂不疑心我不过是偶然提到这里

以后知道就是了岫烟忙又答应又问姐〻此时那里去宝钗道我到潇湘馆去你且回去把那当票子叫丫头送到我那里悄〻

的再去来晚上再悄〻的送给你去早晚好穿不然风闻着了事大但不知当在那里了岫烟道叫作恒舒是鼓楼西大街的宝钗笑

道这闹在一家去了计们倘或知道了好说人没过来衣裳先过来了岫烟听说便知是他家的本钱也不觉红了脸一笑二人走开宝钗就

往潇湘馆来正值他母亲也来瞧代玉正说闲话呢宝钗笑道妈多早晚来的我竟不知道薛姨妈道我这几天连日忙总没来瞧

〻宝玉和他所以今儿瞧他〻两个一瞧也都好了代玉忙让宝钗坐了因向宝钗道天下的事真是人想不到的怎么想的到姨妈

和大哥哥娶作一门亲家薛姨妈道我的儿你们女孩家那里知道自古道千里姻缘一线牵管姻缘的有一位月下老人预先注定暗

裡只用一根紅絲把這兩个人的脚絆住憑你兩家隔着海隔着國有世仇的也終久有机会作了夫婦這一件事都是出人意料之
外憑他父母本人都願意了或是年年在一処的已為是定了的親事若月下老人不用紅線拴的再不能到一処比如你姐妹兩个的婚姻
此刻也不知在眼前也不知在山南海北呢宝釵道惟有媽說動話就拉上我們一面說一面伏在他母親懷裡笑說咱們走罷代玉笑道你瞧這
麼大了離了姨媽他就是个最老道的見了姨媽他就撒嬌兒薛姨媽用手摩弄着宝釵嘆向代玉道你這姐姐就和鳳哥兒在老
太太跟前一樣有了正經事就和他商量沒了事幸虧他開開我的心我見了他這樣有多少愁不散的代玉聽說流泪嘆道他偏在這里
這樣分明是氣我沒娘的人故意來刺我的眼宝釵笑道媽瞧他輕狂倒說我撒嬌兒薛姨媽道也怨不得他傷心可怜
沒父母的到底沒个親人又摩娑代玉笑道好孩子別哭你見我疼你姐姐你傷心了你不知道我心裡更疼你呢你姐姐雖沒了父
親到底有我有親哥哥這就比你強了我常和你姐姐說心裡很疼你只是外頭不好帶出來這裡人多口雜說好話的人少說歹話的人
多不說你無依無靠為人作人配人疼只說我們看着老太太疼你了我們也洑上水去了代玉笑道姨媽既這麼說我明日就認姨媽做
娘姨媽若是棄嫌不認便是假意疼我薛姨媽道你不厭我就認了才好宝釵忙道認不得的代玉道怎麼認不得
宝釵笑問道我且問你我哥哥還沒定親事為什麼反將邢妹妹先說給我兄弟了是什麼道理代玉道他不在家或是屬相生日
不對所以先說與兄弟了宝釵笑道非也我哥哥已經相準了只等來家就下定了也不必提出人來我前兒說你認不得娘的你細想去說着便
和他母親擠眼兒發笑代玉聽了便也一頭伏在薛姨媽身上說道姨媽不打他我不依薛姨媽便也摟他笑道你別信你姐姐的
話他是和你頑呢宝釵笑道真个的明兒媽和老太太說求了他作媳婦豈不比外頭尋的好代玉便撲上來要抓他口內笑說你越發瘋了薛

姨妈忙咲却用手分开方罢又向宝钗道连邢女儿我还怕你哥々遭塌了他所以给你兄弟说了别说这孩子我也断不肯给他前儿老太々

因要把你妹々说给宝玉偏生又有了人家不然到是一门好亲前儿我说定了邢女儿老太々还取咲说我原要说他的人谁知他的人没到手

倒被他说了我们的一个去了虽是顽话细想来到也有些意思我想宝琴虽有了人家我虽没人可给难到一句话也不说我想着你宝

兄弟老太々那样疼他々又生的那样若要外头说去老太々断不中意不如把你林妹々定与他岂不四角俱全代玉先还怔々的听

後来见说到自己身上便啐了宝钗一口红了脸拉着宝钗咲道我只打你々为什么招出姨妈这些老没正经的话来宝钗咲道这可奇

了妈说你为什么打我紫鹃忙也跑来咲道姨太々既有这个主意为什么不和老太々说去薛姨妈呵々咲道你这孩子急什么

想必催着你姑娘出了阁你也要早些々寻一个小女婿子去了紫鹃听了也红了脸咲道姨太々真个倚老卖老的起来说着便

转身去了代玉先骂又与你这蹄子什么相干後来见了这样也咲说阿弥陀佛该々该也臊了一鼻子灰去了薛姨妈母女二人

及婆子丫环都咲起来婆子们因也咲道姨太々虽是顽话却到也不差呢闲了时和老太々商议々姨太々竟说作媒保

成这门亲事是千妥万妥的薛姨妈道我一出这主意老太々必喜欢的一语未了忽见湘云走来手里拿着一张当票口内

咲道这是什么账篇子代玉瞧々也不认得地下婆子们都咲道这可是一件奇货这个乖可不是白教人的宝钗忙一把接了看

时正是岫烟才说的当票忙折了起来薛姨妈忙说那必定是那个妈々的当票子失落了回来急的他们找那里得的湘云道什

么是当票子众人都咲道真々是个呆子连个当票子也不知道薛姨妈咲道怨不得他真々是侯门千金而且又小那里知

道这个那里知道这个便是家下人有这个他如何得见别咲他是呆子若给你们家的小姐们见了也都成了呆子呢

婆子笑道姑娘倒也不認得別說姑娘們此刻寶玉他到是外頭常出去走的只怕他还沒見过呢薛姨媽忙將原故講明湘云黛玉二人听了方笑道原来為此人也太会想錢了姨媽家当舖也有这个不成衆人笑道这又獃了天下老鴰一般黑豈有两樣的薛姨媽因又問是那里拣的湘云方欲說時宝釵忙說是一張死了沒用的不知那年勾了賬的香菱拿着哄他們頑的薛姨媽听了此話是真也就不問了一時人来回那府裡大奶々过来了請姨太々說話呢薛姨媽起身去了这裡屋内無人時宝釵方向湘云何处拣的湘云笑道我見你令弟媳的丫頭篆兒悄々的遞與鶯兒々々便隨手夾在書裡只当我沒看見我等他們出去了我偷看々竟不認得知道你們都在这裡所以拿来大家認々黛玉忙問怎麼他也当衣裳不成既当了怎麼又給你送去宝釵見問不好隱瞞他两个便將方才之事都告訴了他二人黛玉便說兎死狐悲物傷其類不免感嘆起来湘云便動了氣說等我問着二姐々去我罵那起老婆子丫頭一頓給你們出氣如何說着便要走宝釵忙一把拉住笑道你又發瘋了还不給我坐下呢黛玉笑道你要是个男人出去打个抱不平兒你又充什麼荊軻聶政真々好笑湘云道既不叫我問去明兒也把他接到咱們苑里一处住去豈不好宝釵笑道明日再商量說着人報三姑娘四姑娘来了三人听說忙掩了口不提此事要知端的

且听下回分解

第五十八回　杏子陰假鳳泣虚凰　茜紗窗真情揆痴理

話說他三人因見探春等進來忙將此話掩住不提探春等問候過大家說笑了一回~~[illegible]~~才散誰知上回所表的那位老太妃已薨凡誥命等皆入朝隨班按爵守制敕諭天下凡有爵之家一年内不許筵宴音樂庶民皆三月不許婚嫁賈母邢王尤許婆媳祖孫等皆每日入朝隨祭至未正已後方回在偏宫二十一日後方請靈入先陵地名曰孝慈縣這陵離都來往得十來日之功如今請靈至此還要停放數日方入地宫故得一月光景寧府賈珍夫妻二人也少不得是要去的兩府無人因此大家計議家中無主~~[illegible]~~便報了尤氏產育將他騰挪出來協理榮寧兩處事體因又托了薛姨媽在園内照管他姊妹丫環薛姨媽只得也挪進園來因寶釵處有湘雲香菱李紈處目今李嬸母女雖去然亦時常來往住三五日不定賈母又將寶琴送與他去照管迎春處有岫烟探春因家務冗雜且不時有趙姨娘與賈環來嘈聒甚不方便惜春處房屋狹小況賈母又千叮嚀萬囑咐托他照管代玉薛姨媽素習也最憐愛他的今既巧遇這事便挪至瀟湘館來和代玉同房一應藥餌飲食十分經心代玉感戴不盡已後便亦如寶釵之稱呼連寶釵前亦直以姐姐呼之寶琴前直以妹妹呼之儼似同胞共出較諸人更似親切賈母見如此也十分喜悅放心薛姨媽只不過照管他姊妹禁約丫環輩一應家中大小事務也不肯多口尤氏雖天天過來也不過應名點卯亦不肯亂作威福且他家内上下也只剩他一人料理再者每日還要照管賈母王夫人的下處一應所需飲饌鋪設之物所以也甚操勞當下寧榮二處主人既如此不暇並兩處執事人等或有跟隨着入朝的或有朝外照理下處事務的又有先踩踏下處的也都各有差使因此兩處下人無了正經

題猜也都偷安或乘隙結黨和權暫執事者竊弄威福榮府只留得賴大並幾个管事照管外務這賴大手下常用幾
个人已去雖另委人都是些生的只覺不順手且他們無知或賺騙無節或呈告無據或舉薦無因種々不善在々生事也
難備述又見各官宦家凡有優伶男女者一概蠲免遣發尤氏等便議定待王夫人回家回明也欲遣發十二个女孩子又說這些人
原是買的如今雖不學唱盡可留着使喚只令其教習們自去也罷了王夫人因說這學戲的倒比不得使喚的他們
也是好人家兒女因無能賣了做這件醜事粧神弄鬼的這几年如今有這机會不如給他們几兩銀子盤纏各自去罷
當日祖宗手裡都是有這例的咱們如今損陰壞德而且還小器如今雖有几个老的還在那是他們各有原故不肯回去的所以
才留下使喚大了配了咱們家的小廝們了尤氏道如今我們也去問他十二个有願意回去的就帶了信兒叫上他父母
來親自領回去賞他們几兩銀子盤費方妥倘若不叫上他父母來只怕有混賬人頂名冒領出去又轉賣了豈不辜負了
這恩典若有不願意回去的就留下王夫人笑道這話妥當尤氏等又遣人告訴了鳳姐兒一面說與總理房中每教習給
銀八兩令其自便凡梨香院一應物件查清記冊收明派人上夜將十二个女孩子叫來當面細問到有一多半不願意回
家的也有說父母雖有他只以賣我們姊妹為事這一去還被他賣了也有說父母已亡或被叔伯兄弟所賣的也有說無人可投的也
有說戀恩不捨的所願去者止四五人王夫人聽了只得留下將去者四五人皆令其干娘領回家去單等他父母來領將不願去者
分散在園中使喚賈母便留下文官自使將正旦芳官指與寶玉將小旦蕊官送了寶釵將小生藕官指與了黛玉將大花面
葵官送了湘雲將小花面豆官送了寶琴將老外艾官指與了探春尤氏便討了老旦茄官去當下各得其所就

如籠鳥一般每日園中戲遊眾人皆知他們不能針指不慣使用者不大責備其中或有一二個知事的愁將來無應時之技亦將本技丟開便學起針指紡績女工諸務一日正是朝中大祭賈母等五更便去了先到下處用些點心小食然後入朝早膳已畢方退至下處用過早飯略歇片刻復入朝侍中晚二祭完畢方出至下處歇息用過晚飯方回家可巧這下處乃是一個大官的家廟裡是比丘尼焚修房舍極多極淨東西二院榮府便賃了東院北靜王府便賃了西院太妃少妃每日宴息見賈母等在東院彼此同出同入都有照應外面諸事不消細述且說大觀園內因賈母王夫人天天不在家內又送靈去一月方回各丫環婆子皆有閑空多在園內遊玩便又將梨香院內伏侍的眾婆子一概撤回並散在園內聽使更覺園內人多了几十個因文官等一干人或心性高傲或倚勢淩下或揀衣挑食或口角鋒芒大概不安分守理者多因此眾婆子含怨只是口中不敢與他們分爭如今散了學大家趁了願也有丟開手的也有心地狹窄猶懷舊怨的因將眾人皆分在各房名下不敢來廝侵可巧這日乃是清明之日賈璉已備下年例祭祀帶領賈環賈琮賈蘭三人去往鐵檻寺祭柩燒紙寧府賈蓉也同族中幾人各辦祭禮前往因寶玉未大愈故不曾去得飯後發倦襲人因說天氣甚好你且出去逛逛省得丟下粥碗就睡存在心裡可不好寶玉聽說只得拄了一支杖靸著鞋步出院來因近日將園中分與眾婆子料理各司各業皆在忙時也有修竹的也有剔樹的也有栽花的也有種豆的池中又有駕娘們行著船夾泥種藕的湘雲香菱寶琴與些丫環等都坐在山石上瞧他們取樂寶玉也慢慢行來湘雲見了他來忙笑說快把這船打出去他們是接林妹妹的眾人都笑起來寶玉紅了臉也笑道人家的病誰是好意的你也形容著取笑兒湘雲笑道病也比人家另一樣原招笑兒反說起人來說著寶玉便也坐下看著眾人忙亂了一回湘雲因說這裡有風石頭上又冷坐坐去

去罷寶玉也正要去瞧代玉起身拄杖辭了他們從沁芳橋一帶堤上走來只見柳垂金線桃吐丹霞山石之後一株大杏樹花已全落葉稠陰翠上面已結了豆子大小的許多小杏寶玉因想道我能病了幾天竟把杏花辜負了不覺已到綠葉成陰子滿枝了因此仰望杏子不捨又想起邢岫烟已擇了夫婿一事雖說是男女大事不可不行但未免又少了一個好女孩兒不過二年便也要綠葉成陰子滿枝了再過幾日這杏樹子落枝空再幾年岫烟也未免烏髮如銀紅顏似槁了因此不免傷心只管對杏流淚嘆息正悲嘆時忽有一個雀兒飛來落於枝上亂啼寶玉又發了獃性心下想道這雀兒必定是杏花正開時他曾來過今見無花空有子葉故也亂啼這聲韻必是啼哭之聲可恨公冶長不在眼前不能問他但不知明年再發時這個雀兒可還記得飛到這裏來與杏花一會了正胡思間忽見一股火光從山石那邊發出將雀兒驚飛寶玉吃一大驚又聽那邊有人喊道藕官你要死怎弄些紙錢進來燒我回奶奶們去仔細你的肉寶玉聽了益發疑惑起來忙轉過山石看時只見藕官滿面淚痕蹲在那裏手內還拿着火守着些紙錢灰作悲寶玉忙問道你與誰燒紙快別在這裏燒你或是為父母兄弟你告訴我名姓外頭去叫小廝們打了包袱寫上名姓去燒藕官見了寶玉只不做一聲寶玉數問不答忽見一婆子惡狠狠走來拉藕官口內說我已經回了奶奶們了奶奶們氣的了不得藕官聽了終是孩子氣怕受辱沒臉便不肯去婆子道我說你們別太興頭過了如今還比你們在外頭隨心亂鬧呢這是尺寸地方兒指着寶玉道連我們的爺還守規矩呢你是什麼阿物兒跑來胡鬧怕也不中用跟我快走罷寶玉忙道並沒燒紙錢原是林姑娘叫他來燒那爛字紙的你沒看真反錯告了他藕官正沒了主意見了寶玉又正添了畏懼忽聽他反替他遮掩心內轉憂成喜也便硬着口說道你很看真是紙錢子

了虚我烧的是林姑娘写坏了的字纸那婆子听如此说便弯腰向纸灰中拣出不曾化尽的遗纸拿在手内
说道你还嘴硬有据有证在这里我只和你厅上讲去说着拉了袖子拽着要走宝玉忙把藕官拉住用拄杖敲开那婆子的手说道
你只管拿了回去实告诉你我昨夜作了梦梦见杏花神和我要一挂白钱不可叫本房人烧要一个生人替我烧了我的病就好的快了
所以我请了这白钱巴巴的烦他来替我烧了祝赞原不许一个人知道的所以我今日才能起来偏你看见了我这会子又不好了
都是你冲了还要告他去藕官只管见他们去就依着我这话说等老太太回来我就说他故意来冲神祇保佑我早死
藕官听了越发得了主意反倒拉着婆子要走那婆子听了这话忙丢下纸陪笑央告宝玉道我原不知道若回老太太我这人
岂不完了我如今回去我便不说婆子道我已经回了叫我带他
宝玉想一想方点头应允那婆子只得去了这里宝玉细问藕官为谁烧纸只得说他被林姑娘叫了去了
有私自情理藕官因方才护庇之情感激于衷便知他是自己一流人物便
况再难隐瞒便
含泪说道我这事除了你屋里的芳官合宝姑娘的蕊官并没第三个人知道今日忽然被你撞见意思少不得也告诉了你只不许
再对一人言讲又哭道我也不便和你面说你只回去背人悄悄问芳官就知道了说毕佯常而去宝玉听了心下纳闷只得踱到潇湘馆瞧黛玉越
发瘦的可怜问起来比往日已算大好了黛玉见他也比先大瘦了想起往日之事不免流下泪来些微谈了一谈便催宝玉去歇息调养
宝玉只得回来因记挂着要问芳官那原委偏有湘云香菱来了正和袭人芳官一处说笑不好叫他恐人又盘诘只得耐着一时芳官又跟了他
干娘去洗头他干娘偏又先叫了他亲女儿洗过了后才叫芳官洗芳官见了这般便说他偏心把你女儿的剩水给我洗我一月的月钱都是你拿着沾我的

光不曾支到給我剩東西他干娘羞愧變成惱便罵他不識擡舉的東西怪不得人〻都說戲子沒一个好纏的憑
你什麽好人入這一行都弄壞了這點〻子小崽子挑么挑六鹹嘴淡舌咬群的騾子是的娘兒兩个吵起來襲人忙打發人去說少吵嚷瞅着老太
〻不在家你們連句安靜話也不說了晴雯因說都是芳官不省事不知狂的什麽襲人道一个巴掌拍不响老的也太不公道小的
也太可惡些寶玉道怨不得芳官自古說物不平則鳴他少親失眷的在這裡沒人照看賺了他的錢又作踐他如何怪得
又向襲人道他一月多少錢已後不如你收了過來照管他豈不省事襲人道我要照看他那裡照看不了又要他那几个錢才照看他
沒的討人罵去說着便起身走到那屋裡取了一瓶花露油雞蛋香皂頭繩之類叫了一个婆子來送給芳官去叫他另要水
自洗不許吵鬧了他干娘越發羞愧便說芳官沒良心說我剋扣你的錢便向他身上拍了几下芳官便哭起來寶玉便走出襲人
忙勸作什麽我去說他晴雯忙先過來指他干娘說道你老人家太不懂事你不給他好〻的洗我們纔給他東西你不臊還有臉打
他〻要還在學里學藝你也敢打他不成那婆子便說一日叫娘終身是母他排揎我〻就打得襲人喚麝月道我不會和人拌嘴晴
雯性太急你快過去震嚇他几句麝月聽了忙過來說道你且別嚷我且問你別說我們這一處你看滿園子裡誰在主子屋裡教導過女兒的
便是你的親女兒既分了房有了主子自有主子打得罵得再者大些的姑娘姐〻們打得罵得誰許你老子娘又半中間管閑事
了都這樣管又要叫他們跟着我們學什麽越老越沒了規矩你見前兒墜兒媽來吵你也跟着他學你們放心因連日這个病那
个病老太〻又不得閒所以我沒回等兩日咱們痛回一回大家把威風煞一煞兒寶玉才好了些連我們不敢大聲說話你反
打的人狼號鬼叫的上頭能出了几日門你們就無法無天的眼睛裡沒了我們再兩天你們就該打我們了他不要你這干娘怕糞

草煙了他不成寳玉恨的用拄杖敲着門檻子說道這些老婆子都是鐵心石頭腸子也是件大奇事不能照看反倒挫磨天長地

久如何是好晴雯道什麽如何是好都撵了出去不要這些中看不中吃的那婆子羞愧難當一言不發芳官只穿着海棠紅的小棉

襖底下絲綢撒花夾褲敞着褲腿一頭烏油似的頭髮披在腦後哭的淚人一般麝月笑道把個鶯鶯小姐反弄成拷打的紅娘了這

會子又不妝扮就是這麽着[illegible]晴雯過去拉着他替他洗淨了髮用手巾

擰的乾松松的挽了一個慵妝髻命他穿了衣服過這邊來接着司内厨房的婆子來問晚飯有了可送不送小丫頭們听了進來問襲

人襲人笑道方才胡吵了一陣也沒留心听鐘幾下了晴雯道那勞什子又不知怎麽了又得去收什說着便拿表來瞧了一瞧說再略等半鐘茶

的工夫就是了小丫頭去了麝月笑道提起淘氣來芳官也該打幾下昨兒是他擺弄了那墜子半日就壞了說話之間便將食具打點

現成一時小丫頭子捧了盒子進來站住晴雯麝月揭開看時還是這四樣小菜晴雯笑道已經好了還不給兩樣清淡菜吃這稀飯鹹菜鬧到

多早晚一面擺好一面又看那盒中却有一碗火腿鮮笋湯忙端了放在寳玉跟前寳玉便就桌上喝了一口說好燙襲人笑道菩薩能幾日沒

見葷饞的這樣起來一面說一面忙端起輕輕用口吹因見芳官在側便遞與芳官笑道你也學些伏侍別一味獃憨獃睡

的口勁輕着別吹上唾沫星子芳官依言果吹了幾口甚妥他乾娘也端飯在門外伺候原来芳官等初到時就從外边說的就同

往梨香院去了這些事務俱係三等人物不過令其與他們漿洗皆不曾入内答應故此不知内幃規矩今亦托賴他們方入園

中隨他女兒進去這婆子先領過麝月的排場方知了一二分生恐不令芳官認他作乾娘便有許多失利之處故心中只要買轉他們

見芳官吹湯便忙跑進來笑道他不老成仔細打了碗等我吹罷一面說一面就接晴雯忙喊快出去你等他砸了碗也輪不到

你吹你什麼空兒跑到裡間屋裡來了還不出去一面又罵小丫頭們瞎了眼的他不知道你們也不說給他小丫頭們都說我們攆他他不出去說他又不信如今吃了虧我們受氣你可信了我們到的地方兒有你到的一半還有你到不去的呢何況又跑到我們到不去的地方還不算又去伸手動嘴的了一面說一面推他出去階下幾個等空盒家伙的婆子見他出來都笑道嫂子也沒有用鏡子照一照就進去了羞的那婆子又氣又恨只得忍耐下去芳官吹了幾口寶玉笑道好了仔細傷了氣你嘗一口可好了芳官只當是頑話只是笑看着襲人等襲人道你就嘗一口何妨晴雯笑道你瞧我嘗說着便喝了一口芳官見如此自己也便嘗了一口說好了遞與寶玉寶玉喝了半碗吃了幾片筍又吃了半碗粥就罷了眾人便收出去了小丫頭捧了沐盆盥漱已畢襲人等出去吃飯寶玉便使個眼色與芳官芳官本來伶俐又學了幾年戲何事不知便裝頭疼說不吃飯了襲人道既不吃飯你就在屋裡作伴兒把這粥給你留着一時餓了再吃說着都去了這裡寶玉和他只二人寶玉便將方才從火光發起如何見了藕官又如何謊言護庇又如何藕官叫我問你從頭至尾細細的告訴他一遍又問他祭的果係何人芳官聽了滿面含笑又嘆一口氣說道這事說來可笑又可嘆寶玉聽了忙問如何芳官笑道你說他祭的是誰祭的是死了的菂官寶玉道這是友誼也應當的芳官笑道那裡又是什麼友誼他竟是瘋傻的想頭說他自己是小生菂官是小旦常做夫妻雖說是假的每日那些曲文排場皆是真正溫存體貼之事故此二人就瘋了雖不做戲尋常飲食起坐兩個人竟是你恩我愛菂官一死他哭的死去活來至今不忘所以每節燒紙後來補了蕊官我們見他一般的溫柔體貼也曾問他得新棄舊的他說這又有個大道理比如男子喪了妻或有必當續弦者也必要續弦為是便只是不把死的丟過不提便是情深意重了若一味因死的不續孤守一世妨了大節也不是理死者反不安了你說可是又瘋又呆說來可是可笑寶玉聽說了這篇呆話獨合

了他的獸性不竟又甚又善又是悲嘆又稱奇道絕[illegible]又何用我[illegible]起芳官喝道既如
此說我有句話囑咐你[illegible]須得你告訴他[illegible]道已後斷不可燒紙[illegible]
[illegible]一心誠虔就可感格了[illegible]
等例各式各例的居不知只以誠信二字為主即值倉皇流離之日雖連香也無隨便有土有草只以潔淨便可為祭不獨死者
為祭便是鬼神皆是來享的你瞧我那案上也只設一爐不論日期時常焚香[illegible]隨便有
新茶便供一鐘新水或有鮮花或有鮮果甚至于葷羹腥菜只要心誠意潔[illegible]
其在敬不在虛名已後快命他不可再燒紙了芳官聽了便答應有一時吃過粥便有人回老太太太太回來了要知端的且聽下
回分解

第五十九回　柳葉渚边嗔鶯咤燕　絳芸軒裡召將飛符

闻得贾母等回来随

话说宝玉忙添了一件衣服拄杖前边来都见过了因每日辛苦都要早些歇息一宿無话次日五更又往朝中去离送灵日不远鸳鸯琥珀翡翠玻璃四人都忙着打点贾母之物玉钏彩云彩霞等皆打点王夫人之物当面查点与跟随的管事媳妇们跟随的一共大小六个丫环十个老婆子媳妇子男人不算连日收拾驮轿器械鸳鸯和玉钏儿皆不随去只看屋子一面先几日预发帐幔铺陈之物先有四五个媳妇并几个男人领了出来坐了几辆车绕道先至下处铺陈安插等候贾母带着贾蓉妻子坐一乘驮轿王夫人在后亦坐一乘驮轿贾珍骑马率领众家人围护又有几辆大车与婆子丫环等坐并些随换的衣包等件是日薛姨妈尤氏率领诸人直送至大门外方回贾琏恐路上不便一面打发了他父母起身赶上贾母王夫人的驮轿自己也随后带领家丁押后跟来荣府内赖大添派人丁上夜值宿又知二所院都关了一应出入人等皆走西边小角门日落时便命关了仪门不放人出入园中前后东西角门亦皆关锁只留王夫人大房之后常係他们姊妹出入之门东边通薛姨妈的角门这二门因在内院不必关锁里面鸳鸯和玉钏儿也将上房关了自领丫环婆子下房去安歇每日林之孝家的带领十来个婆子上夜穿堂内又添了许多小厮打更那柳家的已安插十分妥当一日清晓宝钗春困已醒搴帷下榻微觉轻寒及启户视之见苑中土润苔青原来五更时落了几点微雨于是唤起湘云等人来一面梳洗湘云因说两腮作痒恐又犯了杏斑癣因问宝钗要些蔷薇硝擦宝钗道前儿剩的都给了妹子了颦儿配了许多我正要和他要些因今年竟没发痒就忘了因命莺儿去取些来莺儿应了才去时蕊官便说我和你去顺便瞧瞧藕官说往自同莺儿出了蘅芜苑二人你言我语一面行走一面说笑不觉到了柳叶渚顺着柳堤走来因见柳叶吐浅碧丝若垂金莺儿笑道你会拿着柳条子编东西不会蕊官笑道编什么东西莺儿道什么编不得顽的使的都可等我摘些来带着这叶子编一个花

籃採了各色花放在裡頭才是好頑呢說着且不去取硝且伸手挽翠披金採了許多的嫩條命蕊官拿着他却一行走一行編花籃隨路
見花便採一二枝編出一个玲瓏过樑的籃子枝上自有本來的翠葉滿佈將花放上却也别致有趣喜的蕊官笑說好姐姐給了我罷鶯兒道這一个咱們送林姑娘回來
咱們再多採些編幾个大家頑說着來至瀟湘館中黛玉也正晨粧見了這籃子便笑說這个新鮮花籃是誰編的鶯兒笑說我編了送姑
娘頑的黛玉接了笑道怪道人人讚你的手巧這頑意却也別致一面瞧了一面便命紫鵑掛在那裡鶯兒又問候了薛姨媽方和黛玉要硝黛玉
命紫鵑包了一包遞給鶯兒黛玉又說道我好了今日要出去逛逛你回去說給姐姐不用過來問候媽了也不敢勞他來瞧我梳了頭同媽都往
你那裡去連飯也都端了那裡去吃大家熱鬧些鶯兒答應了出來便到紫鵑房中找蕊官只見藕官與蕊官二人正說的高興不能相捨鶯兒
便笑說姑娘也去呢藕官先同我們去等着豈不好紫鵑聽如此說便也說道這話倒是他這裡淘氣的也可厭一面說一面便將黛玉的匙
箸用一塊洋巾包了交給藕官道你先帶了這个去也算一差了藕官接了笑嘻嘻的同他二人出來一逕順着柳堤走來鶯兒便又採些柳條
越性坐在山石上編起來又命蕊官先送了硝去再來他二人只顧看着他編那裡捨得去鶯兒只催說你們再不去我也不編了藕官便說我同你
去了再快回來二人方去了這裡鶯兒正編只見何婆子的女兒春燕走來笑問姐姐織什麼呢正說着蕊藕二人也到了春燕便向藕官
道前兒你到底燒什麼紙被我姨媽看見了要告你沒告成倒被寶玉賴了他一大些不是氣的他一五一十告訴我媽你們在外頭這二三年積了
些什麼仇恨如今還不解開藕官冷笑道有什麼仇恨他們不知足反怨我們在外頭這兩年
不知賺了我們多少東西家去從了可有的沒的還有我們使他一使兒就怨天怨地的你說說可有良心麽春燕也嘆道
他是我的姨媽也不好向着外人反說他的怨不得寶玉說女孩兒未出嫁是顆無價的寶珠出了嫁不知怎麽就變出許多的不

好的毛病来虽是颗珠子却没有光彩宝色是颗死的了再老了更变的不是颗珠子竟是鱼眼睛了分明一个人怎么变出三样来这话
虽是混话倒也有些不错别人不知道只说我妈和姨妈他老姊妹两个如今越老了越把钱看的真了先是老姐儿两个在家抱怨没个
差使没个进益幸亏有了这园子把我挑进来可巧把我分到怡红院家里省了我一个人的费用不算外每月还有四五百钱的余剩这也还说
不够后来老姊妹两个都派到梨香院去照看他们藕官认了我姨妈芳官认了我妈这几年着实宽裕了如今挪进来也算撂开手了还
只无厌你说可笑不可笑我姨妈刚和藕官吵了接着我妈为洗头就和芳官吵又吵了一场[illegible]
[illegible]先叫我洗我想了一想我自有钱就没钱要洗时不管袭人晴雯麝月那一个跟前和他们说一声也都容易何必借这
光儿好没意思所以我不洗他又叫我妹妹小鸠儿洗了才叫芳官果然就吵起来接着又要给宝玉吹汤[illegible]
[illegible]讨个没趣儿幸亏园子里人多没人记得清楚谁是谁的亲故要有人记得
只我们一家人吵什么意思呢你这会子又跑了来弄这个这一带地上的东西都是我姑妈管着他一得了这地方[illegible]每
日早起晚睡自己辛苦了还不算每日逼着我们来照看生恐有人遭塌又怕误了我的差使如今我们进来了老姑嫂两个照看的谨谨
慎慎一根草也不许人动你还掐这些花儿又折他的嫩树枝他们即刻就来仔细他们抱怨莺儿道别人乱折乱掐使不得独我使得
自从分了地基之后每日各房里皆有分例吃的不用算单算花草顽意儿谁管什么每日谁就把各房里姑娘丫头戴的必要
各色送些折枝去另有插瓶的惟有我们说了一概不用送等要什么再和你们要究竟总没要过一次我今便掐些
他们也不好意思说的一言未了他姑娘果然拄了拐走来莺儿春燕等忙让坐那婆子见采了许多嫩柳又见藕官等采了许多鲜花

採了許多鮮花心裡便不受用看着鶯兒編又不好說什麼便說春燕道我呼你來看着你就貪住頑不去了倘或呼起你來你又
說我使你了拏我作隱身符兒你來樂春燕道你老人家又要使我又怕這會子反說我難道把我劈八瓣子不成鶯兒笑道姑媽你別信小燕的話
這都是他摘下來的煩我給他編我攆他他不去春燕笑道你可少頑兒你只顧頑兒老人家就認真的那婆子本是愚頑之輩兼之
年近昏眊惟利是命一概情面不管正心疼肝斷無計可施聽鶯兒如此說便以老賣老拿起拄杖來向春燕身上擊了幾下罵道小蹄
子我說你你還和我強嘴兒呢你媽恨的牙癢癢要撕你的肉吃呢你還和我梆子是的打的春燕又愧又急因哭道鶯兒姐姐的頑話你就
認真打我我媽為什麼恨我又沒燒胡了洗臉水有什麼不是鶯兒本是頑話忽見婆子認真動了氣忙上前拉住笑道我才是頑話你
老人家打他我豈不愧這不是臊我了嗎那婆子道姑娘你別管我們的事難道為姑娘在這裡不許我管孩子不成鶯兒聽見這般蠢話便賭氣紅了臉
撒了手冷笑道你老人家要管那一刻管不得偏我說了一句頑話就管他了我看你老管去說着便坐下仍編柳籃子又有春
燕的娘出來找他喊道你不來舀水在那裡做什麼呢那婆子便接聲兒道你來瞧瞧你的女兒連我也不伏了在那裡排揎我呢那婆
子一面走過來說姑奶奶又怎麼了我們丫頭眼裡沒娘罷了連姑媽也沒了不成鶯兒見他娘來了只得又說原故他姑娘那裡容人說話便
將石上的花柳與他娘瞧道你瞧瞧你女孩兒這麼大孩子頑的他領着人遭塌我我怎麼說人他娘也正為芳官之氣未平又恨春燕不
遂他的心便走上來打了個耳刮子罵道小娼婦你能上去了幾年你也跟那起輕薄浪小婦學怎麼就管不得你們了乾的我管不得你是我屁股裡掉出來的
難道也不敢管你不成既是你們這起蹄子到得去的地方我到不去你就該死在那裡伺候又跑出來浪漢一面又抓起柳條子來直送
到他臉上問道這叫做什麼這編的是你娘的什麼鶯兒忙道那是我們編的你老可別指桑罵槐的那婆子深妒襲人晴雯一干人已知

房中大小的丫环都比他们有些体统权势凡见了这一干人心中又畏又让未免又气又恨亦且迁怒于众复又看见了藕官又且是他令
姊的冤家四处凑成一股怨气那春燕啼哭着往怡红院去了他娘又恐问他为何哭怕他又说出来又要受晴雯等的气不免着起急来
又忙喊道你回来我告诉你再去春燕那里肯回来急的他娘跑了去又拉他他回头看见便也往前飞跑他娘只顾赶他不防脚下被青苔滑倒
招的莺儿三个人反都笑了莺儿赌气将花柳皆掷于河中自回房去这里把个婆子心疼的只念佛又骂促狭小蹄子糟蹋了花儿雷也是
要打的自己且掐花与各房送去不提却说春燕一直跑入院中顶头遇见袭人往黛玉处去问安春燕便一把抱住袭人说姑娘救我我娘又
打我呢袭人见他娘来了不免生气便说道三日两头儿打了干的打亲的还是卖弄你女儿多还是认真不知王法这婆子来了几日
见袭人不言不语是好性儿的便说姑娘你不知道别管我们的闲事都是你们纵的这会子还管什么说着便又赶着打袭人气的
转身进来见麝月正在海棠下晾手巾听得如此喊闹便说姐姐别管看他怎样一面使眼色给春燕春燕会意便直奔了宝玉去众
人都笑说这可是从来没有的事都闹出来了麝月向那婆子道你再略煞一煞气儿难道这些人的脸面和你讨一个情还讨不下
来不成那婆子见他女儿奔到宝玉身边去又见宝玉拉了春燕的手说你别怕有我呢春燕一行哭一行将方才莺儿等事都说出来
宝玉越发急起来说你只在这里闹也罢了怎么连亲戚也都得罪起来麝月又向婆子及众人道怨不得这嫂子说我们管不
着他们的事我们虽无知错管了如今请出一个管得着的人来管一管嫂子就心服口服也知道规矩了便回头命小丫头子去把平儿
给我叫来平儿不得闲就把林大娘叫了来那小丫头子应了便走众媳妇上来笑说嫂子快求姑娘们叫回那孩子来罢平姑娘来了
可就不好了那婆子说道凭你那个平姑娘来也凭个理没有个娘管女儿大家管着娘的众人笑道你当是那个平姑娘是

二奶奶屋裡的平姑娘，他有情，他說你如何，他一聲嚷，樣子你吃不了兜着走。說話之間，只見那小丫頭子回來說：平姑娘正有事呢，問我作什麼，我告訴了他，

說：既這樣，且攆他出去，告訴林大娘，叫在角門外打他四十板子就是了。那婆子聽見如此說了，嚇得不肯出去，便又淚流滿面，央告襲人等說：好容易我進

來了，況且我是寡婦，家裡沒人，正好一心無罣的在裡頭伏侍姑娘們。姑娘們也便宜，我家裡也省些攪過。我這一去，又要自己生火過活，不知要到什麼田地。

襲人見他如此說，早又心軟了，便說：你既要在這裡，又不守規矩，又不聽說，又亂打人。那裡弄你這個不曉事的來，天天鬥口，也叫人笑

話，不成體統。晴雯道：理他呢，打發去了是正經。誰和他去對嘴對舌的。那婆子又央眾人道：我雖錯了，姑娘們吩咐了，我以後改過。姑娘們那裡不是行好

積德。一面又央春燕道：原是為打你起的，究竟沒打成你，我如今反受了罪。你也替我說說。寶玉見如此可憐，只得留下，吩咐他不可再鬧。

叫了婆子出去，那婆子謝過下去。只見平兒走來，問係何事。襲人等忙說已完了，不必再提。平兒笑道：得饒人處且饒人，得省的事將就省些事也罷。

但只聽見各處大小人兒都作起反來了，一處不了又一處，叫我不知管那一處的是。襲人笑道：我只說我們這裡反了，原來還有幾處。

平兒笑道：這算什麼。正和珍大奶奶算呢，這三四日的工夫，一共大小出來了八九件了。你這裡是極小的，算不起數兒來，還有大的可氣可笑之事呢。

襲人忙問何事。不知何事，且聽下回分解。

第六十回　茉莉粉替去薔薇硝　玫瑰露引出茯苓霜

話說襲人因問平兒何事這等忙亂平兒笑道都是世人想不到的說起來也好笑等几日告訴你如今沒頭緒呢且也不得閑兒一語未了
只見李紈的丫鬟來了說平姐姐可在這裡奶奶等你你怎麼不去了平兒忙轉身出來口內笑說來了來了襲人等笑道他們奶奶病了他又成了
香餑餑了都搶不到手平兒去了不提這裡寶玉便叫春燕你跟了你媽去到寶姑娘房裡給鶯兒几句好話聽也不可白得罪了他
春燕答應了和他媽出去寶玉又隔窗說道不可當着寶姑娘說你細反叫鶯兒受教導他娘兒兩个應了出來一面走着一面說閑話兒春燕
因向他娘道我素日勸你老人家再不信何苦鬧出沒趣來纔罷他娘笑道小蹄子你走罷俗語說不經一事不長一智我如今知道了你又該來支問着我
春燕笑道媽若好生安分守己在這屋裡長久了自有許多的好處我且告訴你句話寶玉常說將來這屋裡的人無論家裡外頭的一應我們這些人他都
要回太太全放出去與本人父母自便呢你只說這一件可好不好他娘聽說喜的忙問這話果真春燕道誰可撒謊作什麼他媽聽了便念佛不絕當下
來至蘅蕪苑中正值寶釵黛玉薛姨媽等吃飯鶯兒自去泡茶春燕便和他媽一逕到鶯兒前陪笑說方才言語冒撞了姑娘莫嗔莫怪特來陪
罪等語鶯兒忙讓坐又倒茶他娘兒兩个說有事便作辭回來忽見蕊官趕出來叫媽媽姐姐站一站便走上來遞了一个紙包兒給他們說是薔薇
硝帶與芳官去擦臉春燕笑道你們也太小氣了還怕那裡沒這个給他巴巴的你又弄一包給他去蕊官道他是他的我送的是我的好姐姐千萬
帶回去罷春燕只得接了娘兒兩个回來正值賈環賈琮二人來問候寶玉也才進去春燕便向他娘說只我進去罷你老不用去他娘
聽了自此百依百隨的不敢倔強了春燕進來寶玉知道回復了先點頭春燕知意便不再說一語略站了一站便轉身出來使眼
色與芳官芳官出來春燕方悄悄的說與他蕊官之事並與他硝寶玉並無與琮環可談之語因笑問芳官手裡是什麼芳官便遞

宝玉瞧瞧又说是擦春癣的蔷薇硝宝玉笑道难为他想的到贾环听了便伸着头瞧了一瞧又闻得一股清香便弯腰向靴桶内掏出一张纸来托着笑说好哥哥给我一半芳官心中因是蕊官之赠不肯给别人连忙拦住笑说道别动这个我另拿些来宝玉会意忙笑道且包上拿去芳官自去收了这个便从奁中去寻自己常使的启奁看时盒内已空心中疑惑早间还剩了些如何没了因问人时都说不知麝月便说这会子且忙着问这个不过是这屋里人一时短了使了你不管拿些什么给他们那里看的出来快打发他们去了咱们好吃饭芳官听说便将些茉莉粉包了一包拿来贾环见了喜的就伸手来接芳官便向炕上一掷贾环只得向炕上拾了揣在怀内方作辞而去原来贾政不在家且王夫人等又不在家贾环连日也便装病逃学如今得了硝兴兴头头来找彩云正值彩云和赵姨娘闲谈贾环嘻嘻的向彩云道我也得了一包好的送你擦脸你常说蔷薇硝擦癣比外头的银硝强你且看看可是这个彩云打开一看嗤的一声笑了说道你是和谁要来的贾环便将方才之事说了彩云笑道这是他们哄你这乡老呢这不是硝是茉莉粉贾环看了一看果然比先的带些红色闻闻也是喷香因笑道这也是好的硝粉一样留着擦罢自是比外头买的高便好彩云只得收了赵姨娘便说有好的给你谁叫你要去了怎怨他们耍你依我拿了去照脸摔给他去趁着这回子撞尸的撞尸去了挺床的便挺床吵一出子大家别心净也算是报仇莫不成两个月之后还找出这个碴儿来问你不成便问你你也有话说宝玉是哥哥不敢冲撞他罢了难道他屋里的猫儿狗儿也不敢去问问不成贾环听了便低了头彩云忙说这又何苦生事不管怎样忍耐些罢了赵姨娘道你快休管横竖与你无干乘着抓住了理骂给那些浪淫妇们一顿也是好的又指贾环道呸你这下流没刚性的也只好受这些毛崽子的气平白我说你一句或无心中错拿了一件东西给你你倒会扭头暴筋瞪着眼摔娘这会子被那起毛崽子耍也罢了你明儿还想这些家里人怕你呢你没有刚性我也替你恨贾环听了不免又愧又急又不敢去只摔手说道你这么会说你又不敢去支使我去闹倘或往学里告去我捱了打你敢自不疼呢遭遭儿调唆我去闹去了

来我难了打骂你一般也依了头这会子又调唆我和毛丫头们去闹你不怕三姐姐你敢去我就伏你这一句话便戳了他娘的心便喊说我肠
子爬出来的我再怕起来这屋里越发有的说了一面说一面拿了那包便飞也似的往园中去了彩云死劝不住只得躲入别房贾环便也躲出
仪门自去顽耍赵姨娘直进园子正是一头火顶头正遇见藕官的干娘夏婆子走来见赵姨娘气恨恨的走来因问赵姨奶奶那里去那赵姨娘
又说你瞧瞧这屋里连三日两日进来唱戏的小粉头们都三般两样掂人分两放小菜碟儿了若是别一个我还不恼若叫这些小娼妇捉弄了还成个什么了
听了正中己怀忙问因何赵姨娘悉将芳官以粉作硝轻侮贾环之事说了夏婆子道我的奶奶你今儿才知道这算什么事连昨日这个地方他们
私自烧纸宝玉还拦到头里人家还没拿进个什么儿来就说使不得不干不净的东西忌讳这烧纸倒不忌讳你老想一想这屋里除了太太谁还大
似你你老自己撑不起来但凡撑起来的谁还不怕你老人家如今我想乘着这几个小粉头儿都不是正头货得罪了他们也有限的快把这两件
事抓着理扎个筏子我在旁作证据你老把威风抖一抖以后也好争别的礼便是奶奶姑娘们也不好为那起小粉头子说你老赵姨
娘听了这话益发有理便说烧纸的事不知道你却细细的告诉我夏婆子便将前事一一的说了又说你只管说去倘或闹起来还有我们帮着你呢赵姨
娘听了越发得了意仗着胆子便一径到了怡红院中可巧宝玉听见黛玉在那里便往那里去了芳官正与袭人等吃饭见赵姨娘来了便都起身笑
让姨奶奶吃饭有什么事这么忙赵姨娘也不答话走上来便将粉照着芳官脸上撒来指着芳官骂道小淫妇你是我银子钱买来学
戏的不过娼妇粉头之流我家里下三等的奴才也比你高贵些的你都会看人下菜碟儿宝玉要给东西你拦在头里莫不是
要了你的了拿这个哄他你只当他不认得呢好不好他们是手足都是一样的主子那里有你小看他的芳官那里禁得住这话一行
哭一行说没了硝我才把这个给他的若说没了又恐不信难道这不是好的我便学戏也没往外头去唱我一个女孩儿家知道什么

麽是粉頭麪頭的姨奶奶犯不着來罵我，我又不是姨奶奶家買的梅香拜把子都是奴才呢襲人忙扯他說休胡說趙姨奶奶氣的早

了兩了耳刮子襲人等忙上來拉勸說姨奶奶別和他小孩子一般見識等我們說他芳官挨了兩下打那裡肯依便捨起頭打滾潑哭大鬧起來

口內便說你打的起我麽你照照那模樣兒再動手我叫你打了去我還活着便撞在他懷內叫他打眾人一面勸一面拉他晴雯悄拉襲人說別

管他們讓他們鬧去看怎麽開交如今亂為王了什麽你也來打我也來打都這樣起來還了得呢外面跟趙姨奶奶來的一干人聽見如此心中

各各稱愿都念佛說也有今日又有那一干懷怨的老婆子見打了芳官也都稱愿當下藕官蕊官等正在一處作耍湘雲的大花面葵官寶

琴的荳官兩個聞了此信慌忙找着他兩個說芳官被人欺負咱們也沒趣須得大家破着大鬧一場方爭過氣來四人終是小孩子心性

只顧他們情分上義憤便不顧別的一齊跑入怡紅院中荳官先便一頭幾乎不曾將趙姨奶奶撞一跌那三個也便擁上來放聲大哭手撕

頭撞把趙姨奶奶裹住晴雯等一面哭一面假意去拉急的襲人拉起這個又跑了那個口內只說你們要死有委曲只好說這沒理的事如何使得

姨奶奶反沒了主意只好亂罵一回藕官蕊官兩個一邊一個抱住左右手葵官荳官前後頭頂住四人只說你只打死我們四個就罷了芳官直挺挺的

躺在地下哭的死過去正沒開交誰知晴雯早遣春燕回了探春當下尤氏李紈探春三人帶着平兒並眾媳婦走來將四個喝住問起原故

趙姨奶奶便氣的瞪着眼粗了筋一五一十說個不清尤李二人不答言只喝禁他四人探春便嘆氣說道這是什麽大事姨奶奶也太肯

動氣了我正有一句話要請姨娘商議怪道了頭們說不知在那裡原來在這裡生氣呢姨奶奶快同我來尤氏李紈都笑說姨奶奶請到

廳上來咱們商議趙姨奶奶無法只得同他三人出來口內猶說長說短探春便說那些小丫頭子們原是頑意兒喜歡呢和他說說笑笑

不喜歡便可以不理他便他不好了也同貓兒狗兒抓咬了一下子可恕就恕不恕時也該叫了管家媳婦們說給他去責罰何苦自己不尊重

大吹小喝也失了体统你瞧你周姨娘怎不见人欺他他也不寻人去我劝姨娘且回房去煞煞性儿别听那些混账人调唆没的惹人笑话自己呆白给人作粗活心里有二十分的气也忍耐这几天等太太回来自然料理一夕话说的赵姨娘闭口只得回房去了这里探春气的和尤氏李纨说这么大年纪行出来的事总不叫人敬伏这是什么意思也值得吵一吵并不留体面耳朵又软心里又没有计算这又是那起没脸面的奴才们的调停作弄出个呆人替他们出气越想越气因命人查是谁调唆的媳妇们只得答应着出来相视而笑都说是大海里那里寻针去只得将赵姨娘的人并园中人唤来盘诘都说不知道众人没法只得回探春一时难查慢慢的访查凡有口舌不妥的一总来回了责罚探春气渐渐平服方罢可巧艾官便悄悄的回探春说都是夏妈素日和我们不对每每的造言生事前儿赖藕官烧钱幸亏是宝二爷自己应了他才没话说今日我与姑娘送手帕去看见他和姨奶奶在一处说了半天嘁嘁喳喳的见了我才走开了探春听了虽知情弊亦料定他们皆是一党本皆淘气异常便只答应也不肯据此为实谁知夏婆子的外孙女儿蝉姐儿便是探春处当差的时常与房中丫头们买东西呼唤女孩儿们都和他好这日饭后探春正上厅理事翠墨在家看屋子因命蝉姐儿出去叫小么儿买糕去蝉姐儿便说我才扫了个大院子腰腿生疼的你叫个别人去罢翠墨笑说我又叫谁去你趁早儿去我告诉你一句好话你到后门顺路告诉你老娘防着些儿说着便将艾官告他老娘的话告诉了他蝉姐儿听了忙接了钱道这个小蹄子也要捉弄人等我告诉去说着便起身出来至后门边只见厨房内此刻手闲之时都坐在阶砌上说闲话呢他老娘亦在内蝉姐儿便命一个婆子出去买了糕来他且一行骂一行说将方才之话告诉与夏婆子夏婆子听了又气又怕便欲去找艾官问他又要往探春前去诉冤蝉姐儿忙拦住说你老人家去怎么说呢这话怎么知道的可又叨登不好了说给你老防着就是了那里忙到这一时儿正说着忽见芳官走来扒着院门笑向厨房中柳家媳妇说道柳嫂子宝二爷说了晚饭

的素菜要一样凉凉的酸酸的东西只别搁上香油弄腻了柳家的笑道知道今儿怎遣你来告诉这句要紧的话你不嫌脏进来
逛逛芳官才进来忽有一个婆子手里托了一碟糕来芳官便戏道谁买的热糕我先尝一块儿蝉姐儿一手接了道这是人家买的你们
还希罕这个柳家的见了忙笑道芳姑娘你喜欢吃我这里才买下给你姐姐吃的他不曾吃还收在那里干干净净没动的说着便拿了一碟
出来递与芳官又说你等我进去替你顿好茶来一面进去现通开火顿茶芳官便拿着那糕举到小蝉脸上说谁希罕吃你那糕这个不是糕不
成我不过说着顽罢了你给我磕头我也不吃说着便把手内的糕一块一块的掰了掷着打雀儿顽口内笑道柳嫂子你别心疼我回来买二斤
给你小蝉气的怔怔的瞅着冷笑道雷公老爷也有眼睛怎不打这作孽的他还气我呢我可拿什么比你们又有人进贡又有人作干奴才溜
你们好上好儿帮衬着说句话儿众媳妇都说姑娘们罢哟天天见了就咕唧有几个伶透的见他们对了口怕又生事都拿起脚来
各自走开了当下小蝉也不敢十分说他一面咕嘟着去了这里柳家的见人散了忙出来和芳官说前儿那话说了不曾芳官道说了等一二
日再提这事偏那赵不死的又和我闹了一场前儿那玫瑰露姐姐吃了不曾他到底可好些柳家的道可不都吃了他爱的什么是的
又不好再问你要的芳官道不值什么等我再要些来给他就是了原来这柳家的有个女儿今年才十六岁虽是厨役之女却生的人物
与平袭紫鸳皆类因他排行第五便叫他作五儿因素有弱疾故没得差近因柳家的见宝玉房中的丫鬟差轻人多且又闻得
宝玉将来都要放他们故如今要送他到那里去应名儿正无头路可巧这柳家的是梨香院的差役他最小意殷勤伏侍
得芳官一干人比别的干娘还好芳官等亦待他们极好如今便和芳官说了央芳官去与宝玉说宝玉虽是依允只是近日病着
又见事多尚未得说前言少述且说当下芳官回至怡红院中回复了宝玉宝玉正因赵姨娘吵闹心中自是不悦说又不是不

说又不是口舌完了打听着探春劝了他去后方回来劝了芳官一阵今见他回来又说还要玫瑰露与柳五儿吃去
因便他到厨房说话去
宝玉忙道有着呢我又不大吃你都给他去罢说着命袭人取了出来见瓶中亦不多了遂连瓶给了他芳官便自携了瓶与他去正值
柳家的带进他女儿来散闷在那边犄角子上一带地方儿逛了一回便回到厨房内正吃茶歇脚儿见芳官拿了一个五寸来高的小玻
璃瓶来迎亮照看里面有半瓶胭脂一般的汁子还当是宝玉吃的西洋葡萄酒母女两个忙说快拿旋子烫滚水你且坐下芳官笑
道就剩了这些连瓶子都给你罢五儿听说方知是玫瑰露忙接了谢了又谢芳官又问他好些五儿道今日精神些进来逛逛这后边
一带也没有什么意思不过是些大石头大树和房子后墙正经好景致也没看见芳官道你为什么不往前去柳家的道我没
叫他往前去姑娘们也不认得他倘或有不对眼的人看见了又是一番口舌明儿托你携带他有了房头怕没有人带着逛呢只怕逛
腻了的日子还有呢芳官听了笑道怕什么有我呢柳家的忙道嗳哟哟我的姑娘我们的头皮儿薄比不得你们说着又倒了茶来芳官那里吃这
茶只漱了一口便走了柳家的说我这里占着手五丫头送送五儿便送出来因见无人又拉着芳官说道我的话到底说了没有芳官笑道难道哄
你不成我听见屋里正经还少两个人的窝儿并没补上一个是红玉的琏二奶奶要了去还没给人来一个是坠儿的也没补如今要你一个也不算过分
皆因平儿每每的和袭人说凡有动人动钱的事得挨的且挨一日更好如今三姑娘正要拿人扎筏子呢连他屋里的事都驳了两三件如今正要
寻我们屋里的事没寻着何苦来往网里碰去倘或说些话驳了那时老了倒难回转不如等冷一冷老太太太太心闲了凭是天大的事先和老的一说没有不成的五
儿道虽如此说我却性急等不得了趁如今挑上了头宗给我妈争口气也不枉养我一场二则我添了月钱家里又宽裕些三则我
开开心只怕这病就好了便是请大夫吃药也省了家里的钱芳官道我都知道了你只放心二人别过芳官自去不提单表五儿回来与他娘深谢

芳官之情他外国说再不敢望了这些东西虽然是个珍贵物儿却是吃多了也最动热 心把这个倒些送个人去也是个大情五儿问送谁他外

甥你中的儿子昨日热病也想这些东西吃我倒半盏与他去五儿听了半日没言语随他妈倒了半盏去将剩的连瓶便放在傢伙厨内五

儿冷笑道依我说竟不给他也罢了倘或有人盘问起来倒又是一场是非他外道那里怕起这些来还了得了我们辛辛苦苦的里头赚些东西

也是应该的难道是贼偷的不成说着不听一径去了直至外边他哥哥家中他侄子正躺着一见了这个他哥嫂侄儿无不欢喜现从井上取了

凉水和吃了一碗心中一畅头目清凉剩的半盏用纸盖着放在桌上可巧又有家中几个小厮同他侄儿素日相好的走来问候他的病内中有小伙子名

唤钱槐是赵姨娘之内侄他父母现在库上管账他本身又派跟贾环上学因他有些钱势尚未娶亲素日看上了柳家的五儿标致一心和

父母说了娶他为妻也曾托央中保媒人再四求告柳家父母却也情愿争奈五儿执意不从虽未明言却行止中已带出他父母未敢应允近日又

想往园内去越发将此事丢开只等三五年后放出时自向外边择婿了钱家见他如此也就罢了争奈钱槐不得五儿心中又气又愧发恨

定要弄取成配方了此愿今也同人来瞧望柳侄不期柳家的在内柳家的忽见一群人来了内中有钱槐便推说不得闲起身便走了他哥嫂忙说

姑妈怎么不吃茶就走倒难为姑妈记挂柳家的因笑道只怕里头传饭再闲了出来瞧侄子罢他嫂子因向抽屉内取了一个纸包出来拿在

手内送了柳家的出来至墙角边递与柳家的又笑道这是你哥哥昨日在门上该班谁知这五日一班竟偏冷淡一个外财没发只有昨日有广

东的官来拜送了上头两小篓子茯苓霜余外给了门上人一篓作门礼你哥哥分了这些这地方千年松柏最多所以单取了这茯苓的精液和了药

不知怎么弄出这怪俊的白霜儿来说第一用人乳和着每日早起吃一钟最补人的第二用牛奶子万不得滚白水也好

我们想着正宜外甥女儿吃原是上半日打发小丫头子送了家去的他说锁着门连外甥女儿也进去了本来我要瞧瞧他去给他带了去的

又惹着丫头们不在家务又要紧我又没什么差使跑什么呢况且这两日风
闻得里头家反作乱的倘或沾带了倒值多了姑妈素的西路亲自带去罢
柳氏道了生受你别回来刚走到角门前只见一个小幺儿笑道你老人家那里
去了里头三次两趟叫人传呢叫我们三四个人各处都找到了你老人家从那
里来了这条路又不是家去的路我倒要疑心起来了那柳家的笑道好小
小雅見崽子　也合我胡说起来了回来问你　要知端的下回分解

红楼梦第六十一回

投鼠忌器宝玉瞒赃　判冤决狱平儿行权

话说那柳家的听了这小么儿一席话笑道好猴儿崽子你亲婶子找野老儿去了你岂不多得一个叔叔有什么疑的不要讨我把你头上的杩子盖揪下来还不开门让我进去呢小厮且不推门且拉着笑道好婶婶你这一进去好歹偷几个杏儿出来赏我吃我这里老等你若忘了日后半夜三更打酒买油的我不给你老人家开门也不答应你随你干叫去柳氏啐道发了昏的今年还比往年把这些东西都分给了众妈妈了一个个的不像抓破了脸的人打树底下一过两眼就像那黑鸡是的还动他的果子可是你舅母姨娘两三个亲戚都管着怎不和他们要去倒和我来要这可是仓老鼠问老鸹去借粮守着的没有飞着的有小厮笑道嗳哟哟没有罢了说上这些闲话我看你老人家从今以后就用不着我了就是姐姐有了好地方将来呼唤我们的日子多着呢只要我们都答应他些就有了柳氏听了笑道你这个小猴精又捣鬼了你姐姐有什么好地方了那小厮笑道别哄我了早已知道了单是你们有内牵难道我们就没有内牵不成我虽在这里听差里头却也有两个姐姐成个体统的

什么事瞒了我们正说着只见门内又一个老婆子向外叫小猴儿们快传你柳婶子去[illegible]
罢再不来可就悮了柳家的听了不顾和小厮们说话忙推门进去笑说不必忙我
来了一面来至厨房虽有几个同伴的人他们都不敢自专单等他来调停分派一
面问众人五丫头那里去了众人都说才往茶房里找他们姊妹去了柳家的听了便
将茯苓霜搁起且按着房头分派菜馔忽见迎春房内小丫头莲花儿走来说司
棋姐姐说要碗鸡蛋顿得嫩嫩的柳家的道就是这一样儿尊贵不知怎么今年鸡
蛋短的狠十个钱一个还找不出来昨日上头给亲戚家送粥米去四五个买办出去好容
易才凑了二千个来我那里找去你说给他改日吃罢莲花儿道前日要吃豆腐你
弄了些馊的叫他说了我一顿今日要鸡蛋又没有了什么好东西我就不信连鸡
蛋都没有了不要叫我翻出来一面说一面真个走来揭起菜箱一看只见里面
果有十来个鸡蛋说道这不是你就这么利害吃的是主子分给我们的分例你为
什么心疼又不是你下的蛋怕人吃了柳家的忙丢了手里的活计便上来说道你少满
嘴里混　你妈才　蛋呢通共留下这几个预备菜上的浇头姑娘们先要还不肯
做上去呢预备遇急儿的你们吃了倘或一声要起来没有好的连鸡蛋都没了

你們深宅大院水來伸手飯來張口只知雞蛋是平常物件那裡知道外頭買賣的行市呢別說這個有一年連草根子還沒了的日子還有呢我勸他們細米白飯每日肥雞大鴨子將就些兒也罷了吃膩了腸子天天又鬧起故事來了雞蛋豆腐又是什麼麵筋醬蘿蔔炸兒敢自倒換口味只是我又不是答應你們的一處要一樣就是十來樣我倒不用伺候頭層主子只預備你們二層主子了蓮花兒聽了便紅了臉喊道誰天天要你什麼來你說上這兩車子話叫你來不是為便宜卻為什麼前日春燕來說晴雯姐姐要吃蘆蒿你怎麼忙的還問肉炒雞炒春燕說葷的因不好才另叫你炒個麵筋兒少擱油才好你忙的倒說自己發昏趕著洗手炒了狗顛屁股兒似的親捧了去今日反倒拿我作筏子說我給眾人聽柳家的忙道阿彌陀佛這些人眼見的不要說前日一次就從舊年以來凡各房裡偶然間不論姑娘姐兒們要添一樣半樣誰不是先拿了錢來另買另添有的沒的名聲好聽算著連姑娘帶姐兒們四五十人一日也只管要兩只雞兩只鴨子十來斤肉一吊錢的菜蔬你們算算夠作什麼的連本項兩頓飯還撐持不住還擱得住這個點這樣那個點那樣買來的又不吃又要別的去既這樣不如回了太太多添些分例也像大廚房裡預備老太太的飯把

天下所有的菜蔬用水牌写了天天转着吃到一个月现算倒好连前日三姑娘和宝姑娘偶然商量了要吃个油盐炒枸杞芽儿来现打发个姐儿拿着五百钱给我我倒笑起来了说二位姑娘就是大肚子弥勒佛也不吃了廿年的这二三十个钱的还备得起赶着我送回钱去到底不收说赏我打酒吃又说如今厨房在里头保不住屋里的人不去叨登一盐一酱那不是钱买的你不给又不好给了你又没的赔你拿着这个钱权当还了他们素日叨登的东西窝儿这就是明白体下的姑娘我们心里只替他念佛没得说 莲花听了又命不怨反说太便宜了我不隔个十天也打发个小丫头子来寻这样寻那样我倒好笑起来你们竟成了例不是这个就是那个我那里有这些赔的正乱时只见司棋又打发人来催莲花儿说他死在这里怎么就不回去莲花儿赌气回来便添了一篇话告诉了司棋司棋听了不免心头起火此刻伺候迎春饭罢带了小丫头们走来见了许多人正吃饭见他来的势头不好都忙起身陪笑让坐司棋便喝命小丫头子动手凡箱柜所有的菜蔬只管丢出去喂狗大家赚不成小丫头子们巴不得一声七手八脚抢上去一顿乱翻乱掷慌的众人一面拉劝一面央告司棋说姑娘不要误听了小孩子的话柳嫂子有八个头也不敢得罪姑娘

说鸡蛋难买是真他们总说也他不知好歹凭是什么东西也少不得变法儿去他已经悟过来了连忙接上了姑娘不信瞧那火上司棋被众人一顿好言语方将气劝得渐平了小丫头子们也没得摔完东西便拉开了司棋连说带骂闹了一回方被众人劝去柳家的只好摔碗丢盘自己咕嘟了一回蒸了一碗鸡蛋令人送去司棋全拨了地下那人回来也不敢说恐又生事柳家的打发他女儿喝了一回汤吃了半碗粥又将茯苓霜一节说了五儿听罢便心下要分些赠芳官遂用纸另包了一半趁黄昏人稀之时自己花遮柳隐的来找芳官且喜无人盘问一径到了怡红院门首不好进去只在一簇玫瑰花前站立远远的望着有一盏茶时候可巧春燕出来忙上前叫住春燕不知是那一个到跟前方看真切因问他作什么五儿笑道你叫出芳官来我和他说话春燕悄笑道姐姐太性急了横竖等十来日就来了只管找他做什么方才使了他往前头去了你且等他一等不然有什么话告诉我等我告诉他恐怕你等不得只怕关了园门五儿便将茯苓霜递与春燕又说这是茯苓霜如何吃如何补益我得了些送他的转烦你递与他就是了说毕作辞回来正走蓼溆一带忽迎见林之孝家的带着几个婆子走来五儿藏躲不及只得上来问好林家的问道我听见你病了怎么跑到这里来五儿陪笑

說道因這兩日好些跟我媽進來散〻悶纔因我媽使我到怡紅院送家伙去林〻
孝家的說道這話岔了方纔我見你媽出去我纔關門既是你媽使了去他如何
不告訴我說你在這裡呢竟出去讓我關門是何主意可是你撒謊五兒聽了沒話回答
只說原是我媽一早教我取去的我忘了挨到這時我纔想起來了只怕我媽錯認我出
去了所以沒和大娘說得林〻孝家的聽他詞鈍意虛又因近日玉釵兒說那邊正房內
失落了東西幾個了頭對賴沒主兒心下便起了疑可巧小蟬蓮花兒並幾個媳婦子走
見了這事便說道林奶〻倒要審〻他這兩日他往這裡頭跑的不像見〻崇〻的不知幹些什麼事小蟬又
道正是昨日玉釧姐〻說太〻耳房裡的櫃子開了少了好些零碎東西璉二奶〻打發平姑娘和玉釧姐
〻要些玫瑰露誰知也少了一罐子若不是尋露還不知道呢蓮花兒笑道這我沒聽見今日我倒看見一
個露瓶子林〻孝家的正因這些沒主兒每日鳳姐使平兒催逼他一聽此言忙問在那裡蓮花兒便
說在他們廚房裡呢林〻孝家的聽了忙命打了燈籠帶着眾人來尋五兒急的便說那原是寶二爺
屋裡的芳官給我的林〻孝家的便說不管你方官圓官現有了贓證我只呈報了憑你主子前辯
去一面說一面進入廚房蓮花兒帶着取出露瓶恐還偷有別物又細〻搜了一遍又得了一包茯苓
霜一並拿了帶了五兒來回李紈與探春那時李紈正因蘭兒病了不理事務只命去

见探春探春已归房人回进去丫环们都在院内纳凉探春在内沐浴只有侍书回进去半日出来说姑娘知道了叫你们找平儿回二奶奶去林之孝家的只得领出来到凤姐那边先找着平儿平儿进去回了凤姐凤姐方才睡下听见此事便吩咐将他娘打四十板子撵出去永不许进二门把五儿打四十板子立刻交给庄子上或卖或配人平儿听了出来依言吩咐了林之孝家的五儿吓的哭哭啼啼给平儿跪着细诉芳官之事平儿道这也不难等明日问了芳官便知真假但这茯苓霜前日人送了来还等老太太太太回来看了才敢动这不该偷了去五儿见问忙又将他舅舅送的一节说了出来平儿听了笑道这样说你竟是个平白无辜之人拿你来顶缸的此时天晚奶奶才进了药歇下不便为这点子小事去絮叨如今且将他交给上夜的人看守一夜等明日我回了奶奶再作道理林之孝家的不敢违拗只得带了出来交与上夜的媳妇们看守着自便去了这里五儿被人软禁起来一步不敢多走又兼众媳妇也有劝他说不该做这没行止的事也有报怨说正经更还坐不上来又弄个贼来给我们看倘或眼不见寻了死逃走了都是我们的不是又有素日一干与柳家不睦的人见了这般十分趁愿都来奚落嘲戏他这五儿心内又气又委屈竟无处可诉且本来怯弱有病这一夜思茶无茶思水无水思睡无衾枕呜呜咽咽直哭了一夜谁知和他母女不和的那些人巴不得一时就撵他们出去生恐次日有变大家先起了个清早都悄悄的来买转平儿送些东西

一面又来求他办了个简断一面又请过他母亲来自许多好言去平儿一一的都应着打
发他们去了却悄悄的来访袭人问他可果真芳官给他玫瑰露了袭人便说露却
是给了芳官芳官转给何人我却不知袭人于是又问芳官芳官听了唬了一跳忙应是自己
送他的芳官便又告诉了宝玉宝玉也慌了说露虽有了若勾起茯苓霜来他自然
也实供若听见了是他舅舅门上得的他舅舅又有了不是岂不是人家的好意反被
咱们陷害了因忙和平儿计议露的事虽完然这霜也是有不是的好姐姐你只叫他
说也是芳官给他的就完了平儿笑道虽是如此只是他昨晚已经向人说是你送
送给的了如何又说你给的况且那边所丢的霜正没主儿如今有赃证的白放
了又去找谁谁还肯认众人也未必心肯晴雯走来笑道太太那边的露再无
别人分明是彩云偷了给环哥儿去了你们可瞎乱说平儿笑道谁不知道这个原
故但今玉钏儿急的哭悄悄问着他他若应了玉钏儿也罢了大家也就
混着不问了难道我们好意兜揽这事不成可恨彩云不但不应他还挤
玉钏儿说他偷了去了两个人窝里炮先

少的合府都知道了你們房裏沒事人少不得要查一的除不知告失盗的就是賊又沒賍証怎麼說他寶玉道這件事我也應起來就說是我唬

我唬他們頑悄悄的偷了太太的來了兩件事都完了襲人道也倒是件陰隲事保全人的賊名兒只是太太聽見又說你小孩子氣不知好歹

平兒笑道這也到是小事如今便從趙姨娘屋裏起了賍來也容易我只怕又傷着一個好人的體面別人都不必管只這一個人豈不又生氣

可憐的是他不肯為打老鼠傷了玉瓶說着把三個指頭一伸襲人等聽說便知他說的是探春大家都忙說可是這話竟是

我們這裏應起來的為是平兒又笑道也須得把彩云和玉釧兩個孽障叫了來問準了他方好不然他們得了意不說為這個倒像我

有本事問不出來就是這裏完事他們以後越發偷的偷不管的不管了襲人等笑道正是也要給個地步平兒便命人叫了他兩個

來說道不用慌賊已有了玉釧兒先問賊在那裏平兒道現在二奶奶屋裏呢問他什麼應什麼我心裏明知不是他偷的可憐他害怕都

認了這裏寶二爺不過意要替他認一半我待要說出來但只是這做賊的素日又是和我好的一個姊妹窩主却是平常裏面又傷着一

好人的體面因此為難少不得央求寶二爺應了大家無事如今反要問你們兩個還是怎麼樣若從此以後大家小心存體面這便求寶二爺應了

了若不然我就回了二奶奶別冤屈了好人彩云聽了不覺紅了臉一時羞恶之心感發便說道姐姐放心也別冤屈好人

偷東西原是趙姨娘央及我再三我拿了些給環哥是情真連太太在家我們還拿過各人去送人也是常事我原說嚷過

天就完了如今既冤屈了好人我心也不忍姐姐竟帶了我回奶奶去我一概應了完事眾人聽了這話一個個都詫異他竟這樣有肚量

寶玉嘆道彩云姐姐果然是個正經人如今也不用你應我只說是我悄悄的偷的和你們頑如今鬧出事來我原該承認我只求姐姐們以

後省些事大家就好了彩云道我幹的事為什麼叫你應死活我該去受平兒襲人忙道不是這樣說你一應了

又叫他來那時三姑娘听見豈不又生氣竟不如寶二爺應了大家無事且除了這几个人皆不得知道這是何等的干淨但只以後千萬大家小心些就是了要拿什麼好歹等太太到家那怕連房子給了人我們就沒干係了彩云听了低頭想了一想或依允了且是大家商議妥貼平兒帶了他兩个並芳官往前邊來至上夜房中叫了五兒將茯苓霜一節也悄悄的教他說係芳官所贈五兒感謝不盡平兒帶他們來至自己這邊已見林之孝家的帶領了几个媳婦押解着柳家的等候多時林之孝家的又向平兒說今兒一早押了他來恐園里沒有人伺候姑娘們的飯我暫且將秦顯的女人派了去伺候姑娘們那他倒小心謹慎以後就派他常伺候罷平兒道秦顯的女人是誰我不大相熟林之孝家的道他是園裡南角子上夜的白日裡沒什麼事所以姑娘們不大認識高高的孤拐大大的眼睛最干淨爽利的玉釧道是了想想你怎麼忘了他是跟二姑娘的司棋的嬸子司棋的父母雖是大老爺那邊的人他這叔叔却是咱們這邊的平兒听了方想起來笑道哦你早說是他我就明白了又笑道也太派急了些如今這事八下裡水落石出了連前兒太太屋裡丟的也有了主兒是寶玉那日過來和這兩个業障要什麼的偏這兩个業障怄他頑說太太不在家不敢拿寶玉便瞅着他兩个不隄防的時候自己進去拿了些什麼出來這兩个業障不知道就唬慌了如今寶玉听見帶累了別人方細細的告訴了我拿出東西來我瞧一件不差那茯苓霜也是寶玉外頭得了的也曾賞過許多人不獨園內人有連媽媽子們討了出去給親戚們吃又轉送人襲人也曾給過芳官一流的人他們私情各相來往也是常事前兒那兩簍還擺在議事廳上好好的原封沒動怎麼就混賴起人來等我回了奶奶再說說畢抽身進了臥房將此事照前言回了鳳姐兒一遍鳳姐兒道雖如此說但寶玉為人不管青紅皂白愛兜攬事情別人再求求他去

他又捆不住人又同話〔好〕給他个篓炭子帶上什麼事他不應承咱們若信了將来若大事也如此如何治人还要細細追求才是依我的

主意把太太屋裡的丫頭都拿来虽不便擅加拷打只叫他們垫着磁瓦子跪在太阳地下茶飯也別〔不用〕給〔他們〕吃一日不説跪〔一日〕便是鉄打

的也管招了又道是苍蝇不抱没縫的蛋〔鴨〕虽是〔然〕柳家的没偷到底有些影兒人纔説他虽不加罪刑也該撵出不用朝廷家原有

〔望〕惯的到底〔丧〕不算委屈了他平兒道何苦来操這心得放手时须放手什麼大不了的事樂得不施恩呢依我説總在這屋裡操〔掉〕

上一百分心終久咱們不往〔是回那〕那边屋里去〔的〕没的給些小人仇恨使人含怨〔恨抱〕况且自己又三災八難的好容易怀了一个哥兒到了六七日还掉

了焉知不是素日操〔勞〕太过氣脑〔又惱〕傷着的如今乘早兒見一半不見一半的〔就〕也到罢了一夕話説的凤姐兒倒笑了説道凭

你這小蹄子發放去罢我才精爽些了没的淘氣平兒笑道這不是正經説畢轉身出来一㮣要知端的且听下回分

解

第六十二回　憨湘云醉眠芍药裀　呆香菱情解石榴裙

话说平儿出去吩付林之孝家的道大事化为小事小事化为没事方是兴旺之家要是一点子小事便扬铃打鼓乱折
腾起来不成道理如今将他母女带回照旧去当差将秦显家的仍旧退回再不必题此事只是每日小心巡察要紧说毕起身
走了柳家的母女忙向上磕头林家的带回园中回了李纨探春二人都说知道了能可无事很好司棋等人空兴头了一
阵那秦显家的好容易等了这个空子钻了来只兴头了半天在厨房内正乱着接收家伙米粮煤炭等物又查出许多亏空来
说粳米短了两担常用米又多支了一个月的炭也欠着额数一面又打点送林之孝家的礼悄悄的备了一篓炭五百斤木柴一担粳米在外
边就遣了子侄送到林家去了又打点送账房的礼又预备几样菜蔬请几位同事的人说我来了全仗列位扶持自今
以后都是一家人了我有照顾不到的好歹大家照顾些正乱着忽有人来说你看过这早饭就出去罢柳嫂子原无事
如今还交给他管了秦显家的听了轰去魂魄垂头丧气登时偃旗息鼓卷包而出送人之物白去了许多自己倒要折变
了赔补亏空连司棋都气了个倒仰无计挽回只得罢了赵姨娘正因彩云私赠了许多东西被玉钏儿吵出生恐查诘出来每
日捏一把汗打听信儿忽见彩云来告诉说都是宝玉应了从此无事赵姨娘方把心放下来谁知贾环听如此说便起了疑心将彩云凡私赠之物都
拿了出来照着彩云的脸摔了来说这两面三刀的东西我不希罕你不和宝玉好他如何肯替你应你既有胆子偷了给我原该不与一个人知道如今你
既然告诉了他我再要这个也没趣儿彩云见如此急的发身赌誓至于哭了百般解说贾环执意不信说看你素日之情去告诉二嫂子就说你偷来
给我了不敢要你细想去说毕摔手出去了急的赵姨娘骂没造化的种子这是怎么说气的彩云哭了个泪干肠断赵姨娘百般的安慰他好孩子他

素日：你的心我横竖都的真，凭我收起来，过几日他自然回转过来了。说着便要收东西。彩云赌气一顿掳起来，乘人不见时来至园中，都撇在河内，顺水沉的沉，漂的漂了。自己气的夜里在被内暗哭。当下又值宝玉生日已到，原来宝琴也是这日，二人相同。因王夫人不在家，也不曾像往年闹热，只有张道士送了四样礼，换的寄名符儿；还有几处僧尼庙的和尚姑子送了供尖儿，并寿星纸马疏头，并本命星官值年太岁周年换的锁儿。家中常走的男女先儿来上寿。王子腾那边，仍是一套衣服，一双鞋袜，一百寿桃，一百束上用银丝挂面。薛姨妈处减一等。其余家中人，尤氏仍是一双鞋袜。凤姐儿是一个宫製四面和合荷包，里面装一个金寿星，一件波斯国的玩器。各庙中遣人去放堂舍钱。又另有宝琴之礼，不能备述。姊妹中皆随便，或有一扇的，或有一字的，或有一画的，或有一诗的，聊表其意而已。这日宝玉清晨起来，梳洗已毕，冠带便出来，至前厅院中，已有李贵等四五个人在那里设下天地香烛。宝玉炷了香，行了礼，奠茶焚纸后，便至宁府中宗祠祖先堂两处行毕礼，出至月台上，又朝上遥拜过贾母、贾政、王夫人等，一顺到尤氏上房行过礼，坐了一回，方回荣府。先至薛姨妈处，姨妈再三拉着，然后又遇见薛蝌，让一回，方进园来。晴雯、麝月二人跟随，小丫头夹着毡子，从李氏起，一一挨着，有比自己长的房中到过。复出二门，至四个奶妈家让了一回，方进来。虽众人要行礼，也不曾受。回至房中，袭人等只都说一声就是了。王夫人有言，不令年轻人受礼，恐折了福寿，故此皆不磕头。一时贾环、贾兰等来了，袭人连忙拉住，坐了一坐，便去了。宝玉笑说走乏了，便歪在床上，吃了半盏茶，只听外面咭咭呱呱一群丫头笑了进来。原来是翠墨、小螺、翠缕、入画、邢岫烟的丫头篆儿，并奶子抱着巧姐儿，彩鸾、绣鸾八九个人，都抱着红毡子，笑着走来，说：拜寿的挤破了门了，快拿麪来我们吃。刚进来时，探春、湘云、宝琴、岫烟、惜春也都来了。宝玉忙迎出来，笑说：不敢起动，快预备好茶。进入房中，不免推让一回，大家归坐。袭人等捧过茶来，才吃了一口，平儿也打扮的花枝招展的来了。宝玉忙迎出来，笑说：我方才到凤姐姐门上，回了进去，不能见，我又打发人进去让姐姐的。平儿笑道：我正打发你姐姐梳头，不得出来回你，后来听见又让我，我那

裡禁的起所以特来磕头宝玉笑道我也禁不起袭人早在门外间安了坐让他坐平儿便拜下去宝玉作揖不迭平儿又跪下去宝玉也忙
还跪下袭人连忙搀起来又下了一拜宝玉又还了一揖袭人笑推宝玉你再作揖宝玉道已经完了怎么又作揖袭人笑道这是他来给你拜寿
今日也是他的生日你也该给他拜寿宝玉听了喜的忙作下揖去说原来今儿也是姐姐的芳诞平儿赶着也还了礼湘云拉宝琴岫烟说你
们四个人对拜寿直拜一天才是探春忙问原来邢妹妹也是今儿我怎么就忘了忙命丫头去告诉二奶奶赶着补了一分礼和琴姑娘
的一样送到二姑娘屋里去丫头答应着去了岫烟见湘云直口说出来少不得要到各房去让让探春笑道到有些意思一年十二个月月月
有几个生日人多了便这等巧也有三个一日两个一日的大年初一日也不白过大姐姐占了去怨不得他福大生日比别人都占先又是太祖太爷的生日过了灯节就是老太太和宝姐姐他们娘儿两个遇的巧三月初一日是太太的初
九日是琏二哥哥二月没人袭人道二月十二是林姑娘怎么没人就只不是咱家的人探春笑道我这个记性是怎么了宝玉笑指袭人道
他和林妹妹是一日所以他记得探春笑道原来你两个倒是一日每年连头也不给我们磕一个平儿的生日我们也不知道这也是才知
道的平儿笑道我们是那牌儿名上的人生日也没拜寿的福又没受礼职分可吵闹什么可不悄悄的过去今儿他又偏吵出来了等姑
娘们回房我再行礼去罢探春笑道也不敢惊动只是今儿倒要替你过个生日我心才过得去宝玉湘云等一齐都说很是探春便吩咐
丫头去告诉他奶奶就说我们大家说了今儿一天不放平儿出去我们也大家凑了分子过生日呢丫头笑着去了半日回来说二奶奶说了多谢姑娘们
给他脸不知过生日给他些什么吃只别忘了二奶奶就不来絮聒他了众人都笑了探春因说道可巧今儿里头厨房不预备饭一应下面弄菜
都是外头收拾咱们就凑了钱叫柳家的来揽了去只在咱们里头收拾倒好众人都说是极探春一面遣人去请李纨宝钗黛玉一面遣
人去传柳家的进来吩咐他内厨房中快收拾两桌酒席柳家的不知何意因说外厨房都预备了探春笑道你原来不知道今儿是平姑

娘的外頭預備的是頭的，這如今我們私下又湊了分子，單為平姑娘預備兩桌請他，你只管揀新巧的菜蔬預備了來，開了帳我那裡
領錢。柳家的笑道：原來今兒也是平姑娘的千秋，我竟不知道。說着便向平兒磕下頭去，慌的平兒拉起他來。柳家的忙去預備酒席。這里探春
又邀了寶玉同到廳上去吃麵，等到李紈寶釵一齊來全，又遣人去請薛姨媽和黛玉。因天氣和暖，黛玉之疾漸愈，故也來了。花團錦簇，擠了一廳的人。
誰知薛蝌又送了巾扇香帛四色壽禮給寶玉，寶玉于是過去陪他吃麵。兩家皆治了壽酒，互相酬送，彼此同領。至午間，寶玉又陪薛蝌吃了兩杯酒。
寶釵帶了寶琴過來給薛蝌行禮，把盞畢，寶釵因囑咐薛蝌：家裡的酒也不用送過那邊去，這虛套竟可收了，你只請夥計們吃罷。我們
和寶兄弟進去還要待人去呢，也不能陪你了。薛蝌忙說：姐姐兄弟只管請，只怕夥計們也就好來了。寶玉忙又告過罪，方同他姊妹回來。一進角門，
寶釵便命婆子將門鎖上，把鑰匙要了自己拿着。寶玉忙說：這一道門何必關，又沒多的人走。況且姨娘姐姐妹妹都在裡頭，倘或家去取什
麼，豈不費事。寶釵笑道：小心沒過逾的。你瞧你們那邊，這幾日七事八事，竟沒有我們這邊的人，可知是這門關的有功效了。要是開着
保不住那起人圖順腳，走近路從這裡走，攔誰的是？不如鎖了，連媽和我也禁着些，大家別走。縱有了事，就賴不着這邊的人了。寶玉笑
道：原來姐姐也知道我們那邊近日丟了東西？寶釵笑道：你只知道玫瑰露和茯苓霜兩件，乃因人而及物，要不是里頭有人，你連這兩件還不知道呢。殊不知還
有幾件比這兩件大的呢。若以後叨登不出來，是大家的造化；若叨登出來了，不知裡頭連累多少人呢。你也是不管事的人，我才告訴你。平
兒是個明白人，我前兒也告訴了他，皆因他奶奶不在外頭，所以使他明白了。若不犯出來，大家樂得丟開手；若犯出來，他心裡已有了稿子，
自有頭緒，就冤屈不着平人了。你只聽我說，以後留神小心就是了。這話也不可告訴第二個人。說着，來到沁芳亭邊，只見襲人、香菱、
待書、素雲、晴雯、麝月、芳官、蕊官、藕官等十來個人都在那裡看魚頑呢。見他們來了，都說芍藥欄裡預備下了，快去上席。

黛宝钗等随携了他们同到了芍药栏中红香圃三间小厰厅内连尤氏已请过来了诸人都在那里只没平儿原来平儿出去有赖林家送了礼来连三接四上中下三等家人来拜寿送礼的不少平儿忙着打发赏钱道谢一面又色色的回明凤姐儿不过留下几样也有不收的也有收下即刻赏与人的忙了一回又直待凤姐儿吃过面方换了衣裳往园里来刚进了园就有几个丫环来找他一同到了红香圃中只见筵开玳瑁褥设芙蓉众人都笑寿星全了上面四座定要让他四个人坐皆不肯薛姨妈说我老天拔地不合你们的群我倒觉拘的慌不如我到厅上随便躺躺去倒好我又不吃什么又不大吃酒这里让他们倒便宜尤氏等执意不从宝钗道这也罢了倒是让妈妈在厅上歪着自如些有爱吃的送些过去倒自在且前头没人在那里又可照看了探春等笑道既这样恭敬不如从命因大家送他到议事厅上眼看着命小丫头们铺了一个锦褥并靠背引枕之类又嘱咐好生给姨妈捶腿要茶要水别推三扯四的回来送了东西来姨妈吃了就赏你们吃只别离了这里出去小丫头们都答应了探春等方回来终久让宝琴岫烟二人在上平儿面西坐宝玉面东坐探春又接了鸳鸯来二人并肩对面相陪西边一桌宝钗黛玉湘云迎春惜春依序一面又拉了香菱玉钏二人打横三桌上尤氏李纨又拉了袭人彩云陪坐四桌上便是紫鹃莺儿晴雯小螺司棋等人围坐当下探春等还要把盏宝琴等四人都说这一闹一日也坐不成了方才罢了两个女先儿要弹词上寿众人都说我们这里没人要听那些野话厅上去说给姨太太解闷儿去罢一面又将各色吃食拣了命人送与薛姨妈去宝玉便说雅坐无趣须要行令才好众人中有的说行这令好那个又说行那个令好黛玉道依我说拿了笔砚将各色令都写了拈成阄儿咱们抓出那个来就是那个众人都道妙即命拿了一付笔砚花笺香菱近日学了诗又天天学写字见了笔砚便图不得连忙起座说我写众人大家想了一回共得了十来个念着香菱一一的写了搓成阄儿掷在个瓶

向探春便命平兒揣平兒向内搅了一搅用著夾了一个出來打開看上寫有射覆二字宝釵咲道把个酒令的祖宗拈出來射覆從古有的如今失了傳這是後人纂的比一切的令都難這裡頭到有一半是不会的不如毀了另拈一个雅俗共賞的探春咲道既拈了出來如何又毀如今再拈一个若是雅俗共賞的便叫他們行去咱們行這个說着又叫襲人拈了一个却是拇戰湘云咲着說這个簡斷爽利合了我的脾氣我不行這个射覆沒的垂頭喪氣悶人我只划拳去了探春道惟有他乱令宝姐姐快罰他一鍾宝釵不容分說便灌了湘云一杯探春道我吃一杯我是令官也不用宣只聽我分派取了令骰令盆來從琴妹妹擲起挨下擲去對了点的二人射覆宝琴一擲是个三岫烟宝玉等皆擲的不对直到香菱方擲了个三宝琴咲道只好室内生春若說到外頭去可太沒頭緒了探春道自然三次不中者罰一盃你覆他射宝琴想了一想說了个老字香菱原生于這令一時想不到滿室滿席都不見有與老字相連的成語湘云先聽了便也亂看忽見門斗上貼着紅香圃三个字便知宝琴覆的是吾不如老圃的圃字見香菱射不着眾人擊鼓又催便悄悄的拉香菱教他說藥字代玉偏看見了說快罰他又在那裡私相傳遞呢鬨的眾人都知道了忙又罰了一盃恨的湘云拿筷子敲代玉的手于是罰了香菱一盃下則宝釵和探春對了点子探春便射了一个人字宝釵咲道這个人字泛的狠探春咲道添一个字两覆一射也不泛了說着便又說了一个窓字宝釵一想因見席上有雞便覆着他是用雞窓雞人二典了因覆了一个塒字探春知他覆着用了雞栖于塒的典二人一咲各飲一口門盃湘云等不得早和宝玉三五亂叫划起拳來那边尤氏和鴛鴦隔着席也七八亂叫划起來平兒襲人也作了一对划拳叮叮噹噹只听得腕上的鐲子响一時湘云贏了宝玉襲人贏了平兒三人限酒底酒面湘云便說酒面要一句古文一句旧詩一句骨牌名一句曲牌名還要一句時憲書上有的話共總湊成一句話酒底要關人事的菓菜名眾人聽了都咲說惟有他的令

只是人劳叨到也有意思便催宝玉快说宝玉笑道谁说过这个也等想一想儿代玉便道你多喝一盅我替你说宝玉真个喝了酒
听代玉说道落霞与孤鹜齐飞风急江天过鸿哀却是一只折足鸿叫的人九回肠这是鸿雁来宾说的大家笑了说这串子到有些意思
代玉又拈了一个榛穰说酒底道　榛子非关隔院砧　何来万户捣衣声
令完鸳鸯袭人等皆说的是一句俗语都带一个寿字的不能多赘大家轮流乱了一阵这上面湘云又和宝琴对了手李纨和岫烟对了点子
李纨便射了一个瓢字岫烟便覆了一个绿字二人会意各饮了一口湘云的拳却输了清酒面酒底宝琴笑道请君入瓮大家笑起来说这个
典用的当湘云便说道奔腾而澎湃江间波浪兼天涌须要铁锁缆孤舟既遇着一江风不宜出行说的众人都笑了说好个诗断了肠子的怪
道他出这个令故意惹人笑又听他说酒底湘云吃了酒拣了一块鸭肉呷口忽见碗内有半个鸭头遂拣了出来吃脑子众人催他别只顾吃你
到底快说了湘云便用箸子举着说道这　鸭头不是那丫头　头上那讨桂花油
众人越发笑起来引的晴雯螺儿莺儿等一干人都走过来说云姑娘会开心儿拿着我们作笑儿快罚一杯才罢怎见得我们就
该擦桂花油的到得每人给一瓶子桂花油擦擦代玉笑道他到有心给你们一瓶子油又怕挂误着打窃盗的官司众人不理论宝玉却明白
忙低了头彩云有心病不觉的红了脸宝钗忙暗暗的瞅了代玉一眼代玉自悔失言原是趣宝玉的就忘了彩云自悔不及忙一顿行
令猜拳宝玉开了底下宝玉可巧和宝钗对了点子宝钗便覆了一个宝字宝玉想了一想便知是宝钗作戏指自己所佩通灵玉而说
说便笑道姐姐拿我作雅谑我却射着了说出来姐姐别恼就是姐姐的讳钗字就是了众人道怎么解宝玉道他说宝底下
自然是玉了我射钗字旧诗曾有敲断玉钗红烛冷岂不射着了湘云说道这用时事却使不得两个人都该罚香菱忙道

不止時事這也有出處湘云道寶玉二字並無出處不過是春聯上或有之詩書紀載並無算不得香菱道前日我讀岑嘉州五言律現
有一句說此鄉多寶玉怎麽你倒忘了後來又讀李義山七言絕句又有一句寶釵無日不生塵我還笑說他兩個名字都原來在唐詩上呢眾人笑
說這可問住了快罰一盃湘云無語只得飲了大家又該對點的對點划拳的划拳這些人因賈母王夫人不在家沒了管束便任意取樂
呼三喝四喊七叫八滿廳中紅飛翠舞玉動珠搖真是十分熱鬧頑了一回大家方起席散了一散倏然不見了湘云只當他外頭自便就來誰
知越等越沒了影响使人各處去找那裡找得着接着林之孝家的同着幾個老婆子來一則恐有正事呼喚二者恐丫鬟們年輕乘王夫人不在
家不服探春等約束恣意痛飲失了体統故來請問有事無事探春見他們來了便知其意忙笑道你們又不放心來查我們來了
我們並沒有多吃酒不過是大家頑笑將酒作个引子媽媽們別耽心李紈尤氏都也笑說你們歇着去罷我們也不敢叫他們多吃了林
之孝家的等人笑說我們知道連老太太讓姑娘吃酒姑娘們還不肯吃呢何況太太們不在家自然頑罷了我們怕有事來打聽打聽二則天
長了姑娘們頑一回子還該點補些小食兒素日又不大吃雜東西如今吃一兩盃酒若不多吃些東西怕受傷探春笑道媽媽說的是
我們也正要吃呢因回頭命取點心來兩傍丫鬟們答應了忙去傳點心探春又笑讓你們歇着去罷或是姨媽那裡說話兒去
我們即刻打發人送酒你們吃去林之孝家的等人笑回不敢領了又站了一回方退了出來平兒摸着臉笑道我的臉都熱了也不好
意思見他們依我說竟收了罷別惹他們再來到沒意思了探春笑道不相干橫豎咱們不認真喝酒就罷了正說着只見一个
小丫頭笑嘻嘻的走來姑娘們快瞧雲姑娘去吃醉了圖涼快在山子後頭一塊青板石凳上睡着了眾人听說都笑道快別吵嚷說
着都走來看時果見湘云臥於山石僻處一个石凳子上業經香夢沉酣四面芍藥花飛了一身滿頭臉衣襟上皆是紅香散亂手

中的扇子在地下也半被落花埋了一群蜂蝶闹穰穰的圍着他又用鮫帕包了一包芍藥花瓣枕着衆人看了又是愛又是笑忙上來推喚挽扶湘云口内犹作睡語説酒令唧唧嘟嘟説泉香而酒洌玉碗盛來琥珀光直飲到梅梢月上醉扶歸却為宜會親友衆人笑推他説道快醒醒兒吃飯去這潮凳上還睡出病來呢湘云慢啓秋波見了衆人又低頭看了一看自己方知是醉了原是來納凉避静的不覺因多罰了兩杯酒嬌娜不勝便睡着了心中反覺自悔早有小丫頭端了一盆洗臉水兩個捧着鏡奩脂粉來就在石上重新勻了臉攏了鬢連忙起身同着來至紅香圃中又吃了兩盞釅茶探春忙命將醒酒石拿來給他含在口内一時又命他喝了些酸湯方才覺得好了些當下又選了幾樣菓菜與鳳姐送去鳳姐也送了幾樣來宝釵等吃過点心大家也有坐的也有立的也有在外觀花的也有倚欄看魚的各自取便説笑不一探春便和宝琴下棋宝釵岫烟觀局林黛玉和宝玉在一簇花下唧唧噥噥不知説些什麽只見林之孝家的和一群女人帶了一個媳婦進來那媳婦愁眉淚眼也不敢進廳來到了階下便朝上跪下碰頭有声探春因一塊棋受了敵算來算去總得了兩個眼便折了官着兩眼只瞅着棋枰一只手却伸在盒内只管抓弄棋子作想林之孝家的站了半天因回頭要茶時才看見問什麽事林之孝家的便指那媳婦説這是四姑娘屋裡小丫頭彩兒的娘現是園内伺候的人嘴很不好才是我听見了問着他説的話也不敢回姑娘竟要攆出去才是探春道怎麽不回大奶奶林之孝家的道方才大奶奶都往廳上姨太太處去了頂頭看見我已回明白了叫回姑娘來探春道怎麽不回二奶奶平兒道不回去也罷我回去説一声就是了探春点点頭道既這麽着就攆他出去等太太來了再回定奪説畢仍又下棋這里林之孝家的帶了那人出去不題黛玉和宝玉二人站在花下遥遥知意黛玉便説道你家三丫頭倒是個乖人雖然叫他管些事倒也一步兒不肯多走差不多的人就早作起威福來了宝玉道你不知道呢你病着時他干了好几件事這園子也分了人管如今多掐一草也不能了又蠲了

凡件事单拿我和凤姐〻比〻十葉別人最是心裡有算计的人豈只乖而已代玉道要這樣才好咱們家里也太花費了我雖不管事心裡每常閑了替你們一算計出的多進的少如今若不省儉必致後手不接宝玉笑道憑他怎么後手不接也短不了咱們兩个人的代玉听了轉身就往廳上尋宝釵說笑去了宝玉正欲走時只見襲人走來手內捧着一个小連環洋漆茶盤裡面可式放着兩盅新茶因問他往那去了我見你兩半日沒吃茶巴〻的倒了兩盅來他又走了宝玉道那不是他你給他送去說着自拿了一盅襲人便送了那盅去偏和宝釵在一处只得一盅茶便說那位渴了那位先接了我再倒去宝釵笑道我却不渴只要一口漱一漱就夠了說着先拿起來喝了一口剩下半盅遞在代玉手內襲人笑說我再倒去代玉笑道你知道我這病大夫不許多吃茶這半盅尽夠了難為你想的到說畢飲干將盅放下襲人又來接宝玉的宝玉因問道這半日沒見芳官他在那里呢襲人四顧一瞧說才在這裡几个人鬧草的這会子不見了宝玉听說便忙回房中果見芳官面向裡睡在床上宝玉推他說道快別睡覺咱們外頭頑去一会好吃飯的芳官道你們吃酒不理我教我悶了半日可不來睡覺罷了宝玉拉了他起來笑道咱們晚上家裡再吃回來我叫襲人姐〻帶了你桌上吃飯何如芳官道藕官蕊官都不上去單我在那里也不好我也不慣吃那个麵條子早起也沒好生吃才剛餓了我已告訴了柳嫂子先給我做一碗湯盛半碗粳米飯來我這裡吃了就完事若晚上吃酒不許教人管着我〻要尽力吃够了才罷我先在家里吃二三斤好惠泉酒呢如今學了什么這勞什子他們說怕坏嗓子這几年也沒聞見果今兒我是要開齋了宝玉道這个容易說着只見柳家的果遣了人送了一个盒子來小燕接着揭開裡面是一碗蝦丸鷄皮湯又是一碗酒釀清蒸鴨子一碟腌的胭脂鵝脯還有一碟四个奶油松穣捲酥並一大碗熱騰〻碧熒〻蒸的綠畦香稻粳米飯小燕放在案上走去拿了小菜並碗箸過來撥了一碗飯芳官便說油膩〻的誰吃這些东西只將湯泡飯吃了一碗揀了兩塊醃鵝就不吃了宝玉聞着倒

觉比往常之味更胜些似的遂吃了一个卷酥又命小燕也拨了半碗饭泡汤一吃十分香甜可口小燕和芳官都笑了吃毕小燕便将剩的要
交回宝玉道你吃了罢若不够再要些来小燕道不用要这就够了方才麝月姐姐拿了两盘子点心给我们吃了我再吃了这个尽不用再
吃了说着便站在桌傍一顿吃了又留下两个卷酥说这个留着给我妈吃晚上要吃酒给我两碗酒吃就是了宝玉笑道你也爱吃酒等着
咱们晚上痛喝一阵你袭人姐姐和晴雯姐姐量也好也要喝只是每日不好意思如今大家开斋还有一件事想着嘱咐你我竟忘了
此刻才想起来以后芳官全要你照看他他或有不到的去处你提他袭人照顾不过这些人来小燕道我都知道都不用操心但只五儿
那事怎么样宝玉道你和柳家的说去明儿直叫他进来罢等我告诉他们一声就完了芳官听了笑道这倒是正经小燕又叫两个小丫头
进来伏侍洗手倒茶自己收了家伙交与婆子也洗了手便去找柳家的不在话下宝玉便出来仍往红香圃寻众姊妹芳官在后拿着
巾扇刚出了院门只见袭人晴雯二人携手回来宝玉问你们做什么袭人道摆下饭了等你吃饭呢宝玉便笑着将方才吃饭的一节告诉他
两个袭人笑道我说你是猫儿食闻见了香就好隔锅饭儿香虽然如此也该上去陪他们多少应个景儿晴雯用手指戳芳官额上
说道你就是个狐媚子什么空儿跑了去吃饭两个人怎么就约下了也不告诉我们一声儿袭人笑道不过是误打误撞的遇见了说约下
可是没有的事晴雯道既这么着要我们无用明儿我们都走了让芳官一个人就够使了袭人笑道我们都去了使得你却去不得晴
雯道惟有我是第一个要去又懒又笨性子又不好又没用袭人笑道倘或那孔雀褂子再烧了个窟窿你去了谁可会补呢你倒别和我
拿三撇四的我烦你做个什么把你懒的横针不拈竖线不动一般也不是我的私活烦你横竖都是他的你就都不肯做怎么我去了
几天你病的七死八活一夜连命也不顾给他做了出来这又是什么原故你到底说话别只佯憨和我笑那当什么大家说着来至厅上

依序坐下吃饭。宝玉只用茶泡了半碗饭应景而已。一时吃毕，大家吃茶闲话，随便顽笑。外面小螺和香菱、芳官、蕊官、藕官、荳官等四五个人都满园中顽了一回，大家採了些花草来兜着，坐在花草堆中斗草。这一个说我有观音柳，那一个说我有罗汉松，那一个又说我有君子竹，这一个又说我有美人蕉，这一个又说我有星星翠，那个又说我有月月红，这个又说我有牡丹亭畔的牡丹花，那一个又说我有琵琶记里的枇杷果。荳官便说我有姊妹花。众人没了，香菱便说我有夫妻蕙。荳官说从没听见有个夫妻蕙。香菱道：一个箭一个花叫兰，一个箭几个花叫蕙。凡蕙有两枝，上下结花的为兄弟蕙，并头结花的为夫妻蕙。我这枝并头的，怎么不是夫妻蕙。荳官没的说了，便起身笑道：依你说，若是这两枝一大一小，就是老子儿子蕙了。若是两枝背面开的，就是仇人蕙了。你汉子去了大半年，你想他了，便扯上蕙也有夫妻，好不害羞。香菱听了，红了脸，忙要起身拧他，笑骂道：我把你这个烂了嘴的小蹄子，满嘴里汗汗的胡说了。荳官见他要起来，怎肯容他，就连忙伏身将他压倒，回头笑着央告蕊官等：你们来帮着我拧他这谤嘴。两个人滚在草地下。众人拍手笑说了不得了，那是一洼子水，可惜污了他的新裙子了。荳官回头看了一看，果见旁边有一汪积雨，香菱的半扇裙子都污湿了，自己不好意思，忙夺手跑了。众人笑个不住，怕香菱拿他们出气，也都哄笑一散。香菱起身低头一瞧，那裙上犹滴滴点点流下绿水来，正恨骂不绝。可巧宝玉见他们斗草，也寻了些花草来凑趣，忽见众人跑了，只剩了香菱一个低头弄裙，因问怎么散了。香菱便说：我有一枝夫妻蕙，他们不知道，反说我诌，因此闹起来，把我的新裙子也脏了。宝玉笑道：你有夫妻蕙，我这里倒有一枝并蒂菱。口内说着，手内却真个拈着一枝并蒂菱花，又拈了那枝夫妻蕙在手内。香菱道：什么夫妻不夫妻，并蒂不并蒂，你瞧瞧这裙子。宝玉方低头一瞧，便嗳呀了一声，说怎么就拖在泥里了，可惜这石榴红绫最不经染。香菱道：这是前儿琴姑娘带了来的，姑娘做了一条，我做了一条，今儿才上身。宝玉跌脚叹道：若你们家，一日遭塌这一百件也不值什么，只是头一件既系琴姑娘带来的，你和宝姐姐每人

這一件他們上好的先糟了竟不辜負他的心二則姨媽老人家嘴碎饒這麽着我還聽見常說你們不知過日子只會糟塌東西不知
惜福呢這叫姨媽看見了又說個不清香菱聽了這話卻碰在心坎兒上反喜歡起來了因笑道就是這話了我雖有幾條新裙子都不合這
一樣若有一樣的趕着換了也就好了過後再說寶玉道你快休動只站着方好不然連小衣兒膝褲鞋面都要拖髒了我有個主意襲人上月
做了一條和這個一樣的他因有孝如今也不穿竟送了你換下這個來如何香菱搖頭說不好倘或他們聽見了到不好寶玉道這怕什麽等他孝
滿了他愛什麽難道不許你送他別的不成你若這樣不是你素日為人了況且不是瞞人的事只管告訴寶姐姐也可只不過怕姨媽老人家生氣罷
了香菱想了一想有理便點頭笑道就是這樣罷了別辜負了你的心我等着你千萬叫他親自送來才好寶玉聽了喜歡非常答應了忙忙的回來一
壁低頭心下暗想可惜這麽一個人沒父母連自己本姓都忘了被人拐出來偏又賣與了這個霸王因又想起往日平兒也是意外想不到的今日
更是意外的事了一面胡思亂想來至房中拉了襲人細細告訴了他原故香菱之為人無人不憐愛的襲人又本是個手中撒漫的況
與香菱素相合好一聞此信忙就開箱取了出來摺好了隨寶玉來尋着香菱他還站在那裡等呢襲人笑道我說你太淘氣了
是必鬧出故事來才罷香菱紅了臉笑說多謝姐姐誰知那起促狹鬼使黑心說着接了裙子展開一看果然同自己的一樣
又命寶玉背過臉去自己向內解下來將這條繫上襲人道把這髒了的交給我拿回去收拾了再給你送來你若拿回去看見
了又是要問的香菱道好姐姐你拿去不拘給那個妹妹罷我有了這個不要他了襲人道你倒大方的很香菱忙又萬福道謝
襲人拿了髒裙便走香菱見寶玉蹲在地下將方才的夫妻蕙與並蒂菱用樹枝兒摳了一個坑先抓些落花來鋪墊了
將這菱蕙安放好又將些落花來掩了方撮土掩埋平服香菱拉他的手笑道這又叫做什麽怪道人人說你慣會鬼鬼祟祟

使人回麻的事你瞧々你這手弄的泥烏苔滑的还不快洗去宝玉笑着方起身去洗手香菱也自走开二人已走远了数步香
菱复转身回来叫住宝玉々々不知有何话扎着两只泥手笑嘻々的转来问什么香菱只顾笑嘴裡要说什么又说不出来因那边他的小丫头臻儿走
来说二姑娘等你说话呢香菱脸又一红方向宝玉道裙子的事可别和你哥々说才好说毕即转身走了宝玉笑道可不我疯了
往虎口裡探头儿去呢说着也回去洗手去了不知端的且听下回分解

第六十三回　壽怡紅群芳開夜宴　死金丹獨艷理親喪

話說寶玉回至房中洗手，因與襲人商議晚間吃酒大家取樂，不可拘泥，如今吃什麼好，早說給他們備辦去。襲人笑道："你放心，我和晴雯、麝月、秋紋四個人，每人五錢銀子，共是二兩；又芳官、碧痕、小燕、四兒四個人，每人三錢銀子，共是一兩二錢銀子，早已交給了柳嫂子，預備四十碟果子。我和平兒說了，已經抬了一罈好紹興酒藏在那邊了。我們八個人單替你過生日。"寶玉聽了，喜的忙說："他們是那裡的錢，不可叫他們出才是。"晴雯道："他們沒錢，難道我們是有錢的！這原是各人的心，那怕他偷的呢，只管領他的情就是了。"寶玉聽了，笑道："你說的是。"襲人笑道："你一天不挨他兩句硬話村你，你再過不去。"晴雯笑道："你如今也學壞了，專會調三窩四。"說著，大家都笑了。寶玉說："關院門罷。"襲人笑道："怪不得人說你是無事忙，這會子關了門，人倒疑惑，索性再等一等。"寶玉點頭，因說："我出去走走，四兒舀水去，小燕一個跟我來。"說著，走至外邊，因見無人，便問五兒之事。小燕道："我才告訴了柳嫂子，他倒很喜歡。只是五兒那夜受了委屈煩惱，回家又氣病了，那裡來得，只等好了罷。"寶玉聽了，未免後悔長嘆，因又問："這事襲人知道不知道？"小燕道："我沒告訴，不知芳官可說了不曾。"寶玉道："我卻沒告訴過他，也罷，等我告訴他就是了。"說畢，復走進來，故意洗手。已是掌燈時分，聽得院門前有一群人進來。大家隔窗悄視，果見林之孝家的和幾個管事女人走來，前頭一人提著大燈籠。晴雯悄笑道："他們查上夜的人來了，這一出去，咱們就好關門了。"只見怡紅院凡上夜的人都迎了出來，林家的看了不少，又吩咐："別要賭錢吃酒，放倒頭睡到大天亮，我聽見了是不依的。"眾人都笑說："那裡有這麼大膽子的人。"林之孝家的又問："寶二爺睡下了沒有？"眾人都回不知道。襲人忙推寶玉。寶玉靸了鞋，便迎出來，笑道："我還沒睡呢。媽媽進來歇歇。"又叫："襲人倒茶來。"林之孝家的忙進來，笑道："還沒睡呢？如今天長夜短了，該早些睡，明兒起的方早。不然到了明日起遲了，人笑話說不是個讀書上學的公子

了到像那起挑脚漢了說畢又笑寶玉忙笑道媽媽說的是我每日都睡的早媽媽每日進來可都是我不知道的已經睡了今兒因
吃麵怕停住食所以多頑一回林之孝家的又向襲人等笑說該沏些普洱茶吃襲人晴雯二人忙笑說沏了一盄子女兒茶已經喝過兩碗了大
娘也嘗一盃都是現成的說着便倒了一碗來林之孝家的又笑道這些時我聽見二爺嘴裏都換了字眼趕着這幾位大姑娘們竟叫起名字來
雖然在這屋裏到底是老太太太太的人還該嘴裏尊重些才是若一時半刻偶然叫一聲使得若只管順口叫起來怕已後兄弟侄兒
照樣就惹人笑話說這家子的人眼裏沒有長輩寶玉笑道媽媽說的是我原不過一時半刻偶然叫一句是有的
襲人晴雯都笑說這可別委屈了他直到如今他姐姐沒離了口不過頑的時候叫一聲半聲名字若當着人却和先一樣林之孝家的笑道這才好呢這才是讀書知禮的越自己謙越
尊重別說是三五代的陳人現從老太太太太屋裏撥過來的便是老太太太太屋裏的貓兒狗兒輕易也傷不的這才是受過調教的公
子行事說畢吃了茶便說請安歇罷我們走了寶玉還說再歇歇那林之孝家的已帶了衆人又查別處去了這裏晴雯等忙命關了
門進來說這位奶奶那裏吃了一盃來了嘮三叨四的又排場了我們一頓去了麝月笑道他也不是好意的少不得也要常提着些兒也隄防着怕走
了大褶兒的意思說着一面擺上酒果襲人道不用高桌咱們把那張花梨圓炕桌子放在炕上坐又寬綽又便宜說着大家果然抬來
麝月和四兒那邊去搬果子用兩個大茶盤做四五次方搬運了來兩個老婆子蹲在外面火盆上篩酒寶玉說天熱咱們都脫了大衣裳
才好衆人笑道你要脫你脫我們還要輪流安席呢寶玉笑道這一安席就要到五更天了知道我最怕這些俗套在外人跟前不
得已的這會子還慪我就不好了衆人聽了都說依你先不上坐且忙着寬卸衣裳一時正妝卸去頭上只隨便挽着鬢兒身上皆是長裙短
襖寶玉只穿件大紅棉紗襖兒下面綠綾彈墨夾褲散着褲腳倚着一個玫瑰芍藥花瓣裝的玉色夾紗新枕頭和芳官兩個先搳拳

七四八

時芳官滿口嚷熱只穿着一件玉色紅青駝絨三色緞子鬥的水田小夾襖束着一條柳綠汗巾底下是水紅撒花夾褲也散着褲腿兒頭上齊額
編着一圈小辮兒總歸至頂心結一根粗辮拖在腦後右耳眼內只塞着米粒大小的一个小玉塞子左耳上單帶一个白果大小的硬紅鑲金
大墜子越顯的面如滿月猶白眼如秋水還清引的眾人笑說他兩个倒像一對雙生的弟兄襲人等一一的斟了酒說且等等再划拳雖不安席每人在手裡吃
我們一口罷了于是襲人為先端在唇上吃了一口餘者依次下去一一吃過大家方團坐定小燕四兒因炕沿坐不下便端了兩張椅子近炕放下那四十个
碟子皆是一色白粉定窯的不過只有小茶碟大裡面不過是山南海北中原外國或干或鮮或水或陸天下[illegible]
[illegible]所有的酒饌果菜寶玉因說咱們也該行个令才好襲人道斯文些的才好別大呼小叫的惹人聽見二則我們不識字可不要那些文
縐縐的麝月笑道拿骰子咱們搶紅罷寶玉道沒趣不好咱們占花名兒好晴雯笑道正是早已想着這个頑意兒襲人道這个頑意
兒雖好人少了沒趣小燕笑道依我說咱們竟悄悄的把寶姑娘林姑娘史姑娘請了來頑一回子到二更天再睡不遲襲人道又開門闔戶
的鬧倘或遇見巡夜的問寶玉道怕什麼咱們三姑娘也吃酒再請他一聲才好還有琴姑娘眾人都道琴姑娘罷了他在大奶奶屋裡叨登
的大發了寶玉道怕什麼你們就快請去小燕四兒都得不了一聲二人忙開了門分頭去請晴雯麝月襲人三人又說他兩个請去只怕寶林兩个不
肯來須得我們請去死活拉他來了是襲人晴雯忙又命老婆子打个燈籠二人又去果然寶釵說夜深了黛玉說身上不好他二人再三央
求說好歹給我們一点體面略坐坐再來眾人聽了却也歡喜因想不請李紈倘或被他知道了到不好便命翠墨同了小燕也再三的
請了李紈和寶琴二人會齊先後都到了怡紅院中襲人又死活拉了香菱來炕上又並了一張桌子方坐開了寶玉忙說林妹妹怕冷
過這邊靠板壁坐又拿个靠背墊着些襲人等都端了椅子在炕沿下一陪黛玉却離桌遠遠的靠着靠背因笑向寶釵

钗李纨探春等道你们说日天人家聚饮赌博今儿我们自己也如此以防忌讳说人事执咛道又何妨一年之中不过生日节间如此
共在在如此这到也不怕说着晴雯拿了一个竹雕的签筒里面装着象牙花名签子摇了一摇放在当中又取过骰子来盛在盒内
摇了一摇揭开一看里面是五点数至宝钗宝钗便笑道我先抓不知抓出个什么来说着将筒摇了一摇伸手掣了一根大家一看只
见签上画着一枝牡丹题着艳冠群芳四字下面又有镌的小字一句唐诗道是　任是无情也动人
又注着在席者共贺一盃此为群芳之冠随意命人不拘诗词雅谑道一则以侑酒众人看了都说巧的很你也原配牡丹花说着大
家共贺了一盃宝钗吃过便笑说芳官唱一支我们听罢芳官道既这样大家吃了门盃好听的于是大家吃过门盃芳官便唱寿筵开
处风光好众人都道快打回去这会子很不用你来上寿拣你极好的唱来芳官只得细细的唱了一支赏花时翠凤毛翎扎帚叉闲踏天
门扫落花才罢宝玉却只管拿着那签口内颠来倒去念任是无情也动人听了这曲子眼看着芳官不语湘云忙一手夺了撂与宝钗宝钗
又掷了一个十六点数到探春探春笑道我还不知得个什么呢伸手掣了一根出来自己一瞧便掷在地下红了脸笑道这东西不好不该行这
令这原是外头男人们行的令许多混话在上头众人不解袭人等忙拾了起来众人看那上面是一枝杏花那红字写着瑶池仙品四
字诗云　　日边红杏倚云栽
注云得此签者必得贵婿大家恭贺一盃共同饮一盃众人笑道我说是什么呢这签原是闺阁中取笑的除了这两三根有
这话的并无杂话这有何妨我们家已有个王妃难道你也是王妃不成大喜大喜说着大家来敬探春探春那里肯饮却被湘云香
菱李纨等三四个人强死强活灌了下去探春只叫蠲了这个再行别的众人断不肯依湘云拿着他的手强掷了个十九点出来

便该李氏掣了。摇了一摇，掣了出一根来一看，笑道：好极，你们瞧瞧，这劳什子竟有些意思。众人瞧那签上画有一枝老梅，是写有霜
晓寒姿四字，那面有一句旧诗　竹篱茅舍自甘心
注云：自饮一盃，下家掷骰。李纨笑道：真有趣，你们掷去罢，我只自吃一盃，不问你们的废与兴。说着便吃了酒，将骰过与代玉。代玉一掷是个十八点，便该湘
云掣。湘云笑着揎拳掳袖的伸手掣了一根出来。大家看时，一面画有一枝海棠，题有香梦沉酣四字，那面诗道是　只恐夜深花睡去
代玉笑道：夜深两个字改石凉两个字。众人便知他打趣白日间湘云醉卧的事，都笑了。湘云笑指那自行纵(船)与代玉看，又说：快坐上那船
家去罢，别多话了。众人都笑着。因看注云：既云香梦沉酣，掣此签者不便饮酒，只令上下二家各饮一盃。湘云拍手笑道：
阿弥陀佛，真真好签。恰好代玉是上家，宝玉是下家，二人斟了两盃只得要饮。宝玉先饮了半盃，瞅人不见，递与芳官，端起来便一扬脖。
代玉只管和人说话，将酒全折在漱盂内了。湘云便绰起骰子来一掷个九点，数去该麝月。麝月便掣了一根出来。大家看时，这面上是
一枝荼蘼花，题有韶华胜极四字，那边写有一句旧诗，道是　开到荼蘼花事了
注云：在席各饮三盃送春。麝月问怎么讲，宝玉愁眉忙将签藏了，说：咱们且喝酒。说着大家吃了三口，以充三盃之数。麝月一
掷个十九点，该香菱。香菱便掣了一根并蒂花，题有联春绕瑞，那面写有一句旧诗，道是　连理枝头花正开
注云：共贺掣者三盃，大家陪饮一盃。香菱便又掷了个六点，该代玉掣。代玉默默的想道：不知还有什么好的被我掣着方好。一面
伸手取了一根，只见上面画有一枝芙蓉，题有风露清愁四字，那面一句旧诗，道是　莫怨东风当自嗟
注云：自饮一盃，牡丹陪饮一盃。众人笑说：这个好极，除了他别人不配作芙蓉。代玉也自笑了。于是饮了酒，便掷了个二十点，该着袭人。袭人

也便了取了一枝出来却是一枝桃花题着武陵别景四字一句旧诗道是　桃红又是一年春
注云杏花陪一盏坐中同庚者陪一盏同辰者陪一盏同姓者陪一盏众人笑道这一回热闹有趣大家算来香菱晴雯宝钗三人皆与他同庚
代玉与他同辰只无同姓者芳官忙道我也姓花我也陪他一钟于是大家斟了酒代玉因向探春笑道命中该招贵婿的你是杏花快喝了我们好喝
探春笑道这是个什么话大嫂子顺手给他一下子李纨笑道人家不得贵婿反挨打我也不忍得众人都笑了袭人才要掷只听有人叫门老婆
子忙出去问时原来是薛姨妈打发人接代玉的众人因问几更了人答二更已后了钟打过十一下了宝玉犹不信要过表来瞧了一瞧已是子初十分
了代玉便起身说我可掌不住了回去还要吃药众人说也都该散了袭人宝玉等还要留着众人李纨宝钗等都说夜太深了不像这已是破格
了袭人道既如此每位再吃一盏再走说着晴雯等已都斟满了酒每人吃了都命点灯袭人等直送过沁芳亭河边方回来关了门大家复又行起令
来袭人等又用大盏斟了几盏用盘子攒了各样果菜与地下老嬷嬷们吃彼此有了三分酒便猜拳赢唱小曲儿那天已四更时分老嬷嬷们一面明吃一
面暗偷酒缸已罄众人方收拾盥漱睡觉芳官吃的两腮胭脂一般眉梢眼角越添了许多丰韵身子图不得便睡在袭人身上说好姐姐心
跳的很袭人笑道谁叫你尽力灌呢春燕四儿也图不得早睡了晴雯还只管叫宝玉道不用叫了咱们且胡乱歇一歇罢自己便枕了那红香枕
子一歪身睡着了袭人见芳官醉的很恐闹他唾酒只得轻轻起来就将芳官扶在宝玉之侧由他睡了自己却在对面榻上倒下大家黑甜一
不知所之及至天明袭人睁眼看了一看只见天色晶明忙说可迟了向对面床上瞧了一瞧只见芳官头枕着炕沿上犹未醒连忙起来叫他宝玉已
翻身醒了笑道可迟了因又推芳官起身那芳官坐起来犹发怔揉眼睛袭人笑道不害羞你吃醉了怎么也不拣地方儿乱挺下了芳官
一瞧方知是和宝玉同榻忙的下地来说我怎么吃的不知道了宝玉笑道我竟也不知道了若知道给你脸上抹些黑墨说着丫头进来

伺候梳洗宝玉笑道昨兒有擾今兒晚上我还席袭人笑道罢々今兒可別闹了再闹就有人説話了宝玉道怕什麽不过才两次罢了咱们也
算会吃酒了那一罈子酒怎麽就吃光了正是有趣偏又没了袭人笑道原要这樣才有趣必至興尽了反無味昨兒都好上来了晴雯連臊也忘了我
記得他还唱了一个曲兒四兒笑道姐々忘了連姐々还唱了一个呢在席的誰没唱过众人听了俱红了臉用两手握着笑个不住忽見平兒笑嘻々的走来説我親自
来請昨日在席的人今日我还東短一个人也使不得众人忙讓坐吃茶晴雯笑道可惜昨夜没他平兒忙问你们夜裡做什麽来袭人便説告訴
不得你昨兒夜裡熱闹非常連往日老太々太々帶着众人頑也不及昨兒这一頑一罈酒我们都鼓搗光了一个々吃的把臊都丢了三不知的又
都唱起来四更多天才横三竪四的打了一个盹兒平兒笑道好白和我要了酒来也不請我还説給我听氣我晴雯道今兒他还席必自来請你等々
等着罢平兒笑问道他是誰々是他晴雯听了趕着笑打説道偏你这耳朵尖听得真平兒笑道这会子有事不和你説我幹事去了回
来再打發人請去一个不到我打上门来的宝玉等忙留他已經去了这裡宝玉梳洗了正吃茶忽然一眼看見硯台底下壓着一張紙因説道你们
這随便混壓東西也不好袭人晴雯等忙問又怎麽了誰又有了不是了宝玉指道硯台底下是什麽一定又是那位的樣子忘了收的晴雯忙啟硯
拿了出来却是一張字帖兒遞與宝玉看時原来是一張粉红箋子上面寫着檻外人妙玉恭肅遥叩芳辰宝玉看畢直跳了起来忙问道是誰接
了来的也不告訴袭人晴雯等見了这般不知当是那个要紧的人来的帖子忙一齊问昨兒誰接下了一个帖子四兒忙飛跑进来笑道昨兒妙玉並没親来
只打發个媽々送来我就擱在那裡誰知一頓酒就忘了众人听了道我当誰的这樣大驚小怪这也不值的宝玉忙命快拿紙来当下拿了紙研了墨
看他下着檻外人三字自己竟不知回帖上回个什麽字樣才相敵只管提筆出神半天仍没主意因又想若問宝釵去他必又批評怪誕不如问代
玉去想罢袖了帖子逕来尋代玉剛过了沁芳亭忽見岫烟顫巍々的迎面走来宝玉忙问姐々那裡去岫烟笑道我找妙玉説話宝玉听了

吵了忽說道他為人孤癖不合時宜万人不入他目原来他推重姐ゝ竟知姐ゝ不是我們一流俗人岫烟笑道他也未必真心重我但我和他做過十年的鄰居只一墻之隔他在蟠香寺修煉我家原寒素賃房居住就賃的是他廟裡的房子住了十年無事到他廟裡去作伴我所認的字都是承他所授我和他又是貧賤之交又有半師之分因我們投親去了聞得他因不合時宜權勢不容竟投到這裡來如今又有緣湊合我們得遇舊情竟未易承他青目更勝當日宝玉聽了恍如聽了焦雷一般喜的笑道怪道姐ゝ舉止言談超然如野鶴閒雲原来有本而来正因他的一件事我為難要請教別人去如今遇見姐ゝ真是天緣湊巧求姐ゝ指教說着便將拜帖取与岫烟看岫烟笑道他這脾氣竟不能改竟是生成這等放誕詭僻了從来沒見拜帖上下別号的這可是俗語說的僧不僧俗不俗女不女男不男成个什麽道理宝玉聽說忙笑道姐ゝ不知道他原不在這些人中算他原是世人意外之人因取我是个些微有知識的方給我這帖子我因不知回什麽字樣才好竟沒了主意正要去問林妹ゝ可巧遇見了姐ゝ岫烟聽了宝玉這話且只管用眼上下細ゝ打諒了半日方笑道怪道俗語說的聞名不如見面又怪不得妙玉竟下這帖子給你又怪不得上年竟給你那些梅花既連他這樣少不得我告訴你原故他常說古人中自漢晋五代唐宋以来皆無好詩只有兩句好說道

縱有千年鐵門檻　終須一个土饅頭

所以他自稱檻外之人又常讚文是莊子的好故又或稱為畸人他若帖子上是自稱畸人的你就還他个世人畸人者他自稱是畸零之人你謙自己乃世中擾ゝ之人他便喜了如今他自稱檻外之人是自謂蹈于鐵檻之外了故你如今只下檻內人便合了他的心了宝玉聽了如醍醐灌頂嗳喲了一声方笑道怪道我們家廟說是鐵檻寺呢原来有這一說姐ゝ就請讓我去寫回帖岫烟聽了便自往櫳翠庵来宝玉回房寫了帖子上面只寫檻內人宝玉熏沐謹拜几字親自拿了到櫳翠庵只隔門縫兒投進去便回来了因飯後平兒還席說紅香圃太熱

使在榆荫堂中摆了几席新酒佳肴。可喜尤氏又带了佩凤偕鸳二妾过来游玩。这二妾亦是青年娇憨女子,不常过来的,今既入了这园,再遇见湘云、香菱、芳官、蕊官一干女子,所谓方以类聚,物以群分,二语不错。只见他们说笑不了,也不管尤氏在那里,只凭丫鬟们去伏侍,且同众人一一的游玩。闲言少述。且说当下众人都在榆荫堂中以酒为名,大家顽笑,命女先儿击鼓。平儿采了一枝芍药,大家约有二十来人传花为令,热闹了一回。因人回说甄家有两个女人送东西来了,探春和李纨、尤氏三人出去议事厅相见。这里众人且出来散一散。佩凤偕鸳两个去打秋千顽耍,宝玉便说:"你两个上去,让我送。"慌的佩凤说:"罢了,别替我们闹乱子。"忽见东府中几个人慌慌张张跑来说:"老爷宾天了。"众人听了,唬了一大跳,忙都说:"好好的并无疾病,怎么就没了?"家人说:"老爷天天修炼,定是功成圆满,升仙去了。"尤氏闻此言,又见贾珍父子并贾琏等皆不在家,一时竟没个着己的男子来,未免忙了,只得忙卸了妆饰,命人先到玄真观将所有的道士都锁起来,等大爷来家审问;一面忙忙坐车带了赖升一干老人媳妇出城,又请太医看视到底系何病。大夫们见人已死,何处诊脉来,素知贾敬导气之术总属虚诞,更至参星礼斗,守庚申,服灵砂,妄作虚为,过于劳神费力,反因此伤了性命的。如今虽死,腹中坚硬似铁,面皮嘴唇烧的紫绛皱裂。便向媳妇回说:"系玄教中吞金服砂,烧胀而殁。"众道士慌的回说:"原是老爷秘法新制的丹砂吃坏了事,小道们也曾劝说功行未到且服不得,不想老爷于今夜守庚申时悄悄的服了下去,便升仙了。这恐是虔心得道,已出苦海,脱去皮囊,自了去也。"尤氏也不听,只命锁着,等贾珍来发放,且命人去飞马报信。一面看视这里窄狭,不能停放,横竖也不能进城的,忙装裹好了,用软轿抬至铁槛寺来停放。掐指算来,至早也得半月的工夫,贾珍方能来到。目今天气炎热,实不得相待,遂自行主持,命天文生择了日期入殓。寿木已系早年备下寄在此庙的,甚是便宜。三日后便开丧破孝。一面且做起道场来等贾珍。荣府中凤姐儿出不来,李纨又照顾姊妹,宝玉不识事务,只得将外头之事暂托了几个家中二等

管事的又贾瑞贾珖贾珩贾璎贾菖贾菱等各有执事尤氏不能回家便将他继母接来在府看家他这继母只得将两个未出嫁女
孩带来一并住着才放心那贾珍闻了此信急忙告假并贾蓉是有职之人不肯假礼部见当今隆敦孝弟不敢自专具本请旨原来天子是
个极至孝的且更隆重功臣之裔一见此本便诏问贾敬何职礼部代奏系进士出身祖职已荫其子贾珍贾敬因年迈多疾常养静于都
城之外玄真观今因疾殁于寺中其子珍其孙蓉现因国丧随驾在此故乞假归殓天子听了忙下额外恩旨曰贾敬虽白衣无功于国
念祖父之忠追赐五品之职令其子孙扶柩由北下之门进都入彼私第殡殓任子孙尽丧礼毕扶柩回籍外着光禄寺按上例赐祭
朝中由王公以下准其祭吊钦此钦旨一下不但贾府中人谢恩连朝中所有大臣皆嵩呼称颂不绝贾珍父子星夜驰回半路又见贾瑞等
忙二人领家丁飞骑而来看见贾珍一齐滚鞍下马请安贾珍忙问作什么贾瑞回说嫂子恐哥哥和侄儿来了老太太路上无人叫我们
两个来护送老太太的贾珍听了赞称不绝又问家中如何料理贾瑞等便将如何拿了道士如何挪至家庙怕家内无人接了亲家母
和两个姨娘在上房住着贾蓉当下也下了马听见两个姨娘来了便和贾珍一笑贾珍忙说了几声妥当加鞭便走店也不投连夜换马飞驰
一日到了都门先奔入铁槛寺那天已是四更天气坐更的闻知忙喝起众人来贾珍下了马和贾蓉放声大哭从大门外便跪爬进来至棺前
稽颡泣血直哭到天亮喉咙都哑了方住尤氏等都一齐见过贾珍父子忙按礼换了凶服在棺前俯伏无奈自要理事竟不能目不视物
耳不闻声少不得减些悲戚好指挥众人因将恩旨备述与众亲友听了一面先打发贾蓉家中来料理停灵之事贾蓉得不得一声儿
跑来到家忙命前厅收桌椅下槅扇挂孝幔子门前起鼓手棚牌楼等事又忙着进来看外祖母及两个姨娘原来尤老安人年高喜
睡常歪着他二姨娘三姨娘都和丫头们做活计见他来了都道烦恼贾蓉且嘻嘻的望他二姨娘笑说二姨娘你又来了我父亲正想

你呢尤二姨红了脸骂道蓉小子我过两日不骂你几句你就过不得了越发连个体统都没了还亏你是大家子的公子哥儿每日

念书学礼的越发那小家子瓢坎的也跟不上说着顺手拿起个熨斗来搂头就打吓的贾蓉抱着头滚到怀里告饶尤三姐便上来撕

嘴又说等姐姐来家咱们告诉他贾蓉忙笑着跪在炕上求饶他两个又笑了贾蓉又和他二姨娘抢砂仁吃尤二姐嚼了一嘴渣子吐了他一脸

贾蓉用舌头都舔着吃了众丫头看不过都笑说热孝在身上老娘才睡了觉他两个虽小到底是你姨娘你太眼里没有奶奶了回

来告诉爷你吃不了兜着走贾蓉撂下他姨娘便抱着丫头们亲嘴我的心肝你说的是咱们馋他两个丫头们忙推他恨的骂短

命鬼儿你一般有老婆丫头只和我们闹知道的说是顽不知道的人再遇见那脏心烂肺的爱多管闲事嚼舌头的人吵嚷的那府里谁不

知道谁不背地里嚼舌说咱们这边乱帐贾蓉笑道各门另户谁管谁的事都够使的了从古至今连汉朝和唐朝人还说脏唐臭汉何况

咱们这种人家谁家没风流事别讨我说出来连那边大老爷这么利害琏二叔还和那小姨娘不干净呢凤婶子那样刚强瑞叔还想他的账

件件我都知道只管信口开河胡言乱语三不知的忽见他老娘醒了请安问好又说难为老祖宗劳心又难为两个姨娘受委曲我们爷儿们

们感戴不尽惟有等事完了我们合家大小登门磕头去尤老人点头道我的儿倒是你会说话亲戚们原是该的又问你父亲好几时了

信赶到的贾蓉笑道才刚赶到的先打发我瞧你老人家来了好多的求老人家里事完了再去说着又和他二姨娘挤眼尤二姐便悄悄

的咬牙含笑骂很会嚼舌头的猴儿崽子留下我们给你爹做妈不成贾蓉又戳他老娘道放心我父亲每日为两位姨娘操心

寻两个有根基的富贵人又年轻又俏皮的两位姑爷好聘嫁这二位姨娘的这几年总没拣着可巧前日路上才相准了一个尤老娘只当是真话

忙问是谁家的尤二姐丢了活计一头笑一头赶着打说妈别信这雷打的[illegible]

序的注回谨遵旨已完了请时先生去看了回帝的话去加要晓方庚嗟嗟的出来知如何下回分解

第六十四回　幽淑女悲題五美吟　浪蕩子情遺九龍佩

話說賈蓉見家中事已妥，連忙趕至寺中回明賈珍。于是連夜分派各項執事人役，並預備一切應用幡杠等物，擇于初四日卯時請靈柩進城，一面使人知會諸位親友。是日喪儀焜耀，賓客如雲，自鐵檻寺至寧府，夾路看的何止數萬。內中有嗟嘆的，也有羨慕的，又有一等半瓶醋的讀書人，說是喪禮與其奢易莫若儉戚的，一路紛紛議論不一。至未申時方到，將靈柩停放在正堂之內。供奠舉哀已畢，親友漸次散回，只剩族中人分理迎賓送客等事。近親只有邢大舅相伴未去。賈珍、賈蓉此時為禮法所拘，不免在靈旁藉草枕塊，恨苦居喪。人散後，仍乘空尋他小姨們廝混。寶玉亦每日在寧府穿孝，至晚人散，方回園裡。鳳姐身體未愈，雖不能時常在此，或遇開壇誦經、親友上祭之日，亦扎掙過來，相幫尤氏料理。

一日，供畢早飯，因此時天氣尚長，賈珍等連日勞倦，不免在靈旁假寐。寶玉見無客至，遂欲回家看視黛玉，因先回至怡紅院中。進入門來，只見院中寂靜無人，有幾個老婆子與小丫頭們在迴廊下取便乘涼，也有睡卧的，也有坐著打盹的。寶玉也不去驚動。只有四兒看見，連忙上前來打簾子。將掀起時，只見芳官自內帶笑跑出，幾乎與寶玉撞個滿懷。一見寶玉，方含笑站住，說道：「你怎麼來了？你快與我攔住晴雯，他要打我呢。」一語未了，只聽得屋內唏溜嘩喇的亂響，不知何物撒了一地。隨後晴雯趕來罵道：「我看你這小蹄子那裡去！輸了不叫打。寶玉不在家，我看你有誰來救你。」寶玉連忙帶笑攔住，說道：「你妹子小，不知怎麼得罪了你，看我的分上，饒他罷。」晴雯也不想寶玉此時回來，乍見不覺笑了，遂笑說道：「芳官竟是個狐狸精變的，就是會拘神遣將的符咒也沒這樣快。」又笑道：「就是你真請了神來，我也不怕。」遂奪手仍要捉拿芳官。芳官早已藏在寶玉身後。寶玉遂一手拉了晴雯，一手攜了芳官，進來看時，只見西邊炕上麝月、秋紋、碧痕、紫綃等正在那裡抓子兒贏瓜子兒呢。卻是芳官輸與晴雯，芳官不肯叫打，跑了出去。晴雯因趕芳官，將懷

她子兜轉了一地宝玉聽了說道如此長天我不在家正怕你們寂寞吃了飯睡覺睡出病来大家尋件事頑笑倒還有趣因不見

襲人便問道你襲人姐姐呢晴雯道襲人麼越發道學了獨自一个在屋裡面壁呢這好一会我們沒進去不知他作什麼呢一點声兒也聽不見你

快瞧瞧去罷或者此時參悟了也未可定宝玉聽說一面笑一面走至裡間只見襲人坐在近窗床上手中拿着一根灰色縧子正在那裡

打結子呢見宝玉進来連忙站起来笑道晴雯這東西編派我什麼呢我因要趕着打完了這結子沒空兒合他們瞎鬧因哄他們道你

們頑去罷趁着二爺不在家我要在這裡静坐一坐養一養神他就編派我這些混話什麼面壁了參禪了的等一会我撕他那嘴

宝玉笑着挨近襲人坐下瞧他打的縧子問道這麼長天你也該歇息歇息或合他們頑笑要不瞧瞧林妹妹去也好怪熱的打這个那裡使襲人

道我見你帶的扇套還是那年東府蓉大奶奶事情上做的因那个青東西除族中或親友家夏天有喪事方帶得着一年遇着帶

一兩遭平常又不犯做如今那府裡有事這是要過去天天帶的所以我趕着另做了一个打完了縧子給你換下那舊的来你雖然不講究

這个倘或老太太回来看見又說我們懶連你穿帶之物都不經心了宝玉笑道這真難為你想的到只是也不可過于趕熱着了到是大事說

着芳官早托了一盃涼水新湃的茶来因宝玉素昔秉賦柔脆雖暑月不敢用冰將茶連壺浸在盆內不時更換取其涼意而已宝玉就

芳官手内吃了半盞遂向襲人道我来時已分付了茗烟若珍大哥那邊有要緊人客来時令他来通稟若無要緊的事我就不過去了

說畢遂出了房門又回頭向碧痕等道如有事往林姑娘那裡来找我于是往瀟湘館来看黛玉將過了沁芳橋只見雪雁領着兩个婆

子手中都拿着菱藕瓜果之類宝玉忙向雪雁道你們姑娘從来不吃這些涼東西的拿這些瓜果何用不是要請那位姑娘

奶奶麼雪雁笑道我告訴你可不許你對姑娘說去宝玉點頭應允雪雁便命兩个婆子先將瓜果送去交與紫鵑姐姐他要問

我就说我做什么呢就来那婆子答应着去了雪雁方说道我们姑娘这两日方觉身上好些了今日饭后三姑娘来会着要瞧二奶奶去姑娘
也没去又不知想起什么来自己伤感了一会提笔写了好些不知是诗是词叫我传瓜果去时又听得叫紫鹃将屋内摆着的小琴桌上的
陈设都搬下来将桌子挪在外间当地又叫将那龙文鼒放在桌上等瓜果来时听用若说是请人呢不犯先忙着把个炉摆出来若说是点香
呢我们姑娘素日屋内除摆新鲜花果木瓜之类又不大喜熏衣服就是点香也当点在常坐卧之处难道是老婆子们把屋子熏臭了要拿香熏熏
不成究竟连我也不知何故说毕便连忙的去了宝玉这里由不得低头心内细想道据雪雁说来必有原故若是同那一位姊妹们闲坐亦不必如此先设馔具或者
是姑爹姑妈的忌辰但我记得每年到此日期老太太都吩咐另外整理肴馔送去林妹妹私祭此时已过大约是七月因为瓜果之节家家都上秋祭的坟林妹妹
有感于心所以在私室自己奠祭取礼记春秋荐其时食之意也未可定但我此时走去见他伤感必极力劝解又怕他烦恼郁结于心若不去又
恐他过于伤感无人劝止两件皆足致疾莫若先到凤姐姐处一看在彼稍坐即回如若见林妹妹伤感再设法开解既不至使其过悲哀痛稍申
亦不致抑郁致病想毕遂出了园门一径到凤姐处来正有许多婆子们回事毕纷纷散出凤姐儿正倚着门和平儿说话呢一见了宝玉笑
道你回来了么我才吩咐了林之孝家的叫他使人告诉跟你的小厮若没什么事趁便请你回来歇息歇息再者那里人多你那里禁得住那
些气味不想恰好你到来了宝玉笑道多谢姐姐记挂我也因今日没事又见姐姐这两日没往那府里去不知身上可大愈否所以回来
看看凤姐道左右不过是这样三日好两日不好的老太太太太不在家这些大娘们那一个是安分的每日不是打架就拌嘴连赌博偷盗的事情
都闹出来了两三件了虽说有三姑娘帮着办理他又是个没出阁的姑娘也有叫他知道得的也有对他说不得的事也只好强扎挣着罢了总不得心静一会别
说想病好求其不添也罢了宝玉道姐姐还要保重身体少操些心才是说毕又说了些闲话别过凤姐一直往园中走来进了

瀟湘館的院門看時只見爐裊殘烟奠餘玉醴紫鵑正看着人往裡搬桌子撤陳設呢寶玉便知已經祭完了走入屋內只見代玉面向裡歪着病體懨懨大有不勝之態紫鵑連忙說道寶二爺來了代玉方慢慢的起來含笑讓坐寶玉說妹妹這兩天可大好些了氣色到覺比先靜些只是為何又傷心了代玉道可是你沒的說了好好的我多早晚又傷心了寶玉笑道妹妹臉上現有淚痕如何還哄我呢只是我想妹妹素日本來多病凡事當各自寬解不可過作無益之悲若作踐壞了身子使我說到這裡覺得以下的話有些難說連忙咽住只因他雖說和代玉一處長大情投意合願同生死却只是心中領會從來未曾當面說出況兼代玉心多每每說話造次得罪了他今日原為的是來勸解不想把話又說造次了接不下去心中一急又怕代玉惱他又想一想自己的心實在的是為好因而轉急為悲早已滾下淚來代玉起先原惱寶玉說話不論輕重如今見此光景心有所感本來素昔愛哭此時亦不免無言對泣却說紫鵑端了茶來打諒他二人又為何事角口因說道姑娘身上才好些寶二爺又來慪他了到底是怎麼樣寶玉一面拭淚笑道誰敢慪妹妹了一面搭訕起來閒步只見硯台底下微露一紙角不禁伸手拿起代玉忙要起身來奪已被寶玉揣在懷內笑央道好妹妹賞我看看罷代玉道不管什麼來了就混翻一語未了只見寶釵走來笑道寶兄弟要看什麼寶玉因未見上面是何言詞又不知代玉心中如何未敢造次回答却望着代玉笑代玉一面讓寶釵坐一面笑說道我曾見古史中有才色的女子終身遭際令人可欣可羨可悲可嘆者甚多今日飯後無事因欲擇出數人胡亂湊几首詩以寄感慨可巧探丫頭來會我瞧鳳姐姐去我因身上懶懶的沒同他去才做了五首一時困倦起來撂在那裡不想二爺來了就瞧見了其實給他看也倒沒有什麼但只我嫌他是不是的寫了給人看去寶玉忙道我多早晚給人看來昨兒那把扇子原是我愛那几首白海棠詩所以我自己用小楷寫了不過為的是拿在手中看着便易我豈不知閨閣中詩詞字跡是輕易往外傳誦不得的自從你說了我總沒拿出園子去寶釵道林妹妹這慮的也是你既寫在扇子上偶然忘記了拿在書房裡被相公們看見了豈有不問是誰做的呢倘或傳揚開了反為不美自古道女子無才便是德總以貞靜為主女工還是第二件其餘詩詞不過是閨中遊戲原可以會可以不會咱們這樣人家的姑娘到不要這些才華的名譽因又笑向代玉道拿出來給我看看無妨只不叫寶兄弟拿出去就是了

就是了代玉笑道既如此連你也可不必看了又指着宝玉道他早已拾了去了宝玉听了方自怀内取出凑至宝钗身傍一同细看只見写的是

一代傾城逐浪花吴宫空自憶兒家效顰莫笑东村女頭白溪边尚浣纱 西施

腸断烏騅夜嘯風虞兮幽恨对重瞳黥彭甘受他年醢飲劍何如楚帳中 虞姬

絶艶驚人出漢宫紅顔薄命古今同君王縱使輕顔色予奪权何畀畫工 明妃

瓦礫明珠一例抛何曾石尉重嬌嬈都缘頑福前生造更有同归慰寂寥 緑珠

長揖雄談態自殊美人巨眼識窮途尸居餘氣楊公幕豈得羈縻女丈夫 紅拂

宝玉看了賛不絶口又説道妹妹这詩恰好只作了五首何不就命名曰五美吟于是不容分説便提筆写在後面宝钗亦説道作詩不論何題只要善翻古人之意若要随人脚踪走去縱使字句精工已落第二义究竟不算好詩即如前人所咏昭君之詩甚多有悲挽昭君的有怨恨延寿的又有讥漢帝不能使画工图貌賢臣而画美人的紛紛不一後来王荆公复有意態由来画不成当时枉殺毛延寿永叔有耳目所見尚如此万里安能制夷狄二詩俱能各出己見不与人同今日林妹妹这五首詩亦可謂命意新奇别開生面了仍欲往下説时只見有人回道璉二爷回来了適才外頭傳説往东府裡去了好一会了想必就回来的宝玉听了連忙起身迎至大门以内等待恰好賈璉自外下馬進来於是宝玉先迎着賈璉跪下口中給賈母王夫人請了安又給賈璉請了安二人携手走了進来只見李紈凤姐宝钗代玉迎探惜等早在中堂等候一一相見已畢因听賈璉説道老太太明日一早到家一路身体甚好今日先打發了我来回家看視明日五更仍要出城迎接説畢众人又问了些路途的景况因賈璉是远归遂大家别过讓賈璉回房歇息一宿晚景不必細述至次日飯时前後果見賈母王夫人等到来众人接見已畢畧坐了一坐吃了一杯茶便領了王夫人等人过寧府中来只听見裡面哭声震天却是賈赦賈政送賈母

到家即进走进来了当下贾母进入裡面早有贾赦贾政率领族中人哭有迎出来了赦政一边一个挽了贾母走至灵前又有贾珍贾蓉跪着扑入贾母
怀中痛哭贾母暮年人见此光景亦搂了珍蓉痛哭不已贾赦贾政在傍苦劝方略〃止住又转至灵右见了尤氏婆媳不免又相持大哭一场哭毕
众人方上前〃〃请安问好贾珍因贾母才回家来未得歇息坐在此间看着未免要伤心遂再三的求贾母回家王夫人等亦再三的劝贾母不得已
方回来了果然年迈的人禁不住风霜伤感至夜间便觉头闷心酸鼻塞声重连忙请了医生来诊脉下药足〃的忙乱了〃半夜一日幸而发
散的快未曾传经至三更天些须发了点汗脉静身凉大家方放了心至次日仍服药调理又过了数日乃贾敬送殡之期贾母犹未大愈遂留宝
玉在家侍奉凤姐因未甚好也不曾去其余贾赦贾政邢夫人王夫人等率领家人仆妇都送至铁槛寺至晚方回贾珍尤氏并贾蓉仍在寺中
守灵等过百日后方扶柩回籍家中仍托尤老娘并二姐三姐照管却说贾琏素日既闻尤氏姐妹之名恨无缘得见近因贾敬停灵在家每日
与二姐三姐相认已熟不禁动了垂涎之意况知与贾珍贾蓉等素有聚麀之诮因而乘机百般撩拨眉目传情即尤三姐却只是淡〃相对只有
二姐却十分有意但只是眼目众多无从下手贾琏又怕贾珍吃醋不敢轻动只好二人心领神会而已此时出殡已后贾珍家下人少除尤老娘带领
二姐三姐并几个粗使的丫头老婆子在正室居住外其余的婢妾都随在寺中外面仆妇不过晚间巡更日间看守门户白日无事亦不进
裡面去所以贾琏便欲趁此时下手遂托相伴贾珍为名亦在寺中住宿又时常借着替贾珍料理〃家务不时至宁府中来勾搭二姐一日有小管家
俞禄来回贾珍道前者所用棚杠孝布并请杠人的青衣共使银一千一百十两只除给银五百两外仍欠六百零十两昨日两处买卖人俱来催讨奴才特来
讨爷的示下贾珍道你先往库上领去就是了这又何必来回我俞禄道昨日已曾上库上去领但只是老爷宾天以后各支领甚多所剩的还要
预备百日道场及寺中用度此时竟不能给发所以奴才今日特来回爷或者是爷内库裡暂且发给或者挪借何项吩咐了奴才好办贾珍笑

你还道是先呢，有银子放着不使，你这议论那里，你曾见借了给他。贾珍……俞禄回道：若说一二百，奴才还可以巴结，这五百两，奴才一时那里办得来。贾珍想了
一回，向贾蓉道：你问你娘去，昨日出殡以后，有江南甄家送来打祭银五百两，未曾交到库上去，你先家里再找找，凑齐了给他去罢。贾蓉答应了，连忙
过这边来回了尤氏，复转来回他父亲道：昨日那项银子已使了二百两，下剩的三百两令人送至家中交与老娘收了。贾珍道：既然如此，你就带了他去，合你
老娘要出来交给他。再也瞧瞧家中有事无事，问你两个姨娘好。下剩的俞禄先借了添上罢。贾蓉、俞禄答应了，方欲退出，只见贾琏走
进来。俞禄忙上前请了安。贾琏便问何事，贾珍一一告诉了。贾琏心中想道：趁此机会，正可至宁府寻二姐。一面遂说道：这有多大事，何必向人借去。
昨日我方得了一项银子，还没有使呢，莫若给他添上，岂不省事。贾珍道：如此甚好，你就吩咐蓉儿，一并令他取去。贾琏忙道：这个必得我亲身取去，再我这几日没回家了，
还要给老太太、老爷、太太们请请安去，到大哥那边查查家人有无生事，再也给亲家太太请请安。贾珍笑道：只是又劳动你，我心里不安。贾琏笑道：自家兄弟，这又何妨。贾
珍又吩咐贾蓉道：你跟了你叔叔去，也到那边给老太太、老爷、太太们请安，说我合你娘都请安，打听打听老太太身上可大安了，还服药呢没有。贾蓉一一答应了，跟随
贾琏出来，带了几个小厮，骑上马一同进城。在路叔侄闲话，贾琏有心，便提到尤二姐，因夸说如何标致，如何作人好，举止大方，言语温柔，无一处不令人可敬可爱。
人人都说你婶子好，据我看那里及你二姨一零儿呢。贾蓉揣知其意，便笑道：叔叔既这么爱他，我给叔叔作媒，说了作二房何如？贾琏笑道：敢自好呢，只是怕
你婶子不依，再也怕你老娘不愿意。况且我听见说你二姨儿已有了人家了。贾蓉道：这都无妨。我二姨、三姨都不是我老爷养的，原是我老娘带了来的。听
见说我老娘在那一家时，就把我二姨儿许给皇庄张家，指腹为婚。后来张家遭了官司败落了，我老娘又自那家嫁了出来。如今十数年，两家音信不通。我老
娘时常报怨，要与他家退婚，我父亲也要将二姨转聘，只等有了好人家，不过令人找着张家，给他十数两银子，写上一张退婚的字儿。想张家穷极
了的人，见了这银子，有什么不依的。再他也知道咱们这样人家，也不怕他不依。又是叔叔这样人说了作二房，我管保我老娘和我父亲都愿意。倒只是

嫂子那里却难贾琏听到这裡心花都开了那裡还有什么话说只是一味呆笑而已贾蓉又想了一想笑道叔叔若有胆量依我的主意管保无妨不过多花
几个钱贾琏忙道好侄儿你有什么主意只管说来我没有不依的贾蓉道叔叔回家一点声色也别露等我回明了我父亲向我老娘说妥然后在咱们府后
方近左右买上一所房子及应用傢俱什物再拨两窝子家人过去服侍择了日子人不知鬼不觉娶了过来嘱咐家下人不许走漏风声嫂子在裡面住
着深宅大院那裡就得知道了叔叔两下裡住着过上一年半载即或闹出来不过挨上老爷一顿骂叔叔只说婶子总不生育原是为子嗣起见所以私自在外
面头作成此事就是婶子见生米作成熟饭也只得罢了再求一求老太太没有不完的事自古道欲令智昏贾琏只顾贪图二姐美色听了贾
蓉一篇话遂为计出万全将现今身上有服并停妻再娶严父妒妻种种不妥之处皆置之度外了却不知贾蓉亦非好意素日因同他姨
娘有情只因贾珍在内不能畅意如今若是贾琏娶了少不得在外居住趁贾琏不在时好去鬼混之意贾琏那裡思想及此遂向贾
蓉致谢道好侄儿你果然能够说成了我买两个绝色的丫头谢你说着已至宁府门首贾蓉说道叔叔进去向我老娘要出银子来就交给俞禄
罢我先给老太太请安去贾琏含笑点头道老太太跟前别说我和你一同来的贾蓉道知道又附耳向贾琏道今日要遇见二姨可别性急闹出事
来往后倒难办了贾琏笑道少胡说你快去罢我在这裡等你于是贾蓉自去给贾母请安贾琏进入宁府早有家人头儿率领家人请安一路
围随至厅上贾琏一一的问了些话不过塞责而已便命家人散去独自往裡面走来原来贾琏贾珍素日亲密又是兄弟本无可避忌之人自来是
不等通报的于是走至上房早有廊下伺候的老婆子打起帘子让贾琏进去贾琏进入房中一看只见南边炕上只有尤二姐带着两个丫头
一处做活却不见尤老娘与三姐贾琏忙上前问好相见二姐亦含笑让坐贾琏便靠东边排插儿坐下仍将上首让与二姐说了几句闲话贾琏便问道亲
家太太同三妹妹那里去了怎么不见二姐笑道才有事往后边去了也就来的此时伺候的丫头因倒茶去无人在跟前贾琏不住的拿眼瞟着二姐

七六六

只見二姐低了頭含笑不理賈璉又不敢造次動手動腳因見二姐手中拿着一條拴着荷包的絹子擺弄便搭訕着往腰裡摸了摸說檳榔荷包也

忘記帶了來妹妹有檳榔賞我一口吃二姐道檳榔倒有就只是我的檳榔從來不給人吃賈璉便笑着欲近身來拿二姐怕人看見不雅便連忙一笑撂了

過來賈璉接在手中都倒了出來揀了半塊吃剩下的撂在口中吃了又將剩下的都揣了起來剛要把荷包親身送過去只見兩個丫環倒了茶來賈璉一面接

了茶吃茶一面暗將自己帶的一個漢玉九龍佩解了下來拴在手絹上趁丫頭回頭時仍撂了過去二姐亦不去拿只裝看不見坐着吃茶只聽後面一陣簾子响

却是尤老娘三姐帶着兩個小丫頭自後面走來賈璉送目與二姐令其拾取這二姐亦只是不理賈璉不知二姐何意甚是着急只得迎上來與

尤老娘三姐相見一面又回頭看二姐時只見二姐笑着沒事人的再看一看絹子已不知那裡去了賈璉方放了心于是大家歸坐後敘了些閑話

賈璉說道大嫂子前日有一包銀子交與親家太太收起來了今日因要還人珍大哥令我來取再看看家裡有事沒事尤老娘聽了使二姐拿鑰匙

去取銀子這裡賈璉又說道我也要給親家太太請請安看看二位妹妹親家太太臉面倒好只是二位妹妹在我們家裡受委曲尤老娘笑道咱

們都是至親骨肉說那裡的話在家裡也是住着在這裡也是住着不瞞二爺說我們家裡自從先夫去世家計也着實艱難全虧了這裡姑

爺幫助如今姑爺家裡有了這樣大事我們不能別的出力白看一看家還有什麼委曲了的呢正說着二姐已取了銀子來交與尤老娘尤老娘

便遞與賈璉賈璉叫一個小丫頭叫了一個老婆子來吩咐道你把這個交給俞祿叫他拿過那邊去等我老婆子答應了出去只聽得院內是

賈蓉的聲音說話須臾進來給他老娘姨娘請了安又向賈璉笑道才剛老爺還問叔叔呢說是有什麼事情要使喚原要使人到

廟裡去叫我回老爺說叔叔就來老爺還吩咐我路上遇見了叔叔叫快去呢賈璉聽了忙要起身又聽賈蓉和他老娘說道那次我

和老太太說的我父親要給二姨說的姨爹就和我這叔叔的面貌身量差不多兒老太太說好不好一面說着又悄悄的用手指着賈

璉合他二姨努嘴兒二姐到不好意思說什麼三姐似笑非笑似惱非惱的罵道壞透了的小猴兒崽子沒了你娘的說了多早晚我才撕他那嘴呢一面便趕了過來賈蓉早已笑着跑了出去賈璉也笑着辭了出來至廳上又吩咐了家人們不可耍錢吃酒等話又悄〻的央求賈蓉回去急忙合他父親說一面便帶了俞祿過來將銀子添足交給他拿去一面又給賈母去請安不提却說賈蓉見俞祿跟了賈璉去取銀子自己無事便仍回至裡面合他兩個姨娘嘲戲了一回方起身至晚到寺見了賈珍回道銀子已交給俞祿了老太〻已大愈了如今已經不服藥了說畢又趁便將路上賈璉要娶尤二姐做二房之意說了並如何在外面置房子住不使鳳姐知道此時總不過為的是子嗣艱難起見為的是二姨是見過的親上作親比別處不知道的人家說了來的好所以二叔再三央求我對父親說只不說他是自己的主意賈珍想了一想笑道其實倒也罷了只不知你二姨心中願意不願意明日你先去和你老娘商量叫你老娘問準了你二姨再作定奪于是又教了賈蓉一篇話便走過來將此事告訴了尤氏〻〻却知此事不妥因而極力勸止無奈賈珍主意已定素日又是順從慣了的況且他與二姐本非一母不便深管因而也只得由他們鬧去了至次日一早果然賈蓉復進城來見他老娘將他父親之意說了又添上許多話說賈璉作人如何好目今鳳姐身上有病已是不能好的了暫且買了房子在外面住着過了一年半載只等鳳姐一死便接了二姨進去作正室又說他父親此時如何聘賈璉那邊如何娶如何接了你老人家養老往後三姨也是那邊應了替聘說的天花亂墜不由得尤老娘不肯況且素日全虧賈珍週濟此時又是賈珍作主替聘而且粧奩不用自己置買賈璉又是青年公子比張華勝強十倍遂連忙過來合二姐商議二姐又是水性婦人在先已和姐夫不妥又常怨恨當時錯許張華致使後來終身失所今見賈璉有情況是姐夫將他聘嫁有何不肯也便點頭依允當下回復了賈蓉〻〻回了他父親次日命人請了賈璉到寺中來賈珍當面告訴了他尤老娘應允之事賈璉自是喜出望外感謝賈珍賈蓉父子不盡于是二人商量着使人看房子打首飾給二姐置買粧奩及新房中應用床帳等物不多幾日早將諸事辦妥已于寧榮街後二里遠近小花枝巷內買定一所房子共二十餘間又買了兩个小丫頭

不知他們主僕閙了幾聲忽然想起鮑二來當初同他和女人偷情被鳳姐打閙了一陣含羞吊死了賈璉給了一百兩銀子叫他另娶了那鮑二
[illegible]張華之祖原當皇粮莊頭後來死去至張華父
向來却就合厨子多渾虫的媳婦多姑娘有一手後來多渾虫酒癆死了這多姑娘嫁與鮑二也和賈璉好的此時都搬出外頭住着賈璉一時想起
親仍充此役因與尤老娘前夫相好所以將張華與二姐指腹為婚後來不料遭了官司敗落了家產弄得衣食全無那裡還娶得起媳婦
來便叫了他兩口兒到新房子裡來預備二姐過來時伏侍那鮑二兩口子聽見這個巧宗兒如何不來呢再說
尤老娘又自嫁了尤老爺彼此有十數年音信不通今被賈府家人喚至逼他與二姐退婚心中雖不愿意無奈懼怕賈珍等勢力不敢
不依只得寫了一張退婚文約尤老娘給了二十兩銀子兩家退親不提這裡賈璉等見諸事已妥遂擇了初三黃道吉日以便迎娶二姐過門要知端的且聽下回分解

第六十五回

賈二舍偷娶尤二姐　尤三姐思嫁柳二郎

話說賈璉賈珍賈蓉三人商議事事妥貼至初二日先將尤老娘和三姐送入新房尤老娘一看雖不似賈蓉口內之言到也十分齊備母女二人也已都稱了心鮑二夫婦見了如一盆火趕着尤老娘一口一声喚老娘又或是老太太趕着三姐喚三姨或姨娘次日五更天一乘素轎將二姐抬來各色香燭紙馬並鋪蓋以及酒飯早已備得十分妥當一時賈璉素服坐了小轎而來拜過天地焚了紙馬那尤老娘見了二姐身上頭上煥然一新不似在家模樣十分得意攙入洞房是夜賈璉同他顛鸞倒鳳百般恩愛不消細說那賈璉越看越愛越瞧越喜不知要怎生奉承這二姐乃命鮑二等人不許提三說二的直以奶奶稱之自己也稱奶奶竟將鳳姐一筆勾倒有時回家中只說在東府有事羈絆鳳姐輩因知他和賈珍相得自然是有事商議也不疑心家下人雖多都不管這些事便有那游手好閑專打听小事的人也都去奉承賈璉乘機討些便宜誰肯去露風於是賈璉深感賈珍不盡賈璉一月出五兩銀子做天天的供給若不來時他母女三人一處吃飯若賈璉來了他夫妻二人一處吃他母女便回房自吃賈璉又將自己積年所有梯己一併搬來與二姐收着又將鳳姐素日之為人行事枕邊衾裏盡情告訴了他只等一死便接他進去二姐听了自是願意當下十來個人倒也過起日子來十分豐足眼見已是兩個月光景這日賈珍在鐵檻寺作完佛事晚間回家時因與他姊妹久別竟要去探望探望先命小廝去打听賈璉在

与不在小厮回来说不在这里贾珍欢喜将众人一概先遣回去只留两个心腹小童牵马一时到了新房已是掌灯时分

悄悄进去两个小厮将马拴在圈内自往下房去听候贾珍进来屋里才点灯先看过尤氏母女然后二姐出见贾

珍仍唤二姨大家吃茶说了一回闲话贾珍因笑说我作的这保山如何要错过了打着灯笼还没处寻过日你姐

还备了礼来瞧你们呢说话之间尤二姐已命人预备下酒馔关起门来都是一家人原无回避那鲍二来请安贾

珍便说你还是个有良心的所以叫你来伏侍日后自有大用你之处不可在外头吃酒生事我自然赏你倘

或这里短了什么你琏二爷事多那里人杂你只管去回我我们弟兄不比别人鲍二答应道是小的知道若小的

不尽心除非不要这脑袋了贾珍点头说要你知道当下四人一处吃酒尤二姐知局便邀他母亲说我怪怕的

妈同我到那边走走来贾珍此时也无可奈何只得看着丫鬟自去剩下尤老娘和三姐儿相陪那三姐儿虽向来也和贾珍偶有戏言

言但不似他姐姐那样随和儿所以贾珍虽有垂涎之意却也不肯造次了致讨没趣况且尤老娘在傍边陪着贾珍也不好意思太露轻薄

们看不过也都躲了出去凭他两个自在取乐不知作些什么勾当跟的两个小厮都在厨下和鲍二饮酒鲍二

却说的女人上灶忽见两个丫头也走了来嘲笑要吃酒鲍二因说姐儿们不在上头伏侍也偷来了一时叫起来没人又是

他女人骂道胡涂浑呛了的忘八你撞丧那黄汤罢撞丧醉了夹着你的脑袋挺你的尸去叫不叫与你什么相干

一应有我承当风雨横竖洒不着你头上来这鲍二原因妻子发迹的近日越发亏他了自己除赚钱吃酒之外一概不管

贾琏等也不肯责备他故他视妻如母百依百随且吃够了便去睡觉这里鲍二家的陪着这些丫鬟小厮吃酒讨他

们的好准备在贾珍前讨好儿正吃的高兴忽听扣门之声鲍二家的忙出来开门看时见是贾琏下马问有

事無事鮑二女人便悄悄告訴他說大爺在這裡西院裡呢賈璉聽了便回至臥房只見尤二姐和他母親都在房中
見他來了面上便有些赸赸的賈璉反推不知只命快拿酒來咱們吃兩杯好睡覺我今日很乏了尤二姐忙上來
陪笑接衣捧茶問長問短賈璉喜的心癢難受一時鮑二家的端上菜來二人對飲他丈母不吃自回房中睡去了兩個
小丫頭在地下伏侍賈璉的心腹小童隆兒拴馬去見已有了一匹馬細瞧一瞧知是賈珍的心下會意也來廚下只見喜
兒壽兒兩個正在那裡坐著吃酒見他來了說道你這會子來的巧我們也怕犯夜往這裡來借宿的隆兒便笑道有的是炕
只管睡我是二爺使我送月銀的交給了奶奶我也不回去了喜兒便說我們吃多了你來吃一鍾隆兒纔坐下端起杯
來忽聽馬棚內鬧將起來原來二馬同槽不能相容互相蹶踶起來隆兒等慌的忙放下酒杯出來喝馬喝住
另拴好了方進來鮑二家的笑說你三人就在這裡罷茶也現成了我可去了說著帶門出去這裡喜兒喝了幾杯
已是楞子眼了隆兒壽兒關了門回頭見喜兒直挺挺的仰臥炕上二人便推他說好兄弟起來好生睡只顧你
一個人我們就苦了那喜兒便說道咱們今日可要公公道道的貼一爐子燒餅要有一個充正經人我痛把你媽
一肏隆兒壽兒見他醉了也不便多說只得吹了燈將就睡下尤二姐聽見馬鬧心下便不自安只管用言語混亂
賈璉那賈璉吃了幾杯春興發作便命收了酒果掩門寬衣尤二姐只穿著大紅小襖散挽烏雲滿臉春色比白日
更增了顏色賈璉摟他笑道人人都說我們那夜叉婆齊整如今我看來給你拾鞋也不要尤二姐道我雖標緻
卻無品行看來到底是不標緻的好賈璉忙問道這話如何說我卻不解尤二姐滴淚說道你們拿我作愚人

搖什麽了我不知道我如今和你作了兩个月夫妻日子雖淺我也知你不是糊塗人我生是你的人死是你的鬼如今既做了夫妻我終身靠你豈敢瞞藏一字我算是有倚靠了將來我妹子怎么是个結果據我看來這个行景也不是常策要作長久之計方可賈璉聽了笑道你且放心我不是那拈酸吃醋的人你前事我也知道你倒不用含糊着如今你跟了我來大哥跟前自然倒要拘起形跡來了依我的主意不如叫三姨兒也和大哥成了好事彼此兩無礙索性大家吃个雜會湯你想怎麽樣二姐一面拭淚一面說道雖然你有這个好意頭一件三妹妹脾氣不好第二件也怕大爺臉上下不來賈璉道這个無妨我這會子就過去索性破了例就完了說着便至西院中來只見窗內燈燭輝煌二人正吃酒取樂賈璉便推門進去笑說大爺在這裡兄弟來請安賈珍羞慚無話只得起身讓坐賈璉忙笑道這有什麽呢咱們弟兄從前是何等樣來大哥為我操心我今日粉身碎骨感激不盡大哥若多心我倒不安從此以後還求大哥照舊方好不然兄弟寧可絕後再不敢到此處來了說着便要跪下慌的賈珍連忙攙起只說兄弟怎麽說我無不領命賈璉忙命人看酒來我和大哥吃兩杯又拉尤三姐說你過來陪小叔子一杯賈珍笑着說老二到底是你哥哥必要吃乾這鍾說着一揚脖尤三姐站在炕上指賈璉笑道你不用和我花馬吊嘴的清水下雜麵你吃我看見提着影戲人子上場好歹別戳破這層紙兒你別糊塗油蒙了心打諒我們不知道你府上的事這會子花了几个臭錢你們哥兒兩个拿着我們姐兒兩个權當粉頭來取樂兒你們就打錯了算盤了我也知道你那老婆太難纏如今把我姐姐拐了來做二房偷的鑼兒敲不得我也要會會那鳳奶奶去看他是几个腦袋几隻手若大家好取和便罷倘若有一點叫人過不去我有本事先把你兩个的牛黃狗寶掏了出來再和那潑婦拚了這命喝酒怕什麽咱們就喝說着自己綽起壺來斟了一杯自己先喝了半杯摟過賈璉的脖子來就灌說我和你哥哥已經吃過了咱們來親香親香唬的賈璉酒都醒了賈珍也不承望尤

三姐這等無恥老辣弟兄兩个本是風月場中耍慣的不想今日反被這个閨女一席話說住
要樂咱們四个一處同樂俗語說便宜不過當家你們是弟兄咱們是姊妹又不是外人只管上來尤二姐反不好意思
起來賈珍得便就要一溜尤三姐那里肯放賈珍此時方後悔不承望他是這種為人與賈璉反不好輕薄起來這尤
索性卸了粧飾脫了大衣身上穿着
三姐鬆鬆挽着頭髮大紅襖子半掩半開露着葱綠抹胸一痕雪脯底下綠褲紅鞋一對金蓮或翹或並沒半刻斯文
个墜子却似打鞦韆一般燈光之下越顯得柳眉籠翠檀口含丹本是一雙秋水眼再吃了酒又添了餳澀淫浪
流光真把那賈璉二人弄得欲近不能欲遠不捨迷離恍惚落魄垂涎
不獨將他二姊壓倒據珍璉評去所見過的上下貴賤若干女子皆未有此綽約風流者二人已酥麻如醉不禁去招他一招他那
淫態風情反將二人禁住那尤三姐放出手眼略試了一試他弟兄兩个竟全然無一點別識別見連口中一句響亮話都
沒了不過是酒色二字而已自己高談闊論任意揮霍洒落一陣拿他弟兄二人嘲笑取樂竟真是他嫖了男人並
非男人淫了他一時他的酒足興盡更不容他弟兄多坐攆了出去自己關門睡去了自此後或略有了丫鬟婆娘不到
之處便將賈珍賈璉賈蓉三个厲言痛罵說他爺兒三个誆騙了他寡婦孤女賈珍從此亦不敢輕易再來有
時尤三姐自己高了興悄命小廝來請方敢去到了那裡也只好隨他的便誰知這尤三姐天生脾氣不堪仗着自己風
流標致偏要打扮的出色另式作出許多萬人不及的淫情浪態來哄的男子們垂涎落魄欲近不能欲遠不捨迷離顛
倒他以為樂他母姊十分相勸他反說姊姊糊塗咱們金玉一般的人白叫這兩个現世寶沾污了去也算無能而且他
家有一个極利害的女人如今瞞着他不知咱們方安倘或一日他知道了豈肯干休勢必有一場大鬧不知誰生誰死趁如今不
有一種令人不敢招惹的光景

他们家里作贱准折到那时由我我也悔不及了况他母女只听他的摆布了那尤三姐天天挑拣
穿吃打了银的又要金的有了珠子又要宝石吃着肥鹅又宰肥鸭或不趁心连桌一推衣裳不如意不论绫缎新整
便用剪子铰碎撕一条骂一句究竟贾珍等何曾随意了一日反花了许多昧心钱贾琏来了只在二姐房内心中也
渐渐的悔上来了无奈二姐倒是个多情的人以为贾琏是终身之主了凡事倒还知疼着痒若论温柔和顺凡事必商必
议不敢恃才自专实较凤姐高十倍若论标致言谈行事也胜五分虽然如今改过但已经失了脚有了一个淫字
凭他有甚好处也不算了偏这贾琏又说谁人无错知过必改就好故不提已往之淫只取现今之善便如胶似漆
一心一计誓同生死那里还有凤平二人在意了二姐在枕边衾内也常劝贾琏说你和珍大哥商议商议拣个相
熟的把三丫头聘了罢留着他不是常法终久要生出事来怎么处贾琏道前日我也曾回过大哥的他只是
舍不得我说是块肥羊肉只是烫的慌玫瑰花儿可爱刺多扎手咱们未必降的住正经拣个人聘了罢他只意意思思的就丢开手了你叫
我有何法二姐道你放心咱们明日先劝三丫头他肯了让他自己闹去闹的无法少不得聘他贾琏听了说这话极
是至次日二姐另备了酒贾琏也不出门至午间特请他小妹过来和他母亲上坐尤三姐便知其意酒过三巡不用姐姐开口
先便滴泪泣道姐姐今日请我自有一番大礼要说但妹子不是那愚人也不用絮絮叨叨的从前的事我已尽知了说也无益既如今姐姐也得了好处安身妈妈也有了安身之处我也要
自寻归结去方是正理但终身大事一生至一死非同儿戏我如今改过守分只要我拣一个素日可心如意的人方跟他
去若凭你们拣择虽是富比石崇才过子建貌比潘安的我心里进不去也白过了一世贾琏笑道这也容易凭

七七六

你说是谁就是谁一应彩礼都有我们置办母亲也不用操心尤三姐泣道姊姊横竖知道不用我说贾琏笑问二姐是谁
二姐一时也想不起来贾琏便料定必是此人无移了拍手笑道我知道了这人原不差果然好眼力二姐笑问是谁贾
琏笑道别人他如何进得去一定是宝玉二姐与尤老娘听了亦以为然尤三姐便啐了一口道我们有姊妹十个也嫁你弟兄十个
不成难道除了你家天下就没了好男子了不成众人听了都诧异除去他还有那一个尤三姐笑道别只在眼前想姐姐
只在五年前想就是了正说着忽见贾琏的心腹小厮兴儿走来请贾琏说老爷那边紧等着叫爷呢小的
答应往旧老爷那边去了小的连忙来请贾琏又忙问昨日家里没人问兴儿道小的回奶奶说爷在家庙里同珍大爷商
议作百日的事只怕不能来家贾琏忙命拉马隆儿跟随去了留下兴儿答应人来事务尤二姐拿了两碟菜命拿大杯斟
了酒就命兴儿在炕沿下蹲着吃一长一短向他说话儿问他家里奶奶多大年纪怎么个利害的样子老太太多大年纪太太
多大年纪姑娘几个各样家常的话兴儿笑嘻嘻的在炕沿下一头吃一头将荣府之事备细告诉他母女又说我是二门上
该班的人我们共是两班一班四个共是八个这八个人有几个是奶奶心腹有几个是爷的心腹奶奶的心腹我们不敢惹爷的
心腹奶奶的就敢惹提起我们奶奶的事告诉不得奶奶心里歹毒口里尖快我们二爷也算是个好的那里见得他倒是跟
前的平姑娘为人很好虽然和奶奶一气他倒背着奶奶常作些好事小的们凡有了不是奶奶是容不过的只求求他去
就完了如今合家大小除了老太太太太两个人没有不恨他的只不过面子情儿怕他皆因他一时看的人都不及他只一味哄着老
太太太太两个人喜欢他说一是一说二是二没人敢拦他又恨不得把银子钱省下来堆成山才好叫老太太太太说他会过日

子除不知苦了下人他讨好儿他看着有好事他就不等别人去说他先抓尖儿或有不好的事或他自己错了他就一缩头推到别人身上
来他还在傍边拨火儿如今连他正紧婆婆大太太都嫌了他说他雀儿拣着旺处飞黑母鸡一窝儿自家的事不管倒
替人家去瞎张罗若不是老太太在头里早叫过他去了尤二姐笑道你背着他这么说他将来背着我还不知怎么说我
呢我又差他一层儿越发有的说了兴儿忙跪下说道奶奶要这样说小的不怕雷打但凡小的们有造化起先娶奶奶时要
得了奶奶这样的人小的们也少挨些打骂也少提心吊胆的如今跟爷的这几个人谁不背前背后称扬奶奶的圣德我
们商量着叫二爷要出来情愿来伺候奶奶呢尤二姐笑道猴儿肏的还不起来呢说句顽话就唬的那样起来你们
做什么来往这里我还要找了你奶奶去呢兴儿连忙摇手说奶奶千万别去我告诉奶奶一辈子别见他才好嘴甜心苦两面三刀一
头上一脸笑脚下使绊子明是一盆火暗是一把刀都占全了只怕三姨的这张嘴还说他不过奶奶这样斯文良善人那里是他的对手
尤二姐笑道我只以礼待他他敢怎么样我兴儿道不是小的吃了酒放肆胡说奶奶便有礼让他看见奶奶比他标致又比他
得人心他怎肯干休善罢了人家是醋罐子他是醋缸醋瓮凡丫头们二爷多看一眼他有本事当着爷打个烂羊头虽
然平姑娘在屋里大约一年二年之间两个有一次到一处他还要口里掂十个过子呢气的平姑娘性子发了哭闹一场说又不是我自
己寻来的你逼着我我不愿意又说我反了这会子又这样他一般的也罢了倒央告平姑娘二姐笑道可是扯谎
这样一个夜叉怎么反怕屋里的人呢兴儿道这就是俗语说的天下逃不过一个理字去了这平姑娘是他自幼的丫头陪了过来一共
四个嫁的嫁死的死只剩下这个心腹他原为收了屋里一则显他的贤良名儿二则又拴爷的心好不外头走邪

那末还有一段……我们家的规矩……视……都光被……伤……都
書……别人赶不将说的已胜过不当……遇着平姑娘……又是个正经
人从不把这件事放在心上也不会挑妻窝夫的倒一味忠心赤胆伏侍他所以他才容下了尤二姐笑道原来如此但我听见
你们家里还有一位寡妇奶奶和几位姑娘他这样利害这些人怎么依得兴儿拍手笑道原来奶奶不知道我们家这
位寡妇奶奶他的浑名叫做大菩萨第一个善德人我们家的规矩又大……都……
那们多只把姑娘们交给他看书写字学针线学道理这是他的……因这一向他病了事多这大奶
奶……按例而行不像他多事逞才我们大姑娘不用说……也没这段大福了二姑
娘的混名是二木头戳一针也不知哎哟一声二姑娘的混名是玫瑰花又红又香
无人不爱的只是有刺扎手……也是一位神道可惜不是太太养的老鸹窝里出凤凰四姑娘小他正经是珍大爷的亲妹子
自幼无母老太太命太太抱过来养这么大也是一位不管事的奶奶不知道我们家的姑娘不算另外有两位姑娘真是
天上少有地下无双一位是我们姑太太的女儿姓林……面庞身段和三姨不差什么……
病……这样的……我们……都悄悄的叫他多病的西施还有一位姨太
太的女儿姓薛……出门或上车或……院子里瞥见一眼我们鬼使神差见了他两个……
不……尤二姐笑道你们家规矩虽然你们小孩子进的去……遇见……远远的藏……兴儿摇手道不

是〇那吃中做不孔用些远来的藏闹不必藏就藏闹了自也不敢出气児生怕这气去了吵嚷々来姑娘气暖了又吹化了二辟姑你说的满屋里都笑起来了要知端的且听下回分解

尤三姐要脂何人

第六十六回　情小妹耻情归地府　冷二郎一冷入空门

话说鲍二家的走来打了兴儿一下子笑道原有些真的叫你又编了这些混话越发没了捆儿了你到不像跟二爷的人这些混话到像是宝玉那边的了尤二姐才要又问忽见尤三姐笑问道可是你们家那宝玉除了上学他做些什么兴儿笑道姨娘别问他说起来姨娘也未必信他长了这么大独他没有上过正经学堂我们家从祖宗直到二爷谁不是寒窗十载偏他不喜读书老太太的宝贝老爷先还管如今也不敢管了成天疯疯颠颠的说的话人也不懂干的事人也不知外头人人看着好清俊模样儿心里自然是聪明的谁知是外清而内浊见了人一句话也没有所有的好处虽没上学到难为他认得几个字每日也不习文又不学武又怕见人只爱在丫头群里闹再者也没刚柔有时喜欢见了我们没上没下的大家乱顽一阵不喜欢各自走了他也不理我们坐着卧着见了他也不理他也不责备因此没人怕他只管随便都过的去尤三姐笑道主子宽了你们又这样严了又抱怨可知你们难缠尤二姐道我们看他到好原来这样可惜了一个好胎子尤三姐道姐姐信他们胡说咱们也不是见过一面两面的行事言谈吃喝原有些女儿气那是只在里头惯了的要说糊涂那些儿糊涂姐姐记得穿孝时咱们同在一处那日正是和尚们进来绕棺咱们都在那里站着他只站在头里挡着人人说他不知礼又没眼色过后他没悄悄的告诉咱们说姐姐们不知道我并不是没眼色想和尚们脏恐怕气味熏了姐姐们接着他吃茶姐姐又要茶那个老婆子就拿了他的碗倒他赶忙说我吃脏了的另洗了再拿来这两件上我冷眼看去原来他在女孩儿们前不管怎样都过的去只不大合外人的式所以他们不知道尤二姐听说笑道依你说你两个已是情投意合了

竟托你許了他豈不好三姐見有興兒不便說話只低了頭嗑瓜子興兒笑道若論模樣兒行事為人倒是一對好的只是他已有了人家了不露形將來准是林姑娘定了的因林姑娘多病二則都還小故尚未娶再過二三年老太太便一開言那是再無不准的了大家正說話只見隆兒又來了說老爺有事是件機密大事要遣二爺往平安州去不過三五日就起身來回也得半月工夫今日不能來了請老奶奶早和二姨定了那事明日爺來好作定奪說着帶了興兒也回去了這裡尤二姐命掩了門早睡盤問他妹子一夜至次日午後賈璉方來了尤二姐因勸他說既有正事何必忙忙又來千萬別為我誤事賈璉道也沒甚事只是偏偏的又出來了一件遠差出了月就起身得半月工夫纔來尤二姐道既如此你只管放心前去這裡一應不用你記掛三妹子他從不會朝更暮改的他已擇定了人你只要依他就是了賈璉問是誰尤二姐笑道這人此刻不在這裡不知多早纔來也難為他眼力他自己說了這人一年不來他等一年十年不來他等十年若這人死了他情愿剃了頭當姑子去吃長齋念佛以了今生賈璉問到底是誰這樣動他的心二姐笑道說來話兒長五年前我們老娘家裡做生日媽和我們到那裡與老娘拜壽他家請了一起串客裡頭有個作小生的叫作柳湘蓮他看上了如今要是他纔嫁舊年聞得柳湘蓮惹了一個禍逃走了不知回來了不曾賈璉聽了道怪道呢我說是個什麼樣人原來是他果然眼力不錯你不知道這柳二郎那樣一個標致人最是冷面冷心的差不多的人他都無情無義他最和寶玉合的來去年因打了薛獃子他不好意思見我們的不知那裡去了一向後來聽見有人說來了不知是真是假一問寶玉的小子們就知道了倘或不來他萍蹤浪跡知道幾年纔來豈不白耽擱了大事二姐道我們這三丫頭說的出來幹的出來他怎麼說只依他便了二人正說之間只見三姐走來說道姐夫你只放心我們不是那心口兩樣人說什麼是什麼若

有了姓柳的來我便嫁他從今日起我吃齋念佛只伏侍母親等他來了嫁了他去若一百年不來我自己修行去了說着將一根玉簪擊作兩段說一句不真就合這簪子一樣說着回房去了真個竟非禮不動非禮不言起來賈璉無了法只得和二姐商議了一回家務復回家與鳳姐商議起身之事一面着人問茗烟茗烟說竟不知道大約沒來若來了必是我知道的一面又問他的街坊也說沒來賈璉只得回復了二姐至起身之日已近前兩天便說起身却先往二姐這邊來住兩夜從這裡再悄悄的長行果見三姐竟又換了一個人的一般又見二姐持家勤慎自是不消記掛是日一早出城竟奔平安州大道曉行夜住渴飲饑餐方走了三日那日正走之間頂頭來了一群馱子內中一夥主僕十來騎馬走的近來一看時不是別人竟是薛蟠和柳湘蓮來了賈璉深為奇怪忙伸馬迎了上來大家一齊相見說些別後寒溫大家便入一酒店歇下敘談敘談賈璉因笑道鬧過之後我們忙着請你兩個和解誰知柳二弟踪跡全無怎麼你兩個今日倒在一處了薛蟠笑道天下竟有這樣奇事我同夥計販了貨物自春天起身往回裡走一路平安誰知前日到了平安州地面遇一夥強盜已將東西劫去不想柳二弟從那邊來了方把賊人趕散奪回貨物還救了我們的性命我謝他又不受所以我結拜了生死弟兄如今一路進京從此後我們是親弟親兄一般到前面岔口上分路他就分路往南二百里有他一個姑媽他去望候望候我先進京去安置了我的事然後給他尋一所宅子尋一門好親事大家過起來賈璉聽了道原來如此倒叫我們懸了幾日心因又聽道尋親事便忙說道我正有一門好親事堪配二弟說着便將自己娶尤氏如今又要發嫁小姨一節說了出來只不說尤三姐自擇之語又囑薛蟠且不可告訴家裡等生了兒子自然是知道的薛蟠聽了大喜說早該如此這都是舍表妹之過湘蓮忙笑說你又忘情了還不住口薛蟠忙止住不語便說既是這等這門親事定要做的湘蓮道我本有願定要一個絕

色的女子如今既是貴昆仲高誼顧不得許多了任憑裁奪我無不從命賈璉笑道如今口說無憑柳兄一見便知我這内娣的品
貌是古今有一無二的了湘蓮聽了大喜說既如此說等弟探過姑母不過月中就進京的那時再定如何賈璉笑道你我一言爲
定只是我信不過柳兄你是萍蹤浪跡倘然淹滯不歸豈不悞了人家須得留一定禮湘蓮道大丈夫豈有失信之禮小弟素係寒賤
况且客中那裡能有定禮薛蟠道我這裡現成就備一分二哥帶去賈璉笑道也不用金帛之禮須是柳兄親身自有之物不論物之貴
賤不過帶去取信耳湘蓮道既如此說弟無別物此劍防身不能解下囊中尚有一把鴛鴦劍乃吾家傳代之寶弟也不敢擅用只隨
身收藏而已賈兄請拿去為定弟縱係水流花落之性亦斷不捨此劍者說畢大家又飲了幾杯方各自上馬作別起程去了正是將軍不
下馬各自奔前程且說賈璉一日到了平安州見了節度完了公事因又囑他十月前後務要還來一次賈璉領命次日連忙取路回家先
到尤二姐處探望誰知自賈璉出門之後尤二姐操持家務十分謹肅每日關門閉戶一點外事不聞他小妹子果是個斬釘截鐵之人每日
侍奉母姊之餘只安分守己隨分過活雖是夜晚間孤衾獨枕不慣寂寞奈一心丟了眾人只念柳湘蓮早早回來完了終身大事這日
賈璉進門見了這般景況喜之不盡深念二姐之德大家敘些寒溫之後賈璉便將路遇湘蓮一事說了又將鴛鴦劍取出遞與三姐三
姐看時上面龍吞夔護珠寶晶熒將靶一掣裡面卻是兩把合體的一把上面鏨一鴛字一把上面鏨一鴦字冷颼颼明亮亮如兩痕秋水一般三姐喜出
望外連忙收了掛在自己繡房床上每日望着劍自笑終身有靠賈璉住了兩天回去覆了父命回家合宅相見那時鳳姐已大愈出
來理事行走了賈璉又將此事告訴了賈珍因近日又遇了新友將這事丟過不在心上任憑賈璉裁奪只怕賈璉獨力不加少不得又給了
他三十兩銀子賈璉拿來交與二姐預備妝奩誰知八月內湘蓮方進了京先來拜見薛姨媽又遇見了薛蟠方知薛蟠不慣風霜不服水土一進京

时便病倒在家请医调治听见湘莲来了请入卧室相见薛姨妈也不念旧事只感救命之恩母子们十分称谢又说起亲事一节凡一应东西皆置办妥当

只等择日湘莲也感激不尽次日又来见宝玉二人相会如鱼得水湘莲因问贾琏偷娶二房之事宝玉笑道我听见茗烟一干人说我却未见我也

不敢多管我又听见茗烟说琏二哥着实问你不知有何话说湘莲将路上所有之事一概告诉宝玉宝玉笑道大喜大喜难得这个标致人果然

是个古今绝色堪配你之为人湘莲道既是这样他那里少了人物如何只想到我况且我又素日不甚和他相厚也关切不至于此路上忙忙的就

那样再三要定下难道女家反赶着男家不成我自己疑惑起来后悔不该留下这剑作定所以后来想起你来可以细细问个底里才好宝玉道你原

是个精细人如何既许了定礼又疑惑起来你原说只要一个绝色的如今既得了个绝色便罢了何必再疑湘莲道你既不知他娶如何又知是绝色

宝玉道他是珍大嫂子的继母带来的两位小姨我在那里和他们混了一个月怎么不知真真一对尤物他又姓尤湘莲听了跌足道这事不好断乎

做不得了你们东府里除了那两个石头狮子干净只怕连猫儿狗儿都不干净我不做这剩忘八宝玉听说红了脸湘莲自惭失言连忙作揖

说我该死胡说你好歹告诉我他品行如何宝玉笑道你既深知又来问我做什么连我也未必干净了湘莲笑道原是我一时忘情好歹别多心

宝玉笑道何必再提这倒似有心了湘莲作揖告辞出来心中想着要找薛蟠一则他现病着二则他又浮躁不如去索回定礼主意已定便一径来找贾琏

正在新房中闻得湘莲来了喜之不尽忙迎出来让到内室与尤老相见湘莲只作揖称老伯母自称晚生贾琏听了诧异吃茶之间湘莲便

说客中偶然忙促谁知家姑母于四月间订了弟妇使弟无言可回要从了老兄背了姑母似不合理若系金帛之定弟不敢索取但此剑系祖父

所遗请仍赐回为幸贾琏听了便不自在还说定者定也原怕返悔所以为定岂有婚姻之事出入随意的还要斟酌湘莲笑道虽如此说弟愿

领责备罚然此事断不敢从命贾琏还要饶舌湘莲便起身说请兄外坐一叙此处不便

外坐一叙不便那尤三姐在房明明听见好容易等了他来今忽见反悔便知他在贾府中听了什么话来把自己也当作淫奔无耻之流不屑为妻今若容他出去

去和賈璉説退親……聽賈璉要同他出去，連忙摘下劍來，將一股雌鋒隱在肘内，出來便説：你們不必出去再議，還
你的定禮。一面淚如雨下，左手將劍并鞘送與湘蓮，右手回肘只往項上一横，可憐揉碎桃花紅滿地，玉山傾倒再難扶。芳靈蕙性，渺渺冥冥，不知那邊去了。
當下唬的衆人急救不及。尤老一面嚎哭，一面又罵湘蓮。賈璉忙揪住湘蓮，命人捆了送官。二姐忙止淚反勸賈璉：你太多事，人
家並沒威逼他死，是他自尋短見。你便送他到官，又有何益，反覺生事出醜。不如放他去罷，豈不省事。賈璉此時也沒了主意，便放了手
命湘蓮快去。湘蓮反不動身，哭道：我並不知是這等剛烈賢妻，可敬。湘蓮反伏屍大哭一場。等買了棺木，眼見入殮，又撫棺大哭一場，方告辭而
去。出門正無所之，昏昏默默，自想方才之事，原來三姐這樣標緻，又這等剛烈，自悔不及。正走之間，只見薛蟠的小廝尋他家去，那湘蓮
只管出神。那小廝帶他到新房之中，十分齊整。忽聽環珮叮噹，三姐從外而入，一手捧着鴛鴦劍，一手捧着一卷冊子，向柳湘蓮道：妾癡情待君
五年矣，不期君果冷心冷面，妾以死報此癡情。妾今奉警幻之命，前往太虛幻境修注案中所有一干情鬼。妾不忍一别，故來一會，從此再不
能相見矣。説畢便走。湘蓮不捨，忙欲上來拉住問時，那三姐便説：來自情天，去由情地。前生誤被情惑，今既恥情而覺，與君兩
無干涉。説畢，一陣香風，無踪無影去了。湘蓮醒來，似夢非夢，睜眼看時，那裏有薛家小童，也非新室，竟是一座破廟，傍邊坐着一個
瘸腿道士捕虱。湘蓮便稽首相問：此係何方，仙師仙名法號？道士笑道：連我也不知道此係何方，我係何人，不過暫來歇足而已。湘蓮聽了
不覺冷然如寒冰侵骨，掣出那股雄劍，將萬根煩惱絲一揮而盡，便隨那道士，不知往那裏去了。且聽下回分解。

紅樓夢第六十七回

見土儀顰卿思故里　聞秘事鳳姐訊家童

話說尤三姐自尽之後尤老娘和二姐賈璉等俱不勝悲痛自不必說忙命人盛殮送往城外埋葬柳湘蓮見三姐身亡痴情眷戀却被道人數句冷言打破迷關竟自截髮出家跟隨這瘋道人飄然而去不知何往暫且不表且說薛姨媽聞知湘蓮已說定了尤三姐為妻心中甚喜正是高、興、要打算替他買房子治傢伙擇吉迎娶以報他救命之恩忽有家中小廝吵嚷三姐兒自尽了被小丫頭們听見告知薛姨媽〻〻不知為何心甚嘆息正在猜疑宝釵從園裡過來薛姨媽便對宝釵說道我的兒你听見了沒有你珍大嫂子的妹、三姑娘他不是已經許定給你哥、的義弟柳湘蓮了庅不知為什庅自刎了那湘蓮也不知往那裡去了真正奇怪的事叫人意想不到的宝釵听了並不在意便說道俗語說的好天有不測風雲人有旦夕禍福這也是他們前生命定前兒媽、為他救了哥、商量着替他料理如今已经死的死了走的走了依我說也只好由他罷了媽、也不必為他們傷感了倒是自從哥、打江南回来了一二十日販了来的貨物想来也該發完了那同伴去的夥計們辛、苦、的回来幾ケ月了媽、和哥、商量〻〻也該请一请酬謝〻〻纔是别叫人家看着無理似的母女正说话间見薛蟠自外而入眼中尚有淚痕一進門来便向他母親拍手說道媽、可知道柳二哥尤三姐的事庅薛姨媽说我才听見說正在这里和你妹、说这件公案呢薛蟠道妈、可听见说湘莲跟着一个道士出了家了薛姨妈道这越发奇了怎么柳相公那样一个年轻的聪明人一时糊涂了就跟着道士去了呢我想你们好了一场他又無父母兄弟單身一人在此你该各處找、他纔是靠那道士能往那裡遠去左不過是在这方近左右的庙里寺里罢了薛蟠說何常不是呢我一听見这个信兒就連忙帶了小厮们在各處尋找連个影兒也沒有又去问人多說沒看見薛姨妈说你既找尋過沒有也算把你做朋友的心尽了焉知他这一出家不是得了好處去呢只、是你如今也该張羅、買賣二則把你自己娶媳婦应办的事情倒早些料理、咱们家沒人俗語说的夯雀兒先飛省得臨時丢三落四的不齐全令人笑话再者你妹、才说你也回家半个多月了想貨物也该發完了同你去的夥计们也该摆桌酒給他们道、乏才是人家陪着你走了二三千里的路程受了四五个月的辛苦而且在路上又替你耽了多少的驚怕沉重薛蟠听说便道妈、说的很是倒是妹、想的週到我也这樣想着只因这些日子為各處發貨闹的腦袋都大了又為柳二哥的事忙了这几日反倒落了一个空白張羅了一会子倒把正经事都悞了要不然定了明兒後兒下帖兒請罢薛姨妈道由你办去罢话犹未了外面小厮進来回说管總的張大爷差人送了兩箱子東西来说这是爺各自買的不在貨賬裡面本要早送来因貨物箱子壓着沒得拿昨兒貨物發完了所以今日才送来一面说着又見两个小厮搬進来两个夹板夹的大棕箱薛蟠一見说阿哟可是我怎麽就糊塗到这步田地了特特的給媽和妹妹带来的東西都忘了没拿了家裡来还是夥计们送了来了宝钗说剛你说还是特特的带来的纔放了一二十天要不是特特的带来大約要放到年底下纔送来呢我看你諸事也太不留心了薛蟠咲道想是在路上叫人把魂打掉了还没歸竅呢说着大家咲了一回便向小丫頭说出去告訴小厮们東西收下叫他们回去罢薛姨媽和宝钗因问到底是什麽東西这樣綑着綁着的薛蟠便叫两个小厮進来觧了繩子去了夹板开了鎖看時这一箱多是细緞綾錦洋貨等家常應用之物薛蟠咲着道那一箱是給妹妹带的親自来開母女二人看時却是些筆墨紙硯各色箋紙香袋香珠扇子扇墜花粉胭脂等物外有虎邱带来的自行人酒令兒水銀灌的打觔斗小猴子沙子灯一齣一齣的泥人兒戲用青紗罩的匣子裝着又有在虎邱山上泥捏的薛蟠的小像與薛蟠毫無相差宝钗見了别的多不理論倒是薛蟠的小像拿着细细看了一看又看看他哥哥不禁咲起来了因叫鶯兒带着几个老婆子将这些東西連箱子送到園子裡去又和母親哥哥说了一回閒话才回園子裡来这裡薛姨媽将箱子裡的東西取出一分一分的打点清楚叫同喜送給賈母並王夫人等處不提且說宝钗到了自己房中将那些頑意兒一件一件的過了目除了自己

留用之外一分〻配合妥當也有送筆墨紙硯的也有送香袋扇子香墜的也有送脂粉頭油的有单送頑意兒的只有代玉的比别人不同且又加厚一倍一〻打点完畢使鶯兒同着一个老婆子跟着送往各處這边姐妹諸人多收了東西賞賜来使說見面再謝惟有黛玉看見他家鄉之物反自觸物傷情想起父母双亡又無兄弟寄居親戚家中那裡有人也給我帶些土物来想到這裡不覺的又傷起心来了紫鵑深知代玉心腸但也不敢說破只在一旁劝道姑娘的身子多病早晚服藥這兩日看着比那些日子畧好些雖說精神長了一点兒还算不得十分大好今兒宝姑娘送来的這些東西可見宝姑娘素日看着姑娘很重姑娘看着该喜欢才是為什庅反倒傷起心来這不是宝姑娘送東西来倒叫姑娘煩惱了不成就是宝姑娘听見反覺臉上不好看再者這裡老太〻們為姑娘的病千方百計请好大夫配藥胗治也為是姑娘的病好這今才好些又這樣哭〻啼〻豈不是自己遭塌了自己身子叫老太〻看着添了愁煩了庅况且姑娘這病原是素日憂慮過度傷了血氣姑娘的千金貴體也别自己看輕了紫鵑正在這裡劝解只听見小丫頭子在院内說宝二爺来了紫鵑忙說請二爺進来罢只見宝玉進房来了代玉讓坐畢宝玉見代玉淚痕满面便问妹〻又是誰氣着你了代玉勉強笑道誰生什庅氣旁邊紫鵑将嘴向床後棹上一努宝玉会意往那裡一瞧見堆着許多東西就知道是宝釵送来的便取笑說道

那裡这些東西不是妹〻要開雜貨舖啊代玉也不答言紫鵑笑着道二爺还提東西呢因宝姑娘送了些東西来姑娘一看就傷起心来了我正在这裡劝解恰好二爺来的狠巧替我们勸〻宝玉明知代玉是这个緣故却也不敢提頭兒只得笑說道你们姑娘的緣故想来不為别的必是宝姑娘送来的東西少所以生氣傷心妹〻你放心等我明年叫人往江南去給你多〻的帶兩船来省得你淌眼抹泪的代玉听了这些话也知宝玉是為自己悶心也不好推也不好任因说道我任凴怎庅没見過世面也到不了这步田地因送的東西少就生氣傷心我又不是兩三歲的孩子你也忒把人看得小氣了我有我的緣故你那裡知道说着眼淚又流下来了宝玉忙走到床前挨着代玉坐下將那些東西一件〻拿起来擺弄着細瞧故意问这是什庅叫什庅名字那是什庅做的这樣齊整这是什庅要他做什庅使用又说这一件可以擺在面前又说那一件可以放在条桌上當古董兒倒好呢一味的將些没要緊的话来厮混代玉見宝玉如此自己心裡倒過不去便说你不用在这裡混攪了偺们到宝姐〻那邊去罢宝玉巴不的代玉出去散〻悶解了悲痛便道宝姐〻送偺们東西偺们原该谢〻去代玉道自家姐妹这倒不必只是到他那边薛大哥回来了必然告诉他些南边古蹟兒我去听〻只當回了家鄉一躺说着眼圈兒又紅了宝玉便站着等他代玉只得和他出来往宝釵那里去了且说薛蟠听了母親之言急下了請帖

吃了酒席次日請了四位夥計俱已到齊不免說些販賣賬目發貨之事不一時上席讓坐薛蟠挨次斟了酒薛姨媽又使人出來致意大家喝着酒說閑話兒內中一个道今日這席上短兩个好朋友衆人齊問是誰那人道還有誰就是賈府上的璉二爺和大爺的盟弟柳二爺大家果然都想起來問着薛蟠道怎麽不請璉二爺合柳二爺來薛蟠聞言把眉一皺嘆口氣道璉二爺又往平安州去了頭兩天就起了身了那柳二爺竟別提起真是天下頭一件奇事什麽是柳二爺如今不知那裡做柳道爺去了衆人多詫異道這是怎麽說薛蟠便把湘蓮前後事體說了一遍衆人听了越發駭異因道怪不的前兒我們在店里恍惚也听見人吵嚷說有一个道士三言兩語把一个人度了去了又說一陣風刮了去了只不知是誰我們正發貨那裡有閑工夫打听這个事去到如今還是似信不信的誰知就是柳二爺呢早知是他我們大家也該勸勸他才是任他怎麽着也不叫他去內中一个道別是這麽着罷衆人问怎麽樣那人道柳二爺那樣个伶俐人未必是真跟了道士去罷他原会些武藝又有力量或看破那道士的妖術邪法特意跟他去在背地擺佈他也未可知薛蟠道果然如此倒也罷了世上這些妖言惑衆的人怎麽沒人治他一下子衆人道那時你知道了難道也沒找尋他去薛蟠說城裡城外那裡沒有找到不怕你們笑話我找不着他還哭了一場呢言畢只是長吁短嘆無精打彩的不像往

日高興眾夥計見他這樣光景自然不便久坐不過隨便喝了几盃酒吃了飯大家散了且說寶玉和着代玉到寶釵處來寶玉見了寶釵便說道大哥々辛々苦々的帶了東西來姐々留着使罷又送我們寶釵笑道不是什麼好東西不過是遠路帶來的土物大家看着新鮮些就是了代玉道這些東西我們小時候倒不理会如今看見真是新鮮物兒了寶釵因笑道妹々知道這就是俗語說的物離鄉貴其實可算什麼呢寶玉听了這話正對了代玉方才的心事連忙拿話岔道明年大哥々再去時好歹替我們多帶些來代玉聽了他一眼便道你要你只管說不必拉扯上人姐々你瞧寶哥々不是給姐々來道謝竟又要定下明年的東西來了說的寶釵寶玉多笑了三个人又閑話了一回因提起代玉的病來寶釵劝道妹々若覺着身上不爽快倒要自已扎掙着出來走々散々心比在屋裡悶坐着到底好些我那兩日不是覺着發懶渾身發熱只是要歪着也因為時氣不好怕病因此尋些事情自己混着這兩日才覺好些了代玉道姐々說的何嘗不是我也是這麼想着大家又坐了一会方散寶玉仍把代玉送至瀟湘館门首纔各自回去了且說趙姨娘因見寶釵送了賈環些東西心中甚是喜歡想道怨不得別人多說那寶丫頭好会做人很大方如今看起來果然不錯他哥々能帶了多少東西來他挨门兒送到並不遺漏一處也不露出誰厚誰薄連我們這樣沒時運的他多想到了要

是那林丫頭他把我们娘兒们正眼也不瞧那裡还肯送我们東西一面想一面把那些東西翻来覆去的摆弄瞧了
一回忽然想著（到）宝釵和王夫人是親戚為何不到王夫人跟前賣个好兒呢自己便蠍、螫、的拿着東西走至王
夫人房中站在旁边陪笑說道这是宝姑娘纔刚給环哥兒的难為宝姑娘这麽年輕的人想的这麽週到真是
大戶人家的姑娘（又展樣又大方怎麽叫人不敬奉呢）怪不得老太、和太、成日家多誇他疼他我也不敢自專就收起来特拿来給太、瞧、太、也
喜歡、、——王夫人听了早知來意又見他說的不倫不類也不便不理他說道你只管收了去給（环）哥頑罢趙姨娘来
時興、頭、誰知抹了一鼻子灰满心生氣又不敢露出来只得訕、的出来了到了自己房中將東西丢在一邊
嘴裡咕、噥、自言自語道这个又算（算）了个什麽兒呢一面坐着（多自）生了一回悶氣却說鶯兒帶着老婆子们送
東西回来回覆了宝釵將衆人道謝的话並賞賜的銀錢都回完了那老婆子便出去了鶯兒走近前来（一步）挨
着宝釵悄、說道刚才我到璉二奶、那边看見二奶、一臉的怒氣我送下東西出来悄、問小紅說刚才二奶
奶從老太、屋裡回来不似往日欢天喜地的叫了平兒去唧、咕、的不知說了些什麽看那个光景倒像有什
麽大事的是的姑娘沒听見那边老太、有什麽事宝釵听了也自己納悶想不出凤姐是為什麽有氣便道各人
家有各人的事咱们那裡管得你去倒茶去於是鶯兒出来自已倒茶不題且說宝玉送了代玉回来想着

代玉的孤苦不免也替他傷感起来因要将这话告訴襲人進来時却只有麝月秋紋在屋裡因问你襲人姐姐那裡去了麝月道左不過在这几个院裡那裡就丢了他一時不見就这樣找宝玉咲道不是怕丢了我方才到林姑娘那边見林姑娘正在傷心问起来却是為宝姐〻送了他東西他見是他家鄉的土物不免对景傷情我要告訴你襲人姐〻叫他過去劝〻正说着晴雯進来便道你回来了又要劝誰宝玉将方才的话说了一遍晴雯道襲人姐〻才出去听見他说要到璉二奶〻那边去保不住还到林姑娘那裡去呢宝玉听了便不言語秋紋倒了茶来宝玉漱了一口遞給小丫頭心中着实不自在就随便歪在床上却説襲人因宝玉出门自己做了回活计忽想起凤姐身上不好这几天也没有過去看〻况闻賈璉出门正好大家说〻话兒便告訴晴雯好生在屋裡别都出去了二爺回来抓不着人晴雯道嗳哟这屋裡单你一个人惦记着他我们都是白闲着混飯吃的襲人咲着也不答言就走了刚来到沁芳桥畔那時正是夏末秋初池中蓮藕新残相间红緑离披襲人走着沿堤看玩猛抬頭看見那边葡萄架底下有人拿着撣子在那裡撣什麽呢走到跟前却是老祝媽那老婆子見了襲人便咲嘻〻的迎上来说道姑娘怎麽今兒得工夫出来逛〻襲人道可不是嗎我要到璉二奶〻那裡瞧〻去你这裡做什麽呢那婆子道我在这裡赶蜜蜂兒今年三伏裡雨水少这菓子樹上多有虫子把菓子吃的疤痆流星的掉了好

些了姑娘还不知道呢这马蜂最可恶的一嘟噜上只咬破两三个儿那破的水滴到好的上头连这一嘟噜
都是要烂的姑娘你瞧咱们说话的空儿没赶就落上许多了袭人道你就是不住手的赶也赶不了多少你
倒是告诉买办叫他多、做些小冷布口袋儿一嘟噜套上一个又透风又不遭塌婆子道倒是姑娘说得是我今年
才管上那里知道巧法儿呢又道今年果子虽遭塌了些味儿倒好不信摘一个姑娘嚐、袭人正色道这那里使
得不但没熟吃不得就是熟了上头还没有供鲜咱们倒先吃了你是府里使老了的难道连这个规矩都不懂了
老祝忙笑道姑娘说的是我见姑娘很喜欢我才敢这么说可就把规矩错了我可是老糊涂了袭人道这也没
有什么只是你们有年纪的老奶、们别先领着头儿这么着就好了说着遂一逕出了园门来到凤姐这边一
到院里只听凤姐说道天理良心我在这屋里熬的越发成了贼了袭人听见这话知道有缘故了又不好回来又不
好进去遂把脚步放重些隔着窗子问道平姐、在家里么平儿忙答应着迎出来袭人便问二奶、也在家里呢身
上可大安了说着已走进来凤姐装着在床上歪着呢见袭人进来也笑着站起来说好些了叫你惦着怎么这几日不
过我们这边坐、袭人道奶、身上欠安本该天、过来请安才是但只怕奶、身上不爽快倒要静、儿的歇、我们
来了倒吵的奶、烦凤姐笑道烦是没的话倒是宝兄弟屋里虽然人多也就靠着你一个照看他也实在的离不开

我常听見平兒告訴我说你背地裡还惦着我常、问我这就是你尽心了一面説着叫平兒挪了張杌子放

在床边讓袭人坐下豐兒端進茶来袭人欠身道妹、坐着罢一面说闲話兒只見一个小丫頭子在外间屋裡悄、的和

平兒说旺兒来了在二门上伺候着呢又听見平兒也悄、的道知道了叫他先去回来再来別在门口兒站着袭人知他们有

事又说了两句話便起身要走凤姐道闲来坐、说、话兒我倒闲心因命平兒送、你妹、平兒答应着送出来

只見两三个小丫頭子都在那裡屏声息氣齊、的伺候着袭人不知何事便自去了却説平兒送出袭人進来回道旺兒纔来了

因袭人在这裡我叫他先到外頭等、兒这会子还是立刻叫他呢还是等着請奶、的示下凤姐道叫他来平兒

忙叫小丫頭去傳旺兒進来这里凤姐又问平兒你到底是怎么听見说的平兒道就是頭裡那小丫頭子的話他说

他在二门裡頭听見外頭两个小厮说这个新二奶、比偺们旧二奶、还俊呢脾氣兒也好不知是旺兒是谁吆喝了两

个一頓说什么新奶、旧奶、的还不悄、兒的呢叫裡頭知道了把你的舌頭还割了呢平兒正说着只見一个小丫頭進

来回说旺兒在外頭伺候着呢凤姐听了冷笑了一声说叫他進来那小丫頭出来说奶、叫呢旺兒連忙答应着進来請

了安在外间门口垂手侍立凤姐道你過来我问你话旺兒才走到裡间门旁站着凤姐道你二爺在外頭弄了人你

知道不知道旺兒又打着千兒回道奴才天、在二门上听差使如何知道二爺外頭的事凤姐冷笑道你自

然不知道你要知道怎么𢱗人呢旺儿听了这话知是方才的话走了风了便又回道奴才实在不知就是头里兴儿和
喜儿两个人在那里混说奴才吆喝了他们几句内中深情底里奴才不知道不敢妄回求奶奶问兴儿他是跟二
爷出门的凤姐听了下死劲啐了一口道你们这一起没良心的忘八崽子都是一条藤儿打量我不知道呢先去给我
把兴儿那个忘八崽子叫了来你也不许走问明白了他回来再问你好好这才是我使出来的好人呢那旺儿只
得连声答应爬起来出去叫兴儿那兴儿正在账房里和小厮们顽听见说二奶奶叫先唬了一跳却也想不到是这
件事发作了连忙跟着旺儿进来旺儿先进去回说兴儿来了凤姐厉声道叫他来兴儿听见这个声音儿早已没
了主意了只得仗着胆子进来凤姐一见便说好小子啊你和你爷办得好事啊你只实说罢兴儿一闻此言又看见
凤姐气色及两边丫头们的光景早唬软了跪下只是磕头凤姐道论起这事来我也听见说不与你相干但只
你不早来回我这就是你的不是你要实说我还饶你再有一句虚言你先摸摸你腔子上几个脑袋瓜子兴儿
道奶奶问的是什么事奴才和爷办坏了凤姐听了一腔火多发作起来喝命打嘴巴旺儿过来才要打凤姐骂
道什么糊涂忘八崽子叫他自己打用你打么一会子你再打你自己的还不迟呢那兴儿真个自己左右开弓
打了十几个嘴巴凤姐喝声站住问道你二爷外头娶了什么新奶奶旧奶奶的事你大概不知道啊兴儿连忙叩头

来旺的把上些吩咐吩咐的話，向口裡說道
回奶奶，趙生奴才再不敢撒謊。风姐道：快說。興兒回道：這事奴才頭裡也不知道，就是這一天東府裡大老爺
一个字的謊
直蹶蹶的跪起來
送了殯，俞禄往珍大爺廟裡去領銀子，二爺同着蓉哥兒到了東府裡，道兒上爺兒兩个說起珍大奶奶的二位
那边
姨奶奶來，二爺誇他好，蓉哥兒哄着二爺，說把二姨奶奶說給二爺。风姐聽到這裡，使勁啐道：呸，沒臉的忘八蛋，他是
又換回說
往上那着不敢言語
完了嗎
奶奶，您奴才，奴才，便放回风姐呼道：放你媽的屁，這還什麼
你那一門子的姨奶奶。興兒忙道：奴才該死。风姐道：怎麼不說了。興兒又回道：二爺聽見這个話就喜歡了，後來奴才也不知
忽不照了，你好生說，我往下說
好多着呢。興兒又回道
风姐却冷笑道：這个自然，你們那裡知道呢。你的話的口，怕都堵了罷呢
道怎麼就弄真了。就是蓉哥兒給二爺找了房子。风姐忙道：如今房子在那裡？興兒道：就在府後頭。风姐道：哦
興兒回道以來
回頭瞧着平兒道：咱們都是死人哪，你聽聽。平兒也不敢做聲。興兒又回道：珍大爺那邊不知給了張家多少銀
子，那張家就不問了。风姐道：怎麼又扯上什麼張家李家呢？興兒道：奶奶不知道，那珍大奶奶的妹子從小
這二奶奶剛說到這裡，又自己打了個嘴巴，把风姐兒倒也怄笑了
兩邊的丫頭也都抿嘴兒笑。興兒想了想說道
兒有人家的，姓張，叫什麼張華，如今窮得待好討飯。珍大爺許了他銀子，他就退了親了。风姐聽到這裡
點了點頭，回頭們道：你們都聽見了？小忘八崽子頭裡還說不知道呢。興兒又回道：後來二爺叫人裱糊了房
興回明使
子，娶過來了。风姐道：打那裡娶過來的？興兒道：就在他老娘家抬過來的。风姐道：好罷了。沒人送親麼？興兒道：就
又問
是蓉哥兒，還有几个丫頭老婆子們。风姐道：誰和他住着呢？興兒道：他母親和他妹子。昨日他妹子自己抹了脖
沒別人
珍大奶奶、沒來嗎？興兒道：過了兩天，大奶奶、帶了些東西來瞧的。风姐兒笑了一
聲，回頭向平兒道：怪道那兩天二爺稱讚大奶奶，不離嘴呢。掉過臉來又問興兒道：誰伏侍呢？自然是你了。興兒赶着磕頭不
言了。风姐道：為什麼？興兒將柳湘蓮的事說了一遍。风姐道：這个人還算造化高，省了當那出名兒的忘八

言语凤姐又问前头那些日子说给那府里办事想来办的就是这个了兴儿回道也有办事的时候也有往新房子
因又问道没了别的事了么兴儿道别的事奴才不知道奴才刚才说的字字是实话奶奶问出假来只管打
里去的时候凤姐又问道
死奴才奴才也无怨的凤姐低了一回头便又指着兴儿说道你这个猴儿崽子就该打死这有什么瞒着我的你想着瞒了我就在你那糊涂爷跟前讨了好儿了你新奶奶好疼你我不看你刚才还有点怕惧儿
把你的腿砸折了呢说着喝声起去兴儿磕了个头才爬起来退到外间门口不敢就走凤姐道过来我还有话呢
兴儿赶忙垂手敬听凤姐道你忙什么新奶奶等着赏你什么呢你从今日起不许过去我什么时候叫你你
什么时候到迟一步儿你试试出去罢兴儿忙答应着才出门来凤姐又叫兴儿兴儿赶忙答应回来凤姐道快出去告
诉你二爷去是不是啊兴儿道奴才不敢凤姐道你出去提一个字儿堤防你的皮兴儿答应着出去了凤姐又叫
旺儿呢旺儿连忙过来凤姐道去罢外头有人提一个字儿全在你身上旺儿答应着慢慢的退出去凤姐便叫
倒茶小丫头们会意都出去了凤姐和平儿道你都听见了这才好呢平儿也不敢答言只好陪笑儿凤姐越
想越气歪在枕上只是出神忽然眉头一皱计上心来便叫平儿平儿连忙过来凤姐道我想这件事竟该这么着才好也不必等你
二爷回来再商量了未知凤姐如何办理下回分解

第六十八回

苦尤娘赚入大观园　酸凤姐大闹宁国府

话说贾琏起身去后偏值平安节度巡边在外约一个月方回贾琏未得确信只得住在下处等候及至回来相见将事办妥回程已是将近两个月的限了谁知凤姐心下早已算定只待贾琏前脚走了回来便传各色匠役收拾东厢房三间照依自己正室一样装饰陈设至十四日便回明贾母王夫人说十五日一早要到姑子庙里进香去只带平儿丰儿周瑞媳妇旺儿媳妇四人未至上车便将原故告诉了众人又吩咐众男人素衣素盖一径前来兴儿引路一直到了二姐门前扣门鲍二家的开了兴儿笑说快回二奶奶去大奶奶来了鲍二家的听了这句顶梁骨走了真魂忙飞进报与尤二姐尤二姐虽也一惊但已来了只得以礼相见于是忙整衣迎了出来至门前凤姐方下车进来尤二姐一看只见头上皆素白银器身上月白缎袄青缎披风白绫素裙眉弯柳叶高吊两梢目横丹凤神凝三角俏丽若三春之桃清素若九秋之菊周瑞旺儿二女人搀入院来二姐陪笑忙迎上来万福张口便叫姐姐下降不曾远接望恕仓促之罪说着便福了下去凤姐忙陪笑还礼不迭二人携手同入室中凤姐上坐二姐命丫鬟拿褥子来便行礼说奴家年轻一从到了这里之事皆系家母和家姐商议主张今日有幸相会若姐姐不弃奴家寒微凡事求姐姐的指示教训奴亦倾心吐胆只伏侍姐姐说着便行下礼去凤姐忙下座还礼口内忙说皆因奴家妇人之见一味劝夫慎重不可在外眠花卧柳恐惹父母担忧这都是你我的痴心怎奈二爷错会奴意眠花宿柳之事瞒奴或可今娶姐姐二房之大事亦人家大礼亦不曾对奴说奴亦曾劝二爷早行此礼以备生育不想二爷反以奴为那等嫉妒之妇私自行此大事并不说知使奴有冤难诉惟天地可表前于十日之先奴已风闻恐二爷不乐遂不敢先说今可巧远行在外故奴家亲自来拜见过还求姐姐下体奴心起动大驾挪至家中你

我們姊妹同居同處彼此合心諫勸二爺慎重世務保養身子才是大礼若姐姐在外我在内雖愚賤不堪相伴我心又何安再者使外人聞知亦甚不雅
觀二爺之名也要緊倒是談論奴家奴亦不怨所以今生今世奴之名節全在姐姐身上那起下人小人之言未免見我素日持家太嚴背後加減些言語
自是常情姐姐乃何等樣人物豈可信真若我實有不好之處上頭三層公婆中有無數姊妹妯娌況賈府世代名家豈容我到今日今日二爺私
娶姐姐在外若别人則怒我則以為幸正是天地神佛不忍我被小人們誹謗故生此事我今來求姐姐進去和我一樣同居同處同分同例同侍公婆同諫丈
夫喜則同喜悲則同悲情似親妹和比骨肉不但那起小人見了自悔從前錯認了我就是二爺來家一見他作丈夫之人心中也未免暗悔所以姐姐竟是我
的大恩人使我從前之名一洗無餘了若姐姐不隨奴去奴亦情願在此相陪奴願作妹子每日伏侍姐姐梳頭洗臉只求姐姐在二爺跟前替我好言方便容
我死也願意說着便嗚嗚咽咽哭將起來尤二姐見了這般也不免滴下淚來二人對見了礼分序坐下平兒忙也上來要見礼尤二
姐見他打扮不凡舉止品貌不俗料定是平兒連忙親身攙住只叫妹子快休如此你我是一樣的人鳳姐忙也起身笑說折死他了妹子只管受礼
他原是偺們的丫頭已後快別如此說着又命周瑞家的從包袱裏取出四疋上色尺頭四對金珠簪環為拜礼尤二姐忙拜受了二人吃茶對訴已往之
事鳳姐口內全是自怨自錯怨不得别人如今只求姐姐疼我等語尤二姐見了這般便認他是个極好的人小人不遂心誹謗主子也是常理故傾
心吐膽敘了一會竟把鳳姐認為知己又見周瑞等媳婦在旁邊稱揚鳳姐素日許多善行只是吃虧心太痴了惹人怨又說已經預備了房屋奶奶
進去一看便知尤氏心中早已要進去同住方好今又見如此豈有不允之理便說原該跟了姐姐去只是這裏怎麼樣呢鳳姐兒道這有何難
姐姐的箱籠細軟只管着小廝搬了進去這些粗笨貨要他無用還叫人看着姐姐說誰妥當就叫誰在這裏姐姐說今日就遇見妹妹這一進去
凡事只憑妹妹料理我也來的日淺也不曾當過家世事不明白如何敢作主這几件箱櫃拿進去罷我也没有什麼東西那也不過是二

爺的鳳姐听了使命周瑞家的記清好生看管著抬到東廂房于是催著尤二姐急忙穿戴了二人携手上車又同座一處又悄悄的告訴他我們家的規矩大這事老太太一概不知倘或知二爺孝中娶你管把他打死了如今且別見老太太太太我有一個花園子極大姊妹們住著容易沒人去的你這一去且在園裡住兩天等我設個法子回明白了那時再見方妥尤二姐道任憑裁處那些跟車的小厮們皆是預先說明的如今不進大門只奔後門來到下了車趕散眾人鳳姐便帶尤氏進了大觀園的後門來到李紈處相見了彼時大觀園中十停人已有九停人知道了今忽見鳳姐帶了進來引動眾人來看問尤二姐一一見過眾人見他標緻和悅無不稱揚鳳姐一一的吩咐了眾人都不許在外走了風聲若老太太太太知道我先叫你們死園裡的婆子丫頭都素懼鳳姐的又係賈璉國孝家孝中所行之事知道關係非常都不管這事鳳姐悄悄的求李紈收養幾日等回明了我們自然過去的李紈見鳳姐那邊已收拾房屋況在服中不好倡揚自是正理只得收下權住鳳姐又變法將他的丫頭一概退出又將自己的一個丫頭送他使喚暗暗吩咐園中媳婦們好生照看著他若有走失逃亡一概和你們算賬自己又去暗中行事合家之人都暗暗的納罕說看他如何這等賢惠起來了那尤二姐得了這個所在又見園中姊妹各各相好倒也安心樂業的自為得其所矣誰知三日之後丫頭善姐便有些不服使喚起來尤二姐因說沒了頭油了你去回聲大奶奶拿些來善姐便道二奶奶你怎麼不知好歹沒眼色我們奶奶天天承應了老太太又要承應這邊太太那邊太太這些妯娌姊妹上下幾百男女天天起來都等他的話一日少說大事也有一二十件小事還有三五十件外頭的從娘娘算起以及王公侯伯家多少人情客禮家裡又有這些親友的調度銀子上千錢上萬一天都從他一個手一個心一個口裡調度那裡為這點子小事去煩瑣他我勸你能著些兒罷咱們又不是明媒正娶來的這是他亘古少有一個賢良人才這樣待你若差些兒的人听見了這話吵嚷起來把你丟在外死不死生不生你又敢怎樣呢一席話說的尤二姐垂了頭自為有這一說少不得將就些

罷了。那善姐漸漸的連飯也怕端來与他吃，或早一頓，或晚一頓，所拿來的東西皆是剩的。尤二姐說過兩次，他反瞪着眼叫喚起來。尤二姐又怕人笑

他不安分，少不得忍着。隔上五日八日見鳳姐一面，那鳳姐恰是和容悅色，滿嘴裏姐姐妹妹不離口，又說：倘有下人不到之處，你降不住他們，只管告訴我，

打他們。又罵丫頭媳婦，說我深知你們軟的欺硬的怕，背開我的眼，還怕誰。倘或二奶奶告訴我一個不字，我要你們的命。二姐見他這般的好意思

起，既有他，何必我又多事。下人不知好歹也是常情，我要告了他們，受了委屈，反叫人說我不賢良。因此反替他們遮掩。鳳姐一面使旺兒在外打

聽細事，這尤二姐的底細，皆已深知。原來已有了婆家的，女婿現在纔十九歲，成日在外嫖賭，不理生業，家私花盡了，父親攆他出來，現在賭博

廠裏過序。身父親得了尤婆子二十兩銀子，退了親的。這女婿尚不知道。原來這小夥子名叫張華。鳳姐都一一盡知原委，便封了二十兩銀子與旺兒，悄命

他將張華勾來養活，着他寫一張狀子，只要往有司衙門中告去，就告璉二爺國孝家孝之中，背旨瞞親，仗財依勢，強逼退親，停

妻再娶等語。這張華也深知利害，先不敢造次。旺兒回了鳳姐，鳳姐氣的罵：「糊塗狗扶不上牆的種子！你細細的說給他，就告我們家謀反也沒事

的，不過是借他一鬧，大家沒臉。若告大了，我這裏自然能夠平息的。」旺兒領命，只得細說与張華。鳳姐又吩咐旺兒：「他若告了你，你就

和他對詞去，如此如此，這般這般，我自有道理。」旺兒聽了有他作主，便又命張華狀子上添上自己，說你只告我來旺過付，一應調唆二爺做

的。張華便得了主意，和旺兒商議定了，寫了一紙狀子，次日便往都察院處喊了冤。察院當堂看狀子，見是告賈璉的事，上面有家人旺兒一人，

只得遣人去賈府傳旺兒來對詞。青衣不敢擅入，只命人帶信。那旺兒正等着此事，不用人帶信，早在這條街上等候，見了青衣，反迎上

去笑道：「為動起眾位弟兄，必是兄弟的事犯了。說不得，快來套上。」眾青衣不敢，只說：「你老去罷，別鬧了。」于是來至堂前跪了。察院命將狀子與他

看。旺兒故意看了一遍，碰頭說道：「這事小的盡知，小的主人實有此事。但這張華素与小的有仇，故意攀扯小的在內。其中還有別

人求老爺再問張華，磞頭說道：「雖有人，小的不敢告他，所以只告他下人旺兒。」故意急的說：「糊塗東西，還不快說出來！這是朝廷公堂之上，憑是主子也要說出來。」張華便說出賈蓉來。察院聽了，急得去請賈蓉。鳳姐又差了慶兒暗中打聽，告了起來，便忙將王信喚來，告訴他這事，命他托察院，只要虛張聲勢驚唬而已。又拿了三百兩銀子與他打點。是夜王信到了察院私宅，安了根子。那察院深知原委，收了贓銀，次日回堂，只說張華無賴，拖欠了賈府銀兩，妄捏虛詞，誣賴良人。都察院又素與王子騰相好，王信也只到家說了一聲，況是賈府之人，巴不得了事，便也不提此事，且都收下，只傳賈蓉對詞。且說賈蓉正忙著賈珍之事，忽有人來報信，說有人告你們如此這般，快作道理。賈蓉慌了，忙來回賈珍。賈珍說：「我防了這一著，只虧他大膽子。」即刻封了二百銀子，著人去打點察院，又命家人去對詞。正商議間，人報：「西府二奶奶來了。」賈珍聽了這話，到吃了一驚，忙要同賈蓉藏躲，不想鳳姐進來了，說：「好大哥哥，帶著兄弟們幹的好事！」賈蓉忙請安，鳳姐拉了他就進來。賈珍還笑說：「好生伺候你嬸娘，吩咐他們殺牲口備飯。」說了，忙命備馬，躲往別處去了。這裡鳳姐帶著賈蓉走來上房，尤氏正迎了出來，見鳳姐氣色不善，忙笑說：「什麼事情這等忙？」鳳姐照臉一口唾沫啐道：「你尤家的丫頭沒人要了，偷著只往賈家送！難道賈家的人都是好的，普天下死絕了男人了！你就願意給，也要三媒六證，大家說明，成個體統才是。你痰迷了心，脂油蒙了竅，國孝家孝兩重在身，就把個人送來了。這會子被人家告我們，我又是個沒腳蟹，連官場中都知道我利害吃醋，如今指名提我，要休我。我來了你家，幹錯了什麼不是，你這等害我？或是老太太、太太有了話在你心裡，使你們做這圈套，要擠我出去？如今咱們兩個一同去見官，分證明白。回來咱們公同請了合族中人，大家覿面說個明白，給我休書，我就走路。」一面說，一面大哭，拉著尤氏，只要去見官。急的賈蓉跪在地下磞頭，只求嬸娘息怒。鳳姐兒一面又罵賈蓉：「天雷劈腦子、五鬼分屍的沒良心的種子！不知天有多高，地有多厚，成日家調三窩四，幹出這些沒臉面、沒王法、敗家破業的營生。你死了的娘陰靈也不容你，祖宗也不容你，還敢來勸

一面哭罵着揚手亂打賈蓉。賈蓉忙磕頭有聲說嬸嬸別動氣仔細手疼讓我自己打嬸嬸別生氣說着自己舉手左右開弓自己打了一頓嘴巴又自己
問着自己說以後可再顧三不顧四的混管閑事了以後還單听叔叔的話不听嬸娘的話了衆人又是勸又要笑又不敢笑凤姐兒滾到尤氏懷裡嚎天動
地大放悲声只說給你兄弟娶親我不惱爲什麽使他違旨背親將混帳名兒給我背着咱們只過去見官省得捕快皂隸拿來再者咱們只過
去見了老太、太、和衆族人大家公议了我既不賢良又不容男人買妾只給我一紙休書我即刻就走你妹、我也親身接了來家生怕老
太、太、生氣也不敢回現在三茶六飯金奴銀婢的住在園裡我這裡赶着收拾房子和我的一樣只等老太、知道了原說接過來大家安分守
己的我也不提旧事了誰知又是有了人家的不知你們幹的什麽事我一概又不知道如今告我我昨日急了縱然我出去見官也丢的是你賈家的
臉少不得偷把太、的五百兩銀子去打点如今把我的人還鎖在那裡說了又哭、了又罵後來放聲大哭起祖宗爺娘來又要尋死撞頭把个尤氏揉
搓成了一个麵團衣服上全是眼泪鼻涕並無別話只罵賈蓉混賬孽障種子和你老子做的好事我就說不好的凤姐兒听說哭着兩手搬着尤氏的
臉緊对相問道你發昏了你的嘴裡難道有茄子塞着不成或是他們給你嚼子啣上了爲什麽你不來告訴我去你若告訴了我這會子平安了
怎得經官動府閙到這步田地你這會子還怨他們自古說妻賢夫禍少表壯不如裏壯你但凡是个好的他們怎得閙出這些事來你又沒才干
又沒口齒鋸了嘴的葫蘆就只會一味瞎小心圖賢良的名兒總是他們也不怕你也不听你說着啐了几口尤氏也哭道何曾不是這樣你不信
問跟的人我何曾不勸的也得他們听叫我怎麽樣呢怨不得妹、生氣我只好听着罢了衆姬妾丫鬟媳婦已是烏壓、跪了一地陪笑求
說二奶、最聖明的雖是我們奶、的不是奶、也作踐够了當着奴才們奶、們素日何等的好來如今还求奶、給留臉說着捧上茶來凤姐也摔了一面止了哭挽頭髮又喝罵賈蓉出去請大哥、來我对面問他
親大爺的孝才五七侄兒娶親這个礼我竟不知道我問、也好学着日後教導子侄的賈蓉只跪着磕頭說這事原不与父母相干都是兒子

一時吃了屎調唆着叔〻做的我又現在也不知道下來要求族嬸〻責罰了起來兒子也是個死只求嬸〻責罰兒子謹領這官司還
求嬸〻料理兒子竟不能幹這大事嬸〻是何等樣人豈不知俗語說的胳膊只折在袖子裡兒子糊塗死了既做了不肖的事就同那猫兒狗兒
一般嬸〻既教訓就不和兒子一般見識的少不得還要嬸〻費心費力將外頭的事壓住了纔好只當嬸〻有這個不肖的兒子就惹了禍少不得委曲還
要疼他呢說着又磕頭不絕鳳姐見他母子這般也再難往前施展了只得又轉過了一副形容言談來與尤氏反陪禮說我是年輕不知事的人聽
了賈蓉這般心裡早軟了只是礙着眾人面前又難改過口來因嘆了一口氣一面拉起來一面拭淚向尤氏道
嫂子也別惱我
見有人告訴了把我嚇昏了不知方纔怎麼得罪了嫂子可是蓉兒說的胳膊折了往袖子裡藏少不得嫂子要體諒我還得
這原着急的緣故所以顧不得了
剛纔的話嫂子可別惱
嫂子跟前替哥〻說了先把這官司按下去纔好尤氏賈蓉一齊都說嬸〻放心橫豎一點兒連累不着叔〻嬸〻方纔說用過了五百兩銀子少不得
我娘兒們打點五百兩銀子與嬸〻送過去好補上的不然豈有反教嬸〻又添上虧空之名越發我們該死了但還有一件老太〻太〻們跟前嬸〻還要周全方便別提
這些話方好鳳姐兒又冷笑道你們饒壓着我的頭幹了事這會子反哄着我替你們周全我雖是個獃子也獃不到如此嫂子的兄弟是我的什
麼人我嫂子說怕他絕後我難道不更比嫂子更怕絕後嫂子的妹子就是我的妹子一樣我一聽見這話連夜喜歡的連覺也睡不成趕着傳人收拾了屋子就
要接進來同住倒是奴才小人的見識他們倒說奶〻太好性了若是我們的主意先回了老太〻太〻看是怎樣再收拾房子去接也不遲我聽
了這話教我要打要罵的纔不言語誰知偏不稱我的意偏打我的嘴半空裡跑出一個張華來告了一狀我聽見了嚇的兩夜沒合眼兒又不敢
聲張只得求人去打聽這張華是什麼人這樣大胆打聽了兩日誰知是個無賴的花子我年輕不知事反笑了說他告什麼小子們說原是二
奶〻許了他的他如今正是急了凍死餓死也是個死現在有這個理他抓着縱然死了死的倒比凍死餓死還值些怎麼怨的他告呢
這事原是爺作的太急了國孝一層罪家孝一層罪背着父母私娶一層罪停妻再娶一層罪俗語說拚着一身剮敢把皇帝拉下

馬他窮瘋了的人什麽事作不出來況且他又拿着這滿理不告等語不敢不說我便是个韓信張良听了這話也把智謀嚇回去了

你兄弟又不在家又沒个人商量我少不得拿了去墊補誰知越使了越叫人拿住了刀靶越發來訛我是耗子尾上長瘡多少膿血兒所以又急

又氣少不得來找嫂子尤氏賈蓉不等說完都說不必操心自然要料理的賈蓉又道那張華不過是窮極故捨了命才告咱們如今想

我想了一个法兒竟許他些銀子只叫他應个妄告不實之罪咱們替他打點完了官司他出來時再給他些銀子就完了鳳姐兒冷笑道好孩子怨不

得你顧一不顧二的作這些事出來原來你竟糊塗若你說的這話他暫且依了且打出官司來又得了銀子眼前自然了事這些人既是無

賴之徒銀子到手一旦光了他又尋事故訛詐再叨登起來這事咱們雖不怕也終擔心擱不住他說既沒毛病為什麽反給他銀子終久

是不了局賈蓉原是个明白人听如此一說便笑道我還有个主意來是是非人去是是非者這事還得我了才好如今我竟去問張華个主意或

是他定要人或是他愿意了事得錢再娶他若說一定要人少不得我去勸我二姨叫他出來仍嫁他去若說要錢我們這裏少不得給他鳳

姐兒忙道雖如此說我斷不捨得你姨娘出去我也斷不肯使他去好侄兒你若疼我只能可多給他錢為是賈蓉深知鳳姐口雖如此

心却是巴不得只要本人出來他却作賢良人如今怎說怎依鳳姐兒歡喜了又說外頭好處了家裡終久怎麽樣你也同我過去回明纔

是尤氏又慌了拉鳳姐討主意如何撒謊才好鳳姐冷笑道既沒這本事誰叫你幹這事了這會子又這个腔兒我又看不上待要不出个

主意我又是个心慈面軟的人憑人撮弄我我還是一片痴心說不得讓我應起來如今你們只別露面我只領了你妹妹去與老太太太太們磕

頭只說原系你妹妹我看上了很好而又是親上做親的我愿意娶來做二房皆因家中父母姊妹一槩沒有了日子又艱難不能度日若

等百日之後無家無業實難等我的主意接了進來已經廂房收拾了出來暫且住着等滿了服再圓房仗着我不

怕臊的脸死活赖去有了不是也寻不着你们了你们（娘儿两个）一母一挝可使得尤氏贾蓉一齐笑说到底是婶子宽洪大量足智多谋等
凤姐道罢呀且说什么谢不谢的又指着贾蓉道我今日才知道你了说着把脸一红眼圈儿也红了似有多少委曲的光景贾蓉忙陪笑道罢了
事妥了少不得我们娘们过去拜谢尤氏忙命丫头们伏侍凤姐快快梳洗又忙预备晚饭凤姐也执意要回去
宗白担待我这一次罢说着又跪下了凤姐扭过脸去不理他贾蓉陪笑着起来了这里尤氏忙命丫头们舀水取妆奁伏侍凤姐梳洗了赶
忙凤姐进园中将此事告诉尤二姐又说我怎么操心打听又怎么设法须得如此如此方救下众人无罪少不得我去拆开
忙又命预备晚饭凤姐儿执意要回去尤氏拦着道今日二婶子要这么走了我们什么脸再过那边去呢贾蓉傍边笑着劝道好
果息蔼大家统将要如何且听下回分解
婶子亲婶子以后蓉儿要不真心孝顺你老人家天打雷劈凤姐瞅了他一眼啐道谁信你这话说到这里又咽住了一面老婆
丫头们摆上酒菜来尤氏亲自递酒布菜贾蓉又跪着敬了一钟酒凤姐便合尤氏吃了饭丫头们递了漱口茶又捧上茶来凤姐喝了两
口便起身回去贾蓉亲身送过来进门时又悄悄的央告了几句私心话凤姐也不理他只得快快的回去了且说凤姐进园中将此事告
诉尤二姐又说我怎么操心又怎么打听须得如此如此方保的众人无罪少不得咱们搁着这个浪里使将来凤姐又想出
应计策且听下回分解

第六十九回

弄小巧用借劍殺人　覺大限吞生金自逝

話說尤二姐聽了，又感謝不盡，只得跟了他來。尤氏那邊怎好不過來，少不得也過來跟着鳳姐去回。鳳姐笑說：「你別說話，等我去說。」尤氏道：「這个自然。但有了不是，往你身上推。」說着，大家先來至賈母屋裡。正值賈母和園中姊妹們說笑解悶，忽見鳳姐帶了一个標緻小媳婦進來，忙覷着眼看，說：「這是誰家的孩子？好可憐見的。」鳳姐上來笑道：「老祖宗倒細細的看看，好不好？」說着，忙拉二姐說：「這是太婆婆，快磕頭。」二姐忙行了大禮，展拜起來。又指着眾姊妹說：「這是某人某人，你先認了，等太太瞧過了再見禮。」二姐聽了，一一又從新故意的問過，垂頭站在旁邊。賈母上下瞧了一遍，因又笑問：「你姓什麼？今年十幾了？」鳳姐忙又笑說：「老祖宗且別問，只說比我俊不俊。」賈母又戴上了眼鏡，命鴛鴦琥珀：「把那孩子拉過來，我瞧瞧肉皮兒。」眾人都抿嘴兒笑着，只得推他上去。賈母細瞧了一遍，又命琥珀：「拿出他的手來我瞧瞧。」鴛鴦又揭起裙子來。賈母瞧畢，摘下眼鏡來，笑說道：「更是個齊全孩子，我看比你俊呢。」鳳姐聽說，笑着忙跪下，將尤氏那邊所編之話，一五一十細細的說了一遍，「少不得老祖宗發慈心，先許他進來，住一年後再圓房。」賈母聽了道：「這有什麼不是？既你這樣賢良，很好。只是一年後方可圓得房。」鳳姐聽了，叩頭起來，又求賈母着兩个女人一同帶去見太太們，說是老祖宗的主意。賈母依允，遂使二人帶去見了邢夫人等。王夫人正因他風聲不雅，深為憂慮，見他今行此事，豈有不樂之理。于是尤二姐自此見了天日，挪到廂房住居。鳳姐一面使人暗暗調唆張華，只叫他要原妻，這裡還有許多賠送外，還給他銀子安家過活。張華原無膽無心告賈家的，後來又見賈蓉打發了人來對詞，那人原說的：「張華先退了親，我們皆是親戚，接到家裡住着是實，並無強娶之說。皆因張華拖欠了我們的債務，追索不與，方誣賴小的主人。」那察院都和賈王兩處有瓜葛，況又受了賄，只說張華無賴，以窮訛詐，狀子也不收，打了一頓，趕出來。慶兒在外替張華打點，也沒打重。又調唆張華說：「這親原是你家定的，你只要親事，官必還断给你于是又告王信那边又透了消息与察院〃〃史批张华借欠贾宅之银令其限内按数交还其所定之亲仍令其有力时娶回又传了他父亲来当堂批准他父亲亦系庆儿说明乐得人财两得便去贾家领人凤姐一面吓的来回贾母说如此这般都是珍大嫂子干事不明那府里并没退准惹人告了如此官断贾母听了忙唤了尤氏过来说他作事不妥既是你妹子从小与人指腹为婚又没退断使人告了这是什么事尤氏听了只得说他连银子都收了怎么没准凤姐在旁说张华的口供上现说没见银子也没见人去他老子又说原是亲家母说过一次并没应准亲家母死了你们就接进去作二房如此没有对证的话只好由他去混说幸而琏二爷不在家不曾圆房这还无妨只是人已来了怎好送回去岂不伤脸贾母道又没圆房没的强占人家有夫之人名声也不好不如送给他去那里寻不出好人来尤二姐听了又回贾母说我母亲实在某年某月某日给他十两银子退准的他因穷极了告又翻了口我姐姐原没错办贾母听了便说可见刁民难惹既这样凤丫头去料理料理凤姐听了无法只得应着回来只命人去找贾蓉〃〃深知凤姐之意若要使张华领回成何体统便回了贾珍暗〃遣人去说张华你如今既有许多银子何必定要原人若只管执定主意岂不怕爷们一怒寻出一个由头你死无葬身之地你有了银子回家去什么好人寻不出来你若走时还赏你些路费张华听了心中想了一想这倒是好主意和父亲商议已定约共也得了百金父子次日起了五更便回原籍去了贾蓉打听的真了来回了贾母凤姐说张华父子妄告不实惧罪逃走官府亦知此情也不追究大事完毕凤姐听了心中一想若必定着张华带回二姐去未免贾琏回来再花几个钱包占住不怕张华不依还是二姐不去自己拉伴着还妥当且再作道理只是张华此去不知何往他倘或再将此事告诉了别人或日后再寻出这由头来翻案岂不是自己害了自己原先不该如此将刀靶付与外人去的因此悔之不迭又生出了一个主意出来悄命旺儿遣人寻着了他或讹他作贼和他打官司将他治死或暗中使人算计务将张华治死方剪草除根保住自己的名声旺儿领命出来回家细想人已走了完事何必如此大做人命关天非同儿戏我且哄过他去再作道理因此在外躲了几日回来告诉凤姐只说张华因有几两银子在身上逃去第三日在京口地界五更天已被截路打闷棍的打死了他老子唬死在店房在那里验尸掩埋凤姐听了不信说你要扯谎我再

使人打听出来欺你的牙自七方丢過不究凤姐和尤二姐和美非常竟比親姊妹还勝十倍那賈琏一日事畢回来先到了新房中已静悄悄的関鎖只有一個看房子的老頭兒賈琏問起原故老頭子細說原委賈琏只在鐙中跌足少不得来見賈赦与邢夫人將所完之事回明賈赦十分欢喜說他中用賞了他一百両銀子又將房中一個十七歲的丫環名叫秋桐賞他為妾賈琏叩头領去喜之不盡見了賈母合家众人回来見了凤姐未免臉上有些得意驕矜之色凤姐听了忙命兩个媳婦坐車在那边接了來心中一刺未除又平空添了一刺說不得且吞声忍氣將好顏面換出來遮飾一面又命擺酒接風一面帶了秋桐来見賈母与王夫人等賈琏心中也暗暗的納罕那日已是臘月十二日賈珍起身先拜了宗祠然後過来拜辭賈母等人合族中人直送到洒泪亭方回獨賈琏賈蓉二人送出三日三夜方回一路上賈珍命他好生收心治家等語二人內答應也說些大礼套話不必絮叙且說凤姐在家外面待尤二姐自不必說的只是心中又懷别意無人處只和尤二姐說妹妹的声名很不好听連老太太太太們都知道了說妹妹在家做女兒就不干净又和姐夫有些首尾没人要的你揀了來还不休了再尋好的我听見這話氣了個倒仰查是誰說的又查不出來這日久天長這些奴才們跟前怎麽說嘴呢我反弄了个魚頭來拆說了兩遍自己先氣病了茶飯也不吃除了平兒眾丫頭媳婦無不言三語四指桑說槐暗相譏刺秋桐自為係賈赦所賜無人僭他的連凤姐平兒皆不放在眼裡豈肯容他好口是先奸後娶沒漢子要的娼婦也來要我的強凤姐听了暗樂尤二姐听了暗愧暗氣凤姐既裝病便不和尤二姐吃飯了每日只命人端了菜飯到他房中去吃那茶飯都係不堪之物平兒看不過自己拿了錢出來弄菜与他吃或是有時只說和他園中去頑在園中廚內另做了湯水与他吃也無人敢回凤姐只有秋桐碰見了便去說舌告訴凤姐說奶奶的名声生是平兒弄壞了的這樣好菜好飯浪着不吃却往園裡去偷吃凤姐听了罵平兒說人家養猫拿耗子我的猫只倒咬鷄平兒不敢多說自己也就遠着了又暗恨秋桐難以出口園中姊妹[illegible]一干人暗為二姐耽心雖都不便多言却也[illegible]無人處要說起

话未了二姐便淌眼泪又不敢抱怨凤姐儿因无一点坏形因贾琏来家时见了凤姐贤良也便不留心况素昔见贾赦姬妾丫鬟最多贾琏每怀不轨之心只未敢下手如今这秋桐等人皆是恨老爷年迈昏愦贪多嚼不烂没的留下这些人作什么因此除了几个知礼有耻的馀者或有与二门上小么儿们嘲戏的甚至于与贾琏眉来眼去相偷期的只惧贾赦之威未曾到手这秋桐便和贾琏有旧从未来过一次今日天缘凑巧竟把秋桐赏了他真是一对烈火干柴如胶投漆燕尔新婚连日那里拆的开那贾琏在二姐身上之心也渐渐淡了只有秋桐一人是命凤姐虽恨秋桐且喜借他先可发脱二姐自己且抽头用借剑杀人之法坐山观虎斗等秋桐杀了尤二姐自己再杀秋桐主意已定没人处常又私劝秋桐说你年轻不知事他现是二房奶奶你爷心坎儿上的人我还让他三分你去硬碰他岂不是自寻其死那秋桐听了这话越发恼了天天大口乱骂说奶奶是软弱人那等贤惠我却作不来奶奶把你素日的威风怎都没了奶奶宽洪大量我却眼里揉不下沙子去让我和这淫妇做一回他才知道凤姐在屋里只装不敢出声儿气的尤二姐在房里哭泣饮食也不吃又不敢告诉贾琏次日贾母见他眼红红的肿了问他又不敢说秋桐正是抓乖卖俏之时他便悄悄的告诉贾母王夫人等说他专会作死好好的成天丧声嚎气背地里咒二奶奶和我早死了他好和二爷一心一计的过贾母听了便说人太生娇俏了可知心就嫉妒了凤丫头倒好意待他他倒这样争锋吃醋的可知是个贱骨头因此渐次便不大喜欢众人见贾母不喜不免又往下踏践起来弄得这尤二姐要死不能要生不得还是亏了平儿时常背着凤姐看他这般与他排解那尤二姐原是个花为肠肚雪作肌肤的人如何经得这般磨折不过受了一个月的暗气便恹恹得了一病四肢懒动茶饭不进渐次黄瘦下去夜来合上眼只见他小妹子手捧鸳鸯宝剑前来说姐姐你一生为人心痴意软终吃了这亏休信那妒妇花言巧语外作贤良内藏奸猾他发恨定要弄你一死方罢若妹子在世断不肯令你进来即进来时亦不容他这样此亦系理数应然你我生前淫奔不才使人家丧伦败行故有此报你依我将此剑斩了那妒妇一同归至警幻案下听其发落不然你

白白的丧命也無人怜惜尤二姐泣道妹妹我一生品行既虧今日之报既係当然何必又去殺人作孽不如隨我去忍耐若天見怜使我好了豈不兩全小妹笑

道姐姐你终是个痴人自古天网恢恢疏而不漏天道好还你虽悔过自新然已将人父子兄弟致于麀聚之乱天怎容你安生尤二姐泣道既不得安生亦是理

当然奴亦無怨三姐听了长嘆而去尤二姐驚醒却是一夢等賈璉来看时因無人在側便哭説我這病不能好了我来了半年腹中也有了

身孕但不能預知男女倘天見怜生了下来还可若不然我的命还不保何况于他賈璉亦哭説你只放心我請名人来医治于是出去即刻請医生誰

知王太医亦謀干了軍前效力回来好討廕封的小廝们走去便請了个姓胡的太医名叫君荣進来胗脉看了説是經水不調全

要大補賈璉便説已是三月庚信不行又常作嘔酸恐是胎氣胡君荣听了復又命老婆子们請出手来再看看尤二姐少不得又從帳内伸出手来

胡君荣又胗了半日説若論胎氣肝脉自应洪大然木盛则生火經水不調亦皆因由肝木所致医生要大胆須得請奶奶将金面略露

露医生觀觀氣色方敢下藥賈璉無法只得命将帳子掀起一縫尤二姐露出臉来胡君荣一見魂魄如飛上九天通身麻木一無所知一时掩了帳

子賈璉陪他出来问是如何胡太医道不是胎氣只是迂血凝結如今只以下迂血通經要緊于是寫了一方作辭而去賈璉命人送了藥礼抓

了藥来調服下去只半夜尤二姐腹痛不止誰知竟将个已成形的男胎打了下来于是血行不止二姐就昏迷過去賈璉聞知大罵胡君

荣一面遣人再去請医調治一面命人去打告胡君荣胡君荣听了早已捲包逃走這裡太医便説本来氣血生成虧弱受胎以来想是着

了些氣惱鬱結于中這位先生擅用虎狼之劑如今大人元氣十分傷其八九一时难保就愈煎丸二藥並行還要一些閑言閑事不聞庶可望好説畢而去

个並菓子丸調元散鬱的丸藥方子去了

旧賈璉查是誰請了姓胡的来一时查了出来便打了个半死鳳姐比賈璉更急十倍只説咱们命中無子好容易有了一个遇見這樣没本事的大夫

于是天地前燒香礼拜自己通陈禱告説我或有病只求尤氏妹子身体大愈再得懷胎生一男子我情愿吃长齋念佛賈璉衆人見了無不稱贊賈璉

與秋桐一處鳳姐又做湯做水的著人送與二姐又罵平兒不是個有福的也和我一樣我因多病了你却無病也不見懷個胎如今二奶奶這樣都因偺們無福或犯了什麼沖的他這樣因又叫人出去筭命打卦偏筭命的回來又說係屬兔的陰人沖犯了大家筭將起來只有秋桐一人屬兔說他沖的秋桐近見賈璉請醫調治打人罵狗為二姐十分盡心他心中早浸了一缸醋在內了今又聽見如此說他沖了鳳姐兒又勸他說你暫且別處躲幾日再來秋桐便氣的哭罵道理那起瞎肏的混咬舌根我和他井水不犯河水怎麼就沖了他好個愛八哥兒在外頭什麼人不見偏來了就沖了白眉赤眼那裡來的孩子他不過指着哄我們那個棉花耳朵的爺罷了縱有孩子也不知姓張姓王奶奶希罕那雜種羔子我不喜歡老了誰不會養一年半載養一個到還是一點攙雜兒沒有的呢罵的眾人又要笑又不敢笑可巧邢夫人過來請安秋桐便哭告邢夫人說二爺奶奶要攆我回去我沒了安身之處太太好歹開恩邢夫人聽說慌的數落了鳳姐一陣又罵賈璉不知好歹的種子憑他怎麼不好是你父親給的為個外頭來的攆他連老子都沒了你要攆他你不如也攆你父親去罷說着賭氣去了秋桐更又得意越性走到窗戶根底下大哭大罵起來尤二姐聽了不免更添煩惱晚間賈璉在秋桐房中歇了鳳姐已睡平兒過來瞧他又悄悄勸他好生養病不要理那畜生尤二姐拉他哭道姐姐我從到這裡多虧姐姐照應為我姐姐也不知受了多少閒氣我若逃的出命來我必答報姐姐的恩德只怕我逃不出命來也只好等來生罷平兒也不禁滴淚說道想來都是我坑了你我原是一片痴心從沒瞞他的話既聽見你在外頭豈有不告訴他的誰知生出這些個事來尤二姐忙道姐姐這話錯了若姐姐便不告訴他他豈有打聽不出來的不過是姐姐說的在先況且我也要一心進來方成個体統與姐姐何干二人哭了一回平兒又囑咐了幾句夜已深了方去安息這裡尤二姐心下自思病已成勢日無所養反有所傷料定必不能好況胎已打下無甚懸心何必受這些零氣不如一死到還干淨常聽見人說生金子可以墜死豈不比上吊自刎又干淨想畢掙扎起來打開箱子便找出一塊生金也不知多重恨命含淚便吞入口中幾次狠命直脖方嚥了下去於是趕忙將

衣服首饰穿带齐整上炕渊下当下人不知鬼不觉到第二日早不了环想他们见他不叫人乐得自己梳洗凤姐和秋桐都上去了平儿看不过说了
的们你们就只配没人心的打着骂着也罢了一个病人也不知可怜可怜他虽好性儿你们也该拏出个样儿来别太过逾了墙倒众人推了环听了急推
房门进来看时却穿带的齐齐整整死在炕上于是方吓慌了喊叫起来平儿进来看了不禁大哭众人虽素习惧怕凤姐然想尤二姐实在温和怜下
比凤姐原强如今死去谁不伤心落泪只不敢与凤姐看见当下合宅皆知贾琏进来搂尸大哭不止凤姐也假意哭道狠心的妹妹你怎么丢下我去了
辜负了我的心尤氏贾蓉等也来哭了一场劝住贾琏贾琏便回了王夫人讨了梨香院停放五日挪到铁槛寺去王夫人依允贾琏忙命人去开梨
香院的房子收拾出来停灵贾琏嫌后门出灵不像样便对着梨香院的正墙上通街现开了一个大门两边搭棚安坛场做佛事用软榻铺了
锦被盖了二姐抬上榻去用衾单盖了八个小厮和几个媳妇围随从内子墙一带抬往梨香院来那里已请下天文生预备揭起衾单一看只
见尤二姐面色如生比活着还美貌贾琏又搂着大哭只叫奶奶你死的不明都是我坑了你贾蓉忙来劝叔叔解着些儿我这个姨娘自己没福
说着又向南指大观园的界墙贾琏会意只悄悄跌脚说我忽略了终久对出来我替你报仇天文生回说奶奶卒于今日正卯时五日出不得或是三日
或是七日方可明日寅时入殓大吉贾琏道三日断乎使不得竟是七日因家叔家兄皆在外小丧不敢久停等到外头放了来做大道场才掩灵
明年往南去下葬天文生应诺写了殃榜而去宝玉已早过来陪哭一场众族中人也都来了贾琏忙进去找凤姐要银子治办棺椁丧礼凤姐见
抬了出去推有病回老太太太太说我病着忌三房不许我去因此也不出来穿孝且往大观园中来绕过群山至北界墙根下往外听隐隐听了一言半语
回来又回贾母说如此这般贾母道信他胡说谁家痨病死的孩子不烧了一撒也认真的开丧破土起来既是二房一场也是夫妻之分停五七日抬
出去或一烧或乱葬地上埋了完事凤姐笑道可是这话我又不敢劝他正说着丫环来请凤姐说二爷等着奶奶拏银子呢凤姐只得来了便问他什

前後頁口

省銀子家裏近來艱難你還不知道偺們的月例一月趕不上一月雞兒吃了過年糧昨兒我把兩個金項圈當了三百銀子你還做夢呢這裏還有二三十兩銀子你要就拿去說着命平兒拿了出來遞與賈璉指着賈母有話又去了恨的賈璉沒話可說只得開了尤氏的箱櫃去拿自己的梯己及開了箱櫃一滴無存只有些拆簪爛花並几件半新不舊的綢絹衣裳都是尤二姐素習所穿的不禁又傷心哭了想着他死的不分明自己用個包袱包了也不命小廝丫環來拿便自己提着來燒平兒又是傷心又是好笑忙將二百兩一包的碎銀子偷了出來到廂房拉住賈璉悄遞與他說你只別作聲纔好你要哭外頭多少哭不得又跑了這裏來點眼賈璉聽說便說你說的是接了銀子又將一條裙子遞與平兒說這是他家常穿的你好生替我收着做個念心兒平兒只得接了自己收去賈璉拿了銀子與衣服走來命人先去買板那好的又貴中的又不要賈璉騎馬自己去瞧至晚間果抬了一付好板進來價是五百兩賒着連夜趕造一面分派了人口穿孝守靈晚來也不進去只在這裏伴宿七日想着二姐舊情雖不敢大作聲勢卻也不免請些僧道超度亡靈一時賈母忽然來喚

未知何事下回分解

第七十回　林代玉重建桃花社　史湘云偶填柳絮词

话说贾琏自在梨香院伴宿七日夜，天天僧道不断做佛事，贾母唤了他去吩咐不许送往家庙中，贾琏无法，只得又和时觉说了，就在尤三姐之上点了一穴，破土埋葬。那日送殡，只不过族中人与王姓夫妇、尤氏婆媳而已。凤姐儿一应不管，只凭他自去办理。因又年近岁逼，诸务猥集不算外，又有林之孝开了一个人名单子来，共有八个廿五岁的单身小厮应该娶妻成房，等里面有该放的丫头们好求配。凤姐儿看了，先来问贾母和王夫人。大家商议，虽有几个应该发配的，奈各人皆有原故：第一个鸳鸯发誓不去，自那日之后，一向未和宝玉说话，也不盛妆浓饰，众人见他志坚，也不好相强；第二个琥珀，现又有病，这次不能了；彩云因近日和贾环分崩，也染了无医之症；只有凤姐儿和李纨房中粗使的大丫头出去了，其余年纪未足，令他们外头自娶去了。原来这一向凤姐儿病了，李纨探春料理家务不得闲暇，接着过年过节，出来许多杂事，竟将诗社搁起。如今仲春天气，虽得了工夫，争奈宝玉因冷遁了柳湘莲，剑刎了尤小妹，金逝了尤二姐，气病了柳五儿，连连接接，闲愁胡恨，一重不了一重添，弄的情色若痴，语言常乱，似染怔忡之疾，慌的袭人等又不敢回贾母，只百般逗他顽笑。这日清晨方醒，只听外间屋内咭咭呱呱笑声不断。袭人因笑说：“你快出去解救，晴雯和麝月两个人按住芳官在那里膈肢呢。”宝玉听了，忙披上灰鼠长袄出来一瞧，只见他三人被褥尚未叠起，大衣也未穿。那晴雯只穿葱绿杭绸小袄，红小衣红睡鞋，披着头发，骑在芳官身上。麝月是红绫抹胸，披着一身旧衣，在那里抓芳官的肋肢。芳官却仰在炕上，穿着撒花紧身儿，红裤绿袜，两脚乱蹬，笑的喘不过气来。宝玉忙上前笑说：“两个大的欺负一个小的，等我助力。”说着，也上床来膈肢晴雯。晴雯触痒，笑的忙丢下芳官，和宝玉对抓。芳官趁势将晴雯按倒，向他胁下抓动。袭人笑说：“仔细冻着了。”看他四人裹在一处

因說道仔細凍着了可不是頑的都穿上衣裳忽見碧月進來說昨兒晚上奶奶在這裡把個絹子忘了去不知可在這裡沒有春燕便說有我在地下撿起來不知是那一位的剛洗了出來晾着還未乾呢碧月見他四人亂滾因笑道到是這裡熱鬧大清早起就咭咭呱呱的頑到一處寶玉笑道你們那裡人也不少怎麼不頑碧月道我們奶奶不頑把兩個姨娘和琴姑娘也賓住了如今琴姑娘又跟了老太太前頭去了更冷冷清清了兩個姨娘今年過了到明年冬天都去了又更冷清了你瞧寶姑娘那屋裡出去了一個香菱就冷清了多少把個雲姑娘落了單正說着只見湘云又打發了翠縷來說請二爺快出去瞧好詩寶玉聽了忙問那裡的好詩翠縷笑道姑娘們都在沁芳亭上你去了便知寶玉聽了忙梳洗了出去果見代玉寶釵湘云寶琴探春都在那裡手裡拿着一篇詩看見他來時都笑說這會子還不起來咱們的詩社散了一年也沒有人作興如今正是初春時節万物更新正該鼓舞另立起來才好湘云笑道一起詩社時是秋天就不應發達如今恰好万物逢春皆主生盛況這首桃花詩又好就把海棠社改做桃花社豈不好呢寶玉聽着點頭說很好且忙着要詩看眾人都又說咱們此時就訪稻香老農去大家議定好起社說着一齊起來都往稻香村來寶玉一壁走一壁看那紙上寫着桃花行一篇曰

桃花簾外東風軟　桃花簾內晨妝懶　簾外桃花簾內人　人與桃花隔不遠　東風有意揭簾櫳　花欲窺人簾不捲
桃花簾外開仍舊　簾中人比桃花瘦　花解憐人花也愁　隔簾消息風吹透　風透湘簾花滿庭　庭前春色倍傷情
閑苔院落門空掩　斜日欄杆人自憑　憑欄人向東風泣　茜裙偷傍桃花立　桃花桃葉亂紛紛　花綻新紅葉凝碧
霧裹烟封一万株　烘樓照壁紅模糊　天机燒破鴛鴦錦　春酣欲醒移珊枕　侍女金盆進水來　香泉影蘸胭脂冷
胭脂鮮艷何相類　花之顏色人之淚　若將人淚比桃花　淚自長流花自媚　淚眼觀花淚易乾　淚乾春盡花憔悴

憔悴花遮憔悴人　花飞人倦易黄昏　一声杜宇春归尽　寂寞帘栊空月痕

宝玉看了并不称赞却滚下泪来便知出自黛玉因此落下泪来又怕众人看见又忙自己擦了因问你们怎么得来宝琴笑道你猜是谁作的宝玉笑道自然是潇湘子稿宝琴笑道现是我做的呢宝玉笑道我信这声调口气迥乎不像蘅芜之体所以不信宝琴笑道所以你不通难道杜工部首首都作丛菊两开他日泪不成一般的也有红绽雨肥梅水荇牵风翠带长之媚语宝玉笑道固然如此说但我知道姐姐断不许妹妹有此伤悼语句妹妹虽有此才是断不肯作的比不得林妹妹曾经离丧作此哀音众人听说都笑了已至稻香村中将诗与李纨看了自不必说称赏不已说起诗社大家议定明日乃三月初二日就起社便改海棠社为桃花社黛玉就为社主明日饭后齐集潇湘馆因又大家拟题黛玉便说大家就要桃花诗一百韵宝钗道使不得从来桃花诗最多纵作了必落套比不得你这首古风须得再拟正说着人回舅太太来了姑娘们出去请安因此大家都往前头来见王子腾的夫人陪着说话吃饭毕又陪入园中来各处游玩一遍至晚饭后掌灯方去次日乃是探春的寿日元春早打发了两个小太监送了几件玩器合家皆有寿仪自不必说饭后探春换了礼服各处行礼去黛玉笑向众人道我这一社开的又不巧了偏忘了这两日是他的生日虽不摆酒唱戏少不得都要陪他在老太太太太跟前顽笑一日如何得闲空儿因此改至初五日这日众姊妹皆在房中侍早膳毕便有贾政书信到了宝玉请安将请贾母的安禀拆开念与贾母听上面不过是请安的话说六月中准进京等语其余家信事务之帖自有贾琏和王夫人开读众人听说六七月回京都喜之不尽偏生近日王子腾之女许与保宁侯之子为妻择了五月间过门凤姐儿又忙着张罗常三五日不在家这日王子腾的夫人又来接凤姐儿一并请众甥男甥女闲乐一日贾母和王夫人命宝玉探春黛玉宝钗四人同凤姐儿去众人不敢违拗只得回房去另妆饰了起来五人作辞去了一日掌灯方回宝玉进入

怡红院歇了半刻袭人便乘机見景劝他收一收心閑时把书理一理預備着宝玉屈指筭一筭說还早呢袭人道书是第一件事字是第二件到那时縱然你有了书你的字写的在那裡呢宝玉笑道我时常也有写了的好些难道都没收着袭人道何曾没收着你昨兒不在家我就拿出来共數了一數才有五六十篇这三四年的工夫难道只有这几張字不成依我說從明日起把别的心先都收起来天天快臨几張字補上雖不能按日都有也要大概看的过去宝玉听了忙的自己又親檢了一遍实在搪塞不过便說明日為始一天写一百字才好說話時大家睡下至次日起来梳洗了便在窗下研墨恭楷臨帖贾母因不見他只當病了忙使人来问宝玉方去請安便說写字之故先將早起清晨的工夫盡了出来再作别的因此出来遲了贾母听說便十分欢喜吩咐他以後只管写字念书不用出来也使得你去回你太太知道宝玉听說便往王夫人房中来說明王夫人便說臨陣磨鎗也不中用有这会子着急天天写写念念有多少完不了的这一赶又赶出病来才罢宝玉回說不妨事宝钗探春等都笑說老太太不用急书雖替他不得字却替得的我们每人每日臨一篇給他搪塞过去就完了一則老爷到家不生氣二則他也急不出病来贾母听說喜之不尽原来林黛玉聞得贾政回家必问宝玉的工课宝玉肯分心恐臨期吃了虧因此自己只裝不耐煩把詩社便不起也不以外事去勾引他探春宝钗二人每日也臨一篇楷书字与宝玉宝玉自己每日也加工或写二百三百不拘至三月下旬便將字又集湊出許多来这日正筭再得几十篇也就搪的过了谁知紫鵑走来送了一卷东西与宝玉拆開看时却是一色老油竹紙上臨的鍾王蝇頭小楷字跡且与自己十分相似喜的宝玉和紫鵑作了一个揖又親自来道谢湘云宝琴二人皆亦臨了几篇相送湊成雖不足功课亦足搪塞了宝玉放了心于是將所應讀之书又温理过几次正是天天用功可巧近海一带海嘯又遭塌了几处生民地方官題本奏聞奉旨就着贾政順路查看賑濟回来如此筭去至冬底方回宝玉听了

便把此字搁在一边仍是照旧游荡时值暮春之际湘云无聊因见柳花飘舞便偶成一小令调寄如梦令其词曰

岂是绣绒残吐 卷起半帘香雾 纤手自拈来 空使鹃啼燕妒 且住且住 莫使春光别去

自己做了心中得意便用一条纸儿写好与宝钗看了又来找黛玉黛玉看毕笑道好好新鲜有趣我却不能湘云笑道咱们这几社总没有填词你明日何不起社填词改个样儿岂不新鲜些黛玉听了偶然兴动便说这话说得是我如今便请他们去说着一面吩咐预备了几色果点之类一面就打发人分头去请众人这里他二人便拟了柳絮为题又限出几个调来写了粘在壁上众人来看时以柳絮为题限各色小调又都看了湘云的称赏了一回宝玉笑道这词上我倒平常少不得也要胡诌起来于是大家拈阄宝钗炷了一支梦甜香大家思索起来一时黛玉有了写完接着宝琴宝钗都有了他三人写完互相看时宝钗便笑道我先瞧完了你们的再看我的探春笑道嗳呀今日这香怎么这样快已剩了三分了我才有了半首因又问宝玉可有了宝玉虽做了些只是自己嫌不好又都抹了要另做回头看香已烬了李纨等笑道这算输了蕉丫头的半首且写出来探春听说忙写了出来众人看时上面却只半首南柯子写道是

空挂纤纤缕 徒垂络络丝 也难绾系也难羁 一任东西南北各分离

李纨笑道这却也好何不再续上宝玉见香没了情愿认负不肯勉强塞责将笔搁下来瞧这半首见没完时反倒动了兴开了机乃提笔续道

落去君休惜 飞来我自知 莺愁蝶倦晚芳时 纵是明春再见隔年期

众人笑道正经你分内的又不能这却偏有了纵然好也不算得说着看黛玉的是一阕唐多令

唐多令　粉堕百花洲　香残燕子楼　一团团逐对成毬　飘泊亦如人命薄　空缱绻　说风流　草木也知愁　韶华竟白头
叹今生谁舍谁收　嫁与东风春不管　凭尔去　忍淹留
众人看了俱点头感叹说太作悲了好是固然好的因又看宝琴的是西江月
西江月　汉苑零星有限　隋堤点缀无穷　三春事业付东风　明月梨花一梦　几处落红庭院　谁家香雪帘栊
江南江北一般同　偏是离人恨重
众人都笑道到底是他声调悲壮几处谁家两句最妙宝钗笑道终不免过于丧败我想柳絮原是一件轻薄无根无根的东西
我的主意偏要把他说好了才不落套所以我作了一首来未必合你们的意思众人笑道不要太谦我们且赏鉴自然是好的因看这一阕临江仙道
白玉堂前春解舞　东风卷得均匀
湘云先笑道好一个东风卷得均匀这一句就出人之上了又看底下道
蜂围蝶阵乱纷纷　几曾随逝水　岂必委芳尘　万缕千丝终不改　任他随聚随分　[illegible]
韶华休笑本无根○好风频借力○送我上青云
众人拍案叫绝都说果然翻得好气力自然是这首为尊缠绵悲戚让潇湘妃子情致妩媚却是枕霞小薛与蕉客今日落第
要受罚的宝琴笑道我们自然受罚但不知那交白卷子的又怎么罚李纨道不用忙这定要重重的罚他下次为例一语未了只听窗
外竹子上一声响恰似窗屉子倒了一般众人吓了一跳丫环们出去瞧时帘外丫环子们嚷道一个大蝴蝶风筝挂在竹梢上了众丫环笑

道好一个齐整风筝不知是谁家放的断了线咱们拿下他来宝玉等听了也都出来看时宝玉笑道我认得这风筝这是大老爷
那院里嫣红姑娘放的拿下来给他送过去罢紫鹃笑道难道天下没有一样的风筝单他有这个不成二爷也太死心眼儿了我不管我且拿起来探春道紫鹃
也学小气了你们一般的也有这会子拾人走了的也不怕忌讳代玉笑道可是呢知道是谁放晦气的快掉出去罢把咱们的拿出来咱们也放放晦气
鬟们听见放风筝巴不得一声儿七手八脚都忙着拿出
一个美人风筝来也有搬高凳来的也有捆剪子股的也有拨籰子的宝钗等都立在院门前命丫头们在院外敞地下放去宝琴
笑道你这个不大好看不如三姐姐的那个软翅子大凤凰好宝钗笑道果然回头向翠墨笑道你去把你们的拿来也放放翠墨笑嘻
嘻的果然也取去了宝玉又兴头起来也打发个小丫头子家去说把昨儿赖大娘送我的那个大鱼取来小丫头子去了半天空手回来笑道
晴姑娘昨儿放走了宝玉道我还没放一遭儿呢探春笑道横竖是给你放晦气罢了宝玉道也罢再把那个大螃蟹拿来罢丫头去了同了
几个人扛了一个美人并籰子来说袭姑娘说昨儿把螃蟹给了三爷了这一个是林大娘才送来的放这一个罢宝玉细看了一回只见这美人做的十分精
致心中欢喜便命叫放起来此时探春的也取来了翠墨带着几个小丫头子们在那边山坡上已放起来宝琴也叫丫头放起一个大红蝙蝠也取来宝
钗也高兴起来也取了一个来却是一连七个大雁的都放起来独有宝玉的美人放不起来宝玉说丫头们不会放自己放了半天只起房高
便落下来了急的宝玉头上出汗众人又笑他便恨的摔在地下指着风筝道要不是个美人我一顿脚跺个稀烂代玉笑道那
是顶线不好拿出去叫人换好了就好了宝玉一面使人换去一面又取一个来放大家都仰面而看天上这几个风筝都起
在半空中去了一时丫鬟们又拿了许多各式各样送饭的来玩了一回紫鹃笑道这一回的劲大姑娘来放罢代玉听说用手

帕垫着手顿了一顿果然风紧力大接过籰子来随着风筝的势将籰子一松只听一阵豁剌剌响登时籰子线尽黛玉因
那风筝随风去了
让众人来放众人都道各人都有你先请罢黛玉笑道这一放虽有趣只是不忍李纨道放风筝图的是这一乐所以又说
林姑娘的
咱们大家都放了罢于是丫头们拿过一把剪子来铰断了线
放晦气你更该多放些把你这病根儿都带了去就好了紫鹃笑道我们姑娘越发小气了那一年不放几个今儿忽然又心疼了
姑娘不放等我放说着便向雪雁手中接过一把西洋小银剪子来齐籰子根下寸丝不留咯噔一声铰断笑道这一去把病根儿
可都带了去了那风筝飘飘摇摇只管往后退了去一时只有鸡蛋大小展眼只剩了一点黑星再展眼便不见了众人皆仰面睃眼说道
随风而
说着有了丫头们来请吃饭大家方散从此宝玉的工课也不敢像先竟撂在脖子后头了有时写写字有时念念书闷了也出来合
有趣有趣宝玉道可惜不知落在那里去了若落在有人烟处被小孩子们得了还好若落在荒郊野外无人烟处我替他寂寞想起把
这个我的放去叫他们两个作伴儿罢于是也用剪子剪断照先放了去探春正要剪自己的凤凰见天上也有一个凤凰因道
这也不知是谁家的众人皆笑说且别剪你的看他到像要来绞的样儿说着只见那个凤凰渐逼近来遂与
这凤凰绞在一处众人方要往下收线那一家也要收线正不开交又见一个门扇大的玲珑喜字带响鞭在半天如钟
鸣一般也逼近来众人笑道这一个也来绞了且别收让他三个绞在一处倒有趣呢说着那喜字果然与两个凤凰绞在一
处三下齐收乱顿谁知线都断了那三个风筝飘飘飖飖都去了众人拍手哄然笑说道有趣可不知那喜字是谁家忒促
狭了些黛玉说我的风筝也放去了我也乏了我也要歇歇去了宝钗说且等我们放了去大家好散说着看姊妹都放
去了大家方散黛玉回房歪着养乏要知端的下回解分
姐妹们顽笑半天或往潇湘馆去闲话一回众姊妹都知他
课亏欠大家自去吟诗取乐或讲习针黹也不肯去招他那黛玉更怕贾政回来宝玉受气每每推睡不大兜揽他宝玉也只得在自
己屋里随便用些工课展眼已是夏末秋初一日贾母处两个丫头匆匆忙忙来叫宝玉不知何事下回分解

红楼梦第五十一回

猫踪人已失猫踪

妃史女史笔意选妃史

话说贾母差了丫头匆匆忙忙来找宝玉口里说道二爷快跟着我们去罢老爷家来了宝玉听了又喜又悲只得忙忙换了衣服前来请安贾政正在贾母房中连衣服未换看见宝玉进来请安心中自是欢喜却有些伤感之意又叙了些任上的事情贾母便说你也乏了歇歇去罢贾政忙站起来笑着答应了是又略站着说了几句话续退出来宝玉等也都跟过来贾政自然问问他的工课也就散了原来贾政回京复命因是学差故不敢先到家中珍琏宝玉头一天便迎出一站去接见了贾政先请了贾母的安便命都回家伺候次日面圣诸事完毕后才回家来又蒙恩赐假一月在家歇息因年景渐老事重身衰又近因在外几年骨肉离异今得宴然复聚自觉喜幸不尽一应大小事务一概亦付于度外只是看书闷了便与清客们下棋吃酒或日间在里边母子夫妻共叙天伦之乐因今岁八月初三日乃贾母八旬大庆又因亲友前来恐筵宴摆设不开便早同贾赦及贾琏等商议议定于七月二十八日起至八月初五日止荣宁两处齐开筵宴宁国府中单请官客荣国府中单请堂客大观园中收拾出缀锦阁并嘉荫堂等几处大地方来作退居二十八日请皇亲驸马王公诸王郡主王妃公主国君太君夫人等二十九日便是阁抚督镇及诰命等三十日便是诸官长及诰命并远近亲友及堂客初一日是贾

敕的家宴。初二日是贾政，初三日是贾珍贾琏，初四日是贾府中合族长幼大小共凑家宴，初五日是赖大林之孝等家下管事人等共凑一日。自七月上旬，送寿礼者便络绎不绝。礼部奉旨，钦赐金玉如意一柄，彩缎四端，金玉杯各四件，帑银五百两。元春又命太监送出金寿星一尊，沉香拐一支，伽楠珠一串，福寿香一盒，金锭一对，银锭四对，彩缎十二足，玉杯四只。余者自亲王驸马以及大小文武官员家凡所来往者，莫不有礼，不能胜记。堂屋内设下大桌案，铺了红毡，将凡所精细之物都摆上，请贾母过目。先一二日还高兴过来瞧瞧，后来烦了，也不过目，只说叫凤丫头收了，改日闷了再瞧。至二十八日，两府中俱悬灯结彩，屏开鸾凤，褥设芙蓉，笙箫鼓乐之音，通衢越巷。宁府中本日只有北静王、南安郡王、永昌驸马、乐善郡王并几个世交公侯荫袭，荣府中南安王太妃、北静王妃并世交公侯诰命。贾母等皆是按品大妆迎接。大家相见，先请至大观园内嘉荫堂，茶毕更衣，方出至荣庆堂上拜寿入席。大家谦逊半日，方才入席。上面两席是南北王妃，下面依序便是众公侯诰命。左边下手一席，陪客是锦乡侯诰命与临昌伯诰命，右边下手方是贾母主位。邢夫人王夫人带领尤氏凤姐并族中几个

媳婦及酒醉趣話吾要毋負後侍立林之孝賴大家的帶領來夢書寄在竹叢底外面伺候上菜上酒周瑞家的帶領几个丫頭在圍屏

设伺候呼唤凡跟来的人早又有人款待别处去了一时台上参了场台下一色十二个未留发的小厮伺候须臾一小厮捧了戏单至阶下先递与
回事的媳妇这媳妇接了才递与林之孝家的用一小茶盘托上挨身入帘来递与尤氏的侍妾佩凤佩凤接了才捧与尤氏尤氏托着走
至上席南安太妃谦让了一回点了一出吉庆戏文然后又谦让了一回北静王妃也点了一出众人又让了一回命随便拣好的唱罢了少时菜已四献汤始
一道跟来的各家放了赏大家便更衣复入园来另献好茶南安太妃因问宝玉贾母笑道今日几处庙里念
保安延寿经他跪经去了又问众小姐们贾母笑道他们姊妹们病的病弱的弱见人腼腆所以叫他们给我看屋子去了有的是
小戏子传了一班在那边厅上陪着他姨娘家姊妹们也看戏呢南安太妃笑道既这样叫人请来贾母回头命了凤
薛林带来再只叫你三妹妹陪着来罢凤姐答应了来至贾母这边只见他姊妹们正吃果子看戏宝玉也才从庙里
往回来凤姐说了话宝钗姊妹与黛玉探春湘云五人来至园中大家见了不过请安问好让坐等事众人中也有见过的还有一两
家不曾见过的都齐声夸赞不绝其中湘云最熟南安太妃因笑道你在这里听见我来了还不出来还只等我请去我明儿和
你叔叔算账因一手拉着探春一手拉着宝钗问几岁了又连声夸赞因又松了他两个又拉着黛玉宝琴也着实细看极夸一
回又笑道都是好的不知叫我夸那一个的是早有人将备用礼物打点出几分来金玉戒指各五个腕香珠五串南安太妃
笑道你姊妹们别笑话留着赏丫头们罢五人忙拜谢过北静王妃也有五样礼物余者不必细说吃了茶园中略逛了一逛贾
母等因又让入席南安太妃便告辞说身上不快今日若不来实在使不得因此恕我先要告别了贾

不便強留大家又說了一回送至園門坐轎而去接着北靜王把罷坐了一坐就告辭了餘者也有終席的也有不終〻、

一日次日便不會人一應都是邢王二夫人管待有那些世家子弟拜壽的只到廳上行礼賈赦賈政賈珍等還礼管待至寧府坐

席不在話下這幾日尤氏晚〻間也不回那府去白日間待客晚間陪賈母頑笑又幫着鳳姐料理出入大小器皿以及收放賀礼晚

間在園內李氏房中安歇這日晚間伏侍過賈母晚飯賈母因說你們也乏了我也乏了早些尋一點子吃的歇〻去明兒還要

起早鬧呢尤氏答應着退了出來到鳳姐房裡來吃飯鳳姐在樓上看着人收送來的新圍屏只有平兒在屋裡給鳳姐疊衣服

素日二姐兒在時多承平兒照應[illegible]見說道奶〻了何你這麼个好人[illegible]在這裡[illegible]平兒[illegible]園兒一[illegible]話當過去了尤氏回笑向道

尤氏因問你們奶〻吃了飯沒有平兒笑道吃飯豈有不請奶〻去的礼尤氏笑道既這樣我別處找吃的去餓的我受不得了

說着就走平兒忙笑道奶〻請回來這里有點心且點補些兒回來再吃飯尤氏笑道你們忙的這樣我園里和他姊妹們鬧

去一面說一面就走平兒留不住只得罷了且說尤氏一逕來至園中只見園中正門和各處角門仍未關好猶吊着各色

頭命小丫頭叫該班的女人那丫頭走入班房中竟沒一个人影回來回了尤氏〻〻便命傳管家的女人這丫頭應了便出去到

鹿頂內乃是管事的女人議事取齊之所到了這裡只有兩个婆子分菜果呢因問那一位奶〻在這裡東府奶〻立等一位奶〻有

話吩咐這兩个婆子只顧分菜果又聽見是東府裡的奶〻不大在心上因就回說管家奶〻們纔散了小丫頭道既散了你們家裡傳他

去婆子道我們只管看屋子不管傳人姑娘要傳人再派傳人的去小丫頭聽了道嗳呀這可反了怎麼你們不傳去你哄那新

來的怎麼哄起我來了素日你們不傳誰傳去這會子打聽了梯己信兒或是賞了那位管家奶〻的東西你們爭着狗顛

兒似的傳去的不知誰是誰呢璉二奶〻要傳你們可也這麼回這兩个婆子一則吃了酒二則被這了頭揭着弊病便羞怒了因回

口道扯你的燥我们的事传不传不与你相干你未曾提着看你们想想你那老子娘在那边管家爷们跟前比我们还更会溜呢
什么清水下杂面你吃我也见的事各家门各家户的你有本事排揎你们那边的人去我们这边你们还早呢了那婆子听了气的白了脸因说
道好好这话说的好一面转身进来回尤氏早进大观园来因遇见了袭人宝琴湘云三人同着地藏庵的两个姑子正说故事顽笑尤
氏因说饿了先到怡红院袭人装了几样荤素点心出来给尤氏吃[illegible]那小丫头子一径找了来
气狠狠的把方才的话都说了出来尤氏听了冷笑道这是两个什么人[illegible]
的[illegible]两个姑子笑推这丫头道你这姑娘好大性气那糊涂老嬷嬷们的话你也不该来回才是咱们奶奶万金之躯
了几日连滚水没吃咱们只顾他欢喜的[illegible]一面说这些话做什么袭人也忙笑拉出他去说好妹子你且出去歇歇
人叫他们去尤氏道你不要叫人你去就叫这两个婆子来到那边把他们家的凤姐叫来袭人笑道我请去尤氏道不
你两个婆子忙立起来笑说奶奶素日宽洪大量今日老祖宗千秋奶奶生气岂不惹人议论宝琴湘云二人也都笑劝尤氏
道不为老太太的千秋我一定不依且放着就是了说话之间袭人早又遣了个丫头去到园门外找人可巧遇见周瑞家的
的这小丫头子就把这话告诉周瑞家的周瑞家的虽不管事因他素日仗着是王夫人的陪房原有些体面心性乖滑专惯各处献勤讨好
所以各房主子都喜欢他今日听了这话忙的便跑入怡红院来一面飞走一面口内说气坏了奶奶了可了不得我们家里如今惯的不象了偏生我不在
跟前且打他们几个耳刮子再等过了这几天算账尤氏见了他也便笑道周姐姐你来有个理你说说这早晚园门还大开着明灯亮烛出入的
人又杂倘有不防的事如何使得因此叫该班的人吹灯关门谁知一个人牙也没有周瑞家的道这还了得前儿二奶奶还吩咐了他们说这几日事多人

[illegible]晚我们叫你不是[illegible]事[illegible]必要打几个才好尤氏又说小丫头们的话周瑞家的道奶奶不用生气
等过了事我告诉管事的打他个臭死只问他们谁叫他们说这各门各户的话我已经叫他们吹了灯关了正门和角门[illegible]凤姐打发人来请吃 呢奶奶也别生气了正乱着只见
饭尤氏道我也不饿了才吃了几个饽饽请你奶奶自吃罢了周瑞家的得便出去便把方才的事回了凤姐[illegible]就是[illegible]
[illegible]凤姐[illegible]记上两个人的名字等过了这几日捆了送到 便命将那两个名字
那府里凭大奶奶开发或是打几下子或是他开恩饶他们随他就完了什么大事周瑞家的听了巴不得一声儿素日因与这几个人不睦出来
便命一个小厮到林之孝家去传凤姐儿的话立刻叫林之孝家的进来见大奶奶一面又传人立刻捆起这两个婆子来交到马圈里派人看守
林之孝家的不知有什么事此时已经点灯忙坐车进来先见凤姐至二门上传进话去丫头们出来说奶奶才歇下了大奶奶在园里叫大娘见
了大奶奶就是了林之孝家的只得进园来到稻香村丫头们回进去尤氏听了反过不去忙唤进他来因笑向他道我不过为找人找不着
因问你你既去了也不是什么大事谁又把你叫进来倒要你白跑一趟不大的事已经撂过手了林之孝家的也笑回道二奶奶打发人传我说奶奶有
吩咐尤氏笑道这是那里的话只当你没去白问你这是谁又多事告诉了凤丫头大约周姐姐说的你家去歇着罢没有什么大事李纨又要
说原故尤氏反拦住了林之孝家的见如此只得便回身出园去可巧遇见赵姨娘因说哎哟哟我的嫂子这会子还不家去歇歇还跑些什
么林之孝家的便笑说何曾家去的如此这般进来了不是个[illegible]头故事赵姨娘便说[illegible]
[illegible]这事也值一个屁开恩呢就不理论心
窄些儿也不过打几下子就完了[illegible] 也值得叫你进来 我

也不用你唱索性说毕林之孝家的一来到了侧门前就有方才两个婆子的女儿上来哭着求情林之孝家的笑道你这孩子好糊涂谁叫你娘吃酒混说惹出事来连我也不知道二奶奶打发人捆他连我还有不是呢我替谁讨情去这两个小丫头才七八岁原不识事只管啼哭求告缠的林之孝家的没法因说道糊涂东西你放着门路不去却缠我你姐姐现给了那边太太的陪房费大娘的儿子你走过去告诉你姐姐叫亲家娘和太太一说什么完不了的事一语提醒了这一个那一个还求林之孝家的啐道糊涂攮的他过去一说自然都完了没有个单放了他妈又打你妈的礼说毕上车去了这一个小丫头果然过来告诉了他姐姐和费婆子说了这费婆子原是邢夫人的陪房起先也曾兴过时只因贾母近来不大作兴邢夫人所以连这边的人也减了威势凡贾政这边有些体面的人那边各各皆虎视眈眈这费婆子常倚老卖老仗着邢夫人常吃些酒嘴里胡骂乱怨的出气如今贾母庆寿这样大事干看着人家逞才卖技办事呼幺喝六的弄手弄脚心中早已不自在指鸡骂狗闲言闲语乱闹这边的人也不和他较量如今听了周瑞家的捆了他亲家越发火上浇油仗着酒兴指着隔断的墙大骂了一阵便走上来求邢夫人说他亲家并没有什么不是不过和那府里的大奶奶的小丫头白斗了两句话周瑞家的便调唆了咱家二奶奶捆到马圈里等过了这两日还要打求太太我那亲家也是七八十岁的老婆子和二奶奶说声饶他这一次罢邢夫人自为要鸳鸯讨了没意思后来贾母冷淡了他凤姐儿的体面反胜自己且前日南安太妃来了要见他姊妹贾母又只令探春出来迎春竟似有如无自己心内早已怨忿不乐只是使不出来又值这一干小人在侧他们心内嫉妒挟怨之事不敢施展便造出些事来调拨主人先不过是告那边的奴才后来渐次告到凤姐说凤姐只哄着老太太喜欢了他好就中作威作福辖治着琏二爷调唆二太太把这边的正经太太倒不放在心上后来又告到王夫人说老太太不喜欢太太都是二太太和琏二奶奶调唆的邢夫人纵是铁心铜胆的人妇人家终不免生些嫌隙之心近日因此着实恶绝凤姐如今又听了如此一篇话也不说长短

至次日一早见过贾母众族中人到齐坐席开戏贾母高兴又见今日无远亲都是自己族中子侄辈只便衣常妆出来堂上受礼当中独设
一榻引枕靠背脚踏俱全自己歪在榻上榻之前后左右皆是一色的小矮凳宝钗宝琴代玉湘云迎探惜姊妹等围绕因贾㻞之母也带
了女儿喜鸾贾琼之母也带了女儿四姐儿还有几房的孙女大小共有二十来个贾母独见喜鸾和四姐儿生的好说话行事与众不同心中
喜欢便命他两个也过来榻前同坐宝玉却在榻上脚下与贾母捶腿首席便是薛姨妈下边两溜顺着房头辈数坐下去帘
外两廊都是族中男客也依次而坐先是那女客一起〻〻行礼后方是男客行礼贾母歪在榻上只命人说免了罢早已都行完了然后赖
大等带领众家人从仪门直跪至大厅上磕头礼毕又是众家下媳妇然后是各房的丫环足闹了两三顿饭时然后又抬了许多雀笼来
在当院中放了生贾赦等焚过天地寿星纸方开戏饮酒直到歇了中台贾母方进来歇息命他们取便因命凤姐儿留下喜鸾四姐儿顽
两日再去凤姐儿出来便和他母亲说他两个母亲素日都承凤姐的照顾也都愿意在园内顽耍至晚便不回家了邢
夫人直至晚间散时当着许多人陪笑和凤姐儿求情说我听见昨儿晚上二奶奶生气打发周管家的娘子捆了两个老婆子可也不知犯
了什么罪论理我不该讨情我想老太太好日子发狠的还舍钱舍米周贫济老咱们家先倒折磨起老家来了就不看我的脸权且看
老太太的好日子竟放了他们罢说毕上车去了凤姐儿听了这话又当着许多人又羞又气一时抓寻不着头脑憋的脸紫涨回头向赖大家的
笑道这是那里的话昨儿因为这里的人得罪了那府里的大嫂子我怕大嫂子多心所以尽让他发放并不为得罪我这又是谁的耳报神
这么快王夫人因问为什么事凤姐儿便将昨日的事说了尤氏也笑道连我并不知道你过太多事了凤姐儿道我为你脸上过不去
所以等你开发不过是个礼就如我在你那里有人得罪了我你自然送了来尽我见他什么好奴才到底错不过这个礼去这又不

知谁道去没的献勤儿这也当作一件事情去说王夫人道你太太说的是就是珍哥媳妇也不是外人也不用这些虚礼老太太的千秋要
紧放了他们为是说着回头便命人去放了那两个婆子凤姐由不得越想越气越愧不觉的一阵心灰落下泪来因赌气回房哭泣又
不肯使人知觉偏又贾母打发了琥珀来叫立等说话琥珀见了诧异道好好的这是什么原故那里立等你呢凤姐听了忙擦干了泪洗
脸另施了脂粉方同琥珀过来贾母因问道前儿这些人家送礼来的共有几家有围屏凤姐道共有十六家有围屏有十二架大的
四架小的炕屏内中只有江南甄家一架大围屏十二扇是大红缎子刻丝满床笏一面泥金百寿图的是头等的还有粤海将军邬
家的一架玻璃的还罢了贾母道既这样这两架别动好生搁着我要送人的凤姐答应了鸳鸯忽过来向凤姐面上只管细瞧引的
贾母问说你不认得他只管瞧什么鸳鸯笑道怎么他的眼睛肿肿的所以我诧异只管看贾母听说便叫进前来也觑着眼看
凤姐儿笑道才觉的痒痒揉肿了些鸳鸯笑道别又是受了谁的气了不成凤姐道谁敢给我气受便受了气老太太好
不敢哭的贾母道正是呢我正要吃晚饭你在这里打发我吃剩下的你就和珍儿媳妇吃了你两个在这里帮着师父们替我
我拣佛豆儿你们也积积寿前儿你姊妹们和宝玉都拣了如今也叫你们拣拣别说我偏心说话时先摆上一桌素馔来两
个姑子吃了然后才摆上荤的贾母吃毕抬出外间尤氏凤姐二人正吃着贾母又叫把喜鸾四姐儿二人也叫来跟他二人吃毕洗了
手点上香捧过一升豆子来两个姑子先念了佛偈然后一个一个的拣在一个簸箩内每拣一个念一声佛明日煮熟了令人在十字街结寿缘贾母歪着
听两个姑子又说些佛家因果善事鸳鸯早已听见琥珀说凤姐儿哭之一事又和平儿前打听得原故晚间人散时便回说二奶奶还是
哭的那边太太当着人给二奶奶没脸贾母因问为什么原故鸳鸯便将原故说了贾母道这才是凤丫头知礼处难道为我的生日由着

奴才们把一族中的主子都得罪了也不管罢这是太太素日没好气不敢发作所以今儿筭着这个作法子明是当着众人给凤儿
没脸罢了正说着只见宝琴等进来也就不说了贾母[illegible]忽想起一事来忙唤一个
老婆子来吩咐他到园里各处女人们跟前嘱咐嘱咐留下的喜姐儿和四姐儿虽然穷也和家里的姑娘们是一样大家照看经心些我知道咱们家
的男男女女都是一个富贵心两只体面眼未必把他两个放在眼里有人小看了他们我听见可不饶婆子答应了方要走时鸳鸯道我说去罢他们那里听
他的话说着便一径往园里来先到稻香村中李纨与尤氏都不在这里问了丫环们说都在三姑娘那里呢鸳鸯回身又来至晓翠堂果见那
园中人都在那里说笑见他来了都笑说你这会子又跑来做什么又让他坐鸳鸯笑道不许我也逛逛么于是把方才的话说了一遍李纨忙起
身听了即刻就叫人把各处的头儿唤了一个来令他们传与诸人知道不在话下这里尤氏笑道老太太也太想的到实在我们年轻力壮
的人捆上十个也赶不上李纨道凤丫头仗着鬼聪明儿还离脚踪儿不远咱们是不能的了鸳鸯道罢哟还提凤丫头虎丫头呢他可怜见儿的虽然这
几年没有在老太太太太跟前有个错缝儿暗里也不知得罪了多少人总而言之为人是难作的若太老实了没有个机变公婆又嫌太老实了家里
人也不怕若有些机变未免又治一经损一经如今咱们家更好新出来的这些底下字号的奶奶们一个个心满意足都不知要怎么样才好少有
不得意不是背地里咬舌根就是挑三窝四的我怕老太太生气一点儿也不肯说不然我告诉出来大家别过太平日子了这不是我当着三姑娘说
老太太偏疼宝玉有人背地里怨言还罢了算是偏心如今老太太偏疼你我听着也是不好这可笑不可笑探春笑道糊涂人多那里较量的许多
我说到不如小户人家虽然寒素些到是天天娘儿们欢天喜地大家快乐我们这样人家人多外头看着我们不知千金万金小姐何等快乐
殊不知这里说不出来的烦难更利害宝玉道谁都像三妹妹好多心多事我常劝你总别听那些俗语想那些俗事只管安富尊荣

来才是比不得我们没这清福该应浊闹的尤氏道谁都像你真是一心无罣碍只知道和姊妹们顽笑饿了吃困了睡再过几年不过还是这
样一点后事也不虑宝玉笑道我能够和姊妹们过一日是一日死了就完了什么后事不后事李纨等都笑道这可又是胡说就算你
是个没出息的终老在这里难道他姊妹们都不出门的尤氏笑道怨不得人都说你是假长了一个胎子究竟是个又傻又呆的宝
玉笑道人事难定谁死谁活倘或我在今日明日今年明年死了也算是遂心一辈子了众人不等说完便说可是又疯了别和他说话才好要
和他说话不是呆话就是疯话喜鸾因笑道二哥哥你别这样说等这里姐姐们果然都出了门横竖老太太太太也寂寞我来
和你作伴儿李纨尤氏都笑道姑娘也别说呆话难道你是不出门的一句话说的喜鸾也低了头当下已是起更时分大家各
自归房安歇众人都且不提且说鸳鸯一径回来刚至园门前只见角门虚掩犹未上闩此时园内无人来往只有该班的房内灯光掩映微月
半天鸳鸯又不曾有个作伴的也不曾提灯独自一个脚步又轻所以该班的人皆不理会偏生又要小解因下了甬路寻微草处行至
一湖山石后大桂树阴下来刚转过石边只听一阵衣衫响吓了一惊不小定睛一看只见是两个人在那里见他来了便想往树丛石后藏躲
鸳鸯眼尖趁月色见准一个穿红裙子梳鬅头高大丰壮身材的是迎春房里的司棋鸳鸯只当他和别的女孩子也在此方便见
自己来了故意藏躲恐吓着耍因便笑叫道司棋你不快出来吓着我我就喊起来当贼拿了这么大丫头了没个黑家白日的只是顽
不够这本是鸳鸯的戏语叫他出来谁知他贼人胆虚只当鸳鸯已看见他的首尾了生恐叫喊起来使众人知觉更不好且素
日鸳鸯又和自己亲厚不比别人便从树后跑出来一把拉住鸳鸯便双膝跪下只说好姐姐千万别嚷鸳鸯反不知因何忙拉他起
来笑问道这是怎么说司棋满脸红胀又流下泪来鸳鸯再一回想那一个人影恍惚像个小厮心下便猜疑了八九自己反羞的面红耳

耳恭又怕起來，回定了一會，忙悄問那一个是誰。司棋復跪下道：是我姑舅兄弟。鴛鴦啐了一口道要死要死（却羞的面紅耳赤說不出話來）。司棋又回頭悄道：你不

用藏着，姐姐已（但）看見了，快出來磕頭。那小廝聽了，只得也從樹後爬（跑）出來，磕頭如搗蒜。鴛鴦忙要回身，司棋拉住苦求，哭道：

我們的性命都在姐姐身上，只求姐姐超生要緊（我們罷）。鴛鴦道：你放心，我橫豎不告訴一个人就是了（你不用多說了，快叫他去罷；你這是怎麼說呢）。一語未了，只聽角門上有人說道：

金姑娘已出去了，角門上鎖罷。鴛鴦正被司棋拉住，不得脫身，聽見如此說，便（忙着）接聲說道：我在這裡有事，且略住手（我出）

我出來了。司棋聽了，只得鬆手讓他去了。（要知端底）且聽下回分解。

第七十二回　王熙凤恃强羞说病　来旺妇倚势霸成亲

且说鸳鸯出了角门，脸上犹热，心内突突的，真是意外之事。因想这事非常，若说出来，奸盗相连，关系人命，还保不住带累旁人。横竖与自己无干，且藏在心内，不说与一人知道。回房复了贾母的命，大家安息。不提。却说司棋因从小儿和他姑表兄弟在一处顽笑起初时，小儿戏言，便都订下将来不娶不嫁。近年大了，彼此又出落的品貌风流，常时司棋回家时，二人眉来眼去，旧情不断，只不能入手。又彼此生怕父母不从，二人便设法彼此里外买嘱园内老婆子们留门看道，今日趁乱方初次入港。虽未成双，却也海誓山盟，私传表记，已有无限风情了。忽被鸳鸯惊散。那小厮早穿花度柳，从角门出去了。司棋一夜不曾睡着，又后悔不来。至次日见了鸳鸯，自是脸上一红一白，百般过不去。心内怀着鬼胎，茶饭无心，起坐恍惚。挨了两日，竟不听见有动静，方略放下了心。这日晚间，忽有个婆子来悄悄告诉他道："你表兄竟逃走了，三四天没上家，如今打发人四处找他呢。"司棋听了，又急又气又伤心，因想道："纵是闹了出来，也该死在一处。他自为是男人，先就走了，可见是个没情意的。"因此又添了一层气。次日便觉心内不快，百般支持不住，一头睡倒，恹恹的成了大病。鸳鸯闻知那边无故走了一个小厮，园内司棋又病重，要往外挪，心下料定是二人惧罪之故，生怕我说出来，方吓到这样。因此自己反过意不去，指着来望候司棋，支出人去，反自己立身发誓，与司棋说："我要告诉一个人，立刻现死现报！你只管放心养病，别白遭塌了小命儿。"司棋一把拉住，哭道："我的姐姐，咱们从小儿耳鬓厮磨，你不曾拿我当外人待，我也不敢怠慢了你。如今我虽一着走错，你果然不告诉一个人，你就是我的亲娘一样。从此后我活一日是你给我一日。我的病好了之后，把你立个长生牌位，我

夫々燒香禱告保佑你一生福壽雙全我若死了時變驢變狗報答你再俗語說千里搭長棚沒有不散的筵席再過三二年咱
們都是要散的俗語又說浮萍尚有相逢日人豈全無見面時倘或日後咱們遇見了那時我自有報答你的德行一面說
一面哭這一席話反把鴛鴦說的心酸也哭起來了因點頭道正是這話我又不是管事的人何苦我壞你的聲名我白去獻勤況且這事
我也不便開口向人說你只放心從此養好了可要安分守己的再別胡行亂鬧了司棋在枕上點頭不絕鴛鴦又安慰了他一番方出
來因知賈璉不在家中又因這兩日鳳姐兒聲色怠惰了些不似往日一樣因順路也來望候剛進入鳳姐院中二門上的人見是他來便站立
身待他進去鸳鸯來至堂屋中只見平兒從裏間出來見了他來便忙上來悄聲笑道才吃了一口飯歇了中覺了你且這屋裏略坐坐鸳
鸯聽了只得同平兒到東邊房裏來小丫頭倒了茶來鸳鸯因悄問道你奶奶這兩日是怎麼了我近來看著他懶懶的平兒見問
因房內無人便嘆道他這懶懶的也不止今日了這有一月之前便是這樣又兼這幾日忙亂了幾天又受了些閒氣從新又
勾起來這兩日比先又添了些病所以支持不住便露出馬腳來了鸳鸯忙道既這樣怎麼不早請大夫來治平兒嘆道我的姐姐
你還不知道他那脾氣的別說請大夫來吃藥我看不過白問一聲身上覺怎樣他就動了氣反說我咒他病了饒這樣天天還是查三
訪四自己再不看破些且養身子鸳鸯道雖然如此到底該請大夫來瞧瞧是什麼病也都好放心平兒嘆道說起病來據我看也
不是什麼小症候鸳鸯忙道是什麼病呢平兒見問又往前湊了一湊向耳邊說道只從上月行了經之後這一個月竟瀝瀝淅淅的沒有
止住這可是大病不是鸳鸯聽了忙答道噯喲依你這話這可不成了血山崩了平兒忙啐了一口又悄笑道你女孩兒家這是怎麼說你倒會
咒人呢鸳鸯見說不禁紅了臉又悄笑道究竟我也不懂什麼是崩不崩的你倒忘了不成先我姐姐不是害這病死了我也不知是什

鳳姐因爲心中听見媽和親家外說我还納悶後來盡是听見媽個說原故才明白了一二分平兒嘆道你和道我竟奉々天正說着

只見小丫頭進來向平兒道方才朱大娘又來了我們回了他奶々才歇中覺他往太々上頭去了平兒听了點頭兒鴛鴦問那个朱大娘平

兒道就是官媒婆那朱嫂子因有个什麼孫大人家來和偕們求親所以他這兩日天々弄个帖子來賴死閙得人怪煩的一語未了小丫頭跑來說二爺進

來了說話之間賈璉已走至堂屋門口喚平兒平兒答應着才迎出去來賈璉見平兒在東屋裡便也過來至這間房內來至門前忽見鴛鴦坐在炕上便煞

住腳笑道鴛鴦姐々今兒貴腳踏賤地鴛鴦只坐着笑道來請爺奶々的安偏又不在家的不在家睡覺的睡覺賈璉笑道姐々一年到

辛苦伏侍老太々我还沒看你去那裡还敢勞動來看我們又說巧的很我才要找姐々去因爲穿着這袍子熱先來換了夾

袍子再過去找姐々不想天可憐省我走這一趟姐々先在這里等我一面說一面在椅子上坐下鴛鴦因問又有什麼說的賈璉未

語先笑道因有一件事我竟忘了只怕姐々还記得上年老太々生日曾有一个外路和尚來孝敬一个蠟油凍的佛手因老太々愛

就即刻拿過來擺着因前日老太々生日我看古董賬上还有這一筆却不知此時這件東西着落何方古董房裡的人也回過我兩次

等我問準了好注上一筆所以我問姐々如今还是老太々擺着呢还是交到誰手裡去了呢鴛鴦听說便道老太々擺了幾日厭煩了

就給了你們奶々你這會子又問我來我連日子还記得还是我打發了老王家的送來你忘了或是問你們奶々和平兒々正拿

衣服听見如此說忙出來回說交過來了現在樓上放着呢奶々已經打發過人出去說過給了這屋里他們發昏沒記上又

來叨登這些沒要緊的事賈璉听說笑道既然給了你奶々我怎麼不知道你們就昧下了平兒笑道奶々告訴二爺々

还要送人奶々不肯好容易留下的這會子自己忘了倒說我們昧下那是什麼好東西什麼沒有的物兒比那強十倍

的事由也没肯下一遭这会子反受他那不植手的要理回头含笑 推起主想怕手道我如今竟糊涂了丢三忘四惹人抱怨竟

大不像了 鸳鸯笑道也怨不得事情又多口舌又杂你再喝上两杯酒那里记得许多一面说一面起身要去 贾琏忙也立身

说道姐姐略坐一坐兄弟还有一事相求说着便骂小丫头怎么不泡好茶来快拿干净盖碗把昨日进上的新茶泡一碗来说着向鸳鸯道这两日因为

老太太的千秋所有的几千两银子都使了几处房租地税通在九月才得这会子竟接不上明儿又要送南安府里的礼又要预备娘娘的重阳节礼还

有几家红白大礼至少还得三二千两银子用一时难去支借俗语说的好求人不如求己说不得姐姐担个不是暂且把老太太查不着的金银家伙偷着运出一

箱子来暂押千数两银子支腾过去不上半年的光景银子来了我就赎了交还断不能叫姐姐落不是 鸳鸯听了笑道你倒会变法儿亏你怎

么想来 贾琏笑道不是我撒谎若论除了姐姐也还有人手里管的起千数两银子的只是他们为人都不如你明白有胆量我和他们一说反吓

住了他们所以我宁撞金钟一下不打破鼓三千一语未了忽有贾母那边的小丫头子忙忙走来找鸳鸯说老太太找姐姐半日我们那里没找到却在这里 鸳鸯

听说忙的且去见贾母 贾琏见他去了只得回来瞧凤姐谁知凤姐已醒了听他和鸳鸯借当自己不便答话只躺在炕上听见鸳鸯去了贾

琏进来凤姐因问道他可应准了 贾琏笑道虽然未应准却有几分成手须得你晚上再和他一说就十成了 凤姐笑道我不管这事倘或说

准了这会子说的好听到有了钱的时节你就丢在脖子后头谁和你打饥荒去倘或老太太知道了倒把我这几年的脸面都丢了 贾琏笑

道好人你若说定了我谢你如何 凤姐笑道你说谢我什么 贾琏笑道你说要什么就有什么 平儿一旁笑道奶奶倒不要谢的昨儿正说

要作一件什么事恰少一二百银子使不如借了来奶奶拿这么一二百银子岂不两全其美 凤姐笑道幸亏提起我来就是这样也罢 贾琏笑道

你们也太狠了你们这会子别说一千两的当头就是现银子要三五千只怕也难不倒我不和你们借就罢了这会子烦你说一句话还

难为你们和我要个利害不等说完凤姐听了翻身起来说我三千五百个不是赚的你的如今里外上下背着我嚼说我的不少就短了你来说我了可
知没家亲引不出外鬼来我们王家可那里来的钱都是你们贾家赚的别叫我恶心了你们看着你家什庅石崇邓通把我王家地
缝子扫一扫就够你们过一辈子的了说出来的话也不怕臊现有对证把太太和我的嫁妆细看看比一比我们的那一样是配不上你们的呢
贾琏笑道说句顽话就急了这有什庅这样的要使一二百两银子值什庅多的没了这还有先拿进来你使了再说如何凤姐道
我又不等着衔口垫背忙了什庅呢贾琏道何苦来不犯着这庅肝火盛凤姐听了又自笑起来道不是我着急你说的话戳人的心我因为想
着后日是二姐的周年我们好了一场虽不能别的到底给他上个坟烧张纸也是姊妹一场他虽没留下个男女也要前
人撒土迷了后人的眼才是凤姐一语倒把贾琏说没了话低头打算半晌方道难为你想的周全我竟忘了既是后日才用若明日得了这
个你随便使多少就是了一语未了只见旺儿媳妇走进来凤姐便问可成了没有旺儿媳妇道竟不中用我说须得奶奶作主
就成了贾琏便问是什庅事凤姐见问便说道不是什庅大事旺儿有个小子今年十七岁了还没有娶媳妇儿因要求太太房里的
彩霞不知太太心里怎庅样前月太太见彩霞大了二则又多病多灾的因此开恩打发他出去了给他老子娘随
便自己拣女婿去罢因此旺儿媳妇来求我我想他两家也就算门当户对的了一说去自然成的谁知他这会子来了说不中用贾
琏道这是什庅大事比彩霞好的多着呢旺儿家的陪笑道爷虽如此说连他家还看不起我们别人越发看不起我们
了好容易相看准一个媳妇儿我只说求爷奶奶的恩典替我作成了奶奶又说他必是肯的我就烦了人过去试一试谁知白讨了个没
趣若论那孩子倒好据我素日私意儿试他心里没有什庅说的只是他老子娘两个老东西太心高了些一语提醒了凤姐和贾琏凤姐因见贾琏心中有事那里把这点子事放在心里待要不管只是看
琏在此且不做一声只看贾琏的光景

看他是凤姐的陪房且又素日出过力的脸上实在过不去因说道什么大事只管咕咕唧唧的你放心且去我明日作媒打发两个
有体面的人一面说一面带着定礼去就说我的主意他十分不依叫他来见我旺儿家的看着凤姐凤姐便扭嘴儿旺儿家的会意
忙爬下就给贾琏磕头谢恩贾琏忙道你只给你姑奶奶磕头我虽说了这样行到底也得你姑奶奶打发个人叫他女人上来和他好说
更好些虽然他们必依这事也不可太霸道了凤姐忙道连你还这样开恩操心呢我倒反袖手傍观不成旺儿家的你听见了这事你也忙忙的给我
完了事来说给你男人外头所有的账目一概赶今年年底下收了进来少一个钱也不依我的名声不好再放一年都要生吃了我呢旺儿家的笑道
奶奶也太胆小了谁敢议论奶奶若收了时公道说我们倒还省些事不大得罪人凤姐冷笑道我也是一场痴心白使了我真个的还等钱作什么不过为
的是日用出的多进的少这屋里有的没的我和你姑爷一月的月钱再连上四个丫头的月钱通共一二十两银子还不够三五天的使用呢若不是我千凑万
挪的早不知过到什么破窑里去了如今倒落了一个放账破落户的名儿既这样我就收了回来我比谁不会花钱咱们以后就坐着花到多早晚是多早晚
这不是样儿前儿老太太生日太太急了两个月想不出法儿来还是我提了一句后楼上现有些没要紧的大铜锡家伙四五箱子拿去
弄了三百银子才把太太遮羞礼儿搪过去了我是你们知道的那一个金自鸣钟卖了五百六十两银子没有半个月大事小事到有十件白填在
里头今儿外头也短住了不知是谁的主意搜寻上老太太了明儿再过一年各人搜寻到头面衣服可就好了旺儿家的笑道那一位太太奶奶的头
面衣服折变了不够过一辈子的只是不肯罢了凤姐道不是我说没能耐的话要像这样我竟不能了昨儿晚上忽然作了一个梦说来也可
笑梦见一个人虽然面善却又不知名姓找我问他作什么他说娘娘打发他来要一百疋锦我问他是那一位娘娘他说的又不是咱们家的娘娘
我就不肯给他他就上来夺正夺着就醒了旺儿家的笑道这是奶奶日间操心常应候宫里的事一语未了人回夏太府打发了一个

小内监来说话贾琏听了忙皱眉道又是什么话一年他们也搬够了凤姐道你藏起来等我见他若是小事罢了若是大事我自有话回他贾琏便入内套间去这里
凤姐命人带进小太监来让他椅子上坐了吃茶因问何事那小太监便说夏爷爷因今日偶见一所房子如今竟短二百两银子打发我来问舅奶奶家里有现成的银
子暂借一二百过一两日就送过来凤姐听了笑道什么是送过来有的是银子只管先兑了去改日等我们短住再借去也是一样小太监道夏爷爷还说
上两回还有一千二百两银子没送来等今年年底下自然一齐都送过来的凤姐笑道你夏爷爷好小气这也值的放在心里我说一句话不怕他多心若都这样
记清了还我们不知还了多少了只怕没有若有只管拿去因叫旺儿媳妇来出去不管那里先支二百两来旺儿媳妇会意因笑道我才因别处
支不动才来和奶奶支的凤姐道你们只会里头来要钱叫你们外头算去就不能了说着叫平儿把我那两个金项圈拿出去暂且押四百两银子平
儿答应了去半日果然拿了一个锦盒子来里面两个锦袱包着打开时一个金累丝攒珠的那珍珠都有莲子大小一个点翠嵌宝石的两个都与宫中
之物不离上下一时拿去果然拿了四百两银子来凤姐命给小太监打叠起一半那一半命人与了旺儿媳妇命他拿去办八月中秋的节那小太监便告辞
凤姐命人替他拿着银子送出大门去了这里贾琏出来笑道这一起外祟何日是了凤姐笑道刚说着就来了一股子贾琏道昨儿周太监来张口一
千两我略应慢了些他就不自在将来得罪人之处不少这会子再发个三二百万的财就好了一面说一面平儿伏侍凤姐另洗了面更衣往贾母处伺候晚饭这
里贾琏出来刚至外书房忽见林之孝走来贾琏因问何事林之孝说道方才打听得雨村降了却不知因何事只怕未必真贾琏道真不真
他那官儿也未必保的长将来有事咱们宁可疏远着他好林之孝道何尝不是只是一时难以疏远如今东府大爷和他更好老爷又喜欢他时常
来往那个不知贾琏道横竖不和他谋事也不相干你去再打听真了是为什么林之孝答应了却不动身坐在下面椅子上且说些闲话因
又说起家道艰难便趁势又说人口太重了不如拣个空日回明老太太老爷把这些出过力的老人家用不着的开恩放几家出去一则他

们各有房里二则家里一年也省些口粮月钱再者裡頭的姑娘也太多俗語說一时比不得一时如今說不得先时的例了少不得大家委曲些該使八个的使六个
使四个的便使兩个若各房算起来一年也可以省得许多月米月钱况且裡頭的女孩子们一半都太大了也該配人的配人成了房豈不又孳生出人来賈璉道我
也这樣想着只是老爷才回家来多少大事未回那裡議到这个上頭前兒官媒拿了个庚帖来求親太太还說老爷才来家每日欢天喜地的說
骨肉完聚忽然就提起这事恐老爷又傷心所以且不叫提这事林之孝道这也是正礼太太想的周到賈璉道正是提起这話我想起
一件事来我们旺兒的小子要太太房裡的彩霞他昨兒求我我想什么大事不管誰去說一声去这会子有誰闲着我打发个人去說一声
就說我的話林之孝听了只得答应半晌笑道依我說二爷竟別管这事旺兒的那小子虽然年輕在外頭吃酒賭钱無所不至虽說都
是奴才们到底是一輩子的事彩霞那孩子这几年我虽没見听得說越發出挑的好了何苦来白遭塌他賈璉道他小子原會吃酒
不成人林之孝冷笑道豈只吃酒賭钱在外頭無所不為我们看他是奶奶的人也只見一半不見一半罢了賈璉道我竟不知道这些事
既这樣那裡还給他老婆且給他一頓棍鎖起来再問他老子娘林之孝笑道何必在这一时那是錯也等他再生事我们自然回爷
处治如今且恕他賈璉不語一时林之孝出去鳳姐兒晚間已命人喚了彩霞之母来說媒那彩霞之母满心縱不愿意見鳳姐兒親自和他說何等
体面便心不由意的满口应了出去今鳳姐問賈璉可說了没有賈璉因說道我原要說的打听得他小兒子大不成人故还不曾說若果然不成人且管教他兩
日再給他老婆不迟鳳姐听說便說你听見誰說他不成人賈璉道不过是家裡的人还有誰鳳姐笑道我们王家的人连我还不中你们的意何況奴
才呢我才已經和他母親說了他娘已經欢天喜地应了难道又叫他来不要了不成賈璉道既你說了又何必退明兒說給他老子好生管他就是了
这裡說話不提且說彩霞因前日出去等父母擇人心中虽是与賈环有旧尚未作准今日又見旺兒每每来求親早闻得旺兒之子酗酒賭博

而且容颜丑陋心中越发懊恼生恐旺儿仗凤姐之势一时作成终身为患不免心中急躁遂至晚间悄命他妹子小霞进二门来找赵姨娘
问了端的赵姨娘素日深与彩霞契合巴不得与了贾环方有个膀臂不承望王夫人又放了出去每唆调贾环去讨一则贾环羞口难开二则贾
环也不大甚在意不过是个丫头他去了将来自然还有遂迁延住不说意思便丢开了无奈赵姨娘又不舍又见他妹子来问是晚得空便先
求了贾政贾政因说且忙什么等他们再念一二年书再放人不迟我已经看中了两个丫头一个给宝玉一个给环儿只是年纪还小又怕他们
误了书再等一二年赵姨娘还要说话只听外
面一声响不知何物大家吃了一惊未知如何且听下回分解

第七十二回末頁點點痕沁濕霉爛以霞覆看有滿
文乃是字●影迹用水擦洗痕漬究查以是出此
抄本出自色目人手或南人所能偽託 已上又云
旗下抄本係滿文字皆如此尤非南人所能指言亦惟旗下人知之

第七十三回　痴丫头误拾绣春囊　懦小姐不问累金凤

话说那赵姨娘和贾政说话，忽听外面一声响，不知何物，忙问时，原来是外间窗屉不曾扣好，滑了屈戌了，吊下来。赵姨娘骂了丫头几句，自己带领丫环上好，方进来打发贾政安歇，不在话下。却说怡红院中宝玉才睡下了，丫环们正欲各散安歇，忽听有人来击院门，老婆子开了门，见是赵姨娘房内的丫环名唤小鹊，问他什么事，小鹊不答，直往房内来找宝玉。只见宝玉才睡下，晴雯等犹在床边坐着，大家顽笑，见他来了，都问什么事，这时候又跑了来。小鹊向宝玉道：我来告诉你一个信儿。方才我们奶奶这般如此在老爷前说了，你仔细明儿老爷问你话。说着回身就去了。袭人命留他吃茶，因怕关门，遂一直去了。这里宝玉听了这话，便如孙大圣听见了紧箍咒一般，登时四肢五内一齐皆不自在起来。想来想去，别无他法，且理熟了书预备明儿盘考，只能书不错，便有别事也可搪塞一半。想罢，忙披衣起来要读书。心中又自后悔，这些日子只说不提了，偏又丢生，早知该天天好歹温习些的。如今打算打算，肚子内现可背诵的不过只有学庸二论，是带注背得出的，至上本孟子，就有一半是夹生的，若凭空提一句，断不能接背的，至下孟子就有一大半忘了。算起五经来，因近来作诗，常把诗经读些，虽不甚精，还可塞责，别的虽不记得，素日贾政也幸未吩咐过读的，纵不知，也还不妨，至于古文，这是那几年所读过的几篇，连左传、国策、公羊、谷梁、汉唐等文，不过几十篇，这几年竟未曾温得半篇片语，虽闲时也曾遍阅，不过一时之兴，随看随忘，未下苦工夫，如何记得，这是断难塞责的。更有时文八股一道，因平素深恶此道，原非圣贤之制撰，焉能阐发圣贤之微奥，不过是后人饵名钓禄之阶。虽贾政当日起身时选了百十篇命他读的，不过偶因见其中或一二股内，或承起之中有作的精致，或流荡，或游戏，或悲感，稍能动性者，偶一读之，不过供一时之兴趣，究竟何曾成篇潜心玩索，如今若温习这个，又恐明日盘

话那个甚温习那个又恐盘驳这个一夜之功亦不能全然温习因此越添了焦燥自己读书不致紧要却带累着一房丫环们都不能睡袭
人麝月晴雯等几个大的是不用说在傍剪烛斟茶那些小的都困眼朦胧前仰后合起来晴雯因骂道什么蹄子们一个个黑日白夜挺尸
挺不够偶然一次睡迟了些就装出这腔调来了再这样我拿针戳给你们两下子话犹未了只听外间咕咚一声急忙看时原来是一个小丫头坐着
打盹一头撞到壁上了从梦中惊醒恰正是晴雯说这话之时他怔怔的只当是晴雯打了他一下遂哭央说好姐姐我再不敢了众人都发
起笑来宝玉忙劝道饶他罢原该叫他们都睡去才是你们也该替换着睡袭人忙道小祖宗你只顾你的罢通共这一夜的工夫你把
心暂且用在这些书上等过了这一关由你再张罗别的去也不算误了什么宝玉听他说的恳切只得又读了几句麝月又斟了一盏茶来润舌宝
玉接茶吃了因见麝月只穿着短袄解了裙子宝玉道夜静了冷到底穿一件大衣裳才是麝月笑指着书道你暂且把我们忘了心且略对着
他些罢话犹未了只听金星玻璃从后房门跑进来口内喊说不好了一个人从墙上跳下来了众人听说忙问在那里即喝起人来各处寻找晴雯因
见宝玉读书苦恼劳费一夜神思明日也未必妥当心下正要替宝玉想出一个主意来脱此难正好忽然逢此一惊即便生计向宝玉道趁这个机会快
装病只说唬着了正中宝玉心怀因而遂传起上夜人等来打着灯笼各处搜寻并无踪迹都说小姑娘们想是睡花了眼出去风摇的树枝
儿错认了人晴雯便道别放诌屁你们查的不严怕得不是还拿这话来支吾才刚并不是一个人见的宝玉和我们出去有事大家亲见的如
今宝玉唬的颜色都变了满身发热我如今还要上房里取安魂丸药去太太问起来是要回明白的难道依你们说就罢了不成众人听
了唬得不敢则声只得又各处去找晴雯和玻璃二人果出去要药故意闹的众人皆知宝玉着了惊吓病了王夫人听了忙命人来看视给
药又吩咐各上夜人仔细搜查又一面叫查二门外邻园墙上夜的小厮们于是园内灯笼火把直闹了一夜至五更天就传管家男女命仔细

访查一番内中各处上夜男女等人贾母闻知宝玉被吓细问原由不敢再隐只得回明贾母道我必料有此事如今各处上夜都不小心还是小事只怕他们就是贼也未可知当下邢夫人并尤氏等都过来请安凤姐李纨及姊妹等皆陪侍听贾母如此说都默无所答独探春出位笑道近因凤姐姐身子不好几日园内的人比先放肆了许多先前不过是大家偷着一时半刻或夜里坐更时三四个人聚在一处或掷骰子或斗牌小小的顽意不过为熬困近来渐次放诞竟开了赌局甚至有头家局主或三十吊五十吊三百吊的大输赢半月前竟有争斗相打之事贾母听了忙说你既知道为何不早回我们来探春道我因想着太太事多且连日不自在所以没回只告诉大嫂子和管事的人们戒饬过几次近日好些贾母忙道你姑娘家如何知道这里头的利害你自为要钱常事不过怕起争端殊不知夜间既要钱就保住不吃酒既吃酒就免不得门户任意开锁或买东西寻张觅李其中夜静人稀趋便藏贼引盗何等事作不出来况且园内你姊妹们起居所伴者皆系丫头媳妇们贤愚混杂贼盗事小再有别事倘略沾带些关系不小这事岂可轻恕探春听说便默然归坐凤姐虽未大愈精神因此比常稍减今见贾母如此说便忙道偏生我又病了遂回头命人速传林之孝家的等总理家事四个媳妇到来当着贾母申饬了一顿贾母命即刻查了头家赌家来有人出首者赏隐情不告者罚林之孝家的等见贾母动怒谁敢徇私忙至园内传齐又一一盘查虽不免大家赖一回终不免水落石出查得大头家三人小头家八人聚赌者通共二十多人都带来见贾母跪在院内磕头求饶贾母先问大头家名姓和钱之多少原来这三个大头家一个就是林之孝的两姨亲家一个就是园内厨房内柳家媳妇之妹一个就是迎春之乳母这是三个为首的余者不能多记贾母便命将骰子牌一并烧毁所有的钱入官分散与众人将为首者每人四十大板撵出总不许再入从者每人二十大板革去三月月钱拨入圊厕行内又将林之孝家的申饬了一番林之孝家的见他的亲戚又给他打嘴自己也觉没趣迎春在坐也觉没意思黛玉宝钗探春等见迎春的乳母如此也是物伤其类的意思遂都起身笑向贾母讨情说这个

媽々素日原不顧的不知怎麽也偶然高興來看二姐々々面上饒趂這次罵賈母道你們不知大約這些奶媽子仗々々伏着奶過哥兒姐兒原比別人
有些体面他們就生事比別人更可惡專管調唆主子護短偏向我都是經過的況且要拏一个作法恰好果然就遇見了一个你們別管我自有道理寶釵
等聽說只得罷了一時賈母歇晌午了大家散出都知賈母生氣皆不敢各散回家只得在此暫候尤氏便到鳳姐處來閒話了一回因他也不自在只得往園內去
姊妹們閒談邢夫人在王夫人處坐了一回也要到園內走々剛至園門前只見賈母房內的小丫頭子名喚傻大姐的笑嘻々的走來手內拿着个花
紅柳綠的東西低頭一壁瞧着一壁只管走不妨迎頭撞見邢夫人擡頭看見方才站住邢夫人因說這痴丫頭又得了个什麽狗不識兒這麽歡喜拏
來我瞧々原來這傻大姐年方十四五歲是新挑上來的與賈母這邊提水桶掃院子專作粗活的一个丫頭只因他生得体肥面闊兩隻大腳作粗活簡捷
爽利且心性愚頑一無知識行事出言常在規矩之外賈母因喜歡他爽利便捷又喜他出言可以發笑便起名為傻大姐常悶來便引他取笑一回毫無
忌避因此又叫他作痴丫頭他縱有失禮之處見賈母喜歡他眾人也就不去苛責這丫頭也得了這个力若賈母不喚他時便入園內來頑耍今日正在園內掏促
織忽在山石背後得了一个五彩繡香囊其華麗精緻固是可愛但上面繡的並非花鳥等物一面却是兩个人赤條々的盤踞相抱一面是几个字這痴丫
頭原不認得是春意兒心下盤算敢是兩个妖精打架不然必是兩口子相打左右猜解不來正要拏去與賈母看是以笑嘻々一面看一面走忽
見邢夫人如此說便笑道太々真个說的巧真个是狗不識呢太太請瞧一瞧說着便送過去邢夫人接來一看嚇得連忙死緊攥住忙問你是那裡
得的傻大姐道我掏促織兒在山石上揀的邢夫人道快別告訴一人這不是好東西連你也要打死皆因你素日是傻子已後再別提起
了這傻大丫頭听了反嚇的黃了臉說再不敢了磕了个頭呆々而去邢夫人回頭看時都是些女孩兒不便遞與自己便塞在袖內心內十分罕異揣摩
此物從何而來且不形于聲色且來至迎春房裏迎春正因他乳母獲罪自覺無趣心中不自在忽報母親來了遂接入內室奉茶畢邢夫人因說道你

这么大了你那奶妈子行此事你也不说说他如今别人都好好的偏偺们的人做出这事来什么意思迎春低头弄衣带半晌答道我说他几次他不听也无法况且他

妈妈只有说我的没有说他的邢夫人道胡说你不好了他原该说如今他犯了法你就该拿出小姐的身分来他敢不从你就回我去才是如今直等外人共知是

什么意思再者只他去放头儿还恐怕他巧语花言的和你借贷些簪环衣服做本钱你这心活面软未必周济他些若被他骗去我是一个钱没有的看

你明日怎么过节迎春不语只低头弄衣带邢夫人见他这般因冷笑道总是你那好哥哥好嫂子一对儿赫赫扬扬琏二爷凤奶奶两口子遮天盖日百事周到

竟通共这一个妹子全不在意但凡是我身上掉下来的又有一话说只好凭他们罢了况且你又不是我养的你虽不是同他一娘所生到底是同出一父也

该彼此瞻顾些也免别人笑话我想天下的事也难较定你是大老爷跟前人养的这里探丫头也是二老爷跟前人养的出身一样如今你娘死了

从前看来你两个的娘只有你娘比如今赵姨娘强十倍的你该比探丫头强才是怎么你反不及他一半谁知竟不然这可不是异事倒是我一

生无儿无女的一生干净也不能惹人笑话议论为高旁边伺候的媳妇们便趁机道我们的姑娘老实仁德那里像他们三姑娘伶牙俐齿

会要姊妹们的强他们明知姐姐这样他竟不顾恤一点儿邢夫人道连他哥哥嫂子还如是别人又作什么呢一言未了人回琏二奶奶来了邢夫人听了

冷笑两声命人出去说请他自去养病我这里不用他伺候接着又有探事的小丫头来报说老太太醒了邢夫人方起身前边来迎春送至

院外方回绣橘因说道如何前儿我回姑娘那一个攒珠累丝金凤竟不知那里去了回了姑娘姑娘竟不问一声儿我说必是老奶奶拿去典了

银子放头儿的姑娘不信只说司棋收着呢问司棋司棋虽病着心里却明白我去问他他说没有收起来还在书架上匣内暂放着预

备八月十五日恐怕要戴呢姑娘就该问老奶奶一声只是脸软怕人恼如今竟怕无着明儿要都戴时独咱们不戴是何意思呢

迎春道何用问自然是他拿去摘了肩儿我只说他悄悄的拿了出去不过一时半晌仍旧悄悄的送来就完了谁知他就忘了今日偏

又闹出来问他想也忘了绣橘道他何曾是忘记他是试准了姑娘的性格儿所以这样如今我有个主意我竟走到二奶奶屋里将
此事回了他或他着人去要或他省事拿几吊钱来替他赎了赔补如何迎春忙道罢罢罢省些事罢宁可没有了又何必生事绣橘道姑娘怎这
样软弱都要省起事来将来连姑娘还骗了去呢我竟去的是说着便走迎春便不言语只好由他谁知迎春的乳母之媳玉住儿媳妇
为因他婆婆得了罪来求迎春去讨情听他们正说金凤一事且不进去也因迎春素日懦弱他们都不放在心上如今见绣橘立意去回凤
姐估着这事脱不过去且又有求迎春之事只得进来陪笑先向绣橘说姑娘你别去生事姑娘的金累丝凤原是我们老奶奶老糊涂了
输了几个钱没的捞稍所以暂借了去原说一日半晌就赎的因总未捞过本来就迟住了可巧今儿不知是谁走了风声弄出事来虽
然这样到底主子的东西我们不敢迟误终久是要赎的如今还要求姑娘看从小儿吃奶的情往老太太那边去讨个情儿救出他
老人家来才好迎春先便说道好嫂子你趁早儿打了这妄想要等我去说情等到明年也不中用的方才连宝姐姐林妹妹大伙儿说情老
太太还不依何况是我一个人我自己愧还愧不来反去讨臊去绣橘便说赎金凤是一件事说情是一件事别绞在一处说难道姑娘不去说情你
就不赔了不成嫂子且取了金凤来再说玉住儿家的听见迎春如此拒绝他绣橘的话又锋利无可回答一时脸上过不去也明欺迎春素日
好性儿乃向绣橘发话道姑娘你别太张势了你满家子算一算谁的妈妈奶子不仗着主子哥儿姐儿多得些便宜偏咱们就这样丁
是丁卯是卯的只许你们偷偷摸摸的哄骗了去自从邢姑娘来了太太吩咐一个月俭省出一两银子来与舅太太去这里饶添了邢姑娘的使费
反少了一两银子常时短了这个少了那个那不是我们供给谁又要去不过大家将就些罢了算到今日少说些也有三十两了我们这一
向的钱岂不白填了限呢绣橘不待说完便啐了一口道做什么你白填了三十两我且和你算算账姑娘要了些什么东西迎春听见这媳妇

發神夫人之私意忙止道罷罷罷你不能拿了金凤来不必牽三扯四的乱嚷我也不要那金凤了就是太太們問時我只說丢了也妨碍不着你們什麽你出去歇息歇息見姑娘如此一面叫繡橘倒茶来繡橘又氣又急因說道姑娘雖不怕我們是做什麽的把姑娘的東西丢了他倒賴說姑娘使了他們的錢這如今竟要准折起来倘或太太問姑娘為什麽使了這些錢敢是我們就中取勢了這還了得一行說一行就哭了司棋聽不過只得勉強過来幫着繡橘問着那媳婦迎春勸止不住自拿了一本太上感應篇来看三人正沒開交可巧寶釵黛玉寶琴探春等因恐迎春今日不自在都約着来安慰他走至院中聽見几個人講究探春從紗窗内一看只見迎春倚在床上看書若有不聞之狀探春也笑了小丫鬟們忙打起簾子報道姑娘們来了迎春方放下書起身那媳婦見有人来且又有探春在内不勸而自止了遂趁便要走探春坐下便問才剛誰在這裡說話倒像拌嘴似的迎春笑道沒有說什麽左不過是他們小題大做罷了何必問他探春笑道我才聽見什麽金凤又是什麽沒有錢只和我們奴才要誰和奴才要錢了難道姐姐和奴才要錢了不成難道姐姐不是和我們一樣有月錢的一樣有用度的不成司棋繡橘道姑娘說的是了姑娘們都是一樣的那一位姑娘的錢不是由着奶奶媽媽們使連我們也不知道怎樣是算帳不過要東西只說得一聲兒如今他偏要說姑娘使過了頭兒他賠出許多来究竟姑娘何曾和他要什麽了探春笑道姐姐既沒有和他要必定是我們和他們要了不成你叫他進来我倒要問問他迎春笑道這話又可笑你們又無沾碍何得帶累於他探春笑道這倒不然我和姐姐一樣姐姐的事和我的也是一般他說姐姐即是說我我那邊的人有怨我的姐姐聽見也是一樣同怨姐姐一理咱們是主子自然不理論那些錢財小事只知想起什麽要什麽也是有的事但不知金累絲凤因何又夾在裡頭那住家的生恐繡橘等告出他来遂忙進来用話掩飾探春深知其意因笑道你們所以糊塗如今你奶奶已得了不是趁此求求二奶奶把方才的錢

带累别人的况且来瞒着人就完了比不得没闹出来大家都藏着留脸面如今既是没了脸趁此时纵有十个罪也只一人受那里有砍两个头的
理你依我说竟是和二奶奶说去在这里大声小气如何使得这媳妇被探春说出真病也无可赖了只不敢往凤姐处自首探春笑道我不听
见便罢既听见少不得替你们分解分解谁知探春早使个眼色与侍书侍书出去了这里正说话忽见平儿进来宝琴拍手笑说道三姐姐敢
是有驱神召将的符术黛玉笑道这到不是道家玄术到是用兵最精的所谓守如处女出如脱兔出其不备之妙策也
二人取笑宝钗便使眼色与二人令其不可遂以别话岔开探春见平儿来了遂问你奶奶可好些了真是病糊涂了事事都不
在心上叫我们受这样的委曲平儿忙道姑娘怎么委曲谁敢给姑娘气受姑娘快吩咐我当时住儿媳妇方慌了手脚遂上来
赶着平儿叫姑娘坐下让我说原故请听平儿正色道姑娘这里说话也有你混插嘴的礼你但凡知礼只该在外头伺候不叫你进
不来的地方几曾有外头的媳妇子们无故到姑娘们屋里来的例绣桔道你不知我们这屋里是没礼的谁爱来就来平儿道都是你
们的不是姑娘好性儿你们就该打出去然后再回太太去才是住儿媳妇见平儿出了言红了脸方退出去探春接着道我且告诉你
若是别人得罪了我到还罢了如今住儿媳妇和他婆婆仗着是奶妈又瞅着二姐姐好性儿如此这般私自拿了首饰去赌而且还捏
造假账折算威逼着还要去讨情和这两个丫头在卧房里大嚷大叫二姐姐竟不能辖治所以我看不过才请你来问一声还是他本是
天外的人不知道礼还是有谁主使他如此先把二姐姐制伏然后就要治我和四姑娘了平儿忙陪笑道姑娘怎么今日说出这话来我
们奶奶如何当得起探春冷笑道俗语说的物伤其类唇亡齿寒我自然有些惊心平儿向迎春道若论此事还不是大事极好处治的
但他现是姑娘的奶嫂据姑娘怎么样呢当下迎春只合宝钗看感应篇故事究竟连探春的话也没听见

聞得忽見平兒如此說便笑道問我〻也沒什麼法了他們的不是自作自受我也不能討情我也不去苛責就是了至於私自拿去
的東西送來我收下不送來我也不要了太〻們要問我可以隱瞞遮飾過去是他的造化若瞞不住我也沒法沒有个為他們反欺枉
太〻們的理少不得直說你們要說我好性兒沒个決斷竟有好主意可以八面週全不使太〻們生氣任憑你們處治我也不敢違拗
人聽了都好笑起來黛玉嘆道真〻是虎狼屯於階陛尚談因果若使二姐〻是个男人這一家上下若許人又如何裁治他們迎春笑道正是
我祖宗救母兩手到底所當且好此况且太上說的好救〻急難最是陰騭來我雖不能救人何苦來白〻去和人結怨結仇作那樣無益有
多少男人尚如此何況我哉一語未了只聽又有一人進來了不知是誰且聽下回分解
損的事呢

第七十四回　惑奸谗抄检大观园　矢孤介杜绝宁国府

话说平儿听迎春说了正自好笑忽见宝玉也来了原来管厨房的柳家媳妇之妹也因放头开赌得了不是因这园中有素和柳家不睦的便又告出柳家的来说他和他妹子是伙计虽然他妹子出名其实赚了钱两个人平分因此凤姐要治柳家之罪那柳家的听得此言便慌了手脚因思素与怡红院的最为深厚故走来悄悄的央求晴雯芳官等人转告诉了宝玉宝玉因思内中迎春之乳母也现有此罪不若来约同迎春去讨情比自己独去单为柳家的说情又更妥当故此前来忽见许多人在此见他来都问你的病可好了跑来做什么宝玉便不说出讨情一事只说来看二姐姐当下众人也不在意且说些闲话平儿便出去办累丝金凤一事那玉柱儿媳妇紧跟在后口内百般央求只说姑娘好歹口内超生我横竖去赎了来平儿笑道你迟也赎早也赎既有今日何必当初你的意思得过就过既是这样我也不好意思告人趁早去赎了来交给我送来我一字不提玉柱儿媳妇听说方放下心来就拜谢又说姑娘自去贵干我赶晚拿了来先回了姑娘再送去何如平儿道赶晚不来可别怨我说毕二人分路各自散了平儿到房凤姐问他三姑娘叫你做什么平儿笑道三姑娘怕奶奶生气叫我劝着奶奶些问奶奶这两天可吃什么凤姐笑道到是他还记挂着我刚才又出来了一件事有人来告柳二媳妇和他妹子通同开局凡妹子所为都是他作主我想素日你劝我多一事不如少一事就可闲一时心自己保养保养也是好的我因听不进去果然应了先把太太得罪了而且自己反赚了一场病如今我也看破了随他们闹去罢横竖有许多人呢我白操一会子心倒惹的万人咒骂我且养病要紧就是病好了我也会做好好先生得乐且乐得笑且笑一概是非都凭他们去罢所以我只答应着知道了白不在我心上平儿笑道奶奶果然如此那就是我们的造化了一语未了只见贾琏进来拍手叹气道好好的又生事了前儿我和鸳鸯借当那边太太怎么知道了刚才太太

叫進我去叫我不管那裡先挪二百兩銀做八月十五節下使用我回沒處遷挪太太就說你沒有錢就有地方遷挪前兒一千兩銀子的當是那
裡的連老太太的東西你都有神通弄出來這會子二百兩你就這樣幸虧我沒合別人說去我想太太分明不短何苦來尋事奈何人鳳姐
道那日並無一個外人誰走了這個消息平兒聽了也細想那日有誰在此想了半日笑道是了那日說話時沒有外人但晚上送東西來的時節老太太
那邊傻大姐的娘也可巧來送漿洗衣服他在下房裡坐了一會子看見一大箱子東西自然要問必是丫頭們不知道說了出來也未可知因此
便喚了幾個小丫頭子來問那日誰告訴傻大姐的娘了頭子們慌了都跪下賭身發誓說自來也不敢多說一句話有人凡問什麼都答應不知道
這事如何敢說鳳姐詳情說他們必不敢多說倒別委曲了他們如今且把這事靠後且把太太打發了去要緊寧可咱們短些別討沒意思
因叫平兒你把我的金項圈拿來且去暫押二百兩銀子來送去完事賈璉道越性多押二百兩咱們也要使呢鳳姐道很不必我沒處使
這不知指那一項贖呢平兒拿去吩咐一個人叫了旺兒媳婦來領去不一時拿了銀子來賈璉親自送去不在話下這裡鳳姐和平兒猜
疑終是誰走的風聲竟擬不出人來鳳姐又道知道這事還是小事怕的是小人趁便又造非言生出別的事來當緊那邊正和鴛鴦
如今聽得他私自借給你東西那起小人眼饞肚飽連沒縫兒還要下蛆的如今有了這個因由恐怕造出些沒天理的話來也定不得在你
們還無妨只是鴛鴦正經女兒帶累了他受屈豈不是咱們的過失平兒笑道這也無妨鴛鴦借東西看的是奶奶並不為的是爺一則鴛鴦雖
是他私情其實他是回過老太太的老太太因怕孫男弟女的多這個也借那個也要借到跟前撒個嬌兒和誰要去因此只裝不知道
縱鬧了出來究竟他也無礙鳳姐道理固如此只是你我知道的那不知道的焉得不生疑心呢一語未了人報太太來了鳳姐聽了此意不知為何事
親來與平兒等忙迎出來只見王夫人氣色更變只帶一個貼己的小丫頭走來一語不發走至裡間坐下鳳姐忙奉茶因陪笑問道太太今日

高兴到这裡来王夫人喝命平儿出去平儿见了这般着忙不知怎么样了忙应了一声带着众小丫头一齐出去在房门外站住越性将房门掩了自己
坐在台阶上所有的人一个不许进去凤姐也着了慌不知有何等事只见王夫人含着泪从袖裡掷出一个香袋子来说你瞧凤姐忙拾起一看见是十
锦春意香袋也吓了一跳忙问太太从那裡得来王夫人见问越发泪如雨下颤声说道我从那裡得来我天天坐在井裡拿你当个细心人
所以我才偷个空儿谁知你也和我一样这样东西大天白日明摆在园裡山石上被老太太的丫头拾着不亏你婆婆遇见早已送到老太太跟
前去了我且问你这个东西如何丢在那裡来凤姐听得也更了颜色忙问太太怎么知道是我的王夫人又哭又叹道你反问我你想一家子的人除了你们小夫小
妻余者老婆子们要这个何用女孩子们是从那裡得来自然是那琏儿不长进下流种子那裡弄来的你们又和气当作一件玩意儿年轻的儿女闺房
私意是有的你还和我赖幸而园内上下人还不解事尚未捡得倘或丫头们捡着你姊妹们看见这还了得不然有那小丫头子们捡着出去说是园内捡的外人知
道这性命脸面要也不要凤姐听说又急又愧登时紫涨了面皮便依炕沿双膝跪下也含泪诉道太太说的固然有理我也不敢辩我并无这样
东西但其中还要求太太细详其理那香袋是外头仿着内工绣的连穗子一概是市卖的东西我虽年轻不尊重也不要这劳什
子自然都是好的再者这东西也不是常带着的我纵有也只好在家裡焉肯带在身上各处去况且又在园裡去个个姊妹我们都肯拉拉扯扯
倘或露出来不但在姊妹前就是奴才看见我有什么意思三则论主子我是年轻媳妇算起
奴才来比我更年轻的人不止一个了况且他们也常在园内走动焉知不是他们掉的再者除我常在园裡还有那边太太常
带过几个小姨娘来如嫣红翠云等人也都是年轻的人他们更该有这个了还有那边珍大嫂子他也不算很老他也常带过佩凤他们来焉知又不
是他们的况且园内丫头也太多保的住个个都是正经的不成或者年纪大些的知道了人事一时半刻查问不到偷着出去或借着因由同二门上

小么儿们拾了里头得了来的也未可知我不但没此事就连平儿也不能保的太太请细想王夫人听了这一夕话很近情理因叹道你起来我也知
道你是大家子的姑娘出身不至这样轻薄不过我气急了拿话激你但如今却怎么处你婆婆才打发人封了这个给我瞧把
我气了个死凤姐道太太快别生气若被众人觉察了保不定老太太不知道且平心静气暗暗访察才得确实纵然访不着外人也不能知道这叫作胳
膊折在袖内如今惟有趁着赌钱的因由革了许多的人这空儿把周瑞家的旺儿家的等四五个贴近不能走话的人安插在园里以查赌为由再如今他们
的丫头也太多了保不住人大心大生事作耗等闹出事来反悔之不及如今若无故裁革不但姑娘们委屈烦恼就连太太和我也过不去不如趁此机会以后凡年
纪大些的或有些咬牙难缠的拿个错儿撵出去配人一则保的住没有别的事二则也可省些用度太太想我这话如何王夫人叹道你说的何尝不
是但从公细想你这几个姊妹只有两三个了可像个人余者竟是小鬼儿的如今再去了不但我心里不忍只怕老太太未必就依
虽然艰难也还不至此我虽没受过大荣华富贵比你们是强些的如今我宁可省些别委屈了
他们你如今且叫人传了周瑞家的等人进来就吩咐他们快快暗地访拿这事要紧凤姐听了即唤平儿进来吩咐
出去一时周瑞家的与吴兴家的郑华家的来旺家的来喜家的现在五家陪房进来王夫人正嫌人少不能勘察忽见邢夫人的陪房王保善
家的走来方才正是他送香囊来的王夫人向来看视邢夫人之得力心腹人等原无二意今见他来打听此事便向他说你去
回了太太也进园来照管照管不比别人强些这王保善家的正因素日进园去那些丫头们不大趋奉他他心里不大自在要寻他们的故事寻
不着恰好生出这件事来以为得了把柄又听见王夫人委托正碰在心坎上道这个容易不是奴才多话论理这事该早严紧些的太太也

不大往园里去这些女孩子们一个个倒像受了诰封是的他们就成了千金小姐了闹下天来谁敢哼一声儿不然就调唆姑娘们说欺负了姑娘
们了谁还耽的起王夫人道这也有个常情跟姑娘们的丫头原比别的娇贵些你们该劝他们连主子们的姑娘不教导尚且不堪何况他们王善保家的
道别的都还罢了太太不知道一个宝玉屋里的晴雯那丫头仗着他生的模样儿比别人标致些又生了一张巧嘴天天打扮的像个西施的样子在人
跟前能说惯道掐尖要强一句话不投机他就立起两个骚眼睛来骂人妖妖调调大不成个体统王夫人听了这话猛然触动往事便向凤姐道
上次我们跟了老太太进园逛去有个水蛇腰削肩膀眉眼有些像你林妹妹的正在那里骂小丫头我心里狠看不上那狂样子因同
老太太走我不曾说得后来要问是谁又偏忘了今日对了槛儿这丫头想必就是他了凤姐道若论这些丫头们共总比起来都没晴雯
最的好举止言语原有些轻薄方才太太说的倒狠像他我也忘了那日的事不敢乱说王保善家的便道不用这样此刻不难叫了他
来太太瞧瞧王夫人道宝玉屋里常见我的只有袭人麝月这两个笨笨的倒好若有这个他自不敢见我的我一生最嫌这样的人况且又
出来这个事好好的宝玉倘或叫这蹄子勾引坏了那还了得因叫自己的丫头来吩咐道进园去只说我说有话问他们留下袭人
麝月伏侍宝玉不必来有一个晴雯最伶俐叫他即刻快来你不许和他说什么小丫头子答应了走入怡红院正值晴雯身上不自
在睡中觉才起来正发闷听如此说只得随了他来素日这些丫鬟皆知王夫人最嫌趫妆艳饰语薄言轻者故晴雯不敢出头今因
连日不自在并没十分妆饰自谓无碍及到了凤姐房中王夫人一见他钗亸鬓松衫垂带褪有春睡捧心之遗风而且形容面貌
恰是上月的那人不觉勾起方才的火来王夫人原是天真烂漫之人喜怒出于心臆不比那些饰词掩意之人今既真怒攻心又勾起往事便
冷笑道好个美人真像个病西施了你天天作这轻狂样儿给谁看你干的事打量我不知道呢我且放着你自然明儿揭你的皮宝玉今

日可好些晴雯听如此说心内大异便知有人暗算了他虽然着恼只不敢作声他本是个聪明过顶的人见问宝玉可好些他便不肯以实话对只说我不大到宝玉房里去又不常合宝玉在一处好歹我不能知那都是袭人合麝月两个人的事太太问他们王夫人道这就该打嘴你难道是死人要你们做什么晴雯道我原是跟老太太的人因老太太说园里空大人少宝玉害怕所以拨了我去外间屋里上夜不过看屋子我原回过我笨不能伏侍老太太骂了我说又不叫你管他的事要伶俐的做什么我听了这话才去的不过十天半月之内宝玉叫着了答应几句话就散了至于宝玉饮食起居上一层有老奶奶老妈妈们下一层有袭人麝月秋纹几个人我闲着还要做老太太屋里的针线所以宝玉的事竟不曾留心太太既怪我从此后我留心就是了王夫人信以为实了忙说阿弥陀佛你不近宝玉是我的造化竟不劳你费心既是老太太给宝玉的我明儿回了老太太再撵你因向王善保家的道你们进去好生防他几日不许他在宝玉屋里睡觉等我回过老太太再处治他喝声去站在我这里我看不上这浪样儿谁许你这样花红柳绿的妆扮晴雯只得出来这气非同小可一出门便拿手帕子握着脸一头走一头哭直哭到园门内去这里王夫人向凤姐等自怨道这几年我越发精神短了照顾不到这样妖精似的东西竟没看见只怕这样的还有明日倒得查查凤姐见王夫人盛怒之际又因王善保家的是邢夫人的耳目常调唆着邢夫人生事纵有千百样言词此刻也不敢说只低头答应着王善保家的道太太请养息身体要紧这些小事只交与奴才如今要查这个主儿也极容易等到晚上园门关了的时节内外不通风我们竟给他们个冷不防带着人到各处丫头们房里搜寻想来谁有这个断不单只有这个自然还有别的东西那时翻出别的来自然这个也是他的了王夫人道这话倒是若不如此断不能明白因问凤姐如何凤姐只得答应说太太说的是就行罢了王夫人道这主意很是不然一年也查不出来于是大家商议已定至晚饭后待贾母安寝了宝钗等入园时王善保家的便请了凤姐一同进园喝命将角门皆上锁便从上夜的婆子们处抄检起不过抄出些多余攒下蜡烛灯油等物王

保善家的道这也是赃不许动的等明儿回过太太再动于是先就到怡红院中喝命关门当下宝玉正因晴雯不自在忽见这一干人来不知为何直扑
了丫头们的房门去因迎出凤姐来问是何故凤姐道丢了一件要紧的东西因大家混赖恐怕有丫头们偷了所以大家都查一查去疑一面说一面坐下
吃茶那边王保善家的搜了一回又细问这几个箱子是谁的都叫本人来亲自打开袭人因见晴雯这样知道必有异事又见这番抄检只得
自己先出来打开了箱子并匣子任其搜检一番不过是平常动用之物遂放下又搜别人的挨次都一一搜过到了晴雯的箱子因问是谁的怎不
打开叫搜袭人方欲替晴雯开时只见晴雯挽着头发闯进来豁啷一声将箱子掀开两手提着底子往地下尽情一倒将所有之物尽
都倒出来王保善家的也觉没趣便紫涨了脸说道姑娘你别生气我们并非私自来的原是奉太太的命来搜察你们叫翻呢我们就翻一翻不叫翻我们还许回太太去呢那用急的这个样子看了一看也无甚私弊之物回了凤姐要往别处去凤姐道你们可细细的查若这一番查不出来难回话的众人都道
的晴雯听了这话越发火上浇油便指着他的脸说道你说你是太太打发来的我还是老太太打发来的呢太太那边的人我也都见过就只没看见你这么个有头有脸大管事的奶奶
尽都细细翻了没有什么差错东西虽有几样男人的物件都是小孩子的东西想是宝玉的旧物件没甚关系的凤姐听了笑道既如此咱
凤姐见晴雯说话锋利尖酸心中甚喜却碍着邢夫人的脸忙喝住晴雯那王善保家的又羞又气刚要还言凤姐道妈妈你也不必和他一般见识
们就走再瞧别处去说着一径出来因向王保善家的道我有一句话不知是不是要抄检只抄检咱们家的人薛大姑娘屋里断乎抄检
你且细细搜你的咱们还到各处走走呢再迟了走了风我可担不起王善保家的只得咬咬牙且忍了这口气细细的
不得的王保善家的笑道这个自然岂有抄起亲戚家来凤姐点头道我也这样说呢一头说一头到了潇湘馆内代玉
已睡了忽报这些人来也不知为甚事才要起来只见凤姐已走进来忙按住他不许起来只说睡着罢我们就走这边且说些闲话那王保
善家的带了众人到了丫头们的房中也一一开箱倒笼抄检了一番因从紫鹃房中抄出两副宝玉常换下来的寄名符儿一付
束带上的披带两个荷包并扇套套内有扇子打开看时皆是宝玉往年往日手内曾拿过的王保善家的自为得了意遂忙
凤姐这符儿合扇子都是老太太和太太常见的妈妈不信咱们只管拿了去王家的道二奶奶
请凤姐过来验视又说这些东西从那里来的凤姐笑道宝玉和他们从小儿在一处混了几年这自然是宝玉的旧东西
以前送的其实凤姐道
这也不算什么罕事撂下再往别处去是正经紫鹃笑道直到如今我们两下里的东西也算不清要问这一个连我也忘了

那年月日的有了，王保善家的听凤姐如此说，也只得罢了。又到探春院内，谁知早有人报于探春了。探春也就猜着必有原故，所以引出这等
丑态来，遂命众丫环秉烛开门而待。一时众人来了，探春故问何事。凤姐道：因丢了一件东西，连日访察不出人来，恐怕旁人赖这些女
孩子们，所以越性大家搜一搜，使人去疑，倒是洗净他们的好法子。探春冷笑道：我们的丫头自然都是些贼，我就是头一个窝主。既如
此，先来搜我的箱柜，他们所偷了来的都交给我藏着呢。说着便命丫头们把箱柜一齐打开，将镜奁、妆盒、衾袱、衣包若大若小之物
一齐打开，请凤姐去抄阅。凤姐陪笑道：我不过是奉太太的命来，妹妹别错怪我，何必生气。因命丫头们快快关上。平儿丰儿等先忙着替待书
等关的关，收的收。探春道：我的东西倒许你们搜阅，要想搜我的丫头，这却不能。我原比众人歹毒，凡丫头所有东西我都知道，
都在我这里间收着，一针一线他们也没得收藏，要搜只来搜我。你们不依，只管去回太太，只说我违背了太太，该怎么处治，我自去
领。你们别忙，自然连你们抄的日子有呢。你们今日早起不曾议论甄家，自己家里好好的抄家，果然今日真抄了，咱们也渐渐的来了。可知这
样大族人家，若从外头杀来，一时是杀不死的，这可是古人曾说的百足之虫，死而不僵，必须先从家里自杀自灭起来，才能一败涂地呢。说着不
觉流下泪来。凤姐只看着众媳妇们。周瑞家的便道：既是女孩子的东西全在这里，奶奶且请到别处去罢，也让姑娘好安寝。凤姐便起身
告辞。探春道：可细细的搜明白了？若明日再来，我就不依了。凤姐笑道：既然丫头们的东西都在这里，就不必搜了。探春冷笑道：你果然
倒乖，连我的包袱都打开了，还说没翻。明日敢说我护着丫头们，不许你们翻了。你趁早说明，若还要翻，不妨再翻一遍。凤姐
知道探春素日与众不同的，只得陪笑道：我已经连你的东西都搜查明白了。探春又问众人：你们也都搜明白了不曾？周瑞家的等都
陪笑说：都翻明白了。那王保善家的本是个心内没成算的人，素日虽闻探春的名，他自为众人没眼力没胆量罢了，那里一个姑

娘家就这樣起来况且又是庶出他敢怎么着自恃是邢夫人的陪房连王夫人尚另眼相看何况别人今见探春如此说他只当是探
春認真单恼凤姐与他们无干他便要作脸趁势献好因越众向前拉起探春的衣襟故意一掀嘻嘻的笑道连姑娘身上我都
翻过了果然没有什么凤姐见他这樣忙说妈妈走罢别疯疯颠颠的一语未了只听啪的一声王保善家的脸上早着了探春一掌探春登时大
怒指着王保善家的问道你是什么东西敢来扯拉我的衣裳我不过看着太太的面上你又有年纪叫你一声妈妈你就狗仗人势天天作耗专管生事如今越
性了不得了你索性望我動手動腳的了你打量我是同你姑娘那么好性儿由着你们欺負他就错了主意你来搜检东西我不恼你不该拿我取笑说着便亲自
解衣卸裙拉着凤姐儿细细的翻省得叫奴才来翻我身上凤姐平儿等忙与探春束裙整袂口内喝着王保善家的说妈妈吃两口酒就疯
颠颠起来前儿把太太也冲撞了快出去别再讨没脸了又劝探春休得生气探春冷笑道我但凡有气性早一头碰死了不然岂許奴才
来我身上翻贼赃呢明儿一早先回过老太太太太再过去给大娘赔礼该怎么着我就领那王保善家的讨了个没意思在窗外只说罢了
这也是头一遭挨打我明儿回了太太仍回老娘家去罢这个老命还要他做什么探春喝命丫头道你们听着他说的这话还等我和他对嘴去
不成待书等听说便出去说道你果然回老娘家去倒是我们的造化了只怕你舍不得去凤姐笑道好丫头真是有其主必有其仆
探春冷笑道我们作贼的人嘴里都有三言两语的这还算笨的背地里就只不会调唆主子平儿忙也陪笑解劝一面又拉了待书进来周
瑞家的等人劝了一番凤姐直待伏侍探春睡下方带着人往对过暖香坞来彼时李纨犹病在床上他与惜春是紧邻又与探春相
近故顺路先到这两处因李纨才吃了药睡着不好惊动只到丫头们房中一一的搜了一遍也没有什么东西遂到惜春房中来
因惜春年少尚未识事吓的不知当有什么事故凤姐也少不得安慰他谁知竟在入画箱中寻出一大包金银锞子来约共三四十个

带孩子并一包男人的靴袜等物也黄了脸因问是那里来的入画只得跪下哭诉真情说这是珍大爷赏我哥哥的因
我们老子娘都在南方如今只跟着叔叔过日子我叔叔婶子只要吃酒赌钱我哥哥怕交给他们又花了所以每常得了悄悄的烦了老妈妈带进
来叫我收着的惜春胆小见了这个也害怕说我竟不知道这还了得二嫂子要打他好歹带他出去打罢我听不惯的凤姐笑道这话若
果真呢到也可恕只是不该私自传送进来这个可以传递什么不可以传递这到是传送人的不是了若这话不真倘或是偷来的你可就别
想活了入画跪着哭道我不敢撒谎奶奶只管明儿问我奶奶和大爷去若说不是赏的就拿我和我哥哥一同打死无怨凤姐
道这个自然要问的只是真赏的也有不是谁许你私自传送东西你且说是谁作接应的我便饶你下次万万不可惜春道嫂
子别饶他这次这里人多要不拿一个作法那些大的听见了又不知怎么样呢嫂子若依他我也不依凤姐道素日我看
他还好谁没一个错只这一次二次再犯两罪俱罚但不知传递是谁惜春道若说传递再无别个必是后门上的张妈他常和这些
丫头们鬼鬼祟祟的这些丫头们也都肯照顾他凤姐听说便命人记下将东西且交给周瑞家的暂拿着明日对明再议于是别
老嬷嬷们和王善保家的在夫人跟前作了心腹便把别人都看不到眼里了成天家的气不平所以……
了惜春方往迎春房里来迎春已经睡着了丫头们也才要睡众人扣门半日才开凤姐吩咐不必惊动小姐遂往丫头们
了次王家的听见是他传递……
房里来因司棋是王善保家的外孙女儿凤姐倒要看看王保善家的可藏私不藏遂留神看他搜检先从别人
那些东西因也是传递进来的奶奶倒不如不问风姐只道我知道不用你说
的箱子搜起皆无别物及到了司棋箱中翻了一回王保善家的说也没有什么东西才要盖箱时周瑞家的道且住这
话有没有要仔细看看
是什么说着便伸手掣出一双男子的锦带袜并一双缎鞋来又有一个小包袱打开看时里面是一个同心如意并一个字帖儿一总递给
凤姐凤姐因理家久了每每看帖看账也颇识得几个字了便看那帖是大红双喜笺帖上面写道表弟来家

後父母已覺察了但姑娘未出閣尚不能完你我心愿若園内可以相見你可托張媽給一信息若得在園内一見
倒比來家好說話千萬千萬再所賜香珠二串今已查收外特寄香袋一個略表我心千萬收好表弟潘又安拜具凤姐看了不
由得笑起來那王保善家的素日並不知道他姑表兄弟有這一節風流故事見了這鞋襪心内已是有些毛病又見有一紅帖凤姐又看
着笑他便說道必是他們胡寫的賬目不成個字所以奶奶見笑凤姐笑道正是這個賬竟算不過來你是司棋的老娘他的表弟也該姓王
怎麽又姓潘呢王保善家的見問的奇怪只得勉強說道司棋的姑媽給了潘家所以他姑表兄弟姓潘上次逃走的潘又安就是他表弟
凤姐笑道這就是了因說我念給你聽聽說着從頭念了一遍大家都唬了一跳這王保善家的一心只要拿人家的錯兒不想反拿住了他外孫女兒
又氣又臊周瑞家的四人聽見凤姐兒念了都吐舌頭搖頭兒周瑞家的道王大媽聽見了這是明明白白再沒的話說了如今這可怎麽樣呢王家的只恨沒地縫兒鑽進去凤
姐只瞅着他嘻嘻的笑向周瑞家的笑道這到也好不用你們作老娘的操一點心兒他鴉雀不聞的就給他們弄了個好女婿來了周瑞
家的也笑着湊趣兒王家的氣無處洩便自己打着自己的臉罵道老不死的娼婦怎麽造下孽了說嘴打嘴現世現報在人眼裏
把似要笑也不敢笑也有趁愿也有心中感動報應不爽的
众人見這般都不住的看着凤姐兒司棋低頭不語也並無畏懼慚愧之意倒覺可異料此時夜深且不必盤問只怕他夜
間自愧去尋拙志遂唤兩個婆子監守看他帶了人拿了贓證回來且自安歇等待明日料理誰知到夜裡又連起來幾次下面淋血不止次日
便覺身体十分軟弱起來發暈遂撑不住請太醫來診脉畢遂立藥案
看得少奶奶係心氣不足虚火乘脾皆由憂勞所傷以致嗜卧好眠胃虚土弱不思飲食今聊用升陽養榮之劑寫畢遂開了幾樣藥名不過人參當歸黄芪等類之劑一時退去有老嬤嬤們拿了
方子回過王夫人不免又添一番愁悶遂將司棋等事暫未理可巧這日尤氏來看凤姐坐了一回到園中去又看過李紈

去忽见惜春遣人来请尤氏遂到他房中来惜春便将昨晚之事细细告诉与尤氏又命将入画的东西一一要来与尤氏
过目尤氏道实是你哥哥赏他哥哥的只不该私自传送如今官盐竟成了私盐了因骂入画糊涂脂油蒙了心的惜春道你们管教不
严反骂了头这些姊妹独我的了头这样没脸我如何去见人昨儿我立逼着凤姐姐带了他去他只不肯我想他原是那边的人凤姐姐不
带他去也原有理我今日正要送过去嫂子来的恰好快带了他去或打或杀或卖我一概不管入画听说又跪下哭求说再不敢了只求姑娘
看从小儿的情常好歹生死在一处罢尤氏和奶娘等人也都十分解说他不过糊涂下次再不敢的他从小儿伏侍你一场到底留着他为是谁
知惜春虽然年幼却天性生成一种百折不回的廉介孤独僻性任人怎说他只以为丢了他的体面咬定牙断乎不肯更又说的好不但不要入画如今我
也大了连我也不便往你们那边去了况且近日我每每风闻得有人背地里议论多少不堪的闲话我若再去连我也编派上了尤氏道谁议论什么
又有什么可议论的姑娘是谁我们是谁姑娘既听见人议论我们就该问着他才是惜春冷笑道你这话问着我倒好我一个姑娘
家只有躲是非的我反去寻是非成个什么人了还有一句话我不怕你恼好歹自有公论又何必去问人古人说的好善恶生死父子不能有
所勖助何况你我二人之间我只知道保得住我就够了不管你们从此以后你们有事别累我尤氏听了又气又好笑因向地下众人道怪
道人人都说这四丫头年轻糊涂我只不信你们听这些话无原无故又不知好歹又没个轻重虽然是小孩子的话却又能寒人的心众
嬷嬷笑道姑娘年轻奶奶自然要吃些亏的惜春冷笑道我虽年轻这话却不年轻你们不看书不识字所以都是些
呆子看着明白人倒说我年轻糊涂尤氏道你是状元榜眼探花古今第一个才子我们是糊涂人不如你明白何如惜春道状元榜眼
难道就没有糊涂的不成可知他们也有不能了悟的尤氏笑道好才是才子这会子又作大和尚了又讲起了悟来了惜春道我也

什么系惜我看如今人一概也都是入画一般没有什么大法头儿
尤氏道可知你是个心冷口冷心狠意狠的人惜春道怎么我不冷我清清白白的一个人为什么叫
你们带累坏了尤氏心内原有病怕说这些话听说有人议论已是心中羞恼激射只是在惜春分中不好发作忍耐了大半
今见惜春又说这句话因接不住向惜春道怎么就带累了你你的丫头的不是无故说我我倒忍了这半日你倒越发得了意
只管说这些话你是千金万金的小姐我们以后就不亲近仔细带累了小姐的美名即刻叫人将入画带了过去说着便赌气起
听了越发生气但他是姑娘任凭怎么样也不好和他认
身去了惜春道你这去了若果然不来倒也省了口舌是非大家倒还清净尤氏不知后事何如且听下
真的惜只以素性忍了这口气便也不答言一径往前边去了
回分解

第七十五回

開夜宴異兆發悲音　　賞中秋新詞得佳讖

話說尤氏從惜春處賭氣出來正欲往王夫人處去跟從的老嬤〻們悄〻回道奶〻且別往上房去纔有甄家幾個人來还有些東西不知是做什麼機密事奶〻這一去恐不便尤氏听了道昨日听見你爺說看邸報甄家犯了罪現今抄沒家私調取進京治罪怎麼有人來老嬤〻道正是呢纔來了幾个女人氣色不成氣色慌〻張〻想必有什麼瞞人的事情尤氏听了便不往前去仍往李氏這邊來了恰好太醫纔胗了脉去李紈近日也略覺精爽了些擁衾倚枕坐在床上正欲一二人來說些閑話因見尤氏進來不似方纔和藹只呆〻的坐着炕沿上李紈因問道你過來了這半日可有在別屋裡吃些東西沒有只怕餓了命素雲瞧有什麼新鮮点心揀来尤氏忙止道不必〻〻你這一向病着那裡有什麼新鮮東西况且我也不餓李紈道昨日他姨娘家送來的好茶麪子到是對碗來你喝罷說畢便吩咐人去對茶尤氏仍出神無語跟來的丫頭媳婦們因问奶〻今日中晌尚未洗臉這會子趁便可淨一淨好尤氏点頭李紈忙命素雲來取自己的粧奩素雲一面取來一面將自己胭脂粉拿來笑道我們奶〻就少這个奶〻不嫌髒這是我的能着用些李紈道我雖沒有你就該往姑娘們那裏取去怎麼公然拿出你的来幸而是他若是別人豈不惱呢尤氏笑道這又何妨自來我凡過來誰的沒使過今日又嫌髒了一面說一面盤膝坐在炕沿上銀蝶上來忙代為卸去腕鐲戒指又將一大袱手巾蓋在下截將衣裳護嚴小丫嬛炒豆兒捧了一大盆溫水走至尤氏跟前只彎腰捧着銀蝶笑道說一声沒權变的話說一个葫

尴尬就是一個瓢奶奶，不過待偺们寬些，在家裏不管怎麼罷了，你就得了意，不管在家出外當着親戚也只隨着便了。尤氏道：你隨
他去罷，横竪洗了就完了。炒豆兒忙赶着跪下。尤氏笑道：我们家上下大小的人只会講外面假理假體面，究竟做出来的事却彀使的了。
李纨聽如此說，便已知道昨夜的事，因笑道：你這話有因，誰做事究竟彀使了？尤氏道：你到問我，你敢病着死過去了。一語未了，只
見人報寶姑娘来了。李纨忙說快請時，寶釵已走進来。尤氏忙擦臉起身讓坐，因問：怎麼一個人忽然走来，別的姊妹都怎不見？
寶釵道：正是我也沒有見他们，只因今日我们奶奶身上不自在，家裏兩個女人也因時症未起炕，别的靠不得，我今兒要出去陪着老人
家夜里做伴，要去回老太太、太太，我想又不是什麼大事，且不用提，等好了我横竪進来的，所以来告訴大嫂子一聲。李纨聽了只
看着尤氏咲，尤氏也看着李纨咲。一時尤氏盥洗已畢，大家吃麵茶。李纨咲道：既這樣，且打發人去請姨娘的安，問是何
病，我也病着，不能親自来。好妹妹，你只管去，我且打發人去到你那裡看屋子，你好歹住一晚還進来，別叫我落不是。
寶釵道：落什麼不是呢，這也是通共常情，你又不曾賣放了賊。依我的主意，不必添人過去，竟把雲丫頭請了来，你和他住
一兩日，豈不省事。尤氏道：可是史大姑娘往那裏去了？寶釵道：我纔打發他們找你們探丫頭去了，叫他同到這裡来，我也明白告訴
他。下晌人報雲姑娘同三姑娘来了。大家讓坐已畢，寶釵便說要出去一事。探春道：狠好，不但姨娘好了还来的，就是好了不来也
使得。尤氏道：這話奇怪，怎麼撵起親戚来了。探春冷咲道：正是呢，有叫人撵的，不如先撵。親戚們好，也不必要死住着纔好。偺們
到是一家子親骨肉呢，一個個不像烏鷄，恨不得你吃了我，我吃了你。尤氏咲道：我今日是那裡来的晦氣，偏碰着你姊妹們的氣
晛上了。探春道：誰叫你趁熱灶来了。因问：誰又得罪你。因又尋思道：惜丫頭也不犯囉唣你，却是誰呢？尤氏只含糊答應

探春知其畏事不肯多言因笑道你别粧老实了除了朝廷治罪没有砍頭的你不必畏首畏尾告訴你罷我昨日把王家的打了我还頂着個罪呢不過背地裡說些閑話難道还打我一頓不成宝釵因問為何打他探春把昨日怎么抄撿怎么打他一一說了尤氏見探春已經說了出来便把惜春方才的事也說了出来探春道這是他的僻性孤介太過我们再扭不過他的又告訴他们說今日一早不見動静打聽鳳辣子又病了就打發我奶媽子去打听王保善家的是怎樣回来告訴我說王保善的挨了一頓打大太太嗔他多事尤氏李紈道這到也是正理探春冷笑道這種掩飾誰不會做再瞧就是了尤氏李紈皆点頭無所答一時估着前頭用飯湘雲和宝釵回房打点衣衫不在話下尤氏等辭了李紈到賈母這边来賈母歪在榻上王夫人說甄家因何獲罪如今抄没了家產回京治罪等語賈母听了心中甚不自在恰好他姊妹来了因問從那裡来的可知鳳姐妯娌兩个的病今日怎樣尤氏道今日都好些賈母點頭嘆道偺們别管人家的事且商量偺們八月十五賞月是正經王夫人道都已預備下了不知老太太揀那裡好只是園裡夜晚風涼賈母道多穿兩件衣服何妨那裡正是賞月的地方豈可到不去的閑話之間早有媳婦丫頭們抬過飯桌王夫人尤氏等忙上来捧飯賈母見自己的幾色菜已擺完另有兩个大捧盒内端上几色菜来便知是各房孝敬的舊規賈母因問那来些什麼上几次我就說過如今把這些蠲了罷你們都不听如今比不得先輩榮華的時光了鴛鴦忙道我說過几次都不听也罷了王夫人道不過是家常東西今日我吃齋没有别的那些麪觔荳腐老太太又不甚愛吃只揀了一樣椒油蓴齏菜来賈母道這樣正好正想這個吃鴛鴦听說將碟子挪在跟前寶琴一一的讓了方坐賈母便命探春来同吃探

春也多讓過便和寶琴對面坐下侍書忙取碗去箸鴛鴦又指几樣菜道這兩樣看不出是什麼東西來是大老爺送來的這

一碗是雞髓笋是外頭送上來的一面說一面就將這碗笋送至桌上賈母略嘗了兩點便命人將那兩樣送去就說我

吃了以後不必天天送我想吃自然來要媳婦们答應着仍送過去不在話下賈母因問有稀飯吃些罷了尤氏早捧過一

碗來說是紅稻米粥賈母接來吃了半碗便吩咐將這粥送給鳳姐吃去又指這一碗筍和這一盤風醃果子給顰兒寶玉

兩個吃去那一碗肉給蘭小子吃去又向尤氏道我吃了你就來吃了罷尤氏答應着侍賈母漱口洗手畢賈母便下地

和王夫人說閒話行食尤氏告坐探春寶琴二人也起來了笑道失陪尤氏笑道剩我一個人大排桌的不慣賈母笑道

央琥珀來趁着吃些也算陪你了尤氏笑道好好我正要說呢賈母笑道看着多多的人吃飯最有趣的又指銀蝶道

這孩子也好也來同你主子一塊兒吃等你們離了我再立規矩去尤氏道快過來不必粧假賈母負手看着取樂因見

伺候添飯的手內捧着一碗下人的米飯尤氏吃的仍是白秔飯賈母道你怎么昏了盛這个飯來給你奶奶那人道老

太太的完了今日添了一位姑娘所以短了些鴛鴦道如今多是可着頭做帽子了要一點富餘也不能的王夫人忙回道這一二

年旱澇不定田上的米多不能按數交的這幾樣細米更艱難了所以都可着吃的做

賈母笑道這正是巧媳婦做不出沒米的粥來眾人都笑起來鴛鴦道既這樣你就去把三姑娘的飯拿來添也是一樣就這樣笨尤氏

笑道我這個就夠了不用取去鴛鴦道你夠了我不會吃的地下的媳婦們方忙着取去了一時王夫人也去用飯這裡尤氏直陪賈母說話取笑到起

更的時候賈母說黑了過去罷尤氏方告辭出來走至大門前上了車銀蝶坐在車沿上眾媳婦放下簾子便帶着小丫頭們先走過那

邊大门口等着去了因二府之门相隔沒有一箭之地每日家常往来不必定要周備况天黑夜靜ミ的回来的遍数更多所以老嬷ミ們帶着小
丫头只几步便走了過去兩邊大门上的人都到東西街口早把行人断住尤氏上車也不用牲口只用七八個小廝挽環拽輪輕ミ的便推
拽過這邊台磯上了於是小廝們退過獅子以後衆媳ミ打起簾子銀蝶先下来然後攙下尤氏来大小七八個燈籠照的十分
真切尤氏見兩邊獅子下放着四五輛大車便知是来赴賭之人遂向銀蝶衆人道你看坐車的是這樣騎馬的还不知有幾個
馬自然在圈裏拴着咱們自不見也不知他娘老子掙下多少錢與他們這麽開心呢一面說着已到了廳上賈蓉之妻帶領衆
婦女們也都秉燭接了出来尤氏道成日家我要偷着瞧ミ他們賭也沒得便今日到巧就順便打他们窗户跟前走過去衆媳婦
答應提着燈引路又有一個先去悄ミ的知會伏侍的小廝們不要失驚打怪於是尤氏一行人悄ミ来至窗下只聽裏面稱
三讚四耍笑之音雖多又兼有恨五罵六忿怨之聲亦不少原来賈珍近因居喪不得遊玩又不得觀優聞樂作遣
無聊之極便生了個破悶之法日間以習射為由請了各世家弟兄及諸富貴親友来較射因說白ミ的只管乱射終無
裨益不但不能長進而且壞了式樣必須立個罰約賭個利物大家纔有勉力之心因此天香樓下箭道内立了鵠子皆約
定每日早飯後来射鵠子賈珍不便出名命賈蓉做局家這些来的皆係世襲公子人家道豐富且多少年正是
鬥雞走狗問柳評花的一干游俠紈絝因此大家議定每日輪流做晚飯之主每日来射不便獨擾賈蓉一人之意
天ミ宰猪割羊屠鵝戮鴨好似臨潼鬥寶一般多要賣弄自己家裏的好厨役好烹調不到半月工夫賈赦賈政聽
見這般不知就理反說這纔是正理文既悮了武事也當習况在武蔭之屬兩處也命賈環賈琮寶玉賈蘭等

四人於飯後過來跟着賈珍習射一回方許回去賈珍志不在此再過几日便漸次以歇有養力為由或抹骨牌賭個酒東

兒至後漸次賭錢如今三四月的光景竟一日一日賭勝於射了公然鬬牌擲骰放頭開局大賭起來家下人借此各有些

利也進益巴不得如此所以竟成了局勢外人皆不知一字近日邢夫人的胞弟邢德全也素好如此所以也在其中又有薛蟠頭一個慣

喜送錢與人的見此豈不快樂這邢德全雖係邢夫人的胞弟卻居心行事大不相同只知吃酒賭錢眠花宿柳為樂手中濫

漫使錢待人無二心好酒者喜之不飲者則不去親近無論上下主僕皆出自一意無貴賤之分因此都喚他傻大舅薛

蟠是早已出名的獃大爺今日二人都湊在一處都愛搶新快便又會了兩家在外邊炕上搶新快別的又有几家在

當地下大桌上趕羊里間又有一起斯文些的抹骨牌打天九此間伏侍的小厮多是十五歲以下的孩子

且說這里故尤氏方潛至窗外偷看其中有兩个陪侍的小幺兒都打扮的粉粧玉琢今日薛蟠又輸了正沒好

氣幸而擲第二張完了算來除翻過來倒反贏了心中自是興頭起來賈珍道且住吃了東西再來因問那兩處怎樣此时裏頭

打天九的也作了帳等吃飯打公番的未清且不肯吃于是各不能顧先擺下一大桌賈珍陪着吃命賈蓉落後陪那一起薛蟠興頭了便摟

着一個小幺兒吃酒又命將酒去敬傻大舅傻大舅輸家沒心緒吃了兩碗便有些醉意嗔着兩個陪侍的小幺兒只赶贏家不理輸家了因罵道你

們這起兔子就是這樣專洑上水天天在一處誰的恩你們不沾只不過這一會子輸了几兩銀子你們就三六九等了難道從此

以後再沒有求着我們的事了眾人見他帶酒忙說很是很是果然他們風俗不好因喝命快敬酒賠罪兩個小幺兒都是演就

的局套忙都跪下奉酒說我們這行人師父教的不論遠近厚薄只看一時有錢勢的就親近

喜翻了白眼儿我们两个是什么光景儿说的众人都笑了連傻大舅掌不住也笑了一面伸手接过酒来一面说道我要不看着你们两个素日怪可憐
钱势你不肯去理他[illegible]我们人[illegible]看[illegible]我们就[illegible]着酒[illegible]那两[illegible]大舅嘴
见的我这一脚把你们的小蛋黄子踢出来说着把腿一抬两个孩子趁势儿爬起来越发撒娇撒痴拿着洒花绢子托了傻大舅的手把那钟酒灌在傻大舅嘴
累然家中还故作怒意众人不知道[illegible]实情[illegible]说的到是人的所以有冤无处诉贾珍见他酒醉恐人听见不雅连忙用话
里傻大舅哈哈的笑着一扬脖子把一钟酒都干了因拧了那孩子的脸一下儿笑说道我这会子看着又怪心疼的了说着忽然想起旧事来乃拍案对贾珍说道
解劝外面尤氏等听得十分真切向银蝶悄說道你听見了這是北院裏大太太的兄弟抱怨他呢可憐他親兄弟还是這樣這
昨日我和你令伯母怄气你可知道么贾珍道没有听见傻大舅叹道就为不这件东西老贤甥你不知我邢家的底里我们老太太去世时我还小呢世事不知他姐妹
就怨不得众人了还要听时正值打幺番的也歇住了要吃酒因有一個问道方才是谁得罪了舅太爷我们竟不曾听明白且告
三个人只有你令伯母居长他出阁时把家私都带过来了如今你二姨儿也出了门了他家里也很艰窘你三姨儿尚在家里一应用度都是这里陪房王善保家的掌
诉我们评评理邢德全见问便把两个陪酒的孩子不理的话说了一遍那人接过来说這樣說原可恼怨不得舅太爷生气我且
管我就是来要几个钱也并不是要贾府里的家私我邢家的家私也就够我花了无奈竟不得到手所以你们就欺负我没钱说你这个东西行不动儿就撒娇
问你两个舅太爷输了几个银钱并没有输掉了毛毛怎么就不理他了众人大笑起来連邢德全也喷了一地饭尤氏在外面悄啐
撒怪的尤氏在外面听了這話
了一口骂道你听听這些没廉耻的小挨刀的才丢了脑袋骨子就胡唚嚼毛了再肏攮下去再灌丧了黄汤还不知唚出些什么新样儿来呢一面说一面便
进去卸妆至四更时方散贾珍往佩凤屋里去了次日起来就有人回西瓜月饼多全了只待分派送人贾珍吩咐佩凤你请你送
奶奶看着送罢我还有别的事呢佩凤答应着去了回了尤氏尤氏只得一一派人送去一时佩凤又来说爷问奶奶今儿出门不出咱们门说
孝家明日十五过不得节今儿晚上到好可以大家应个景儿吃些个菜酒尤氏道我到不愿出门呢那边珠大奶奶病了凤丫头琏二奶奶
又睡下了我再不去越发没个人了况且又不得闲应什么景佩凤道爷说今日已辞了众人直等十六日才来呢好歹定要请奶奶吃奶奶出门
酒尤氏道请我我没得还席佩凤去了一时又来了道爷说连晚饭也请奶奶吃好歹早些回来叫我跟了奶奶去呢尤氏道既这么这样早饭吃什么
快些吃了我好走佩凤道爷说早饭在外头吃请奶奶自己吃罢尤氏问道今日外头有谁佩凤道听见说外头有两个南京新来的
倒不知是谁说话之间贾蓉之妻也梳妆完了来见尤氏少时摆上饭来尤氏在上贾蓉之妻在下婆媳两个吃毕饭尤氏便换了衣服仍毕吃饭更衣尤氏等

過榮府至晚方回果然賈珍煮了一口豬燒了一腔羊餘菜果品不可勝記就在會芳園叢綠堂中屏開孔雀褥設芙蓉便帶領妻子姬妾先飯後酒開懷賞月將一更時分真是風清月朗上下如銀賈珍因命佩鳳等四人也都入席下面一溜坐下猜枚划拳飲了一回賈珍有了几分酒益發高興便命取了一竿紫竹簫命佩鳳吹簫文花唱曲喉清韻嫩真令人魄飛魂散唱罢復又行令那天將有三更時分賈珍酒已八分大家正添衣喝茶換盞更酌之際忽听那邊墻下有人長歎之聲大家明明听見多悚然疑畏起來賈珍忙厲聲叱咤问誰在那里連問几聲並没有人答應尤氏道必是墻外邊家裡人也未可知賈珍道胡說這墻四面皆無下人的房子況且那邊又緊靠着祠堂焉得有人一語未了只听得一陣風聲過墻去了恍惚聞得祠堂内槅扇開闔之聲只覺得風氣森森比先更覺凉颯起來月色慘淡也不似先明朗眾人都覺毛髮倒豎賈珍酒已醒了一半只比别人撑持得住些心下也十分疑畏大没興頭又勉強坐了一回也就歸房安歇次日一早起來乃是十五帶領眾子侄開了祠堂行朔望之理細看祠堂内都仍照舊好好的並無怪異之跡賈珍自為醉後自怪也不提此事礼畢仍閉上门照舊鎖着賈珍夫妻至晚飯後方過榮府来只見賈政賈赦都在賈母房中坐着說閑話與賈母取笑賈璉寶玉賈環賈蘭皆在底下侍立賈珍来了都一一見過說了兩句話後賈母命賈珍在旁门杌子上坐了賈母问道這兩日你宝兄弟的箭如何賈珍忙起身笑道大長了不但樣式好弓也長了一個力賈母道這也彀了且别貪力仔細努傷賈珍答應是賈母道你昨日送来的月餅西瓜看着都好賈珍道月餅是新来的一個專做點心的廚子我試了試果然好總敢做了孝敬賈母道此時月上来了咱們且去上香便起身扶着寶玉的肩帶領

衆人齊往園中來園之正門俱已大開吊着羊角大燈嘉蔭堂前月台上焚着斗香秉着風燭陳獻瓜菓月餅
邢夫人等一干女客皆在裏面久候真是月明燈彩人氣香烟晶艷氤氲不可形狀地下鋪着拜毯錦褥賈母盥手上
香拜畢於是大家皆拜過賈母便說賞月在山上最好因命在那山脊上大亭子內去衆人听說連忙在那裡鋪設賈母
且在嘉蔭堂中吃茶少歇說些閑話一時人回都齊備了賈母方扶着人上山王夫人等說恐石上苔滑還是坐椅子上去
好賈母道天天打掃况且極平穩的寬路何不疎散疎散筋骨於是賈赦賈政兩个在前引導兩个老婆子秉着兩把羊
角燈鴛鴦琥珀尤氏等貼身攙扶邢夫人等在後隨不過百餘步至山之峯脊上便是這座廳亭因在山之高脊
故名曰凸碧山庄亭前平台上列下桌椅又用一架大圍屏隔做兩間凡桌椅形式皆是圓的特取團圓之意居
中賈母坐下左垂首賈赦賈珍賈璉賈蓉右垂首賈政宝玉賈環賈蘭團團圍坐只坐了半壁下面還有半壁餘空賈母道
往常日到还不見人少今日看來究竟咱們的人少想當年過的日子到今夜男女三四十個何等熱鬧今日就這樣太少
待要再叫幾个來他們都是有父母的家裏去應景不好來的如今叫女孩子們來坐那邊罷於是將迎探惜三個
請出來依次坐定賈母便命折一枝桂花來命一媳婦在屏後擊鼓傳花若在手中飲酒一杯罰說笑話一个先從賈母
起次賈赦一一接過鼓聲兩轉恰好在賈政手中只得飲了酒衆姊妹兄弟皆要听是何笑話賈政見賈母喜悅只
得承歡方欲說時賈母道若說得不笑了還要罰賈政道却只得一个若不笑也只好愿罰一家子一个人最怕老婆
只說了一句大家都笑了因不曾見賈政說過所以纔笑賈母道這必是好的賈政道若好老太太多吃一盃賈母道自然

說賈政又說道這个怕老婆的人從不敢多走一步偏是那日是八月十五日到街上買東西便遇見了几个朋友拉到
家裡去吃酒不想吃醉了便在朋友家睡着第二日醒了後悔不及只得來家陪罪他老婆正洗脚說既是這樣你替
我舔舔就饒你這男人只得給他舔舔未免惡心要吐他老婆就惱了要打說你這樣輕狂唬得男人忙跪下說並不是
奶奶的脚腌臢只因昨日喝多了黃酒又吃了月餅餡子所以今日有些作酸呢說的賈母和眾人多笑了賈政忙斟了一杯酒送與賈母
賈母道既這樣快叫人取燒酒來別叫你們受累眾人又多笑起來又擊鼓從賈政傳起可巧傳到寶玉鼓止寶玉
因賈政在坐自是踧踖不安偏又在他手中因想道說笑話倘或說不好了又說沒口才連一个笑話不能說何况別的這
更有不是了說好了又說正經的不会只慣油嘴貪嘴更有不是不如不說的好乃起身辭道我不能說笑話求再限別的
罷了賈政道既這樣限一个秋字就即景做一首詩若好便賞你若不好明日仔細賈母忙道好好的行令如何又做詩
賈政道他能的賈母听說既這樣快做命人取了紙筆來賈政道只不許用那些冰玉晶銀彩光明素等字樣要另出主見
試試你這几年的情思寶玉听了碰在自己心坎上遂立想了四句向紙上寫了呈與賈政看了道好又與賈政看了點頭不語
賈母見這般知無甚大不好便问怎麼樣賈政因欲賈母喜欢便說难為他只是不肯念書到底詞句不雅賈母道
這就罷了他能多大定要做才子不成這就該獎賞他已後越上心了賈政道正是因回頭命個老婆子出去吩咐書房
內的小廝把我海南带來的扇子取兩把來給他寶玉謝了仍歸坐行令當下賈蘭見獎勵寶玉他便出席也做
一首遞與賈政看時寫道是賈政看了喜不自勝遂併念與賈母听時賈母也十分欢喜也忙令賈政賞他於是大家歸坐復行起

令賈赦賈赦手內住了只得吃了酒說笑話因說道一家子一个兒子最孝順偏生母親病了各處求醫不得便請了一個針灸的婆子來這婆子原不知道脉理只說是心火如今用針灸之法針灸針灸就好了這兒子慌了便問心見鐵即死如何針得婆子道不用針心只針肋条就是了兒子道肋條離心甚遠怎麼就好了婆子道不妨事你不知天下父母心偏的多呢衆人听說都笑了賈母也只得吃了半盃酒半日笑道我也得這個婆子針一針就好了賈赦听說知自己出言冒撞賈母疑心忙起身笑着與賈母把盞以別言解釋賈母亦不好再提且行起令來不料這次花在賈环手里賈环近日讀書稍進其脾味中好外務今與寶玉一樣也喜讀詩詞唯好奇詭仙鬼一格今見寶玉做詩受獎他便技癢只當着賈政不敢造次如今可巧花在手中便也要紙筆來立揮一絕與賈政賈政看了亦覺罕異只是詞句中終帶着不是讀書之意遂不悅道可見是弟兄了發言吐氣總屬邪派將來都是不由規矩準繩一起下流貨妙在古人中有二難你兩個也可以称二難了只是你难字却是作难以教訓难字講才好哥哥公然以温飛卿自居如今兄弟又自為曹唐再世了說的賈赦等都笑了賈赦乃要詩瞧了一遍連聲讚好道這詩據我看來甚有氣骨想来咱们這樣人家原不比那起寒酸定要雪窗螢火一日蟾宮折桂方得揚眉吐氣咱们的子弟都原該讀些書不過比別人略明白些可以做得官時就跑不了一个官的何必多費了工夫弄出書獃子來所以我愛他這詩竟不失咱们侯门的氣概因回頭吩咐人去取了自己許多玩物來賞賜与他因又拍着賈环的頭笑道以後就這樣做去方是咱们的口氣將來這世襲的前程定跑不了你襲呢賈政听說忙勸道不過他胡謅如今那裡論到後事了說着便斟上酒又行了一回令賈母便說你们去罷自然外頭還有相公们候着也不可輕忽了他们況且二更多了你们散了再讓我们

和姑娘们多乐一回（个）好歌着了贾赦寿听了方止了今见（起身）大家共（公）饮（进）了一杯酒女（便）带着子侄们出去了要知端的下回分解

第七十六回

凸碧堂品笛感凄情　凹晶館聯詩悲寂寞

話說賈赦賈政帶領賈珍等散去不提且說賈母這裡命將圍屏撤去兩席併為一席衆媳婦另行擦桌整菓更洗杯箸陳設一番賈母等多添了衣盥漱吃茶方又入坐團團圍繞賈母看時寶釵姊妹二人不在坐內知他們家去圓月去了且李紈鳳姐二人又病着少了四個人更覺冷清了好些賈母笑道往年你老爺們不在家咱們越性請過姨太太來大家賞月卻十分熱鬧忽一時想起你老爺來又不免想到母子夫妻兒女不能一處也都沒興及至今年你老爺來了正該大家團圓取樂又不便請他娘兒們來說說笑笑況且他們今年又添了兩口人也難丟了他們跑到這裡來偏又把鳳丫頭病了有他一人來說說笑笑還抵得十個人的空兒可見天下事總難十全說畢不覺長嘆一聲遂命拿大杯來斟熱酒王夫人笑道今日得母子團圓自比往年有趣往年娘兒們雖多終不似今年自己骨肉齊全的好賈母笑道正是為此我纔高興拏大杯來吃酒你們也換大杯纔是邢夫人等只得換上大盃來因夜深體乏且不勝酒未免有些倦意無奈賈母興猶未盡只得陪飲賈母又命將毡鋪在階上命將月餅西瓜菓品多叫搬下去令丫頭媳婦們也多團團圍坐賞月賈母見月至中天越發精彩可愛因說如此好月不可不聞笛因命人將十番上女孩子傳來賈母道音樂太多反失雅致只用吹笛的遠遠吹起來就彀了說畢剛去吹時只見跟邢夫人的媳婦走來向邢夫人前說了兩句話賈母便問什麼事那媳婦回道方纔大老爺出去拌了一下歪了腳賈母听了忙命兩个婆子快瞧去又命邢夫人快去邢夫人遂告辭起身賈母又說珍哥兒也趁着便去罷我也就睡了尤氏笑道我今日不回去了定要和祖宗吃一夜賈母笑道使不得使不得你們小夫妻今

夜要團團圓圓如何為我擔擱了尤氏紅了臉笑道老祖宗說得我們太不堪了我們雖年輕已經十來多年的夫妻也奔四十歲的人了況且孝服未滿陪着老太太頑一夜罷了豈有自去團圓之礼賈母笑道這話狠是我也忘了孝未滿可憐你公公轉眼已是二年多了可是該罰我一盃既這樣你就別送陪着我罷叫你蓉兒媳婦送去就順便回去罷尤氏說給蓉妻答應着送出邢夫人一同至大门各自上車回去不在話下這裡賈母帶眾人賞了一回桂花又入席換暖酒來正說着閑話只聽桂花樹下廂房內嗚咽悠揚吹出笛聲來趁着這明月清風天空地靜真令人煩心頓解萬慮齊除肅然危坐默默相賞聽約兩盞茶時方纔止住大家稱讚不已於是遂又斟上暖酒來賈母笑道果然可聽麽眾人道实在可聽我們想不到這樣須得老太太帶領着我們也得開些心胸賈母道這个还不好須得揀那曲譜中越慢的吹來越好說着便將自己吃的一个內造瓜仁油松穰月餅又命斟一大盃熱酒送給吹笛之人慢慢的吃了再細細的吹一套來媳婦們答應了方送去只見方纔瞧賈赦的兩个婆子回來說瞧了右腳面上紅腫了些如今服了藥疼的好些了也没甚大関係賈母点頭嘆道我也太操心打緊說我偏心我反這樣說着又將方纔賈赦的笑話說與王夫人尤氏等聽了王夫人笑勸道這原是酒後笑話不過自心也有有的豈有敢說老太太之理老太太自當解釋纔是只見鴛鴦拿了軟巾兜與大斗篷來說夜深了恐露水下來風吹了頭須要添了這個病坐坐也該歇了賈母道偏今日高興你又來催難道我醉了不成偏到天亮因又命斟酒一面戴上兜巾披了斗篷大家陪着又飲說笑話只聽桂花陰裏嗚咽咽又發出一縷笛音來果真比先越發淒凉大家寂然而坐夜靜月明且笛聲悲怨賈母年老帶酒之人聽此聲音不免有觸於心禁不住墮下淚來此時眾人彼此都不禁淒凉寂寞之意半日方知賈母傷感纔忙轉身陪笑發語解釋又命換酒止住了笛尤氏笑道我也學了一个笑話說給老祖宗解解悶賈

八八八

母勉強咲道這樣更好快說來我听尤氏乃說道一家子養了四个兒子大的只一个眼睛二兒子只一个耳朵三兒子只一个鼻子四兒子是个
啞叭正說到這裏只見賈母已朦朧双眼似有睡之態尤氏方住了忙和王夫人輕〻請歇賈母睁眼咲道我不困白閉〻眼養神你們
只管說我听着呢王夫人等咲道夜已四更了風露也大請老太〻安歇罷明日再賞十六也不辜負這月色賈母道那里就四更了
王夫人道實已四更他們姊妹們熬不過去睡了賈母听說細看了一看果然都散了只有探春一人在此賈母咲道也罷你們也熬不慣况且
弱的弱病的病到省心只是三丫頭可憐見的還等着你也去罷我們散了說着便起身吃了一口清茶便有預偹下的竹椅小
轎圍著两个婆子搭起衆人圍随出園去了不在話下這裏衆媳婦收拾盃盤時少了个細茶盃各處尋覔不見又
問衆人必是誰失手打了撂在那裡告訴我把磁瓦去交收是証見不然又說偷起來了衆人多說沒有打[illegible]只怕是跟姑娘的
人打了也未可知你細想〻或問〻他們去一語提醒了這管傢伙的媳婦因咲道是了那一會記得是翠縷拿着的我去
问他随即便去找時剛〻到甬路就遇見紫鵑翠縷[illegible]道我們老太〻散了可知我們姑娘那去了這媳婦道我來问那一个茶鍾[illegible]那
裡去了你們到问我要姑娘翠縷道我因倒茶給姑娘[illegible]的[illegible]眼回道就連姑娘也沒了那媳婦道太〻纔說都睡覺去了你
們不知那里頑去了还不知道呢翠縷和紫鵑道斷乎沒有悄〻睡去[illegible]只怕在那裡走了一走如今見老太〻散了赶過前邊送
去也未可知我們且往前边找〻去有了姑娘自然你的茶鍾也有了你明日一早再找有什麽忙的媳婦道有了下落就不忙了明日
就和你要罷說畢回去仍查收傢伙這紫鵑和翠縷便往賈母處來不在話下原來黛玉和湘雲二人並未去睡只因黛玉
見賈府中許多人賞月賈母犹嘆人少不似當年熱鬧又提寶釵姊妹母女弟兄自去賞月[illegible]不覺對景感懷自去倚

攔黛玉寶玉近因晴雯病勢甚重諸事無心王夫人又再四遣他去睡他也便去了探春又因近日家事着惱也無暇遊玩雖有迎春
惜春二人便又素日不大甚合所以只剩了湘雲一人寬慰他因說道你是个明白人何必作此景像自苦我也和你一樣我就不
似你這樣心窄何況你又多病还不自己保養可恨宝姊、天、說今年中秋要大家一處賞月必要起社大家聯句到今日便棄
下咱们自己賞月去了社也散了詩也不做了到是他們父子叔姪縱橫起來可是說的好臥榻之側豈容他们酣睡他们不來咱们兩個
竟聯起句來明日羞他们羞不羞代玉見他這般解勸不肯負他的高興因咲道你看這裡這等人聲嘈雜有何詩興湘雲道
這山上賞月雖好終不及近水更妙你知道這山坡底就是池沿山凹裡近水一个所在就是凹晶館可知當日蓋這園子時就有
学问這山之高處就叫凸碧山之低窪近水就叫凹晶這凸凹二字歷来用的人最少如今直用做軒館之名更覺新鮮不
落窠舊可知這兩處一上一下一明一暗一山一水竟是特因玩月而設此兩處有愛那山高月小的便往這裡来有愛那皓月清波的
便往那裡去只是這兩个字俗念窪拱二音便說俗了不大見用只有陸放翁用了凹字說古硯微凹聚墨多还有人批他
俗豈不可咲代玉道也不但陸放翁纔用古人中用者太多如江淹青苔賦東方朔神異經以至畫記上云張僧繇畫亲寺的故
事不可勝舉只是今人不知悞作俗字用了實和你說罷這个字还是我擬的呢~~是大後来我们大家把這沒有名色的也都擬~~
~~出来注了出處寫了這房屋的坐落一併帶進去与大姐姐瞧了他又帶出来命舅舅瞧過誰知舅舅倒喜歡起来又說早知這樣~~
~~那日就該叫他姊妹一併擬了豈不有趣所以兇我擬的一字不改~~多用了如今就往凹晶館去看看說着二人便同下山
坡只一轉灣就是池沿一帶竹欄相接直通那邊藕香榭的路徑~~進几间就在此山懷抱之中本名凸碧山莊之退居因~~

窿而近水故顏其匾曰凹晶溪館因此處房宇不多且又矮小只有两个老婆子上夜今因打聽得凸碧山庄的人應差與他们無干這两个老婆子関了月餅菓品並犒賞的酒食来二人吃得既醉且飽早已息灯睡了代玉見息了灯湘云道倒是他们睡了好咱们就在這捲棚底下賞這水月如何二人遂在两个湘妃竹墩上坐下只見天上一輪皓月池中一輪水月上下交輝如置身於晶宮鮫室之内微風一過粼粼然池面皺碧鋪紋真令人神清氣爽湘雲道怎得這会子坐上船吃酒到好這要是我家裡這樣我就立刻坐船了代玉道古人常說的好事若求全何所樂據我說這也罷了湘云道得隴望蜀人之常情可知那些古人說的不錯貧窮之家自為富貴之家事事趁心告訴他說竟不能隨心他也不肯信得必得親歷其境他方知覺了就如咱们两個雖無父母也忝在富貴之鄉只你我就有許多不遂心的事代玉道不但你我不得趁心就連老太太太太以至宝玉探丫頭等人無論大事小事有理無理皆不能各遂其心者同一理也何況你我旅居客寄之人湘云又恐代玉傷感起来忙道休說這些閑話咱们且聯詩正說着只听笛韻悠揚代玉道今日老太太高興了這笛子吹得有趣倒是助咱们的興趣了咱们两个多愛五言就还是五言排律罢湘云道限何韻代玉道咱们數這欄杆的直棍這頭到那頭為止他是弟几根就用弟几韻若十六根便是一先起這可新鮮湘云道這到别致於是二人起身便從頭數只得十三根湘云道偏又是十三元了這韻少做排律只怕牽強不能押韵呢少不得你先起一句罷了代玉道到試試咱们誰強誰弱只是没有紙筆記湘云道不妨明日再寫只這一点記性聰明还有代玉道我先起一句現成俗语罷因念道

三五中秋夕

湘雲想了一會念道

清遊擬上元　撒天箕斗燦

黛玉道　匝地管絃繁　幾處狂飛盞
湘雲笑道這一句幾處狂飛盞有些意思這到要對的好呢想了一想笑道　誰家不啓軒　輕寒風剪剪
黛玉道對的比我的恰好只是這句又說熟話了該加勁說了去纔是湘雲笑道詩多韻險也要鋪陳些纔是縱有好的且留在後
頭黛玉笑道到後頭沒有好的我看你羞不羞因聯道　良夜景暄暄　爭餅嘲黄髮
湘雲笑道這句不好杜撰用俗事難我了黛玉笑道我說你不曾見過書呢吃餅是舊典唐書唐志你看了來再說湘雲道這也難不倒我
也有了因聯道　分瓜笑綠媛　香新榮玉桂
黛玉咲道可是實實的你杜撰了湘雲咲道明日偺们對查出來大家再瞧有了這会子別躭悞了工夫黛玉咲道雖如此下句也不好不
犯又用玉桂金蘭等字樣來塞責因聯道　色健茂金萱　蠟燭輝瓊宴
湘雲咲道金萱二字便宜了你又省了多少力這樣現成的韻被你得了只是不犯着替他们頌聖去況且下句你也是塞責了黛玉道你不說玉桂難
道我強對金萱有罷也要鋪陳些富麗方是即景之實事湘雲只得又聯道　觥籌亂綺園　分曹遵一令
黛玉道下句好只是難對些因想了一想聯道　射覆聽三宣　骰彩紅成點
湘云道三宣有趣竟化俗成雅了只是下句又說上骰字少不得聯道　傳花鼓濫喧　晴光搖院宇
黛玉咲道對恰對好了下句又溜了只管拿些風月來塞責湘雲道究竟沒說到月上也要點綴點綴方不落題黛玉道且姑存之
明日再斟酌因聯道　素彩接乾坤　賞罰無賓主

湘雲道又說他們什庅不如咱們聯道　吟詩序仲昆　搆思時倚檻

黛玉笑道這可以入上你我了回聯道　擬景或依門　酒盡情猶在

湘雲說道這時候了乃聯道　更深樂已諼　漸聞笑語寂

黛玉笑道這時候可知一步難似一步了因聯道　空剩雪霜痕　階露團朝菌

湘雲笑道這句怎庅押韻讓我想想起身負手想了一想笑道殺了幸而想出一个字來不然兄才敗了因聯道　庭煙斂夕棔　秋湍瀉石髓

黛玉聽了也不禁起身叫妙說這促挾鬼果然留下好的這会子纔說棔字虧你想得出來　湘雲道幸而昨日看歷朝文選見了這个字我不知是何樹因要查一查宝姐姐說不用查這就是如今俗叫作明開夜合的我信不及到底查了一查果然不錯看來宝姐姐知道的竟多　黛玉笑道棔字用在此时更恰這也罷了只是秋湍這句虧你好想只這一句別的都要抹倒我少不得打起精神來對這一句只是再不能似這句了因想了一想聯道　風葉聚雲根　宝婺情孤潔

湘雲說這句对的也还好只是下句你也溜了幸而是景中情不單用宝婺來塞責因聯道　銀蟾氣吐吞　藥經靈兔搗

黛玉不語点頭半日隨念道　人向廣寒奔　犯斗邀牛女

湘雲也望月点頭聯道　乘槎待帝孫　虛盈輪莫定

对句不好合掌下句推開一步倒还是急脉緩受

黛玉道不用此寄回聯道　晦朔魄空存　壺漏聲將涸

湘雲方欲聯時黛玉指池中黑影與湘雲看道你看那河裡怎庅像個人在黑影裡去了敢是個鬼罢　湘雲笑道可是又

見鬼了我是不怕鬼的等我打他一下因湾腰拾了一塊小石片向那水中打去只听打的水响一個大圓圈將月影蕩散復聚者幾次

只听那黑影裡戛然一聲却飛起一個白鶴来直往藕香榭去了黛玉笑道原来是他猛然省不到反唬了一跳湘雲笑道這個鶴

有趣倒助了我了因聯道　窗燈焰已昏　寒塘渡鶴影

黛玉听了又叫好又跺足說道了不得這鶴真是助他的了這一句更比秋湍不同叫我對什庅纔好影字只有一个魂字可對既且寒塘

渡鶴何等自然何等現成何等有景且又新鮮我竟擱筆了湘雲道大家細想就有了不然就擱着明日再聯也可黛玉只看天不理他

半日猛然笑道你不必撈叨我也有了你听听因聯道　冷月葬花魂

湘雲拍手讚道果然好極非此不能對好個葬花魂因又嘆道詩果新奇只是太頹喪了些你正病着不該作此過於淒楚奇譎之語

黛玉笑道不如此如何壓倒便不句竟未等只為用工在這一句了一語未了只見欄外山石後轉出一个人来笑道好詩好詩果然太悲涼不

必再往下聯若只管這樣去反不顯這兩句了倒覺得堆砌牵強二人不防倒唬了一跳細看時不是别人却是妙玉二人皆咤異因問你

如何到了這裡妙玉笑道我听見你们大家賞月又吹得好笛我也出来玩賞這清池皓月順脚走到這裡忽听見你兩个聯詩更覺清

雅異常故此就听住了只是方纔我听見這一首中有几句雖好只是過於頹喪淒楚此亦關人之氣數而所以我出来止住如今老太

太已早散了滿園的人想已睡熟了你兩个的丫頭还不知在那裡找你们呢你们也不怕冷了快同我来到我那裡去吃杯茶只怕就天亮

了黛玉笑道誰知道就這个時候了三人遂一同来至櫳翠庵中只見龕燄猶青爐香未燼几个老嬷嬷也都睡了只有小丫嬛在蒲團上垂

頭打盹妙玉喚他起来現去烹茶忽听扣门之声小丫嬛忙去開门看时却是紫鵑翠縷与几个老嬷嬷来找他姊妹兩个進来見他们吃茶因都笑說

八九四

要我们好找一个園子裡走遍了連姨太、那裡都找到了纔到那山坡底下小亭裏找时可巧上夜的睡醒了我们问他们、說方纔亭外頭棚下两人說话後来又添了一个人听見大家說往庵裡去我们就知道是這裡了妙玉忙命小丫鬟引他们那边去坐着歇、吃茶自己却取了筆硯紙墨出来将方纔的詩叫他二人念着遂從頭寫出来代玉見他今日十分高興便笑道從来沒見你這樣高興~~素日見你這樣高興~~我也不敢唐突請教這还可以見教否若不堪的就便燒了若可改即請改正、妙玉笑道不敢妄改評讃只是這綫有了二十二韻我意思着你二位警句已出若再續時恐後来力不加我竟要續又恐有玷黛玉從沒見妙玉做過詩今見他高興忙說果然如此我们雖不好亦可带好了妙玉道如今收结到底还該歸到本来面目上去若只管丢了真情真事且去搜奇檢怪一則失了偺们的閨閣面目二則也与題目無涉了林史二人皆道極是妙玉遂提筆微吟一揮而就遞與他二人道休要見笑依我必須如此方翻轉過来雖前有淒楚之句亦無甚礙了二人接了看時只見他續道

香篆鎖金鼎　脂氷膩玉盆　簫增嫠婦泣　衾倩侍兒温　空帳悲金鳳　閒屏掩彩鴛

露濃苔更滑　霜重竹難捫　猶步縈紆沼　还登寂歷原　石奇神鬼搏　木怪虎狼蹲

贔屭朝光透　罘罳曉露屯　振林千樹鳥　啼谷一聲猿　岐熟焉忘徑　泉知不問源

鍾鳴櫳翠寺　鷄唱稻香村　有興悲何極　無愁意豈煩　芳情只自遣　雅趣向誰言

徹旦休云倦　烹茶更細論

中秋夜大觀園即景聯句三十五韻

黛玉湘雲二人皆讚賞不已說可見咱们天、是捨近而求遠現在這樣詩仙在此却去紙上談兵妙玉笑道明日再潤

色此時想也快天亮了到底也歇息歇息總是林史二人听說便起身告辭帶領丫环出來妙玉送至门外看他们去遠方掩门進來不在話下這裡翠縷向湘雲道大奶奶那裡还有人等著咱们去睡覺呢如今还是那裡去好湘雲笑道你順路告訴他们叫他们睡罷我這一去未免驚動病人不如鬧林姑娘伴夜去罷說著大家走至瀟湘館中有一半人已睡去二人進去方覺衣卸粧盥漱已畢方上床安歇紫鵑放下帳子移燈掩门出去誰知湘雲有擇席之病雖在枕上只是睡不著黛玉又是个心血不足常常失眠的今日又錯過困頭自然也是睡不著二人在枕上翻來覆去黛玉因问道你怎么还沒睡著湘雲微笑道我有个擇席的病況且走了困只好躺躺兒罷你怎么也睡不著黛玉嘆道我這睡不著也並非今日了大約一年之中通共也只好睡十夜满足的湘雲道你這病就怪不得了要知端底下回分解

第七十七回

俏丫環抱屈夭風流　美優伶斬情歸水月

話說王夫人見中秋已過鳳姐病也比先減了些雖未大愈然亦可出入行走得了仍命大夫每日診脉服藥又開了丸藥方子来配調經養榮丸用上等人參二兩王夫人命人尋取了半日只向小匣內尋了几枝簪梃粗細的王夫人看了嫌不好命再找去又找了一包鬚末出来王夫人焦燥道用不着偏有但凡用着了再找不着成日家說叫你們查一查多歸攏在一處你們白不听就随手混撂你們不知他的好處用起来得多少換買来還不中使呢彩雲道想是沒了就只有這個上次那边的太太来尋了些去太太都給過去了王夫人道沒有的事你再細找找彩雲只得又去找拿了几包藥末說我們不認得這個請太太自看除了這个再沒有了王夫人打開看時也多忘了不知是些什麼東西並沒有一枝人參因一面遣人去問鳳姐有無鳳姐来說也只有些參膏蘆鬚雖有几枝也不是上好的每日还要煎藥用呢王夫人听了只得向邢夫人那裡問去邢夫人說因上次沒了纔往你太太那裡来尋王夫人沒法只得親自過来請問賈母賈母忙命鴛央取出當日所餘的竟还有一大包皆是手指粗的遂稱了二兩與王夫人王夫人出来交與周瑞家的拿去命人送與醫生家去又命將那包不能辨的也帶了去命醫生認了各包記號了来不多時周瑞家的拿進来說這几包都各包記上名字了但這一包人參固然是上好的如今就三十換也不能得這樣的了但年代太陳了這東西比別的不同憑是怎樣好的只過了一百年後自己就成了灰了如今這个雖未成灰然已成了朽爛木也無性力的了請太太收了這个到不拘好歹粗細再換些新的倒好王夫人低頭不語半日方說這可沒法了只好買二兩罷也沒心看那些只命多收了罷因說給周瑞家的你就去說給外頭人們揀好的換二兩来倘或一時老太太問你們只說用的

是老太〻的不必多説周瑞家的總〻要去時寶釵回在座乃笑道姨娘且住如今外頭買的人參沒好的雖有一枝全的他们也必截作兩三段
鑲嵌上蘆泡鬚枝攙換勻了好賣看不得粗細我们鋪子裡常和參行交易如今我去和媽説了叫哥〻去托个夥計過去和參行説明叫他把
未作的原枝好參兑二兩來不妨咱们多使几兩銀子到底也得了好的王夫人笑道到是你明白就難為你親自走一淌於是寶釵去了半日回來説遣
人去了赶晚就有回信明日一早去配也不遲王夫人自是喜悦因説道賣油的娘子水梳頭自來家裡有的給了人多少這会子輪到自己用反到各處求人去了説畢長
歎寶釵笑道這東西雖然值錢究竟不過是藥原該濟衆散人總是咱们比不得那沒見世面的人家得了這个就珍藏密斂的王夫人點頭
道這話很是一时寶釵去後因見無別人在室遂喚周瑞家的來問前日園中搜檢的事情可得个下落周瑞家的已和鳳姐等人商議停妥一
字不隱遂回明王夫人王夫人聽了吃了一驚想到司棋係迎春的人皆係那边的人只得令人去回邢夫人周瑞家的回道前日那边太〻
嗔着王保善家的多事打了几个嘴巴子如今他也装病在家不肯出頭了況且又是他外孫女兒自己打了嘴他只好装个忘了日久平服了再説如
今我们過去回时恐怕又多心到像似咱们多事似的不如直把司棋帶過去一并連贓証與那边太〻瞧了不過打一頓配了人再挑个丫頭來豈不省事如今白告
訴去那边太〻再推三阻四的又説既這樣你太〻就該料理又來説什麽豈不反耽擱了倘或那丫頭瞅空尋了死反不好了如今看了兩三天都有些
偷懶的时候倘一时不到豈不倒弄出事來王夫人想了一想説這也到是快办了這一件再办咱们家的那些妖精周瑞家的聽説会齊
了那边几个媳婦先到迎春房裡回迎春道太〻们説司棋大了連日他娘求了太〻〻已賞了他娘配人今日叫他出去另挑好的伏侍説着便命司
棋打點出去迎春聽了含淚似有不捨之意因前夜已聞得別的丫頭们悄〻説了緣故雖數年之情難捨但事關風化亦無可如何了那司棋也曾求過
迎春實指望能保留下的只是迎春言語遲慢耳軟心活是不能作主的司棋見了這般知不能免因哭道姑娘好狠心哄了我這兩日如今怎麽連一句話

也沒有衆人說道你還要姑娘留你不成便留下也難見園子裡的人了依我們的話好快收拾了到是人不知鬼不覺的去罷大家体面些迎春含淚道我知道你幹了什麽大不是我若說情留下豈不連我也完了你瞧入画也是几年的怎麽說去就去了自然不止你兩个人想這園子裡凡大的都要去呢依我說将來終有一散不如你各人去罷周瑞家的道到底是姑娘明白明兒還有打發的人呢你放心罷司棋無法只得含淚與迎春磕頭和衆姊妹作別又向迎春耳根說姑娘好歹打聽我受罪替我說个情兒就是主僕一場迎春亦含淚答應說你放心于是周瑞家的等人帶了司棋出去又命兩个婆子将司棋所有的東西都與他拿着走了沒几步只見繡橘赶來一面也擦着眼淚一面遞與司棋一个絹包說這是姑娘給你的主僕一場如今一旦分離這个給你作个念心兒罷司棋接了不覺更哭起來又和繡橘哭了一回周瑞家的不耐煩只管催促二人只得散了司棋又哭告道嬸嬸大娘們好歹略徇个情兒如今且歇一歇讓我到相好的姊妹跟前辭一辭也是我們這几年好了一場周瑞家的等人皆各有事務作這些事便是不得已了況且又素日深恨他們大樣如今那裡有工夫聽他的話因冷笑道我劝你走罷別拉拉扯扯的了我們還有正經事呢誰是同你一个衣胞裡爬出來的辭他們作什麽他們看你的笑聲還看不了呢你不過是挨一會是一會罷了難道就算了不成依我說快走罷一面說一面總不住脚直帶着後角門出去了司棋無奈又不敢再說只得跟了出來可巧正值寶玉從外面而來一見帶了司棋出去又見後面抱着些東西料着此去是不能來了因聞得上夜的事又兼晴雯的病也因那日加重細問晴雯又不說是為何上日又見入画已去今又見司棋亦走不覺如喪魂魄一般因忙攔住問道那里去周瑞家的皆知寶玉素日行為又恐勞叨誤事因笑道不干你事快念書去罷寶玉笑道好姐姐們且站一站我有道理周瑞家的便道太太吩咐不許少捱時刻又有什麽道理我們只知遵太太的話管不得許多司棋見了寶玉因拉住哭道他們做不得主你好歹求求太太去寶玉不禁也傷心含淚說道我不知你做了什麽大事晴雯也氣病着如今你又要去了都要去却怎麽

好周瑞家的听了一生性發爆向司棋道如今你不是伏侍小姐的了若不听我就打得你了别想着往日有姑娘護着任你們作耗还不好々兒的走如今和小爺們拉々扯々的成个什麽體統那几个媳婦不由分說拉着司棋便出去了寶玉又恐他們去告舌恨的只瞪着他們看已去遠方指着恨道奇怪々々怎麽這些人只一嫁了个漢子染了男人的氣味就這樣混賬起来比男人更可殺了守園的婆子也不禁好笑起来因說道寶玉這麽說来的這些話叫人听了又可氣又可笑因問道這樣說但凡女兒个々多是好的女人个々多是不好的了寶玉點頭道不錯々々婆子們笑道还有一句話我們糊塗不解到要請問々々方欲說時只見几个老婆子走来忙說道你們小心傳齊了伺候着太々親自来園裏在那里查人呢只怕还查到這里来又吩咐快叫怡紅院的晴雯姑娘的哥嫂来在這裡等着領他妹子去因又笑道阿彌陀佛今日天睁眼把這个禍害妖精退送了大家清凈些寶玉一聞得王夫人進来親自查人便料定晴雯也保不住了早飛也似的赶了去所以這後来趣話竟未听見寶玉及到了怡紅院只見一群人在那裡王夫人在屋裡坐着一臉怒氣見寶玉也不理晴雯四五日水米不曾沾牙如今現從炕上拉了下来蓬頭垢面兩个女人才架起来去了王夫人吩咐只許把他貼身衣服撂出去餘者好衣服留下給好丫頭們穿又命把這裡所有的丫頭們都叫来一々過目原来王夫人自那日着惱之後王善保家的去趁勢告倒了晴雯本處有人和園中不睦的也就隨機趁便下了些話王夫人皆記在心裡因節間有事故忍了两日今日特来親自閱人一則為晴雯犹可二則因竟有人指寶玉為由說他大了已解人事都由屋裡的丫頭們不長進教習壞了因這事更比晴雯一人較甚乃從襲人起以至極小作粗活的小丫頭們个々親自看了一遍因問誰是和寶玉一日生日的本人不敢答應老嬤々指道這一个蕙香又叫作四兒的是同寶玉一日生日的王夫人細看了一看雖比不上晴雯一半却也有几分水色視其行止聰明皆露于外面且也打扮的不同王夫人冷笑道這也是

個不害臊的他背地裡說的同日生日就是夫妻這可是你說的打諒我隔的遠都不知道呢可知我身子雖不大來我的心耳神意時時都在這裡難道通共一個寶玉就白放心憑你們勾引壞了不成這個四兒見王夫人說他素日和寶玉的私語不禁紅了臉低頭垂淚王夫人即命快把他家的人叫來領出去配人又問誰是什麼耶律雄奴老媽們便將芳官指出王夫人道唱戲的女孩子自然更是狐狸精了上次放你們你們又懶待出去可就該安分守己纔是你就成精鼓搗起來調唆着寶玉無所不為芳官笑辯道並不敢調唆什麼來王夫人笑道你還強嘴我且問你前年我們往皇陵上去是誰調唆寶玉要柳家的丫頭五兒來着幸而那丫頭短命死了不然進來你們又是連夥聚黨遭害這園子呢連你干娘都欺倒了豈止別人因喝命他干娘來領去就賞他外頭尋個女婿去罷把他的東西一槩給他又吩咐上年凡有姑娘們分的唱戲的女孩子一槩不許留在園裡都令其各人干娘帶去自行聘嫁一語傳出這些干娘皆感恩趁願不盡都約齊來與王夫人磕頭領去王夫人又滿屋裡搜檢寶玉之物凡略有眼生之物一併命人收收撈的收撈的拿到自己房內去了因說這纔干淨省得傍人口舌又吩咐襲人麝月等人你們小心往後再有一點分外之事我一槩不饒因叫人查看了今年不宜遷挪暫且挨過今年明年一併給我仍舊搬出去心淨說畢茶也不吃遂帶領衆人又往別處去閱人暫且說不到後文如今且說寶玉只當王夫人不過來搜檢搜檢無甚大事誰知竟這樣雷嗔電怒的來了所責之事皆係平日之語一字不爽料必不能挽回的雖心下恨不能一死但王夫人盛怒之際自不敢多言一句多動一步一直跟送王夫人到沁芳亭王夫人命回去好生念書仔細明兒問你纔已發下恨了寶玉聽如此說方回來一路打算誰這樣犯舌況這裡的事也無人知道如何就都說着了一面想一面進來只見襲人在那裡垂淚且去了心上第一等人豈不傷心便倒在床上大哭起來襲人知他心裡別的猶可獨有晴雯是第一件大事乃推他勸道哭也不中用了你起來我告訴你晴雯

今日已經好了他這一去到心靜養幾天你果然捨不得他等太太氣消了你再求老太太慢慢的叫進來也不難不過太太偶然聽了人的誹言

一時氣頭上罷了寶玉哭道我究竟不知晴雯犯了何等滔天大罪襲人道太太只嫌他生的太好了未免輕佻些太太是深知這樣美人似的人必不安

靜所以很嫌他像我們這粗粗笨笨的倒好寶玉道這也罷了咱們私自頑話怎麼也知道了又沒外人走風這可奇怪襲人道你有甚忌諱的一時高興

美人是的心裏就不能安靜麼你那裏知道古來美人安靜的多着呢

了就不管有人沒人了我也曾使過眼色也曾遞過暗號被那別人已知道了你反不覺寶玉道怎麼人人的不是太太都知道單不挑出你和麝月秋紋

來襲人聽了這話心內一動低頭半日無可回答因便笑道正是呢若論我們也有頑笑不留心的孟浪去處怎麼太太竟忘了想是還有別的事等完了

再發放我們也未可知寶玉笑道你是頭一個出了名的至善至賢之人他兩個又是你陶冶教育的焉得還有甚麼該罰之處只是芳官尚小過於伶俐些未免

倚強壓倒了人惹人厭四兒是我誤了他還是那年我和你拌嘴的那日起叫上來作細活的眾人見我待他好未免奪占了地位故有今日只是晴雯也是和你一樣從小兒在老太太屋裏過來的雖然他生得比人強些也沒甚妨礙去處就是他的性情爽利

口角鋒芒些究竟也不曾得罪你們想是他過於生得好了反被這好所誤說畢復又哭起來襲人細揣此話好似寶玉有疑他之意竟不好再勸

因歎道天知道罷了此時也查不出人來白哭一場也無益了倒是養著精神等老太太喜歡時回明白了再要他是正理寶玉冷笑道你不必虛寬我的心等到太

太平服了再瞧勢頭去要時知他的病等得等不得他自幼上來嬌生慣養何常受過一日委屈如今是一盆纔抽出嫩箭來的蘭花送到豬

窩裏去一般況又是一身重病裏頭一肚子的悶氣他又沒有親爺熱娘只有一個醉泥鰍姑舅哥哥他這一去一時也不慣那裏還等得幾日知道還能見

他一面兩面不能了說著又傷心起來襲人笑道可是你只許州官放火不許百姓點燈我們偶然說一句略妨礙些的話就說是不利之談你如今好好的

咒他是該的了他便比別人嬌些也不至這樣起來了寶玉道不是我妄口咒他今年春天已有兆頭的襲人忙問何兆寶玉道這階下好好的一株海棠花竟無故

死了半邊我就知有異事果然應在他身上襲人聽了又笑起來因說道我待不說又撐不住你太也婆婆媽媽的了這樣的話豈是你讀書的男人說的

草木逞应又关系起人来若不是他的真也就不数了宝玉叹道你们那里知道不但草木凡天下有情有理的也和人一样得

了知己便极有灵验若用大题目比就是孔子庙前桧坟前蓍诸葛祠前柏岳武穆坟前松这都是堂堂正大随人之正气千古不朽之物世

乱则萎世治则荣几千百年之枯而复生者几次岂不是兆应若是小题目比也有杨太真沉香亭木芍药端正楼相思树王昭君冢上草的

岂不也有灵验所以这海棠亦应其人欲亡故先就死了半边袭人听了这篇痴话又可笑又可叹因笑道真正的这话越发说上我的

气来了那晴雯是个什么东西就费这样心思比出这些正经人来还有一说他纵好也灭不过我的次序便是这海棠也该先

来比我也还轮不到他想是我要死的了宝玉听说忙握他的嘴劝道这是何苦一个未清你又这样起来罢了再别提这事别弄的去

了三个又饶上一个袭人听说心下暗喜道若不如此你也不能了局宝玉道从此休提全当他们三个死了也不过如此况且死了的也曾有过也没有见

我怎么样此一理也如今且说现在的倒是把他的东西瞒上不瞒下悄悄的打发人送与他去我有攒下的常日积下的钱拿几吊出来给他养病也是你

姊妹好了一场袭人听了笑道你太把我们看的小器又没人心了这话还等你说我才将他素日所有的衣裳以至各什各物总打点下了都放在

那里如今白日里人多眼杂又恐生事且等到晚上悄悄的叫宋妈给他拿出去我还有攒下的几吊钱也给他去罢宝玉听了感谢不尽袭人笑道我原是

久已出名的贤人连这一点子现成的好名儿还不会买去不成宝玉听他方才的话忙陪笑抚慰一时晚间果遣宋妈送去宝玉将一切人稳住独自

便出了后角门央一个老婆子带他到晴雯家去瞧先是这婆子百般不肯只说怕人知道回了太太我还吃饭不吃宝玉死活央告又许他些钱

那个婆子方带了他去这晴雯当日系赖大家用银钱买的那时晴雯才得十岁尚未留头因常跟赖嬷嬷进来贾母见他生得伶

贾母见了几次极大又把要见也 [illegible]

俐标致十分喜爱故此赖嬷嬷就孝敬了的收留进来吃食和家的其晴雯虽到贾母跟前千伶百俐在赖大家却还不忘旧故又将

倒像倒像又兼有几分姿色看着實大二分斜溜便在日家扩拢出溜、调、两隻眼兒水汪汪的招惹的賴大家人如蠅逐臭漸漸做出些風流勾
他姑舅哥哥收買進來把家里的一个女孩配了他成了房後誰知他姑舅哥哥一朝身安泰就忘却當年流落時任意吃死酒家小也不顧
當來些時晴雯已在宝玉屋裡他便央及了晴雯轉求鳳姐合被大宗的要过來目今只是在園子後角門外居住伺候園中買辦雜差這晴雯一時
偏又娶了个多情美色之妻見他不顧身命不知風月一味死吃酒便不免有蒹葭倚玉之歎紅顏寂寞之悲又見他也是量寬夫妻無嫉衾妒枕
被攆出來住在他家那媳婦那里有心腸照管吃了飯便自
就是意他媳婦遂恣情縱慾滿宅內便延攬英雄收納材俊上上下下竟有一半是他考試過的若問他夫妻姓甚名誰便是上回賈璉所接見的
多渾虫燈姑娘兒的便是了目今晴雯只有這一門親戚所以出來就在他家此時多渾虫外頭去了那燈姑娘吃了飯去串門子只剩下晴雯一人在
外間房內爬着宝玉命那婆子在院門瞭哨他獨自掀起草簾進來一眼就瞧見晴雯睡在蘆席土炕上幸而衾褥還是舊日鋪的心內
不知自己怎么才好因上來含淚伸手輕輕拉他悄的喚兩声當下晴雯又因着了風又受了他哥嫂的歹話病上加病嗽了一日纔朦朧睡着忽聞有人喚
他強展星眸一見是宝玉又驚又喜又悲又痛一把死攥住他的手哽咽了半日方說出話來我只當今生不能見你了接着便嗽个不住宝玉
也只有哽咽的分兒晴雯道阿彌陀佛你來的很好且把那茶倒半碗我喝了半日叫半个人也叫不着宝玉听說忙拭淚问茶在那裡晴雯道
在那爐台上就是宝玉看時雖有个黑沙吊子却不像茶壺只得桌上去拿了个碗也甚大甚粗不像茶碗未到手內先聞見油羶之氣宝玉只得拿
了來先拿些水洗了兩次復又用自己的絹子拭了聞了聞還有些氣味沒奈何提起沙壺斟了半碗看時絳紅的顏色也太不成茶晴雯扶枕道快給我喝一口罷這就是茶
了那裡比得咱們的茶宝玉听說自己先嘗了一嘗並無茶味咸澀不堪只得遞與晴雯只見晴雯如得了甘露一般一氣都
灌下去了宝玉看着眼中淚直流下來連自己的身子都不知為何物了心下暗道往常那樣好茶他尚有不如意之處今日這樣看來可知古人說的飽飫烹宰飢饜糟糠又道是飯飽弄粥可見
都不錯了一面想一面流淚问道你有什么說的趁着沒人告訴我晴雯嗚咽道有什么可說的不過挨一刻是一刻挨一日是一日我也知道橫竖不
过三五日的光景我就好回去了只是一件我死也不甘心的我雖生的比別人略好些並沒有私情勾引你怎么一口死咬定了我是个狐狸

說到這裡氣往上咽便說不出來兩手已經冰涼

耤我大大服今日既已耽了虛名況且沒了遠限不是我說句後悔的話早知如此我當日也另有個道理不料癡心傻意只說大家橫豎是在一處

寶玉又痛又急又害怕便歪在席上一隻手攥着他的手一隻手輕輕的給他搥打着又不敢大声的叫真真萬箭攢心兩三句話時晴雯纔哭出來

說畢又哭宝玉拉着他的手只覺瘦如枯柴腕上猶帶着四個鐲子因泣道

除下來等好了再帶上罷又說可惜這兩个指甲好容易長了二寸長等這病好了又損了

把那手用力拳回擱在口邊狠命一咬只聽咯吱一声把兩

好些晴雯拭淚就伸手取了剪子將左手上兩根葱管一般的指甲齊根鉸下又伸手向被內將自己貼身穿的一件舊紅綾

遞給宝玉的將指甲擱在他手裡又回手扎挣着連

撒嬌就在被窩內將貼身穿的一件舊紅綾襖脫下遞給宝玉不想虛弱透了的人那裡禁得這麼一抖早喘成一處了宝玉見他這般已經會意連

忙解開外衣將自己的襖兒褪下來蓋在他身上卻把這件穿上不及扣鈕子只用外頭衣裳掩了剛繫腰時只見晴雯睜眼道你扶起我來坐坐

宝玉只得扶他那裡扶得起好容易欠起半身晴雯伸手把宝玉的襖兒往自己身上拉宝玉連忙給他披上拖著肐膊伸上袖子輕輕的放倒然後將他的指

甲裝在荷包裡晴雯哭道你去罷這裡腌臢你那裡受得你的身子要緊今日這一來我就死了也不枉擔了虛名

一語未了只見他嫂子笑嘻嘻的掀簾進來說道好吓你兩个的話我都

聽見了又向宝玉道你一个做主子的跑到下人房裡來做什麼看我年輕又俊敢是來調戲我麼宝玉听說嚇的忙陪笑央道好姊姊快

別大聲他伏侍我一場我私自來瞧瞧他那媳婦便一手拉了宝玉進裡間來笑道你不叫嚷也容易只是依我一件事說着便坐在炕上

把宝玉拉在懷中緊緊的將兩腿夾住宝玉如何見過這个心內早突突的跳起來了急得滿面紅漲又羞又怕只說好姊姊別鬧那媳婦乜斜

醉眼笑道呸成日家聽見你風月場中慣做工夫怎麼今日反訕起來了宝玉紅了臉笑道姊姊撒手有話咱們好說外頭有老

媽媽聽見什麼意思呢那媳婦笑道我早進來了已叫那婆子到園門等着呢我等什麼似的今日等着了你雖久聞大名今日見面

呼裡到底聽見了我看你怎麼樣你這麼个人只是膽子小

寶長了一个好模樣兒竟是沒藥性的炮仗只好裝幌子罷了倒比我還發訕怕羞可知人的嘴一概聽不得的就比如方纔我們姑娘下來我也料定你們素日偷雞摸狗的我進來一會子在窗外細聽屋裡只你二人若有偷雞摸狗的事豈有不談及於此誰知你兩个竟還是各不相擾可

不想[illegible]只聽窗外有人問道：晴雯姐姐在這裡住不是？那媳婦子也唬了一跳，連忙
可知天下委屈事也不少，如今我反後悔錯怪了你們。既然如此，你但放心，以後你只管來，我也不羅唣你。宝玉聽說，才放下心來，方起身整衣請道：好姐
放了宝玉。這宝玉已經唬怔了，聽不出聲音。外邊晴雯聽見他嫂子纏磨宝玉，又急又臊又氣，一陣虛火上攻，早昏暈過去。那媳婦連忙答應着出來看，不
姐，你千萬照看他兩天，我如今去了。說畢出來，又告訴晴雯，二人自是依依不捨，也少不得一別。晴雯知宝玉難行，遂用被蒙頭，總不理他，宝玉方出來。
是別人，却是柳五兒和他母親，抱着一個包袱。柳家的拿着幾吊錢，悄悄的向那媳婦道：這是晴姑娘住的房麼？那媳婦[illegible]在那屋裡呢
意欲到芳官四兒處去，無奈天黑，出來了半日，恐裡面人找他不見，又恐生事，遂且進園來了，明日再作計較。因乃至後角門，小丫頭正[illegible]
那媳婦便說道：我是這個屋子裡，那裡還有[illegible]了。那柳家的[illegible]五兒剛進門來，只見一個人影兒往屋裡一閃。柳家的素知那媳婦兒不妥，只打諒是他的相
[illegible]裡進鬧，們正查人，若再遲一步，園門就關了。宝玉進入園中，且喜無人知道。到了自己房裡，告訴襲人只說在薛姨媽家去的，也就罷了。一時鋪床，襲
人看見晴雯睡着了，連忙放下[illegible]，帶着五兒便往外走。誰知五兒眼尖，早已見是宝玉，便問他母親道：頭裡不是襲人姐姐那裡[illegible]宝二爺
人不得不問今日怎麼睡。宝玉道：不管怎麼睡罷了。原來這一二年間，襲人因王夫人看重他了，越發自要尊重，凡背人之處，或夜晚之間，總不與宝
呢。媽[illegible]噯喲，可是忘了。方纔老宋媽說，見宝二爺出角門來了，門上還有人等着要關園門呢。回回頭向那媳婦兒說
玉相近狎。先時及到跟前，雖然大了，少理些，一應針線，並宝玉及諸小丫頭兒出入銀錢衣履什物等事，也甚煩瑣，且有吐血舊症，雖愈然每
道：宝二爺那裡出來[illegible]。這宝玉一則怕關了門，二則怕那媳婦子進來又纏，也顧不得什麼了，連忙掀了簾子出來
因常勞碌[illegible]，故近來夜間總不與宝玉同房。宝玉夜間常醒，又極膽小，每醒必喚人。因晴雯睡臥警醒，舉動
道：柳嫂子，你等等我一路出去罷。柳家的聽了倒唬了一跳，說：我的宝二爺，你怎麼跑了這裡來了？那宝玉也不答言，一直飛走。那五兒道：媽，你快叫住宝二爺，不用忙，留神冒冒失失的被人撞
輕便，故夜晚一應茶水起坐呼喚之任，悉委他一人，所以宝玉外床只是他睡。今他去了，襲人只得要問[illegible]
[illegible]碰見倒不好。况且宝二爺已經進來了[illegible]
[illegible]將自己鋪蓋搬來設於床外。宝玉發了一晚上呆，及催他睡下，襲人等也都睡後，
[illegible]眼瞅着他母親也追去了，遠遠聽見
坑上長吁短嘆，翻來覆去，直至三更以後，方漸漸的安頓了，略有鼾聲。襲人纔放心，也就朦朧睡去。沒半盞茶時，只聽宝玉叫晴雯。襲人忙
睜眼連聲答應，問做什麼。宝玉因要吃茶，襲人忙下去向盆內倒了半盞茶來。宝玉乃嘆道：我近來叫慣了他，却忘了
是你。襲人笑道：他一乍來時，你也曾睡夢中直叫我，半年後纔改了。我知道晴雯人雖去了，這兩個字只怕是不能去的。說着大家又睡下。宝
玉又翻轉了一個更次，至五更方睡去時，只見晴雯從外頭走來，仍是往日行徑，向宝玉道：你們好生過罷，我從此就別過了。說畢反身便
走。宝玉忙叫時，又將襲人叫醒。襲人還只當他慣了口亂叫，却見宝玉哭了，說道：晴雯死了。襲人道：這是那裡的話，你就知道胡鬧，被人聽

着什么意思宝玉那里肯听巴不得一时亮了就遣人去问信及至亮时就有王夫人的话叫起宝玉快洗脸换了衣裳快来因今日有
人请老爷要赏菊花老爷因喜欢他前日做的诗好故此要带他去这多是太太的话有得错了你们快告诉去立逼他来老爷在上
房里等着他们吃起茶呢环哥儿早来了快去快去又去叫兰哥儿也要带去这里面婆子听一句应一句一面扣钮子一面开门
早有人得了信叫袭人听得叩院门便知有事忙命人问时自己起来听得这话忙叫人来备水一面催宝玉起来
梳洗换衣他自去取衣因思跟贾政出门便不肯拿出十分出色的新鲜衣履来只拣那二等成色的来宝玉此时也无法只得忙忙赶前来果然
贾政在那里吃茶十分喜悦宝玉忙请了早安贾环贾兰二人也都见过宝玉贾政命坐吃茶向环兰二人道宝玉读书不如你两个论题联和诗这种
聪明你们皆不及他今日此去未免叫你们做诗宝玉须听便帮助他们两个王夫人等自来不曾听见这等考语真是意外之喜一时候他父子四
去了方好过贾母这边来时就有芳官等三个人的干娘走来回说芳官自前日蒙太太恩典赏了出去他就疯了似的茶也不吃饭也
不用勾引上藕官蕊官三人寻死觅活只要剪了头发作尼姑去我只当是孩子家一时出去不惯也是有的不过隔两日就好了谁知越
闹越凶打骂着也不怕实在没法所以来求太太或是就依他们作尼姑去或教导他们一顿赏给别人做女儿去罢我们也没这福王夫人听了
道胡说那里由得他们起来佛门也是轻易人进去的么每人打一顿给他们看还闹不闹了当下因八月十五日各庙内上供去皆有各庙内的尼姑来送
供尖之例王夫人曾于今日就留下水月庵的智通与地藏庵的圆信住下未回去听得此信巴不得又拐两个女孩子去做活使唤都
向王夫人说道你们府上到底是善人家因太太好善所以感应得这些小姑娘们皆如此虽说佛门轻易难入也要知道佛法平等我佛立愿
原是度一切众生无论鸡犬皆要度他无奈迷人不醒若果有善根能醒悟即可以超脱轮回所以经上现有虎狼蛇虫得道就不少

今這兩三个姑娘既然無父無母家鄉又遠他们既經了這富貴又想從小命苦入了這風流行次將來知道終身怎麼樣所以苦海回頭出
家修修來世也是他们的高意太太到不要阻了善念王夫人原是个好善的先听彼等之語不肯听其自由者因思芳官等不過皆係小兒女一時不遂
心的話將來熬不得清靜反致獲罪今听了這兩个拐子的話大近情理且近日家中多故又有邢夫人遣人來知會明日接迎春家去住兩日以備人
家相看且又有官媒婆來求說探春等事心緒正煩那裡着意在這些小事上既听此言便笑答道你兩个既這等說你们就帶了作徒弟去如
何兩个姑子听了念一声佛道善哉善哉若如此可是你老人家的陰功不小說畢便稽首拜謝王夫人既這樣你们問他们去若果真心即上來當着我
拜了師父去罷這三个女人听了出去果然將他三人帶來王夫人問之再三他三人已是立定主意遂与兩个姑子叩了頭又拜辭了王夫人王夫人見
他们意皆決斷知不可強了反到傷心可憐忙命人取了些東西來賚賞了他们又送了兩个姑子些礼物從此芳官跟了水月庵的智通蕊
官藕官二人跟了地藏庵的圓信各自出家去了要知端的再听下回分解

第七十八回

老學士閒徵姽嫿詞　痴公子杜撰芙蓉誄

話說兩个尼姑領了芳官等去後王夫人便往賈母處來省晨見賈母喜歡便趁便回道寶玉屋裡有个晴雯那丫頭也大了而且一年之間病不離身我常見他比別人分外淘氣也懶前日又病倒了十几天叫大夫瞧說是女兒癆所以我就赶着叫他下去了若養好了也不用叫他進來就賞他家配人去也罷了再那几个學戲的女孩子我也作主放出去了一則他们都会戲口裡沒輕沒重只会混說女孩子听了如何使得二則他们既唱会子戲白放了他们也是应該的况且丫頭们也太多若說不穀使再挑上几个來也是一樣賈母听了点頭道這是正理我也正想着如此但晴雯那丫頭我看他甚好言談針線多不及他將來只他還可以給寶玉使喚的誰知變了王夫人笑道老太太挑中的人原不錯只是他命裡沒造化所以得了這個病俗語又說女大十八變况且有本事的人未免就有些調歪老太太還有什麼不曾經驗過的三年前我也就留心這件事先只取中了他我便留心冷眼看去他色色比人強只是不大沉重若說沉重知大礼莫若襲人第一雖說賢妻美妾也要性情和順舉止沉重的更好些就是襲人的模樣雖比晴雯畧次一等然放在屋裡也算是一二等的了况且行事大方心地老實這幾年來從未同着寶玉淘氣凡寶玉十分胡鬧的事他只有死勸的因此品擇了二年一点不錯了我就悄悄的把他丫頭的月錢止住我的月分銀子裡批出二兩銀子來給他不過使他自己知道越發小心學好之意且沒有明說一則寶玉年紀尚小老爺知道了又恐說耽悞了書二則寶玉自以為自己跟前的人了不敢勸他說他反到縱性起來所以直到今日纔回明老太太賈母听了笑道原來這樣如此更好了襲人本來從小兒不言不語我只說他是沒嘴的葫蘆就是你深知豈有大錯悞的

倒還有的說与宝玉的主意更好且大家別提這事只是心里知道罷了要知寶玉將来也是个不听妻妾勸的我也解勸不過来的從
未見過這樣的孩子別的淘氣多是應該的他這種和丫頭們好却是难行我為此也躭心每日冷眼查看他只和丫頭們鬧必是人大心
大知道男女的事了所以愛親近他們又細細查試究竟不是為此豈不奇怪想必他原是个丫頭錯了胎了不成說着大家咲了王夫
人又回今日賈政如何誇獎又如何帶他們贖去賈母听了更加喜悅一時只見迎春粧扮了前来告辭過去凤姐也来省侍伺候
早飯又說咲了一回賈母欲歇晌又王夫人便喚了凤姐問他丸藥可曾配好鳳姐道还不曾呢如今還是还是吃湯藥太太只管放心
我已大好了王夫人見他精神復初也就信了因告訴攆逐晴雯等事又說怎麼寶丫頭私自回家睡了你們都不知道我前兒順
路都查了一查誰知蘭小子的這一个新來奶子也十分妖嬌我也不喜欢他我也已說給你嫂子好不好叫他各自去罷况且大了用不着
這个嬤子我因问你大嫂子寶丫頭出去难道你不知道嗎戚他說是告訴了他的不過及三日等你姨媽好了就進来你姨媽究
竟沒甚大病不過是咳嗽腰疼年年是如此的他這去必有緣故敢是有人得罪了他不成那孩子心重親戚們住一場別得罪了人反不
好了凤姐咲道誰可好好的得罪着他們太太在園子里左不過是他們這一群人王夫人道別是宝玉有口無心傻子似的高興了
信嘴胡說也是有的鳳姐咲道這可是太太過於操心了若說他出去幹正經事說正經話去却像个傻子若只叫他進来在這些姊妹
前以至於大小丫頭們跟前他最有例讓又恐怕得罪了人那是再不得有人惱他的我想薛妹妹此去想必為着前日搜檢眾丫頭
東西的緣故他想自然為信不及園子裡的人纔避嫌他又是親戚現也有丫頭老婆子在內我們又不好去搜檢他恐我們疑他所以多了
這个心自己廻避了也是應該避嫌疑的王夫人听了這話不錯自己遂低頭想了一想便命人去請了寶釵来分晰前日的事以解他的疑

心又仍命他進來照旧居住宝釵陪笑道我原要早出去的只是姨娘有許多大事所以不便來說可巧前日母親又不好了家裡兩个靠得的女人也病着所以我趁便出去了姨娘今日既已知道了我正好明講出情理來就從今日辭了好搬東西王夫人鳳姐都笑道你太固執了正經再搬進來的為是休為没要緊的事反疏遠了親戚宝釵笑道這話說的太重了並没為什麼事我出去為的是媽媽近來神思比先大減而且夜晚没有得靠的人通共只我一个二則我哥哥眼看要娶嫂子多少針線活計并家裡一切動用的器皿尚有未齊備的我也須得幫着媽去料理料理姨媽和鳳姐姐都知道我們家裡的事不是我撒謊三則自我在園裡東南上小角門子就常開着原是為我走的保不住出入的人就圖省路也從那裡走又没人盤查設若從那裡生出一件事來豈不兩碍臉面而且我進園裡來睡原不是什麼大事因前几年紀皆小且家裡没事有在外頭的不如進來姊妹相共或做針線或頑笑皆比在外頭一人悶坐着好如今彼此都大了也彼此皆有事況姨娘這边歷年皆遇不遂心之事故那園子也太大一時照顧不到皆有關係惟有少几个人就可以少操些心了所以今日不但我決意辭去外边要勸姨娘如今該減些的就減些也不為失了大家子体統據我看園裡的這一項費用也竟可以免的說不得當日的話姨娘深知我家的難道我們家當日也是這樣寒薄不成鳳姐聽了這篇話便向王夫人道這話倒是很是不必强他了王夫人點頭道我也無可回答只好隨你的便罷說話之間只見宝玉等已回來了因說他父親還未散恐天黑了所以先叫我們回來了王夫人忙問道今日可有丟了醜没有宝玉道不但不丟醜倒拐了許多東西來接着就有老婆子們從二門上小廝手內接進東西來王夫人看時只見扇子三把扇墜三个筆墨共六匣香珠三串玉縧環三个宝玉說道這是梅翰林送的那是楊侍郎送的這是李員外送的每人一分說着又向懷中取出一个檀香小護身佛來說這是慶國公單給我的王夫人又問在席何人作何詩詞畢只將宝玉一分令人拿着同宝玉蘭環前來見過賈母賈母看了喜歡不盡不免又問些話無奈宝玉一心記着晴雯答應完了話時便說騎馬顛了骨頭疼賈母便說快回房去換了衣服疏散疏散就好了不許睡下宝

玉听了便忙进园来当下麝月秋纹已带了两个小丫头来等候见宝玉辞了贾母出来秋纹便将笔墨拿起来随宝玉进园来宝玉满口里
说好热一壁走一壁便摘冠解带将外面的大衣服都脱下来麝月拿着只穿着一件松花绫子夹袄袄内露出血点般大红裤子来秋纹见这
条红裤是晴雯针线因叹道这条裤子以后收了罢真是物在人亡了麝月忙也道这是晴雯的针线又叹道真是物在人亡了麝月将
秋纹拉了一把笑道这裤子配着松花色袄儿石青靴子越显出靛青的头雪白的脸来了宝玉在前只装没听见又走了两步便止步道我要
走一走这怎么好麝月道大白日里还怕什么还怕丢了你不成因命两个小丫头跟着我们送了东西去再来宝玉道好姐姐等我一等再去麝月道我们
去了就来两个人手里都有东西倒像摆执事的一个捧着文房四宝一个捧着冠袍带履成个什么样子宝玉听了正中心怀便让他两个去了他便带了
两个小丫头到一石后也不怎么样只问他二人道自我去了你袭人姐姐打发人瞧晴雯姐姐去了不曾这一个答道打发宋妈瞧去了宝玉道回来说什么小丫
头道回来说晴雯姐姐直着脖子叫了一夜今日早起就闭了眼住了口世事不知也出不得一声儿只有倒气的分儿了宝玉忙道一夜叫的是谁小丫头道
一夜叫的是娘宝玉拭泪道还叫谁小丫头道没有听见叫别人了宝玉道你糊涂想必没有听真旁边那一个小丫头最伶俐听宝玉如此说便上来说真个
他糊涂又向宝玉道不但我听得真切我还亲自偷着去看的宝玉听说忙问你怎么又亲自看去小丫头道我因想晴雯姐姐素日与别人不同待我们极好如今他虽受了
委屈出去我们不能别的法子救他只亲去瞧瞧也不枉素日疼我们一场就是人知道了回了太太打我们一顿也是愿意的所以我拚着挨一顿打偷着出
去瞧了一瞧谁知他平生为人聪明至死不变他因想着那起俗人不可说话所以只闭眼养神见我去了便睁开眼拉我的手问宝玉那里去了我告诉他实情他叹
了一口气说不能见了我就说姐姐何不等一等他回来见一面岂不两完心愿他就笑道你们不知道我不是死如今天上少了一位花神玉皇敕命我
去司主我如今在未正二刻到任司花宝玉须待未正三刻才到家只少得一刻的工夫不能见面世上凡有该死之人阎王勾取了过去是差些小鬼来捉人魂

只要還進一時半刻不过燒些紙錢那鬼只顧搶錢去了該死的人就可多待些工夫我這如今是有天上的神仙來召請豈俟得時刻我听了這話竟不大信及
進來到屋裡留神看時辰表時果是未正二刻他嚥了氣正三刻上就有人來叫我們說你來了這時候都對合宝玉忙道你不認得字所以不知道
原是有的不但一樣花有一位神之外還有總花神但不知他是做總花神去了还是單管一樣花的神這丫頭听了一时謅不出來恰好這是八月時節園中
池上芙蓉正開這丫頭便見景生情忙答道我也曾問他是管什么花的神告訴我們日後也好供養的他說天机不可泄漏這樣虔誠我告訴你你只可告訴宝玉
一人除他之外若泄了天机五雷就來轟頂的他就告訴我說他就是專管芙蓉花的宝玉听了這話不但不為怪亦且去悲而生喜乃指芙蓉笑道此花也
須這樣一个人去司掌我就料定他那樣的人必有一番事業雖然超出苦海從此不能相見也免不得傷感思念因又想雖然臨終未見如今且去靈前一拜
也算儘這五六年的情意想畢忙至房中又另穿戴了只說去看黛玉遂一人出園來往前次之處來意謂停靈在內誰知他哥嫂見他一嚥氣便回進
去回了希圖得几兩發送例銀王夫人聞知便賞了十兩燒埋銀子又命即刻送到外頭焚化了罷女兒癆病死的斷不可留他哥嫂听了這話一面得銀一
面就僱人來入殮抬往城外化人厰去了剩的衣履簪環約有三四百金之數他兄嫂自收了為日後之計二人將門鎖上一同送殯去了宝玉走
來撲了个空宝玉自立了半天別無法兒只得翻身進入園中待回房去甚覺無味因順路來找黛玉偏黛玉不在房中問其何往丫鬟們
回說往宝姑娘那裡去了宝玉又到蘅蕪院中只見寂靜無人房內搬的空空落落不覺吃一大驚忽見個老婆子走來宝玉忙問這是什麼原
緣故老婆子道宝姑娘出去了這里交給我們看着還沒有搬清楚我們幫着送了些東西去這也就完了你老人家請出去罷讓我們掃掃灰塵
也好從此你老人家省跑這一處的腿子了宝玉听了怔了半日因看着那院中的香藤異蔓仍是翠翠青青忽比昨日好似改作凄涼了一般更又添了傷
傷感默默出來又見門外的一條翠樾埭上半日無人來往不似當日各處房中丫鬟不約而來者絡繹不絕又俯身看那埭下之水仍是溶溶脉脉的

因想天地間竟有這樣無情的事，悲感一番，忽又想起去了司棋、入畫、芳官等五人，死了晴雯，今又去了寶釵，迎春雖尚未去，然連日也不見回來，且接連有媒人來求親，大約園中之人不久都要散了。縱生煩惱，也無濟于事。不如還是找黛玉去相伴一日，回來還是和襲人廝混，只這兩三个人，只怕還是同死同歸的。想畢，仍往瀟湘館來，偏黛玉尚未回來。寶玉想亦當出去候送才是，無奈不忍悲感，還是不去的是，遂又垂頭喪氣的回來。正在不知所以之際，忽見王夫人的丫頭進來找他，說："老爺回來了，找你呢。又得了好題目了，快走，快走。"寶玉聽了，只得跟了出來。到王夫人房里，他父親已出去了。王夫人命人送寶玉到書房去。彼時賈政正與眾幕友們談論尋秋之勝，又說臨散時忽然談及一事，最是千古佳談，"風流雋逸，忠義慷慨"八字皆備，倒是个好題目，大家都要作一首挽詞。眾人聽了，都忙請教是何等妙事。賈政乃說："當日曾有一位恒王，出鎮青州。這恒王最喜女色，且公餘好武，因選了許多美女，日習武事，每公餘輒開宴連日，令眾美女習戰鬥攻拔之事。其姬中有一姓林行四的，姿色既冠，且武藝更精，皆呼為林四娘。恒王最得意，遂超拔林四娘統轄諸姬，又呼為姽婳將軍。"眾清客都稱妙極神奇，竟以"姽婳"下加"將軍"二字，反更覺嫵媚風流，真絕世奇文也。想這恒王也是千古第一風流人物了。賈政笑道："這話自然如此，但更有可奇可嘆之事。"眾清客都愕然驚問道："不知底下有何等奇事？"賈政道："誰知次年便有黃巾、赤眉一干流賊餘黨，復又烏合，搶掠山左。恒王意為犬羊之惧，不足大舉，因輕騎前剿。不意賊眾頗有詭譎智術，兩戰不勝，恒王遂為眾賊所戮。於是青州城內文武官員，各各皆謂王尚不勝，你我何為，遂將有獻城之舉。林四娘得聞凶報，遂聚集眾女將，發令說道：'你我皆向蒙王恩，戴天履地，不能報其萬一。今王既殞身國事，我意亦當殞身于王。爾等有願隨者，即時同我前往；有不願者，亦早各散。'眾女將聽他這樣，都一齊說願意。於是林四娘帶領眾人連夜出城，直殺至賊營里頭。眾賊不防，也被斬戮了幾員首賊。然後大家見是不過几个女人，料不濟事，遂回戈倒兵，奮力一陣，把林四娘等一个不曾留下，倒作成了林四娘的一片忠義之志。後來報至中都，自天子以至百官，無不驚駭道奇。其後朝中自然又有人去剿滅，天兵一到，化為烏有，不必深論。只就林四娘一節，眾位聽了，可羨不可羨？"眾幕友都嘆道："實在可羨可奇，實是个妙題，原該大家挽一挽才是。"說著，早有人取了筆硯，按賈政口中之言稍加改易了一首，呈與賈政看了。賈政道："不過如此。他們那原有本序。昨日又奉恩旨，著察核前代以來應加褒獎而遺落未經請奏各項人等，無論僧尼乞丐與女婦人等，有一事可嘉，即行彙送履歷至禮部備請恩賞。

所以他这原序也
送往礼部去了未曾抄将来大家听了这新闻都要作一首姽婳词以志其忠义贾环贾兰已到贾政命他们看了题目他两个虽则能诗较宝玉
以志其忠义众人听了都又笑道这原该如此只是更可羡者本朝皆系千古未有之旷典可谓圣朝无阙事了贾政点头道正是说
话之间宝玉贾环贾兰俱起身来看了题目
远他二人终是别途若论举业一道似高过宝玉若论杂学则远不及宝玉况他二人才思滞钝不及宝玉空灵娟逸每作诗亦如八股之法未免拘泥庸涩
那宝玉虽不算是个读书人然他天性聪明且喜好杂书他自谓古人中也有杜撰的也有失误处拘较不得许多若只管怕前怕后起来纵堆砌成一篇也觉得
甚无趣味因心里怀着这个念头每见一题不拘难易他便毫无费力之处就如世上的流嘴滑舌之人无风作有信着伶口俐舌长篇大论胡扳乱扯敷衍出
一般说来虽无稽考却都说得四座春风虽有正言厉语之人亦不得压倒这一种风流去的近日贾政年迈名利心大灰然起初天性也是个诗酒
放诞之人因在子侄辈中少不得规以正路近见宝玉虽不读书竟颇能解此细评起来也还不算十分玷辱祖宗况母亲溺爱遂也不强以举业逼他
所以近日是这等待他又要环兰二人举业之余怎怎样也好宝玉读书将所以每欲作诗必将三人一齐唤来对作闲言少述且说贾政命他三人各吊一首先成者
赏佳者额外加赏环兰二人近日当着多许人皆作过几首了胆气愈壮今看了这题目遂自去思索一时贾兰先有了贾环生恐落后也就有了二人皆已录
出宝玉尚自出神贾政同众人且看他二人的贾兰的是一首七言绝句写道是

姽婳将军林四娘　玉为肌骨铁为肠　捐躯自报恒王后　此日青州土亦香

众幕宾看了便皆大赞小哥儿十三岁的人就如此可知家学渊源真不诬矣贾政笑道稚子口角也还难为他又看贾环的是首五言律写道是

红粉不知愁　将军意未休　掩啼离绣幕　抱恨出青州　自谓酬王德　谁能复寇仇　好题忠义墓　千古独风流

众人道更佳到底大几岁年纪立意又自不同贾政道到还不甚大错终不恳切众人道这就罢了三爷才大不多两岁俱在未冠之时如此用心做
去再过几年怕不是大阮小阮了贾政笑道过奖了只是不肯读书的过失又问宝玉怎样众人道二爷细心镂刻定又是风流悲感不同此等的了宝玉笑

道這个題目似不称近体須得古体或歌或行長篇一首方能懇切衆人听了都站起身点頭拍手道我們说他主意不同每一題到手必先度其体格宜与

不宜這便是老手妙法這題目名曰姽嫿詞且既有了序此必是長篇歌行方合体或擬或擬李長吉會稽歌或擬白樂天長恨歌或擬古詞半叙半咏流利飄逸

始能盡妙賈政听说也合了主意遂自提筆向宝玉笑道如此甚好你念我寫若不好了我搥你的肉誰許你先大言不慚宝玉只得念了一句道

恒王好武兼好色

賈政寫了摇頭道粗鄙一幕友道要這樣方古究竟不拙賈政道姑存之且看他底下宝玉又道

遂教美女習騎射　穠歌艶舞不成歡　列陣挽戈為自得

賈政寫出衆人都道只這第三句便古朴老健極妙第四句平叙出也最得体賈政道休謗加獎譽且看他如何宝玉念道

眼前不見塵沙起　将軍俏影紅燈裏

衆人听了這兩句便都叫妙極好个不見塵沙起又承了一句将軍俏影紅燈裏用字用句皆入神化了宝玉道

叱咤時聞口舌香　霜矛雪劍嬌難舉

衆人听了便拍手笑道又發盡出来了當日敢是宝公也在座見其嬌而且聞其香不然何体貼至此宝玉笑道閨閣習武任其勇悍怎似男

人不待問而可知嬌怯之形的了賈政道还不快續這又有你只說嘴的了宝玉只得又想了一想念道

丁香結子芙蓉絛

衆人都道轉蕭韵更流利飄逸而且這句也綺靡秀媚的妙賈政寫了道這一句不好已有过了口舌香嬌难舉何必又如此這是力量不加故又用這些堆砌貨來搪塞宝玉笑道長歌也須得要些詞藻点綴点綴不然便覺蕭索賈政道你只顧説那些這一句底下如何能轉至武事若再多说两句豈不蛇足了

宝玉道如此底下一句转（觉）煞住想亦可矣贾政冷笑道你有多大本领上头说了一句大开门的散话如今又要一句连转带煞岂不心有余而力不足

贤宝玉听了垂头想了一想说了一句道

不系明珠系宝刀

忙问这句可（还）使得众人拍案叫绝贾政看了笑道且放着再续宝玉道若使七言我便一气（联）下去了若使五言索性涂抹了（我）再想别的意思出来

来再另措词贾政听了便喝道多说不好了再作便作十篇百篇还怕辛苦了不成宝玉听了只得想了一想便念道

战罢夜阑心力怯　脂痕粉渍污鲛绡　贾政道这又是一段了底下怎么样宝玉道

明年流寇走山东　强吞虎豹势如蜂

众人道好个走字（便见得高低了）且道句转的也不板宝玉又念道

王率天兵思剿灭　一战再战不成功　腥风吹折陇头麦　日照旌旗虎帐空　青山寂寂水澌澌

正是恒王战死时　雨淋白骨血染草　月冷黄昏鬼守尸

众人多道妙极妙极布置叙事词藻无不尽美且看如何至四娘必另有妙转奇句宝玉又念道

纷纷将士只保身　青州眼见皆灰尘　不期忠义明闺阁　情起恒王得意人

众人都道补叙（得）委婉贾政道太多了底下只怕累赘呢宝玉又念道

恒王得意数谁行　姽婳将军林四娘　号令秦姬驱赵女　艳李秾桃临战场　绣鞍有泪春愁重

铁甲无声夜气凉　胜负自难先预定　誓盟生死报前王　贼势猖獗不可敌　柳折花残实可伤（血凝刃）

魂依城郭家鄉隔　馬踐胭脂骨髓香　星馳時報入京師　誰家兒女不傷悲　天子驚慌恨失守
此時文武皆垂首　何事文武立朝綱　不及閨中林四娘　我為四娘長太息　歌成餘意尚傍徨
念畢衆人大讚不止又從頭看了一遍賈政笑道雖然說了幾句到底不大懇切因說去罷三人如得了赦的一般一齊出來各自回家衆人皆無
別話不過至晚安歇而已獨有寶玉一心悽楚回至園中猛見池上芙蓉想起小丫環說晴雯做了芙蓉之神不覺又喜欢起來乃看着芙蓉嗟
嘆了一回忽又想起死後並未至靈前一祭如今何不在芙蓉前一祭豈不盡了礼比俗人去靈前祭弔又更覺別緻想畢便欲行礼忽又止住道雖如此
也不可太草率了須得衣冠整齊奠儀週備方為誠敬想了一想如今若學那世俗之奠礼斷然不可竟也還別開生面另作排場風流奇異於世無
涉方不負我二人之為人況且古人有云潢汙行潦蘋蘩之賤可以羞王公薦鬼神原不在物之貴賤只在心之誠敬而已此其一也二則誄文輓詞也須
另出己見自放手眼亦不可蹈習前人的套頭填寫幾字搪塞耳目之文亦必須灑淚泣血一字一咽一句一啼寧可使文不足悲有餘方是不可尚文藻而
反失悲戚況且古人多有微詞非自我今作俑也柰今人之文全成於功名二字故上古之風一洗皆尽恐不合時宜於功名有碍之故也我又為世人觀閱
称贊我又不希罕那功名何必不遠師楚之大言招魂離騷九辯枯樹間現秋水大人先生傳等法或襍參單句或偶成短聯或用實典或設譬寓
隨所之信筆而去喜則以文為戲悲則以言誌痛辭達意尽為心何必若世之拘拘於方寸之間哉寶玉本是个不讀書之人再心中有了這篇不
正意怎得有好詩好文做出來他自己却任意纂注並不為人知慕所以大肆妄誕竟杜撰成篇長文因晴雯素日素喜之冰鮫縠一幅楷字
寫成名曰芙蓉女兒誄前序後歌又備了四樣晴雯喜之物於是夜月下命那小丫頭捧至芙蓉花之前行了礼將那誄文即掛於芙蓉枝
上乃泣涕念曰
維

太平不易之元蓉桂競芳之月無可奈何之日怡紅院濁玉謹以群花之蕊冰鮫之縠沁芳之泉楓露之茗四者雖微聊以達誠申信
乃致祭於白帝宮中撫司秋艷芙蓉女兒之前曰竊思女兒自臨濁世迄今凡十有六載其先之鄉籍姓氏湮淪而莫能考者久矣而玉得於衾
枕櫛沐之間棲息宴遊之夕親暱狎褻相與共處者僅五年八月有奇憶女兒曩生之昔其為質則金玉不足喻其貴其為體則冰雪不足
喻其潔其為神則星日不足喻其精其為貌則花月不足喻其色姊娣悉慕媖嫻嫗媼咸仰惠德孰料鳩鴆惡其高鷹鷙翻遭罦
罬薋葹妒其臭茝蘭竟被芟鉏花原自怯豈奈狂飆柳本多愁何禁驟雨偶遭蠱蠆之讒遂抱膏肓之疚故爾櫻唇紅褪韻吐呻吟杏
臉香枯色陳顑頷諑謠謑詬出自屏幃荊棘蓬榛蔓延戶牖豈招尤則替實攘詬而終既忳幽沉於不盡復含罔屈於無窮高標
見嫉閨幃恨比長沙貞烈遭危巾幗慘於雁塞自蓄辛酸誰憐夭折仙雲既散芳趾難尋洲迷聚窟何來卻死之香海失靈槎不獲回
生之藥眉黛烟青昨猶我畫指環玉冷今倩誰溫鼎爐之剩藥猶存襟淚之餘痕尚漬鏡分鸞別愁開麝月之奩梳化龍飛哀折檀雲
之齒委金鈿於草莽拾翠盒於塵埃樓空鳷鵲徒懸七夕之針帶斷鴛鴦誰續五絲之縷況乃金天屬節白帝司時孤衾有夢
空室無人桐階月暗芳魂與倩影同消蓉帳香殘嬌喘共細腰俱絕連天衰草豈獨蒹葭匝地悲聲無非蟋蟀露階晚砌穿
簾不度寒砧雨荔秋垣隔院希聞怨笛芳名未泯簷前鸚鵡猶呼艷質將亡檻外海棠預萎迷捉屏後蓮瓣無聲鬥草庭前蘭芳枉待拋
殘繡線銀箋彩袖誰裁折斷冰絲金斗御香未熨昨承帝命既趁車而遠涉芳園今犯慈威復拄杖而遽拋孤柩及聞槥棺被燹慚違
共穴之盟石槨成災愧迨同灰之誚爾乃西風古寺淹滯青燐落日荒坵零星白骨楸榆颯颯蓬艾蕭蕭隔霧壙以啼猿繞煙塍而泣鬼
豈道紅綃帳裏公子情深始信黃土壟中女兒命薄汝南淚血斑斑灑向西風梓澤默默訴憑冷月嗚呼固鬼蜮之為災豈神靈而有妒毀詖奴之口討豈從寬剖悍婦之心忿猶未惓惓之思不禁諄諄之問始知上帝垂旌花宮待詔生儕蘭
釋在卿之塵緣雖淺而玉之鄙意尤深因蓄

蓋死轄芙蓉聽小婢之言似涉無稽據濁玉之思則深為有據何也昔葉法善攝魂以撰碑李長吉被詔而為記事雖殊其理則一也故
相物以配才苟非其人惡乃濫乎始信上帝委托权衡可謂至協庶不負其所秉賦也因希其不昧之靈或涉降于茲不揣鄙
俗之詞有污慧聽乃歌而招之曰

天何如是之蒼々兮乘玉帆以遊乎穹窿耶
地何如是之茫々兮駕瑤象以降乎泉壤耶
望繖蓋之陸離兮抑箕尾之光耶
列羽葆而為前導兮衛危虛于傍耶
驅豐隆以為庇從兮望舒月以臨耶
聽車軌而伊軋兮御鸞鷖以征耶
聞馥郁而薆然兮紉蘅杜以為纕耶
炫裙裾之爍々兮鏤明月以為璫耶
籍葳蕤而成坛畤兮檠蓮焰以燭蘭膏耶
文瓟瓠以為觶斝兮漉醽醁以浮桂醑耶
瞻雲氣而凝睇兮仿佛有所覘耶
俯波痕而屬耳兮恍惚有所聞耶
期汗漫而無際兮忍捐棄予於塵埃耶
倩風廉之為驅車兮冀聯轡而攜歸耶
余心中之為慨然兮徒噭々而何為耶
卿偃然而長寢兮豈天運之變於斯耶
既窀穸且安穩兮反其真而又奚化耶
余從桎梏而懸附兮靈格余以嗟來耶
來止兮卿其來耶若夫鴻蒙而居寂靜以處雖臨于余亦莫覩搴烟蘿而為步幛列槍蒲而森行伍警柳眼之貪眠釋
蓮心之味苦素女約于桂巖宓妃迎于蘭渚弄玉吹笙寒簧擊敔徵嵩嶽之妃啓驪山之姥龜呈洛浦之靈獸作咸池之舞

潜赤水兮龙吟，集珠林兮凤翥。爰格爰诚，匪簠匪筥。发轫乎霞城，还旌乎玄圃。既显微而若通，复氤氲而倏阻。离合兮烟云，空濛兮雾雨。尘霾敛兮星高，溪山丽兮月午。何心意之怦怦，若寤寐之栩栩。余乃欷歔怅怏，泣涕彷徨。人语兮寂历，天籁兮篔筜。鸟惊散而飞，鱼唼喋以响。志哀兮是祷，成礼兮期祥。呜呼哀哉！尚飨！

读毕，遂焚帛奠茗，犹依依不舍。小鬟催至再四，方才回身。忽听山石之后有人笑道：且请留步。二人听了，不免一惊。那小鬟回头一看，却是个人影从芙蓉花里走出来。他便大叫：不好，有鬼！晴雯真来显魂了！唬得宝玉也忙看时，且听下回分解。

蘅塍閲過

第七十九回

薛文龍悔娶河東獅

賈迎春悮嫁中山狼

話說寶玉纔祭完了晴雯只聽花影中有人聲倒唬了一跳走出來細看不是别人却是黛玉滿面含笑口內說道好新奇的祭文可與曹娥碑並傳的了寶玉聽了不覺紅了臉笑道我想着世上這些祭文都過于熟濫了所以改个新樣原不过是我一時的頑意誰知又被你聽見了有什麼大使不得的何不改削改削黛玉道原稿在那裡倒要細細一讀長篇大論不知說的是些什麼只聽見中間一兩句什麼紅紗帳裡公子多情黃土隴中女兒薄命這一聯意思却好只是紅綃帳裡未免熟濫些放着現成的真事為什麼不用寶玉忙問什麼現成的真事黛玉笑道咱們如今都是霞影紗糊的窗槅何不說茜紗窗下公子多情呢寶玉聽了不覺跌足道到底是你想的出說的出可知天下古今現成的好景妙事盡多只是愚人蠢子說不出想不出罷了但只一件雖然這一改新妙之極但你居此則可在我實不敢當說着又一連說了一二十句不敢黛玉笑道何妨我的窗即可為你的何必分晰得如此生疎古人異姓陌路尚然同肥馬衣輕裘敝之而無憾何況咱們寶玉笑道論交之道不在肥馬輕裘即黃金白璧亦不當錙銖較量倒是這唐突閨閣萬萬使不得的如今我索性將公子女兒改去竟算是你誄他的倒妙況且素日你又待他甚厚故今寧可棄此一篇大文萬不可棄此茜紗新句竟莫若改作茜紗窗下小姐多情黃土隴中丫鬟薄命如今一改雖於我無涉我也是愜懷的黛玉笑道他又不是我的丫頭何用作此語況小姐丫頭亦不典雅等我的紫鵑死了我再如此說還不算遲呢寶玉聽了忙笑道這是何苦又咒他黛玉笑道是你要咒的並不是我說的寶玉道我又有了這一段妥當莫若說茜紗窗下我本無緣黃土隴中卿何薄命黛玉聽了忡然變色心中雖有無限的狐疑外面却不肯露出反連忙含笑點頭稱妙說果然改的好再不必亂改了快去

幹正經事罢緣剛太太打發人叫你明兒一早過大舅母那邊去呢你二姊姊已有人家求准了說是明日那人來叩頭所以叫你們過去呢宝玉推事

道何必如此忙我身上也不大好明兒还未必能去呢黛玉道又來了我劝你把脾氣改了罢一年大二年小一面說話一面咳嗽起來宝玉忙道這

里風冷咱們只顧獃站在這里凉着了不是頑的快回去罢黛玉道我也家去歇息了明兒再見罢說着便自取路去了宝玉只得悶悶的轉步又忽想起黛玉

無人隨伴忙令小了頭子跟了送回去自己到了怡紅院中果有王夫人打發老媽媽來吩咐他明日一早過賈赦這邊來與方才黛玉之言相对

原來賈赦已將迎春許與孫家了這孫家乃是大同府人氏祖上軍官出身乃當日寧榮府中之門生算來亦係世交如今孫家只有一人在

京現襲指揮之職此人名喚孫紹祖生的相貌魁梧體格健壯弓馬嫻熟應酬权变年紀未滿三十且又家資饒富現在兵部候缺提陞

因未有室賈赦見是世交子姪且人品家當多相称合遂青目擇為東床嬌婿亦曾回明賈母賈母心中却不大称意但想來攔阻亦恐不聽

兒女之事自有天意前因況且他是親父主張何必出頭多事因此只說知道了三字餘不多及賈政又深惡孫家雖是世交不過是他祖父當日希

慕寧榮之勢有不能了結之事纔拜在門下的並非詩礼名族之裔因此倒勸過二次無奈賈赦不聽也只得罢了宝玉却從未會過這孫紹祖一面的

次日只得過去聊以塞責只听見說娶親的日子甚急不過今年就要過門的又見邢夫人回了賈母將迎春接出大觀園去等事越發掃

去了興頭每日痴痴呆呆的不知作何消遣又听得說陪四个丫頭過去更又跌足自嘆道從今後這世上又少了五个清潔人了因此天天到紫菱

洲一帶地方徘徊瞻顧見其軒窗寂寞屏帳翛然不過只有几个該班上夜的老嫗再看那岸上的蓼花葦葉池內的翠荇香菱

也多見覺搖搖落落似有追憶故人之態迥非素常逞妍鬥色之可比~~既領略得如此寥落淒慘之景~~所以情不自禁乃信

口吟成一歌曰

池塘一夜秋風冷吹散芙蓉紅玉影蓼花菱葉不勝悲重露繁霜壓纖梗不聞永晝敲棋聲燕泥點點污棋枰古人

惜別憐朋友況我今當手足情

宝玉才吟罷忽聽背後有人笑道你又發什麼獃呢宝玉回頭見是香菱便轉身笑問道我的姐姐你這會子跑到這里來做什麼許多日子也不進來逛逛香菱拍手笑嘻嘻的說道我何曾不要來如今你哥哥回來了那裡比先時自由自在的了剛纔我們奶奶使人找你鳳姐姐竟沒找着說往園子裡來了我聽見了這話我就討了這件差進來找他遇見他的丫頭說在稻香村呢如今我找他去誰知又遇見你了我且問你襲人姐姐這幾日可好怎麼忽然把个晴雯姐姐也沒了到底是什麼病二姑娘搬出去的好快你瞧瞧這地方好空落落的宝玉答應着又讓他同到怡紅院去吃茶香菱道此刻不能等我找着璉二奶奶說完了正經事再來宝玉道什麼正經事這麼忙香菱道為你哥哥娶嫂子的事所以要緊宝玉道正是說的到底是那一家的只聽見吵嚷了這半年今兒說張家的好明日又說李家的好後日又議論王家的這些人家的女兒他也不知犯了什麼罪叫人家好端端的議論香菱道如今定了所以不用混扯別家了宝玉忙問定了誰家的香菱道因你哥哥上次出門貿易時順路到了个親戚家去這門親原是老親且又和我們同在戶部掛名行商也是數一數二的大门户前日說起來時你们兩府都也知道的合長安城中上至王侯下至買賣人都稱他家是桂花夏家宝玉忙道如何又稱為桂花夏家香菱道他家本姓夏非常的富貴其餘田地不用說單有几十頃地獨種桂花凡這長安城裡城外桂花局俱是他家的連宮裡一應陳設盆景亦是他家貢奉因此纔有這个渾号如今太爺也沒了只有老奶奶帶着一个親生的姑娘過活也並沒有哥兒兄弟可惜他們一門盡絕了後宝玉忙問道咱們也別管他絕後不絕後只是這姑娘可好你们大爺怎麼就中意了香菱道一則是天緣二則是情人眼裡出西施當年時又是通家來往從小兒都一處廝混過叙起親來又是姑表兄妹又無嫌疑了這几年前兒一到他家他们夏奶奶是沒兒子的見了你哥哥出落的這樣又是哭又是笑竟比見了兒子的還親熱又令他兄妹相見誰知這姑娘出

落的花朵儿似的了在家里也读书写字所以你哥哥当时就一心看准了他。当铺里伙计们一群人遭扰了人家三四日他们还留多住几日好容易苦辞
才放回家你哥哥一进门就咕咕唧唧求我们太太去求亲我们太太原是见过这姑娘的且又门当户对也依了和这里姨太太凤姐姐商议了打发人去
一说就成了只是娶的日子太急所以我们忙的狠我也巴不得早些娶过来又添一个做诗的人了宝玉冷笑道虽如此说但只是我倒替你耽心虑后呢香菱听了忙
我们不懂了宝玉笑道这有什么不懂的只怕再有个人来薛大哥就不肯疼你了香菱听了不觉红了脸正色道这是怎么说
道这是什么话素日咱们都是厮抬厮敬的今日忽然提起这些事来是什么意思怪道人人都说你是个亲近不得的人一面说一面转身走了宝玉见他这样便怅然如
有所失呆呆的站了半天只得没精打彩还入怡红院来一夜不曾安稳睡梦之中犹唤晴雯或魇魔惊怖种种不宁次日便懒
进饮食身体作热此皆近日抄检大观园逐司棋别迎春悲晴雯等羞辱惊恐悲凄之所致兼以风寒外感故酿成一疾卧床不起贾母听得如此天天亲来看视
王夫人心中自悔不该因晴雯过于逼责了他心中虽如此脸上却不露出只吩咐众奶娘等好生伏侍看守一日两次带进医生来诊脉下药一月之后方渐渐
的痊愈贾母命好生保养过一百日方许动荤腥油面等物方许出门行走这一百日内连院门不许到只在屋里顽笑四五十天后就把他拘束的火星
乱迸那里忍耐得住虽百般设法无奈贾母王夫人执意不从也只得罢了因此和那些丫头们无所不至恣意耍笑作戏又听得薛蟠摆酒
唱戏热闹非常已娶亲入门闻得夏家小姐十分俊俏也略通文墨宝玉恨不得就过去见见才好再过些时又闻得迎春出了阁宝玉思及当
时姊妹们耳鬓厮磨从今一别纵得相逢也不似从前那等亲密了眼前又不能去一望真令人凄惨不已少不得潜心忍耐
暂同这些丫鬟们厮闹释闷幸免了贾政责备逼迫读书之难这百日只不曾拆毁了怡红院和这些丫头们无法无天凡世上所无之事都玩
耍出来如今且不消细说且说香菱自那日抢白了宝玉之后心中自为宝玉有心唐突他素日我们宝姑娘不来亲近他可见我不如宝姑娘远
来然而林姑娘时常和他角气的原来他是有的从今倒要远避他才好因此以后连大观园也不轻易进来了

日日忙亂著薛蟠娶過親，自為得了護身符，自己身上分去責任，到底也這樣安靜些。二則又知道是個有才有貌的佳人，自然是典雅和平的。
因此他心裡盼過門的日子比薛蟠還急十倍。好容易盼得一日娶過來，他便十分慇懃小心伏侍。原來這夏家小姐今年方一十七歲，生得頗有
姿色，亦識得幾個字。若論心裡的邱壑經渭，頗步熙鳳的後塵。只吃虧一件，從小兒父親去世的早，又無同胞弟兄，寡母獨守此女，嬌養
溺愛，不啻珍寶，凡女兒一舉一動，他母親皆百依百順，因此未免嬌養太過，竟釀成個盜跖的性情，自己尊若菩薩，窺他人穢如糞土，外
具花柳之姿，內秉風雷之性。在家裡時常就和丫環們使性賭氣，輕罵重打的。今日出了閣，自為要做當家的奶奶，比不得做女兒時靦
腆溫柔，要拿出這威風來，纔鈐壓得住人；況且見薛蟠氣質剛硬，舉止驕奢，若不趁熱灶一氣炮製熟爛，將來必不能自豎旗幟矣。
又見有香菱這等一個才貌俱全的愛妾在室，越發添了宋太祖滅南唐之意、臥榻之側豈容他人酣睡之心。因他家多桂花，他小名就喚做金桂。
他在家時不許人口中說出金桂二字來，凡有不留心誤道一字者，他便定要苦打重罰纔罷。他因想桂花二字是禁止不住的，須另換一名，因想
桂花曾有廣寒嫦娥之說，便將桂花改為嫦娥花，又寓自己身分如此。薛蟠本是個憐新棄舊的人，且是有酒膽無飯力的，如今得了這
樣一個妻子，正在新鮮興頭上，凡事未免儘讓他些。那夏金桂見了這般形景，便也試著一步緊似一步。一月之中，二人氣概還都相平；至
兩月之後，便覺薛蟠的氣概漸次的低矮了下去。一日薛蟠酒後，不知要行何事，先與金桂商議，金桂執意不從。薛蟠便忍不住發了幾句話，賭
氣自行出去了。這金桂便哭得如醉人一般，茶湯不進，裝起病來。請醫調治，醫生又說氣血相逆，當進寬胸順氣之劑。薛姨媽恨
的罵了薛蟠一頓，說：如今娶了親，眼前抱兒子了，還是這樣胡鬧。人家鳳凰蛋似的，好容易養了一個女兒，比花朵兒還輕巧，原看的你是個人物，纔給
你做老婆。你不說收了心安分守己，一心一計和和氣氣的過日子，還是這樣胡鬧，灌了黃湯折磨人家。這會子花錢吃藥白操心。一席話說

的薛蟠後悔不及反来安慰金桂〻〻見婆〻如此說因又越發潑了意便裝出些〻張致来總不理他薛蟠没了主意惟自怨而已（旁改：有自歎）

好容易十天半月之後纔漸〻的哄過（旁改：轉）金桂的心来自此更加一倍小心不免氣概又（旁改：不免）矮了半截那金桂見丈夫旗纛漸倒婆〻良善就漸（旁改：也）

漸的（旁改：持）戈試馬先時不過挾制薛蟠後来倚嬌作媚將及薛姨媽後又將至寶釵〻〻久察其不軌之心每隨機應變暗以言

語彈壓其志金桂知其不可犯每欲尋隙又（旁改：苦）無可尋只得曲意俯就一日金桂無事（旁改：因）和香菱閑談香菱家鄉父母香菱皆應忘

記金桂便不悅說（旁改：有意）欺瞞了他（旁改：因問）香菱二字（旁改：是）誰起的香菱便答（旁改：道）姑娘起的金桂冷笑道人〻多說你姑娘通只這一个字就不通香菱

（旁改：若說姑娘不通奶〻沒合姑娘講究過說起来他的）（旁改：誰知香菱說出份话）

忙嗳道奶〻不知道我們姑娘的学问連我們姨老爺時常（旁改：还）誇獎呢且听下回分解

第八十回

懦迎春腸廻九曲　姣香菱病入膏肓

話說金桂聽了將脖項一扭嘴唇一撇鼻孔裏哧了兩聲拍着掌冷笑道菱角花誰聞見香來着若說菱角香了正經那些香花放在那裡可是不通之極香菱道不獨菱花就是荷葉蓮蓬都是有一般清香的但他原不是花香可比若靜日靜夜或清早半夜細領略去那一股清香比是花兒都好聞呢就連菱角雞頭葦葉蘆根得了風露那一股清香就令人心神爽快的金桂道依你說蘭花桂花倒香得不好了香菱說到熱鬧上忘了忌諱便接口道蘭花桂花的香又非別的香可比句未完金桂的丫嬛名喚寶蟾者忙指着香菱的臉說道要死要死你怎麽直叫起姑娘的名字來了香菱猛省了反不好意思忙陪笑賠罪說一時說順了嘴奶奶别計較金桂笑道這有什麽你也太小心了但只是我想這个香字到底不妥意思要換一个字不知你服不服香菱忙笑道奶奶說那裡話此刻連我身一体俱屬奶奶何得換名字反問我服不服叫我如何當得起奶奶說那个字就用那一个金桂冷笑道你雖說的是只怕姑娘多心說我起的名字反不如你能來了幾日就駁我的回了香菱笑道奶奶有所不知當日買了我來時原是老太太使喚的故此姑娘起得名字後來我伏侍了爺就與姑娘無涉了如今又有了奶奶越發不與姑娘相干況且姑娘又是極明白的人如何惱得這些呢金桂道既這樣說香字竟不如秋字妥當菱角菱花皆盛于秋豈不比香字有味麽香菱笑道就依奶奶這樣罷了自此後遂改了秋字寶釵亦不在意只因薛蟠天性是得隴望蜀的如今娶了金桂又見金桂的丫嬛寶蟾有三分姿色舉止輕浮可愛便時常要茶要水的故意撩逗他寶蟾雖亦解事只是怕金桂不敢造次且看金桂的眼色金桂亦頗覺察其意正要擺佈香菱無處尋隙如今他既看上寶蟾宜捨寶

蟾与他一定就和香菱疏远了我且乘他疏远之時擺佈了香菱那時宝蟾原是我的人就好處了打定了主意這日薛蟠晚间微醺又命宝蟾到茶來吃薛蟠接碗时故意捏他的手宝蟾又乔妆躲闪連忙缩手两下失手豁啷一声茶碗落地泼了一身一地的茶薛蟠不好意思佯说宝蟾不好生拿着宝蟾说姑爺不好生接着金桂冷笑道两个人的腔调儿都够使了别打谅谁是傻子薛蟠低頭微笑不语宝蟾红了脸出去一时安歇之时金桂便故意的撵薛蟠别处去睡省得你馋痨饿眼薛蟠只是笑金桂道要做什麽合我說别偷偷摸摸的不中用薛蟠聽了仗着酒盖脸便趁势跪在被上拉着金桂笑道好姐姐你若把宝蟾赏了我你要怎样就怎样你要活人脑子也弄来给你金桂笑道這话好不通你爱谁说明了就收在房裡省得别人看着不雅我可要什麽呢薛蟠得了這话喜的称谢不尽是夜曲尽丈夫之道奉承金桂次日也不出门只在家中厮闹越發放大了胆至午後金桂故意出去让个空儿与他二人薛蟠便拉拉扯扯的起来宝蟾心裡也知道八九也就半推半就正要入港谁知金桂有心等候的料着在难分之際便叫了頭小舍儿過来原来小舍儿也是跟着金桂還小儿在家使唤的因他自幼父母双亡無人看管便叫他作小舍儿專管些粗笨生活金桂如今有意獨唤他来吩咐道你去告訴秋菱到我屋裡将手帕取来不必說我說的小舍儿听了一径寻着秋菱說菱姑娘奶奶的手帕忘在屋裡了你去取来送上去豈不好秋菱正因近日金桂每每的折挫他不知何意百般竭力挽回不暇听了這话忙往屋裡来取不防正遇見他二人推就之際一頭撞了進去自己倒羞的耳面通红忙轉身迴避不迭那薛蟠自为是過了明路的除了金桂無人可怕所以連门也不掩今見秋菱撞来故雖惭愧還不十分在意無奈宝蟾素日最是說嘴要强的今既遇見了秋菱便恨無地可入忙推開薛蟠一逕跑了口内还怨恨不迭說他强奸力逼等语薛蟠好容易圈哄的要上手却被秋菱打散不免一腔興頭变作一腔恶怒都在秋菱身上不容分說赶出来啐了两口骂

道死娼婦你這会子作什麽來撞尸遊魂秋菱料事不好三步兩步早已跑了薛蟠再來找宝蟾已無踪跡了於是恨的只罵秋菱至
晚飯後已吃得醺醺然洗澡時不防水略熱了些燙了脚便說秋菱有意害他赤條精光赶着秋菱踢打了兩下秋菱雖未受過這氣苦
既到了此時也說不得了只好自悲自怨各自走開彼時金桂已暗和宝蟾說明今夜令薛蟠在秋菱房中去成親命秋菱過來陪着自己
先睡先是秋菱不肯金桂說他嫌髒了再必是圖安逸怕夜裡勞動伏侍又罵說你那沒見世面的主子見一个愛一个把我的人霸佔了去又不
叫你來到底是什麽主意想必是逼我死罷了薛蟠聽了這話又怕鬧黄了宝蟾之事忙又赶來罵秋菱不識抬舉再不去要打了秋菱
無奈只得抱了鋪盖來金桂命他在地下鋪睡秋菱只得依命剛睡下便叫倒茶又要捶腿如是一夜七八次總不使其安逸穩卧片时那薛
蟠得了宝蟾如獲珍宝一概都置之不顧恨的金桂暗暗的發恨道且叫你樂這几天等我慢慢的擺佈了來那時可別怨我一面隱忍一面設計
擺佈秋菱半月光景忽又粧起病來只說心疼難忍四肢不能動轉請醫療治不効眾人都說秋菱氣的鬧了兩天忽又從金桂枕頭內
抖出紙人來上面寫着金桂的年庚八字有五根針釘在心窩並四肢骨節等處於是眾人反乱起來當作新聞先報与薛姨媽薛姨媽先
忙手忙脚的薛蟠自然更乱起來立刻要拷打眾人金桂笑道何必冤枉眾人大約是宝蟾的鎮魘法兒薛蟠道他這些时
並沒多空兒在你屋裡何苦賴好人金桂冷笑道除了他還有誰莫不是我自己害自己不成雖有別人如何敢進我屋子呢薛蟠道
秋菱如今天天跟着你他自然知道先拷問他就知道了金桂冷笑道拷問誰誰肯認依我說竟裝个不知道大家丟開手罷了横竪治死我也沒什麽要緊樂得再娶好的若據良心上
說左不過你三个多嫌我一个說着一面痛哭起來薛蟠更被這些話激怒順手抓起一根門閂一逕搶步找着秋菱不容分
說便劈頭劈臉渾身乱打一口咬定是秋菱所施秋菱叫屈薛姨媽跑來禁喝道不問明白你就打起人來了這丫頭伏侍這几年那一

此事未週到不虧心他豈肯如今做這沒良心的事你且問々青紅皂白再動粗魯金桂聽見他婆々如此說怕薛蟠耳軟心活了便潑
聲狠氣嚎啕大哭起來又哭喊道這半個多月把我的寶蟾霸佔了去不容他進我的屋子惟有秋菱跟着我睡我要拷問寶蟾你又護在頭裡你這會子
又賭氣打他去治死我再揀富貴的標緻的娶來就是了何苦做出這些把戲來薛蟠聽了這些話越發着了急薛姨媽聽見金桂句々挾制着兒
子百般惡賴的樣子十分可恨無奈兒子偏不硬氣已是被他挾制軟慣了如今又勾搭上了頭被他說霸佔了去他自己還要占溫柔讓夫
之禮這魘魔法究竟不知誰作的正是俗語說的好清官難斷家務事此時正是公婆難斷床幃事了因此無法只得賭氣喝薛蟠說不爭氣的孽
障騷狗也比你體面些誰知你三不知的把陪房的了頭也摸索上了叫老婆說霸佔了頭什麼臉出去見人也不知誰使的法子也不問个青紅皂白就打人我知道你是个得新棄舊的東西白辜負了我當
日的心他既不好你也不許打我即刻叫人牙子來賣了他你就心淨了說着又命秋菱收拾了東西跟我來一面叫人快去叫个人牙子來
賣几兩銀子拔去肉中刺眼中釘大家過太平日子薛蟠見母親動了氣早也低了頭金桂聽了這話便隔着窗子往外哭道你老人家只
管賣人不必說着一个扯着一个的我們很是那吃醋拈酸容不下人的不成怎麼拔去肉中刺眼中釘誰是刺誰是釘但凡多嫌着他也不
肯把我的了頭也收在房裡了薛姨媽聽說氣的身戰氣咽道是誰家的規矩婆々這裡說話媳婦隔着窗子拌嘴虧你是旧人家的女
兒滿嘴裡大呼小喊說的是什麼薛蟠急的跺腳說罷喲々々看人家聽見笑話金桂意謂一不作二不休越發喊起來了說我不怕人笑話
你的小老婆治我害我我倒怕人笑話了再不然留下他賣了我誰還不知道你薛家有錢行動拿錢墊人又有好親戚挾制着別人你不趁早
施為還等什麼嫌我不好誰叫你們瞎了眼三求四告的跑到我們家做什麼去了這會子人也來了金的銀的也賠了略有个眼睛鼻子的也霸佔了去
一面哭喊一面滾揉自己拍打薛蟠急的說又不好勸又不好打又不好央告又不好只是出入嗐聲嘆氣抱怨說運氣不好當下薛姨媽早

被宝钗劝進去了只命人來賣香菱宝钗笑道咱们從來只買人並不知賣人之說媽可是氣糊塗了倘或叫人听見豈不笑話哥々嫂子嫌他不
好留下我使喚我正沒人使呢薛姨媽道留着他還是淘氣不如打發了他到干净宝钗笑道他跟着我也是一樣香菱早已跑到薛姨媽跟前
痛哭哀求只不願出去情願跟着姑娘薛姨媽只得罷了自此以後香菱跟随宝钗去了把前面的路徑竟自断絶雖然如此終不免對月傷悲挑
燈自嘆本來怯弱雖在薛蟠房中幾年皆由血分中有病是以並無胎孕今復加以氣怒傷感内外折挫不堪竟釀成乾血勞之症日漸羸瘦作燒飲食
懶進請醫診脉服藥亦不效驗那時金桂又吵鬧了數次氣的薛姨媽母女惟暗自垂淚怨命而已薛蟠雖曾仗着酒膽挺撞過兩三次持棍欲打那金桂便
與他身子隨意叫打這里持刀欲殺時便伸脖項薛蟠也實不能下手只得亂鬧了一陣罷了如今已成習慣自然反使金桂越發長了威風薛蟠越發軟了氣
骨雖然香菱猶在卻亦如不在的一般雖不能十分暢快也就不覺礙眼了且姑置不究如此又漸次尋趁宝蟾宝蟾却不比香菱的情性最是
火乾柴既和薛蟠情投意合便把金桂放在腦後近見金桂又作踐他便不肯低服容讓半点先是一沖一撞的拌嘴後來金桂氣急甚
子罵再至于打他雖不敢還手便也撒潑打滾尋死覓活晝則刀剪夜則繩索無所不鬧薛蟠此時一身難以兩顧惟徘徊觀望于二者之間
十分鬧得沒法便出門躲在外厢金桂不發作性氣有時歡喜便糾聚人來鬭紙牌擲骰子作樂又生平最喜啃骨頭每日務要殺鷄鴨將
肉賞人吃只单以油炸焦骨頭下酒吃的不耐煩或動了氣便肆口海罵說有別的忘八粉頭樂的我為什麼不樂薛家母女總不理他薛蟠
也無別法惟悔恨不該娶這攪家精都是一時沒了主意于是寧榮二府之人上上下下無有不知無不歎者此時宝玉已過百日出门行走曾
來見過金桂舉止形容也不怪厲一般是鮮花嫩柳與衆姊妹不差上下的焉得這等性情真可為奇事因此心下納悶這日與王夫人請
安去正遇迎春的奶娘來家請安說起孫紹祖甚屬不端姑娘惟有背地裏淌眼抹淚的只要接了來家散淡兩日王夫人因說我正要這兩日接他去

因此事八事都不遂心所以总了前儿宝玉去了回来也曾说过明日是个好日子就接他去正说着贾母打发人来找说叫宝玉明儿一早往天齐庙还
愿去宝玉如今巴不得各处去逛逛听见如此喜的一夜不曾合眼盼明不明的次日一早梳洗穿戴已毕随了两三个老嬷嬷坐车出西城门外天齐庙烧
香还愿这庙里已于昨日预备停妥的宝玉天性怯懦不敢近狰狞神鬼之像这天齐庙本系前朝所修极其宏壮如今年深岁久又极其荒凉里面泥胎塑像皆极其凶恶
是以忙忙的焚过纸马钱粮便退至道院歇息一时吃过饭众嬷嬷和李贵等人围随宝玉到各处散诞顽耍了一回宝玉困倦复回至净室安歇众嬷嬷生恐他睡着
了便请了当家的王道士来陪他说话这老道士专在江湖上卖药弄些海上方治病射利庙外现挂着招牌丸散膏药色色俱全亦长在宁荣二府
动走惯熟都与他起了个浑号叫他做王一贴言他的膏药灵验只一贴百病皆除当下王一贴进来宝玉正歪在炕上想睡李贵等正说哥儿别睡着了厮混着
看见王一贴进来便都笑道来的好我听见你极会说笑话儿的说一个给我们大家听听王一贴笑道正是呢哥儿别睡仔细肚子里面筋作怪
说着满屋里人都笑了宝玉也笑着起身整衣王一贴命徒弟们快泡好酽茶来茗烟道我们爷不吃你的茶坐在这屋里还嫌膏药气息呢王一贴笑道不当
家花拉的膏药从不拿进这屋里来的知道哥儿今日必来头三天就拿香熏了又熏的宝玉道可是呢天天只听见你的膏药好到底治什么病王一贴道哥儿
若问我的膏药说来话长其中底理一言难尽共药一百二十味君臣相配宾主得宜温凉兼用贵贱殊方内则调元补气开胃口养荣卫宁神安
志去寒去暑化食化痰外则和血脉舒筋络去死肌生新肉去风散毒其效如神贴过的便知宝玉道我不信一张膏药就治这些病我且问你倒
有一种病可也贴的好么王一贴道百病千灾无不立验若不见效哥儿只管揪着胡子打我这老脸拆我这庙何如只说出病源来宝玉笑道你猜若你猜的着
便贴的好了王一贴听了寻思一会笑道这倒难猜只怕膏药有些不灵了宝玉命李贵等你们且出去散散这屋里人多越发蒸臭了
李贵等听说且都出去自便只留下茗烟一人这茗烟手内点着一枝梦甜香宝玉命他坐在身旁却倚在他身上王一贴心动便笑嘻嘻走近前来悄悄的说道我可猜着了

想是二爺如今有了房中的事情要滋助的藥可是不是話未說完焙茗先喝道該死打嘴寶玉猶未解忙
問他說什麼焙茗道信他胡說唬得王一貼不敢再問只說二爺明說了罷寶玉道我問你可有貼女人的妒病的方子
沒有王一貼聽了拍手笑道這可罷了不但說沒有方子就是聽也沒有聽見過寶玉笑道這樣還算不得什麼王一貼
又忙道這貼妒的膏藥倒沒經過有一種湯藥或者可醫只是慢些兒不能立刻見效的寶玉道什麼湯藥怎麼吃法
王一貼道這叫做療妒湯用極好的秋梨一個二錢冰糖一錢陳皮水三碗梨熟為度每日清晨吃這一個梨吃來
吃去就好了寶玉道這也不值什麼只怕未必見效王一貼道一劑不效吃十劑今日不效明日再吃今年不效吃到明年
橫豎這三味藥都是潤肺開胃不傷人的甜絲絲的又止咳嗽又好吃吃過一百歲人橫豎是要死的死
了還妒什麼那時就見效了說著寶玉焙茗都大笑不止罵油嘴的舌頭王一貼道不過是閑著解午盹罷
了有什麼關係說笑了你們就值錢告訴你們連膏藥也是假的我有真藥我還吃了作神仙呢有真的跑到
這裏來混正說著吉時已到請寶玉出去焚化錢糧散福功課完畢寶玉方進城回家那時迎春
已來家好半日孫家婆娘媳婦等人已待晚飯打發回家去了迎春方哭哭啼啼在王夫人房中訴委屈
說孫紹祖一味好色好賭酗酒家中所有的媳婦丫頭將及淫遍略勸過兩三次便罵我是醋汁子老婆
擰出來的又說老爺曾收著五千銀子不該使了他的如今他來要了兩三次不得他便指著我的臉說
道你別和我充夫人娘子你老子使了我五千銀子把你準折賣給我的好不好打一頓攆在下房裏睡

去当日只你爷爷在时希异上我们的富贵赶着相与的論理我和你父亲是一辈如今压着我的頭晚了一辈不该作了这门亲倒没的叫人看着赶势利似的一行说一行哭的呜呜咽咽连王夫人并众姊妹無不落淚王夫人只得用言解劝说已是遇見不晓事的人可怎么样呢想当日你叔叔也曾劝过大老爷不叫作这门亲的大老爷执意不听一心情愿到底不好了我的儿这也是你的命迎春哭道我不信我的命就这么苦从小儿没了娘幸而过婶子这边过了几年净心日子如今偏又是这么个结果王夫人一面劝一面问他随意要在那里安歇迎春道的離了姊妹們只是眠思梦想二则还记挂着我的屋子还得在园里住得三天五天死也甘心了不知下次还可得住不得住了呢王夫人忙劝道快休乱说年轻的夫妻们闲牙斗齿也是人人的常事何必说这丧话仍命人忙忙的收拾紫菱洲房屋命姊妹们陪伴着解释又分付宝玉不许在老太太跟前走漏一些风声倘或老太太知道了这些事都是你说的宝玉唯唯的听命迎春是夕仍在旧馆安歇众姊妹等更加亲热异常一连住了三日才往邢夫人那边去先辞过贾母及王夫人然后与众姊妹分别更皆悲伤不舍还是王夫人薛姨妈等安慰劝释方止住了过那边去又在邢夫人处住了两日就有孙绍祖的人来接去迎春虽不愿去无奈惧孙绍祖之恶只得勉强忍情作辞去了邢夫人本不在意也不问其夫妻和睦家务烦难只面情塞责而已终不知端的下回分解

紅樓夢第八十一回　占旺相四美釣游魚　奉嚴詞兩番入家塾

且說迎春歸去之後邢夫人像沒有這事倒是王夫人撫養了一場却甚實傷感在房中自己嘆息了一回只見寶玉走來請安看見王夫人臉上似有淚痕也不敢坐只在傍边站着王夫人叫他坐下寶玉纔捱上炕來就在王夫人身傍坐了王夫人見他呆呆的瞅着似有欲言不言的光景便道你又為什麼這樣呆呆的寶玉道並不為什麼只是昨兒听見二姐姐這種光景我實在替他受不得虽不敢告訴老太太却這兩夜只是睡不着我想偺們這樣人家的姑娘那裡受得這樣的委屈况且二姐姐是个最懦弱的人向来不會和人拌嘴偏偏兒的遇見這樣沒人心的東西竟一點不知道女人的苦處說着幾乎滴下淚来王夫人道這是沒法的事俗語說的嫁出去的女孩兒潑出去的水叫我能怎麼樣呢寶玉道我昨兒夜裡倒想了一个主意咱們索性回明了老太太把二姐姐接回来還叫他紫菱洲住着仍舊我們姊妹弟兄們一塊[頑兒吃兒]積省得受孫家那混賬行子的氣等他来接偺們硬不叫他去由他接回[百]咱他留一百回只說是老太太主意這個豈不好呢王夫人听了又好咲又好惱說道你又發了獃氣了混說的是什麼大凡做了女孩兒終久是要出门子的嫁到人家去娘家那裡顧得也只好看他自己的命運碰的好就好碰的不好也就沒法兒你难道沒听見人說嫁鷄隨鷄嫁狗隨狗那裡个个都像你大姐姐做娘娘呢况且你二姐姐是新媳婦孫姑[爺]也還是年輕的人各人有各人的脾氣新來乍到自然要有些扭彆的過幾年大家摸着脾氣兒

生児長女那就伱不許在老太々跟前提起半個字伱去幹伱的去罷說得宝玉無精打彩的出來了拏着一肚子悶氣到瀟湘館來剛進了门便放声大哭起來代玉見宝玉這般光景倒唬了一跳便问怎麽了和誰慪了氣了連问几声宝玉哭的說不出話來代玉聽了便会问道到的是別人慪了你還是我得罪了你宝玉道都不是代玉道那麽着爲什麽宝玉道我想着我們大家早死了好活着真沒有趣代玉听了这話更覺驚訝道这是什麽話你又発了瘋了宝玉道也不是我発瘋我告訴你也你傷心前日二姐々回來的様子和那些話你也都看見听見了我記得偺們初結海棠社的时候大家吟詩做東道那时候何等熱鬧如今几个知心如意的人身子得那散我原要去告訴老太々接二姐々回來誰知太々不依倒說我獃光景已經大変了若再過几年又不知怎麽樣了由不得傷心裡难受代玉听了这番言語漸々的退至炕上一言不發嘆了口氣便向裡躺下去了紫鵑剛拿進茶來見他兩个这樣正在納悶只見襲人來道二爺在这裡呢老太々那裡叫呢我估量着就是在这裡代玉听見襲人便欠身起來讓坐代玉的兩个眼圈児已經哭的通紅了宝玉看見道妹々我剛才說的不過是些獃話你也不用傷心了身子要緊歇々児罷老太々那边叫我去看就來說着往外走了襲人悄问代玉道你兩个人又爲什麽代玉道他爲他二姐々傷心我是剛纔眼睛発癢揉的並不

為什么襲人也不言語忙跟了宝玉出来各自散了宝玉来到賈母那边賈母却已經歇晌只得回到怡紅院到
了午後宝玉睡了中覺起来甚覺無聊
未問他襲人道你不到園裡逛逛宝玉便往外
、隨手拿了一本書看襲人見他看書忙去沏茶伺候誰知宝玉拿的那本書却是古樂府隨手翻来正看見
曹孟德對酒當歌人生幾何一首不覺刺心因放下這一本又拿一本看時却是晉文翻了幾頁忽然把書掩上托着腮只管痴痴的坐着襲人倒了茶来
見他這般光景便道你為什么又不看了宝玉也不答言接過茶来喝了一口便放下了襲人一時摸不着頭腦也只管站在傍邊呆呆的看着他
走出来至藕香榭遠遠的只見幾个人在蓼溆一帶欄杆上靠着有幾个小丫頭蹲在地下找東西宝玉輕輕的走
在假山背後听着只听一个說道看他洑上来不洑上来好似李紋的語音一个又道姐姐你別動只管等着他橫
忽見宝玉站起来嘴裡咕咕噥噥的說道好一个放浪形骸之外襲人听了又好笑又不敢問他只得勸道你若不愛看這些書不如還到園裡
竪上来宝玉忍不住拾了一塊小磚頭往水裡一撂咕咚一声四个人多唬了一跳道这是誰这么促狹唬了我
逛逛也省得悶出病来宝玉一面口中答應只管出着神往外走了一时走到沁芳亭但見蕭疏景象人去房空又来至蘅蕪院更是香草依然門窗掩閉
們一跳宝玉笑着從山子後直跳出来笑道你们好樂啊怎么不叫我一声兒探春道我就知道再不
轉過藕香榭来遠遠的只見幾个人在蓼溆一帶欄杆上靠着有幾个小丫頭蹲在地下找東西宝玉輕輕的走在假山背後听着
是別人必是二哥哥这么淘氣沒有什么說的你好好兒的賠我們的魚罷剛纔一个魚上来剛剛兒的要釣着叫你唬
只听一个說道看他洑上来不洑上来好似李紋的語音一个笑道好下去了我知道他不上来的這个却是探春的聲音一个又道是了姐姐你別動只管
跑了宝玉笑道你们在这裡頑竟不找我我還要罰你们呢大家笑了一回宝玉道咱们大家来釣魚占占誰的運氣好
等着他橫竪上来一个又說上来了這兩个是李綺邢岫烟的聲兒
看誰釣得着就是他今年的運氣釣不着就是他今年運氣不好咱们誰先釣探春便讓李紋李紋不肯探春笑道這樣就是我先釣回頭
頭裡原是我要唬你们頑
就有了楊葉竄兒吞着鉤子把漂兒墜下去探
向宝玉道二哥哥你再趕走了我的魚我可不依了宝玉道這会子你只管釣罷探春把絲繩拋下沒一会兒工夫把竿一
侍書在滿地上亂抓兩手捧着擱在小磁罈內清水養着探春
挑往地下一撩却是个活迸的楊葉竄兒把竿遞與李紋李紋也把釣竿垂下但覺絲兒一動忙挑起来却是
李紋把那鉤子拿上来一瞧原来往裡鉤了李紋笑道怪不得釣不着忙叫素雲把鉤子敲好了換上新
个空鉤子又垂下去半晌鉤絲一動又挑起来還是空鉤子垂下去一会兒見葦片直沉下去忙提起来
蟲子

倒是个二寸長的鯽瓜兒。便把釣竿遞与李綺。李綺也接过釣竿兒果然就釣了一个。然後岫烟来釣了一个將竿子遞与探春。探春方遞与宝玉。宝玉道我是要做姜太公的便走下石磯坐在池邊釣起来豈知那水裡的魚看見人影兒都躲了宝玉掄着釣竿等了半天那釣絲兒動也不動。宝玉道我最是个性急的人他偏性慢好魚兒快来罷你也成全成全我呢說的四人多咲了一言未了只見釣絲微微一動宝玉喜極用力往上一兜把釣竿往石上一碰折做兩段絲也振斷了鈎子也不知往那裡去了衆人越發咲起来探春道再没見像你這樣鹵人正說着只見麝月跑来說二爺老太太叫你呢便由宝玉走到賈母房中只見王夫人陪着賈母摸牌宝玉看見無事才把心放下了一半賈母見他進来便問道你前年那一次得病的时候你覺得是怎麼樣宝玉道我記得得病的时候好好的站着倒像有人把我攔頭一棍疼得眼睛前頭魆黑滿屋裡多是些青面獠牙拿刀舉棒的悪鬼躺在炕上就不知道什麼了到好的时候又記得堂屋裡一片金光直照到我床上来那些鬼多跑着躲避就不見了我的頭也不疼了心上也就清楚了賈母告訴王夫人道這个樣兒也就差不多了說着鳳姐也進来了見了賈母又見了王夫人方道老祖宗要問我什麼賈母道你那年中了邪的時候你還記得麼鳳姐咲道我也不很記得了但覺自己身子不由自主倒像有什麼人拉拉扯扯要我

那个人叫做潘三保有一所房子賣與對過當鋪裏這房子加了几倍價潘三保還要加當鋪裏那裏肯潘三保便買囑了這老東西因他常到當鋪裏去那當鋪裏人的內眷都和他好的他就使了个法兒叫人家的內眷沾了邪病家翻宅亂起來他又去說這个病他能治就用些神馬紙錢燒獻了果然見效他又向人家內眷們要了十幾兩銀子豈知老佛爺有眼應該敗露了這一天急要回去掉了一个絹包兒當鋪裏人撿起來一看裏頭有許多紙人還有四丸子很香的香正詫異著呢那老東西倒回來找這絹包兒這裏的人就拿住他身邊一搜〻出一个匣子裏面有象牙刻的一男一女不穿衣裳光著身子的兩个魔王還有七根朱紅繡花針立時送到錦衣府去問出許多官員大戶家的太〻姑娘們的隱情事來所以知會了營裏把他家中一抄〻出好些泥塑的煞神几匣子鬧香炕背後空屋子裏掛著一盞七星燈〻下有几个草人有頭上戴著腦箍的有胸前穿著釘子的有項上拴著鎖子的櫃子裏無數紙人兒底下几

〔右七行，原另紙繕寫附粘於第八十一回第三頁前半頁，接第四行「前幾天被人告發的」句〕

傍邊有
見什麼殺什麼

殺人見什麼拿什麼自己原覺很乏只是不能住手賈母道好的時候呢鳳姐道好的時候好像空中有

是的
着
他姐兒兩個病中的光景合纔說的一樣
寶玉枉認了他做乾媽倒是這

人說了幾句話却不記得說什麼來賈母道這麼看起來竟是他了這老東西竟這樣壞心鳳姐道怎麼老太想

個和尚道人阿彌陀佛纔是救寶玉的性命的只是沒有報答他
我懶待說
纔剛老爺進來說起
混賬東西
的

起我們的病來賈母道你問你太太去王夫人說就是寶玉的乾媽竟是個邪魔外道如今鬧破了被錦

衣衛拿住送入刑部監要問死罪的了前幾天被人告發的[illegible]抄出一个匣子裏面有象牙刻的一男一女

[illegible]

盞七星灯下有幾个草人櫃子里無數紙人兒底下幾篇小賬記着某家驗過應找銀若干得人銀錢也

鳳姐道咱們的病一準是他我記得咱們病後那老妖精向趙姨娘那裡來過幾次和趙姨娘討銀子見了我就臉上變貌變色兩眼黧雞似的

媽是的我當初還猜了幾遍不知什麼原故如今說起來卻原來都是有因的但只我在這裡當家自然惹人恨怨怪不得別人治咱們寶玉可會人

不計其數賈母道這是我疼寶玉不疼環兒竟被你們種了毒了王夫人道這老貨已經問了罪不好叫他來

有什麼仇呢忍得下這樣毒手

對證沒有對證趙姨娘那裡肯認事情又大鬧出來外面不雅等他自作自受少不得要敗露的賈母道你這話說

沒有對證也難作準只是佛菩薩看的真他們姐兒兩個如今又比誰不濟了呢罷了過去的事鳳哥兒也不必提了今日你合太

母的事也是[illegible]

太都在我這边吃了晚飯再過去罷遂叫鴛鴦琥珀等傳飯鳳姐赶忙笑道怎麽老祖宗倒操起心來王夫人也笑了只見外頭幾個媳婦伺候鳳姐連忙告訴

[illegible]

小丫頭子傳飯我合太太都跟着老太太吃只說着只見玉釧兒走來對王夫人道老爺要找一件什麼東西請太太伺候了老太太的飯完了自己去找一找呢賈母道你去罷保不住你老爺有

[illegible]

要緊的事呢王夫人答應着便留下鳳姐兒伺候自己退了出來回至房中合賈政說了些閒話把東西找了出來賈政便問道迎兒已經

[illegible]

家塾中讀書去罢王夫人道此話很是又說些閒話就散了且說寶玉次日起來梳洗已畢早有小厮們傳進話來說老爺叫二爺說話寶玉忙整理衣裳來至賈政書房中請了安賈政道你近來做些什么功課雖有幾篇字也算不得什么我看你近來的光景越發比頭幾年散蕩了况且每每听見你推病不肯念書如今可大好了我還听見你天天在園子裡和姊妹們頑頑笑笑甚至和那些丫頭們混闹把自己的正經事總丢在腦袋後頭就是做得幾句詩詞也並不怎么樣有什么稀罕處比如應試選舉到底以文章為主自今日為始不許再做詩做對的了單要習學八股文章限你一年若是毫無長進你也不用念書了我也不願有你這樣兒子了遂叫李貴來說明日一早傳焙茗跟了寶玉去收拾應念的書籍一齊拿過來我看看親自送他到家學裡去喝命寶玉去罢明日起早來見我寶玉听了半日竟無一言可答因回到怡紅院來襲人正在着急听信見說取書倒也喜歡寶玉要人即刻進信給賈母好叫攔阻賈母得信便命人叫進寶玉來告訴他說只管放心先去別叫你老子生氣有什么難為你有我呢寶玉沒法只得回來便囑咐丫頭們明日早早叫我老爺要送我到家學裡去呢襲人等答應了同麝月兩个倒替着醒了一夜次日一早襲人便叫醒寶玉梳洗了換了衣裳打發小丫頭子傳了焙茗在二門上伺候拿着書籍等物寶玉便往賈政書房中來先打听老爺過來了沒有小厮道方才一位清客相公請老爺回話裡邊說梳洗呢命清客相公出去候着去了寶玉听了心裡稍稍安頓連忙到賈政這邊來恰好賈政着人來叫寶玉便跟着進去賈政又吩咐了幾句帶了寶玉上了車焙茗拿着書籍一直到家塾中來早有人先搶一步回代儒說老爺來了代儒站起身來早已迎出賈政向代儒請了安代儒拉着手問了好又問老太太的安寶玉過來也請了安賈政站着請代儒坐了然後坐下道我今日自己送他來因要求托一番這孩子年紀也不小了到底要學个成人的舉業才是終身立身成名之事如今他在家中只是和些孩子們混闹雖懂得幾句詩詞也是胡謅亂道的就是好了也不過嘲風弄月

月露之一生的正事毫無関涉代儒道我看他相貌也还體面靈性也还去得為什麼不念書只是心野貪
詩詞一道不是學不得的只要發達了已後再学还不遲呢賈政道原是如此
頑賈政道目今只求叫他講習文章倘不听教訓还求認真的教訓才不至有名無实的白耽悞了他的一世說畢站
太爺
責怡
的
起來又作了一个揖然後說了些閑话才辞了出去代儒送至门首說老太〻前替我问好請安罷賈政答應着自
已上車去了代儒回身進來看見寶玉道我听見你前日有病如今可大好了寶玉道大好了代儒道如今論起來
站起來
你可也該用功了你父親望你成人懇切的狠你且把從前念过的書打頭兒理一遍每日早起理書飯後寫
字晌午講書念几遍文章就是了寶玉答應了个是回身坐下不免四面一看見昔時金榮輩不見了几个又添了
都是粗俗異常的
竟沒有一个做得件說句知心話兒的
只得向着書本
告訴寶玉
几个小学生忽然想起秦鍾來心上淒然不樂卻不敢做声代儒道今日頭一天早些放你回去明日要講書
宗
罷
但是你又不是狠愚夯的
了明日我倒要你先講一兩章書我听試〻你近來的功課何如說得寶玉心中亂跳
我才晓得你到怎么个分兒
明日
未知如何講解且听
下回分解

紅樓夢第八十二回

老學究講義警頑心　病瀟湘痴魂驚惡夢

話說宝玉下学回來見了賈母賈母道好了如今野馬上了籠頭了去見、你老爺、回來散、罷宝玉答應去見賈政賈政道這早晚就下了学了師父定了工課沒有宝玉道定了早起理書飯後寫字晌午講書念文章賈政听了点頭道你还到老太太那边去坐、晚上早些睡天、上学早些起來宝玉答應了个是退出來去見了王夫人又到賈母那邊打了个照面赶着出來恨不得一走就到瀟湘館剛進門就拍手笑道我依旧回來了代玉道我聽見你念書去了这麼早就回來了宝玉道了不得我今日念書心上倒像和你們沒有見面的日子了好容易熬了一天这会子瞧見你們竟如死而復生的一樣古人說的一日三秋這話再不錯的代玉道你上頭去過了沒有宝玉道都去过了代玉道別處呢宝玉道沒有代玉道也該瞧瞧他們去宝玉道这会子懶待動了老爺还叫早睡早起只好明兒再瞧他們去罷代玉便叫紫鵑把我的龍井茶給二爺沏一碗二爺如今念書了紫鵑答應着去拿茶葉宝玉道还提什麼念書我最厭這些道学話更可笑的是八股文章拿他誆功名混飯吃也罷了还要說代聖賢立言好些的不过拿些经書湊搭、、罷了更有一種可笑肚子裡原沒有什麼東拉西扯还自以為博奧目下老爺口、声、叫我学这个我又不敢違拗你這会子还提念書呢代玉道我們

女孩兒家虽然不要這个但小時跟着你們雨村先生也曾看過内中也有近情近理的也有清微淡遠的那
時候雖不大懂也覺得好不可一概抹倒况且你要取功名這個也清貴些宝玉听了却不甚入耳雖又不敢
駁回只哄了一声正説着忽見秋紋走来道襲人姐叫我老太、那裡接去誰知却在這裡宝玉道我就過
去又劳動你来找手来起身作辭回到怡紅院中襲人問道回来了広秋紋道二爺早来了在林姑娘那
裡呢宝玉道今日有事没有襲人道事却没有方才太、那边来吩附我們如今老爺叫你念書如再
有丫环們和你頑哄都照着晴雯司棋的例办我想伏侍你一塲賺了這些言語也没什広趣兒説着便傷心起
来宝玉道好姐、你放心我只好生念書太、再不説你們了我今兒晚上還要看書明日師父叫我講書呢我要
使喚横竪有麝月秋紋呢你歇、去罷襲人道你要真肯念書我们伏侍你也是欢喜的宝玉听了赶忙的吃
了飯就叫点灯把念過的四書翻出来只是從何處看起翻了一本看去章、裡頭似乎明白細按起来却不
狠明白看着小註又看講章鬧到起更以後了自己想道我在詩詞上覺得狠容易在這个上頭竟没頭腦便
坐着呆、的獃想襲人道歇、罷做工夫也不在這一時的便伏侍他睡下他兩个也睡了直到紅日高升方才
起来宝玉道不好了晚了急忙梳洗畢问了安就往学里来了代儒已經变着臉説怪不得你老爺生氣説你没出息

[Interlinear notes:]
到這裡覺得
因林代玉從来不是這樣人怎麼也這樣勢慾薰心起来
在他跟前
听外面两个人説話却是秋紋和紫鵑只听
紫鵑道我們這裡纔沏了茶索性讓他喝了再去説着二人一齊進来
秋紋未及答言只見紫鵑道你快喝了茶去罷人家都想了一天了秋紋啐道呸好混賬丫頭説的大家都笑了宝玉起身作辭
了出来代玉送到屋门口見紫鵑在台階下站着宝玉去後回房裡来却説宝玉進了房子只見襲人從裡間迎出来便問回来了広秋紋應道二爺早在林姑娘那邊
當根
敢
都
着
忙
宝玉嘴裡只管胡亂答應麝月襲人
已經变着臉

第二天就懶惰這（是什麼）時候纔來寶玉便把（昨兒）晚上發燒（的話說了一遍）故此起遲方過去了原舊念書到了下晚代儒道寶玉有一
章書你來講講寶玉過來一看卻是後生可畏章寶玉心上說這還好幸虧不是學庸便道（問）怎麼講呢代儒道
你把節旨（句子）細細講來寶玉道這章書是聖人勉勵後生教他及時努力不要弄到老大無成先將可畏二（說到這裡擡頭向代儒一看代儒覺了笑了一笑道你只管說講書是沒有什麼避忌的禮記上說臨文不諱只管說不要弄到什麼寶玉道不要弄到）
字激發後生的志氣後把不足畏三字警惕後生的將來（說罷看著代儒也還罷了）代儒道串講呢寶玉道聖人說人生少時心思
才力樣樣聰明能幹實在是可怕的那裡料得定他後來的日子（如像我們今日若日之）悠悠忽忽到了四十（歲）又到五十（歲）終不能發達（這種人）雖
後生（是他）時像個有用的到了那（個）時候這一輩子就沒有人怕他了代儒（笑）道你節旨倒（講）得清楚只是句子里有
些孩子氣無聞二字不是不能發達做官的話聞是實在自己能（彀）明理見道就不做官也是有聞了不
然古聖賢有遯世不見知的豈不是不做官的人難道也是無聞麼不足畏是使人料得定方與焉知
的知字對針不是怕的字眼要從這裡看出方能入細你懂得不懂得寶玉道懂得了代儒道你既懂得
聖人的話為什麼正犯著這（兩件）病我雖不在家中你的毛病我卻盡知（的）做一個人怎麼不望長進你這會兒正是
後生可畏的時候有聞不足畏全在你自己做去了我如今限你一個月把念過的舊書全要理清再念一個
月文章已後我要出題目叫你做文章了如若懶怠我是斷不依的自古道成人不自在自在不成人

你好生記着寳玉答應了也只得天天按着功課幹去且說寳玉上学之後甚覺清净襲人到可做些活計

拿着針線要做个槟榔包兒便想寳玉如今有了工課了丫頭們可也没有飢荒了早要如此晴雯何至弄到

没有結果兔死狐悲不覺想到自已終身本不是寳玉的正配寳玉的為人却还拿得住只怕娶了个利害

的便是尤二姐香菱的後身素来看着賈母的光景自然是代玉無疑那代玉就是个多心人想到此不

心神無主便把活計放下便到代玉處去探探他的口氣代玉正在那里看书見是襲人欠身讓坐襲人道姑娘這几天身子

大好了代玉道那裡能彀不過略硬朗些你在家裡做什麼呢襲人道如今二爺上了学一点事兒没有故此

来瞧瞧姑娘我前日听見秋紋說妹妹背地裡說我們什麼来紫鵑道姐姐別信他我說寳

二爺上了学寳姑娘又隔断了連香菱也不過來襲人道你还提香菱呢撞着這位太歲奶奶难為他怎麼

過把手伸着两个指頭道比他还利害連外頭的臉面都不顧了代玉接着道他也彀受了尤二姑娘怎麼死了

襲人道可不是想来都是一个人不過名分里頭差些何苦這樣便道這也难說但凡家庭之事不是東風壓了

西風就是西風壓了東風襲人道做了旁人心裡先怯了那裡敢欺負人呢說着只見一个婆子進来請了安且不說

那位姐姐在這裡呢雪雁出来一看模糊認的是薛姨媽那边的人便問道作什麼送什麼只是瞧着代玉代玉便問道寳姑娘叫你来做什麼婆子方回道我們姑娘叫

雪雁送来回了代玉代玉便叫領他進来那

回到文雎見襲人便向道這位姑娘不是寶二爺屋裡的花姑娘麼 襲人笑道媽、怎麼認得我 婆子笑道我們、

給姑娘送一瓶蜜餞荔枝來說有將這个瓶兒還與雪雁又向襲人道花姑娘怎不得我們太、說這林姑娘

太太屋裡看屋子不大跟太、姑娘出門所以姑娘們都不大認得姑娘們碰著到我們那邊去我們都模糊記得 回頭看、代玉向笑著

笑嘻、的道我們那裡忙呢

和你們寶二爺是一对兒原来真是天仙似的 襲人見他造次忙道媽、你乏了坐、吃茶罷 那婆子道還有兩瓶給寶

荔枝

都忙呢寶琴姑娘的事呢

說著顫、巍、

才說

但是

來的

他寫他出了屋門便說一声

口噯

二爺送去便告辭出去代玉雖惱這婆子冒撞因寶釵使來的不好怎麼樣便道給你姑娘道費心 那婆子還是

嘴裡

的說這樣好模樣兒除了寶玉什麼人擎受的起

叫人听了又生氣又好笑一面婆子過後拿荔枝瓶來給代玉看代玉道我懶待吃拿了擱起去罷

咕、噥、代玉只粧听不見 襲人笑道怎麼人老了就是混說白道的又說了一回話 襲人去了代玉進了套间猛抬頭看見了

襲人便

兩瓶荔枝卻

荔枝瓶不禁想起日间老婆子的混話甚是刺心當此黃昏人靜千愁萬緒堆上心來嘆了一回氣無情無緒和衣倒下

不知不覺只見小丫頭走來說道外面雨村賈老爺請姑娘代玉道我雖跟他讀過書却不比男学生要見我做什麼

況且使和舅、往來從未提起我也不便見

心裏的回時小丫頭

因叫回覆身上有病不能出來與我請安道謝罷小丫頭道只怕要与姑娘道喜南京还有人来接說着又見鳳姐

同邢王二夫人寶釵等都来笑道我們一來道喜二来送行代玉慌道你們說什麼话鳳姐道你还粧什麼呆你难道不知

道林姑爺陞了湖北的糧道娶了一位繼母十分合心合意如今想著你撂在這裡不成事体因托了賈雨村做媒將你許了

你繼母的什麼親戚还說是續絃所以著人到這裡來接你回去大约一到家中就要過去的都是你繼母作主怕的是道兒上沒有照应还叫你璉二哥送去說得代玉一身冷

代玉又恍惚又似果在那裡做官的樣子心上著急硬說

汗代玉道沒有的事都是鳳姐混鬧只見邢夫人向王夫人使个眼色道他还不信咱們走罷代玉含著淚道二位舅母坐、去眾

人不言語都冷笑而去代玉此时心中乾急又說不出来哽、咽、恍惚又是和賈母在一處的是的心中想道此事惟求老太、或还

有救子是两腿跪下道老太救我南边是死也不去的但见贾母呆着道这个不干我的事代玉哭道老太这事

况且有了继母又不是我的亲娘我是情愿跟着老太一块儿的

什么事呢老太道续弦也好倒多得一付妆奁代玉哭道我在老太跟前决不使这里分外的闲钱

不中用了

里做个奴婢也是情愿只求老太做主贾母道做了女人总要出嫁的你孩子家不知道在此地终非了局代玉道

我在这里情愿自己做个奴婢过活自做自吃也是愿意只求老太太救我贾母总不言语代玉又抱着贾母哭道老太太你向来最是慈悲的又最疼我的到

老太看我娘分上也该护庇些说着撞在怀里痛哭贾母道鸳鸯你来送姑娘出去歇歇我倒被他闹乏了

了紧急的时候怎么全不管你别说我是你的外孙女儿是隔了一层了我的娘是你的亲生女儿看我娘分上也该护庇些

代玉情知不是路求也无用不如寻个自尽站起来便往外走忽见宝玉站在面前道妹妹大喜代玉听了也顾

深痛自己没有亲娘便是外祖母与舅母姊妹们平时何等待的好可见都是假的又一想今日怎么独不见宝玉或见一面看他还有法儿

不得什么了便把宝玉拉住说好宝玉今日才知道你是个无情无义的人了宝玉道你既有了人家咱们

我怎么无情无义

各自干各自的了代玉听了越没了主意只得哭道好哥哥你叫我跟了谁去宝玉道你要不去就在这里住着你原是

所以你才到我们这里来我待你是怎么样的你也想想代玉恍惚又像果曾许过宝玉的心内忽又转悲作喜问宝玉道

许了我的代玉道我是死活打定主意的了你到底叫我去不去宝玉道我叫你住下你不信我的话你就

瞧我的心便拿小刀子往胸口上一划只见鲜血直流代玉吓得魂飞魄散忙用手握着宝玉的心窝哭道你怎么做出这个事来你先杀了我罢宝玉道不怕我拿我的

心给你瞧就向胸口乱抓代玉便抱住宝玉痛哭宝玉道不好了我的心没有了活不得了说着眼睛往上一翻咕咚就倒了

把手在划开的地方 又颤又哭又怕人撞破

代玉放声大哭只听见紫鹃叫道姑娘怎么魇住了快醒醒脱了衣服睡罢代玉一翻身却原来是一场恶梦喉间犹是哽咽心

上还是乱跳枕头上已经湿透肩背身心但觉冰冷想了一回父母死的久了和宝玉尚未放定这是从那里说起又想梦中光景无倚无靠再真把宝玉死了那可怎么样好

上还是乱跳扎挣起来把外罩大袄脱了叫紫鹃盖好了被窝又躺下去翻来覆去那里睡得着

一时痛定思痛神魂俱乱又哭了一回遍身微微的出了一点儿汗

咳起来紫鹃道姑娘代玉道我何尝不要睡只是

只听得外面淅淅飒飒又像风声又像雨声又停了一会子又听得远远的吆呼声儿却是紫鹃已在那里睡着鼻息出入之声自己扎挣着爬起来

围着被坐了一会觉得窗缝里透进一缕凉风来吹得寒毛直竖便又躺下正要朦胧睡去听得竹枝上不知有多少家雀儿的声儿啾啾唧唧

叫了不住那窗上的纸隔着屉子渐渐的透进清光来代玉此时已醒得双眸炯炯一会儿咳嗽起来连紫鹃也咳醒了紫鹃道姑娘你还
没睡着么又咳嗽起来了想是着了风了这会儿窗户纸发清了也待好亮起来了歇歇儿罢养养神别尽着想长想短的了代玉道我何尝
不要睡只是睡不着你睡你的罢说着又咳起来紫鹃见这般光景心中自己也伤心睡不着了连忙起来代玉道你不睡了么紫鹃道天多亮了还睡什么
呢代玉道既这样你就把痰盒儿换了罢紫鹃答应着忙出来换了一个痰盒儿将手里的这个盒儿放在桌上开了套间门出来仍旧带上门叫醒雪雁开了屋门倒那盒子时只见痰中有些血星唬了紫
放下撒花软帘出来
鹃一跳不觉失声道嗳哟这还了得代玉里面接着问是什么紫鹃自知失言连忙改说道手里一滑几乎撂了痰盒子代玉道不是
盒子里的痰有了什么紫鹃道没有什么说着这句话时心中一酸那眼泪直流下来声儿早已岔了代玉因为喉间有些甜腥早自疑惑方才听见紫鹃在外边诧异这会子又听见紫鹃说话声音带着悲惨的光景心中觉了八九分便叫紫鹃进来罢外头看冷着
紫鹃答应了一声这一声更比头里凄惨竟是鼻中酸楚之音代玉听了冷了半截看紫鹃推门进来时尚拿绢子拭眼代玉道大清早起好好的为什么哭紫鹃勉强笑道谁哭来
早起起来眼睛里有些不舒服姑娘今夜大概比往常醒的时候更大了我听见咳嗽了大半夜代玉道可不是越要睡越睡不着紫鹃道姑娘身上不大好依我说还得自己开解着些身子是根本俗语说的留得青山在依旧有柴烧况老太太
太太那个不疼姑娘只这一句话又勾起代玉的梦来觉得心里一撞眼中一黑神色俱变紫鹃连忙端着痰盒雪雁捶着脊梁半
日才吐出一口痰来痰中一缕紫血簌簌乱跳紫鹃雪雁脸都唬黄了两个旁边守着代玉便昏昏躺下紫鹃看着不好连忙努嘴叫雪雁叫人去雪雁才出屋门只见翠缕翠墨
两个人笑嘻嘻的走来翠缕便道林姑娘怎么这早晚还不出门我们姑娘和三姑娘都在四姑娘屋里讲究四姑娘画的那张园子景儿呢雪雁连忙摆手儿翠缕翠墨二人倒都吓了一跳说这是什么原故雪雁将方才的事一一告诉了二人
都吐了吐舌头儿说这可不是顽的你们怎么不告诉老太太去这还了得你们怎么这么糊涂雪雁道我这里才要去你们就来了正说着只听紫鹃叫道谁在外头说话姑娘问呢三个人连忙一齐进来翠缕翠墨见代玉盖着被躺在床上见了他二人便说道谁告诉你
们了你们这样大惊小怪的翠墨道我们姑娘和云姑娘多在四姑娘屋里看着那张园子图儿呢叫我们来请姑娘不
知道姑娘身上又欠安了代玉道也不是什么大病不过觉得身子略软些躺躺儿就起来了你们回去告诉姑娘饭后若无事倒是请

他们这裡坐，寳玉二爺沒到那边去。二人道：沒有。这兩天上了學，老爺天天要查功課，那裡还能亂跑呢。代玉
你们　答　翠墨又道　宝玉二爺　像從前那麽
听了默然不言。二人悄悄退出来了。且說湘雲探春正在惜春那边評論那張園說，看人去請代玉，忽見翠縷翠墨
工畧說了一回　所畫大觀園　這个太粗那个太密大家又议着題詩
二人回来，神色匆忙。湘雲便問道：林姑娘怎麽不来？翠縷道：林姑娘昨夜又犯了病了，咳嗽了一夜，吐了一盒子痰血
我们听見雪雁說
听了吒異　話真麽？翠縷道：怎麽不真。翠墨道：我们剛纔進去瞧了瞧，顏色不成顏色，說話兒的气力兒都微了。湘云道：不好的这
探春道：既这麽有我们過去看看，惜春道：姐姐们先去，我回来再过去。探春湘雲到瀟湘館来
麽着，怎麽还能說話呢。探春道：怎麽你這麽糊塗，不能說話不是已經說到這裡却咽住了。惜春道：林姐姐那樣一个聰明的人，我看他總有些瞧不破，一点半点兒
進入房中，代玉見他二人進来，勉強讓坐。二人坐在床沿上，看了代玉一般光景，也自傷感，便道
都要認起真来。天下事那裡有多少真的呢。探春道：既這麽着，咱们都过去瞧瞧，倘若病的利害，咱们过去告訴大嫂子回老太太，傳大夫進来瞧瞧，也得个主意。湘雲道
姐姐身上又不舒服了。代玉道：也沒有什麽要紧，只是身子軟得很。湘云便把痰盒拿起一看，要道这
正是這樣。惜春道：姐姐们先去，我回来再过去。于是湘云探春扶了小丫頭，都到瀟湘館来，進入房中，代玉見他二人，不免又傷起心来，因又轉念想起夢中
湘雲明代玉也要細看，此時看見痰盒里，自己早已灰了一半。探春連忙解說道：這是肺火上炎，帶出一半点来，也是常事
連老太太尚且如此，何况他们？况且我不請他们，他们还不来呢。心裡雖是如此，臉上却礙不过去，只得勉強令紫鵑扶起，口中讓坐。探春湘云都坐在床沿上，一头一个，看了
也常事。見代玉神情煩倦，只道嫂。神。我们回来再瞧你。代玉道：累你二位惦着。探春
代玉這般光景，也自傷感。探春便道：姐姐怎麽身上又不舒服了。代玉道：也沒什麽要紧，只是身子軟得很。紫鵑在代玉身後偷偷的用手指那痰盒兒，湘云
嘴裡也。紫鵑在看探春才要走，只聽外面有人嚷起来，未知是誰，下回分解
到底年輕，性情又兼直爽，伸手便把痰盒拿起来看，不看則已，看了嚇的驚疑不止，說：這是姐姐吐的？這还了得！初時代玉昏昏沉沉，吐了也沒细看，此時
見湘云這麽說，回头看時，自己早已灰了一半。探春見湘云冒失，連忙解說道：這不过是肺火上炎，帶出一半点来，也是常事。偏是云丫頭不
拘什麽就這樣蝎蝎螫螫的。湘云紅了臉，自悔失言。探春見代玉精神短少，似有煩倦之意，連忙起身說道：姐姐靜靜的養養神罷，我们回来再
瞧你。代玉道：累你二位惦着。探春又囑咐紫鵑好生留神伏侍，紫鵑答應着。探春纔要走，只聽外面一个人嚷起来。未知是誰，下回分解。

紅樓夢第八十三回　省宮闈賈元妃染恙　鬧閨閫薛寶釵吞聲

話說探春湘雲纔要走時忽听外面一个人嚷道你這不成人的小蹄子你是个什麼東西这園子里頭混攪代玉听了大吽一聲道這裡住不得了一手指著窗外兩眼反插上去哭過去了紫鵑只是叫姑娘怎麼樣了快醒来罢探春也吽了一回代玉回過這口氣还說不出話来那隻手仍向窗外指着探春会意開门出去看見老婆子手中拿着拐棍赶着一个不干不净的毛丫頭道我是為照管这園中的花菓樹木来到這裡你做什麼来了等我家去打你一个知道这丫頭扭着頭把一个指頭探在嘴裡瞧着老婆子笑探春罵道你們這些人沒了王法了这裡是你罵人的地方麼老婆子見是探春連忙陪笑道剛才是我的外孫女兒看見我来了他就跟了来我怕他鬧所以才吆喝他回去那裡敢在这裡罵人探春道不用多說了快出去罢这裡林姑娘身上不大好老婆子答應了一扭身去了那丫頭也跑了探春回来看見湘雲拉着代玉的手只管哭紫鵑一手抱着代玉一手与代玉揉胸口代玉的眼睛方漸漸的轉過来了探春道想是听見老婆子的話你疑了心了麼代玉只搖搖頭探春道他是罵他外孫女兒我才剛也听見了这種東西說話再沒有一点道理的他們懂得什麼避諱代玉听了嘆口氣道姐姐叫了一声又不言語了探春道你別心煩我来看你是姊妹們應該的你又少人伏

倘只要你安心肯吃藥，心上把喜欢事兒想〻，能彀一天〻的硬朗起来，大家依旧結社做詩，豈不好呢。湘雲道：可是三姐〻說的，那么着不樂。代玉哽咽道：你们只顧要我喜欢，可憐我那裡赶得上这日子，只怕不能彀了。探春道：你这话太過了，誰没个病兒災兒的，那里就想到這裡来了。你好生歇〻兒罢，我们到老太〻那边回来再看你。要什么東西，只管叫紫鵑告訴我。代玉流淚道：好妹〻，你到老太〻那裡，只說我請安，身上畧有点不好，不是什么大病，也不用老太〻煩心的。探春答應道：我知道，你只管養着罢。說着，纔同湘云出去了。这裡紫鵑伏着代玉躺在床上，地下諸事自有雪雁照料，自己只守着傍边，看着代玉又是心酸，又不敢哭泣。那代玉閉着眼躺了半晌，那裡睡得着，覺得園裡頭平日只見寂寞，如今躺在床上，偏听得風声、虫鳴声、鳥語声、人走的脚步声，又像遠〻的孩子们啼哭声，一陣〻的煩躁起来，因叫紫鵑放下帳子来。雪雁捧了一碗燕窝湯遞給紫鵑，紫鵑隔着帐子轻〻问道：姑娘喝一口湯罢。代玉微〻应了一声。紫鵑復將湯遞給雪雁，自己上来攙扶代玉坐起，然後接过湯来擱在唇边試了一試，一手摟着代玉肩臂，一手端着湯送到唇边。代玉微〻睁眼喝了两三口，便摇頭不喝了。紫鵑仍將碗遞給雪雁，輕〻扶代玉睡下。静了一时，畧覺安頓，只听窓外悄〻问道：紫鵑妹〻在家么？雪雁連忙出来，見是襲人，因悄〻说道：姐〻屋裡坐。襲人也悄〻问道：姑娘怎么着？一面走，一面雪雁告訴夜间及方才之事。襲人听了这话，也唬怔了，因說道：怪道刚才翠縷到我们那边說你们姑娘病了，唬得宝二爺

九五六

連忙打發我來看々是怎麼樣正說着紫鵑便招手叫他襲人走過來問道姑娘睡着了紫鵑点々頭道

姐々也听見說了襲人也点頭道終久怎麼好呢那一位昨夜也把我唬了个半死紫鵑忙問怎麼了襲人道昨

日晚上睡覺還是好々的誰知半夜裡一疊連声的嚷起心疼來嘴裡胡說只說好像刀子割了去的是的

直鬧到打亮梆子以後纔好些你說唬人不唬人今日不能上學還要吃藥呢正說着只听代玉在帳子

裡咳嗽紫鵑連忙過來捧痰盒接痰代玉微々睁眼問道你和誰說話呢紫鵑道襲人姐々來瞧姑娘來

了說着襲人已走到床前代玉命紫鵑扶起一手指着床邊讓襲人坐下襲人側身坐了陪笑勸道姑

娘倒還是躺着罷代玉道不妨你們快別這樣大驚小怪的剛才是誰半夜裡心疼起來襲人道是

寶二爺偶然魘住了不是認真怎麼樣代玉会意知道是襲人怕自己又懸心的緣故又感激又傷心

因趁勢問道既是魘住了不听見他還說什麼襲人道也沒說什麼代玉点々頭遲了半日嘆了一声纔說

道你們別告訴寶二爺說我不好看耽擱了他的工夫又叫老爺生氣襲人答应了又道姑娘還是躺

着歇々罷代玉点頭命紫鵑扶着歪下襲人不免坐在旁边又寬慰了几句然後告辭回到怡紅院只說

代玉身上略覺不受用也沒什麼大病寶玉才放了心且說探春湘雲出了瀟湘館一路往賈母這边來

探春嘱咐湘雲道妹〃回来見了老太〃別像刚才那樣冒〃失〃的了（湘云点头笑道知道了我頭裡是叫他唬的忘了神了）說着已到賈母那边探春（因）提起代玉

的病来賈母听了自是心煩（因說）道偏是這兩个玉兒多病多灾的林丫頭一来二去的大了他這身子也要緊

我看那孩子太是心細衆人也不敢答言賈母便向鴛鴦道你告訴他们明日大夫来瞧了宝玉（叫他）就到林姑娘

屋裡去鴛鴦答應了傳出去這裡湘云探春就（跟着）賈母吃了晚飯然後同回園中不提到了次日大

夫来瞧了宝玉不過說飲食不調着了点兒風邪（沒大要緊）疏散〃〃就好了賈璉陪着便往瀟湘館来連這

（一時……）位老爺是常来的姑娘们不用迴避紫鵑便向帳中扶出代玉的一隻手来擱在迎手上紫鵑又把鐲子

連袖子輕〃的擼起不叫壓住了脉息那王大夫胗了好一会兒又換那隻手也胗了便同賈璉出来到外間屋

里坐下說道六脉皆弦因平日鬱結所致（說着紫鵑也出来站在里間门口那王大夫便向紫鵑道這病時常應得頭暈減飲食）多夢每到五更必醒几次即日间听見不干自己的事也必要動

氣（且多疑多惧）不知者疑為性情乖誕其实因肝陰虧損心氣衰耗都是這个病在那里作怪（不知是否紫鵑点〃头兒向賈璉道說的很是）說畢同賈璉出来

去開方子（往外書房……小厮们早已預備下一張梅紅单帖王太医吃了茶因）提筆先寫道

六脉弦遲素由積鬱左寸無力心氣已衰関脉独洪肝邪偏旺木氣不能疏達勢必上侵脾土飲食

無味甚至勝所不勝肺金定受其殃氣不流精凝而為痰血隨氣涌自然咳吐理宜疏肝保肺涵養

心肝雖有補劑未可驟施姑擬黑逍遥以開其先後用歸肺固金以繼其後不揣固陋俟高明裁服

又將七味藥與引子寫了賈璉拿來看时问道血势上冲柴胡使得麼王大夫笑道二爺但知柴胡是升提之品為吐衄所忌豈知用鱉血拌抄非柴胡不足宣少陽甲胆之氣以鱉血製之使其不致升提且能培養肝陰制遏邪火所以內經說通因通用塞因塞用柴胡用鱉血拌炒正是假周勃以安劉的法子賈璉點頭道原來如此這就是了王大夫又道先請服兩劑再加减或再換方子罷我还有一点小事不能久坐容日再來請安說着賈璉送了出來說道舍弟的藥就是那麼着了王大夫道寶二爺倒没有什麼大病大約再吃一劑就好了說着上車而去這裡賈璉一面叫人抓藥一面回到房中告訴鳳姐代玉的病源併大夫用的藥述了一遍只見周瑞家的來回事賈璉道你回二奶奶罷我还有事呢說着就走了周家的回完了这件事又道我方纔到林姑娘那边看他那个病竟是不好臉上一点血色也没有摸了摸身上只剩一把骨頭问问他也没有话說只是淌眼淚回来紫鵑告訴我說姑娘現在病着要什麼自己又不肯要我打算要问二奶奶那裡支用一两个月的月錢如今吃藥雖是公中的零用也得几个錢我答应了他替他来回奶奶鳳姐低了半日頭說道竟这麼着罷我送他几两銀子使罢也不用告訴林姑娘这月錢却是不好支的一个人開了例要是都支起来如何使得呢你不記得趙姨娘和三姑娘拌嘴了也無非為的是月錢况且近来你也知道出去的多進来的少總繞不過湾兒来不知道的还說我打算的不好更有那一種嚼舌根的說我搬運到娘家去了周嫂子你倒是那裡經手的人这个自然还知道些周瑞家的道真正委屈死人这樣大門頭兒除了奶奶这樣心計兒當家罷了别說是女人當不來就是三頭六臂的男人还撑不住呢还說这些混賬話說着又笑了一声道奶奶还没听見呢外頭的人还更糊塗呢前日周瑞

回来说起外頭的人打着咱們家不知怎麽樣有錢呢也有说賈府裡的銀庫几间金庫几间也有说姑娘做了王妃自然皇使的家伙都是金子鑲了玉石嵌了的
前兒貴妃娘娘省親回来我們还親見他帶了几座金子回宮所以宮裡收拾擺設的水晶宮似的那日在廟裡还願花了几万銀子只笑
上的東西分的了一半子給娘家还说门前的獅子只怕还是玉石的呢園子裡还有金麒麟叫人偷了一个去如
身上披了一根毛兒也有人
今剩下一个了家裡的奴才、奶奶、姑娘們不用说要天上的月亮也有人去拿下来給他頑兒还有歌兒呢说
就是使喚的姑娘們也是一点兒不動的喝酒下棋彈琴畫畫橫豎有人伏侍呢單
官穿衣罷早吃的穿的都是人家不認得的那些東西更不用说了
寧國府榮國府金銀財宝如糞土吃不窮穿不窮算来说到这裡猛然咽住原来那歌兒说道是算来總是一塲空
這周瑞家的说溜了嘴说到這裡忽然想起這話不好因咽住了
凤姐听了已明白是句不好的話他不追问便道那多没要紧只是这金麒麟的話從何而来周家道的笑就
是那廟裡的老道士送給宝二爺的小金麒麟兒後来丢了几天了史姑娘拾着还了他外頭就造出这个谣言
奶奶该達些人不笑不有笑不是不笑們日之
過你一日難小一日外面还是言原講究些這些沒的人怕出名豬怕壯況且又是个虛名兒
来了凤姐道这些话到可怕的久不知怎麽樣呢
説我們他添補買東西的若要官中的只管要去那要提月錢的话他也是冷透人自然明白周家接了銀子自
我的話我們宝兒就去照帖把銀子各去罷
去且说賈璉走到外面一个小廝迎上来回道大老爺叫二爺說話呢賈璉急忙過来見了賈赦賈赦道方纔風闻宫
裡頭傳了一个太医院御医两个吏目去看病想来不是宫女下人了这几天娘娘宫裡有什麽信兒没有賈璉道
没有賈赦道你去问问二老爺和你珍大哥不然还該叫人到太医院裡打听打听才是賈璉答应了一面吩咐人往太医院去一面赶去
見賈政賈珍賈政聽了这話因问道是那裡来的風声賈璉道是大老爺傳说的賈政道你索性和你珍

大哥到裡頭打听〻賈璉道我已經打發人往太医院打听去了說着退出来去找賈珍只見賈珍迎面来了
賈璉即忙告訴賈珍道我也為听見這话来的于是两人同見賈政賈政道如係元妃少不得終有信的說着賈
赦也過来了到了晌午尚未回来门上来回說有两个内相要見老爺賈赦道請進来𠄘老公進来賈赦等迎着先
請了娘〻的安一面進来走至所上讓了坐老公道前日這裡貴妃娘〻有些欠安昨日奉過旨意宣召親丁四人進
裡頭探问許各帶了頭一人餘皆不用親丁男人只許在宮门外遞个職名請安听信不得擅入准于明日辰
巳時進去申酉时出来賈赦等跕着听了旨意復又坐下讓茶〻老公告辭賈赦等送出大门回来稟知賈
母賈母道親丁四人自然是我和你们两位太〻了那一个人呢衆人也不敢答言賈母道必得是凤姐兒有照应
你们爺兒们各自商量去賈赦等答应了出来派了賈璉賈蓉看家外凡文字輩至草字輩一應都
去遂吩咐家人預備四乘綠轎十餘輛翠蓋車見明日黎明伺候家人答应去了賈赦等又進去回明賈母
辰巳時進去申酉时出来今日早些歇〻明日好早些起来收拾進宮賈母道我〻知道你們去罷赦政等退出
這裡又說了一回閑話〇散次日黎明各屋裡了頭將灯火點齊太〻们各梳洗畢爺们亦各整頓好了一到卯
初林之孝和賴大進来〻至二门口回道轎車俱已齊備在门外伺候着呢不一時賈赦邢夫人也過来了大

家用了早飯，凤姐先扶老太太出来，众人圍随，各帶使女一人，緩緩前行。又命李貴等二人先騎馬去外宫门接
应，自己家眷随後。文字輩至草字輩各自登車騎馬，跟着众家人一齊去了。賈璉、賈蓉在家中看家。且説賈家的車輛轎馬
俱在外西垣门口歇下，等着一会兒，有两个内監出来説道：“賈府的太太、奶奶们，着令入宫探问；爺们俱在内宫门外請安，
不得入見。”门上人叫快進去。賈府中四乘大轎跟着小内監前行，众人在轎後步行跟着，令众家人在外等候。走近宫门口，
只見几个老公在門上坐着，見他們来了，便站起来道：“賈府爺们至此。”賈赦等便挨次立定。轎子抬至宫门口，
便多出了轎，早有几个小内監引路，賈母等各有丫頭扶着，步行至元妃寝宫，只見奎壁輝煌，琉璃照耀。又有两个宫女傳諭道：“只用請安，一槩仪注多免。”賈母等謝了恩，来至床
前，請安畢，元妃多賜了坐。賈母等又告了坐，元妃便向賈母道：“近日身上可好？”賈母扶着小丫頭，顫顫巍巍站起来答应道：“托娘娘洪福，起居尚健。”元妃又向邢王二夫人问好，邢王二夫人站着回了話。又问
凤姐家中過的日子如何。凤姐站起来回奏道：“尚可支持。”元妃道：“這几年来，難為你操心。”凤姐正要站起来回奏，只見一个宫女傳進許多职名，請娘娘龍目。元妃看時，
是賈赦、賈政等若干人。那元妃看了职名，心里一酸，止不住流下淚来。宫女們遞過絹子，元妃一面拭淚，一面傳諭道：“今日稍安，令他们外面暫歇。”賈母等站起来又謝了恩。元妃含淚道：“父女弟兄反
不如小家子得以常常親近。”賈母等多忍着淚道：“娘娘不用悲傷，家中已托着娘娘的福多了。”元妃又问宝玉近来
若何。賈母道：“近来頗肯念书，因他父親逼得嚴緊，如今文字也多做上来了。”元妃道：“這樣纔好。”遂命外宫賜宴。便有賈母帶着他婆媳三人
便有两个宫女、四个小太監引了到一座宫裡，已擺得齊整，各按坐次坐了。不必细述。一时吃完了，過来謝宴，又耽

搁了一回已近酉初不敢羁留俱各辞了出来元妃命宫女送至内宫门门外仍是四个小太监送出贾母等依旧

引道

坐轿出来贾赦等接着一齐回去到家又要安排明後日进宫不题且说薛家金桂自赶出薛蟠日间拌嘴没有

仍令照应齐集 去了日间

秋菱又搬到宝钗那边去了只剩得宝蟾一人同住既给与薛蟠作妾宝蟾的意气又不比从前了金桂看去更是一个对头自己也後悔不来

对头一日吃了几杯闷酒便要借那宝蟾做个醒酒汤儿问着宝蟾道大爷前日出门到底是到那里去你

躺在炕上

自然是知道的了宝蟾道我那里知道他在奶奶跟前还不说谁知道他那些事金桂冷笑道如今还有什么奶奶太太的都是你们的世

界了你是我的丫头问你一句话就和我摔脸你既这么有势力为什么不把我勒死了你和秋菱两个不拘谁做了奶奶

别人是惹不得的有人护庇着我也不敢去虎头上捉虱子 说塞话

偏我又不死碍着你们的道儿宝蟾听了这话那里受得住便眼睛直直的瞅着金桂道

那不清净么宝蟾道奶奶这些闲话只好说给别人听去我并没有和奶奶说什么奶奶不敢惹人家何苦来

们小软儿出气呢正经的奶奶又装听不见没事人一大堆了

便爬下炕来要打宝蟾宝蟾也是夏家的风气半点儿不让金桂

拿着我出气说着便哭天哭地起来金桂越发性起便将桌椅杯盏尽行打翻那宝蟾只管喊冤叫屈岂知

那里理会他

叫香菱你过去瞧瞧且劝劝他宝钗道使不得妈妈别叫他去他去了岂能劝他那更是火上浇了油了薛

薛姨妈在宝钗房中听见如此吵嚷便要过去宝钗道妈妈也不用过去由着他们闹去罢薛姨妈道这还了

这也是没法儿的事

姨妈道既这么我自己过去宝钗道依我说

得说着便往金桂这边来宝钗也跟了过来闹至金桂房门口听见里头嚷哭薛姨妈道你们是怎

自己扶了丫头往金桂这边来宝钗也只得跟着过去又嘱咐香菱道你在这里罢母女同至金桂房门口听见

么着又这么家翻宅乱起来这还像个人家么难道不怕亲戚们所见了笑话金桂道我倒不怕人笑话呢只是这里扫

矮墙浅屋的 屋里接声道 不止

帚颠倒竖也没主子也没奴才也没大老婆小老婆都是混账世界了我们夏家没见过这样规矩实在受不得宝

门子里 这样委屈

钗道大嫂子妈妈因听见闹得慌才过来的就是问的急了些没有分清奶奶宝蟾两字也没有什么如今

且先把事情説開大家和、氣、的過日子也省了多少事金桂道好姑娘、你是个大賢大德的你日後必定有个（媽、天、為咱們操心薛姨媽道要啊先把事情説開了你再問我的不是還不遲呢）
好人家好女婿決不像我這樣守活寡舉眼無親叫人家騎上頭來欺負我們屋里老婆漢子大女人小女人的（的我是个没心眼兒的人只求姑娘我说话别往死裡挑撿我是小兒到底沒有尊卑再着）
事姑娘也管不得宝釵听了（這話）又是羞又是氣（見他母親這樣光景又是疼不過因忍了氣說）便道大嫂子我劝你少説句話兒罢誰欺負你（拙住你又是誰）（你别）不是説是嫂子就
是香菱（秋）我也從来没有加他一点声氣兒（啊）金桂道我那裡比得秋菱他是来久了的知道姑娘的心事又会獻勤（听了這几句話更加拍着炕沿大哭起來說連他脚底下泥我還跟不上呢）
兒你何事我比他何苦来天下有几个多是貴妃的命行点好兒罢别修得像我嫁个糊塗行子守活寡（我是新来的又不会獻勤兒）
那就是現眼了（沿兒的）薛姨媽听到這裡萬分氣不過便道（站起身來）不是我護着自己的女兒（孩）他句、劝你、却句、慪你
有什麼過不去不必再他勒死我倒也是希鬆的（的）宝釵忙劝道媽、你（老人家）不用動氣咱們（们）既来劝他自己生氣倒多了
一層氣了不如且去等嫂子歇、（兒）再說便吩咐宝蟾（道）你也别闹了説着（跟了薛姨媽）便出来了（走过院子裡）只見賈母身边的丫頭同着秋
菱迎面走来薛姨媽道你從那裡来老太、可安丫頭道老太、（自己）好叫来請姨太、安还谢、前日的荔枝还（給）
琴姑娘道（道）喜宝釵道你（多早晚）来的丫頭道来了好一会子了薛姨媽（料他不知道打着…）道如今我们家裡闹的也不像个人家了（个过日子的）叫你们
那边（听见）听見話丫頭道姨太、説那裡的话誰家没个碟大碗小磕着碰着的（一）（呢那是姨太、多心罢咧）説着（跟了）回到薛姨媽房中略坐了一回就
去了宝釵正嘱咐香菱些话（只听）薛姨媽忽然（叫道）左肋疼痛的很說着便向炕上躺下唬得宝釵香菱二

人手足無措要知後事如何下回分解

目次与元書异者十七處既其語意似不如改者臣
未經注寫故仍照後文標系用存其舊又前數
卷起語或有開章詩四句敘尾上有或二句四句
不同蕪雜定去一槩節去較簡淨己丑四月弟
雲臣華識於卧雲方丈

紅樓夢第八十四回　試文字寶玉始提親　探驚風賈环重結怨

話說薛姨媽因被金桂這場氣慪得肝氣上逆左脇作痛宝釵明知是這个原故也不等医生來看便買 及 先叫人去

了几錢鉤藤来濃濃的煎了一碗與他母親吃了又和秋菱兩个捶腿揉胸停了一会略覺安頓些宝釵便道媽媽你這 給薛姨媽 先 薛姨媽口只是又悲又氣的是金桂撒潑

悲的是宝釵十分過意倒覺可憐宝釵更傷感又功了一回不知不覺的睡了一覺肝氣也漸漸平復了宝釵便說

種閑氣不要放在心上才好过几天樂得往那边老太太姨媽處散散悶也好家裡橫豎有我和秋菱照看着靠他也 說說話

不敢怎麼着薛姨媽点頭道過两天看罷了且說元妃疾愈之後家中俱各喜欢過了几日有几个老公帶着東 點 走來

西銀兩宣賈妃娘娘之命因家中省問勤勞俱有賞賜把物件銀兩交代清楚賈赦等稟明賈母一齊謝恩畢太監 一一

吃了茶去了大家回到賈母房中說笑了一回老婆子傳進話來道那边有人請大老爺說要緊的話賈母便向 外面 說小廝們來回道 呢

道你去罷賈赦答應着退出去了這裡賈母和賈政道娘娘心理甚惦記着宝玉前日还问他來我說近日 賈赦 來 忽然想起 笑 却 特特的 着呢賈政陪笑道

只是宝玉不大肯念書辜負了娘娘的美意賈母道我倒給他上了個好兒說他

文章多做上来了賈政道那裡能像老太太的話賈母道小孩子家慢慢教導他就好了賈政道老太太說 呢 你們时常叫他出去作詩作文難道他都沒作上來麼 可見人家說的胖子也不是

一口兒吃的賈政听了這話忙陪笑

得是賈母道还有一件事和你商量如今他也大了你們也該留神看一个好孩子給他定下这也是他終身大 提起宝玉我 的

也別論遠近親戚什麼窮啊富的只要深知那姑娘的脾性兒好模樣兒周正的就好

事賈政道老太太吩咐的很是但要他自己学好纔好不然不稂不莠的倒耽悞了人家的女孩兒賈母 只一件姑娘也要好第一 豈不可惜

听了這話心裡却有些不喜歡便說

道論起來現放着你們做父母的那裡用我操心但宝玉從小兒跟着我未免耽悞了他成人正事也是 只我想 這孩子 多疼他一点兒

有的只是我看他那模樣兒未必就是那種沒出息的必至遭塌了人家女兒賈政連忙站起來道老太太

生來的　也還於世心性兒也還實在　孩　也不知是我們　換點比

知你們看着寶玉這樣兒個孩子的賈政心中甚是不安連忙陪笑道老太太看的人也多了只以該他好有造化的或者老太太合古人的話相反倒是莫知其子之美了一句話把賈母也怄笑

他橫想來是不錯的只是兒子望他成人的性兒太急了一点賈母道你這会子有了几歲年紀又居着官自

了眾人也都陪着笑了賈母因說道

然越歷練越老成便向邢王二夫人道他那年輕的時候那一種古怪脾氣比宝玉还加一倍直等娶了媳婦略略的

說到這裡回頭瞅着

懂了些人事我看宝玉比他略體些人情呢邢王二夫人道老太太又說起笑話兒来了說着丫頭擺上

兒如今只抱怨宝玉這会子

說的　都笑了因說　說着小丫頭子們進來告訴鴛鴦請示老太太晚飯伺候下了

賈母便問你們又咕咕唧唧的說什麼鴛鴦笑着回明了賈母道那麼着你們也都吃飯去罷單留鳳姐兒和珍哥媳婦跟我吃罷賈政及邢王二夫人都答應着伺候擺上飯來

厥來方各自散出賈政回到房中叫小丫頭告訴李貴宝玉放了学回來索性吃飯後再叫他過來說我

因提起方纔的話來說道老太太這麼疼宝玉畢竟要他有些實學日後可以混得功名纔好不枉老太太疼他一場也不至糟蹋了人家的女兒王夫人道老爺這話自然是該當的

還要問他話呢李貴答应了至宝玉回來李貴告訴了宝玉聽見又是一個悶雷只得見過賈母便回園吃飯

放了學剛要過来請安只見李貴道二爺先不用過去老爺吩咐了今日叫二爺吃了飯再過去呢聽見還有話問二爺呢

三口兩口吃完忙漱了口便來見了賈政請了安賈政道你說師父叫你講一個月的書就要給你開笔如

往賈政這邊來賈政此時在內書房坐着宝玉進來請了安一旁侍立賈政問道這几日我心上有事也忘了問你那一日

今算來將兩个月了到底開了笔沒有宝玉道做過三次師父說等好些再回老爺知道因此總沒敢

纔　且不必回老爺知道　罷　這兩天

回賈政道是什麼題目宝玉道是吾十有五而志於學一个是人不知而不慍三个則歸墨三字賈政道多有

一个是　一个是

稿兒麼宝玉道多是抄出來師父又改的賈政道叫人取了來我瞧宝玉連忙打發人去拿了來呈与賈政

作了　你帶了家來了還是在學房裡呢宝玉道在學房裡呢賈政道

賈政翻開看時一遍道這是你做的麼宝玉道是賈政道這也沒有什麼出色處但初試筆能如此還算

見頭一篇寫着題目是吾十有五而志於學他原本破的是聖人有志于學幼而已然矣代儒卻將幼字抹去明用十五賈政道你原本幼字便扣題目了幼字是從小起至十六以前都是幼

不離前年在任上時还出過惟士為能這个題目那些童生多讀過前人這篇不能自出心裁每多抄襲

那是你這章書聖人自言学问工夫与年俱進的話所以十五卅四十五十六十七十俱要明点出來纔見得到了幾时有這一層学问　到　又有一層　意　所以代儒將幼字改了十五便明

白了怕此看到承題那抹去的原本云夫不志于学人之常也賈政搖頭道不但是孩子氣可見你本性不是个学者的志氣又看底下可聖人十五而志之不亦難乎說道這

更不成話了然後看代儒的改本云夫人孰不學而志于學者卒鮮此聖人所以自信于十五時歟便問改的懂得麼宝玉答應道懂得又看第二藝題目是人不知而不慍先看代儒的改

我看宝丫頭的性格兒溫厚和平雖然年輕比大人還強幾倍前日那小丫頭子回來說我們這边还都讚嘆了他一会子都像宝

是百裡挑一的不是我說句冒失話那給人家作了媳婦兒怎麼叫公婆不疼家裡上上下下不賓服呢宝玉頭裡已經聽煩

下款款的往下聽薛姨媽道不中用他雖好到底是女孩兒家養了蟠兒這個糊塗孩子真真叫我不放心只怕在外頭喝

弟二家常和他在一塊兒我還放点心兒宝玉听到這裡便接着道姨媽更不用懸心薛大哥相好的都是些正

經事不薛姨媽笑道依你這樣說我敢只不用操心了說話之間飯已吃完宝玉映間還要看書

〔右五行，原另紙繕寫（有殘缺）附粘於第八十四回第二頁前半頁，接第九行「過些時自然就好了」句〕

章天不以不知而愠者终无以为乐矣才领着根看那缘去的二层中说道那是什么行二手惺人之心代乎学者也上节以学而言能有所不惯三个字的题目下文是君子的命题必所以为乎

总合题仔呢且不知我说上文有是君理有要细心领会宣玉答应着贾政又往下看大不知未有不愠者也而竟不然非是由说而乐者曷克臻此原本末句非写学者之要以达进也乌能无鬼自病且如的也不可不过得书说的来可知之是皆宝玉只得看了一遍问宝玉道你的开满到这里个家宝玉道所以说孟子于懂些所以先读孟子七子得

你念过没有宝玉答应道念过贾政道我要你另换个主意不许雷同了前人只做个破题也使得宝玉只得

伏满完了如今满上论语呢贾政回着道拟例注不说念有了早晨熟了外头别者所归者焉贾政道二节言间难不作又合肯大甲已非归归者也归是之言已章矣下矣的念惯王揖

答应着低头搜索，只见一个小厮往外飞跑，贾政便问道做什么小厮随道老太太那边姨太太来了叫预备饭。宝玉听见薛姨妈来了，只当宝钗

枯肠贾政背着手也在门口站着作想　贾政听了也没言语那小厮自去了谁知宝玉

不来归个里头来了贾政

钗同来，心中早已忙了，便乍着胆子回道：破题倒做了一个，但不知是不是。贾政道：你念来。宝玉念道：天下不皆士

自从宝钗搬回家去十分想念听见薛姨妈来了只当宝钗

也，能无产者亦仅矣。贾政听了点头道：也还使得。以后作文总要把界限分清把神理想明白了再去动笔你来的时候老太太知道不知道宝玉道知道的贾政道既如此你还到老太太那里去罢。宝玉答应了，慢慢的退出二门，一溜烟跑到

刚过穿廊月洞门的影屏

这里便告贾母说了快安宝玉便问你今日怎么这早晚就散了宝玉悉把贾政一命

贾母房中给薛姨妈请安宝玉把做文章破题的话述了一遍。贾母喜容满面。宝玉因问众人道

当初在那里坐着呢薛姨妈笑道你宝姐姐过来家里和香菱做活呢宝玉听了

心中索然，又不好就走，只得陪着说话。贾母说道宝玉跟着我这边坐罢宝玉连忙回道刚理散学时李贵传老爷的话叫吃了饭过去我这边摆上饭来。贾母便道前日提头说起秋菱不知是谁问起

来了，薛姨妈来了吃茶吃了一款饭说道老太太和姨妈请出去了问宝玉的道理你今日吃饭叫他们白日吃去罢了夫人也说道你跟着老太太吃罢

来，不知道就是他，怎么又改了名字。薛姨妈道：老太太再别提起，自从蟠儿娶了这个媳妇，闹的也不成

宝哥吃饭　只叫他们去可不是他撑这了的的名出不了以惯贾母道你

个人家了。我也没那么大精神和他们……

甘应当劝他们……薛姨妈只顾……真是老太太这里有什么不知道的也那里是……要斑不好所见说是宝玉的起的他要改贾母道这又是什么……

了……惺惺……贾母道：……你劝劝，竟把他们别放在心上。他们是新过门的小夫妻，过些时自然就好了。

……老太太这些……前日老太太打发人看我去我们家里正闹呢……问可是前日听见姨太太肝气疼要打发人看去……所以没着人去

闻……吃完，宝玉……只见琥珀走来向贾母耳边说了几句，贾母便向凤姐道：你快去罢。

凤姐听了……大家……了……凤姐……来向凤姐……小孩子……贾母回说道你去罢……也不是外人凤姐连忙答应

巧姐儿去罢。琥珀回道巧姐儿身上不大好，请二奶奶过去。王夫人道：你先去，我就来。小孩子魂儿还不全呢

在旁……前……屋里的……你们……贾母又道……带了……

别叫他们大惊小怪的，留点神儿。凤姐答应了，告辞出来。薛姨妈又说了一回话便告辞，同着王夫人

道老太太……

人往凤姐院里去了却说贾政试了宝玉一番心里却也喜欢走到外面和那些门客闲谈说起方才的话来
便有一个王尔调道晚生有句话不揣冒昧和老世翁商议贾政道什么事王尔调道有一位做过南韶道的
张大老爷家有一位小姐此时尚未受聘闻宝爷的人品学业必要大成的老世翁这样门楣还有何说若
晚生过去包管一说就成贾政道宝玉说亲却也是年纪了但张公素来深悉詹光道王兄所说张家晚生
却也知道况和大老爷那边是旧亲老世翁一问便知贾政想了一想便知是邢太太的亲戚坐了一回进来了
把方才的话告诉了王夫人各自安歇不提次日邢夫人到贾母这边来请安王夫人
便提起张家的亲事邢夫人道张家虽系老亲但近年来久已不通音信只这一个女儿十分娇养
必要女婿过门入赘贾母便道这断使不得便向王夫人道你回来告诉你老爷这张家的亲事
做不得的王夫人答应了贾母便问你们昨日看巧姐儿到底怎么样头里平儿说很不大好我因你们过去看
到凤姐房中凤姐连忙接了进去贾母便问到底怎么样凤姐道只怕是搐风的来头贾母
道还不请人赶着瞧凤姐道已经请去了贾母同邢王二夫人进房来看了看仍到外间坐下贾母忽然
想起张家的事来便向王夫人道你该就去告诉你老爷省得人家去说了回来又驳回凤姐听了这话已知

太〃不自主说宝兄弟亲事邢夫人道可不是么贾母接着因把刚才的话告诉凤姐〃〃笑道不是我当着老祖宗太〃们跟前说句大胆的话现放着天配的姻缘何用别处去找贾母笑问道在那里凤姐道一个宝玉一个金锁老太〃怎么忘了贾母笑了一笑因说昨日你姑妈在这里你为什么不提凤姐道老祖宗和太〃们在前那有我们说话的地方况且姨妈过来瞧老太〃怎么提起这些個这也得太〃们过去求亲才是贾母笑了邢王二夫人也都笑了贾母因道可是我背晦了说着人回大夫来了贾母便坐在外间邢王二夫人略避那大夫同贾琏进来给贾母请了安方进房中看了出来躬身回道妞儿一半是内热一半是惊风须先用一剂发散风痰药还要用四神散才好因病势来得不轻如今的牛黄多是假的要找真牛黄方好贾母道了乏那大夫同贾琏出去开了方子去了凤姐道人参家里常有这牛黄只怕未必有外头买去只是要真的王夫人道等我打发人到姨太〃那边去找〃他家蟠儿向来和那些西客们做买卖或者有真的也未可知我叫人去问〃正说着众姊妹多来了坐了一回也多跟着贾母去了这里煎了药与巧姐儿灌下去了只见喀的一声连药带痰都吐出来凤姐才略放了一点儿心只见王夫人那边的小丫头拿着一个红纸包说道二奶〃牛黄有了太〃说叫二奶〃亲自把分两对准了凤姐答应着接过来便叫平儿配齐了真珠冰片朱砂快熬起来自己用戥子按方称了搀在里面等巧姐儿醒了好给他吃只见贾环掀帘进来说二姐〃你们巧姐儿怎么了妈叫我来瞧〃他凤姐便说好些了你回去说多谢你们姨娘想着那贾环口里答应只管各处瞧着看了一回便问凤姐道你这里听见说有牛黄不知牛黄是怎么个样儿给我瞧〃

凤姐道你别在这里闹了妞儿才好些那牛黄煎上了贾环听了便去伸手拿那铞子瞧时岂知

措手不及沸的一声铞子倒了火已泼灭了一半贾环见不是事自觉没趣连忙跑了凤姐急的火星直爆骂道真真那

一世的对头冤家你何苦来还来使促狭从前你妈要想害我如今你又来害妞儿我和你几辈子的仇呢一面骂平儿不照应正骂着

只见丫头来找贾环凤姐道你去告诉赵姨娘说他操心太苦了巧姐儿死定了不用他惦着了平儿急忙

配药再熬那丫头摸不着脑袋便悄悄问平儿道二奶奶为什么生气平儿将环哥弄倒药铞子说了一遍丫头道怪不得

他不敢回来躲到别处去了这环哥儿明日还不知怎么样呢平姐姐我替你收拾罢平儿道这倒不消幸亏牛黄还有一点如今配好了你去罢丫头道我一准告诉赵姨奶奶也省了他天天说嘴那丫头回去果然告诉了赵姨娘赵姨娘气的叫快找环儿

环儿在外间屋子里躲着被丫头找了来赵姨娘便骂道你这个下作种子你为什么弄洒了人家的药招的人家咒骂我原叫你

去问一声不用进去你偏进去又不就走还要虎头上捉虱子你看我回了老爷打你不打这里赵姨娘正说着只听贾环在外间屋子里更说出些惊心动

魄的话来未知何言下回分解

紅樓夢第八十五回

賈存周報陞郎中任　薛文起復惹放流刑

話說趙姨娘正在屋裡抱怨賈環，賈環道：我不過弄倒了藥銚子，那丫頭又沒就死了，值得賴我心壞。我明日還要那小丫頭子的命呢，看你們怎麼着，只叫他們隄防着就是了。趙姨娘握住他的嘴道：你還管信口胡唚，還叫人家先要了你的命呢。娘兒兩個吵了一回。從此兩邊結怨比前更深。一日林之孝進來回道：今日是北静郡王生日，請老爺的示。賈政道：只按舊例办了，回大老爺去。林之孝答應了，去办。不一時，賈赦過來，帶了賈珍、賈璉、寶玉同去拜壽。來到北府，遞了職名，不多時出來了一個太監，多问了好，便道：王爺請呢。于是跟着太監進到了內宮门，大家站住。那太監先進去回了，請爺們兒五人肅敬跟入，只見北静郡王穿着礼服迎到廊下。賈赦弟兄先上来請安，捱次就是珍、璉、寶玉。那北静郡王拉着寶玉道：久不見你，很惦記你的。好塊玉好？寶玉道：蒙王爺福底，多好。捱次行礼畢，復肅敬退出。北静王吩咐太監讓在衆戚舊處好生款待，單留寶玉在這裡說話，又賞了坐。寶玉便謝了，側坐說了一回讀書作文。北静王甚加愛惜，又賞了茶，便道：昨日吳巡撫來陛見，說起令尊翁前任學政時秉公办事，凡屬生童俱心服之至。他陛見時，萬歲爺也曾问過，他十分保奏，可知是令尊翁的喜兆。寶玉道：此是王爺的恩典，吳大人的盛情。正說着，小

太監進来回道諸位老爺在前殿謝宴北静王道知道了勞動他們又命太監帶了寶玉到書房小院派人陪
着吃了飯過来謝恩北静王又說了些話道我前日見你那塊玉倒有趣兒回来叫他們照樣做了一塊今日
你来得正好就與你帶回去頑罷遂命小太監取来親手遞與寶玉寶玉捧着謝了然後退出北静王又命太監送
出来便同賈赦等回来了見過賈母寶玉又將吳大人保舉的話回了賈政賈政道這吳大人本来相好也
是我輩中人又說些閑話各自散回賈政回到房中林之孝進来回道今日巡撫吳大人来拜奴才
回了去了再奴才還聽說工部出了个郎中缺部里都吵嚷是老爺擬正呢賈政道瞧罷了于是又回了
些話才出去了且說寶玉復到賈母那边拿出那塊玉来大家看着笑了一回賈母道你那塊玉好生帶
着罷別鬧混了寶玉道那裡混得過我正要告訴老太太前日晚上把玉掛在帳子裡他竟放起光来
滿帳子都是紅的賈母說又胡說了帳子的簷子是紅的火光照着自然紅是有的寶玉道不是那時燈已滅了屋裡都漆黑的了還看得見他呢邢王二夫人抿着
嘴笑了鳳姐道這是喜信發動了寶玉道什麼喜信賈母道你不懂你去歇歇兒罷寶玉便回園中去了賈
母道你們去看姨太太說起這事沒有王夫人道告訴了他姨媽倒十分願意只要和蟠兒商量商量再辦賈母
道這也是情理的話既這麼着等他商量定了再說不說賈母談論親事且說寶玉回到房中告訴襲人
道老太太和鳳姐姐方才說話含含糊糊不知什麼意思襲人笑道這个我也猜不着正說着打發寶玉睡下卻說
呢正說着只聽外間屋裡麝月與秋紋拌嘴襲人道你兩个又鬧什麼麝月道我們兩个鬥牌他贏了我的錢他拿了去他輸了錢就不肯拿出来這也罷了他倒把我的
錢都搶了去了寶玉笑道幾个錢什麼要緊傻東西不許鬧了說的兩个人都咕嘟着嘴坐着去了這裡打發

這一提起又招出多少話來呢
襲人听了方才的話明知是給宝玉提親因宝玉每有癡想恐他弄出事故作不知自己心上却也是件関切
夜间躺着想了个主意不如去見紫鹃看他有什麽動靜自然就知道了又梳洗了便慢慢的去到
正在那裡掐花兒呢見襲人進來便笑嘻嘻的道姐姐屋裡坐
的事次日一早打發宝玉上了学自己便往瀟湘館來便問紫鹃道姑娘呢紫鹃道姑娘才梳洗完了等
着温葉呢説着襲人進來見了代玉正拿着一本書看襲人陪笑道姑娘怨不得劳神起來就看書我們宝
一面问 在那裡
二爺念書若能像姑娘這樣豈不好了代玉笑着把書放下雪雁已端了藥來襲人來瞧要探口氣坐
端着小茶盘里托着一钟药一钟水小丫头在后头捧着痰盒漱盂进来
了一回無處入話又想着代玉最是心多探不成消息再惹着了他倒是不好敢此搭赳着辭了出來將到
又坐了一坐
怡紅院门口只見兩个人在那裡站着襲人便不往前走那一个早看見了連忙跑過來襲人一看却是
呢
鋤葉因问做什麽鋤藥道剛才芸二爺來拿了个帖子説給宝二爺瞧的在這裡候信呢襲人道宝二
你
爺天天上学你難道不知道还候什麽信呢鋤葯道我告訴了他了叫告訴姑娘听姑娘的信呢襲人正要説話
笑
只見賈芸也蹭过來了襲人連忙向鋤藥道你告訴説知道了回來給二爺瞧罷那賈芸原要过來和襲人説
那一个 慢慢的
細看時就是賈芸溜溜湫湫往這裡來了
話忽見襲人説出這話自己也不好再往前走只得快快而回同鋤藥出去了晚间宝玉回房襲人道今日廊下小芸
湊個親近又恐不便造次
只好站住這裡襲人早已掉背臉往回裡去了賈芸
便回
二爺來了宝玉道來做什麽襲人道他还有个帖兒便在書槅子上拿了來宝玉接过來看時上写着叔父大人安稟
他 呢 过
宝玉道這孩子怎麽又不認我做父親了襲人道怎麽様宝玉道他前年送我白海棠時稱我做父親今日

这帖子封皮上写着叔父可不是又不认了袭人道他也不害臊你也不害臊正经连个说到这里脸一红微微的

一笑宝玉也觉得了便道这到难讲俗语说和尚无儿孝子多着呢只是我看他伶俐得人心儿才这么着他不愿意我还

不希罕呢说着拆那帖儿看[illegible]面不耐烦袭人问道什么事情宝玉也不答言把那帖子撕做几断袭

人见这般光景也不便再问宝玉道可笑芸儿这孩子竟这样混账便道咱们吃饭罢两边上饭来吃了

一口儿便搁下了仍是闷闷的歪在床上一时间忽然掉下泪来此时袭人麝月多摸不着头脑麝月道好

好儿的这又为什么要天长日久闹起这闷葫芦来可叫人怎么受呢说着竟哭起来袭人由不得噗

哧便道好妹妹你别怄人了他一个人就够受了你又这么着他那帖子上的事难道与你相干麝月道你混

说起来了袭人还来答言忽见宝玉爬起来抖抖衣裳说睡罢[illegible]不便打扰睡下一宿无话次日宝玉

起来梳洗了便往家塾里去刚往外走只见贾芸慌慌张张往里来看见宝玉连忙请安说叔叔大喜了那宝玉

道你也太冒失了不管有事没事只管来搅贾芸陪笑道叔叔不信只管瞧去人多来了在大门口呢宝玉越发急了

说这是那里的话正说着只听外面一片声嚷宝玉心里越发狐疑起来只听一个人嚷道你们这些人好没规矩这

是什么地方在这里混嚷那人道谁叫老爷升了官怎么不叫我们吵喜呢宝玉才知道是贾政升了郎中了

人去報喜的心中甚是喜歡趕着說

連忙要走賈芸道叔〻樂不樂叔〻的親事再成了是兩層喜了宝玉紅了臉啐道呸沒趣兒的東西还不快走呢賈

賈芸把臉紅了道這有什麼的我看你老人家就不宝玉沉着臉道不什麼要芸未及說完也不敢言語了宝玉連

忙來到家塾中只見代儒道我才听見你老爺陞了你今日还來了麼宝玉道過來見了太爺好到老爺那边

放你一天假罷可不許回園子裡頑去你年紀不小了雖不能办事也當跟着你大哥他們學習便是宝玉答應着回來剛走到二門口只見李貴

去代儒道今日不必來了宝玉答應了回來便到賈母房中只見邢王二夫人代玉湘云等一干姊妹俱各在堂口不

走來迎着旁边站住笑道二爺來了麼奴才們要到書裡請去宝玉笑道誰說的李貴道老太〻才打發人到院裡去找二爺那边的姑娘們說二爺學裡去了剛才老

見宝釵宝琴迎春三人此时喜的無話可說忙給賈母道了喜又給邢王二夫人道喜一〻見了衆姐妹便向

太打發人出來叫奴才去給二爺告几天假听說还要唱戲賀喜呢說着宝玉自己進來只見二門內滿院裡丫頭老婆都是笑容滿面見他來了笑道二爺這早晚才來还不

代玉道妹〻身子大好了代玉微笑道大好了听見說二哥〻身上也欠安好了麼宝玉道可不是我那日夜裡忽然心

快進去給老太〻道喜去呢宝玉笑着進了二門

裡疼起來這几天剛好些就上学去了也沒得過去看妹〻风姐笑道你兩个倒像是客有這麼些套

話可是人說的相敬如賓了說的大家都一笑代玉滿臉飛紅又不好說又不好不說遲了一会兒才說道你懂得什麼衆人越發笑了

风姐一時回过味來才知道自己出言冒失正要拿話來解只見宝玉道林妹〻你瞧芸兒這種冒失鬼說了這一句方想起來便

不言語了招的大家又都笑起來代玉也摸不着頭腦也跟着訕〻的笑宝玉無可搭訕因又說道剛才我听見有人要送戲說

是几時风姐道大家都瞅着他笑你在外頭听見你來告訴我們這会子又問誰呢宝玉道要說我再到外頭問〻去賈母道別跑到外頭去

你老子今日大喜回來碰見你又該生氣了宝玉答應了是便出來了賈母因問风姐誰說送戲的話风姐道二旧〻那边說後日〻子好送一

班戲來賀喜又笑着說道不但日子好还是好日子呢說着這話却瞅着代玉笑代玉也微笑王夫人因道可是呢後日还是外甥女的生日呢賈母想了一想也笑

一回見那如今老了什麽事多糊塗了

道既這麽着很好他們舊舊家就給你做生日豈不好呢說得大家笑起來

說道老祖宗這句話見都是上篇上論的怎麽能有這麽大福氣呢說着寶玉進來聽見

說這些話越發樂了一時賈政謝恩回來給賈母磕頭站着說了幾句話便拜客去了這裏接連着親戚族

鬧鬧攘攘……這日一早王子騰和親戚家已送過一班戲來

中的來來去去因此兩日已是慶賀之期就在賈母正廳前搭起行臺外面親戚約有十餘桌酒裏面也

擺下酒席賈母及薛姨媽坐了兩席邢王二夫人陪着下面兩桌衆人要讓代玉坐代玉只是不肯賈母

道今日你坐了罷薛姨媽道今日林姑娘也有喜事麽賈母道是他的生日薛姨媽道我倒忘了便

道回來叫寶琴過來拜姐姐的壽代玉笑道不敢大家坐了代玉便問道寶姐姐為什麽不過來薛姨媽道

那代玉留神一看獨不見寶釵

因無人看家所以不來說着丫頭們斟酒上菜外面已開戲了出場自然是一兩齣吉慶戲文

第三齣只見金童玉女旗旛寶幢引着一個霓裳羽衣的小旦

齣正在熱鬧忽見薛家的人滿頭汗闖進來向薛蝌道二爺快回去裏頭回明太太也請回去家裏有要緊

事薛蝌也不及告辭就走了薛姨媽聽見了頭傳進話去更駭得面如土色即忙起身帶着寶琴回去弄得內外愕然

賈母道打發人過去聽聽什麽事衆人都懸着心單說薛姨媽回去只見有兩個衙役站在二門口幾個夥計陪

着說太太回來自有道理正說着薛姨媽已進來了薛姨媽正走到廳房後面早見金桂大哭又見寶釵迎

是了薛姨媽

出來滿面淚痕便道媽媽聽見了先別着急辦事要緊薛姨媽同寶釵進了屋子因為頭裏進門時聽見家

九八〇

人说了唬得战战兢兢（一面哭着）便问到底和谁（是）家人（只）道（回）太太此时且不必问这些底细凭他是谁打死了总是要偿命的

且商量怎么办理好薛姨妈（哭着出来）道还有什么商议家人道依小的们主见今夜打点银两同着二爷赶去和大爷見了面

就在那裡访一个有斟酌的刀笔先生许他些银子先把死罪撕掳开回来再求贾府去上司衙门说情还有外面

的衙役太太先拿出几两银子来打发了他们我们好赶着办事薛姨妈道你们找着那家子许他些（发送）烧埋银

子（再作他些养济银子）原告不追事情就缓了宝钗在帘内道妈妈使不得这些事越给钱越闹得凶倒是刚才小厮说的话是

薛姨妈（又哭）道我也不要命了（赶到那裡見他一面）同他死在一处就完了宝钗急的一面劝一面在帘子裡叫人快同二爷办去罢了头

们搀进薛（姨）妈来宝钗又道有什么信即刻打发人来你们只管在外头照料薛蝌（仍往外走）答应着去了（宝钗方劝薛姨妈那）这裡金桂（趁空兒）抓

（又和他嚷道平常你们只会夸他们家裡打死了人一点子也没有就进京来了如今撺掇的真打死了人平日裡有才有势有的银钱这时候我看着也是唬的慌手慌脚的了大）

住香菱我果我嚷（爷明兒有个好歹兒不能回来时你们各自干你们的去了撂下我一个人受罪说着又大哭起来這裡）薛姨妈越发气的发昏宝钗急得没法正闹着只见贾府中打发人过来打听宝钗

日回道此时事情头尾尚未明白就只听见说我哥哥在外头打死了人被县裡拿了去了也不知怎么定罪（呢）刚才

二爷才去打听去了一半日得了准信（赶着）就给（那边）太太送信去你先回去道谢太太（到要太太惦记着）还要仰仗那边（有多少）爷们（的地方）呢了头答应

着去了过了几日只见小厮回来（交给了小丫头）拿了一封书进来宝钗拆开看时内写着大哥人命是误伤不是故杀

今早用蝌出名补了一张呈纸进去尚未批出大哥前头口供甚是不好待此纸批准後再录一堂能（夠）翻

佚〔得好〕便可得生了〔快向舖内〕再取銀五百两来使用〔千萬莫遲〕並请太〻放心餘事问小厮〔宝釵看这一〻合話〕薛姨媽听了〔前横竪揣摩着那清楚一〕道这庅看起来竟是死

話不定了宝釵道〔媽〻〕先别傷心〔等着〕叫小厮進来问明了再说一时〔打發小丫头把〕小厮〔叫〕進来〻薛姨媽〔便向小厮〕道你把大爺的事细说

与我听〻未知小厮説出什庅話来下回分解

紅樓夢第八十六回

受私賄老官番案牘　寄閒情淑女解琴書

話說薛姨媽聽了薛蝌的來書因叫進小廝問道你聽見你大爺說到底是怎麼就把人打死了呢小廝道小的也沒聽真切那一日大爺告訴二爺說、着回頭看了看見無人纔說道大爺說自從家里鬧的特利害大爺也沒心腸了所以要到南边置貨去這日想着約一个人同行這人在咱门這城南二百多地住大爺找他去了遇見在先和大爺好的那个蔣玉函帶着些小戲子進城大爺同他在个鋪子裡吃飯喝酒因為這當槽兒的儘着拿眼瞟蔣玉函大爺就有了氣了後來蔣玉函走了第二天大爺就請找的那个人喝酒、後想起頭一天的事來叫那當槽兒的換酒那當槽兒的來遲了大爺就罵起來了那个人不依大爺就拿起酒碗照他打去誰知那个人也是个潑皮便把頭伸過來叫大爺打大爺拿碗就砸他的腦袋一下子就冒了血了躺在地下頭裡還罵後頭就不言語了薛姨媽道怎麼也沒人勸勸嗎那小廝道這个沒聽見大爺說小的不敢妄言薛姨媽道你先去歇歇罷小廝答應出來這裡薛姨媽自來見王夫人托王夫人轉求賈政、、問了前後也只好含糊應了只說等薛蝌遞了呈子看他本縣怎麼批了再做道理這裡薛姨媽又在當鋪里兌了銀子叫小廝趕着去了三日後果有回信薛姨媽接着了即叫小丫頭告訴寶釵連忙過来看了只見書上冩道帶去銀両做了衙门上下使費哥、在監也不大吃苦請太、放心独是这裡的人狠刁屍親見证多不依連哥、請的那个朋友也帮着他们我与李祥双个俱係生地生人幸找着一个好先生許他銀子幾讨个主意说是須得拉扯着同哥、喝酒的吴良弄人保出他来許他銀両时他撕擄他若不依便说張三是他打死明推在異鄉人身上他吃不住就好办了我依着他果然吴良出来現在買嘱屍親見证又做了一張呈子前日遞的今日批来請看呈底便知因又念呈底道具呈人某某呈為兄遭飛禍代伸冤抑事窃生胞兄薛蟠本籍南京寄遇西京于某年月日備本往南貿易去来數日家奴送信回家说遭人命生即奔憲治知兄悮傷張姓及至囹圄據兄泣告实與張姓素不相認並無仇隙偶因換酒角口生兄將酒潑地恰值張三低頭拾物一時失手酒碗誤碰顖门身死蒙恩拘讯兄懼受刑承認鬦毆致死仰蒙憲天仁慈知有冤抑出来定案生兄在禁具呈訴辯有干例禁生念手足同死代呈伏乞憲慈恩准提证質讯開恩莫大生等舉家仰戴鴻仁永、無既矣激切上呈批的是尸場檢驗证據確鑿且並未用刑尔兄自認鬦殺招供在案今尔遠来並非目睹何得揑詞妄控理应治罪姑念為兄情切且恕不准薛姨媽听到那裡说道这不是救不過来了这怎么好呢宝釵道二哥的書还没看完後面还有呢因又念道有要緊的问来使便知薛姨媽便问来人因说道縣裡早知我們的家當充足須得在京裡謀幹得大情再送一分大礼还可以覆審從輕定案太〻此時必得快办再遲了就怕大爺要受苦了薛姨媽听了叫小厮自去即刻又到賈府与王夫人說明緣故懇求賈政〻〻只肯托人與知縣說情不肯提及銀物薛姨媽恐不中用求鳳姐與賈璉說了花上几千銀子才把知縣買通薛蝌那裡也便弄通了然後知縣掛牌坐堂傳齊了一干隣保証見屍親人等監裡提出薛蟠刑房書吏俱一一点明名知縣便叫地保對明初供又叫屍親張王氏并屍叔張二问话

張王氏哭禀小的男人是張大南鄉裡住十八年頭裡死了大兒子二兒子也多死了光留下这个死的兒子叫張三今年二十三歲还没有娶女人為小人家裡窮没得養活在李家店裡做當槽兒的那一天晌午李家店裡打發人来叫我說你兒子叫人打死了我的青天老爺小的就唬死了跑到那裡看見我兒子頭破血出的躺在地下喘氣兒问他话也說不出来不多一会兒就死了小人就要揪住这个小雜種拚命衆衙役吆喝一声張王氏便磕頭道求青天老爺伸冤小人就只这一个兒子了知縣便叫下去又叫李家店的人问道那張三是在你店内傭工的么那李二回道不是傭工是做當槽兒的知縣道那日屍場上你說張三是薛蟠將碗砸死的你親眼見的么李二說道小的在櫃上听見說客房里要酒不多一回便听見說不好了打傷了小的跑進去只見張三躺在地下也不能言語小的就喊禀地保一面報他母親去了他們到底怎樣打的實在不知道求太爺问那喝酒的便知道了知縣喝道初審口供你是親見的怎么如今說没有見李二道小的前日

唬昏了乱説衙役又吆喝一声知縣便叫吳良問道你是同在一處喝酒的么薛蟠怎么打的據实供来吳良説小的那日在家这个薛大爺叫我喝酒他嫌酒不好要换張三不肯薛大爺生氣把酒向他臉上潑去不曉得怎么樣就碰在那腦袋上了这是親眼見的知縣道胡説前日屍場上薛蟠自己認拿碗砸死的你説你親眼見的怎么今日的供不對掌嘴衙役答應着要打吳良求着説薛蟠实没有和張三打架酒碗失手碰在腦袋上的求老爺問薛蟠便是恩典了知縣叫上薛蟠問道你与張三到底有什么仇隙畢竟是如何死的实供上来薛蟠道求太老爺開恩小的实没有打他為他不肯换酒故拿酒潑地不想一時失手酒碗誤碰在他的腦袋上小的即忙掩他的血那裡知道再掩不住血淌多了過一回就死了前日屍場上怕太老爺要打所以説是拿碗砸他的只求太老爺開恩知縣便喝道好个糊塗東西本縣問你怎么砸他的你便供説惱他不换酒纔砸的今日又供是失手砸的知縣假作声勢要打要夾薛蟠一口咬定知縣叫仵作將前日屍場填寫傷痕據实报来仵作稟报説前日驗得張三屍身無傷惟顖门有磁器傷一處長一寸七分深五分皮開顖门骨脆裂破三分实係磕碰傷知縣查對屍格相符早知書吏改輕也不駁詰胡乱便叫画供張王氏哭喊道青天老爺前日听見还有多少傷怎么今日多没有了知縣道這婦人胡説現有屍格你不知道么叫屍叔張二便問道你姪

兒身死你知道有几處傷張二忙供道腦袋上一傷知縣道可又來叫書吏將屍格給張王氏瞧去并叫地保屍叔指明与他瞧現有屍場親押证見俱供並未打架不為闘毆只依悞傷吩咐画供將薛蟠監禁候詳餘令原保領出退堂張王氏哭着乱嚷知縣叫衆衙役攆他出去張二也劝張王氏道実在悞傷怎庅賴人現在太老爺斷明别再胡鬧了薛蝌在外打听明白心内喜欢便差人回家送信等批詳回来便好打点贖罪且住着等信只听路上三三兩兩傳説有个貴妃薨了皇上輟朝三日這裡離陵寢不远知縣办差墊道一時料着不得閑住在這裡無益不如到監告訴哥哥安心等着我回家去過几日再来薛蟠也怕母親痛苦帶信説我無事必須衙门再使費几次便可回家了只是别要心疼銀子錢薛蝌留下李祥在此照料一徑回家見了薛姨媽陳説知縣怎樣徇情怎樣審斷終定了悞傷將来屍親那裡再花些銀子一准贖罪便沒事了薛姨媽听説暫且放心説正盼你来家中照應賈府裡本該謝去况且周貴妃薨了他們天天進去家裡空落落的我想着要去替姨太太那边照應照應作伴兒只是偺们家又沒人你這来的正好薛蝌道我在外頭原听見説是賈妃薨了這庅纔赶回来的我們娘娘好好兒的怎庅就死了薛姨媽道上年原病過一次也就好了這回又沒听見娘娘有什庅病只聞那府裡頭几天老太太不大受用合上

眼便看見元妃娘〻衆人多不放心直至打听起来又沒有什庅事到了大前兒晚上老太〻親口說是怎庅元妃独自一个人到我這里衆人只道是病中想的話總不信老太〻又說你們不信元妃还和我說是榮華易尽須要退步抽身衆人多說誰不想到這是有年紀的人思前想後的心事所以也不當件事恰好第二天早起里頭吵嚷出来說娘〻病重宣各诰命進去請安他們就驚疑的了不得趕着進去他們还沒有出来我們家里已听見賈周貴妃薨逝了你想外頭的訛言家里的疑心恰碰在一處可奇不奇宝釵道不但是外頭的訛言舛錯便在家里的一听見娘〻两个字也就忙了過後才明白這两天那府裡这些丫頭婆子来說他們早知道不是偺們家的娘〻我說你們那裡拿得定呢他說道前几年正月外省荐了一个筭命的說是很准的老太〻吗人將元妃八字夹在丫頭們八字裡送出去叫他推筭他独說這正月初一日生日的那位姑娘只怕時辰錯了不然真是个貴人也不能在這府中老爺和衆人說不管他錯不錯照八字筭去那先生便說甲申年正月丙寅這四个字内有傷官敗才惟申字内有正官禄馬這就是家裡養不住的也不見什庅好這日子是乙卯初春木旺雖是比肩那裡知道越比越好就像那个好木料越斵經削才成大器独喜的時上什庅辛金為貴什庅巳中正官禄馬独

旺這叫做飛天祿馬格又説什庅日逢專祿貴重的狠天月二徳坐本命貴受椒房之寵這位姑娘若
是時辰准了定是一位主子娘〻這不是筭准了庅我们还記得説可惜榮華不久只怕遇着寅年卯
月这就是比而又比叔而又叔譬如好木太要做玲瓏剔透本質就不堅了他们把這些話多忘記了
只管瞎忙我才想起来告訴我们大奶〻今年那裡是寅年卯月呢宝釵尚未述完這話薛蝌急
道且别管人家的事既有这个神仙筭命的我想哥〻今年什庅悪星照命遭这庅横禍快閙八字
兒我給他筭去看有妨碍庅宝釵道他是外省来的不知今年在京不在了説着便打点薛姨媽往
賈府去到了那裡只有李紈探春等在家接着便问道大爺的事怎庅樣了薛姨媽道等詳了
上司纔定看来也到不了死罪这纔大家放心探春便道昨晚太〻想着説上回家裡有事全仗
姨太〻照應如今自已有事也难提了心裡只是不放心薛姨媽道我在家裡也是难過只是你大
哥遭了这事你二兄弟又办事去了家里你姐〻一个人中什庅用況且我们媳婦兒又是个不大曉事的
所以不能脱身過来目今那裡知縣也正為預備周貴妃的差使不得了結案件所以你二兄弟
回来了我才得过来〻看〻李紈便道請姨太〻这裡住几天更好薛姨媽点頭道我也要在这边

給你们姐妹们做、伴兒就只你宝妹、冷靜些惜春道姨媽要惦着為什麽不把宝姐、也请
過来薛姨媽笑着说道使不得惜春道怎麽使不得他先怎麽住着来呢李紈道你不懂的
人家、裡如今有事怎麽来呢惜春也信以為实不便再问正说着賈母等回来見了薛姨
媽也顧不得问好便问薛蟠的事薛姨媽细述了一遍宝玉在傍听見什麽蔣玉函一段當着
人不問心裡打量是他既回了京怎麽不来瞧我又見宝釵也不过来不知是怎麽个緣故心内
正自呆、的想呢恰好黛玉也来请安宝玉稍覺心裡喜欢便把想宝釵来的念頭打断同着姊
妹们在老太、那里吃了晚飯大家散了薛姨媽將就住在老太、的套间屋裡宝玉回到自己房
中換了衣裳忽然想起蔣玉函給的汗巾便向襲人道你那一年没有繫的那条紅汗巾子还有没
有襲人道我擱着呢问他做什麽宝玉道我白问、襲人道你没有听見薛大爺相与这些混賬人所以鬧到
人命関天你还提那些做什麽有這樣白操心倒不如静、兒的念、书把这些没要緊的事撂開了
也好宝玉道我並不鬧什麽偶然想起有也罢没也罢我白问一声你们就有这些话襲人笑道並不
是我多话一个人知书達礼就该往上巴結才是就是心爱的人来了也叫他瞧着喜欢尊敬啊

宝玉被袭人一提便説了不得方才我在老太々那边看見人多没有和林妹々説話他也不曾理我散的
時候他先走了此時必在屋裡我去就来説着就走袭人道快些回来罢这都是我提頭兒倒招起你
的高興来了宝玉也不答言低着頭一逕走到瀟湘館来只見代玉靠在桌上看书宝玉走到跟
前笑説道妹々早回来了代玉也笑道你不理我々还在那裡做什庅宝玉一面笑説他们人多説话我插不
下嘴去所以没有和你説話一面瞧着黛玉看的那本书上的字一个也不認得有的像芍字有的像茫
字也有一个大字旁邊九字加上一勾中间又添五个字也有上頭五字六字又添一个木字底下又是一个五
字看着又奇怪又納悶便説妹々近日越發精了看起天書来了黛玉嗤的一声笑道好个念书的人
連个琴譜多没有見過宝玉道琴譜怎庅不知道為什庅上頭的字一个也不認得妹々你認得庅黛
玉道不認得瞧他做什庅宝玉道我不信從没有听見你会撫琴我们书房里掛着好几張前年来了
一个清客先生叫做什庅嵇好古老爺煩他撫了一曲他取下琴来説多使不得还説老先生若高興改日攜琴
来請教想是我们老爺也不懂他便不来了怎庅你有本事藏着黛玉道我何常真会呢前日身上畧覺
舒服在大書架上翻書看有一套琴譜甚有雅趣上頭講的琴理甚通手法説的也明白真是古人静心養

性的工夫我在揚州也听得講究過也曾学过只是不弄了就没有了这果是三日不彈手生荊棘前日看这几篇没有曲文只有操名我又到别處找了一本有曲文的来看着才有意思究竟怎庅彈的好实在也难書上說的師曠鼓琴能来風雷龍鳳孔圣人尚学琴於師襄一操便知其為文王高山流水得遇知音說到这裡眼皮兒微微一動慢慢的低下頭去宝玉正听得高興便道好妹妹你纔說的实在有趣只是我纔見上頭的字多不認得你教我几个呢黛玉道不用教的一說便可以知道的宝玉道我是个糊塗人得教我那个大字加一勾中间一个五字的黛玉笑道这大字九字是用左手大拇指按琴上的九徽這一勾加五字是右手鈎五弦並不是一个字乃是一声是極容易的还有吟揉綽注撞走飛推等法是講究手法的宝玉樂得手舞足蹈的说好妹妹你既明琴理我们何不学起来黛玉道琴者禁也古人制下原以治身涵養性情抑其淫蕩去其奢侈若要撫琴必擇静室高齋或在層樓的上頭在林石的裡面或是山巔上或是水涯上再遇着那天地清和的時候風清月朗焚香静坐心不外想氣血和平才能与神合靈与道合妙所以古人說知音难遇若無知音寧可独对着那清風明月蒼松怪石野猿老鶴撫弄一番以寄興趣方為不負了这琴还有一層又要指法好取音好若必要撫琴先須衣冠整齊或鶴氅或深衣要知古人的儀表那纔能稱聖人之器

然後盥了手焚上香方纔將身就在榻边把琴放在案上坐在第五徽的地方對着自己的当心两手方從容抬起这纔心身俱正还要知道輕重疾徐卷舒自若體態尊重方好宝玉道我們学着頑若這広講究起来那就難了双ケ人正説着只見紫鵑進来看見宝玉咲説道宝二爺今日這[illegible]這樣高興宝玉咲道听見妹〻講究的叫人頓開茅塞所以越听越愛听紫鵑道不是这ケ高興説的是二爺到我們这边来的話宝玉道先時妹〻身上不舒服我怕鬧的他煩再者我又上学因此顯着就踈遠了是的紫鵑不等説完便道姑娘也是纔好〻二爺既這広説坐〻也該讓姑娘歇〻兒了别叫姑娘只是講究劳神了宝玉咲道可是我只顧愛听也就忘了妹〻劳神了代玉咲道説这些倒也開心也没有什広劳神的只是怕我只管説你只管不懂呢宝玉道横竪慢〻的自然明白了説着便站起来道當真的妹〻歇〻兒罢明日我告訴三妹〻和四妹〻去叫他們多学起来讓我听代玉咲道你也太受用了即如大家学会了撫起来你不懂可不是对代玉説到那裡想起心上的事便縮住口不肯往下説了宝玉便咲着道只要你們能彈我便愛听也不管牛不牛的了代玉紅了臉一咲紫鵑雪雁也多咲了於是走出门来只見秋紋帶着小丫頭捧着一小盆蘭花来説太〻那边有人送了四盆蘭花来因裡頭有事没有空

兒頑叫給二爺一盆林姑娘一盆代玉看時却有几枝双朵兒的心中忽然一動也不知是喜是悲便呆呆的歎看那宝玉此時却一心只在琴上便説妹妹有了蘭花就可以做猗蘭操了代玉听了心裡反不舒服回到房中看着花想到草木當春花鮮葉茂想我年紀尚小便像三秋蒲柳若是果能遂愿或者漸漸的好来不然只恐似那花柳殘春怎禁得風催雨送想到那裡不禁又滴下淚来紫鵑在旁看見這般光景却想不出緣故来方纔宝玉在這裡那么高興如今好好的看花怎么又傷起心来正愁着没法兒勸解只見宝釵那边打發人来未知何事下回分解

紅樓夢第八十七回　感秋聲撫琴悲往事　坐禪寂走火入邪魔

却說黛玉叫進宝釵家的女人來问了好呈上書子代玉叫他去喝茶便將宝釵來書打開看时只見上面寫着

妹生辰不偶家運多艱姊妹伶仃萱親衰邁兼之猇声狺語旦暮無休更遭惨禍飛灾不啻驚風密雨夜深輾側愁緒何堪屬在同心能不為之愍惻乎廻憶海棠結社序屬清秋对菊持螯同欢洽猶記孤標傲世偕誰隱一樣花開為底遲之句未嘗不嘆冷節餘芳如吾兩人也感懷觸緒聊賦四章匪曰無故呻吟亦長歌當哭之意耳

悲時序之遞嬗兮又屬清秋感遭家之不造兮獨處離愁北堂有萱兮何以忘憂無以解憂兮我心咻咻

雲憑憑兮秋風酸步中庭兮霜葉乾何去何從兮失我故欢静言思之兮惻肺肝

惟鲔有潭兮惟鹤有梁鳞甲潛伏兮羽毛何長搔首问兮茫茫高天厚地兮誰知余之永傷

銀河耿耿兮寒氣侵月色横斜兮玉漏沉憂心炳炳兮發我哀吟吟復吟兮寄我知音

代玉看了不勝傷感又想宝姐姐不寄与别人单寄与我也是惺惺惜惺惺的意思正在沉吟只听見外面有人說

道林姐〻在家里呢代玉一面把宝钗的書叠起口内便答應道是誰正问着早見几个人進来却是探
春湘雲李紋李綺彼此问了好雪雁倒上茶来大家喝了説些闲话因想起前年的菊花诗来代玉便道
宝姐〻自從挪出去来了两遭如今索性有事也不来了真〻奇怪我看他終久还来我们这裡不来
探春微笑道怎么不来横竖要来的如今是他们尊嫂有些脾氣姨媽上了年紀的人又兼有薛大
奇的事自然得宝姐〻既料一切那裡还比得先前有工夫呢正説着忽听得唿喇〻一片風声吹了好些
落葉打在窗紙上停了一回又透过一陣清香来衆人闻着多説道这是何處来的香風这像什么
香代玉道好像木樨香探春笑道林姐〻終不脱南边人的話这大九月裡那裡还有桂花呢代玉笑
道原是吥不然怎么不竟説是桂花香只説似乎像呢湘云道三姐〻你也别説你可记得十里荷
花三秋桂子在南边正是晚桂開的時候了你只〻没有見過等你明〻日到南边去的時候自然也就知
道了探春笑道我有什么事到南边去况且这个也是我早知道的不用你们说嘴李纹李绮只抿着
嘴兒笑代玉道妹〻这可説不齊俗语説人是地行仙今日在这裡明日就不知在那裡譬如我原是
南边人怎么到了这裡呢湘雲拍着手笑道今日三姐〻可叫林姐〻问住了不但林姐〻是南边人

到這裡就是我们這几个人就不能也有本来是北边的也有根子是南边生長在北边的也有生長在南边到這北边的今日大家多凑在一處可見人總有一个定数大凡地和人各自有緣分的衆人听了都点頭探春也只是笑又說了一回閒話大家散出黛玉送至門口大家都說你身上才好些別出來了看着了風於是黛玉一面說着話兒一面站在門口又與四人慇懃了几句便看着他们出院去了進來坐着看看已是林鳥歸山夕陽西墜因史湘雲說起南边的話便想着父母若在南边的景致春花秋月水秀山明二十四橋六朝遺跡不少下人伏侍諸事可以任意言語亦可不避香車畫舫紅杏青帘惟我独尊今日寄人籬下縱有許多照應自己無處不要留心不知前生作了什麼罪孽今生這樣孤悽真是李後主說的此間日中只以眼淚洗面矣一面思想不知不覺神往那裡去了紫鵑走來看見這樣光景想着必是因剛纔說起南边北边的話來一時觸着心事了便道姑娘们來說了半天話想姑娘又勞了神了剛纔我叫雪雁告訴厨房裡給姑娘做了一碗火肉白菜湯加了一点蝦米配了点青笋紫菜姑娘想着好麼黛玉道也罷了紫鵑道还熬了一点江米粥黛玉点点頭兒又說道那粥得你们兩个自己熬不用他们厨房裡熬才是紫鵑道我也怕厨房裡弄得不干净我们自己熬呢就是那湯我也告訴雪雁合柳嫂兒說了要弄干净着

柳嫂兒說了他打点妥當拿到他屋裡叫他們五兒瞅着燉呢代玉道我到不是嫌人家腌臢只是病了好些日子不周不備多是人家這会子又湯兒粥兒的調度未免惹人厭煩說着眼圈兒又紅了紫鵑道姑娘這話也是多想姑娘是老太太的外孫女兒又是老太太心坎兒上的別人求其在姑娘跟前討好兒還不能呢那裡有抱怨的代玉點點頭兒問道你纔說的五兒不是那日合寶二爺那邊的芳官在一處的那个女孩兒紫鵑道就是他代玉道不聽見說要進來麼紫鵑道可不是因為病了一場後來好了纔要進來正是晴雯他們鬧出事來的時候也就躭擱住了代玉道我看那丫頭倒也還頭臉兒干淨說着外頭婆子送了湯來雪雁出來接時那婆子說道柳嫂兒叫回姑娘這是他們五兒做的沒敢在大廚房裡做怕姑娘嫌臢臢雪雁答应着接了進來代玉在屋里已听見了吩咐雪雁告訴那老婆子回去說叫他費心雪雁出來說了老婆子自去這裡雪雁將代玉的碗筯安放在小几兒上因問代玉道還有咱們南邊來的五香大頭菜拌些麻油醋可好麼代玉道也使得只不必累墜了一面盛上粥來代玉吃了半碗用羹匙舀了兩口湯喝就擱下了兩个丫鬟撤了下來拭淨了小几端下去又換上一張常放的小几代玉漱了口盥了手便道紫鵑添了香了沒有紫鵑道就添去代玉道你們就把那湯合粥吃了罷味兒還好且是干淨待我自己添香罷兩个人答应了在外間吃去了這裡代玉

添了香自己坐着纔要拿本書看只听得園内的風自西边直透到東边穿过樹枝多在那裡唏𡃤嘩喇不住的响
一会兒簷下的鉄馬也只管叮〻噹〻的乱敲起来一时雪雁先吃完了進来伺候代玉便问道天氣冷了我前日
吽你们把那些小毛兒衣裳晾〻可曾晾过没有雪雁道多晾过了代玉道你拿一件来我披〻雪雁走去將一包小
毛衣裳抱来打開毡包給代玉自揀只見内中夹着个絹包兒代玉伸手拿起打開看时却是宝玉病时送
来的舊絹子自己題的詩上面淚痕猶在裡頭却包着那剪破了的香囊扇袋并宝玉通霊玉上的穗子
原来晾衣裳时從箱中檢出紫鵑恐怕遺失了遂夹在這毡包裡的這代玉不看則已看了时也不説穿那一
件衣裳手裡拿着那两方手帕呆〻的看那舊詩看了一回不覺的簌〻淚下紫鵑剛從外间進来只見雪雁
正捧着一毡包衣裳在旁边呆立小几上却擱着剪破了的香囊和两三截兒扇袋并那鉸拆了的穗子代玉手
中却拿着两方旧帕子上边寫着字跡在那裡對着滴淚呢正是

失意人逢失意事　　新啼痕间舊啼痕

紫鵑見了這樣知是觸物傷情感懷旧事料劝也無益只得咲着道姑娘还看那些東西做什麼那些
是那几年宝二爺和姑娘小時好了一时惱了鬧出来的咲話兒要像如今這樣斯抬斯敬的那能把這些

東西白遺塌了呢紫鵑這話原給代玉闹心不料更提（這几句話）
起（代玉和宝玉的）旧事来一發珠淚連綿起来紫鵑又（劝）道雪雁這
裡弄着呢姑娘披上一件罷那代玉纔把手帕撂下紫鵑連忙拾起將香袋等物包起拿開代玉方披了一件
皮衣自己问々的走到外间来坐下回頭看見案上宝釵的诗啟尚未收好又拿出来瞧了兩遍嘆道境遇不同
傷心則一不免也賦四章翻入琴譜可彈可歌明日寫出来寄去以当和作便叫雪雁將外边桌上筆硯拿来
濡墨揮毫賦成四疊又將琴谱翻出借他猗蘭思賢兩操合成音韻与自己做的配齊了然後寫出以備送
与宝釵又叫雪雁向箱中將自己帶来的短琴拿出調上弦又操演了指法代玉本是个絕頂聰明人又在南
边学过几时虽是手生到底一理就熟撫了一番夜已深了便叫紫鵑收拾睡覺不題却说宝玉这日起来梳
洗了帶着焙茗正往书房中来只見墨雨笑嘻々的跑来迎頭說道二爺今日便宜了太爺不在书房裡多放了
学了宝玉道当真的么墨雨道二爺不信那不是三爺和蘭哥来了宝玉看时只見賈环賈蘭跟着小廝们
兩个笑嘻々的来了見了宝玉多垂手站住宝玉问道你们兩个怎么就回来了賈环道今日太爺有事說
是放一天学明日再去（呢）宝玉听了方回身到賈母賈政處稟明了然後回到怡紅院中襲人问道怎么又回
来了宝玉告訴了他只坐了一坐便往外走襲人道往那裡去这樣忙法就放了学依我说也该養々神了

宝玉站住脚低了頭説道你的話也是但是好容易放一天学还不散々去你也该可怜我些兒方　襲人見説

淂可怜咲道由爺去罢　正说着端了飯来宝玉也没法只淂吃飯三口两口忙々的吃完嗽了口一溜烟往代玉

房中去了走到门口只見雪雁在院中晾絹子宝玉便问姑娘吃了飯了庅雪雁道早起喝了半碗粥懒待吃飯

這时候打盹兒呢二爺且到别處走々回来再来罢宝玉只淂回来無處可去忽然想起惜春有好几天没見便

信步走到蓼風軒来刚到窻下只見静悄々一無人声宝玉打諒他也睡午觉不便進去纔要走时只听屋裡

微々一响不知何声宝玉站住再听半日又啪的一响宝玉还未听出只听一个人道你在这裡下了一个子兒那裡

你不應庅宝玉方知是下棋但只急切听不出这个人的声音是誰底下方听見惜春道怕什庅你这庅一吃我这庅一應

你又这庅吃我又这庅應还緩着一着兒呢終久連的上那一个又道我要这庅一吃呢惜春道阿呦还有一着反

撲在裡頭我倒没防備宝玉听了听那一个声音很熟却不是他们姊妹料着惜春屋裡也没外人輕々的掀簾

進去看時不是别人却是櫳翠庵的檻外人妙玉這宝玉見是妙玉不敢驚動妙玉和惜春正在疑思之際也

没理会宝玉却站在旁边看他两个的手段只見妙玉低着頭問惜春道你这个畸角不要了庅惜春道怎庅不

要你那裡頭多是死子我怕什庅妙玉道且别説满話試々看惜春道我便打了起来看你怎庅着　妙玉却

微々咲着把边上子一楼却搭轉一吃把惜春的一个角兒多打起来了咲道这叫做倒脫靴勢惜春尚未答言宝玉在旁情不自禁哈々一咲双个人多唬了一大跳惜春道你這是怎么說進来也不言語这么使促狭唬人你多早晚進来的宝玉道我頭裡就進来了看着你们双个争这个畸角兒说着一面与妙玉施礼又咲道妙公輕易不出禅関今日何緣下凡一走妙玉听了忽然把臉一紅也不答言低了頭自看那碁宝玉自覺造次連忙倍咲道倒是出家人比不得我们在家的俗人頭一件心是靜的靜則靈々則慧宝玉尚未说完只見妙玉微々的把眼一抬看了宝玉一眼復又低下頭去那臉上的顏色漸々的紅暈起来宝玉見他不理只得訕々的旁边坐下惜春还要下子妙玉道再下罷便起身理々衣裳重新坐下痴々的问宝玉道你從何處来宝玉巴不得这一声好解釋前頭的话忽又想道或是妙玉的机鋒轉紅了臉答应不出来妙玉微々一咲自和惜春说話惜春也咲道二哥々这什么难答的你没有听見人家常说的從来處来么这也直得把臉紅了見了生人是的妙玉听了这話想起自已心上一動臉上一熱必然也是紅的到覺不好意思起来因说道我来得久了要回菴裡去了惜春知妙玉為人也不深留送出门口妙玉咲道久已不来这裡回去的路頭都要迷住了宝玉道这到要我来指引々々何如妙玉道不敢二爺前請於是二人別了惜春離了蓼風軒彎々曲々走近瀟湘館忽听

得叮咚之声妙玉道那裡的琴声宝玉道想必是林妹〻那裡撫琴妙玉道原來他也会這个嗎怎么素日不听見提起宝玉悉把代玉的事説了一遍因说咱们去看他妙玉道從古只有听琴再沒有看琴的宝玉笑道我原说我是个俗人説着二人走至潇湘館外在山子石坐着静听甚覺音调清切只听得依琴道

風蕭〻兮秋氣深美人千里兮独沉吟望故鄉兮何處倚欄杆兮沾涕襟

歇了一回又听得吟道

山迢〻兮水長照軒窗兮明月光耿〻不寐兮銀河渺茫羅衫怯〻兮風露凉

又歇了一歇妙玉道刚纔侵字韻是第一疊如今揚字韻是第二疊了咱们再听裡边又吟道

子之遭兮不自由予之遇兮多煩憂之子与我兮心焉相投思古人兮俾無尤

妙玉道這又是一拍何憂思之深也宝玉道我虽不懂但听他声音也覺得过悲了裡頭又调了一回弦妙玉道君弦太高了与無射律只怕不配呢裡边又吟道

人生斯世兮如輕塵天上人间兮感夙因感夙因兮不可惙素心如何天上月

妙玉听了呀然失色道如何忽作变徵之声音韵可裂金石矣只是太過宝玉道太過便怎么妙玉道恐不能持

久正議論时听得君弦嘣的一声断了妙玉站起來連忙就走宝玉道怎麼樣妙玉道日後自知你也不必多說竟自走了弄得宝玉滿肚疑團沒精打彩的歸至怡紅院中不表且說妙玉歸去早有道婆接着掩了庵門坐了一回把禪門日誦念了一遍吃了晚飯点上香拜了菩薩命道婆自去歇着自己的禪床靠背俱已整齊屏息垂簾跏趺坐下断除妄想趨向真如坐到三更已後听得房上嗗碌碌一片响声妙玉恐有賊來下了禪床出到前軒但見云影横空月華如水那時天氣尚不很涼獨自一个凭欄站了一回忽听房上两个猫兒一遞一声厮叫那妙玉忽想起日间宝玉之言不覺一陣心跳耳熱自己連忙收攝心神走進禪房仍到禪床上坐了怎奈神不守舍一時如萬馬奔馳覺得禪床便恍蕩起來身子已不在庵中便有許多王孫公子要來娶他又有些媒婆扯扯拽拽扶他上車自己不肯去一回兒又有盜賊刼他持刀執棍的逼勒只得哭喊求救早驚醒了庵中女尼道婆等衆都拿火來照看只見妙玉两手撒開口中流沫急叫醒時只見眼睛直豎两顴鮮紅罵道我是有菩薩保佑你们这些強徒敢要怎麼樣衆人多唬得沒主意多說道我们在這裡呢快醒轉來罷妙玉道我要回家去你们有什麼好人送我回去罷道婆道這裡就是你住的房子說着又叫別的女尼忙向觀音前祷告求了籤翻開籤書看时是觸犯了西南角上的陰人就有一个說是了大觀園

中西南角上本来没有人住陰氣是有的一面弄湯弄水的在那裡忙亂那女尼元是自南边帶来的伏侍
妙玉自然比别人盡心圍着妙玉坐在禪床上妙玉回頭道你是誰女尼道是我妙玉仔細瞧了一瞧道原来是你
便抱住那女尼嗚嗚咽咽的哭起来道你是我的媽你不救我我不得活了那女尼一面喚醒他一面給他揉着道
婆倒上茶来喝了直到天明才睡了女尼便打發人去请大夫来看脉也有說是思慮傷脾的也有說是熱入
入血室的也有說邪祟觸犯的也有說是内外感冒的終無定論後請得一个大夫来看了问曾打坐過没
有道婆說道向来打坐的大夫道這病可是昨夜忽然来的麽道婆道是大夫道這是走魔入火的緣故衆人
問有礙没有大夫道幸虧打坐不久魔还入得淺可以有救寫了降伏心火的藥吃了一劑稍為平復外面
那些游頭浪子听見了便造作許多謡言說这麽年紀（那裡忍得住況且又是很）輕的風流（的）人物（很乖覺的性靈以後不知飛在誰手裡）不知便宜誰（去）呢過了几日妙玉（病略）雖好
了些神思（未復）終有恍惚一日惜春正坐着彩屏忽然進来道姑娘知道妙玉師父的事（嗎）惜春道他有什麽事彩
屏道我昨日听見邢姑娘和大奶奶在那裡說自從那日和姑娘下棊回去夜间忽然中了邪嘴裡亂嚷說
強盗来搶他来了到如今还没好（呢姑娘你說）這不是奇事（嗎）惜春听了默默無語因想妙玉雖然潔淨毕竟塵緣未斷
可惜我生在這種人家我若出了家時那有邪魔纏擾一念不生萬緣俱寂想到這裡驀與神會

若有所得口占一偈云

大造本無方　云何是應住　既從空中來　應向空中去

占畢即命丫頭焚香自己靜坐了一回又翻閱那棋譜來把孔融王積薪等所著看了幾篇內中茂葉包蠏勢黃鶯搏兔勢多不出奇三十六局殺角勢一時也難會難記獨看到十龍走馬覺得甚有意思正在那裡想只聽外面一个人走進院來連叫彩屏未知是誰下回分解

紅樓夢第八十八回

博庭歡寶玉讚孤兒　正家法賈珍鞭悍僕

却說惜春正在那裡揣摩碁譜忽听院內有人叫彩屏不是別人却是鴛鴦聲音彩屏出去同着鴛鴦進來那鴛鴦却帶着一个小丫頭提了一个小黃絹包兒惜春笑问道什麽事鴛鴦道老太〻因明年八十一歲是个暗九許下一塲九晝夜的功德發心要寫三千六百五十零一部金剛經這已發出外面人寫了但是俗說金剛經就像那道家的符殼心經才算是符胆故此金剛經內必要插着心經更有功德老太〻因心經是更要緊的觀自在又是女菩薩所以要几个親丁奶〻姑娘們寫上三百六十五部如此又虔誠又潔淨咱們家中除了二奶〻頭一宗他當家沒有空兒二宗他也寫不上來其餘会寫字的不論寫得多少連東府珍大奶〻姨娘們多分了去本家裡頭自不用說惜春听了点頭道別的我做不來若要寫經我最信心的你擱下喝茶罷鴛鴦纔將那小包兒擱在桌上同惜春坐下彩屏倒了一鍾茶來惜春笑问道你寫不寫鴛鴦道姑娘又來笑話了那几年還好這三四年來姑娘見我拿〻筆兒沒有惜春道這却是有功德的鴛鴦道我也有一件事向來伏侍老太〻安歇後自己念上米佛已經念了三年多了我把那米收好等老太〻做功德的时候我將他襯在裡頭供佛施食也是我一点誠心惜春道

这樣说来老太〻做了覌音你就是龍女了鸳鸯道那里跟得上这个孙兒却是除了老太〻别的也伏侍
不来不晓得前世什麽缘分兒说着要走叫小丫头把小绢包打開拿出来道这素纸一扎是寫心经的又拿
起一子兒藏香道这是叫寫经时点着寫的惜春多應了鸳鸯遂辞了出来同小丫头回至賈母房中
回了一遍看見賈母与李纨打双陸鸳鸯旁边瞧着李纨的骰子好擲下去把老太〻的锤打下了好几个
去鸳鸯抿着嘴兒笑忽見宝玉進来手中提了双个细篾丝的小籠子籠内有几个蝈〻兒说道我听说老
太〻夜里睡不着我給老太〻留下解〻悶賈母笑道你别聽着你老子不在家你只管淘氣宝玉笑道我
没有淘氣賈母道你没淘氣不在学房裡念书為什麽又弄这个東西呢宝玉道不是我自己弄的前
日因師父叫环兒和蘭兒對〻子环兒对不来我悄〻的告诉了他〻说了师父喜欢夸了他两句他感激我
的情買了来孝敬我的我纔拿了来孝敬老太〻的賈母道他没有天〻念书么為什麽对不上来他对不来
就叫你儒大爺〻打他的嘴巴子看他臊不臊你也彀受了不记得你老子在家时一叫做诗做词唬得
到像个小鬼兒似的这会子又说嘴了那环兒小子更没出息求人替做了就变着法兒打点人这么点子孩
子就闹鬼闹神的也不害臊赶大了还不知是个什麽東西呢说的满屋子人都笑了賈母又问道

蘭小子呢做上来没有这该环兒替他了他又比他小了是不是宝玉咲道他到没有都是自己对的。賈母道

我不信不然也就是你闹了鬼了如今你还了得羊群裡跑出駱駝来了就只你大你又会做文章了宝玉咲道

实在是他做的師父还誇他明兒一定有大出息呢老太太不信就打發人叫了他来親自試試老太太就知道了

賈母道果然这么着我才喜欢我不过怕你撒謊既是他做的这孩子明兒大槩还有点兒出息因看着

李紈又想起賈珠来又说道这也不枉你大哥哥死了你大嫂子拉扯他一場日後也替你大哥顶门壯户说

到这裡不禁淚下李紈听了这话却也動心只是賈母已经傷心自己連忙忍住淚咲劝道这是老祖宗的

餘德我们托着老祖宗的福罢咧只要他應的了老祖宗的话就是我们的造化了老祖宗看着也喜欢怎

么到傷起心来呢又向宝玉道宝叔叔明兒别这么誇他他多大孩子知道什么你不過是爱惜他的意思他那

裡懂得一来二去眼大心肥那里还能够有長進呢賈母道你嫂子也说得是就只他还太小呢也别逼緊

了他小孩子胆兒小一时逼急了弄出点子毛病来书到念不成把你的工夫都白遭塌了賈母说到这裡李紈

却忍不住撲簌簌掉下泪来連忙擦了只見賈环賈蘭也都進来給賈母請了安賈蘭又見過他母親然

後過来在賈母傍边侍立賈母道我刚才听見你叔叔说你对的好对子師父誇你来賈蘭也不言語只

(含抿着嘴)是笑鸳鸯过来说道请示老太太晚饭伺候下了贾母道请(你)姨太太去琥珀接着便叫人到王夫人那边请薛姨妈这里宝玉贾环退出素云和小丫头们过来把双陆收起李纨尚等着伺候贾母的晚饭贾兰便跟着他母亲站着贾母道你们娘儿两个跟着我吃罢李纨答应了一时摆上饭来丫环回来禀道太太叫回老太太姨太太这几天浮来暂去(不能过来回老太太)今日饭后家去了贾母便叫贾兰在身傍坐下大家吃饭不必细言却说贾母刚吃完了饭盥漱了歪在床上说闲话只见(小丫头子告诉)琥珀过来回道东府大爷请晚安来了贾母道你们告诉他如今他办理家务乏乏的叫他歇着去罢我知道了琥珀告诉(老婆子们传)出来贾珍然后退出到了次日贾珍过来料理诸事门上小厮陆续回了几件事又一个小厮回道庄头送菓子来了贾珍道单子呢那小厮连忙呈上贾珍看时上面写着不过是时鲜菓品还夹带菜蔬野味若干在内贾珍(看完)便问向来是何人经管的门上回道是周瑞便叫周瑞照账点清送往里头交代等我把来账抄下一个底子留着好对又叫告诉厨房把下菜中添几样给送菓子来的人照常赏饭给钱周瑞答应了一面叫人搬至凤姐院子里去(又)把庄上的账和菓子交代明白出去了一回儿又进来回贾珍道才刚来的菓子大爷(曾)点过数目没有贾珍道我那里有工夫点这个呢给了你账你照账点就是了周瑞道小的曾点过也没有少也不能多出来大爷

一〇一〇

既当下底子再叫送菓子来的人问问他这賬是真的假的賈珍道这是怎么说不過是几个菓子罢了有什么要緊我又没有疑你说着只見鮑二走来磕了一个頭说道求大爺原旧放小的在外頭伺候罢賈珍道你们这又是怎么着鮑二道奴才在这里又说不上话来賈珍道谁叫你说话鮑二道何苦来在这裡做眼睛珠児闹瑞道奴才在这裡经管地租庄子银米出入每年也有三五十萬来往老爷太太奶奶们從没有说过话的何况这些零碎東西若照鮑二说起来爺们家裡的田地房產都被奴才们弄完了賈珍想道必是鮑二在这裡拌嘴不必叫他出去因向鮑二说道快滚罢又告訴周瑞说你也不用说了你幹你的事罢二人各自散了賈珍正在書房裡歇着听見门上闹的翻江攪海叫人去查问回来说道鮑二和周瑞的乾児子打架賈珍道周瑞的乾児子是誰门上的回道叫何三本来是个没味児的天天在家裡吃酒闹事常来门上坐着听見鮑二和周瑞拌嘴他就插在裡頭賈珍道这却可恶把鮑二和那个什么何三給我一塊児捆起来周瑞呢门上回道打架時他先走了賈珍道給我拿了来这还了得众人答应了正嚷着賈璉也回来了賈珍便告訴了一遍賈璉道这还了得又添了人去拿周瑞周瑞知道躲不過也找到了賈珍便叫一併捆上賈璉便向周瑞道你们前頭的话也不要緊大爺说開了很是了為什么外頭又打架你们打架已经使不得又弄个野雜種来闹

下人背地裡便生出許多议論來也有说賈珍護短的也有说不會調停的也有说他本不是好人前兒尤家姐妹弄出許多醜事來那鮑二不是他調停着二爺叫了來的嗎這會子又打起鮑二來了

你不壓伏〻〻他们到走了賈就把周瑞踢了几脚賈珍道單打周瑞不中用喝命把鮑二和何三各人打了五十鞭

子攆了出去方和賈璉兩个商量正事却說賈政自從在工部掌印家人中儘有發財的那賈芸聽見了也

濟事必是鮑二女人伏侍不到了人多嘴雜议論紛〻不了

要插手弄一点事兒便在外頭說了几个工頭講了成數便買了些時新綉貨要走凤姐的门子凤姐正在

屋裡聽見丫頭们說大爺二爺多生了氣在外頭打人呢凤姐聽了不知何故正要叫人去问只見賈璉已進

來了把外面的事告訴了一遍凤姐道事情雖不要緊但這風俗兒斷不可長此刻還算咱们家裡正

前年我在東府裡親眼見焦大吃的爛醉躺在台階子底下罵人不管上〻下〻一混湯子的混罵他雖是有功的人到底是个主子奴才的名分也要存点体統見纔好珍大奶〻不是我說是个老實頭

旺的時候他们就敢打架已後小輩兒当了家一發難制伏了那鮑二我还聽見是你和珍大爺得用的人

个〻人都叫他老太爺的還了得呢如今又弄出了什麼鮑二

为什麼今兒又打他呢賈璉聽了這話刺心便拿話支開借着有事走了小紅進來回道芸二爺在外頭

说着就

要見奶〻凤姐一想他又來做什麼便道叫他進來罷小紅出撇起簾子說道奶〻請芸二爺進來呢賈芸笑

出來瞅着賈芸微〻一笑賈芸趕忙湊近一步問道姑娘替我回了沒有小紅紅了

腔說道我就是見二爺的事多賈芸道何曾有多少事能到裡頭來勞動姑娘呢就是那一年姑娘在寶二叔房裡我纔和姑娘說了一句話怎麼記得我不等說完連忙問那年我換給二爺的

了一笑跟着他走進房來見了凤姐請了安並說母親叫问好凤姐也问了他母親好凤姐道你來有什

的一塊絹子二爺見了沒有那賈芸聽了這話喜的心花俱開纔要說話只見一个小丫頭從裡頭出來賈芸連忙同着小紅往裡走兩个人一左一右相離不遠賈芸悄〻的道回來我出來還是你

麼事賈芸道姪兒從前承嬸娘疼愛心上时刻想着總過意不去欲要孝敬嬸娘又怕嬸娘多想如今重

送出我來我告訴你還有笑話兒呢小紅聽了把臉飛紅瞅了賈芸一眼也不答言和他到了凤姐门口自己先進去回了然後出來

陽时候略備了一点東西嬸娘這裡那一件沒有呢不過是姪兒一点孝心只怕嬸娘不賞臉凤姐笑道有話坐

下說賈芸才側身坐下連忙將東西捧在旁邊桌上凤姐又道你不是什麼有餘的人何苦又去花錢我又

一〇一二

不等着使今日来意是怎麽个想頭你倒是实説賈芸道並没有什麽想頭不過感念嬸娘的恩典過意不去罷了凤姐道不是这麽说你要我收下東西須说明白了要这麽含着骨頭露着肉的我倒不收賈芸没法兒陪着笑道並没有什麽妄想前几日听得老爺總办陵工姪兒有几个朋友办過好些工程極妥当的要求嬸娘在老爺跟前提一提办得一兩種姪兒再忘不了嬸娘的恩典若是家裡用得着姪兒也能給嬸娘出力凤姐道若是别的我却可以做主至於衙门中的事上頭呢都是堂官司員定的底下呢都是那些书办衙役们办的别人摠以揷手連自己的家人也不過跟着老爺伏侍伏侍就是你二叔去也只為的是家事但也不能揍越公事至於家裡連珍大爺还彈壓不住你的年紀又輕輩數兒又小那裡纏得清这些人呢况且衙门裡頭的事差不多兒也要完了不過吃飯瞎跑你在家裡什麽事做不得难道没了这碗飯吃不成我是实在话你自己回去想想就知道了你的情我已領了这東西是那里弄来的仍旧送还了人家去罷賈芸道这一点子嬸娘还不賞臉凤姐道芸哥兒你不要这麽着你又不是外人这裡有机会少不得打發人叫你没有事也没法在乎这些東西上賈芸看見凤姐執意不受只得说道既这麽着我再找得用東西来孝敬嬸娘罷凤姐便叫小紅拿了東西送出芸哥去小紅見賈芸没得彩頭也不高興拿着東西跟出来賈芸接

過来打闹包兒揀了双件情々遞給小紅々々不接嘴里説道二爺别这庅着看奶々知道了大家不好看賈芸説怕什庅的那裡就知道了小紅微々一笑方接過去道你先去罢有什庅事情只管来找我々々如今在这院里了賈芸道二奶々太利害我可惜不能常来剛在的话横竪心裡明白得了空再告訴你罢小紅满臉羞紅道你去罢明兒也長来走々誰叫你和他生踈呢賈芸道知道了説着出了院门这里小紅回来了却説凤姐在屋裡吩咐預備晚飯因又问道你们熬粥没有丫环们連忙去问回来道預備了凤姐道你们把那南边来的糟東西弄一两碟来罢秋桐答应了又見小紅進来回道剛才二爺差人来説是今晚城外有事不能回来先通知一声凤姐道是了説着只听見小丫頭從後面喘着直跑到院子裡来外面平兒接着还有几个丫頭们說话凤姐道你们説什庅那丫頭道我刚才到後边去叫人添煤只听得三间空屋裡嘩喇々的响我还道是猫兒耗子又听得哧的一声像个人出氣兒似的我害怕就跑回来了凤姐罵道胡説我这裡断不興説神説鬼我從来不信这个话便叫彩明將一天零碎用賬对过一遍时已將近二更大家又歇了一回略説些闲话遂叫各人安歇去凤姐也睡下了將近三更凤姐似睡不睡自己驚醒了叫平兒秋桐過来做伴二人也不解何意那秋桐端上茶来凤姐喝

頷錦他些今倒也安静只是居裡比平兒差多了外面情是々是凤姐不受用

只因平兒在這裡我數了秋桐却要獻勤兒因說道奶奶睡不着倒是我們兩个輪流坐坐也使得凤姐一面說就睡着了

了一口道难为你睡去罢二人多穿着衣裳略躺了躺就天明了連忙起来伏侍凤姐梳洗凤姐因夜

中之事心神恍惚不宁只是一味要強仍然扎挣正坐着納闷忽听个小丫頭在外間屋裡問道平姑娘在屋裡麼平兒答應了一声那小丫頭掀簾進来却是王夫人打發過来找

賈璉说外頭有人回要紧的官事老爺纔出了门太太快叫请二爺過去呢凤姐听見唬了一跳未知何

事下回分解

紅樓夢第八十九回　人亡物在公子填詞　蛇影杯弓顰卿絕粒

却說鳳姐正自起来納悶忽听見小丫頭這話又唬了一跳連忙又問着小丫頭道剛才小厮進来回老爺有要緊的
什么官事　也不知道
官事所以太太叫請二爺来了凤姐听了工部裡的事才把心放下道你回去回太太說二爺昨日晚上有事出城没有回
畧畧的　因說
来打發人先向珍大爺去罷那丫頭答應着去了一時賈珍過来見了部裡的人問明了進来見了王夫人回道
部中来報昨日總河奏到河南一帶决了河口湮没了幾府州縣又要開銷國帑修理城工工部司官又有一番
照料所以部裡特来報知老爺的說完退出從此賈政天天有事東十月中旬一日宝玉起来要往學房
及賈政回来回的　直到冬間　常在衙門裡宝玉的工課也漸漸鬆了只是怕賈政覺察出来
不敢不常在學房裡去念書連代玉處也不敢常去那時已到
中去這日天氣陡寒只見襲人早已打点出一包衣裳向宝玉道今日天氣狠凉早晚寧可暖些說着把衣裳
拿出来與宝玉挑了一件又包了一件叫小丫頭拿出交給焙茗囑咐道天氣冷二爺要換時好生預備着焙茗
答應了抱着毡包跟着宝玉到了学房中做了自己的工課忽見西北上一層層的黑雲漸漸往東南撲上来焙
茗走進来回宝玉道二爺天氣冷了再添些衣裳罷宝玉点頭眼看神已痴了道怎么拿这一件来是
兒只見焙茗拿進衣服来宝玉不看則已看了時那些小學生都巴着
眼瞧　却原来是晴雯所補的那件雀金裘宝玉道
誰與你的焙茗道是裡頭姑娘們包出来的宝玉道我身上不大冷且不穿罷焙茗道二爺穿上罷着了冷
呢　色上罷我代儒只當宝玉可惜這件衣裳
却也心裡喜歡他知道儉省
又是奴才的不是了二爺只當疼奴才罷宝玉無奈只得穿上呆呆的坐着晚间放学时宝玉便托病告假一
代儒也只當他看書不甚理会

天代儒本来上年紀的人時常也八病九痛的樂得少操些心況且明知賈政事忙賈母溺愛便点頭兒寶玉一逕回来見过賈母王夫人也是這庅說略坐一坐便回園中去了便和衣躺在炕上襲人道晚飯預備下了這会兒吃还是等一等兒寶玉道我不吃了心裡不舒服你們吃去罷襲人道那庅着你也該把那件衣裳換下来了那個東西那裡禁得揉搓寶玉道不用換襲人道你瞧那上頭的針線也不該這庅遭塌他寶玉听了這話正碰在他心坎兒上嘆道那庅着你就收起来給我包好了我也總不穿他了說着便脫下来襲人纔過来接時寶玉已經自己疊起襲人道二爺怎庅今日這樣勤謹起来了寶玉也不答言疊好了便要包袱麝月連忙遞過来讓他自己包好便無精打彩的坐着一時小了頭點上灯来襲人道你不吃飯喝半碗熱粥罷別等餓着餓上虛火来又是我们的累了寶玉道不大餓強吃了倒不受用襲人道既這庅着不如早些兒歇着罷寶玉也就歇下翻来覆去只睡不着將及黎明反朦朧睡去有一頓飯時早又醒了此時襲人等也多起来襲人道昨夜听着你翻騰到五更天我也不敢問你後没有什庅不受用寶玉道没有只是心上發煩襲人道今日學房裡去不去寶玉道我昨日已経告了假了你叫他們收拾一間屋子備一炉香擱下紙墨筆硯你們只管幹你们的我自靜坐半天好別叫他們攪我麝月道二爺要用工夫誰敢来攪襲人道你既懶待吃生生心神也不擾因又問道

飯〔合〕吃什麽早說〔好傳給〕厨房裡去宝玉道也是隨便罷不要〔必鬧的〕大驚小怪到是要几个菓子擱在那屋裡借点菓子

香襲人道別的屋多不大干淨只有起先晴雯住的那一间还可以〔因向來無人还乾淨就〕是清冷些宝玉道不妨把火盆挪過去就是

了襲人答應了〔正說着〕只見小丫頭端了〔一个茶盤兒一碗一双牙筯〕[illegible]遞給麝月道這是剛才花姑娘吩咐要的〔厨房裡送了來〕麝月接來打開〔一看却是一碗燕窩〕宝玉

湯便问襲人道這是姐姐要的么襲人笑道昨夜二爺没吃飯又翻騰了一夜想來今兒早起心裡必是發空的所以我告訴小丫頭們叫厨房裡做了這个來的襲人一面叫小丫頭放桌兒

喝了漱了口秋紋道〔襲人道〕那屋裡已經收拾好了宝玉道知道了小丫頭回道早飯有了二爺在那里吃宝玉道就

拿来罷不用累贅了小丫頭答應了一時端上飯來宝玉笑了一笑向麝月襲人道我心里悶得狠自己吃不下〔只怕要吃〕

去不如你們兩个同我一塊兒吃或者多吃些〔吃的香甜我也〕麝月笑道這是二爺的高興我們可不敢襲人道其實也使

得〔我們一處喝酒也不止今日一遭兒〕但只是偶然解悶還使得若認真這樣〔還有什麽規矩體統呢〕那使不得說着三人坐下宝玉在上首襲人麝月〔兩个打横〕陪着吃完了飯

小丫頭捧上漱口茶來兩个看着撤了下去宝玉端着茶默默如有所思又坐了一坐

罷便问道那屋裡收拾妥了么麝月道頭里就回过了〔這會子又问〕宝玉便过这间屋子來親自点了一炷香擺上

些菓品叫人出去関上门〔外面〕襲人等多靜悄〔無聲〕宝玉拿了一幅粉紅〔泥金角花的〕箋出來口中祝了几句便提起筆來寫道

怡紅主人焚付晴姐知之酌茗清香庶幾來饗其詞云

随身伴獨自意綢繆誰料風波平地起頓教軀命即時休孰與話輕柔　東逝水無復向西流想像更

無懷夢草添衣还見翠雲裘脉脉使人愁

寫畢就焚了一炷香點盡了開門出來襲人道怎麽出來想來又悶得慌了寶玉笑了一笑說道我原
是心裡煩絮找个清靜地方坐坐這会子好了要外頭走走說着出來到了瀟湘館在院裡问道林妹妹在家裡
掀簾道是誰掀簾看時笑道原來是寶二爺姑娘在屋裡呢
呢紫鵑道請二爺到屋裡坐罷寶玉進來代玉却在裡间寶玉走到裡间门口看見一副小對上寫着綠
說道紫鵑請二爺屋裡坐罷　新寫的紫墨色泥金雲龍箋的
窗明月在青史古人空嘆了一嘆走入門去問道妹妹做什麽呢代玉站起來迎了兩步道請坐我在這裡
寫經只剩得兩行了等寫完了再說話因叫雪雁倒茶寶玉道你只管寫別動說着看着當中间掛着
一幅鬥寒圖便问道妹妹這幅鬥寒圖可是新掛上的代玉道可不是昨日他們收拾屋子我想起來叫他
們掛上的寶玉道是什麽出處代玉道豈不聞青女素娥俱耐冷月中霜裡鬥嬋娟雪雁沏了茶來寶玉吃
寶玉道是啊這个實在新奇雅致却好此時拿出來掛說着又東瞧瞧西走走
着又等了一会代玉經才寫完站起來道簡慢了寶玉道妹妹這兩日彈琴來沒有代玉道兩日沒彈了
妹還是這麽客氣但見代玉身上穿着月白繡花小毛皮襖加上銀鼠坎肩頭上挽着隨常雲髻簪上一枝赤金扁簪別無花朵腰下系着楊妃色繡花綿裙真比如亭亭玉樹
臨風立冉冉香蓮帶露開
因為寫經那裡還去彈琴寶玉道不彈也罷了我想琴雖是清高之品却不是好東西從沒聽見琴裡彈出
富貴壽考來的只有彈出憂思怨亂來的再者彈琴也得心裡記譜未免費心依我說妹妹身子又單弱
代玉抿着嘴兒笑寶玉
不操這心也罷了指着壁上道這張琴可就是麽怎麽這麽短代玉道這張琴不是短因我小時學撫的時
候別的琴多夠不着因此特地做起來的虽不是焦尾枯桐是鶴仙鳳尾還配得齊整龍池雁足

一〇二〇

高下还相宜你看這断紋不是牛旄是的么所以音韻也还清越宝玉道妹妹這兩天做詩没有代玉道自結

社以後没大做宝玉笑道你别瞞我我听見你吟的什么不可惙素心如何天上月你擱在琴裡覺得音响分外的响亮

代玉道你怎么听見了宝玉道我那一天從蓼風軒來听見的又恐怕打断你的清韻所以静听了一回就走了我

正要問你前路是平韻到末了兒忽轉了仄韻是个什么意思代玉道這是人心自然之音做到那裡就到那裡原没有一定的宝玉道原來如此可

惜我不知音枉听了会子代玉道古來知音人能有几个宝玉听了又覺得出言冒失了又怕寒了代玉的心坐了一坐心裡像有許多話却再

無可講的代玉因方才的話也是衝口而出此時回想覺得太冷淡些也就無話宝玉越發打量代玉設疑遂訕訕的站起來

妹妹坐着罢我到三妹妹那裡瞧瞧去代玉道你見了三妹妹替我問候一声罢宝玉答應着便出來代玉送至屋门口自己回來悶悶的坐着想

道宝玉近来的说话半吞半吐忽冷忽熱也不知他是什么意思正想着紫鵑走來道姑娘經不寫了我把筆硯都收好了代玉道不寫了收起来罷說着自己走到裡間屋裡床上歪着慢慢的细想紫鵑[illegible]

那裡發歎便问道你也有了什么心事了雪雁道我听見了一句话我告訴你你可别言語因叫紫鵑出

来到门外悄悄的道宝玉定了亲了紫鵑听見唬了一跳说道这是那裡的话雪雁道我听見侍書说的紫

鵑怕代玉听見裡間不見動静又悄悄问道到底怎么说来雪雁道前日我到三姑娘那裡去道谢

三姑娘不在屋裡只有侍書在那裡大家坐着無意中说起宝二爺淘氣来侍書说宝二爺怎么好只會玩兒全不像大人的樣子已經說親了还是這么獃頭獃腦我问他定了没有他說是定了

[illegible]正说着只听鸚鵡叫唤姑娘回来了快倒茶来倒把紫鵑雪雁唬

了一跳便走進屋来見代玉喘吁吁的剛坐在椅子上代玉问道你们两个那裡去了再叫不出一个人来说着走

掭

萧叫

到晚边仍旧歪倒叫把帐儿撒下紫鹃两个心裡疑惑方才的话只怕被他听了去了只好大家不提谁知代玉

雪雁答应出去也

一腔心事又听了前日的话如同将身撂在大海裡一般千愁万恨堆上心来不如早些死了免得见了意外的事自令

寄　紫鹃雪雁　虽不能明白已明白了七八分　裡　思前想后竟要应了此日夢中之讖　左右打算　耶　情那时反

怎麽又想到自己没了爹娘的苦

以後把身子一天一天的遭塌起来家也不吃竟是合眼裝睡紫鹃便拿被来盖上代玉也不動由得他出去仍然一裡

一年半载少不得身登清净打定了主意被也不盖衣也不添　紫鹃和雪雁伺候几次不见動静又叫他吃晚饭也不吃点灯已后紫鹃掀開

帐子见已睡着了被窝都蹬在脚後怕他着了凉轻轻儿

下那紫鹃数次紫鹃没帐中偷看次日代玉清早起来也不叫人独自一个呆呆的坐着紫鹃醒来见代玉已起便

惊问姑娘怎麽这样早代玉道可是睡的早所以醒的早紫鹃

连忙起来叫醒雪雁伺候梳洗那代玉对着镜子只管呆呆的自看了一回那泪珠儿断断连连早已湿透了罗帕正是

瘦影正臨春水照　卿須怜我我怜卿

紫鹃在傍也不敢劝只怕倒把闲话勾引起旧恨来迟了好一会才梳洗了那眼中泪渍终是不干又自坐了一会便叫紫鹃道你把藏香点上紫鹃道你睡

日几时你都是不是要写经旁代玉点了点头见紫鹃这怕怕今日醒的太早　不怕　况且我也並不是为经借着

也没睡这会子又要写经只怕太劳神了代玉道不怕早完了早好那裡是为写字解解闷儿以後你们见了我的字跡

笑　的面兒了　听了这话不但不能再劝连自己也掌不住

就见我說着那泪直流下来紫鹃滴下淚来元来代玉立定主意有心遭塌身子茶饭无心每日漸

抽空

減下来宝玉下学时也時常来问候代玉虽有萬千言語自知年紀已大又不便似小时柔情挑逗所以

两个人见了面只得用浮言劝慰

满腔心事只是说不出来宝玉欲将实言安慰又恐代玉生嗔反添病症真是親極反踈了那代玉

虽有賈母王夫人等怜恤不過請医調治只说代玉常病那裡知他的心事紫鹃等虽知其意也不敢說

一〇二二

從此一天〃的減到半月之後腸胃日薄一日果然粥多不能吃了代玉日间听見的话都似宝玉娶親的话〃看見怡紅院的人無論上下也像宝玉娶親的光景〃薛姨媽來看宝玉不見宝釵越發疑心索性不要人來看望也不肯吃藥只〃求速死睡夢之中常听見有人叫宝二奶〃的一片疑心竟成蛇影一日竟是絶粒粥也不喝懨〃一息垂斃殆盡未知代玉性命如何

下回分解

紅樓夢第九十回　失綿衣貧女耐嗷嘈　送菓品小郎驚叵測

却說代玉立意自戕之後漸々不支一日竟至絶粒從前十几天内賈母等輪流看望他有時还說几句話這兩日索性不大言語心裡雖有時昏暈却有時清楚賈母等見他這病不似無因而起也將紫鵑雪雁盤問過兩次兩个那裡敢說便是紫鵑欲向侍書打听消息又怕越鬧越真代玉更死得快了所以見了侍書毫不提起那雪雁是他傳話弄出這樣緣故來此時恨不得長出百十个嘴來說我沒說自然更不敢提起到了這一天代玉絶粒之日紫鵑料無指望了守着哭了会子因出來偷向雪雁道你進屋里來好々兒的守着他我去回老太々太々和二奶々去今日這个光景大非往常可比了說着雪雁答應紫鵑自去雪雁正在屋裡伴着代玉見了昏沉小孩子家那裡見過這个樣兒只打諒如此便是死的光景了心中又痛又怕恨不得紫鵑一時回來便好因怕着只听窗外腳步响雪雁料是紫鵑回來才放下心了連忙站起來掀起簾子一看却是侍書雪雁叫他進來侍書看見代玉只剩得殘喘微延唬得驚疑不止因问紫鵑姐々呢雪雁道告訴上屋裡去了那雪雁此時只打諒代玉心中一無所知了又見紫鵑不在面前因悄々的拉了侍書的手问道你前日告訴我說的什麼王大爺給這裡寶二爺說親的話是真麽侍書道怎麽不真雪雁道多早晚定的侍書道那裡定了呢那一天我告訴你時是我听見小紅說的後來我到二奶々那边去二奶々正和平姐々說呢還是门客們借着這个事討老爺的喜歡往後好拉攏的意思別說太々說不好就是太々願意說那姑娘好那太々眼裡的出什麼人來再者老太々心裡早有了人了就在偺們園子裡的大太々那裡摸的着底呢老太々

二老爺的話不問不問、罷了又听見二奶、說寶玉的事老太、總是要親上做親的憑誰來說親橫竪
侍書道這是從那裡說起雪雁道你還不知道呢
中用雪雁听到這裡也忘了神了因說道這是怎麼說白、的送了我們這一位的命了前日我和紫鵑說來這一位
听見了就弄到這步田地了侍書道你悄、兒說罷仔細他听見了雪雁道人事都不醒了左不過在這一兩天了
侍書道我不信有這樣奇事紫鵑道好姐、不是我說你又該惱了你懂得什麼呢
正說着紫鵑掀簾進來說這還了得你們有什麼話還不出去說還在這裡索性逼死他就完了正說着只听代玉又嗽了一声紫鵑
什麼呢懂得也不傳這些舌了這裡三個人
跑到炕沿前站着侍書雪雁也都不言語了紫鵑彎着腰在代玉身後輕、問道
連忙問姑娘喝口水罷代玉微、答應了一声雪雁連忙倒了半鍾滾白水紫鵑接了托着爬上炕去送到唇邊
不叫他說話侍書只得咽住了一回代玉又嗽了一声紫鵑趁勢問道姑娘喝水呀代玉又微、應了一声那頭似有欲抬之意那裡抬得起紫鵑爬在代玉身旁端着水試了冷熱
代玉搖頭不喝了喘了一口氣仍舊躺下半日微、睜眼道剛才說話不是侍書麼紫鵑答應道是侍書連忙
扶了代玉頭只呷了一口紫鵑便托着那碗不動代玉又喝了一口 又點了一點頭
過來問候代玉睜眼看了點頭又歇了一歇說道回去問你姑娘好罷侍書見這番光景只當代玉嫌煩只得悄、的退出去了
的話總以白道
原來那代玉雖則病勢沉重心裡却還明白起先侍書雪雁說話時他也模糊听見了一半句却也只作不知也因實在精神短少懶待答理從前的事情原是議而未
成的又兼侍書說是鳳姐說的老太、的主意親上做親又是園中住着的非自己而誰因此一想陰極陽生心神
頓覺清爽所以才喝了兩口水又要想問侍書的話恰好賈母王夫人李紈鳳姐听見紫鵑之言趕着多來看代玉心中疑團已破自然不似先
前尋死之意了雖身骨軟弱精神短少卻也勉強答應一兩句了鳳姐因叫過紫鵑問道姑娘也不至這樣這是怎麼說你怎麼唬人紫鵑道
實在頭裡看着不好才敢去告訴的回來見姑娘竟好了許多也就怪了賈母笑道你別怪他他懂得什麼

看見不好就言語迭到是他明白的地方小孩子家不嘴懶腳懶就好說了一回賈母等料着無妨也就去了正是

心病还將心藥治　　解鈴还是繫鈴人

不言代玉病漸減退且說雪雁和紫鵑背地裡說道病也病得奇怪好也好得奇怪紫鵑道病的到不奇怪只好的实在奇怪想来宝玉和姑娘必是姻緣人家說的好事多磨又說道三生石上百年前結下雪雁道这沒就是親眼看見宝玉在那里結親也再不露一句話了紫鵑道这就是了不但紫鵑雪雁私下講究就是衆人也多議論代玉的病也奇怪三三両两的淡論不多時兒連鳳姐也知道了邢王二夫人也有些疑惑到是賈母畧猜着了八九那时正值邢王二夫人鳳姐等在賈母房中說閒話提起代玉的病来賈母道我正欲告訴你们宝玉和林丫頭是從小兒在一處的我只說小孩子们怕什麼以後时常听得林丫頭忽病忽好都為有了些知覚了我想他们若儘着擱在一塊兒畢竟不成体統你们怎麼說王夫人听了呆了一呆答應道林姑娘是个有心計的至于宝玉獃頭獃腦不避嫌疑是有的看起外面却还都是小孩兒形像此時若忽然把那个宝玉另分出園外不是倒露了痕跡了古来說的男大須婚女大須嫁老太太想到是趕着把他们的事辦辦也罢了賈母道林丫頭的乖僻雖也是他的好處我的心裡不把林丫頭配他也是為这点子况且林丫頭这樣虛弱恐不是有壽的

是姻緣棒打不回這麼看起来人心天意他们两丁竟是天配的了再者你想那年

我说了林姑娘要回南去把宝玉没急死了闹的家翻宅乱如今一句话又把這丁弄的死去活来可不说的三生石上百年前结下的么说着两个悄悄的抿着嘴儿笑了一回雪雁又道幸亏好了咱

们明日再别说了就是宝玉娶了别的人家的姑娘我亲见他

病的奇怪好也好的

只有宝丫头最妥王夫人道不但老太々这么想我们也是这么但林姑娘也得与他说了人家儿才好不然女孩
儿々长大了那个没有心事倘或真与宝玉有些私心若知道宝玉定下宝丫头那到不成事了贾母道自
然先给宝玉娶了亲然后给林丫头说人家再没有先是外人后是自己的况且林丫头年纪到底比宝玉小两
岁依你们这么说到是宝玉定亲的话不许叫他知道也罢了凤姐便吩咐众丫头们道你们听见了宝二爷定
亲的话不许混说若有多嘴的提防着他的皮贾母又向凤姐道凤哥儿你自从身上不大好也不大管园子
里的事了我告诉你须得经点心儿不但这个就像前年那些人喝酒耍钱多不是事你还精细些少不得
多分些心儿严紧严紧他们才好况且我看他们也还服你些凤姐答应了你娘儿们又说了一回话方各自散了从此凤姐常
到园中照料一日刚走进大观园到了紫菱洲畔只听见一个老婆子在那里嚷凤姐走到跟前那婆子才瞧
见了方垂手侍立口里请了安凤姐道你在这里闹什么婆子道蒙奶々们派我在这里看守花菓我也
没有差错不料邢姑娘的丫头说我们是贼凤姐道为什么呢婆子道昨日我们家的黑儿跟着我到这里顽
了一回他不知道又往邢姑娘那边去瞧了一瞧我就叫他回去了今儿早起听见他们丫头说丢了东西我问他丢了什么他就问
起我来了凤姐道问了一声也犯不着生气呀婆子道这里园子到底是奶奶家里的并不是他们家里的我们都是奶奶派的贼名儿怎么敢认呢凤姐照脸啐了一口厉声道你少在我跟前唠々叨々

的你在這裡照看姑娘丟了東西就該問、怎麽說出這些沒道理的話来把老林叫来攆他出去了頭

們答應了只見邢岫烟赶忙出来迎着凤姐道這使不得事情早過去了凤姐道姑娘不是這个話太豈有此

理了岫烟見婆子跪在地下告饒忙請凤姐到裡边去坐了說自己了頭不好再三替他討饒凤姐道我看着

邢姑娘的分上饒你這一次婆子才起來磕了頭出去了這里二人讓了坐凤姐道你丟了什麽東西岫烟道沒有什麽

要緊的是一件紅小襖兒已經旧了的我原叫他們找找不着就罢了這婆子們不懂事問了一声他就不依了這是

了頭糊塗我也罵了几句已經過去了凤姐把岫烟内外一瞧看只有些皮棉衣裳已是半新不旧的說道一件衣裳

原不要緊這時候冷又是貼身的怎麽不问一声兒這撒野的奴才了不得说了一回凤姐出来各處去走了一走就

回去了到了自己房中叫平兒取了一件大紅洋縐的小襖兒一件松花色綾子一斗珠兒的小皮襖一条宝藍盤

錦鑲花綿裙一件佛青銀鼠褂子叫人送去那時岫烟正在吞声飲泣看見豐兒送衣裳過来岫烟一看決不

肯受到拿了荷包賞了豐兒那豐兒只得拿了去不多時又見平兒同着豐兒過来岫烟忙問了好讓坐

平兒說姑娘要不收不是嫌太旧就是瞧不起我們奶奶剛才說了我要拿回去奶奶不依我呢岫烟

道這樣說叫我不敢不收又讓了一回茶平兒和豐兒回去回復了凤姐不提且說薛姨媽家中被金桂

攪得翻江倒海看見薛蝌進來道大哥這幾年在外頭相與的多是些什麽人連一個正經的也沒有我看

一一那裡是不放心不過來探消息罷了這兩天又被我蝌出去了薛姨媽听了薛蝌的話不覺又傷起心來說道

我雖有兒如今就像沒有的了就是上司准了也是個廢人你雖是我姪兒我看你還比你哥哥明白些我這後輩

子全靠你了你是幫我們的事過去了早些兒把你們的正經事完結了也了我一宗心事薛蝌道琴妹妹還

沒有出門子這倒是太太煩心的一件事至於這個可算什麽呢大家又說了一回閑話薛蝌回到自己屋裡

說着把手往裡只一指道我也不說了

吃了晚飯想起邢岫烟

住在咱們家中

蛟龍失水似枯魚　兩地情懷感索居

同在泥塗多受苦　不知何日向清虛

寫畢自己一回看歎拿來粘在壁上又不好意思拿來夾在書裡只見寶蟾推進門來拿自

個盒子笑嘻嘻放在桌上薛蝌站起來讓坐寶蟾道這是四碟菓子一小壺兒酒大奶奶叫送來的薛蝌陪

笑道大奶奶費心寶蟾道好說自家人何必說這些套話再者我們大爺這件事實叫二爺操心大奶奶久

已要親自來謝謝二爺又怕別人多心薛蝌一則秉性忠厚二則到底年輕向來不見金桂和寶蟾如此相待又听寶蟾

說為薛蟠之事也是情理便道菓子留下這酒兒姐姐拿回去罷我向來酒上實在很有限

擠住了偶然喝一鍾平白無事是不能喝的

還有何妨呢

不知道麽寶蟾道別的我做得主（此）這件事我可不敢（這大奶奶的脾氣兒二爺是知道的）我拿回去不説二爺不喝到説我不盡心了薛蝌沒

法只得留下寶蟾（方才要）便走到門口（又）往外看看（過來向着薛蝌笑笑又用手指着裡面説道）回頭向道只怕他還要親自（來）你道乏呢薛蝌不知何意（反倒訕訕的起來因説道）便道姐姐替我謝謝

大奶奶天氣寒看凉着寶蟾（自己保重不必拘這些禮）也不答言笑着走了薛蝌始而以為金桂為薛蟠之事或者真是不過意備此酒菓

與自己道乏也是有的及見了這些（寶蟾）不尷不尬的光景也覺有幾分却又想他是嫂子的名分（自己回心一想到底）（那裡就）有別的講究（了呢）

（或者寶蟾不老成自己不好意思怎麽着却指着金桂的名兒也未可知然而到底是哥哥的屋裡人也不好怎麽會那金桂素性為人毫無閨門理法况且有）

想金桂時常高興打扮得妖妖嬈嬈自以為美又怎麽不是懷着壞心呢不然就是他和琴妹妹也有了什麽不對的

地方所以設下這個毒法（兒）要把我拉在渾水裡弄一個不清不白的名兒也未可知（想到這裡越發怕起來了）正不得主意的時候忽听窗

外噗哧的笑了一声把薛蝌唬了一跳未知是誰下回分解

紅樓夢第九十一回　縱淫心宝蟾工設計　布疑陣宝玉妄談禪

話說薛蝌正在狐疑忽听窗外一笑唬了一跳心中想道不是宝蟾定是金桂只不理他們看他們有什麼法兒听了半日却又寂然無声自己也不敢吃那酒菓掩上房门剛要脫衣时只听見窗紙上微微一响薛蝌此时被宝蟾鬼混了一陣心中七上八下竟不知如何是好听見窗紙微响細看時又無動靜自己反倒疑心起来掩了懷坐在燈前呆呆的細想又把那菓子拿了一塊翻来覆去的細看猛回頭看見窗上的紙濕了一塊走過来覷着眼看时冷不防外面往裡一吹把薛蝌唬了一大跳听得吱吱的笑声薛蝌忙把燈吹滅了屏息而卧只听外面一個人說道二爺為什麼不喝酒吃菓子就睡了這句话仍是宝蟾的話音薛蝌只不作声裝睡又隔了兩句話時听得外面似有恨声道天下那裡有這樣沒造化的人薛蝌听了似是宝蟾又似是金桂的語音這纔知道他們原来是這番意思翻来覆去直到五更後纔睡着了剛到天明早有人来扣门薛蝌忙问是誰外面也不答應薛蝌只得起来開了门看时却是宝蟾攏着頭髮掩着懷穿了件片金边琵琶襟小緊身上面繫一條松花綠半新的汗巾下面並無穿裙正露着石榴紅灑花夾裤一雙新綉紅鞋原来宝蟾尚未梳洗恐怕人見趕早来取傢伙薛蝌見他這樣打扮便走進来心中又是一動只得陪笑問道怎麼這麼早就起来了宝蟾把臉紅着並不答言只管把菓子折在一個碟子裡端着就走薛蝌見他這般知是昨晚的原故心裡想道這也罷了倒是他們惱了索性死了心也省了来纏於是把心放下叫人舀水洗臉自己打筭在家裡靜坐兩天一則養養神二則出去怕人找他原来和薛蝌好的那些人因見薛家無人只有薛蝌辦事年紀又輕便生出許多覬覦之心也有想插在裡頭做跑腿兒的也有能做狀子認得一兩個書辦要給他上下打點的甚至有叫他在内趁錢的也有造作謡言恐嚇的種種不一薛蝌見了這些人遠遠的躲避又不敢面辭恐激出意外之面辭恐怕激出意外之變只好藏在家中听候轉詳不提且說金桂昨夜打發宝蟾送了些酒菓去探探薛蝌的消息宝蟾回来將薛蝌的光景一一的說了金桂見事有些不大投機便怕白鬧一場反被宝蟾瞧不起要把兩三句話遮飾改過口来又撂不開這個人心裡倒沒了主意只是怔怔的

着那知宝蟾也想着薛蟠難以回家正要尋個路頭兒因怕金桂拿他所以不敢透漏今見金桂所爲先已開了端了他便樂得借風使船先
弄薛蝌到手不敢怕金桂不依所以用言挑撥見薛蝌似非無情又不甚兜攬一時也不敢造次後來見薛蝌吹燈自睡大覺掃興回來告訴金
桂看金桂有甚方法兒再作道理及見金桂怔怔的似乎無技可施他也只得陪金桂收拾睡了夜裡那裡睡的着翻來覆去想出一個法子來不如
明兒一早起來先去取了傢伙却自己換上一兩件顏色嬌嫩的衣服也不梳洗越顯出一番慵粧媚態來只看薛蝌的神情自己反倒裝出惱
意索性不理他那薛蝌若有悔心自然移船就岸不愁不先到手是這個主意及至見了薛蝌仍是昨晚光景並無邪僻自己只得以假爲眞
端了碟子回來却故意留下酒壺以爲再來搭轉之地只見金桂問道你拿東西去有人碰見麼宝蟾道沒有金桂道二爺也沒問你什麼宝蟾
道也沒有金桂因一夜不曾睡也想不出個法子來只得回道若作此事別人可瞞宝蟾如何能瞞不如惠分于他他自然沒的說了況我又不能自
去少不得要他作腳索性和他商量個穩便主意因帶笑說道你看二爺到底是怎麼樣的個人宝蟾道倒像是個糊塗人金桂聽了笑
道你怎麼糟塌起爺們來了宝蟾也笑道他辜負奶奶的心我就說得他金桂道他怎麼辜負你的心你倒得說說宝蟾道奶奶給他好
東西吃他倒不吃這不是辜負奶奶的心麼說着把眼溜着金桂一笑金桂道你別胡想我給他送東西爲大爺的事不辭勞苦我所以敬
他又怕人說瞎話所以問你你這些話和我說我不懂是什麼意思宝蟾笑道奶奶別多心我是跟奶奶的還有兩個心麼但是事情要密些
倘或声張起來不是頑的金桂也覺得臉飛紅了因說道你這個丫頭就不是個好貨想來你心裡看上了却拿我作筏子是不是呢
宝蟾道只是奶奶那麼想罷咧我倒是替奶奶難受奶奶要真瞧二爺好我倒有個主意奶奶想那個耗子不偷油呢他也不過怕事情不密
大家鬧出亂子來不好看依我想奶奶且別性急时常在他身上不周不備的去處張羅張羅他是個小叔子又沒娶媳婦兒奶奶就多盡點心
兒和他貼個好兒別人也說不出什麼來過幾天他感奶奶的情他自然要謝候奶奶那时奶奶再備點東西兒在偺們屋裡我帮着奶奶灌醉了
他还怕他跑了嗎他要不应偺們索性鬧起來就說他調戲奶奶他害怕自然得順着偺們的手兒他再不应他也不是人偺們也不至白丢

了臉奶奶想怎麼樣金桂听了這話兩顴早已紅暈了笑罵道小蹄子你倒像偷過多少漢子是的怪不得大爺在家時離不開你宝蟾把嘴一撇笑說道罷喲人家倒替奶奶拉縴奶奶倒和我們說這個話咧從此金桂一心籠絡薛蝌倒無心混鬧了家中也少覺安靜當日宝蟾自去取了酒壺仍是穩穩重重一臉的正氣薛蝌偷眼看了反倒後悔疑心或者是自己錯想了他們也未可知果然如此倒辜負了他這一番美意保不住日後倒要和自己也鬧起來豈非自惹的呢過了兩天甚覺安靜薛蝌遇見宝蟾宝蟾便低頭走了連眼皮兒也不抬遇見金桂金桂却一盆火兒的赶著薛蝌見這般光景反倒過意不去這且不表且說宝釵母女覺得金桂幾天安靜待人忽然親熱起來一家子都為罕事薛姨媽十分歡喜想到必是薛蟠娶這媳婦時沖犯了什麼纔敗壞了這幾年目今鬧出這樣事來虧得家裡有錢賈府出力方纔有了指望媳婦忽然安靜起來或者是蟠兒轉過運氣來也未可知於是自己心裡倒以為希有之奇這日飯後扶了同貴過來到金桂房裡瞧瞧走到院中只听一個男人和金桂說話同貴知機便說道大奶奶老太太過來了說著已到門口只見一個人影兒在房门後一躲薛姨媽一嚇倒退了出來金桂道太太請裡頭坐沒有外人他就是我的過繼兄弟本住在屯裡不慣見人因沒有見過太太今兒纔來還沒去請太太的安薛姨媽道既是舅爺不妨見見金桂叫兄弟出來見了薛姨媽作了個揖問了好薛姨媽也問了好坐下敘起話來薛姨媽道舅爺上京幾時了那夏三道前月我媽沒有人管家把我過繼來的前日纔進京今日來瞧瞧姐姐薛姨媽看那人不尷尬於是略坐坐兒便起身道舅爺坐著罷回頭向金桂道舅爺頭上末下的來留在咱們這裡吃了飯再去罷金桂答應著薛姨媽自去了金桂見婆婆去了便向夏三道你坐著罷今日可是過了明路的了省了我們二爺查考我今日還要叫你買些東西只別叫別人看見夏三道這個交給我就完了你要什麼只要有錢我就買得了來金桂道且別說嘴你買上了當我可不收說著二人又嘲笑了一回然後金桂陪著夏三吃了晚飯又告訴他買的東西又囑咐一回夏三自去從此夏三往來不絕雖有個年老的门上人知是舅爺也不常回從此生出無限風波來這是後話不表一日薛蟠有信寄回薛姨媽打開叫宝釵看時上寫男在县裡也不受苦母親放心但昨日县裡書辦說府裡已經准詳想是我們的情到了豈知府裡詳上去道裡反駁下來了虧得县裡主文相公好即刻做了回文頂上去

了那道裡却把知县申飭現在道裡要親提若一上去又要吃苦必是道裡沒有托到母親見字快々托人求道爺去还叫兄弟来不能就要解道艮子短不得火速火速薛姨媽听了又哭了一場宝釵和薛蝌一面勸慰一面說道事不宜遲薛姨媽沒法只得叫薛蝌到那裡去照料命人即忙收拾行李兌了艮子同着当鋪中一個夥計連夜起程那时手忙脚乱雖有下人辦理宝釵怕他們思想不到親来帮着收拾直鬧至四更纔歇到底富家女子嬌養慣的心上又急又劳苦了一夜到了次日就發起燒来湯水都吃不下鶯兒忙回了薛姨媽薛姨媽急来看时只見宝釵滿面通紅身如燔灼話都不說薛姨媽慌了手脚便哭得死去活来宝琴扶着勸解秋菱也泪如泉湧只管在傍哭叫宝釵不能說話連手也不能搖動眼乾鼻塞叫人請醫調治漸々蘇醒回来薛姨媽等大家略々放心早驚動榮寧兩府的人先是凤姐打發人送十香返魂丹来隨後王夫人又送至宝丹来賈母邢王二夫人以及尤氏等都打發丫頭来問候却都不叫宝玉知道一連治了七八天終不見效还是他自己想起冷香丸吃了三丸纔得病好後来宝玉也知道了因病好了沒有瞧去那時薛蝌又有信回来薛姨媽看了怕宝釵耽憂也不叫他知道自己来求王夫人并述了一會子宝釵的病薛姨媽去後王夫人又求賈政賈政道此事上頭可托底下難托必須打點纔好王夫人又提起宝釵的事来因說道這孩子也苦了既是我家的人了也該早些娶了過来纔是別叫他糟蹋壞了身子賈政道我也是這麼想但是他家忙乱况且如今到了冬底已經年近歲逼無不各自要料理些家務今冬且放了定明春再過礼過了老太太的生日就定日子娶你把這番話先告訴薛姨太太王夫人答應了到了次日王夫人將賈政的話向薛姨媽說了薛姨媽想着也是到了飯後王夫人陪着来到賈母房中大家讓了坐賈母道姨太太纔過来薛姨媽道还是昨兒過来的因為晚了沒得過来給老太太請安王夫人便把賈政昨夜所說的話向賈母述了一遍賈母甚喜說着宝玉進来了賈母便問道吃了飯了沒有宝玉道纔打學房裡回来吃了要往學房裡去先見見老太太又听見說姨媽来了過来給姨媽請請安因問宝姐姐可大好了薛姨媽笑道好了原来方纔大家正說着見宝玉進来都掩住了宝玉坐了坐見薛姨媽神情不似從前親熱雖是此刻沒有心情也不便大坐却不言語滿腹猜疑自往學中去了晚上回来都見過了便往瀟湘館来掀簾進去紫鵑接着見裡間屋内無人宝玉道姑娘那里去了紫鵑道上屋

裡去了听見說姨太太過来姑娘請安去了二爺沒有到上屋裡去麽宝玉道我去了来的沒有見你們姑娘紫鵑道沒在那裡嗎宝玉道沒有到底那裡去了紫鵑道這就不定了宝玉剛要出来只見黛玉帶着雪雁冉冉而来宝玉道妹妹回来了縮身退步仍跟黛玉回来黛玉進来走入裡間屋内便請宝玉裡頭坐紫鵑拿了一件外罩換上然後坐下問道你上去看見姨媽沒有宝玉道見過了黛玉道姨媽說起我来沒有宝玉道不但沒說你連見了我也不像先時親熱我問起宝姐姐的病来他不過笑了一笑並不答言黛玉道難道怪我這兩天沒去瞧他麽黛玉笑了一笑道你去瞧過沒有宝玉道頭幾天不知道這兩天知道了也沒去黛玉道可不是呢宝玉道当真的老太太也不叫去太太也不叫去我如何敢去要像從前這小门兒通的時候兒我一天瞧他十趟也不難如今把门堵了要打前頭過去自然不便了黛玉道他那裡知道這個原故宝玉道宝姐姐為人是最体諒我的黛玉道你不要自己打錯了主意若論宝姐姐更不体諒又不是姨媽病是宝姐姐病向来在園中做詩賞花飲酒何等熱鬧如今隔開了你看見他家裡有事了他病到那步田地你像沒事人一般他怎麽不惱呢宝玉道這樣難道姐姐便不和我好了不成黛玉道他和你好不好我都不知我也不過是照理而論宝玉聽了瞪着眼呆了半晌黛玉看見宝玉這樣光景也不睬他只是自己叫人添了香又翻出書来看了一会只見宝玉把眉一皺把腳一跺道我想這個人生他做什麽天地間沒有了我倒也乾淨黛玉道原是有了我便有了人有了人便有無數的煩惱生出来恐怖顛倒夢想更有許多纏礙纔剛我說的都是頑話你不過是看見姨媽沒精打彩如何便疑到宝姐姐身上去姨媽過来原為他的官司事情心緒不寧那裡還来應酬你都是你自己胡思亂想鑽入魔道裡去了宝玉豁然開朗笑道很是很是你的性靈比我竟強遠了怨不得前年我生氣的時候你和我說過幾句禪語我實在對不上来我雖丈六金身還借你一莖所化黛玉乘此機会說道我便問你一句話你如何回答宝玉盤着腿合着手閉着眼撅着嘴道講来黛玉道宝姐姐和你好你怎麽樣宝姐姐不和你好你怎麽樣宝姐姐前兒和你好如今不和你好你怎麽樣今兒和你好後来不和你好你怎麽樣你和他好他偏不和你好你怎麽樣你不和他好他偏要和你好你怎麽樣宝玉呆了半晌忽然大笑道任憑弱水三千我只取一瓢飲黛玉道瓢之漂水奈何

宝玉道非瓢漂水水自流瓢自漂耳黛玉道水止珠沉奈何宝玉道禅心已作沾泥絮莫向春风舞鹧鸪黛玉道禅门第一戒是不打诳语的宝玉道有如三宝黛玉低头不语只听得檐外老鸦呱呱叫了几声便飞向東南上去宝玉不知主何吉凶黛玉道人有吉凶事不在鸟音中忽见秋纹走来说道请二爷回去老爷叫人到园里来问过说二爷打学里回来了没有袭人姐姐只说已经回来了快去罢唬的宝玉站起身来往外忙走黛玉也不敢相留未知何事下回分解

紅樓夢第九十回　許女傳巧姐慕賢良　玩母珠賈政參聚散

話說宝玉從瀟湘館出來連忙問秋紋道老爺叫我作什麼秋紋咲道沒有叫　襲人姐〻叫我請二爺〻我怕你不來纔哄你的宝玉聽了纔把心放下因說你們請我也罷了何苦來唬我說着回到怡紅院內襲人便問道你這好半天到那裡去了宝玉道在林姑娘那邊說起姨媽家宝姐〻的事來就坐住了襲人又問道說些什麼宝玉將打禪語的話述了一遍襲人道你們再沒個計較正經說些家常閒話兒或講究些詩句也是好的怎麼又說到禪語上了又不是和尚宝玉道你不知道我們有我們的禪機別人是插不下嘴去的襲人咲道你們參禪參翻了又叫我們跟着打悶葫蘆了宝玉道頭裡我也年紀小他也孩子氣所以我說了不留神的話他就惱了如今我也留神他也沒有惱的了只是他近來不常過來我又念書偶然到一处好像生疏了是的襲人道原該這麼着纔是都長了幾歲年紀了怎麼好意思還像小孩子時候的樣子宝玉點頭道我也知道如今且不用說那個我問你老太〻那裡打發人來說什麼來着沒有襲人道沒有說什麼宝玉道必是老太〻忘了明兒不是十月初一日麼年〻老太〻那裡必是個老規矩要辦消寒會齊打夥兒坐下喝酒說咲我今日已經在学房裡告了假了這会子沒有信兒明兒可是去不去呢若去了呢白〻的告了假若不去老爺知道又說我偷

懶襲人道抛我說你竟是去的是纔念的好些兒了又想歇著我功你也該上點緊兒了昨兒听見太太說蘭
哥兒念書真好他打學房回來还各自念書作文章天天晚上弄到四更多天纔睡你比他大多了又是叔叔倘或
趕不上他又教老太太生氣倒不如明兒早起去罷麝月道這麼冷天已經告了假又去叫學房裡說既這麼着就不
該告假呀顯見的是告謊假脫滑兒依我說樂得歇一天就是老太太忘記了咱們這裡就不消寒了麼咱們也鬧
個會兒不好麼襲人道都是你起頭兒二爺更不肯去了麝月道我也是樂一天是一天比不得你要好名兒使喚一個月再多
二兩良子襲人啐道小蹄子兒人家說正經話你又來胡拉混扯的了麝月道我倒不是混拉扯我是為你襲人道
為我什麼麝月道二爺上學去了你又該咕嘟着嘴想着巴不得二爺早些兒回來就有說有笑的了這会子又假
撇清何苦呢我都看見了襲人正要罵他只見老太太那裡打發人來說道老太太說了叫二爺明日不用上學去呢
明兒請了姨太太來給他解悶只怕姑娘們都來家裡的史姑娘邢姑娘李姑娘們都請了明兒來赴什麼消
寒会呢宝玉沒有听完便喜欢道可不是老太太最高興的明日不上學是過了明路的了襲人也不便言語了
那了頭回去宝玉認真念了幾天書巴不得頑這一天又听見薛姨媽過來想着宝姐姐自然也來心裡喜欢便說
快睡罷明日早些起來于是一夜無話到了次日果然一早到老太太那裡請了安又到賈政王夫人那裡請了安同

明了老太太今兒不叫上学賈政也沒言語便慢慢退出来走了幾步便一溜烟跑到賈母房中見衆人都沒来只有风姐那边的奶媽子帯了巧姐兒跟着幾個小丫頭過来給老太太請了安說我媽媽先叫我来請安陪着老太太說說話兒媽媽回来就来賈母笑着道好孩子我一早就起来了等他们摠不来只有你二叔叔来了那奶媽子便說姑娘給叔叔請安巧姐便請了安宝玉也問了一声妞妞好巧姐道昨夜听見我媽媽說要請二叔叔去說話宝玉道說什麼巧姐道我媽媽說跟着李媽認了幾年字不知道我認得不認得我說都認得我認給媽媽瞧瞧媽媽說我瞎認不信說我一天侭子頑那裡認得我瞧着那些字也不要緊就是那女孝經也是容易念的媽媽說我哄他要請二叔叔得空兒的时候給我理理賈母听了笑道好孩子你媽媽是不認得字的所以說你哄他明兒叫你二叔叔理給他瞧瞧他就信了宝玉道你認了多少字了巧姐兒道認了三千多字念了一本女孝經半個月頭裡又上了列女傳宝玉道你念了懂的嗎你要不懂你到是講講這個你听罷賈母道做叔叔的也該講給姪女兒听听宝玉便道那文王后妃不必說了那姜后脫簪待罪和齊國的無鹽安邦定國是后妃裏頭的賢能的巧姐听了答應個是宝玉又道若說有才的是曹大姑班婕妤蔡文姬謝道韞諸人巧姐问道那賢德的呢宝玉道孟光的荆釵裙布鮑宣妻的提甕出汲陶侃的母截髮留賓這些不厭貧的就是賢德了巧姐欣然點頭宝玉道

还有若的像那乐昌破镜苏蕙迴文那孝的木兰代父从军曹娥投水寻尸等类巧姐听到这些却默々如有所思宝玉又讲那曹氏的引刀割鼻及那些守節的巧姐听着更觉肃敬起来宝玉恐他不自在又说那些艷的如王嫱西子樊素小蛮绛仙文君红拂都是女中的尚未说出贾母见巧姐默然便说彀了不用说了讲的太多他那里记得巧姐道二叔々纔说的也有念过的也有没念过的念过的我也知道好处了宝玉道那字是自然认得的不用再理了巧姐道我还听见我妈々说我们家的小红头里是二叔々那里的我妈々要了来还没有补上人呢我妈々想着要把什么柳家的五儿补上不知二叔々要不要宝玉听了更喜欢笑着道你听你妈々的话要补谁就补谁罢咧又问什么要不要呢因又向贾母笑道我瞧大姐々这个小模样儿又有这个聪明儿只怕将来比凤姐々还强呢又比他认的字贾母道女孩儿家认得字也好只是女工针黹倒是要紧的巧姐儿道我也跟着刘妈々学着做呢什么扎花儿咧拉锁子咧我虽弄不好却也学着会做几针儿贾母道偺们这样人家固然不仗着自已做但只到底知道些日后纔不受人家的拿捏巧姐答应着是还要宝玉解说列女传见宝玉呆々的也不好再问你道宝玉呆的是什么只因柳五儿要进怡红院头一次是他病了不能进来第二次王夫人撵了晴雯大凡有些姿色的都不敢挑後来又在吴贵家看晴雯去五儿跟着他妈给晴雯送东西去见了一面更觉娇娜妩媚今日虽得凤姐想着叫他补入

小紅的滿見竟是喜出望外了所以呆呆的默想賈母等著那些人見這時候还不來又叫了頭去請回來李紈同著代妹子探春惜春史湘雲代玉都來了大家請了賈母的安眾人廝見獨有薛姨媽未到賈母又叫請去果然薛姨媽帶著宝琴過來宝玉請了安問了好只不見宝釵邢岫烟二人代玉便問起宝姐姐為何不來薛姨媽假說身上不好邢岫烟知道薛姨媽在坐所以不來宝玉雖見宝釵不來心中納悶因代玉來了便把想宝釵的心暫且擱開不多時邢王二夫人也來了鳳姐聽見婆婆們先到了自己不好落後只得打發平兒先來告假說是正要過來因身上發熱過一回兒就來賈母道既是身上不好不來也罷咱們這時候很該吃飯了丫頭們把火盆往後挪了一挪就在賈母榻前一溜擺下兩桌大家序次坐下吃了飯依舊圍爐閒談不須多贅且說鳳姐因何不來頭裡為著倒比邢王二夫人遲了不好意思後來旺兒家的來回說迎姑奶那里人來請奶奶安还說並沒有到上頭只到奶奶這裡來鳳姐聽了納悶不知又是什麼事便叫那人進來問姑奶在家好那人道有什麼好的奴才並不是姑娘打發來的實在是司棋的母親央我來求奶奶的鳳姐道司棋已經出去了為什麼來求我那人道自從司棋出去終日啼哭忽然那一日代表兄來了代母親見了恨的什麼兒是的說代害了司棋一把拉住要打那小子不敢言語誰知司棋聽見了急忙出來老著臉和他母親說我是為代出來的我也恨代沒良心如今代來了媽要打代不如勒死了我代媽罵代不害臊的

東西作心裡要怎麼樣司棋說道一個女人嫁一個男人我一時失腳上了他的當我就是他的人了决不肯再跟着別人的我
只恨他為什麼這麼膽小一身作事一身當為什麼脫逃了呢就是他一輩子不來我也一輩子不嫁人的媽要給我配人我原拚
着死々兒他來了媽問他怎麼樣要是他不改心我在媽跟前磕了頭只當是我死了他到那裡我跟到那裡就是討飯吃也是願意的
他媽氣的了不得便哭着罵着說你是我的女兒我偏不給他你敢怎麼着那知道司棋這東西糊塗便一頭撞在
墻上把腦袋撞破鮮血流出竟碰死了他媽哭着救不過來便要叫那小子償命他表兄也奇說道你們不用着急我
在外頭原發了財因想着他纔回來的心也算是真了你們要不信只管瞧說着打懷裡掏出匣子金珠首飾來
他媽媽看見了心軟了說你既有心為什麼總不言語他外甥道大凡女人都是水性楊花我要說有錢他就是貪圖銀
錢了如今他這為人就是難得的我把首飾給你們我去買棺盛殮他那司棋的母親接了東西也不顧女孩兒了由着外
甥去那裡知道他外甥叫人擡了兩口棺材來司棋的母親看見詫異說怎麼棺材要兩口他外甥笑道一口裝不下得
兩口纔好司棋的母親見他外甥又不哭只當是他心疼的傻了豈知他忙着把司棋收拾了也不啼哭眼錯不見把帶
的小刀子往脖子裡一抹也就抹死了司棋的母親懊悔起來倒哭的了不得如今坊裡知道了要報官他急了央我來求奶々
說個人情他再過來給奶々磕頭鳳姐聽了詫異道那有這樣傻丫頭偏々的就碰見這個傻小子怪不得那一天翻出那些、

東西來〻你心裡沒事人是的教只是這麼個烈性孩子論起來我也沒這麼大工夫管他這些閒事但只你纔〻說的叫人

聽著怪可憐見兒的也罷了你回去告訴他我和你二爺說打發璉兒給他撕擄就是了鳳姐打發那人去了纔過賈

母這邊來不題且說賈政這日正與詹光下大棊通局的輸贏也差不多單為著一隻角兒死活未分在那裡打結

門上的小廝進來回道外面馮大爺要見老爺賈政道請進來小廝出去請了馮紫英走進門來賈政即忙迎著馮紫英

進來在書房中坐下見是下棊便道只管下棊我來觀局詹光笑道晚生的棊是不堪瞧的馮紫英道請下罷

賈政道有什麼事麼馮紫英道沒有什麼話老伯只管下棊我也學幾著兒賈政向詹光道馮大爺是我們相

好的既沒事我們索性下完了這一局再說話兒馮大爺在旁邊瞧著馮紫英道下采不下采詹光道下采的馮紫英

道下采的是不好多嘴的賈政道多嘴也不妨橫豎他輸了十來兩銀子終久是不拿出來的往後只好罰

他做東便了詹光笑道這倒使得馮紫英道老伯和詹公對下麼賈政笑道從前對下他輸了如今讓他兩個子兒他

又輸了時常還要悔幾著不叫他悔他就急了詹光也笑道沒有的事賈政道你試試瞧大家一面說笑一面下完了

做起棊來詹光還了棊頭輸了七個子兒馮紫英道這盤終吃虧在打結裡頭老伯結少就便宜了賈政對馮紫

英道有罪有罪咱們說話兒罷馮紫英道小侄與老伯久不見面一來會會二來因廣西的同知進來引見帶了四種

洋貨可以做得貢的一件是圍屏有二十四扇隔子都是紫檀雕刻的中間雖說不是玉却是絕好的硝子石石上鏤出山水人物樓臺花鳥兒一扇上五六十個人都是宮粧的女子名為漢宮春曉人的眉目口鼻以及出手衣褶刻得又清楚又細膩點綴布置都是好的我想尊府大觀园中正廳上恰好用的着还有一架鐘表有三尺多高也是一個童兒拿着時辰牌到什麼時候兒就報什麼時辰裡頭还有消息人兒打十番兒這是兩件重笨的却还沒有拿來現在我帯在這里的兩件却倒有些意思兒就在身边拿出一個錦匣子來用幾重白綾裹著揭開了綿子第一層是一個玻璃盒子裡頭金托子大紅縐紬托底上放著一顆桂圓大的珠子光華耀目馮紫英道據說這就叫做母珠因叫拿一個盤兒來詹光即忙端過一個黑漆茶盤道使得麼馮紫英道使得便又向懷裡掏出一個白絹包兒將包兒裡的珠子都倒在盤裡散着把那顆母珠擱在中間將盤放於卓上看見那些小珠子兒滴溜滴溜的都滾到大珠子身边回來把這顆大珠子擡高了別處的小珠子一顆也不剩都粘在大珠上詹光道這也奇賈政道這有的所以叫做母珠原是珠之母那馮紫英又回頭看着他跟來的小厮道那個匣子呢小厮趕忙捧過一個花梨木匣子來大家打開看時原來匣內襯着虎紋錦錦上疊著一束藍紗詹光道這是什麼東西馮紫英道這叫做鮫綃帳在匣子裡拿出來時疊得長不滿五寸厚不上半寸馮紫英一層一層的打開打到十來層已經

卓上鋪不下了馮紫英道你看裡頭还有兩褶必得高屋裡去纔張得下這就是鮫絲所織暑熱天氣張在堂屋裡頭蒼蠅蚊子一個不能進来又輕又亮贾政道不用全打開怕疊起来倒费事詹光便与馮紫英一層一層折好收拾馮紫英道這四件東西價兒也不貴兩萬银他就賣母珠一萬鮫綃帳五千漢宮春曉与自鳴鐘五千贾政道那裡買的起馮紫英道你們是個國戚難道宮裡頭用不着麽贾政道用得着的很多只是那裡有這些银子等我叫人拿進去給老太太瞧瞧馮紫英道很是贾政便着人叫贾璉把這兩件東西送到老太太那边去並叫人請了邢王二夫人凤姐兒都来瞧着又把兩件東西一一試過贾璉道他还有兩件一件是圍屏一件是樂鐘共總要賣二萬银子呢凤姐兒接着道東西自然是好的但是那裡有這些閑錢咱們又不比外任督撫要辦貢我已經想了好些年了像咱們這種人家必得置些不動搖的根基纔好或是祭地或是義庄再置些墳屋往後子孫遇見不得意的事还是點兒底子不到一敗塗地我的意思是這樣不知老太太老爺太太們怎麽樣若是外頭老爺們要買只管買贾母与衆人都說這話說的倒也是贾璉道还了他罷原是老爺叫我送給老太太瞧為的是宮裡好進誰說買来擱在家裡老太太还没開口你便說了一大堆喪氣話說着便把兩件東西拿出去了告訴贾政只說老太太不要便与馮紫英道這兩件東西好可好就只没银子我替你留心有要買的人我便送信給你去馮紫英只得收拾了坐下說些閒話没有興頭就要起身賈政道你

在這裡吃了晚飯去罷馮紫英道罷了來了就叨擾老伯嗎賈政道說那裡的話正說着人回大老爺來了賈赦早已進來彼此相見叙些寒温不一時擺上酒來餚饌羅列大家喝着酒至四五巡後説起洋貨的話馮紫英道這種貨本是難消的除非要像尊府這樣人家还可消得其餘就難了賈政道這也不見得賈赦道我們家裡也比不得從前了這回兒也不過是個空們面馮紫英又問東府珍大爺可好麽我前兒見他說起家常話兒來提到他令郎續娶的媳婦兒远不及頭裡那位秦氏奶奶了如今後娶的到底是那一家的我也没有問起賈政道我們這個姪孫媳婦兒也是這裡大家從前做過京畿道的胡老爺的女孩兒馮紫英道胡道長我是知道的但是他家教上也不怎麽樣也罷了只要姑娘好就好賈璉道聽得內閣裡人說起雨村又要陞了賈政道這也好不知准不准賈璉道大約有意思的了馮紫英道我今兒從吏部裡來也聽見這樣說雨村老先生是貴本家不是賈政道是馮紫英道是有服的还是無服的賈政道說也話長他原籍是浙江湖州府人流寓到蘇州甚不得意有個甄士隱和他相好時常周濟他以後中了進士得了榜下知縣便娶了甄家的了頭如今太太不是正配岂知甄士隱弄到零落不堪没有找處雨村革了職以後那時还與我家並未相識只因舍妹丈林如海林公在揚州巡鹽的時候請他在家做西席外甥女兒是他的學生因他有起復的信要進京來恰好外甥女兒要上來探親林姑老爺便托他照應上來的还有一封薦書托我吹

唾吹嘘那时看他不错大家常会岂知雨村也奇我家世袭起从代字辈下来宁荣两宅人口房舍以及起居事
宜一概都明白因此遂觉得亲热了因又笑说道几年间门子也会钻了由知府推陞转了御史不过几年陞了吏
部侍郎兵部尚书为着一件事降了三级如今又要陞了冯紫英道人世的荣枯仕途的得失终属难定贾政道天
下事都是一個樣的理喲比如方纔那珠子那顆大的就像有福氣的人是的那些小的都托賴着他的靈氣護庇
要是那大的沒有了那些小的也就沒有收攬了就像人家兒當頭人有了事骨肉也都分離了親戚也都零落了就
是好朋友也都散了轉瞬榮枯真似春雲秋葉一般你想做官有什麽趣兒呢像雨村便宜的了還有我們差不多的
人家兒就是甄家從前一樣功勳一樣世襲一樣起居我們也是時常來往不多幾年他們進京來差人到我這裡請安
還狠熱鬧一會兒抄了原籍的家財至今杳無音信不知他近況若何心下也着實惦記着賈赦道什麽珠子賈政同馮
紫英又說了一遍給賈赦道〔听〕賈赦道咱們家是再沒有的事馮紫英道果然尊府是不怕的一則裡頭有貴妃照
應二則故舊好親戚多三則你們家自老太太起至於少爺們沒有一個刁鑽刻薄的賈政道雖無刁鑽刻薄的却沒有
德行才情白白的衣租食稅那裡當得起賈赦道咱們不用說這些話大家吃酒罷大家又喝了幾杯擺上飯
來吃罷喝茶馮家的小厮走來輕輕的向紫英說了一句馮紫英便要告辭賈赦賈政道你說什麽小厮道

外面下雪早已下了半日了賈政叫人看時已是雪深寸多了賈政道那兩件東西你收拾好了麼馮紫英道收好了若尊府要用價錢自然讓些賈政道我留神就是了馮紫英道我再听信罷天氣冷請罷別送了賈赦賈政便命賈璉送了出去未知後事如何下回分解

紅樓夢第九十三回　甄家僕投靠賈家門　水月菴掀翻風月案

却說馮紫英去後賈政叫門上的人來吩咐道今兒臨安伯那裡來請吃酒知道是什么事门上的人道奴才曾問過並沒有什么喜慶事不過南安王府裡到了一班小戲子都說是個名班伯爺高興唱兩天戲請相好的老爺们瞧瞧熱鬧熱鬧大約不用送礼的說着賈赦過來問道明兒二老爺去不去賈政道承他親熱怎么好不去的說着门上進來回道衙门裡書辦來請老爺明日上衙门有堂派的事必得早些去賈政道知道了說着只見兩個管屯裡地租子的家人走來請了安磕了頭旁边站着賈政道你们是郝家庄的兩個答應了一声賈政道也不往下問竟与賈赦各自說了一回話兒散了家人等秉着手燈送過賈赦去這裡賈璉便叫那管租的人道說你的那人說道十月裡的租子奴才已經赶上來了原是明兒可到誰知京外拿車把車上的東西不由分說都掀在地下奴才告訴他說是府裡收租子的車不是買賣車他更不管這些奴才叫車夫只管拉着走几個衙役就把車夫混打了一頓硬扯了兩輛車去了奴才所以先來回報求爺打發個人到衙门裡去要了來纔好再者也整治整治這些無法無天的差役纔好爺還不知道呢更可憐的是那買賣車客商的東西全不顧掀下來赶着就走那些赶車的但說句話打的頭破血出的賈璉聽了罵道這

個还了得立刻寫了一個帖兒叫家人拿去向拿車的衙门裡要車去弄車上東西若少了一件是不依的快叫周瑞周瑞不在家又叫旺兒旺兒晌午出去了还沒有回来贾璉道這些忘八日的一個都不在家他們成年家吃糧不管事因吩咐小厮们快給我找去説着也回到自己屋裡睡下不題且説臨安伯府第二天又打發人来請贾政告訴贾赦道我是衙门裡有事璉兒要在家等候拿車的事情也不能去倒是大老爷帶着宝玉应酬一天也罷了贾赦點頭道也使得贾政遣人去叫宝玉説今兒跟大爷到臨安伯那裡聽戲去宝玉喜欢了不得便換上衣服帶了焙茗掃紅鋤藥三個小子出来見了贾赦請了安上了車来到臨安伯府裡门上人回進去一会子出来説老爷請於是贾赦走入院中只见賓客喧闐贾赦宝玉見了臨安伯又与衆賓客都見過了礼大家坐着説咲了一回只见一個掌班拿着一本戲单一個牙笏向上打了一個千兒説道求各位老爷賞戲先從尊位點起挨至贾赦也點了一齣那人回頭见了宝玉便不向別処去竟搶步上来打個千兒道求二爷賞兩齣宝玉一见那人面如傅粉唇若塗硃鮮潤如出水芙蕖飄揚似臨風玉樹原来不是別人就是蔣玉函前日所得他帶了小戲兒進京也沒有到自己那裡此時见了又不好站起来只得咲道你多早晚来的蔣玉函把眼往左右一溜悄悄的咲道怎麽二爷不知道麽宝玉因衆人在坐也難説話只得胡乱點了一齣蔣玉函去了便有幾個

議論道此人是誰有的說他向來是唱小旦的如今不肯唱小旦年紀也大了就在府裡掌班頭裡也改過小生他也攢了好幾個錢家裡已經有兩三個鋪子只是不肯放下本業原舊領班有的說想必成了家了有的說親還沒有定他倒拿定一個主意說是人生婚配關係一生一世的事不是混鬧得的不論尊卑貴賤總要配的上他的纔能所以到如今還並沒娶親寶玉暗忖度道不知日後誰家的女孩兒嫁他要嫁着這麼樣的人材兒也算是不辜負了那時開了戲也有昆腔也有高腔也有弋腔平腔熱鬧非常到了晌午便擺開桌子吃酒又看了回賈赦便欲起身臨安伯過道天色尚早聽見說琪官兒還有一齣占花魁他們頂好的首戲寶玉聽了巴不得賈赦不走於是又坐了一會果然蔣玉函扮了秦小官伏侍花魁醉後神情把那一種憐香惜玉的意思做得極情盡致以後對飲對唱纏綿繾綣寶玉這時不看花魁只把兩支眼睛獨射在秦小官身上更加蔣玉函聲音響亮口齒清楚按腔落板寶玉的神魂都唱的飛蕩了直等這齣戲煞場後更知蔣玉函極是情種非尋常腳色可比因想着樂記上說的是情動於中故形於聲聲成文謂之音所以知聲知音知樂有許多講究聲音之原不可不察詩詞道但能傳情不能入骨自後想要講究講究音律寶玉想出了神忽見賈赦起身主人不及相留寶玉沒法只得跟了回來到了家中賈赦自回那邊去了寶玉來見賈政賈政纔下衙門正向賈璉問

起拿車之事賈璉道今兒叫人拿帖兒去知縣不在家他的門上說了這是本官不知道的並無牌票出去拿車
都是那些混帳東西在外頭撒野擠訛頭既是老爺府裡的我便立刻叫人去追辦包管明兒連車連東西一并送
來如有半點差遲再行稟過本官重重處治此刻本官不在家求這裡老爺看破些可以不用本官知道更好賈政
道既無官票到底是何等樣人在那裡作怪賈璉道老爺不知外頭都是這樣想來明兒必定送來的賈
璉說完下來寶玉上去見了賈政問了幾句便叫他往老太太那裡去賈璉因為昨夜叫空了家人出來傳喚那起
人都已伺候齊全賈璉罵了一頓叫大管家賴大將各行檔的花名冊子拿來你去查點查點寫一張諭帖叫那
些人知道若有並未告假私自出去傳喚不到貽誤公事的立刻給我打了攆出去賴大連忙答應了幾個是出來吩
咐了一回家人各自留意過不幾時忽見有一個人頭上戴著氈帽身上穿著一身青布衣裳腳下穿着一雙撒鞋走到
門上向眾人作了個揖眾人拿眼上上下下打諒了他一番便問他是那裡來的那人道我自南邊甄府中來的并有家
老爺手書一封求這裡的爺們呈上尊老爺眾人聽見他是甄府來的纔站起來讓他坐下道你乏了且坐坐我們給
你回就是了門上一面進來回明賈政呈上來書賈政拆書看時上寫著
世交夙好氣誼素敦遙仰檐帷不勝依切弟因菲材獲遣自分萬死難償幸邀寬宥待罪邊隅迄今門戶凋零

家人星散所有奴子包勇向曾使用雖無奇技人尚慤實倘使得備奔走餬口有資屋烏之愛感佩無涯矣專此奉達餘容再敘不宣

年家眷弟甄應嘉頓首

賈政看完笑道這裡正因人多甄家倒薦人來又不好卻的吩咐門上叫他見我且留他住下因材使用便了門上出去帶進人來見賈政便磕了三個頭起來道家老爺請老爺安自己又打個千兒說包勇請老爺安賈政回問了甄老爺的好便把他上下一瞧但見包勇身長五尺有零肩背寬肥濃眉爆眼磕額長髯氣色粗黑垂著手站著便問道你是向來在甄家的還是住過幾年的包勇道小的向在甄家的賈政道你如今為什麼要出來呢包勇道小的原不肯出來只是家老爺再四叫小的出來說別處你不肯去這裡老爺家裡和在咱們自己家裡一樣的所以小的來的賈政道你們老爺不該有這樣事情弄到這個田地包勇道小的本不敢說我們老爺只是太好了一味的真心待人反倒招出事來賈政道真心是最好的了包勇道因為太真了人人都不喜歡討人厭煩是有的賈政笑了一笑道既這樣皇天自然不負他的包勇還要說時賈政又問道我聽見說你們家的哥兒不是也叫寶玉麼包勇道是賈政道他還肯向上巴結麼包勇道老爺若問我們哥兒倒是一段奇事哥兒的脾氣也和我家老爺一個樣子也是一味的誠實從小兒只愛和那些姐妹們在一處頑老爺太太也狠打過幾次他只是不改那一年太太進京的時候

兒好兒大病了一塲已經死了半日把老爺幾乎急和裝裹都預備了喜事後來好了嘴裡說道走到一座牌
樓那里見了一個姑娘領着他到了一座廟裡見了好些櫃子裡頭見了好些冊子又到屋裡見了無數女子說是都变
了鬼怪是的也有变做骷髏兒的他嚇急了就哭喊起來老爺知他醒過來了連忙調治漸漸的好了老爺仍叫
他在姐妹們一処頑去他竟改了脾氣了好着時候的頑意兒一槩都不要了惟有念書為事就有什麽人來引誘他
他也全不動心如今漸漸的能彀幫着老爺料理些家務了賈政默然想了一回道你去歇歇去罷等這裡用着你時自然派你一個
行次兒包勇答應着退下來跟着這裡人出去歇息不題一日賈政早起剛要上衙門看見門上那些人在那裡交頭接耳
好像要使賈政知道的是的又不好明回只管咕咕唧唧的說話賈政叫上來問道你們有什麽這麽鬼鬼祟祟的門上的人
回道奴才們不敢說賈政道有什麽事不敢說的門上的人道奴才今兒起來開門出去見門上貼着一張白紙上寫着許多
不成事体的字賈政道那裡有這樣的事寫的是什麽門上的人道是水月菴裡的腌臢話賈政道拿給我瞧門
上的人道奴才本要揭下來誰知他貼得結實揭不下來只得一面抄一面洗剛纔李德揭了一張給奴才瞧就是那門
上貼的話奴才們不敢隱瞞說着呈上那帖兒賈政接來看時上面寫着
西貝草斤年紀輕水月菴裡管尼僧一個男人多少女窩娼聚賭是陶情不肖子弟來辦事榮國府內好声名

贾政看了气的头昏目晕赶着叫门上的人不许声张悄悄叫人往宁荣两府靠近的夹道子墙壁上再去找寻随即叫人去唤贾琏出来贾琏即忙赶至贾政忙问道水月庵中寄居的那些女尼女道向来你也查考查考过没有贾琏道没有一向都是芹儿在那里照管贾政道你知道芹儿照管得来照管不来贾琏道老爷既这么说想来芹儿必有不妥当的地方儿贾政叹道你瞧瞧这个帖儿写的是什么贾琏一看道有这样事么正说着只见贾蓉走来拿着一封书子写着二老爷密启打开看时也是无头榜一张与门上所贴的话相同贾政道快叫赖大带了三四辆车到水月庵里去把那些女尼姑女道士一齐拉回来不许泄漏只说里头传唤赖大领命去了且说水月庵中小女尼女道士等初到庵中沙弥与道士原系老尼收管日间教他些经忏以后元妃不用也便习学得懒惰了那些女孩子们年纪渐渐的大了都也有些知觉了更兼贾芹也是风流人物打量芹儿等出家只是小孩子性儿便去招惹他们那知芹儿竟是真心不能上手便把这心肠移到女尼女道士身上因那小沙弥中有个名叫沁香的和女道士中有个叫做鹤仙的长的都甚妖娆贾芹便和这两个人勾搭上了闲时便学些丝弦唱个曲儿那时正当十月中旬贾芹给庵中那些人领了月例银子便想起法儿来告诉众人道我为你们领月钱不能进城又只得在这里歇着怪冷的怎么样我今儿带些果子酒大家吃着乐一夜好不好那些女孩子都高兴便摆起桌子连本庵的女尼也叫了来

惟有芳官不來賈芹喝了幾杯便說道要行令沁香等道我們都不會倒不如搳拳罷誰輸了喝一鍾豈不爽快本菴的女尼道這天剛過晌午混嚷混喝的不像且先喝幾鍾愛散的先散去誰愛陪芹大爺的回來晚上侭子喝去我也不管正說着只見道婆急忙進來說快散了罷府裡賴大爺來了衆女尼忙亂收拾便叫賈芹躲開賈芹因多喝了幾杯便道我是送月錢來的怕什麽話猶未完已見賴大進來見這般樣子心裡大怒為的是賈政吩咐不許聲張只得含糊裝笑道芹大爺也在這裡呢麽賈芹連忙站起來道賴大爺你來作什麽賴大說大爺在這裡更好快快叫沙彌道士收拾上車進城宮裡傳呢賈芹等不知原故還要細問賴大道天已不早了快快的好赶進城衆女孩子只得一齊上車賴大騎着大走騾押着赶進城不題却說賈政知道這事氣的衙門也不能上了獨坐在內書房嘆氣賈璉也不敢走開忽見門上的進來道衙門裡今夜該班是張老爺因張老爺病了有知會來請老爺補一班賈政正等賴大回來要辦賈芹此時又要該班心裡納悶也不言語賈璉走上去說道賴大是飯後出去的水月菴離城二十來里就赶進城也得二更天今日又是老爺的帮班請老爺只管去賴大來了叫他押着也別聲張等明日老爺回來再發落倘或芹兒來了也不用說明看他明兒見了老爺怎麽樣說賈政聽來有理只得上班去了賈璉抽空纔要回到自己房中一面走着心裡抱怨鳳姐出的主意欲要埋怨因他病着只得

隱忍慢〻的走着且說那些下人一人傳十傳到裡頭先是平兒知道即忙告訴风姐风姐因那一夜不好懨〻的總沒

精神正是惦記鐵檻寺的事情听見外頭貼了匿名揭帖的一句話嚇了一跳忙問貼的是什庅平兒隨口答應不留神

就錯說了道沒要緊是饅頭庵的事情风姐本是心虛听見饅頭庵的事情這一唬直唬怔了一句話沒說出來急

火上攻眼前發暈咳嗽了一陣便歪倒了兩隻眼卻只是發怔平兒慌了說道水月庵裡不過是女沙弥女道士的事奶

〻着什庅急呢风姐听是水月庵纔定了定神道呸糊塗東西到底是水月庵呢是饅頭庵呢平兒道是我頭裡

錯听了饅頭庵後來听見不是饅頭庵是水月庵我剛纔也就說溜了嘴說成饅頭庵了风姐道我就知道是水

月庵那饅頭庵與我什庅相干原是這水月庵是我叫芹兒管的大約剋扣了月錢平兒道我听着不像月錢

的事還有些腌臢話呢风姐道我更不管那個你二爺那裡去了平兒說听見老爺生氣他不敢走開我听見

事情不好我吩咐這些人不許吵嚷不知太〻們知道了沒有就听見說老爺叫賴大拿這些女孩子去了且叫個人前

頭打听打听奶〻現在病着依我竟先别管他們的閑事正說着只見賈璉進來风姐欲待問他見賈璉一臉怒

氣暫且裝作不知賈璉沒吃完飯旺兒來說外頭請爺呢賴大回來了賈璉道芹兒來了沒有旺兒道也來了

賈璉便道你去告訴賴大說老爺上班兒去了把這些個女孩子暫且收在園裡明日等老爺回來送進宮去只

叫芹兒在內書房等着我旺兒去了賈芹走進書房只見那些下人指指戳戳不知說什麼看起這個樣兒來不像宮裡要人想着問人又問不出來正在心裡疑惑只見賈璉走出來賈芹便請了安垂手侍立說道不知道娘娘宮裡即刻傳那些孩子們做什麼叫姪兒好趕辦幸喜姪兒今兒送月錢去還沒有走便同着賴大來了二叔想來是知道的賈璉道我知道什麼你纔是明白的呢賈芹摸不着頭腦兒也不敢再問賈璉道你幹的好事啊把老爺都氣壞了賈芹道姪兒沒有幹什麼庵裡月錢是月月給的孩子們經懺是不忘的賈璉見他不知又是平素常在一處頑笑的便嘆口氣道打嘴的東西你各自去瞧瞧罷便從靴掖兒裡頭拿出那個揭帖來扔與他瞧賈芹拾來一看嚇得面如土色說道這是誰幹的我並沒有得罪人為什麼這麼坑我我一月送錢去只走一趟並沒有這些事若是老爺回來打着問我姪兒就屈死了我母親知道更要打死說着見沒人在旁邊便跪下央及道好叔叔救我一救兒罷說着只管磕頭滿眼淚流賈璉想道老爺最惱這些要是問准了有這些事這場氣也不小鬧出去也不好聽又長那個作帖兒的人的志氣了將來偺們的事多着呢倒不如趁着老爺上班兒和賴大商量着要混過去就可以沒事了現在沒有對証想定主意便說你別瞞我你幹的鬼兒你打諒我都不知道呢若要完事就是老爺打着問你你一口咬定沒有纔好沒臉的東西起去罷叫人去叫賴

大不多时賴大來了賈璉便和他商量賴大說這芹大爺本來閙的不像了奴才今兒到菴裡的时候他們正在那裡喝酒呢帖兒上的話一定是有的賈璉道芹兒你聽賴大还賴你不成賈芹此时紅漲了臉一句也不敢言語还是賈璉拉着賴大央他護庇護庇罷只說芹哥兒是在家找了來的你帶了他去只說沒有見罷我明日你求老爺也不用問那些女孩子了竟是叫了媒人來領了去一賣完事果然娘娘再要的时候兒偺們再賣賴大想來閙也無益且名聲不好也就應了賈璉叫賈芹跟了賴大爺去罷聽着他教你你就跟着他說罷賈芹又磕了個頭跟着賴大出去到了沒人的地方兒又給賴大磕頭賴大說我的小爺你太閙的不像了不知得罪了誰閙出這個乱兒來你想想誰和你不对罷賈芹想了一会子並無不对的人只得無精打彩跟着賴大走回未知如何抵賴且聽下回分解

紅樓夢第九十四回　宴海棠賈母賞花妖　失寶玉通靈知奇禍

話說賴大等了賈芹出來一宿無話靜候賈政回來單是那些女尼女道重進園來都喜歡的了不得欲要到各處逛逛明日預備進宮不料賴大便吩咐了看園的婆子並小廝看守惟給了些飯食却是一步不准走開那些女孩子摸不着頭腦只得坐着等到天亮園裡各處的丫頭雖都知道拉進女尼們來預備宮裡使喚却也不能深知原委到了明日早起賈政正要下班因堂上發下兩省城工估銷冊子立刻要查核一時不能回家便叫人回來告訴賈璉說賴大回來你務必查問明白該如何辦就如何辦了不必等我賈璉奉命先替芹兒喜歡又想道若是辦得一點影兒都沒有又恐賈政生疑不如回明二太太討個主意辦去便是不合老爺的我也不至甚擔干係主意定了進內去見王夫人陳說昨日老爺見了揭帖生氣把芹兒和女尼女道等都叫進府來查辦今日老爺沒空問這件不成體統的事叫我來回太太該怎麼便怎麼樣我所以來請示太太這件事如何辦理王夫人聽了詫異道這是怎麼說若是芹兒這麼樣起來這還成咱們家的人了麼但只這個貼帖兒的也可惡這些話可是混嚷得的麼你到底問了芹兒有這件事沒有呢賈璉道剛纔也問過了太太想別說他幹了沒有就是幹了一個人幹了混帳事也肯應承麼但只我想

芹兒也不敢行事知道那些女孩子都是如々一時要叫的倘或鬧出事來怎麼樣呢依侄兒的主意要問也不难若問出來太々怎麼個辦法呢王夫人道如今那些女孩子在那裡賈璉道都在園裡鎖着呢王夫人道姑娘們知道不知道賈璉道大約姑娘們也都知道是预備宮裡頭的話外頭并没提起別的來王夫人道很是這些東西刻也是留不得的頭裡我原要打發他們去來着都是你們說留着好如今不是弄出事來了麼你竟叫賴大帶了去細々兒的問他的本家兒有人沒有將文書查出花上幾十兩銀子僱隻船派個妥當人送到本地一槩連文書發還了也落得無事若是為着一兩個不好個々都押着他們還俗那又太造孽了若在這裡發給官媒雖然我們不要身價他們弄去賣錢那顧人的死活呢芹兒呢你便狠々的說他一頓除了祭祀喜慶々無事叫他不用到這裡來看仔細碰在老爺氣頭兒上那可就吃不了兜着走了也說給賬房裡把這一項錢糧檔子銷了还打發個人到水月菴說老爺的諭除了上墳燒紙要有本家老爺們到他那裡去不許接待若再有一個不好風声連老姑子一塊兒攆出去賈璉一一答應了出去將王夫人的話告訴賴大說太々的主意叫你這麼辦々完了告訴我去回太々你快辦去罷回來老爺來你也按着太々的話回去賴大聽說便道我們太々真正是個佛心這班東西还着人送回去既是太々好心不得不挑個好人芹兒哥

竟交給二爺開發了罷那貼帖兒的奴才想法兒查出來重重的收拾他纔好賈璉點頭說是了即刻將賈
芹發落賴大也趕著把女尼等領出按著主意辦去了晚上賈政回來賈璉賴大回明賈政賈政本是省
事的人聽了也便撂開手了獨有那些無賴之徒聽得賈府發出二十四個女孩子來那個不想覓那些人
能彀回家不能未知著落亦難虛擬且說紫鵑因代玉漸好園中無事聽見女尼等預備宮內使喚不知
何事便到賈母那邊打聽打聽恰遇著鴛鴦下來閒著坐下說閒話兒提起女尼的事鴛鴦詫異道我並
沒有聽見回來問問二奶〔奶〕奶就知道了正說著只見傅試家兩個女人過來請賈母的安鴛鴦要陪了上去那兩個
女人因賈母正睡晌覺就與鴛鴦說了一聲兒回去了紫鵑問這是誰家差來的鴛鴦道好討人嫌家裡有了
一個女孩兒長的好些兒就獻寶的是的常在老太太跟前誇他們〔姑娘〕這麼長的好心地兒這麼〔怎〕禮貌上又好說
話兒又簡絕做活計兒手兒又巧會寫會算尊長上頭最孝敬的就是待下人也是極和平的來了就編
這麼一大套常說給老太太聽我聽著很煩這幾個老婆子真討人嫌我們老太太偏愛聽那些個話老太太
也罷了還有寶玉素常見了老婆子便很厭煩的偏見了他們家的老婆子就不厭煩你說奇不奇前
兒還來說他們姑娘現有多少人家來求親他們老爺提不肯應心裡只要和咱們這樣人家作親纔

肯誇獎一回奉承一回把老太太的心都說活了紫鵑听了一呆便假意道若老太太喜欢為什庅不就給宝玉定了呢侍書正要說出原故听見上頭說老太太醒了侍書赶著上去紫鵑只得起身出来间到园裡一頭走一頭想道天下莫非只有一個宝玉你也想他我也想他我們家的那一位越發痴心起来了看他的那個神情兒是一定在宝玉身上的了三番兩次的病可不是為著這個是什庅這家裡金的銀的还鬧不清再添上一个什庅傅姑娘更了不得了我看宝玉的心也在我們那一位的身上啊听著侍書的話竟是又個愛一个的這不是我們姑娘白操了心了嗎紫鵑本是想著代玉往下一想連自己也不得主意不免神都痴了要想呼代玉不用瞎操心呢又恐怕他煩惱要是看著他這樣又可憐兒左思右想一时煩躁起来自己啐自己道你替人耽什庅憂就是林姑娘真配了宝玉他的那性情兒也是难伏侍的宝玉性情雖好又是貪多嚼不爛的我倒劝人不必瞎操心我自己纔是瞎操心呢從今以後我盡我的心伏侍姑娘其餘的事全不管這庅一想心裡倒覺清淨回到瀟湘館来見代玉獨自一人坐上炕上理從前做過的詩文詞稿抬頭見紫鵑进来便问你到那裡去了紫鵑道今日瞧了瞧姐妹們去代玉道可是找襲人姐姐去庅紫鵑道我找他做什庅代玉一想這話怎庅顺嘴說出来了呢反覺不好意思便啐道你找不找与我什庅相干倒茶去罷紫鵑也心裡暗笑出来倒茶只听园裡一叠声乱嚷不知何故一面倒茶一面叫人去打听回来說道怡紅院裡的海棠本来萎了幾棵也没人去澆灌他昨日宝玉走去瞧見枝頭上好像有了骨朵兒

是的人都不信沒有理他忽然今日開的很好的海棠花衆人咤異都爭着去看連老太々太々都閙動了來瞧花兒呢所
以大奶々叫人收拾園裡的樹葉子這些々人在那裡傳喚代玉也听見了知道老太々來便更了衣叫雪雁去打听若是老太々來了
即來告訴我雪雁去不多時便跑來說老太々太々好些人都來了請姑娘就去罷代玉略自照了一照鏡子掠了一掠鬢髮
便扶着紫鵑到怡紅院來已見老太々坐在宝玉常卧的榻上代玉便說道請老太々安退後便見了邢王二夫人回來與李紈
探春惜春邢岫烟彼此問了好只見鳳姐因病未來史湘雲因他叔々調任回京接了家去薛宝琴合跟他姐々家去住了李家
姐妹因見園內多事李嬸娘帶了在外居住所以代玉今日見的只有數人大家說笑了一回講究這花開得古怪賈母道這
花兒應在三月裡開的如今雖是十一月因節氣遲還算十月應着小陽春的天氣因為和暖開花也是有的王夫人道老太
太見的多說得是也不為奇邢夫人道我听見這花已經萎了一年怎麼這回不應時候兒開了必有個原故李紈笑道
老太々和太々說的都是據我的糊塗想頭必是宝玉有喜事來了此花先來報信探春雖不言語心裡想道必非好兆
大凡順者昌逆者亡草木知運不時而發必是妖孽但只不好說出來独有代玉听說是喜事心裡觸動便高興說道當初
田家有荊樹一棵弟兄三個因分了家那荊樹便枯了後來感動了他兄弟們仍歸在一処那荊樹也就榮了可知草木也隨人
的如今二哥々認真念書舅々喜歡那棵樹也就發了賈母王夫人听了喜歡便說林姑娘比方得有理很有意思正說着

贾赦贾政贾环贾兰都进来看花贾赦便说据我的主意把他砍去必是花妖作怪贾政道见怪不怪其怪自败不用砍他随他去就是了贾母听见便说谁在这里混说人家有喜事好处什么怪不怪的若有好事你们享去若是不好我一个人当去你们不许混说贾政听了不敢言语讪讪的同贾赦等走了出来那贾母高兴叫人传话到厨房里快快预备酒席大家赏花叫宝玉环儿兰哥儿各人做一首诗志喜林姑娘的病才好别叫他费心若高兴给你们改改对着李纨道你们都陪我喝酒李纨答应了是便笑对探春笑道都是你闹的探春道饶不叫我们做诗怎么我们闹的李纨道海棠社不是你起的么如今那棵海棠也要来入社了大家听着都笑了一时摆上酒菜一面喝着彼此都要讨老太太的喜欢大家说些兴头话宝玉上来斟了酒便立成了四句诗写出来念与贾母听道

海棠何事忽摧隤　今日繁花为底开　应是北堂增寿考　一阳旋复占先梅

贾环也写了来念道

草木逢春当茁芽　海棠未发候偏差　人间奇事知多少　冬月开花独我家

贾兰恭楷誊正与贾母贾母命李纨念道

烟凝媚色春前萎　霜浥微红雪后开　莫道此花知识浅　欣荣预佐合欢杯

贾母听毕便說我不大懂詩听去倒是蘭兒的好環兒做的不好都上來吃飯罷寶玉看見贾母喜欢更是興頭因想起晴雯死的那年海棠死的今日海棠復榮我們院内的這些人自然都好但是晴雯不能像花的死而復生了頓覺轉喜為悲忽又想起前日巧姐提鳳姐要把五兒補入或此花為他而開也未可知却又轉悲為喜依旧說笑贾母还坐了半天然後扶了珍珠回去了王夫人等跟着過來只見平兒笑嘻嘻的迎上來說我們奶奶知道老太太在這裡賞花自己不得來叫奴才來伏侍老太太太太們还有两疋紅送給寶二爺包裹這花当作賀礼襲人過來接了呈与贾母看贾母笑道偏是鳳丫頭行出點事兒來叫人看着又体面又新鮮狠有趣兒襲人笑着向平兒道回來替寶二爺給二奶奶道謝要有喜大家喜贾母听了笑道嗳哟我还忘了呢鳳丫頭虽病着还是他想的到送的也巧一面說着众人就随着去了平兒私与襲人道奶奶說這花開的怪叫你鉸塊紅綢子掛掛就应在喜事上去了以後也不必只管当作奇事混說襲人點頭答应送了平兒出去不題且說那日寶玉本來穿着一裹圓的皮袄在家歇息因見花開只管出來看一回賞一回嘆一回爱一回的心中無数悲喜離合都弄到這株花上去了忽然听說贾母要來便去換了一件狐腋箭袖罩一件玄狐腿外褂出來迎接贾母匆匆穿換未將通靈寶玉掛上及至後來贾母去了仍旧換衣襲人見寶玉脖子上没有掛着便问那塊玉呢寶玉道剛才忙乱換衣摘下來放在炕卓上我没有帶襲人回看卓上並没有玉便向各処找尋踪影全無嚇得襲人滿身冷汗寶

玉道不用着急少不得在屋裡的問他們就知道了襲人當作麝月等藏起唬他頑便向麝月道等笑著說道小蹄子們頑呢到底有個頑法把這件東西藏在那裡了別真弄丟了那可就大家活不成了麝月等都正色道這是那裡的話頑是頑笑是笑這個事非同兒戲你可別混說你自己昏了心了想想罷想想擱在那裡了這會子又混賴人了襲人見他這般光景不像是頑話便着急道皇天菩薩小祖宗你到底擱在那裡了寶玉道我記的明明兒放在炕桌上你們到底找啊襲人麝月等也不敢叫人知道大家偷偷兒的各處搜尋鬧了大半天毫無影響甚至翻箱倒籠實在沒處去找便疑到方纔這些人進來不知誰撿了去了襲人說道進來的誰不知道這玉是性命似的東西呢誰敢撿了去你們好歹先別聲張快到各處問去若有姐妹們撿着和我們頑呢你們給他磕個頭要了來要是小丫頭們偷了去問出來也不回上頭不論做些什麼送他換了來都使得這可不是小事真要丟了這個比丟了寶二爺的還利害呢麝月秋紋剛要往外走襲人又趕出來囑咐道頭裡在這裡吃飯的倒別先問去找不成再惹出些風波來更不好了麝月等依言分頭各處追問人人不曉個個驚疑二人連忙回來俱目瞪口呆面面相覷寶玉也唬怔了襲人急的只是乾哭找是沒處找回又不敢回怡紅院裡的人唬的個個像木雕泥塑一般大家正在發呆只見各處知道的都來了探春叫把園門關上先叫個老婆子帶着兩個丫頭再往各處去尋去一面又叫告訴眾人若誰找出來重重的賞大家頭宗要脫干係二宗聽見重

賞不顧命的說我了一遍甚至于茅厠裡都找到了誰知那塊玉竟像繡花針兒一般找了一天總不見李紈急了說道
這件事不是頑的我要說句無禮的話了衆人道什麼話李紈道事情到了這裡也顧不得了現在園裡除了寶玉都是
女人要求各位姐姐妹妹姑娘都要叫跟來的丫頭脫了衣服大家搜一搜若沒有再叫丫頭們去搜那些老婆子並粗使
的丫頭不知使得使不得大家說道這話也說得有理現在人多手亂魚龍混雜倒是這麼著他們也洗洗清探春獨不
言語那些丫頭們也都願意洗淨自己先是平兒起平兒說道打我先搜起於是各人自己解懷李紈一氣兒混搜探春嗔
著李紈道大嫂子你也學那起不成材料的樣子來了那個人既偷了去還肯藏在身上況且這件東西在家裡是寶
到了外頭不知道的是廢物偏他做什麼我想來必是有人使促狹衆人聽說又見環兒不在這裡昨兒是他滿屋裡亂
跑都疑他身上只是不肯說出來探春又道使促狹的只有環兒你們叫個人去悄悄的叫了他來背地裡哄著他叫他拿
出來然後嚇著他叫他別聲張就完了大家點頭李紈便向平兒道這件事還得你去纔弄得明白平兒答應
就趕著去了不多時同著賈環來了衆人假意裝出沒事的樣子叫人沏了茶擱在裡間屋裡衆人故意搭赸走開原
叫平兒哄他平兒便笑著向賈環道你二哥哥的玉丢了你瞧見了沒有賈環便急的紫漲了臉瞪著眼說道人
家丢了東西你怎麼又叫我來查問疑我我是犯過案的賊麼平兒見這樣子倒不敢再問便又陪笑道不是這

麼說怕三爺要拿了去嚇他們所以來問〻瞧見沒有好叫他們找賈環道他的玉在他身上看見沒看見該問他怎麼問我呢你們都捧著他得了什麼不問我丟了東西就來問我說著起身就走眾人不好攔他這裡寶玉倒急了說道都是這勞什子鬧事我也不要他了你們也不用鬧了環兒一去必定嚷的滿院裡都知道了可不是鬧事了麼襲人等急得又哭道小祖宗兒你看這玉丟了沒要緊要是上頭知道了我們這些人就要粉身碎骨了說著便嚎啕大哭起來眾人更加著急明知此事掩飾不來只得要商議定了話回來好回賈母諸人寶玉道你們竟也不用商量硬說我砸了就完了平兒道好輕巧話兒上頭要問為什麼砸的呢他們也是個死啊倘或要起砸破的碴兒來那又怎麼樣呢寶玉道不然就說我出門丟了眾人一想這句話倒還混的過去但只這兩天又沒上學又沒往別處去寶玉道怎麼沒有大前兒還到臨安伯府裡聽戲去了呢就說那日丟的就完了探春道那也不妥既是前日丟的為什麼當日不來回眾人正在胡思亂想要裝點撒謊只聽見趙姨娘的聲兒哭著喊著走來說你們丟了東西自己不找怎麼叫人背地裡拷問環兒我把環兒帶了來索性交給你們這一起洑上水的該殺該剮隨你們罷說著將環兒一推說你是個賊快〻的招罷氣得環兒也哭喊起來李紈正要勸解丫頭來說太太來了襲人等此時無地可容寶玉等趕忙出來迎接趙姨娘暫且也不敢作聲跟了出來王夫人見眾人都有驚惶之色才信方才聽見

的話便道那塊玉真丢了麽衆人都不敢作声王夫人走進屋裡坐下便叫襲人慌的襲人連忙跪下含淚要禀王夫人道你起來快快叫人細細的找去一忙亂倒不好了襲人哽咽難言寶玉恐襲人直告訴出來便說道太太這事不與襲人相干是我前日到臨安伯府裡聽戲在路上丢了王夫人道為什麽那日不找呢寶玉道我怕他們知道没有告訴他們我叫焙茗等在外頭各處找過的王夫人道胡說如今脫換衣服不是襲人他們伏侍的麽大凡哥兒出門回來手巾荷包短了還要個明白何况這塊玉不見了難道不問麽寶玉無言可答趙姨娘聽見便得意了忙接口道外頭丢了東西也賴環兒話未說完被王夫人喝道這裡說這個你且說那些没要緊的話趙姨娘便也不敢言語了還是李紈探春從實的告訴了王夫人一遍王夫人也急的眼中落淚索性要回明了賈母去問邢夫人那邊來的這些人去鳳姐病中也聽見寶玉失玉知道王夫人過來料躲不住便扶了豐兒來到園裡正值王夫人起身要走鳳姐嬌怯怯的說請太太安寶玉等過來問了鳳姐好王夫人因說道你也聽見了麽這可不是奇事嗎剛纔眼錯不見就丢了再找不着你去想想打從太太那邊的丫頭起至你們平兒誰的手不穩誰的手促狹我要回了老太太認真的查出來纔好不然是斷了寶玉的命根子了鳳姐回道咱們家人多手雜自古說的知人知面不知心那裡保得住誰是好的但只一吵嚷已經都知道了偷玉的人要叫太太查出來明知是死無葬身之地他着了急

反要毁坏了况且那时可怎么处呢据我的糊塗想头只说宝玉本不爱他他撂丢了也没有什么要紧只要大家嚴密些別叫老太太老爺知道這麼說了暗暗的派人去各處察訪哄騙出來那時玉也可得罪名也可定不知太太心裡怎麼樣王夫人遲了半日纔說道你這話雖也有理但只是老爺跟前怎麼瞞的過呢便叫環兒來說道你二哥哥的玉丟了白問了你一句怎麼你就亂嚷要是嚷破了人家把那个毀壞了我看你活得活不得環嚇得哭道我再不敢嚷了趙姨娘聽了那裡還敢言語王夫人便吩咐眾人道想來自然有沒找到的地方兒好端端的在家裡的還怕飛到那裡去不成只是不許聲張限襲人三天內給我找出來要是三天找不著只怕也不瞞住大家那就不用過安靜日子了說著便叫鳳姐跟到邢夫人那邊商議踩緝不題這裡李紈等紛紛議論便傳喚看園子的一干人叫把園門鎖上快傳林之孝家的來悄悄兒的告訴了他叫他吩咐前後門上三天之內不論男女下人從裡頭可以走動要出去時一概不許放出只說裡頭丟了東西等這件東西有了著落然後放人出來林之孝家的答應了是因說前兒奴才家裡也丟了一件不要緊的東西林之孝家必要明白上街找去了一個測字的那人叫做什麼劉鐵嘴測了一個字說的狠明白回來不按著一找就找著了襲人聽見便央及林家的道好林奶奶出去快求林大爺替我們問問去那林之孝的答應著出去了邢岫烟道若說外頭測字打卦的

是不中用的我在南边闻妙玉能扶乩何不烦他问一问况且我听见说這塊玉原有仙机想来问的出来众人都吃異道咱們常見的從沒有听他說起麝月便悄问岫烟道想来求他是不肯的好姑娘我給姑娘磕個頭求姑娘就去若問出来了我一輩子總不忘你的恩說着赶忙就要磕下頭去岫烟連忙攙住代玉等也都慫恿着岫烟速往櫳翠庵去一面林之孝家的進来說道姑娘們大喜林之孝測了字回来說這玉是丢不了的將来横竪有人送还的衆人听了也多半信半疑惟有襲人麝月喜欢的了不得探春便问測的是什麼字林家的道他的話多奴才也学不上来記得拈了个賞人的賞字那劉鐵嘴也不问便說丢了東西不是他說賞字上頭一个小字底下一个口字這件東西很可嘴里放得必是珠子宝石底下貝字拆開不成一个見字可不是不見了因上頭拆了当字叫到當舖里找去賞字加一人字可不是償字只要找着當舖就有人便贖了回来可不是償还了麽衆人道既如此把這几个當舖找遍了少不得就有了東西咱們再问人就容易了李紈道只要東西那怕不问人都使得林嫂子你去就把測字的話快告訴了二奶奶回了太太先叫太太放心就叫二奶奶快派人查去林家的答应了便走衆人略安了一點兒神呆呆的等岫烟回来正呆等時只見跟宝玉的焙茗在門外招手兒叫小丫頭子快出来那小丫頭赶忙的出去了焙

著便說道你快進去告訴我們二爺和裡頭太太奶奶姑娘們天大的喜事那小丫頭子道你快說罷怎麼這麼累贅婆著咲著拍手道我告訴姑娘姑娘進去回了咱們兩個人都得賞錢呢你打量是什麼事情寶玉的那塊玉呀我得了准信來了未知如何下回分解

紅樓夢第九十五回　因訛成實元妃薨逝　以假混真寶玉瘋顛

話說焙茗在门口和小丫頭說寶玉的玉有了那小丫頭急忙回來告訴寶玉眾人听了都推着寶玉出去問他眾人在廊下听着寶玉也覺放心便走到門口問道你那裡得了快拿來焙茗道拿是拿不來的还得托人做保去呢寶玉道你快說是怎么得的我好叫人取去焙茗道我在外頭知道林爺々去測字我就跟了去我听見說在當鋪裡找我沒等他說完便跑到幾个当鋪裡去我比給他们瞧有一家便說有我說給我罷那鋪子裡要票子我說當多少錢他說三百錢的也有五百錢的也有前兒有一个人拿這么一塊玉當了三百錢去今兒又有人也拿一塊玉當了五百錢去寶玉不等說完便道你快拿三百五百錢去取了來我们挑着看是不是裡頭襲人便啐道二爺不用理他我小时候兒听見我哥々常說有些々人賣那些小玉兒沒錢用便去當想來是家々當鋪裡有的正在眾人听得唓異被襲人一說想了一想倒大家笑起來說快々二爺進來罷不用理那糊塗東西了他說的那些玉想來不是正經東西寶玉正笑着只見岫烟來了原來岫烟走到櫳翠菴見了妙玉不及問話便求妙玉扶乩妙玉冷笑幾声說道我与姑娘來往為的是姑娘不是勢利場中的人々日怎么聽了那裡的謠言過來纏我况且我並不曉得什么叫扶乩說着將要不理岫烟懊悔此來知他脾氣是這么着的一时我已說出不好白回去又不好与他質証他会扶乩的話只得陪着笑將襲人等性命

關係的話說了一遍見妙玉略有活動便起身拜了幾拜妙玉嘆道何必為人作嫁但是我進京以來素無人知今日你來破例恐將來纏繞不休岫烟道我也一時不忍知你必是慈悲的便是將來他人求你願不願在你誰敢相強妙玉笑了一笑叫道婆焚香在箱子裡找出沙盤乩架書了符命岫烟行禮祝告畢起來同妙玉扶著乩不多時只見那仙乩疾書道

噫來無跡去無蹤青埂峰下倚古松欲追尋山萬重入我門來一笑逢

書畢停了乩岫烟便問請的是何仙妙玉道請的是拐仙岫烟錄了出來請教妙玉解識妙玉道這個可不能連我也不懂你快拿去他們的聰明人多著哩岫烟只得回來進入院中各人都問怎麼樣了岫烟不及細說便將所錄乩語遞與李紈眾姊妹及寶玉爭看都解的是一時要找是找不著的然而丟是丟不了的不知幾時不找便出來了但是青埂峰不知在那里李紈道這是仙機隱語咱們家裡那裡跑出青埂峰來必是誰怕查出撂在有松樹的山子石底下也未可定獨是入我門來這句到底是入誰的門呢代玉道不知請的是誰岫烟道拐仙探春道若是仙家的門便難入了襲人心裡著忙便捕風捉影的混找沒一塊石底下不找到只是沒有回到院中寶玉也不問有無只管傻笑麝月著急道小祖宗你到底是那裡丟的說明了我們就是受罪也在明處啊寶玉笑道我說外頭丟的你們又不依你如今問我我知道麼李紈探春道今兒從早起鬧起已到三更來的天了你瞧林妹妹已經掌不住各自去了我們也該歇歇兒了明兒再鬧罷說著大家散去寶玉即

便睡下可憐襲人等哭一回想一回一夜無眠暫且不題且説代玉先自回去想起金石的旧話来反自喜欢心裡也道和尚道士
的話真个信不得果真金玉有緣宝玉如何能把這玉丟了呢或者因我之事拆散他們的金玉也未可知想了半天更覚安
心把這一天的勞乏竟不理会重新倒看起書来紫鹃倒覚身倦連催代玉睡下代玉雖躺下又想到海棠花上説這塊玉原是
胎裡帶来的非比尋常之物来去自有関係若是這花主好事呢不該失了這玉呀看来此花開的不祥莫非他有不吉之
事不覚又傷起心来又轉想到喜事上頭此花又似應開此玉又似應失如此一悲一喜直想到五更方睡著次日王夫人等早派
人到当鋪裡去查問凤姐暗中設法找尋一連鬧了幾天總無下落还喜賈母賈政未知襲人等每日提心吊胆宝玉也好幾天
不好上学只是怔怔的不言不語没心没緒的王夫人只知他因失玉而起也不大著意那日正在納悶忽見賈璉進来請安嘻嘻的
笑道今日听得雨村打發人来告訴咱們二老爺説舅太爺陞了内閣大学士奉旨来京已定于明年正月二十日
宣麻有三百里的文書去了想舅太爺晝夜趲行半個多月就要到了姪兒特来回太太知道王夫人听説便欢喜非常
正想外家人少薛姨媽家又衰败了兄弟又在外任照應不着今日忽听兄弟拜相回京王家榮耀将来宝玉都有依靠
便把失玉的心又略放開些了天天專望兄弟来京忽一天賈政進来满臉淚痕喘吁吁的説道你快去禀知老太太即刻進
宫不用多人的是你伏侍進去因娘娘忽得暴病現在太監在外立等他説太醫院已經奏明痰厥不能醫治王夫人听説便

大哭起来贾政道这不是哭的时候快快去请老太太说得宽缓些不要吓坏了老人家贾政说着出来吩咐家人伺候王夫人收了泪去请贾母只说元妃有病进去请安贾母念佛道怎么又病了前番吓的我了不得后来又打听错了这回情愿再错了也罢王夫人一面回答一面催鸳鸯等开箱取衣饰穿戴起来王夫人赶着回到自己房中也穿戴好了过来伺候一时出厅上轿进宫不题且说元春自选了凤藻宫后圣眷隆重身体发福未免举动费力每日起居劳乏时发痰疾因前日侍宴回宫偶沾寒气勾起旧病不料此回甚属利害竟至痰气壅塞四肢厥冷一面奏明即召太医调治岂知汤药不进连用通关之剂并不见效内官忧虑奏请预办后事所以传旨命贾氏椒房进见贾母王夫人遵旨进宫见元妃痰塞口涎不能言语见了贾母只有悲泣之状却少眼泪贾母进前请安奏些宽慰的话少时贾政等职名递进宫嫔传奏元妃目不能顾渐渐脸色改变内宫太监即要奏闻恐派各妃看视椒房姻戚未便久羁请在外宫伺候贾母王夫人怎忍便离无奈国家制度只得下来又不敢啼哭惟有心内悲感朝门内官员有信不多时只见太监出来立传钦天监贾母便知不好尚未敢动稍刻小太监传谕出来说贾娘娘薨逝是年甲寅年十二月十八日立春元妃薨日是十二月十九日已交卯年寅月存年四十三岁贾母含悲起身只得出宫上轿回家贾政等亦已得信一路悲戚到家中邢夫人李纨凤姐宝玉等出厅分东西迎着贾母请了安并贾政王夫人请安大家哭泣不题次早起凡有品级

的按贵妃丧礼进内请安哭临贾政又是工部虽按照仪注辦理未免堂上又要周旋他些同事又要请教他所以两头更忙非比从前太后与周妃的丧事了但元妃並無所出惟谥曰贤淑贵妃此是王家制度不必多赘只讲贾府中男女天天进宫忙的了不得幸喜凤姐近日身子好些还得出来照应家事又要预备王子騰进京接風贺喜凤姐胞兄王仁知道叔叔入了内阁仍带家眷来京凤姐心裡喜欢便有些心病有这些娘家的人也便撂開所以身子倒觉比先好了些王夫人看見凤姐照旧辦事又把担子卸了一半又眼见兄弟来京諸事放心倒觉安静些独有宝玉原是無職之人又不念書代儒学裡知他家裡有事也不来管他贾政正忙自然没有空兒查他想来宝玉趁此機会竟可与姊妹们天天暢樂不料他自失了玉後終日懶怠走動說话也糊涂了并贾母等出门回来有人叫他去请安便去没人叫他他也不動袭人等怀着鬼胎又不敢去招惹他恐他生氣每天茶飯端到面前便吃不来也不要袭人看这光景不像是有氣竟像是有病的袭人偷着空兒到潇湘館告诉紫鹃說是二爷這么着求姑娘給他開導開導紫鹃虽即告诉代玉只因代玉想着親事上頭一定是自己了如今見了他反觉不好意思若是他来呢原是小時在一处的也难不理他若說我去找他断断使不得所以代玉不肯過来袭人又背地裡去告诉探春那知探春心裡明白知道海棠開得異怪宝玉失的更奇接連着元妃姐姐薨逝諒家道不祥日日愁悶那有心腸去劝宝玉况兄妹们

男女有別只好過来一兩次宝玉又終是懶懶的所以也不大常来宝釵也知失玉因薛姨媽那日應了宝玉的親事回去便告訴了宝釵薛姨媽还說雖是你姨媽說了我还沒有應准說等你哥哥回来再定你願意不願意宝釵反正色的對母親道媽媽這話說錯了女孩兒家的事情是父母作主的如今我父親沒了媽媽應該作主的再不然問哥哥怎麼問起我来所以薛姨媽更愛惜他說他雖是從小嬌養慣的却也生来的貞靜因此在他面前反不提起宝玉了宝釵自從听此一說把宝玉兩字自然更不提起了如今雖然听見失了玉心裡也甚驚疑倒不好問秖得听旁人說去竟像不與自己相干的只見薛姨媽打發丫頭過来了幾次問信因他自己的兒子薛蟠的事焦心只等哥哥進京便好為他出脫罪名又知元妃已薨雖然賈府忙亂却得鳳姐好了出来理家所以也不大過這邊来這裡只苦了襲人在宝玉跟前低声下氣的伏侍勸慰宝玉竟是不懂襲人只有暗暗的著急而已過了幾日元妃停靈寢廟賈母等送殯去了幾天豈知宝玉一日呆似一日也不發燒也不疼痛只是吃不像吃睡不像睡甚至說話都無頭緒那襲人麝月等一發慌了回過鳳姐幾次鳳姐不時過来起先道是我不着玉生氣如今看他失魂落魄的樣子只有日日請醫調治煎藥吃了好幾劑只有添病的沒有減病的及至問他那裡不舒服宝玉也不說出来直至元妃事畢賈母惦記宝玉親自到園看視王夫人也隨過来襲人等叫宝玉接出去請安宝玉雖說是病每日原起来行動今日叫他接

賈母去依然仍是請安惟是襲人在旁扶着指教賈母見了便道我的兒我打諒你怎麼病着故此過來瞧你今你
依舊的模樣兒我心放了好些王夫人也自然是寬心的但寶玉並不回答只管嘻嘻的笑賈母等進屋坐下問他的話襲人
教一句他說一句不似往常直是一個傻子是的賈母愈看愈疑便說我纔進來看時不見有什麼病如今細細一瞧這病
果然不輕竟是神魂失散的樣子到底因什麼起的呢王夫人知事難瞞又瞧瞧襲人怪可憐的樣子只得便依着寶玉先
前的話將那往臨安伯府裡去聽戲時丟了這塊玉的話悄悄告訴了一遍心裡也彷徨的很生恐賈母着急並說現在
着人在四下裡找尋求籤問卦都說在當舖裡找少不得找着的賈母聽了急得站起來眼淚直流說道這件玉如
何是丟得的你們忒不懂事了難道老爺也是撂開手的不成王夫人知賈母生氣叫襲人等跪下自己斂容低首回說
媳婦恐老太太着急老爺生氣都沒敢回賈母咳道這是寶玉的命根子因丟了所以他這麼失魂喪魄的還了得這
玉是滿城裡都知道的誰撿了去肯叫你們找出來麼叫人快快請老爺我與他說那時嚇得王夫人襲人等俱哀
告道老太太這一生氣回來老爺更了不得了現在寶玉病着交給我們盡命的找來就是了賈母道你們怕老爺生
氣有我呢便叫麝月傳人去請不一時傳話進來說老爺謝客去了賈母道不用他也使得你們便說我說的話暫且
也不用責罰下人我便叫璉兒來寫出賞格懸在前日經過的地方便說有人撿得送來者情願送銀一萬兩如有知人

撿得送信找得者送艮五千兩如真有了不可吝惜艮子這麼一找少不得就找出來了若是靠着咱們家幾個人找
就找一輩子找不着的王夫人也不敢直言賈母傳話告訴賈璉叫他速辦去了賈母便叫人將寶玉動用之物都搬到我
那裡去只派襲人秋紋跟過來餘者仍留園內看屋子寶玉聽了總不言語只是傻笑賈母便攜了寶玉起身襲人等攙
扶出園回到自己房中叫王夫人坐下看人收拾裡間屋內安置便對王夫人道你知道我的意思麼我為的是園裡人少怡
紅院的花樹忽萎忽開有些奇怪頭裡仗着那塊玉能除邪祟如今玉丟了只怕邪氣易侵所以我帶他過來一塊兒
住着這幾天也不用叫他出去大夫來就在這裡瞧王夫人聽說便接口道老太太想的自然是如今寶玉同着老太太住了
老太太的福氣大不論什麼都壓住了賈母道什麼福氣不過我屋裡乾淨些經卷也多都可以念念定定心神你問寶玉好不好那
寶玉見問只是笑襲人叫他說好寶玉也就說好王夫人見了這般光景未免落淚在賈母這裡不敢出聲賈母知王夫人着
急便說道你回去罷這裡有我調停他晚上老爺回來告訴他不必來見我不許言語就是了王夫人去後賈母叫鴛鴦找些
安神定魄的藥按方吃了不題且說賈政當晚回家在車內聽見道兒上人說道人要發財也容易的很那個問道怎
麼見得這個人又道今日聽見榮府裡丟了什麼哥兒的玉了貼着招帖兒上頭寫着玉的大小式樣顏色說有人撿了
說有人撿了送去就給一萬兩銀子送信的還給五千呢賈政雖未聽得如此真切心裡詫異急忙趕回便叫門上的人問

一〇八四

起那事来门上的人回不道奴才头里也不知道今日是琏二爷传出老太太的话叫人去找帖儿才知道的贾
政便叹气道家道该衰偏生养这么一个孽障才养他的时候满街的谣言隔了十几年略好了些这会子
又大张晓谕的找玉成何道理说着忙走进里头去问王夫人王夫人便一五一十的告诉贾政知是老太太的主意
又不敢违拗只抱怨王夫人几句又走出来叫瞒着老太太背地里揭了这个帖儿下来岂知早有那些游手好闲的
人揭了去了过了些时竟有人到荣府门上口称送玉来的家人们听见喜欢的了不得便说拿来我给你回去那
人便怀内掏出赏格来指给门上的人瞧说这不是你们府上的帖子写明送玉给银一万两二太爷你们这会子瞧
我穷回来我得了银子就是财主了别这么待理不理的门上人听他的话硬便说道你到底略给我瞧瞧我好给
你回那人初到不肯后来听人说的有理便掏出那玉托在掌中一扬说这是不是众家人原是在外服役只知有
玉也不常见今日才看见这玉的模样儿了急忙跑到里头抢头报的是的那日贾政贾赦出门只有贾琏在家众
人回明贾琏还问真不真门上人口称亲眼见过只是不给奴才要见主子一手交银一手交玉贾琏却也喜欢忙去禀
知王夫人即便回明贾母把个袭人乐的合掌念佛贾母并不改口一叠连声快叫琏儿请那人到书房里坐着将
玉取来一看即便给银贾琏依言请那人进来当客待他用好言道谢要借这玉送到里头本人见了谢银分厘

不短那人只得将一个红绸子包儿送过去贾琏打开一看可不是那一块晶莹美玉吗贾琏素昔原不理论今日倒要看看了半日上面的字也彷彿认得出来什么除邪祟等字贾琏看了喜之不胜便叫家人伺候忙忙的送与賈母王夫人认去这会惊动了合家的人多等着看凤姐见賈璉進来劈手夺去送到賈母看时只见那玉比先前昏暗了好些王夫人也看了一回多认不出便叫凤姐看凤姐看了道像到像只是颜色不大对不如叫宝兄弟自己一看就知道了袭人在旁也看未必是那一块也不说出不像凤姐于是從賈母手中接过来同着袭人拿来与宝玉瞧这时宝玉正睡着才醒凤姐告诉道你的玉有了宝玉睡眼朦胧接在手里也没瞧便往地下一摔道你们又来哄我了说着只是冷笑凤姐連忙拾起来道这也就奇了怎么你没瞧就知道呢宝玉也不答言只管笑王夫人也進来了见他这样便道这不用说了他那玉原是胎里带来的一宗古怪东西自然他有道理想来这个必是人家见了帖儿照样儿做的大家此时恍然大悟贾琏在外间屋里听见这个话便说道既不是快拿来与我问问他去人家这样事他敢来鬼混贾母喝住道琏儿拿了去给他们叫他去罢那也是穷极了的人没法儿了所以见我们家有这样事他就想着赚几个钱也是有的如今白白的花了钱弄了這個東西又叫咱们认出来了依着我倒别难为他把這

一〇八六

瑰玉還他說不是我們的賞給他幾兩銀子外頭的人知道了總肯有信兒就送來呢要是難為了這个人就有真贓的人家也不敢拿了來了要、璉、爺在出去那人還等着呢半日不見人來正在那裡心裡發虛只要璉氣急急的走出來了未知如何下回分解

紅樓夢第九十六回

瞞消息鳳姐設奇謀　洩机関顰兒迷本性

話說賈璉拿了那塊假玉忿忿走出到了書房那个人看見賈璉的氣色不好心里先發了虛了連忙站起來迎着剛要說話賈璉冷笑道好大胆我把你這个渾賬東西這裡是什麼地方你敢來掉鬼回頭便問小廝們呢外頭几个小廝齊声答應賈璉道取繩子去綑起他來等老爺回來回明了把他送到衙门裡去衆小廝又一齊答應預備着呢嘴裡只如此卻不動身那人先自唬的手足無措見這般勢派知道難逃公道只得跪下給賈璉碰頭口口声声只叫老太爺別生氣是我一時窮極無奈纔想出這个沒臉的營生那玉是我借錢做的我也不敢要了孝敬府裡的哥兒頑罷賈璉啐道你這个不知死活的東西這府裡希罕你的那浪東西正鬧着只見賴大進來陪着笑向賈璉道二爺別生氣了靠他算个什麼東西饒了他叫他滾出去罷賈璉道實在可惡衆人忙道快快滾罷還等窩心脚呢那人趕忙磕了兩个頭抱頭鼠竄而去從此街上鬧動了賈寶玉弄出假寶玉了且說賈政只因元妃的事忙碌了好些時近因寶玉又病着甚無興頭也無可記之事到了正月十七日王夫人正盼王子騰來京只見鳳姐來回說今日二爺在外听得有人傳說我们家大老爺赶着進京離城只二百多里地在路上沒了太太听見了沒有王夫人吃驚道我沒有听見老爺昨晚也沒有說起到

底在那裡听見的鳳姐道說是在樞密張老爺家听見的王夫人怔了半天那眼淚早流下来了因說道回来再
叫璉兒打听明白了来告訴我凤姐答应去了王夫人不免暗裡落淚悲女哭弟又为宝玉躭憂如此連三接二都是不隨意
的事那裡擱的住便有些心口疼痛又加賈璉打听明白了来說道舅太爺是赶路勞乏偶然感冒到了十里屯地方
延醫調治無奈這个地方没有名医悮用了藥一劑就死了但不知家眷到了那裡没有王夫人听了一陣心酸便心口
疼得坐不住叫彩雲扶了上炕还挣扎着叫賈璉去回了賈政即速收拾行裝迎到那裡帮着料理完畢即
刻回来告訴我們好叫你媳婦兒也放心賈璉不敢違拗只得辭了賈政起身賈政早已知道心裡很不受用又知宝玉失玉已後神志昏憒医
藥無效又值王夫人心疼那年正值京察工部將賈政保列一等二月吏部帶領引見皇上念賈政勤儉謹慎
即放了江西粮道即日謝恩已奏明起程日期雖有衆親朋賀喜賈政也無心應酬只念家中人口不寧又
不敢躭延在家正在無計可施只听見賈母那边叫請老爺賈政即忙進去看見王夫人帶着病也在那裡便向賈
母請了安賈母叫他坐下便說你不日就要赴任我有許多話与你說不知你听不听說着掉下淚来賈政忙站起
来說老太太有話只管吩咐兒子敢不遵命賈母說道我今年八十一歲的人了你又要做外任偏有你大哥在
家你又不能告親老你這一去了我所疼的只有宝玉偏偏的又病得糊塗还不知道怎麼樣呢我昨日叫頼升

一〇九〇

媳婦出去給宝玉算算命這先生算得好靈説要娶了金命的人帮扶他必要冲冲喜才好不然只怕保不住我知道你不信那些話所以叫你来商量你的媳婦也在這裡你們兩个也商量商量还是要宝玉好呢还是隨他去賈政陪笑説道老太太當初疼兒子这庅疼的难道做兒子的就不疼自己的兒子不成庅只为宝玉不上進所以时常恨他也不過是恨鉄不成鋼的意思老太太既要給他成家这也是該當的豈有逆着老太太不疼他的理如今宝玉病着兒子也是不放心因老太太不叫他見我所以兒子也不敢言語我到底瞧瞧宝玉是个什庅病王夫人見賈政説着也有些眼圈兒紅知道心裡是疼的便叫襲人扶了宝玉来宝玉見了他父親襲人叫他請安他便請了个安賈政見他臉面很瘦目光無神大有瘋傻之狀便叫人扶了進去便想到自己也是望六的人了如今又放外任不知道几年回来倘或这孩子果然不好一則年老無嗣雖説有孫子到底隔了一層二則老太太最疼的是宝玉若有差錯可不是我的罪名更重了瞧瞧王夫人又一包眼淚又想到他身上復站起来説老太太这庅大年紀想法兒疼孫子做兒子的还敢違拗老太太主意該怎庅便怎庅就是了但只姨太太那边説明白了没有王夫人便道姨太太是早应了的只為蟠兒的事没有結案所以这些时總没題起賈政又道这就是第一層的难處他哥哥在監妹子怎庅出嫁况且貴妃的事雖不禁婚嫁宝玉應

照已出嫁的姐々有九个月的功服此时也难娶親再者我的起身日期已经奏明不敢躭擱这几天怎么
办呢賈母想了一想說的果然不錯若是这几件事過去他父親又走了倘或这病一天重似一天怎么好只可越些礼
办了才好想定主意说道你若給他办呢我自然有个道理包管多碍不着姨太々那边我和你媳婦親自過去求
他蟠兒那裡我央科兒去告訴他說是要救宝玉的命諸事將就自然应的若說服裡娶親當真使不得况且
宝玉病着也不可叫他成親不過是冲々喜我們两家愿意孩子們又有金玉的道理婚是不用合的了即挑
了好日子按着偺們家分兒過了礼趁着挑个娶亲日子一槩鼓樂不用倒按宫裡的様子用十二对提灯
一乘八人轎子抬了来照南边規矩拜了堂一樣坐床撒帳可不是算娶了親了么宝丫頭心地明白是不用慮
的内中又有襲人也还是个妥當孩子再有个明白人常劝他更好他又和宝丫頭合的来再者姨太々說宝丫頭
的金鎖也有个和尚说過等有玉的便是婚姻焉知宝丫頭過来不因金鎖倒招出他那塊玉来也定不得從
此一天好似一天豈不是大家造化这会子只要立刻收拾屋子鋪排起来这屋子是要你派的一槩亲友不請也不排
筵席待宝玉好了过了功服然後再摆席請人这么着多赶的上你也看見了他們小两口兒的事也好放心
賈政听了原不愿意只是賈母做主不敢違命勉強陪笑說道老太々想得極是也很妥当只是要吩

咐家下衆人不許吵嚷姨太、那边只怕不肯若是果真应了也只好按着老太、的主意办去賈母道姨太、[的话外皆知这要[illegible]耽不是的]
那裡有我呢你去罢賈政答应出来心中好不自在因赴任事多部裡领凴親友们荐人種、应酬不絕竟
把宝玉的事听凴賈母交与王夫人凤姐了惟将荣禧堂後身王夫人内屋旁边一所二十餘间房屋指与宝玉餘
者一槩不管賈母定了主意叫人告訴他去賈政只说很好且说宝玉見过賈政襲人扶回裡間炕上因賈政在
外無人敢与宝玉说话宝玉便昏、沉、的睡去賈母与賈政所说的话宝玉一句也没听見襲人却静、的听
得明白頭裡雖听得些風声只、不見宝釵过来却也有些信真今日听了這些话心裡才才水落歸漕倒
也喜欢心裡想道果然上頭的眼力不錯这才配的是我也造化他若来了我可以卸了好些担子但是这一位的
心裡只有一个林姑娘幸亏他没有听見若知道了又不知要闹到什麽分兒了想到这裡轉喜為悲想这件事怎
麽好老太、太、那裡知道他们心裡的事一時高興说与他知道原想要他病好只怕非但不能冲喜竟是催命了
我再不把话说明那不是一害三个人了想定主意待等賈政出去叫秋紋照看着宝玉便從裡间出来走到王夫
人身傍悄、的請了王夫人到屋裡去襲人便跪下哭了王夫人不知何意把手拉着他說好端、的这是怎麽说
有什麽委曲起来說襲人道这话奴才是不該說的因没有法兒只得說了宝玉的親事老太、太、已定了

宝姑娘了自然是及好的一件事只是太太看去宝玉和宝姑娘好还是和林姑娘好王夫人道他及ケ因
一处所以宝玉和林姑娘又好些袭人道不是好些便将宝玉素与代玉这些光景一一的说了还说这些事多是太太
親眼見的独是夏天的话我從没敢和别人说王夫人拉着袭人道我看外面已瞧出几分来了但是刚才老
爺說的話想必多听見了你看他的神情怎庅様袭人道如今宝玉若有人和他说话他就笑没人和他说话
他就睡所以頭裡的話多没听見王夫人道倒是這件事叫人怎庅様呢袭人道奴才说是说了还得太太
告訴老太太想ケ萬全的主意纔好王夫人便道既这庅着你去幹你的这時候暫且不提等我回明老太太
再作道理说着仍到賈母跟前賈母正和凤姐商议見王夫人進来便问道袭人说什庅这庅鬼鬼祟祟的王夫人
趁便將宝玉的心事細细回明賈母聽了半日没言语嘆道别的多好说林ヶ頭倒没有什庅若宝玉真是这
様这可叫人作难了只見凤姐想了想说道难到不难只是我想了ケ主意不知姑媽肯不肯王夫人道你有主意只
管说给老太太听大家商量着办凤姐道依我想这件事只有一ケ掉包兒的法子如今不管宝兄弟明白不
明白大家吵嚷起来说老爺做主將林姑娘配了他了瞧他的神情怎庅様要是他全不管这ケ包兒就不用掉了
若是他喜欢这就要大费周折王夫人道怎庅様办法呢凤姐走到王夫人耳边如此这般的说了一遍王夫人点頭

道也罢了賈母道你们倒是到底告訴我凤姐恐賈母露泄机関也向耳边輕〻告訴了一遍賈母一时不懂凤姐

又說了一遍賈母過这應着也好可就苦了宝玉頭了倘或吵嚷出来林丫頭又怎広樣呢凤姐道这个話原只說

与宝玉听外頭一槩不許提起有誰知道呢正說間丫頭傳進話来說璉二爺回来了王夫人恐賈母問及使

个眼色与凤姐〻〻便出来迎着賈璉努了个嘴兒同到王夫人屋裡等着去了一会兒王夫人進来已見凤

姐哭的两眼通紅賈璉請了安将到十里屯料理王子騰喪事的話說了一遍說有恩旨賞了内閣的職銜

謚了文勤公命本家扶柩回籍着沿途地方官照料昨日起身連家眷回南去了舅太〻叫我回来請安

还有多少話等我大舅子進京叫他到这裡细〻的說罢王夫人听畢其悲痛自不必言凤姐劝慰了一番

請太〻畧歇〻晚上来再商量宝玉的事罢說畢同賈璉回到房中告訴賈璉叫他派人收拾新房不

題一日代玉早飯後帶着紫鵑到賈母这边来一則請安二則也為自己散〻悶出了瀟湘館走了几步忽然想

起忘了手絹子因叫紫鵑回去取来自己却慢〻的走剛走到沁芳橋那边山石背後当日同宝玉葬花之處忽听

一个人在那里哭代玉煞住脚听时又听不出是誰的声音也听不出叫〻的說些什広心裡甚是疑惑便慢〻的走去

及到了跟前却見一个濃眉大眼的丫頭在那裡哭呢代玉未見他時还只疑府裡这些大丫頭有什広說

不出的心事所以来这裡發洩及至見了这ケ丫頭却又好哭想這種蠢貨有什庅情種自然是那屋裡做粗
活的丫頭受了大女孩子的氣細瞧了瞧却不認得那丫頭見代玉来了便也不敢再哭站起来拭眼淚代玉问
道你好、的為什庅傷心那丫頭又流淚道林姑娘你評、這ケ理他们说话我也不知道我就说錯了一句話我
姐、也不犯就打我代玉听了不懂又问道你姐、是那一ケ那丫頭道就是珍珠姐、代玉听了才知他是賈母屋裡
的又问你叫什庅那丫頭道我叫傻大姐代玉咲了又问你姐、為什庅打你、说錯了什庅话了那丫頭道為
什庅呢就是我们宝姑娘的事代玉听了这句话如同一ケ疾雷心頭乱跳畧定了定神便叫这丫頭你随我
来那丫頭跟着代玉到那畸角兒上葬桃花的去處那裡背静代玉问道宝二爺娶宝姑娘他為什庅打
你呢傻大姐道我们老太、和太、二奶、商量了因為老爺要起身所以往姨太、商量把宝姑娘娶過来
頭一宗与宝二爺冲什庅喜二宗说到这裡又笑了一咲道赶着办了还要与林姑娘说婆、家呢代玉
已经听呆了这丫頭只管说道我又不知道他们怎庅商量的不叫人吵嚷怕宝姑娘害臊我白和宝二爺
屋里的襲人姐、说了一句咱们明兒又是宝姑娘又是宝二奶、这可怎庅叫呢这句话[illegible]碍珍珠姐、什
庅他就過来打我一ケ嘴巴说我混说不遵上頭的话要攆出我去我知道上頭為什庅不叫[illegible]呢你们

一〇九六

又告诉我就打我说着又哭起来那代玉此时心里竟像油酱糖醋倒在一处甜苦酸盐竟不上什么
味儿停了一会战巍巍的说道你别混说了叫人听见又要打你了你去罢说着自己转身要回潇湘馆去那身
子竟有千百斤重的两只脚却像踩着棉花一般早已软了只得一步一步慢慢的走来走了半天还没到沁芳
桥畔却又不知不觉顺着堤往回走紫鹃取了绢子来不见代玉正在看时只见代玉颜色雪白眼睛直在
那里东转西转又见一个丫头在前头走了看不出是那一个心中惊疑不定只得赶过来问道姑娘怎么又回
去要往那里去代玉也只随口答应我问问宝玉去紫鹃听了摸不着头脑只得搀着他到贾母这边来代玉
走到贾母门口心里似觉明晰回头看见紫鹃搀着自己便站住了问道你什么来的紫鹃笑道我找
了绢子来了头里见姑娘在桥那边我问姑娘姑娘没理代玉笑道我打量你来瞧宝二爷来了紫鹃见
他心里迷惑便知代玉必是听见那丫头什么话来惟有点头微笑而已只是心里怕他见了宝玉说出些
不大体统的话来如何是好又不敢违拗只得搀他进去那代玉却又奇怪此时不是先前那样软了自己掀
起帘子进来却是寂然无声因贾母在屋里歇中觉丫头们多脱滑顽去倒是袭人听见帘子响从屋里
出来一看见是代玉便让道姑娘屋里坐罢代玉笑道宝二爷在家么袭人不知底里刚要答言紫鹃

在代玉身後擠嘴搖手兒襲人不解何意也不敢言語代玉自已走進房來看見寶玉坐着也不讓坐只是傻笑代玉自已坐下也瞧着寶玉笑兩个人也不問好也不說話也對着傻笑襲人看見這般光景大不得主意忽聽代玉道寶玉你為什麼病了寶玉道我為林姑娘病了紫鵑襲人唬得面目改色連忙用言語岔開兩个却又不答言仍旧傻笑起來襲人知道代玉和寶玉一樣心中迷惑因和紫鵑道姑娘才好了我叫秋紋妹妹同着你攙回姑娘去歇歇罷因向秋紋道你和紫鵑姐姐送回林姑娘去你可別混說秋紋笑着也不言語便同紫鵑攙起代玉那代玉也就站起來瞧着寶玉只是点頭傻笑紫鵑道姑娘回家去歇歇罷代玉道可不是我這就是回去的時候了回身笑着出來了仍旧不用攙扶自已走得飛快紫鵑秋紋後面赶着代玉出了賈母院門只管一直走紫鵑連忙叫道姑娘這里來代玉仍是笑着隨往瀟湘館來離门口不遠紫鵑道阿彌陀佛可到了家了只這一句沒說完只見代玉身子往前一栽哇的一声一口血直吐出來

未知性命如何且聽下回分解

紅樓夢第九十七回　林黛玉焚稿斷痴情　薛寶釵出閨成大禮

話說代玉到瀟湘館門口紫鵑說了一句話更動了心一時吐出血来几乎暈倒虧了紫鵑同着秋紋兩个攙扶着到屋里来秋紋去後紫鵑雪雁守着見他漸〻甦醒过来問紫鵑道你們守着哭什庅紫鵑見他說話明白倒放了心了因說姑娘剛才打老太〻那边回来身上覺着不大好唬得我們沒了主意所以哭了代玉咲道我那裡就能勾死一句話沒完又喘成一處原来代玉因今日听得宝玉宝釵的事情这多是他數年的心病一時急怒所以迷惑了本性及至回来吐了这一口血心中却漸〻的明白過来把頭裡的事一字也不記得這会子見紫鵑哭了方模糊想起傻大姐的話来此時反不傷心惟求速死以完此債这裡紫鵑雪雁只得守着想要告訴人去怕又像上回招的凤姐說他們失驚打怪那知秋紋回去神色慌張正值賈母睡起中覺来看見这般光景便问怎庅了秋紋嚇的忙把剛才的事回了一遍賈母道這还了得連忙着人叫了王夫人凤姐過来告訴了他婆媳兩个凤姐道我多嗎付了的这是那个走了風了呢这不又是一件难事了賈母道且別管那些先瞧〻去怎庅樣了便帶着王夫人凤姐過来看視見代玉顏色如雪並無一点血色神氣昏沉氣息微細又咳嗽了一陣了頭遞上痰盂吐出多是痰中帶血的大家多慌了只

見代玉微微睜眼看見賈母在他旁边便喘吁吁的說道老太太你白疼了我了賈母一聞此言十分難受便道好孩
子你養着罢不怕的代玉微微一笑把眼又閉上了外面丫頭回道大夫來了于是大家略避王大夫同着
賈璉進來胗了脉道尚不妨事这是鬱氣傷肝肝不藏血所以神氣不定如今要用斂陰止血的藥方可
望好大夫说完同賈璉出去開方取藥賈母看代玉神氣不好出來告訴凤姐我看这孩子的病不
是我咒他只怕難好你们也該替他預備預備冲一冲或者好了豈不大家省心就是怎麽樣也不至臨时忙亂咱们家裡
这两天正有事呢凤姐答应了賈母又问紫鵑一回到底不知是那个說的賈母心裡只是納悶因說孩
子们從小兒在一處頑好些是有的如今大了懂得人事就该要分别些才是做女孩兒的本分我才心理疼他若
是他心裡有什麽别的想頭成了什麽人了我可是白疼了他了你们说了我到有些不放心回到房中又叫
襲人來问襲人仍將前日回王夫人的話並方才代玉的光景述了一遍賈母道我方才看他却还不至糊塗
这个理我就不明白了咱们这種人家别的事自然没有的这心病也是断断有不得的林丫頭若不是这
个病呢憑着花多少錢多使得就是这个病不但治不好我也没心腸了凤姐道林妹妹的事老太太到不
必張羅横竪有他二哥哥天天同着大夫瞧到是姑媽那边的事要緊今日早起听見說房子不差什麽就

妥当了竟是老太太到姑媽那边去我也跟了去商量商量就只一件姑媽家裡有宝妹妹在那裡难以説話
不如索性請姑媽晚上過来咱们一夜多説結了就好办了賈母王夫人道說得是今日晚了明日飯後咱们
娘兒们就过去賈母用了晚飯风姐同王夫人各自歸房不提且說次日风姐吃了早飯過来便要試試宝玉走
進屋裡說道宝兄弟大喜老爺已擇了吉日要与你娶親了你喜欢不喜欢宝玉听了只管瞅着风姐笑
笑风姐道你娶林妹妹過来好不好宝玉却大笑起来风姐看着也断不透他是明白是糊塗因又說老爺說
了就与你娶林妹妹若还是这麼傻就不你娶了宝玉忽然正色道我不傻你纔傻呢說着便站起来我去
瞧瞧林妹妹叫他放心风姐忙道林妹妹早知道了如今他要做新媳婦自然不肯見你的宝玉道娶過来他見
我不見风姐想道襲人的話不差便說道你好好的便見你若是瘋瘋顛顛的他就不見你了宝玉道我有
一个心前日已交給林妹妹了他要過来横竖給我帶来还放在我肚子裡頭风姐听着竟是瘋話便出来看着
賈母笑賈母說道我早听見了如今且不用理他叫襲人安慰他我们走罢說着王夫人也来大家到了薛姨媽那
裡只說惦記着这边的事来瞧瞧薛姨媽感激不尽說些薛蟠的話喝了茶薛姨媽要叫人告訴宝釵风姐連
忙攔住說姑媽不必告訴老太太此来一則為瞧姑媽二則也有句要緊的話特請姑媽到那边商議薛姨媽听了

上ヽ司見

说是了大家又说些闲話便回来了晚间薛姨媽果然過来見過了賈母到王夫人屋裡来不免說起王子騰来大家落了一回淚薛姨媽問道剛才我到老太ヽ那裡宝哥兒出来請安还好ヽ兒的不过略瘦些怎么你们说得很利害凤姐道便其实不怎么ヽ只是老太ヽ懸心目今老爺又要起身外任去不知几年才来老太ヽ的意思頭一件叫老爺看着宝兄弟成了家也放心二則也給宝兄弟冲ヽ喜借大妹ヽ的金鎖壓ヽ邪氣只怕就好了薛姨媽心裡也願意只慮着宝釵委曲說道也使得只是大家还要從長計較ヽ才好王夫人便按着賈母的話和薛姨媽說这会子姨太ヽ家裡没人不如把粧奩一概蠲免明日就打發蝌兒告訴蟠兒一面这裡過门一面給他变法兒撕擄官事並不提宝玉的心事又說姨太ヽ既作了親娶过来早好一天大家早放一天心正說着只見賈母差鴛鴦過来候信薛姨媽雖恐宝釵委屈然也没法兒又見这般光景只得应承鴛鴦回去回了賈母ヽヽ也甚喜欢又叫鴛鴦過来求薛姨媽和宝釵說明原故不叫他受委屈薛姨媽答应了便議定凤姐夫婦做媒人大家散了王夫人姊妹又叙了半夜的话次日回家將这边的話告訴了宝釵ヽヽ还说钗儿便是了始則低頭不語後来便自垂淚薛姨媽用好言劝慰宝釵自回房内宝琴随去解悶薛姨媽又告訴了薛蝌叫他明日起身一則打听審详的事二則告訴你哥ヽ一个信兒你即便回来薛蝌去了四日便回来回覆道哥ヽ的事上司已經准了悮殺一過堂就要題本了叫我们預備贖罪的銀子妹ヽ的事說媽做

一一〇二

主狠好趕着办又省了好些銀子叫媽不用等謗怎麽着就怎麽办罢薛姨媽听了一則薛蟠可以回家二則完了宝釵的事心里安頓了好些便叫薛蝌办泥金庚帖填上八字即叫人送到璉二爺那边去还问了過礼的日子来你好預備些們也不用驚動親戚倒是把張德輝請了来托他照料些他上几歲年紀的人到底懂事薛蝌領命叫人送帖過去次日賈璉過来見了薛姨媽請了安便說明日就是上好的日子今日過来回姨太太就是明日過礼罢只求姨太太不要挑飭就是了說着捧过通書来薛姨媽也謙遜了几句点頭应允賈璉赶着回去回覆賈政便道你回老太太說既不叫親友們知道諸事寧可簡便些若是東西上請老太太瞧了就是了不必告訴我賈璉答应進内將話回明賈母這里王夫人叫了凤姐命人將過礼的物件多送与賈母過目并叫襲人告訴宝玉那宝玉便嘻嘻的咲道这裡送到園裡回来園裡又送到這裡偺們的人送偺們的人收何苦来呢賈母王夫人听了都喜歡道說他糊塗今日怎麽明白呢鸳鸯等忍不住好笑上来一件一件的点明給賈母瞧说这是金項圈这是金珠首飾共八十件这是粧蟒四十疋这是各色紬緞一百二十疋这是四季的衣服共一百二十件外面也沒有預備羊酒这是折羊酒的銀子賈母看了說好叫賈璉先過去又叫周瑞旺兒等吩咐他們不必走大门從園里便门内過去这门離瀟湘館还遠倘別處人見了囑付他們不用提起衆人答应着送礼而去宝玉認以為真心里大樂精神便覺

漸好些只是語言總有些瘋傻那过礼的回来多不提名姓因此上下人等虽多知道只因风姐吩咐多不敢走漏
風声且説代玉虽然服藥这病日重一日紫鹃等在旁劝道事情到了这个分兒不得不説了姑娘的心事我们也多知
道至於意外之事是再沒有的姑娘不信只拿宝玉的身子説起这麽大病怎麽做得親呢姑娘別听瞎話自已
安心保重才好代玉一笑也不答言又咳嗽数声吐出好些血来紫鹃等看去只有一息奄奄明知劝不過来惟有守着流淚
天天三四趟去告訴賈母鸳鸯測度賈母近日疼代玉的心比前差了些所以不常去回況賈母这几日心多在宝釵
宝玉身上不見代玉的信兒也不大提起只請太医調治罷了代玉向来病着自賈母起直到姊妹们的下人常
来問候今見賈府中上下人等多不過来〔連个問的人都沒有〕睜開眼只有紫鹃一人自料萬無生理因〔扎挣着〕向紫鹃道妹妹你是我最知心
的虽是老太太派你伏侍我这几年我拿你就當〔作我的〕親妹妹一般紫鹃听了一陣心酸〔早哭的說不出話来遲了半日〕代玉又〔一面喘一面說〕道妹妹扶我起来〔我躺着不受用〕靠着坐坐
緊好紫鹃道姑娘身上不大好起来又要抖搂着了代玉听了閉上眼不言語了一時又要起来紫鹃沒法只得同雪雁
把他扶起兩边用軟枕靠住自已却倚在旁边代玉那裡坐得住下身自覺硌的疼狠命的掌着叫過雪雁来道
我的诗本子説着又喘雪雁料是要他前日所理的詩稿因找来送到代玉跟前代玉〔點點頭兒抬眼〕又看那箱子雪雁不解只
是發怔代玉氣的兩眼直瞪又咳嗽起来又吐了一口血雪雁連忙回身取了水来代玉嗽了吐在盂內紫鹃用絹子

給他拭了嘴代玉便拿那絹子指着箱子又喘成一處説不上來閉了眼紫鵑道姑娘歪歪兒罷代玉又搖搖頭兒
紫鵑料是要絹子便叫雪雁開箱拿出一塊（白綾絹子）来代玉瞧了撂在一边使勁説道有字的紫鵑这才明白过来要那塊
題詩的旧帕只得叫雪雁拿出来遞給代玉紫鵑劝道姑娘歇歇兒罷何苦又劳神等好了再瞧罷只見代玉接
到手裡也不瞧挣扎着伸出那隻手来狠命的撕那絹子却是只有打顫的分兒那裡撕得動紫鵑早已知他是
恨宝玉却也不敢説破只説姑娘何苦自己又生氣代玉微微的点頭便掖在袖裡説叫点灯雪雁答应連忙点
上灯来代玉瞧瞧又閉上眼坐着喘了一會子又道籠上火盆紫鵑打諒他冷因説道姑娘躺下多盖一件罷那炭
氣只怕耽不住代玉又搖頭兒雪雁只得籠上擱在地下火盆架上代玉点頭意思叫挪到炕上来雪雁只得
端上来出去拿那張火盆炕桌那代玉却又把身子欠起紫鵑只得（兩隻手来）扶着代玉（这纔）将（方纔的）絹子拿在手中瞅着那火（点點頭兒）
上一撂紫鵑唬了一跳欲要搶时兩手却不敢動雪雁又出去拿火盆桌子此时那絹子已經燒着了紫鵑道姑娘这是怎
麽説代玉只作不聞（回手）又把那詩稿拿起来瞧了瞧又撂下了紫鵑怕他也要燒連忙將身倚住代玉騰出手来拿时代
玉早又拾起撂在火上此时紫鵑却夠不着雪雁正拿進桌子来看見代玉一撂不知何物赶忙搶时（那紙沾火就着如何能夠少待）早已着了
（也顧不得燒手）就從火里抓起来撂在地下乱踹（踩）却已燒得所餘無几了那代玉把眼一閉往後一仰幾乎不曾把紫鵑壓倒

紫鵑忙叫雪雁上來（將代玉）扶着放倒心裡突突的亂跳欲要叫人時天又晚了（欲不叫人自己守着雪雁和几个小丫頭又怕一時有什麽原故）好容易熬了一夜到了次日早起覺代玉又緩過

一点兒來飯後忽然又吐（又嗽）又緊起來紫鵑看着不好了忙把雪雁等多叫進來看守自己却來回賈母那知到了賈母

上房中靜悄悄的只有几个老媽媽在那裡看屋子紫鵑（回）問道老太太呢那些人多說不知紫鵑听這話詫異遂到宝玉屋

裡去看也是無人遂（屋裡的）问了頭也說不知紫鵑已知八九但這些人怎麽這樣狠毒又想代玉這几天連（竟）问的人也没有（越）想越

想越悲索性激起一腔悶氣來（扭身）便出來了（自已）想了一想今日倒要看看宝玉是何形狀（看他見了我怎麼樣過去那一年我說了一句謊話他就急病了今日）竟公然做出這件事來可知天下

男子之心真真是氷寒雪冷令人切齒一面走一面想早已來到怡紅院只見院门虚掩裡面却又寂靜的狠紫鵑

忽然想到他要娶親自然是有新屋子的但不知他這新屋子在何處正在那裡徘徊瞻顧看見墨雨飛跑紫鵑

便叫住他墨雨過來笑嘻嘻的道姐姐到這裡做什麽紫鵑道我听見宝二爺娶親我要來看看熱鬧兒誰知不在這

里也不知是几時墨雨悄悄的道我這話只告訴姐姐你可別告訴雪雁他们上頭吩咐（了）連你们多不叫知道呢就是今

日夜裡娶那裡是在這裡老爺派璉二爺另收拾了房子了說着又问姐姐有什麽事麽紫鵑道没有什麽你去罷墨

雨仍旧飛跑去了紫鵑（自己發了一回獃）忽然想起代玉（來這）這時不知是死是活因兩淚汪汪咬着牙發狠道宝玉（我看他明兒死了你算是躲的過不見了）你过了你那如心如意

的事兒拿什麽臉來見我便嗚嗚咽咽的（一面哭一面走）自已回去了还未到瀟湘館只見兩个小丫頭在门裡往外探頭探

膿看見紫鵑便嚷道那不是紫鵑姐ヽ来了紫鵑連忙擺手不叫嚷忙進来看时只見代玉肝火上炎兩顴紅赤紫鵑覺得不妥叫了代玉的奶媽王奶ヽ来一看他便大哭起来这紫鵑因王奶媽有些年紀可以仗个胆兒誰知竟是个沒主意的人反倒把紫鵑弄的心裡七上八下忽然想起一个人来便叫小丫頭去請大奶ヽ李紈正在那裡給賈蘭改詩冒ヽ失ヽ的見一个丫頭進来回説大奶ヽ只怕林姑娘不好了那裡多哭呢李紈听了嚇了一大跳也不及问了連忙站起身来便走素雲碧月跟着一頭走着一頭落淚想着姐妹在一處一塲更他容貌才情真是寡二少双惟有青女素娥可以髣髴一二这樣小ヽ的年紀就做了北邙鄉女偏ヽ凤姐想出这条一頭想着已走到瀟湘館门口裡面却又寂然無声李紈連忙三步兩步走進屋子小丫頭便説大奶ヽ来了紫鵑忙往外走和李紈撞个对面李紈忙問怎庅樣紫鵑哭得説不出話来只將一隻手回過去指着代玉李紈看了紫鵑这般光景更覺心酸也不再问忙过来ヽ看时那代玉已不能言李紈叫了兩声代玉却还微ヽ的開眼似有知識之狀口内尚有出入之息却要一句話一点淚也沒有了李紈回身見紫鵑不在連忙出来只見紫鵑在外间空床上躺着顔色青黄閉了眼只管流淚李紈連忙喚他那紫鵑才慢ヽ的睜開眼欠起身来李紈道傻丫頭这什庅时候只顧哭你的林姑娘的衣衾还不拿出来給他換上还等什庅呢難道他个女孩兒家你还叫他精着来光着去庅紫鵑听了这句話一發止不住痛

哭起來李紈也哭正鬧着外边一个人慌〻張〻跑進來倒把李紈唬了一跳看時却是平兒跑進來看見這樣只是獃磕〻的發怔李紈道你這会子不在那边做什么說着林之孝家的也進來了平兒道奶〻不放心叫來瞧〻既有大奶〻在此我们奶〻只顧那一頭兒了李紈点〻頭平兒道我也見〻林姑娘說着往裡走一面早已流下淚來李紈因和林家的道你來得正好快出去瞧〻去告訴管事的預備林姑娘的後事妥当了叫他來回我不用到那边去林家的答应了还站着李紈道还有什么話呢林之孝家的道剛才二奶〻和老太〻商量了那边用紫鵑姑娘使喚呢李紈还未答言只見紫鵑道林奶〻你先請罷等着人死了我们自然是出去的那裡用这么說到这裡却又不好說了因又改道我们这裡守着病人身上也不潔淨林姑娘还有氣兒呢不時的叫我李紈道倒是雪雁也是一樣的林家的道那麼着就叫雪姑娘跟了我去罷說着平兒已叫了雪雁出來換了衣服跟着林家的去了隨後平兒又和李紈說了几句話李紈又囑咐平兒打那么催着林家的叫他男人办了來平兒答应着出來轉了灣看見林家的帶着雪雁在前頭走赶忙叫住道我帶了他去罷你先告訴林大爺办林姑娘的東西去罷奶〻那裡我替回就是了那林家的答应着去了这裡平兒帶了雪雁到了新房裡回明了自去办事却說雪雁看見这个光景想起他家姑娘也未免傷心但不知是做什么我且瞧〻宝玉一回不知是真病假病

只好瞅着他微微的笑說道紫姑娘這些閒話倒不要緊只是你卻說得我可怎麼回老太太呢况且這話是告訴得二奶奶的嗎正說着平兒擦着眼淚出
来道告訴二奶奶什麼事林之孝家的將方纔的話說了一遍平兒低了一回頭說這麼着罷就叫雪姑娘去罷李紈道他使得嗎平兒走到李紈
耳邊說了几句李紈點點頭兒道既是這麼着就叫雪雁過去也是一樣的林之孝家的因問平兒道雪姑娘使得嗎平兒道使得
都是一樣林家的道那麼着姑娘就快叫雪姑娘跟了我去我先回了老太太和二奶奶這可是大奶奶和姑娘們的主意回來姑娘再
各自回二奶奶去李紈道是了你這麼大年紀連這麼點子事還不耽呢林家的笑道不是不耽頭一宗這件事老太太和二奶奶辦事
我們都不能很明白再者又有大奶奶和姑娘呢說着平兒已叫了雪雁出來原來雪雁因這几天代玉嫌他小孩子家懂得什麼便也
把心冷淡了况且聽見老太太和二奶奶叫也不敢不去連忙收什了一回

〔右七行，原另紙繕寫附粘於第九十七回第五頁後半頁，接第八行「又見紫鵑哭的淚人一般」句〕

只怕是故意粧出傻子樣兒來叫那一位寒了心他好娶宝姑娘的意思我索性看看他今日还粧傻不傻到理
間屋子门口偷偷兒瞧过时宝玉虽因失玉昏憒但只听見娶代玉樂得手舞足蹈却与病时大相懸絶了雪雁
看了又是生氣又是傷心他那里曉得宝玉的心事便各自走开这理宝玉便叫襲人快快給他裝新坐在王夫人
屋裡看見凤姐尤氏忙忙碌碌再盼不到吉时只管问襲人道为什庅还不过来襲人忍着笑道等好时辰呢又听見
凤姐和王夫人说道拜堂时冷冷清清的使不得我傳了家裡学過音樂管过戲的那些女人来吹打着熱闹
些王夫人点頭说使得一時大轎從大门進来家裡细樂迎出去十二对宫灯排着進来倒也新鮮雅儇相请了
新人出轎宝玉見喜娘披着红扶着新人幪着盖頭下首扶新人的就是雪雁宝玉看見竟以見了代
玉的一般拜了天地请出賈母受了四拜後请賈政夫婦登堂行礼畢送入洞房还有坐帳等事俱是按本
府旧例不必细说那新人坐了帳就要揭盖頭的凤姐早已防備请了賈母王夫人等進去照應宝玉此时到底
有些傻氣便走到新人跟前說道妹妹身上好了盖着这劳什子做什庅欲待要揭去反把賈母急出一身冷汗来
宝玉又想道林妹妹是愛生氣的不可造次了又歇了一歇仍是按捺不住只得上前揭了盖頭喜娘接去雪雁走开
鶯兒上前伺候宝玉睁眼一看好像是宝釵心中不信自己一手持灯一手擦眼一看可不是宝釵庅只見他盛粧艷

一一一一

服豐肩娛體宝玉發了一回怔又見鶯兒立在旁边不見了雪雁此时心無主意自己反以為是夢中了只
晋呆、的衆人接过灯去扶着坐下兩眼直視賈母恐他病發親自過来招呼着鳳姐尤氏請了宝釵進
入裡坐下宝釵此時自然是低頭不語宝玉便叫襲人道我今日不是做夢么襲人道今日好日子什庅
夢不夢的混說老爷可在外頭呢宝玉拿手指着道那一位美人是誰襲人道那是新娶的二奶、宝
玉道二奶、到底是誰襲人道宝姑娘宝玉道林姑娘呢襲人道老爺做主娶的是宝姑娘怎
庅混說宝玉道我剛才看見是林姑娘还有雪雁呢怎庅说沒有這多是什庅頑呢凤姐道宝姑娘
在屋裡呢別混說看老太、不依既時宝玉糊塗的更利害便口、声、只要找林妹、去賈母等上前安
慰瑞屋裡点起安息香来定住他的神魂扶他睡下衆人坐以待旦叫凤姐去請宝釵安歇宝釵置若罔
聞也便和衣暫歇次早賈政辭了宗祠過来拜別賈母道不孝遠離惟愿老太、順時頤養宝玉的事
已経依了老太、完結只求老太、訓海賈母恐賈政在路不放心將宝玉復病的话並不提起只說我有一句话
宝玉昨夜完姻並不是同房今日你起身必該叫他远送但他因病冲喜如今幾好又是昨日一天劳乏
出来恐怕着風故此問你、若疼他就叫人帶他来給你嗑个頭就算了賈政道只要他從此以後

認真𡎴（念）書比送我还喜欢呢賈母听了又放了一条心便叫鴛央去（如此如此）帶了宝玉叫襲人跟了来不多一回（会）果然宝

玉来了（仍是）叫他行了礼賈政吩付了几句宝玉答应了賈政叫人扶他回去了自己回到王夫人房中又說明年鄉試

（他便行礼只可喜此时宝玉見了父親神志略斂些片时清楚也没什麽差）（切實的叫王夫人管教他断不可如前驕縱）

必要宝玉下塲王夫人応了（一一的）即命人扶着宝釵過来行了新婦送行之理也不出房其餘内眷送至二门而回

（也没提起别的）（大家举酒送行）

賈珍等也受了一番訓飭一班子弟俱送至十里長亭而別（不言賈政起身）且說宝玉回房旧病陡發（更加昏憒連）飲食（也）不進（能了）未知

性命如何（且看）下回分解

紅樓夢第九十八回　　苦絳珠魂歸離恨天　　病神瑛淚灑相思地

話說宝玉見了賈政回至房中更覺頭昏腦悶懶待動憚連飯也沒吃便昏沉睡去仍舊延医胗治服藥
不效索性連人也認不明白大家扶著他坐起來还像个好人一連鬧了几天那日恰是回九之期說若是不過去薛
姨媽臉上過不去若說去呢宝玉這般光景明知是為代玉而起欲要告訴明白又恐氣急生变宝釵是新媳婦
又难劝慰必得姨媽過来纔好若不回九姨媽嗔怪便与王夫人鳳姐商议道我看宝玉竟是魂不守舍起動是
不怕的用兩乘小轎叫人扶着從園里過去应了吉期已後請姨媽過来安慰宝釵我们一心的調治宝玉可
不兩全王夫人荅应了即刻預偹幸亏宝釵是新媳婦宝玉是个瘋傻的由人掇弄過去了宝釵也明知其事
心裡只怨毋親办得糊塗事已至此不肯多言独有薛姨媽看見宝玉这般光景心裡懊悔只得草草完事
回家宝玉越加沉重次日連起坐多不能了日重一日甚至湯水不進薛姨媽著忙了手脚各處遍请名医皆不識
病源只有城外破寺中住着个穷医姓畢别号知庵胗得病源是悲喜激射冷暖失調止氣壅閉此内外傷
感之症于是度量用藥至晚服了二更後果然省些人事便要喝水賈母王夫人等纔放了心宝玉片时清楚之
請了薛姨媽帶了宝釵都到賈母那裡暫且歇息
自料难保
見诸人散後房中只有襲人因喚至跟前拉着手哭道我问你宝姐姐怎么来的你们听見林妹妹哭得怎
我記得老爺給我娶了林妹妹過来怎么叫宝姐姐了赶出
去了他为什么霸住在這裡我要說呢又恐怕得罪了他

庅様了襲人道林姑娘病着呢宝玉道我瞧〻他去想要起来不能轉動便哭道我要死了我有一句心裡的话只求你回明老太〻横豎林妹〻也是要死的两處两个病人多要死的死了越發难張羅不如騰一處空房子趁早把我和林妹〻两个抬在那裡活着也好一處医治伏侍死了也好一處停放你依我的话不枉几年情分襲人听了又急又笑宝釵恰好同着鶯兒過来也听見了便道你放着病不保養何苦說这些不吉利的话老太〻才安慰了些你又生出事来老太〻一生疼你一个如今八十多歲的人了虽不圖你的誥封將来你成了人老太〻也看着樂〻一天也不枉老人家的苦心太〻一生的心血撫養了你这一个兒子若是半途死了將来怎庅様我虽是薄命也不至於此據此三件你就要死天也不容安穩着養几天太和正氣一足自然这些邪病多没有了宝玉听了半晌道你是好些时不和我说话了敢是说这些大道理的话給谁听宝釵道实告訴你说罢那两日你不知人事的時候林妹〻已經亡故了宝玉忽然坐起道果真死了宝釵道豈有红口白舌咒人死的宝玉听了放声大哭倒在床上忽然眼前漆黑辨不出方向心中正自恍惚只見眼前有人走来宝玉茫然问道借问此是何處那人道此陰司泉路你寿未終何故至此宝玉道適闻有一故人已死遂尋訪至此不覺迷途那人道故人是谁宝玉道姑蘇林代玉那人冷笑道林代玉生不同人死不同鬼无魂无魄何處尋訪凡人魂

○一日宝玉漸覺神志安定雖一时想起代玉尚有糊塗更有襲人緩緩的將老爺選定的宝姑娘為人和厚嫌林姑娘秉性古怪原恐早夭老太太
恐你不知好歹病中着急所以叫雪雁过來哄你的話时常劝解宝玉終是心酸落淚欲待尋死又想着夢中之言又恐老太太太太生氣又不能撩開
又想代玉已死宝釵又是第一等人物方信金石姻緣有定自己也解了好些宝釵看來不妨大事于是自己因安心了只在賈母王夫人等前盡行家
庭之禮後便設法以釋宝玉之憂宝玉雖不能時常坐起亦常見宝釵坐在床前禁不住生來旧病宝釵每以正言解勸以養身要緊你
我既為夫婦豈在一時之語安慰他那宝玉心裡雖不順遂無奈日裡賈母王夫人及薛姨媽等輪流相伴夜間宝釵獨去安寢賈
母又派人服侍只得安心靜養○

〔右六行，原另紙繕寫附粘於第九十八回第二頁前半頁，接第十一行「暗下針砭」句〕

魂聚而成形散而為氣生前聚之死則散焉常人尚無可尋訪何況林代玉呢汝快回去罷宝玉听了呆了半晌道既云死者散也又如何有這个陰司呢那人冷笑道那陰司說有便有說無就無皆為世俗溺於生死之說設言以警世便道上天深怒愚人或不守分安常或生禄未終自行夭折或嗜淫慾尚氣逞凶無故自殞者特設此地獄囚其魂魄受無邊的苦以償生前之罪汝尋代玉是無故自陷也且代玉已歸太虛幻境汝若有心尋訪潛心修養自然有時相見如不安生即以自行夭折之罪囚禁陰司除父母之外圖一見代玉終不能矣那人在袖中取出一石向宝玉心口擲來宝玉听了這話又被這石子打着心窩嚇的即欲回家只恨迷了道路正在躊躕忽听那边有人喚他回首看時不是别人只見賈母王夫人宝釵襲人等圍繞哭泣自己仍旧躺在床上見桌上紅燈窗前皓月依然錦綉叢中繁華世界定神一想原來是一場大夢渾身冷汗心內覺得清爽仔細一想真正無可奈何不過長嘆數聲起初宝釵早知代玉已死因賈母等吩咐衆人不許告訴宝玉知道恐添病難治自己却深知宝玉之病實因代玉而起失玉以次之故趁勢說明使其一痛決絕神魂歸一庶可療治賈母王夫人等不知宝釵的用意深怪他造次後見宝玉醒了过來方才放心立刻到外書房請了畢大夫進來診視那大夫進來診了脈便道奇怪這回脈氣沉靜神安鬱散明日進調理的藥就可望好了說着出去衆人各自安心散去襲人起初深怨宝釵不該告訴惟是口中不好說出鶯兒背地也說宝釵姑娘忒性急了宝釵道你知道什麼好歹橫竪有我呢那宝釵任人誹謗並不介意只窺察宝玉心病暗下針砭一日宝玉見宝釵舉動溫柔也就漸漸的將愛慕代玉的心腸略移在宝釵身上此是後話

却說宝玉成家的那一日代玉白日已經昏暈过去却心頭口中一絲微氣不斷把个李紈和紫鵑哭的死去活

来到了晚间代玉却又緩过来了微微开眼似有要水要湯的光景此時雪雁已去只有紫鹃和李紈在傍紫
鹃便端了一盞桂圓湯和的梨汁用小銀匙灌了两三匙代玉闭着眼静養了一會子覺得心裡似明似暗的李紈明知
是迴光返照的光景却料还有一半天耐頭自己回到稻香村料理了一回事〔情〕这里代玉睁眼一看只有紫鹃和妈妈
〔并几个小丫头〕在那裡便一手攥〔攥〕了紫鹃的手使劲說道我是不中用的人了你伏侍我几年原指望〔咱们两个〕總在一處不想我說着又喘了
一会子闭了眼歇着紫鹃〔見他攥着不肯鬆手自己也不敢挪動〕看他的光景比早半天好〔些〕只當还可以回轉听了这話又寒了半截代玉又說道妹妹我〔这裡並沒親人〕
的身子是干净的你好歹叫他们送我回去說到这裡又闭了眼〔不言語了〕那手却漸漸緊了喘成一處只是出氣大入氣小
已经促疾的很了紫鹃忙了連忙叫人請李紈可巧探春来了紫鹃見了忙道三姑娘瞧瞧林姑娘罢說着淚如雨
下探春過来摸了摸代玉的手已經涼了連目光也都散了探春紫鹃正哭着叫人端水来给代玉擦洗李紈赶
忙進来了三个人見了不及說話剛擦着猛听代玉直声叫道宝玉宝玉你好說到好字便渾身冷汗不做声了紫
鹃等急忙扶住那汗越出身子便漸漸的冷了探春李纨叫人乱着梳頭穿衣只見代玉两眼一翻嗚呼

香魂一縷隨風散　愁緒三更入夢遥

當时代玉氣絶正是宝玉結親的〔这個〕時辰紫鹃等〔李纨探春〕〔大家〕大哭起来〔一陣〕只听得远远一陣音樂之声側耳一听却又没有

了探春李紈走出院外再听時惟有竹梢風動月影移墻好不淒凉冷淡一時叫了林家的過来將代玉停放

畢派人看守等明早去回凤姐。因見賈母王夫人等忙亂賈政起身又為宝玉惛憒更甚正在着急異常之時若是又將代玉的死信回去恐賈母王夫人愁苦只得親自到園料理到了瀟湘館内也不免哭了一塲見了李紈探春知道諸事齊備

就說很好又这件事好罢若是今日不回使不得若回了恐怕老太太搁不住李紈道你去見机行事得回再回

只是剛纔你們為什麽不言語叫我着急探春道剛纔送老爺怎麽說呢凤姐道還是你們兩个可憐他些

方好凤姐點頭忙忙的去了凤姐到了宝玉那裡听見大夫說不妨事賈母王夫人畧覺放心凤姐便背了宝玉缓缓的將

代玉的事回明了賈母王夫人听了多唬了一跳賈母眼淚交流說道是我弄坏了他了但只是这个丫頭也忒傻氣說着便要到園裡去王夫人等

含悲共劝老太太身子要紧不必過去賈母無柰只得叫王夫人去又說你替我告訴他陰靈並不是我忍心不来送你只為有个親疏你是外孫女

兒是親的了若與宝玉比起来可是宝玉比你更親些倘宝玉有些不好我怎麽見他父親呢說着又哭起来王夫人劝道林姑娘

是老太太最疼的但壽夭有定如今已经死了無可尽心只是葬礼上要上等的發送一則可以少尽偺們的心

二則就是姑太太和外甥女兒的陰靈也可少安了賈母听了這話越發痛哭起来凤姐恐賈母傷感太過便扯个謊道宝玉那裡找老太太呢賈

母听見才止住淚问道又是什麽緣故凤姐陪笑道没有什麽緣故大約是想老太太的意思賈母因見賈母含悲的說我也不過園里去了

由你們办罢王夫人凤姐答应了賈母纔過宝玉这边来見了宝玉因问道你找我做什麽宝玉笑道我昨日晚

上看見林妹妹来了他說要回南去我想没人留得住还得老太太給我留一留賈母道使得只管放心鴛鴦等人因扶宝玉躺下去賈母来到宝

釵這邊那时尚未回九所以到有含羞之意賈母遞了茶問道林妹妹的好些沒有賈母道我

的兒我告訴你別告訴寶玉都因你林妹妹叫你受了多少委曲你林妹妹已沒了兩三天了就是娶你的那个時

辰死的寶釵听了不覺掉淚來賈母又說了一回話去了自此寶釵千回萬轉想了一个主意祇不肯造次所以

過了回九纔想出這个法子來如今果然好些卻寶玉雖然一天好似一天他的癡心總不能解必要親去哭他一

塲賈母等只得叫人抬了竹椅子過來扶寶玉坐上賈母王夫人即便先行到了瀟湘館一見靈柩

湘館來賈母等

賈母哭得淚乾氣絕鳳姐等再三勸住李紈便請在裡间歇着寶玉一到便哭得死去活來大家攙扶歇

息寶玉必要叫紫鵑來見问臨死有何話說紫鵑本來深恨寶玉見如此光景心裡已回過來便將燒毀帕

子並臨死的話一一告訴了寶玉又哭得氣噎喉乾探春便將帶柩回南的話說了一遍大家又哭了一回便請

賈母等回去寶玉问得勉強回房寶釵知寶玉一時必不能捨也不相勸只用諷刺的話說他寶玉倒怕寶釵多心

也便飲泣收心倒也安穩賈母特請薛姨媽過去商量說寶玉的病多虧姨太太救的如今委曲了你的姑娘如

今寶玉調養百日身體復舊又過了娘娘的功服正好圓房要求姨太太做主另擇个吉日薛姨媽道老太太主意

很好何必问我但憑他們兩口兒言和意順老太太也省好些心老太太就定个日子還通知親戚不用呢賈母道寶

○賈母有了年紀的人打從寶玉病起日夜不寧今又大痛一場已覺頭暈身熱雖是不放心惦着寶玉却也扎掙不住回到自己房中睡下王夫人更加心痛難禁也便回去派了彩雲幫着襲人照應並說寶玉若再悲戚速來告訴我們○

（右二行，原另紙繕寫附粘於第九十八回第三頁後半頁，接第九行「只得勉强回房」句）

玉和你们姑娘一件大事自来要熟商……便将办粧奁的話說了一番賈母道咱们親上做親也不

必這庅若說動用的他屋裡已經滿了必定宝丫頭他心愛的要你几件姨太太就拿了来

我刚才听了个笑話兒說与老太太和姑媽听賈母道你又不知要編派誰呢你說來我和姨太太听說不

笑我们可不依只見那凤姐未曾張口先用両隻手比着笑湾了腰了未知他說出些什庅来且听下回

分解

生玉之弟

我看宝丫頭也不是多心的人

来了

拭了眼淚微笑

紅樓夢第九十九回　守官箴惡奴同破例　閱邸報老舅自擔驚

話說鳳姐兒賈母和薛姨媽為代玉傷心便說有个笑話兒說給老太〻和姑媽听未從開口先自笑了因說道老太〻和姑媽打諒是那裡的笑話兒就是偺們家的那二位新姑爺新媳婦啊賈母道怎麼了鳳姐道拿手比着道一个這麼坐着一个這麼站着一个這麼扭過去一个這麼轉過來一个又說到這裡賈母已經大笑起來說道你好生說罷倒不是他們兩口兒你倒把人慪的受不得了薛姨媽也笑道你往下直說罷不用比了鳳姐纔說道剛纔我到宝兄弟屋裡我、听見好幾、个人笑我只道是誰巴着窗户眼兒一瞧原來宝妹〻坐在炕沿上宝兄弟站在地下宝兄弟拉着宝妹〻的袖子口〻声〻只叫宝姐〻你為什麼不会說話了你這麼說一句話我的病包管全好宝妹〻却扭着頭只管躲宝兄弟又作了一个揖上去又拉宝妹〻的衣裳宝妹〻急得一扯宝兄弟自然病後是脚軟的索性一栽〻在宝妹〻身上了宝妹〻急得紅了臉說道你越發比先不尊重了說到這裡賈母和薛姨媽都笑起來鳳姐又道宝兄弟站起來又笑着說虧了這一栽好容易纔栽出你的話來了薛姨媽笑道這是宝丫頭古怪這有什麼既作了兩口兒說〻笑〻的怕什麼他没見他璉二哥和你鳳姐兒紅了臉笑道這是怎麼說我饒說笑話兒給姑媽解

闹姑妈反到拿我打起卦来了贾母也咲道要這么着倒好夫妻固然要和氣也得有个分寸儿我爱
宝丫头就在這尊重上头只是我愁宝玉还是那么傻头傻脑的這么说起来比头裡竟明白多了你
再说々还有什么咲话儿没有凤姐道明儿宝玉圓了房亲家太々抱了外孫子那時候儿不更是咲话
了么贾母咲道猴儿我在這裡和姨太々想你林妹々你来慪个咲儿还罢了怎么臊起皮来了你不叫
我们想你林妹々你不用太高兴了你林妹々恨你将来你别独自个儿到园裡去隄防他拉着你不依
凤姐咲道他倒不怨我他臨死咬牙切齒倒恨宝玉呢贾母薛姨妈听着还道是顽话也不理会便道你
别胡扯拉了你去叫外头挑个狠好的日子給你宝兄弟圓了房罢凤姐答應着又说了一回话便出去
叫人擇了吉日重新擺酒唱戲请人不在话下却说宝玉虽然病好宝釵有時高兴翻書觀看谈論起
来宝玉所有常見的尚可記憶若論靈機儿大不似先連他自己也不解宝釵明知是通靈失去所以
如此倒是襲人時常说他你為什么把從前的靈機儿都没有了倒是襲人時常说他忘了舊毛病
也好怎么脾氣还照舊独道理上更糊塗了呢宝玉听了並不生氣反是嘻々的咲有時宝玉順性胡鬧
宝釵劝着略覺收斂些、襲人倒可少費些、唇舌惟知悉心伏侍别的丫头素仰宝釵貞静和平各人

心服無不安靜只有宝玉到底是愛動不愛靜的時常要到園裡去逛賈母等一則怕他招受寒暑二
則恐他睹景傷情虽代玉之柩已寄放城外菴中然而瀟湘館依然人亡屋在不免勾起舊病來所以也
不使他去況且親戚姊妹們為宝琴已回到薛姨媽那边去了史湘雲因史侯回京也接了家去了又有了
出嫁的日子所以不大常來只有宝玉娶親那一日与吃喜酒這天來過兩次也只在賈母那边住下為着宝
玉已經娶過親的人又想自己就要出嫁的也不肯如從前的詼諧談笑就是有時過來也只和宝釵說話
見了宝玉不過問好而已那邢岫烟却是因迎春出嫁之後便隨着邢夫人過去李家姊妹也另住在外即
同着李嬸娘過來亦不過到太太們和姐妹們処請安問好即回到李紈那裡略住一兩天就去了所以園內的
只有李紈探春惜春了賈母還要將李紈等挪進來為着元妃薨後家中事情接二連三也無暇及此
現今天氣一天熱似一天園裡尚可住得等到秋天再挪此是後話暫且不題且說賈政帶了幾个在京請的
幕友曉行夜宿一日到了本省見過上司即到任拜印受事便查盤各屬州县米糧倉庫賈政向來作京
官只曉得郎中事務都是一景兒的事情就是外任原是学差也無関于吏治上所以外省州县折収
糧米勒索鄉愚這些弊端虽也听見別人講究却未嘗身親其事只有一心做好官便与幕賓商議出

示嚴禁並諭以一經查出必定詳參揭報初到之時果然胥吏畏懼便百計鑽營偏遇賈政這般古執那
些家人跟了這位老爺在都中一無出息好容易盼到主人放了外任便在京指着在外發財的名兒向人
借貸做衣裳裝体面心裡想着到了任艮錢是容易的了不想這位老爺獃性發作認真要查辦起來州
県餽送一概不受门房簽押等人心裡盤算道我們再挨半个月衣裳也要当完了賬又逼起來那可怎
庅樣好呢眼見得白花〻的艮子只是不能到手那些長隨也道你们爺们到底还沒花什庅本錢来我们
總寃花了多少艮子打了个门子来了一个多月連半个錢也沒見過想来跟這个主兒是不能指本
兒的了明兒我们齊打夥兒告假去次日果然聚齊都来告假賈政不知就裡便說要来也是你們要
去也是你們既嫌這裡不好就都請便那些長隨怨声載道而去只剩下些家人又商議道他們可去
的去了我们去不了的到底想个法兒總好內中有一个管门的叫李十兒便說你們這些沒能耐的
東西着什庅急呢我見這長字號兒的在這裡不犯給他出頭如今都餓跑了瞧〻十太爺的本領少不
得本主兒依我只是要你們齊心打夥兒弄幾个錢回家受用若不隨我〻不管了橫竪拚得過你们家
人都說好十爺你还主兒信得過若你不管我们実在是死症了李十兒道別等我出了頭得了艮錢又說

我得了大分兒了窩兒裡反起來大家沒意思衆人道你萬安沒有的事就沒有多少也強似我們腰裡掏錢正說着只見粮房書辦走來找周二爺李十兒坐在椅子上蹺着一隻腿挺着腰說道找他做什麽書辦便垂手陪着笑說道本官到了一个多月的任這些州縣太爺見得本官的告示利害知道不好說話到了這時候都沒有開倉若是過了漕你們太爺們來做什麽的李十兒道你別混說老爺是有根蒂的說到那裡要是辦到那裡這兩天原要行文催兑因我說了緩幾天纔歇的你到底找我們周二爺做什麽書辦道原為打听催文的事沒有別的李十兒道越發胡說方纔我說催文你就信嘴胡謅可別鬼鬼祟祟的來講什麽賬我叫本官打了你退你書辦道我在這衙門已經三代了外頭也有些體面家裡還過得就規規矩矩伺候本官陞了還能彀不像那些等米下鍋的說着回了一声二太爺我走了李十兒便站起堆着笑說這麽不禁頑幾句話就臉急了書辦道不是我臉急若再說什麽豈不帶累了二太爺的清名呢李十兒過來拉着書辦的手說你貴姓啊書辦道不敢我姓詹單名是个会字從小兒也在京裡混了几年李十兒道詹先生我是久聞你的名的我們弟兄們是一樣的有什麽話晚上到這裡咱們說一說書辦也說誰不知道李十太爺是能事的把我一詐就嚇毛了大家笑着走開那

晚便与書辦啗唧了半夜第二天拿話去探賈政被賈政痛罵了一頓隔一天拜客裡頭吩咐伺候外頭答应了停了一会子打點已经三下了大堂上沒有人接鼓好容易叫了个人来打了鼓賈政踱出煖閣站班喝道的衙役只有一个賈政也不查问在墀下上了轎等轎夫又等了好一回来齊了抬出衙门那个炮只響得一声吹鼓亭的鼓手只有一个打鼓一个吹号筒賈政便也生氣说往常还好怎么今兒不齊集至此檯頭看那执事却是攙前落後勉強拜客回来便傳误班的要打有的说因沒有帽子误的有的说号衣当了误的又有说是三天沒飯吃抬不動的賈政生氣打了一两个也就罷了隔一天管厨房的上来要賈政帯来銀两付了已後便觉樣〻不如意比在京的时候倒不便了好些無奈便喚李十兒问道跟我来這些人怎樣都变了你也管〻現在帯来銀两早使沒有了藩庫俸銀尚早该打發京裡去取李十兒稟道奴才那一天不說他们不知道怎么樣這些人都是沒精打彩的叫奴才也沒法兒老爺说家裡取銀子取多少現在打听節度衙门這几天有生日别的府道老爺都上千上萬的送了我们到底送多少呢賈政道為什么不早说李十兒說老爺最聖明的我们新来乍到又不与别位老爺很来往誰肯送信巴不得老爺不去好想老爺的美缺呢賈政道胡说我這官是皇上放的不給節度

做生日便叫我不做不成李十兒咲着回道老爺說的也不錯京裡離這裡很遠凡百的事都是節度奏
聞他說好便好他說不好便吃不住到得明白已經遲了就是老太太們那个不願意老爺在外頭烈烈轟
轟的做官呢賈政聽了這話也自然心裡明白道我正要問你為什麽不說起來李十兒回說奴才本
不敢說老爺既問到這裡若不說是奴才沒良心若說了少不得老爺又生氣賈政道只要說得在理李
十兒說道那些書吏衙役都是花了錢買着粮道的衙门那个不想發財俱要養家活口自從老爺
到任並沒見為國家出力倒先有了口碑載道賈政道民間有什麽話李十兒道百姓說凡有新到任的老
爺告示出的越利害越是想錢的法兒州縣害怕了好多的送銀子收糧的時候衙门裡便說新道爺
的法令明是不敢要錢這一留難叨蹬那些鄉民心裡願意花几个錢早些了事所以那些人不說老爺好反說
不諳民情便是本家大人是老爺最相好的他不多几年已巴到極頂的分兒也只為識時達務能殼上和下睦
罷了賈政听到這话道胡說我就不識時務嗎若是上和下睦叫我与他們猫鼠同眠嗎李十兒回說道
奴才為着這點心兒不敢掩住纔這麽說若是老爺就是這樣做去到了功不成名不就的時候老爺
說奴才沒良心有什麽话不告訴老爺了賈政道依你怎麽做纔好李十兒道也沒有别的趁着老爺

的精神年紀裡頭的照应老太〻的硬朗為顾着自已就是了不然到不了一年老〻爺家裡的錢也都貼補完了还落了自上至下的人抱怨都说老爺是做外任的自然弄了錢藏着受用倘或遇着一兩件為难的事誰肯帮着老爺那時辦也辦不清悔也悔不及賈政道據你一说是叫我做贪官嗎送了命还不要緊必定將祖父的功勳抹了纔是李十兒回禀道老爺極聖明的人沒看見旧年犯事的几位老爺嗎這几位都与老爺相好老爺常说是个做清官的如今名在那裡現有几位親戚老爺向来说他们不好的如今陞的陞遷的遷只在要做的好就是了老爺要知道民也要顾官也要顾若是依着老爺不準州县得一个大錢外頭這些差使誰辦只要老爺外面还是這樣清名声原好裡頭的委屈只要奴才辦去関碍不著老爺的奴才跟主兒一場到底也要掏出良心来賈政被李十兒一番言語说得心無主兒道我是要保性命的你们闹出来不与我相干说着便踱了進去李十兒便自已做起威福鈎連内外一氣的哄着賈政辦事反觉得事〻周到件〻隨心所以賈政不但不疑反都相信便有几处揭報上司見賈政古朴忠厚也不查察惟是幕友耳目最長見得如使用言規諫無奈賈政不信也有辭去的也有与賈政相好在内維持的於是漕務事畢尚無隕越一日賈政無事在書房中看書簽押上呈進一封書子外面

官封上開着鎮守海门等處提制公文一角飛遞江西糧道衙门賈政折封看时只見上寫道

金陵契好桑梓情深昨歲供職來都竊喜常依座右仰蒙雅愛許結朱陳至今佩德勿諼祇因調任海疆未敢造次奉求長懷歉仄自嘆無緣今幸棨戟遥臨快慰平生之願正申燕賀先蒙翰教邊帳光生武夫額手雖隔重洋尚叨樾蔭想蒙不棄卑寒希望蔦蘿之附小兒已承青盼淑媛素仰芳儀如蒙踐諾即遣冰人途路雖遥一水可通不敢云百輛之迎敬備仙舟以俟並茲修寸幅恭賀陞祺并求金允臨穎不勝待命之至

世弟周瓊頓首

賈政看了心想兒女姻緣果然有一定的舊年因見他就了京職又是同鄉的人素來相好又見那孩子長得好在席間原提起這件事因未說定也沒有與他們說起後來他調了海疆大家也不說了不料我今陞任至此他寫書來問我看起门户却也相當與探春到也相配但是我並未帶家眷只可寫字與他商議正在躊躇只見门上傳進一角文書是議取到省會議事件賈政只得收拾上省候節度派委一日在公館閑坐見桌上堆着許多邸報賈政一一看去見刑部一本為報明事會看得金陵籍行商薛蟠賈政便吃驚道了不得已經提本了隨用心看下去是薛蟠毆傷張三身死串囑屍証揑供誤殺一案

賈政一拍桌道完了只得又看底下是據京營節度使咨稱緣薛蟠籍隸金陵行過太平縣在李家店歇宿与店内当槽之張三素不相認於某年月日薛蟠令店主備酒邀請太平縣民吴良同飲令当槽張三取酒因酒不甘薛蟠令换好酒張三因称酒已沽定难换薛蟠因伊撅強將酒照臉潑去不期去勢甚猛恰值張三低頭拾箸一時失手將酒碗擲在張三顖门皮破血出逾时殞命李店主趨救不及隨向張三之母告知伊母張王氏往看見已身死隨喊稟地保赴縣呈報前署縣甫驗件作將骨破一寸三分及腰眼一傷漏報填格詳府審轉看得薛蟠實係潑酒失手擲碗誤傷張三身死將薛蟠照過失殺人准闘殺罪收赎等因前来臣等細閱各犯证屍親前後供詞不符且查闘殺律注云相争為闘相打為毆必实无争闘情形邂逅身死方可以過失殺定擬应令該節度審明实情妥擬具題今據該節度疏称薛蟠因張三不肯换酒醉後拉着張三右手先毆腰眼一拳張三被毆因〔回〕罵薛蟠將碗擲出致傷顖门深重骨碎腦破立時殞命是張三之死实由薛蟠以酒碗砸傷深重致死自应以薛蟠擬抵將薛蟠依闘殺律擬绞監候吴良擬以杖徒承審不实之府州縣应請以下注着此稿未完賈政因薛姨媽之托曾托過知縣若請旨革審起来牽連着自已好不放心即將下一本閒看偏又不是只好翻来覆去

将报看完終没有接這一本的心中狐疑不定更加害怕起来正在纳闷只見李十兒进来请老爷到官所伺候去大人衙门已经打了二鼓了贾政只是發怔没有听見李十兒又请一遍贾政道這便怎么处李十兒道老爷有什么心事贾政将看报之事说了一遍李十兒道老爷放心若是部裡這么辦了还算便宜薛大爷呢奴才在京的时候听見薛大爷在店裡叫了好些媳妇兒都喝醉了生事直把个当槽兒的活活打死了奴才听見不但是托了知县还求璉二爷去花了好些钱各衙门打通了纔提的不知道怎么部裡没有弄得明白如今就是鬧破了也是官官相護的不過認个承審不实革職處分罷咧那裡还肯認得银子听情的话呢老爷不用想等奴才再打听罷能倒别误了上司的事贾政道你们那裡知道只可惜那知县听了一个情把這个官都丢了还不知道有罪没有罪李十兒道如今想他也無益外頭伺候着好半天了请老爷就去罷贾政不知節度傳辦何事且听下回分解

紅樓夢第一百回　破好事香菱結深恨　悲遠嫁寶玉感離情

話說賈政去見節度進去了半日不見出來外頭議論不一李十兒在外也打聽不出什麼事來便想到報上的飢荒實在也着急好容易聽見賈政出來了便迎上跟着等不得回去在無人處便問老爺進去了這半天有什麼要緊的事賈政笑道並沒有事只為鎮海總制是這位大人的親戚有書來囑托照應我所以說了些好話又說我們如今也是親戚了李十兒聽得心內喜歡不免又壯了些胆子便竭力慫恿賈政許這親事賈政心想薛蟠的事到底有什麼罣礙在外頭信息不通難以打點故回到本任來便打發家人進京打聽順便將總制求親之事回明賈母如若願意即將三姑娘接到任所家人奉命趕到京中回明王夫人便在吏部打聽得賈政並無處分惟將署太平縣的這位老爺革職即寫了稟帖安慰了賈政然後住着等信且說薛姨媽為着薛蟠這件人命官司各衙門內不知花了多少銀錢纔定了誤殺具題原打量將當舖折變給人備銀贖罪不想刑部駁審又托人花了好些錢總不中用依舊定了個死罪監着守候秋天大審薛姨媽又氣又疼日夜啼哭寶釵雖時常過來勸解說是哥哥本來沒造化承受了祖父這些家業就該安安頓頓的守着過日子在南邊已經鬧的不像樣便是香菱那件事情就了不得因為仗著親戚們的勢力花了些銀錢這等白打死

一个会子哥〻就该改過做起正经人来也该奉養母親㨗是不想進了京仍是這樣媽〻為他不知受了多少氣
哭掉了多少眼淚给他娶了親原想大家安〻逸〻的過日子不想命该如此偏〻娶的嫂子又是一个不安靜的
所以哥〻躲出门去真正俗語说的冤家路儿狭不多几天就閙出人命来了媽〻和二哥〻也算不得不是〻心了花
了艮錢不算自己还求三拜四的谋幹無奈命裡应该也算自作自受大凡養兒女是為着老来有靠便是小户
人家还要挣一碗飯養活母親那裡有將現成的閙光了反害的老人家哭得死去活来不是我说哥〻的這樣行為
不是兒子竟是个冤家对頭媽〻再不明白明哭到夜〻哭到明又受嫂子的氣我又不能常在家裡我办解看见媽〻
這樣那裡放得下心他虽说是傻也不肯叫我回去前見老爺打發人回来说看見京报晓得了不得所以㨗叫人来
打聽的我想哥〻閙了事擔心的人也不少幸虧我还是在跟前的若是離御调远听见了這个信只怕我想媽〻
也就想殺了我求媽〻暂且養〻神趁哥〻的活口現在问〻各处的賬目人家该偺们的偺们该人家的亦〻该请了
明彩计来算一算看〻还有几个錢没有薛姨媽哭着说道這几天為閙你哥〻的事你来了不是你劝我就
是我告诉你衙门的事你还不知道京裡官商的名字已经退了两个当舖已经给了人家艮子早拿来使完了
还有一个当舖管事的逃了虧空了好几千两艮子也夹在裡頭打官司你二哥〻天〻在外頭要賬料着京裡的

賬已經去了几萬銀子只好拿南邊公分裡銀子和住房折變纔殼前兩天還聽見一个荒信說是南邊的公分當舖也因為折了本兒收了要是這麽着你娘的命可就活不成了說着又大哭起來寶釵也哭着勸道銀錢的事媽媽操心也不中用還有二哥哥給我們料理單可恨這些夥計們見偺們的勢頭兒敗了各自奔各自的去也罷了我還聽見說幫着人家來擠我們的訛頭可見我哥哥活了這麽大交的人總不過是酒肉朋友[illegible]急難中是一个沒用的[illegible][illegible]媽媽要是疼我聽我的話有年紀的人自己保重些媽媽這一輩子想來還不至挨凍受餓家裡這點子衣裳傢伙只好任憑嫂子去那是沒法兒的了所有的家人老婆們瞧他們也沒心在這裡了該去的叫他們去只可憐香菱苦了一輩子只好跟着媽媽實在短什麽我要是有的還可以拿些个來料我們那一个也沒有不依的就是襲姑娘也是心術正道他聽見偺們家的事他到提起媽媽來就哭我們那一个還打諒沒事的所以不大着急要聽見了也是要唬个半死兒的薛姨媽不等說完便說好姑娘你可別告訴他他為了个林姑娘几乎沒要了命如今才好了些要是他急出个原故來不但你添一層煩惱我越發沒了依靠了寶釵道我也是這麽想所以總沒告訴他正說着只聽見金桂跑來外間屋裡哭喊道我的命是不要的了男人是已經不能活的了偺們如今索性鬧一鬧大夥兒到法場上去拼一拼說着便將頭往隔斷板上亂撞撞的披頭散髮氣的薛姨媽白瞪着兩

隻眼一句话也说不出还虧了宝釵嫂子長嫂子短好一句歹一句的劝他金桂道姑奶奶如今你是比不得頭裡的了你兩口兒好好的過日子我是个单身人兒要臉做什麽說着就要跑到街上回娘家去虧了人多拉住了又劝了半天方住把个宝琴唬的再不敢見他若是薛蝌在家他便抹粉施脂描眉畫鬓奇情異致的打扮起來不時常從薛蝌住房前過或故意咳嗽一声明知薛蝌在屋裡特問房裡是誰有時遇見薛蝌他便妖妖調調的嬌嬌痴痴的問寒問煖忽喜忽嗔了頭們看見都連忙躲開他自己也不覺得只是一心一意要弄的薛蝌感情時好行宝蟾之計那薛蝌却只躲着有時遇見也不敢不周旋他倒是怕他撒潑放刁的意思更加金桂一則為色迷心越瞧越愛越想越幻那裡還看的出薛蝌的真假來只有一宗他見薛蝌有什麽東西都是托香菱收着衣服縫洗也是香菱兩个人偶然說話他來了急忙散開一發動了一个疑字欲待發作薛蝌却是捨不得只得將一腔隱恨都擱在香菱身上却又恐怕鬧了香菱又得罪了薛蝌倒弄的隱忍不發一日宝蟾走來笑嘻嘻的向金桂道奶奶看見了二爺没有金桂道没有宝蟾笑道我說二爺的那種假正經是信不得的咱們前兒送了酒去他說不會喝剛纔我見他到太太那屋裡去臉上紅撲撲兒的一臉酒氣奶奶不信回來只在咱們院子門口兒等他他打那边過來奶奶叫住他問問看他說什麽金桂聽了一心的惱意

便道他那裡就出來了呢他既無情義問他作什麼寶蟾道奶奶又迂了他好說偺們也好說他不好便偺們再另打主意金桂聽着有理因叫寶蟾瞧着他看他出去了寶蟾答應着出來金桂却去打開鏡奩又照了一照把嘴唇兒又抹了一抹然後拿一條酒花絹子纔要出來又像忘了什麼的心裡倒不知怎麼是好了只聽寶蟾外面說道二爺今日高興啊那裡喝了酒來了金桂聽了明知是叫他出來的意思連忙掀起簾子出來只見薛蝌和寶蟾說道今日是張大爺的好日子所以被他們強吃不過吃了半鍾到這時候臉還發燒呢一句話沒說完金桂早接口道自然人家的酒比偺們自己家裡的酒是有趣兒的薛蝌被寶蟾拿話一激臉越紅了連忙走過來陪笑道嫂子說那裡的話寶蟾見他二人交談便躲到屋裡去了這金桂初時原要假意發作薛蝌兩句無奈見他兩頰微紅雙眸帶澀別有一種謹愿可憐之意早把自己那驕悍之氣感化到爪窪國去了因笑說道這麼說你的酒是硬強着纔肯喝的呢薛蝌道我那裡喝得來金桂道不喝也好強如像你哥哥喝出亂子來明兒娶了你們奶奶兒像我這樣守活寡受孤單呢說到這裡兩個眼已經也斜了兩腮上也覺紅暈了薛蝌見這話越發邪僻了打算着要走金桂也看出來了那裡容得早已走過來一把拉住薛蝌急了道嫂子放尊重些說着渾身亂戰金桂索性老着臉道你只管進來我和你說一句要緊的話正鬧着忽聽背後一個人叫道奶奶香菱來了把金桂唬了一跳回頭瞧時却是寶蟾掀着簾子看他二人的光景一抬頭見香菱從那邊來了

赶忙和会金桂金桂這一驚不小手已鬆了薛蝌得便脱身跑了那香菱正走着原不理会忽听宝蟾一嚷纔瞧見金桂在
那裡拉住薛蝌往裡死拽香菱却唬的心頭乱跳自己連忙轉身回去這裡金桂早已連嚇帶氣獃獃的瞅着薛蝌
去了怔了半天恨了一声自已掃興歸房從此把香菱恨入骨髓那香菱本是要到宝琴那裡剛走出腰门看見這般嚇
回去了是日宝釵在賈母屋裡听得王夫人告訴老太太要聘探春一事賈母說道既是同鄉的人很好只是听見說那孩子到
過我們家裡怎麽你老爺沒有提起王夫人道連我們也不知道賈母道好是好但只道兒太遠雖然老爺在那裡倘或將
來老爺調任可不是我們孩子太單了嗎王夫人道兩家都是做官的也是拿不定或者那边还調進來即不然終有个
葉落歸根况且老爺既在那裡做官上司已經說了好意思不給麽想來老爺的主意定了只是不敢做主故遣人來回老
太太的賈母道你們願意更好但是三丫頭這一去了不知三年兩年那边可能回家若再遲了恐怕我趕不上再見他一面了說
着掉下淚來王夫人道孩子們大了少不得總要給人家的就是本鄉本土的人除非不做官还使得要是做官的誰保的住
總在一處只要孩子們有造化就好譬如迎姑娘倒配的近呢偏時常听見他和女壻打閙甚至於不給飯吃就是我們送
了東西去他也摸不着近來听見益發不好了也不放他回來兩口兒拌起來就說偺們使了他家的銀錢可憐這孩子
總不得个出頭的日子前兒我惦記他打發人去瞧他迎了頭藏在耳房裡不肯出來老婆們必要進去看只見我們姑娘這

样冷天还穿着几件旧衣裳他一包眼泪的告诉婆子们说回去别说我这么苦这也是命里所招也不用送什么衣服东西来不但摸不着反要添一顿打说是我告诉的老太太想想这倒是近来眼见的若不好更难受倒累了大太太也不理他大老爷也不出个头如今迎姑娘实在比我们三等使唤的丫头还不如我想摆丫头并不是我养的老爷硬将见过女婿定然是好缘许的只请老太太再下择个好日子多派几个人送他老爷任上该怎么着老爷也不肯将就要母亲令他老子作主你就料理安当择个长久的日子送去也就完了一件了王夫人答应着是宝钗所以那日也不露风声只是心里叫苦我们家里姑娘们就算他是个尖儿如今又要远嫁眼瞧着这里的人一天少似一天了见王夫人起身告辞出去他也送了出来一径回到自己屋中并不与宝玉说话见袭人独自一个做活便将所见的话说了袭人也很不受用却说赵姨娘听见探春这事反欢喜起来心里说道我这个丫头在家忒瞧不起我我何从还是个娘比他的丫头还不济况且洑上水护着别人他挡在里头连环儿也不得出头如今老爷接了去倒也干净想要他孝敬我不能够了只愿意他像迎丫头似的我也称称愿一面想着一面跑到探春那边与他

道喜說姑娘你是要高飛的人了到了姑爺那邊自然比家裡還好想來你
也是願意的便是養了你一場並沒有借你的光兒就是我有七分不好也有
三分的好總不要一去了把我擱在腦杓子後頭探春聽着毫無道理只低頭
作活一句也不言語趙姨娘見他不理氣忿忿的自己去了這裡探春又氣又
笑又傷心也不過自己掉淚而已坐了一回悶悶的走到寶玉這邊來寶玉因問道
三妹妹我聽見林妹妹死的時候你在那裡我還聽見說林妹妹死的時候遠
遠的只有音樂之聲或者他是有來歷的也未可知探春笑道那是你心裡想
着罷了只是那夜却怪不似人家鼓樂之音你的話或者也是寶玉聽了更
以為實又想前日自己神魂飄蕩之時曾見一人說是黛玉生不同人死不同鬼
必是那裡的仙子臨凡又想起那年唱戲做的嫦娥飄飄艷艷何等風致過
了一回探春去了因必要紫鵑過來立刻回了賈母去叫他無奈紫鵑心裡不
願意雖經賈母王夫人派了過來也就沒法只是在寶玉跟前不是嘻嘻就
是嘆嘆氣的寶玉背地裡拉着他低聲下氣要問黛玉的話紫鵑從沒好話回
答寶釵倒背地裡誇他忠心並不嗔怪他那雪雁雖是寶玉娶親這夜出過

力的宝玉见他心地不甚明白便回了贾母王夫人将他配了一个小厮各自过活去了王奶妈养着他将来好送黛玉的灵柩回南鹦哥等小丫头仍伏侍了老太太宝玉本想念黛玉因此及彼又想跟黛玉的人已经云散更加纳闷闷到无可如何忽又想黛玉死得这样清楚必是离凡返仙去了反又欢喜忽然听见袭人和宝钗那里讲究探春出嫁之事宝玉听了啊呀的一声哭倒了炕上唬得宝钗袭人都来扶起说怎么了宝玉早哭的说不出来定了一回子神说道这日子过不得了我姊妹们都一个个的散了林妹妹是成了仙去了大姐姐呢已经死了这也罢了没天天在一块二姐姐呢碰着了一个混帐不堪的东西三妹妹又要远嫁总不得见的了史妹妹又不知要到那里去薛妹妹是有了人家的这些姐姐妹妹难道一个也不留在家里单留我做什么袭人忙又拿话解劝宝钗摆着手说你不用劝他让我来问他因问着宝玉道据你的心里要这些姐姐妹妹都在家里陪你老了都不要为终身的大事呢若说别人或者还有别的想头你自己的姐姐妹妹不用说没有远嫁的就是老爷作主你有什么法儿打量天下独自你一个人爱姐姐妹妹呢若是都像你就连我也不能陪你了大凡人念书原为的是明理怎么你益发糊涂了这么说起来

我同袭姑娘各自一边儿去让你把姐姐妹妹们都邀了来守着你宝玉听了两只手
拉住宝钗袭人道我也知道为什么散的这么早呢等我化了灰的时候再散也不迟袭人
捂着他的嘴道又胡说才这两天身上好些二奶奶才吃些饭若是你又闹翻了我也
不管了宝玉慢慢的听他两个人说话都有道理只是心上不知道怎样纔好只得强
说道我却明白但是心里闹的慌宝钗也不理他暗叫袭人快把定心丸给他吃了慢慢
的开导他袭人便别告诉探春说临行不必再辞宝钗道这怕什么等消停几日待
他心里明白还要叫他们多说句话儿呢况且三姑娘是极明白的人不像那些
假惺惺的人少不得有一番箴谏他以后便不是这样了正说着贾母那边打发过
鸳鸯来说知道宝玉旧病又发叫袭人劝说安慰叫他不要胡思乱想袭人等应了
鸳鸯坐了一回子去了那贾母又想起探春远行虽不备妆奁其一应动用之物俱
该预备便把凤姐叫来将老爷的主意告诉了一遍即叫他料理去凤姐答应不
知怎么办理下回分解

紅樓夢第一百一回　大觀园月夜警幽魂　散花寺神籤驚異兆

却說风姐回至房中見賈璉尚未回來便分派那管辦探春行李粧奩事的一干人那天有黄昏已後因忽然想起探春來要瞧瞧他去便叫豐兒与两个丫頭跟着頭裡一个丫頭打着燈籠走出门來見月光已上照耀如水风姐便命打燈籠的回去罷因而走至茶房窓下听見裡面有人嘁嘁喳喳的又似哭又似笑又似議論什庅的风姐知道不過是家下婆子們又不知搬什庅是非心内大不受用便命小紅進去粧做無心的様子細細打听着用话套出原委來小紅答應着去了风姐只帶着豐兒來至园门前门尚未関只虚虚的掩着于是主僕二人方推门進去只見园中月色比外面更觉明朗滿地下重重樹影杳無人声甚是淒凉寂静刚欲往秋爽齋這條路來只听唿唿的一声風過吹的那樹枝上落葉滿园中唰喇喇的作響枝梢上吱嘍嘍的發哨將那些寒鴉宿鳥都驚飛起來风姐吃了酒被風一吹只觉身上發噤豐兒後面也把頭一縮說好冷风姐也掌不住便叫豐兒快回去把那件灰鼠披肩兒拿來我在三姑娘那裡等着豐兒巴不得一声也要回去穿衣裳連忙答應一声回頭就跑了风姐刚举步走了不远只觉身後咈咈哧哧似有闻嗅之声不觉頭髮森森然直竪起來由不得回頭一看只見黑油油一个東西在後边伸着鼻子闻他呢那两隻眼睛

恰似燈光一般风姐嚇的魂不附体不觉失声的咳了一声却是一隻大狗那狗抽頭回身拖着个掃帚尾巴一跑到大土山上方站住了回身猶向风姐拱爪兒风姐此時肉跳心驚急忙的向秋爽齋來將已來至門口方轉過山子只見迎面有一个人影兒一恍风姐心中疑惑还想着必是那一房的了頭便問是誰問了兩声並沒有人出來早已神魂飄蕩了恍恍忽忽的似乎背後有人說道嬸娘連我也不認得了风姐忙回頭一看只見那人形容俊俏衣履風流十分眼熟只是想不起是那一房那屋裡的媳婦來只听那人又說道嬸子只管享榮華受富貴的心盛把我那年說的立萬年永远之基都付於東洋大海了风姐听說低頭尋思總想不起那人冷笑道嬸子那時怎樣疼我來如今就忘在九霄雲外了风姐听了此時方想起來是賈蓉的先妻秦氏便說道嗳呀你是死了的人哪怎麽跑到這裡來了呢啐了一口方轉回身要走時不防一塊石頭絆了一跤猶如夢醒一般渾身汗如雨下虽然毛髮悚然心中却也明白只見小紅豐兒影影綽綽的來了风姐怕落人的褒貶連忙爬起來說道你们做什麽呢去了這半天快拿來我穿上罷一面豐兒走至跟前伏侍穿上小紅過來攙扶着要往前走风姐道我纔到那裡他们都睡了回去罷一面說着一面帶了兩个丫頭急急忙忙已赶到自己房中賈璉已回來了风姐見他臉上神色更變不似往常待要问他又知他素日性格不敢突

然相问只得睡了至次日五更贾璉就起来要往总理内庭都捡點太監裘世安家来打听事務因太早了見桌上有昨日送来的抄报便拿起来閑看第一件吏部奏請急選郎中奉旨照例用事第二件是刑部題奏雲南節度使王忠一本新獲私帶神鎗火藥出边事共十八名人犯頭一名鮑音係太師鎮國公賈化家人贾璉想了一想又往下看第三件蘇州刺史李孝一本条劾縱放家奴倚勢凌辱軍民以致因姦不遂殺死節婦事兇犯姓時名福自称係世襲三等職銜賈範家人賈璉看見這一件心中不自在起来待要往下看又恐遲了不能見裘世安的面便穿了衣服也等不得吃東西恰好平兒端上茶来喝了两口便出来騎馬走了平兒收拾了換下的衣服此時凤姐尚未起来平兒因说道今兒夜裡我听着奶奶没睡什么觉我替奶奶捶着好生打个盹兒罷凤姐也不言语平兒料着這意思是了便爬上炕来坐在身边輕輕的捶着那凤姐剛有要睡之意只听那边大姐兒哭了凤姐又將眼睁開平兒連向那边叫道李媽你到底是怎么着呢姐兒哭了你到底拍着他些你也忒愛睡了那边李媽從夢中驚醒听得平兒如此说心中没好氣狠命的拍了几下口裡嘟嘟囔囔的駡道真真的小短命鬼兒放着屍不挺三更半夜嚎你娘的喪一面说一面咬牙便向那孩子身上擰了一把那孩子哇的一声大哭起来凤姐听見说了不得你听听他該挫磨孩子了你過去把那黑心老婆子下死

劲的打他几下子把妞〻抱過来罷平兒咲道奶〻别生氣他那裡敢挫磨妞兒只怕是不隄防磞了一下子也是有的這会子打他几下子没要緊明兒叫他们背地裡嚼舌根倒说三更半夜的打人了凤姐听了半日不言语長嘆一声说道你瞧〻這会子不是我十旺八旺的呢明兒我要是死了撂下這小孽障还不知怎麽樣呢平兒咲道奶〻這是怎麽说大五更的何苦来呢凤姐冷咲道你那裡知道我是早已明白了我也不久了雖然活了二十五歲人家没見的也見了没吃的也吃了衣祿食祿也算全了所有世上有的也都有了氣也賭盡強也算争足了就是壽字兒上頭缺一點也罷了平兒听说由不的眼圈兒紅了凤姐咲道你這会子不用假慈悲我死了你们只有喜欢的你们一心一计和〻氣〻的過日子省得我是你们眼裡的刺只有一件你们知好歹只疼我那孩子就是了平兒听了越發掉下淚来凤姐咲道别扯你娘的臊那裡就死了呢這麽早就哭起来我不死还叫你哭死了呢平兒见说連忙止哭道奶〻说的這麽叫人傷心一面说一面又搥凤姐後朦朧的睡着平兒方下炕来只听外面脚步響誰知贾璉遲了那裘世安已往上朝去了不遇而回心中正没好氣進来就问平兒道他们还没起来麽平兒回说没有呢贾璉一路摔簾子進来冷咲道好啊這会子还都不起来安心打擂臺打撒手兒一叠声又要吃茶平兒忙倒了一碗茶来原来那些丫頭老婆子見贾璉出了门又復睡了不打谅這会子回来原不曾預備平兒便把

温過的拿了来贾璉生氣举起碗来嗶啷一声摔了个粉碎风姐驚醒唬了一身冷汗嗳喲一声睁開眼只見贾璉氣狠〻的坐在傍边平兒彎着腰拾碗片子呢风姐道你怎庅就回来了問了一声半日不荅應只得又問一声贾璉嚷道你不要我回来叫我死在外頭罷风姐笑道這又是何苦来呢常時我見你不像今兒回来的快問你一声也沒什庅生氣的贾璉又嚷道又沒遇見怎庅不快回来呢风姐笑道沒有遇見少不得奈煩些明日再去早些兒自然遇見了贾璉嚷道我可不吃着自己的飯替人家赶獐子呢我這裡一大堆的事沒个動秤兒的沒来由爲人家的事瞎鬧了這些日子当什庅呢正经那有事的人还在家裡受用死活不知还听見説要鑼鼓喧天的擺酒唱戲做生日呢我可瞎跑他娘的腿面說一面往地下啐了一口又罵平兒风姐听了氣的乾咽要和他分証想了一想又忍住了勉強陪笑道何苦来生這庅大氣大清早起和我叫喊什庅誰叫你應了人家的事你既應了只得耐煩些〻少不得替人家辦〻也沒見這个人自己有爲难的事还有心腸唱戲擺酒的鬧贾璉道你可說庅你明兒倒也問〻他风姐詫異道問誰贾璉道問你哥〻风姐道是他嗎贾璉道可不是他还有誰呢风姐忙問道他又有什庅事叫你替他跑贾璉道你还在罈子裡呢风姐道真〻這就奇了我連一个字兒也不知道贾璉道你怎庅能知道呢這个事連太〻和姨太〻还不知道呢頭一件怕太〻和姨太〻不放心二則你身上又常嚷所以我在外頭壓住了不叫裡頭

知道說起來真〻可人惱你〻也不向我〻也不便告訴你你打諒你哥〻行事像个人呢你知道外頭的人都叫他什庅凤姐道叫他什庅賈璉道叫他忘仁凤姐撲哧的一笑他可不叫王仁叫什庅呢賈璉道你打諒是那个王仁嗎是忘了仁義礼智信的那个忘仁哪凤姐道這是什庅人這等刻薄嘴兒遭塌人賈璉道不是遭塌他呢今兒索性告訴你〻也該知道知道你那哥〻的好處到底知道他給他二叔做生日呵凤姐想了一想道嗳喲可是呵我还忘了問你二叔不是冬〻天的生日嗎我记得年〻都是宝兄弟去前者老爺陞了二叔那边送過戲來我还偷〻兒的說二叔為人是最嗇刻的比不得大舅太爺他們各自家裡还烏眼雞是的不庅昨兒大舅太爺沒了你瞧他是个兄弟他还出了个頭兒攬了个事兒嗎所以那一天說起他的生日咱們还他一班子戲省了親戚跟前落虧欠如今這庅早就做生日也不知是什庅意思賈璉道你还作夢呢你哥〻到京接著舅太爺的首尾就闹了一个吊他怕咱們知道攔他所以沒告訴咱們弄了好几千銀子後來二舅嗔著他說他不該一個打尽他吃不住了變了个法兒指著你們二叔的生日撒了个網想著再弄几个錢好打點二舅太爺不生氣也不管親戚朋友冬天夏天的人家知道不知道這丟臉你知道我起早為什庅如今因海疆的事情御史參了一本說是大舅太爺的虧空本員已故應著落其弟王子勝姪兒王仁賠補爺兒兩个急了找了我給他們托人情我見他們嚇的那个樣兒再者又關係太〻和你哥

従應了想着我〻揔理內廷都檢點老裘替辦〻或者前任後任挪移挪移偏又去晚了他進裡頭去了我白起來跑了一躺他们家裡还那裡定戲擺酒呢你說〻叫人生氣不生氣凤姐听了纔知王仁所行如此但他素性要强護短听賈璉如此說便道憑他怎庅樣到底是你的親大舅兒再者這件事死的大爺活的二叔都感激你罷了沒什庅說的我们家的事少不得我低三下四的求你省了帶累別人受氣背地裡罵我說着眼淚便下來了掀開被窩一面坐起來一面挽頭髮一面披衣裳賈璉道你到不用這庅著是你哥〻不是人我並沒說你什庅況且我出去了你身上又不好我都起來了他们还睡着咱们老輩子有這個規矩庅你如〻作好〻先生不管事了我說了一句你就起來明兒我要嫌這些〻人難道你都替了他们庅好沒意思啊凤姐听了這些話纔把淚止住了說道天也不早了我也該起來了你~~這~~這庅說的你替他们家在心的辦〻那就是你的情分了再者也不獨為我就是太〻听見也喜欢賈璉道是了知道了大蘿卜还用屎澆平兒道奶〻怎庅早起來做什庅那一天奶〻起來不是有一定的時候兒呢爺也不知是那裡的邪火拿著我们出氣何苦來呢奶〻也算替爺掙够了那一點兒不是奶〻擋頭陣不是我說爺把現成的不知吃了多少這会子替奶〻辦了一點子事況且関会着好幾層兒呢就這庅拿糖作醋的起來也不怕人家寒心況且這也不單是奶〻的事呀我们起遲了原該爺生氣左右到底是奴才呀奶〻跟前儘着

身子累的成了個病色兒了這是何苦來呢說着自己的眼圈兒也紅了那賈璉本是一肚子悶氣那裡見得這對嬌妻美妾又尖利又柔情的話呢便笑道殼了算了罷他一个人就殼使的了不用你帮着左右我是外人多早晚我死了你們就清淨了鳳姐道你也别說那个話誰知道誰怎麽樣呢你不死我还死呢早死一天早心淨說着又哭起来平兒只得又劝了一回那时天已大亮日影横窗賈璉也不便再說站起来出去了這裡鳳姐自己起来正在梳洗忽見王夫人那边小丫頭過来道太〻說了叫問二奶〻今日過舅太爺那边去不去要去說叫二奶〻同着宝二奶〻一路去呢鳳姐因方纔一段話已经灰心喪意恨娘家不給争氣又兼昨夜園中受了那一驚也実在没精神便說道你先回太〻去我还有一兩件事没辦清今日不能去况且他們那又不是什麽正经事宝二奶〻要去各自去罷小丫頭答應着回去回覆了不在話下且說鳳姐梳了頭换了衣服想了想虽然自己不去也該帶个信兒再者宝釵还是新媳婦出門子自然要去照應照應的於是見過王夫人支吾了一件事便過来到宝玉房中只見宝玉穿着衣服歪在炕上兩个眼睛呆〻的看宝釵梳頭鳳姐站在门口还是宝釵回頭看見了連忙起身讓坐宝玉也爬起来鳳姐纔笑嘻〻的坐下宝釵因說麝月道你們瞧着二奶〻進来也不言語声兒麝月笑着道二奶〻頭裡進来就擺手兒不叫言語麽鳳姐因向宝玉道你还不走等什麽呢没見這麽大人了还是這麽小孩子氣人家各自梳頭你爬在傍边看什麽成

日家一塊子在屋裡还看不彀嗎也不怕丫頭們咲話說着唬的一咲又瞅着他咂嘴兒宝玉虽也有些不好意思还不理会把个宝釵直臊的滿臉飛紅又不好听着又不好說什么只见襲人端過茶来只得搭赸着自已遞了一袋烟风姐咲着站起来接了道二妹〻你别管我们的事你快穿衣服罷宝玉一面也搭赸着找這个弄那個风姐道你先去罷那裡有个爺們等着奶〻們一塊兒走的理呢宝玉道我只是嫌我這衣裳不大好不如前年穿着老太〻的那件雀金泥好风姐因慪他道你為什么不穿宝玉道穿着太早些风姐忽然想起自悔失言幸虧宝釵也和王家是内親只是那些丫頭們跟前已經不好意思了襲人却接着說道二奶〻还不知道呢就是穿得也不穿了风姐道這是什么原故襲人道告訴二奶〻真〻的我們這位爺行的事都是天外飛来的那一年因二舅太爺的生日老太〻給了他這件衣裳誰知那一天就燒了我媽〻病重了我沒在家那时候还有晴雯妹〻呢听見說病着整給他縫了一夜第二天老太〻纔沒瞧出来呢去年那一天上學天冷我叫焙茗拿了去給他披〻誰知這位爺見了這件衣裳想起晴雯来了說總不穿了叫我給他收一輩子呢风姐不等說完便道你提晴雯可惜了兒的那孩子模樣兒手兒都好就只嘴頭子利害些偏〻兒的太〻不知听了那裡的謠言活〻兒的把个小命兒要了还有一件事那一天我瞧見厨房裡柳家的女人他女孩兒叫什么五兒那丫頭長的和晴雯脫了个影兒我心裡要叫他進来後来我问他媽

他媽說是很願意我想着寶二爺屋裡的小紅跟了我去我還沒還他呢就把五兒補過來罷平兒說太太那天說了凡像那个樣兒的都不叫派到寶二爺屋裡呢我所以也就擱下了這如今寶二爺也成了家了還怕什麼呢不如我就叫他進來可不知寶二爺願意不願意要想着晴雯只瞧見這五兒就是了寶玉本要走聽見這些話又獃了襲人道為什麼不願意早就要弄進來的只因太太的話說的結實罷了鳳姐道那麼着明兒我就叫他進來太太的跟前有我呢寶玉聽了喜不自勝纔走到賈母那邊去了這裏寶釵穿衣服鳳姐見他兩口恩愛纏綿想起賈璉方纔那種光景甚實傷心坐不住便起身向寶釵笑道我和你到太太屋裡去罷笑着出了房門一同來見賈母寶玉正在那裡回賈母往舅舅家去賈母點頭說道去罷只是少吃酒早些回來你身子纔好些寶玉答應着出來剛走到院內又轉身回來向寶釵耳邊說了几句不知什麼寶釵笑道是了你快去罷將寶玉催着去了這裡賈母和鳳姐寶釵說了沒三句話只見秋紋進來傳說二爺打發焙茗回來說請二奶奶寶釵說道他又忘了什麼又叫他回來秋紋道我叫小丫頭問了焙茗說是二爺忘了一句話二爺叫我回來告訴二奶奶若是去呢快些來罷若不去呢別在風地裡站着說的賈母鳳姐並地下站着的老婆子丫頭都笑了寶釵的臉上飛紅把秋紋啐了一口說道好個糊塗東西這也值的這麼慌慌張張跑了來說秋紋也笑着回去叫小丫頭去罵焙茗焙茗一面跑着一面回頭說道二爺把我巴巴兒的叫下

馬東叫回來說我若不說回來对出來又罵我了這会子說了他们又罵我那丫頭哭着跑回來說了賈母问

宝釵道你去罷省了他怎麽不放心說的宝釵站不住又被风姐逼着禍哭没好意思纔走了只見散花寺的姑子大

了來了給賈母請安見過了风姐坐着吃茶賈母因问他這一向怎麽不來大了道因這幾日廟中作好事有幾位誥

命夫人不時在廟裡起坐所以不得空兒來今兒特來回老祖宗明兒還有一家作好事不知老祖宗高興不高興若

高興也去隨喜隨喜賈母便问做什麽好事大了道前月為王大人府裡不干淨見神見鬼的偏生那太太夜间又看

見去世的老爺因此昨日在我廟裡告訴我要在散花菩薩跟前許願燒香做四十九天的水陸道場保佑家口安

寧亡者昇天生者獲福所以我不得空兒來請老太太的安却說风姐素日最是厭惡這些事自從昨夜見鬼心

中只是疑疑惑惑的如今聽了大了這些話一覺把素日的心性改了一半已有三分信意便问大了道這散花菩薩是

誰他怎麽就能避邪除鬼呢大了見问便知他有些信意說道奶奶要问這位菩薩等我告訴你奶奶知道這个

散花菩薩根基不淺道行非常生在西天大樹園中父母打柴為生養下菩薩來頭長三角眼横四目身長八尺

兩手拖地父母說這是妖精便棄在冰山背後了誰知這山上有一个得道老猢猻出來打食看見菩薩頂上白

氣沖天虎狼遠避知道來歷非常便抱回洞中撫養誰知菩薩帶了來的聰慧禪也会談与猢猻天天談道参

禪說的天花散漫到了一千年後便飛昇了至今山上猶見談經之處天花散漫所求必靈時常顯聖救人苦厄因

此世人纔蓋了廟塑了像供奉着鳳姐道這有什麽憑據呢大了道奶奶又來搬駁了一個佛爺可有什麽憑據呢

就是撒謊也不過哄一兩個人罷咧難道古往今來多少明白人都被他哄了不成奶奶只想惟有佛家香火歷來不絕他

到底是祝國裕民有些靈驗人纔信服啊鳳姐聽了大有道理因道既這麽着我明兒去試試你廟裏可有籤我去求

一籤我心的事籤上批的出來我從此就信了大了道我們的籤最是靈的明兒奶奶去求一籤就知道了賈母道

既這麽着索性等到後日初一你再去求說着大了吃了茶到王夫人各房裏去請了安回去不提這裏鳳姐勉強扎

掙着到了初一清早令人預備了車馬帶着平兒并許多奴僕來至散花寺大了帶了眾姑子接了進去獻茶

後便洗手至大殿上焚香那鳳姐也無心瞻仰聖像一秉虔誠磕了頭舉起籤筒默默的將那見鬼之事并身體不安

等祝告了一回纔搖了三下只聽唰的一聲筒中攛出一支籤來于是叩頭拾起一看只見寫着第三十三籤上上大吉大了忙查

籤簿看時只見上面寫着王熙鳳衣錦還鄉鳳姐一見這幾個字吃一大驚忙問大了道古人也有叫王熙鳳的麽大了道

奶奶最是通今博古的難道漢朝的王熙鳳求官的這一段事也不曉得周瑞家的在傍笑道前年李先兒還說這一回書來

我們還告訴他重着奶奶的名字不許叫呢鳳姐笑道可是呢我倒忘了說着又瞧底下的寫的是

去國離鄉二十年　於今衣錦返家園　蜂採百花成蜜後　為誰辛苦為誰甜　行人至　音信遲　訟宜和　婚再議

看完也不甚明白大了道奶奶大喜這一籤巧得狠奶奶自幼在這裡長大何曾回南京去過如今老爺放了外任或者接家眷來順便回家奶奶可不衣錦还鄉了一面說一面抄了个籤經交與了頭风姐也半疑半信的大了擺了齋來风姐只動了一動放下了要走又恰了手八艮大了苦留不住只得讓他走了风姐回至家中見了賈母王夫人等問起籤來命人一解都歡喜非常或者老爺果有此心咱們走一趟也好风姐見人人這麼說也就信了不在話下卻說宝玉這日正睡午覺醒來不見宝釵正要問時只見宝釵進來宝玉問道那裡去了半日不見宝釵笑道我給风姐姐瞧一回籤宝玉聽說便問是怎麼樣的宝釵把籤帖念了一回又道家中人人都說好的據我看這衣錦还鄉四字裡頭还有原故後來再瞧罷了宝玉道你又多疑了妄解聖意衣錦还鄉四字從古至今都知道是好的今兒偏生你又看出緣故來了依你說這衣錦还鄉还有什麼別的解說宝釵正要解說只見王夫人那邊打發了頭過來請二奶奶宝釵立刻過去未知何事下回分解

紅樓夢第一百二回　寧國府骨肉病災祲　大觀園符水驅妖孽

話說王夫人打發人來喚寶釵寶釵連忙過來請了安王夫人道你三妹妹如今要嫁了你們作嫂子的大家開導開導他也是你們姊妹之情況且他也是個明白孩子我看你們兩個也很合的來只是我聽見說寶玉聽見他三妹妹出門了哭得了不得你也該勸勸他纔是如今我的身子是十病九痛的你二嫂子也是三日好兩日不好你還心地明白些諸事該管的也別說只管吞著不肯得罪人將來這一番家事都是你的擔子寶釵答應著王夫人又說道還有一件事你二嫂子昨兒帶了柳家媳婦的丫頭來說補在你們屋裡寶釵道今日平兒纔帶過來說是太太和二奶奶的主意王夫人道是你二嫂子和我說我想也沒要緊不便駁他的只是一件我見那孩子眉眼兒上頭也不是個很安頓的起先為寶玉房裡的丫頭狐狸是的我攆了幾個那時候你也自然知道纔搬回家去的如今有你固然不比先前了我告訴你不過留點神兒就是了你們屋裡就是襲人那孩子還可以使得寶釵答應了又說了幾句話便過來了飯後到了探春那邊自有一番殷勤勸慰之言不必細說次日探春將要起身又來辭寶玉寶玉自然難割難分探春倒將綱常大體的話說的寶玉始而低頭不語後來轉悲作喜似有醒悟之意於是探春放心辭別眾人竟上轎登程水陸舟車而去先前眾姊妹都住在大觀園中後來賈妃薨後也不修葺到了寶玉娶親林黛玉一死史湘雲回去寶琴在家住著園中人少況兼天氣寒冷李紈姊妹探春惜春等俱挪回舊所到了花朝月夕依舊相約玩耍如今探春一去寶玉病後不出屋門益發沒有高興的人了所以園中寂寞只有幾家看園的人住著

那日尤氏過來送探春起身因天晚省得套車便從前年在園裡開通寧國府的那個便門裡走過去了覺得淒凉滿目臺榭依然女墻一帶都種作園地一般心中悵然如有所失因到家中便有些身上發熱扎掙兩天竟躺倒了日間的發熱猶可夜裡身熱異常便譫語綿綿賈珍連忙請了大夫看視說感冒起的如今纏住入了足陽明胃經所以譫語不清如有所見有了大穢即可安身尤氏服了兩劑並不稍減更加發起狂來賈珍著急便叫賈蓉來打聽外頭有好醫生再請幾位來瞧瞧賈蓉回道前兒這個大夫是最興時的了只怕我母親的病不是藥治得好的賈珍道胡說不吃藥難道由他去罷賈蓉道不是說不治為的是前日母親往西府去回來是穿著園子裡走過來的一到家就身上發燒別是撞客著了罷外頭有個毛半仙是南方人卦起的很靈不如請他來算算看有信兒呢就依著他要是不中用再請別的好大夫來賈珍聽了即刻叫人請來坐在書房內喝了茶便說府上叫我不知占什麼事賈蓉道家母有病請教一卦毛半仙道既如此取淨水洗手設下香案讓我起出一課來看就是了一時下人安排定了他便懷裡掏出卦筒來走到上頭恭恭敬敬的作了一個揖手內搖著卦筒口裡念道伏以太極兩儀絪縕交感圖書出而變化不窮神聖作而誠求必應茲有信官賈某為因母病虔請伏羲文王周公孔子四大聖人鑒臨在上誠感則靈有凶報凶有吉報吉先請內象三爻說著將筒內的錢倒在盤內說有靈的頭一爻就是交拿起來又搖了一搖倒出來說是單第二爻又是交檢起錢來嘴裡說是內爻已示更請外象三爻完成一卦起出來是單拆單那毛半仙收了卦筒和銅錢便坐下問道請坐請坐讓我來細細的看看這個卦乃是未濟之卦世爻是第三爻午火兄弟劫財晦氣是一定該有的如今尊駕

為母問病用神是初爻真是父母爻動出官鬼來五爻上又有一層官鬼我看令堂太夫人的病是不輕的還好還好如今子爻之水休囚寅木動而生火世爻上動出一个子孫來倒是剋鬼的況且日月生身再隔兩日子水官鬼落空交到戌日就好了但是父母爻上變鬼恐令尊大人也有些〻阻礙就是本身世爻比劫過重到了水旺土衰的日子也不好說完了便撚着鬍子坐着賈蓉起先听他搗鬼心裏忍不住要笑听他講的卦理明白又說生怕父親也不好便說道卦是極高明的但不知我母親是什麼病毛半仙道據這卦上世爻午火變水相剋必是寒火凝結若要斷的清楚揲着也不大明白除非用大六壬纔斷的准賈蓉道先生都高明的麼毛半仙道知道些賈蓉便要請教報了一个時辰毛先生便畫了盤子將神將排定算去是戌上白虎這課叫做魄化課大凡白虎乃是凶將乘旺象氣受制便不能為害如〻乘着死神死煞及時令囚死則為餓虎定是傷人就如魄神受驚消散故名魄化這課象說是人身喪魄憂患相仍病多死喪訟有憂驚按象有日暮虎臨必定是傍晚得病的象內說凡占此課必定舊宅有伏虎作怪或有形響如〻尊駕為大人而占正合着虎在陽憂男在陰憂女此課十分凶險呢賈蓉沒有听完唬得面上失色道先生說的很是但與那卦又不大相合到底有妨礙麼毛半仙道你不用慌待我慢〻的再看低着頭又咕噥了一会子便說好了有救星了算出巳上有貴神救解謂之魄化魂歸先憂後喜是不妨事的只要小心些〻就是了賈蓉奉上卦金送了出去回禀賈珍說是母親的病是在舊宅傍晚得的為撞着什麼伏屍白虎賈珍道你說你母親前日從園裡走回來的可不是那裡撞着的你還記得你二嬸娘到園裡去回來就病了他雖沒

有見什麼後來那些丫頭老婆們都說是山子上一个毛烘烘的東西眼睛有燈籠大還会說話他把二奶奶趕回來了唬出一塲病來賈蓉道怎麼不記得我还聽見寶二叔家焙茗說晴雯做了園裡芙蓉花的神了林姑娘死了半空裡有音樂必定他也是管什麼花兒了想這許多妖怪在園裡还了得頭裡人多陽氣重常來常往不打緊如今冷落的時候母親打那裡走还不知踹了什麼花兒呢不然就是撞著那一个那卦也还算是准的賈珍道到底說有妨碍沒有呢賈蓉道據他說到了戌日就好了只願早兩天好或過兩天纔好賈珍道這又是什麼意思賈蓉道那先生若說是這樣準生怕老爺也有些不自在正說著裡頭喊說奶奶要坐起到那边園裡去了頭們都按捺不住賈珍等進去安慰只聞尤氏嘴裡亂說穿紅的來叫我穿綠的來趕我地下這些人又怕又好笑賈珍便命人買些紙錢送到園裡燒化果然那夜出了汗便安靜些到了戌日也就漸漸的好起來由是一人傳十十人傳百都說大觀園中有了妖怪唬得那些看園的人也不修花補樹灌溉菓蔬起先晚上不敢行走以致鳥獸逼人近來甚至日間也是約伴持械而行過了些時果然賈珍也病竟不請醫調治輕則到園化紙許愿重則詳星拜斗賈珍方好賈蓉等相繼而病如此接連數月鬧的兩府俱怕從此風声鶴淚草木皆妖園中出息一槩全蠲各房月例重新添起反弄的榮府中更加拮据那些看園的沒有了想頭个个要離此處每每造言生事便將花妖樹怪編派起來各要搬出將園門封固再無人敢到園中以致崇樓高閣瓊館瑤臺皆為禽獸所棲却說晴雯的表兄吳貴正住在園門口他媳婦自從晴雯死後聽見說作了花神每日晚間便不敢出門這一日吳貴出門買東西回來晚了那媳婦本有些感冒着日間吃錯了藥晚

上要賁到家已经死在炕上外面的人因那媳妇子不大妥当便说妖怪爬过墙来吸了精去死的于是老太太着急的了不得另派了好
些人将宝玉的住房围住巡逻打更这些小丫头们还说有看见红脸的有看见很俊的女人的吵嚷不休唬的宝玉天天害怕亏得宝钗有
把持听见丫头们混说便吓唬着要打所以那些谣言略好些无奈各房的人都是疑人疑鬼的不安静也添了人坐更于是更加了好些食
用独有贾赦不大很信说好好的园子那里有什么鬼怪挑了个风清日暖的日子带了好几个家人手内持着器械到园踹看动静众人劝他不
依到了园中果然阴气逼人贾赦还扎挣前走跟的人都探头缩脑的内中有个年轻的家人心内已经害怕只听呼的一声回过头来只见五
色灿烂的件东西跳过去了唬的嗳哟一声腿子发软就栽倒了贾赦回身查问那小子喘嘘嘘的回道亲眼看见一个黄脸红胡子绿衣
裳一个妖精走到树林子后头山窟窿里去了贾赦听了便也有些胆怯问道你们都看见么有几个推顺水船儿的回说怎么没瞧见
因老爷在头里不敢惊动罢了奴才们还掌得住说得贾赦害怕也不敢再走急急的回来吩咐小子们不用提及只说看遍了没有
什么东西心里实也相信要到真人府里请法官驱邪岂知那些家人无事还要生事今见贾赦怕了不但不瞒着反添些穿凿说
得人人吐舌贾赦没法只得请道士到园作法驱邪逐妖择吉先在省亲正殿上铺排起坛场来供上三清圣像旁设二十八宿并赵马
温周四大将排下三十六天将图像香花灯烛设满一堂钟鼓法器排列两边插着五方旗号道纪司派定四十九位道众的执事净了一天坛
三位法官行香取水然后擂起法鼓法师们俱戴上七星冠披上九宫八卦的法衣踏着登云履手执牙笏便拜表请圣又念了一天的消

史驅邪接福的问元経已後便出牓召将牓上大書太乙混元上清三境靈宝符録演教大法师行文勅令本境诸神到壇听用那日两府上下爺們伏着法师擒妖都到园中观看都说好大法令呼神遣将的闹起来不管有多少妖怪也唬跑了大家都擠到壇跟前只见小道士们将旗旛举起按定五方站住伺候法师号令三位法师一位手提宝劍拿着法水一位捧着七星皂旗一位举着桃木打妖鞭立在壇前只听法器一停上頭令牌三下口中念起咒来那五方旗便团已散布法师下壇叫本家領着到各处楼阁殿亭房廊屋舍山崖水畔灑了法水将劍指畫了一回回来連擊令牌将七星旗發起衆道士将旗旛一聚接下打妖鞭望空打了三下本家衆人都道拿住妖怪爭着要看及到跟前並不见有什麽形響只见法师叫衆道士拿取瓶罐將妖收下加上封條法师硃筆書符收起令人帶回在本观塔下鎮住一面撤壇謝將賈赦恭敬叩謝了法师賈蓉等小弟兄背地都笑个不住说這樣的大排場我打量拿着妖怪給我们瞧已到底是些什麽東西那裡知道是這樣捜羅究竟妖怪拿去了沒有賈珍听见罵道糊塗東西妖怪原是聚則成形散則成氣如个多少神将在這裡还敢現形嗎无非把這妖氣收了便不作祟就是法力了衆人將信將疑且等不见響動再说那些下人只知妖怪被擒疑心去了便不大驚小怪往後果然沒人提起了賈珍等病愈復原都道法师神力独有一个小厮笑说道頭裡那些響動我也不知道就是跟着大老爺進园這日明明是个大公野雞飛過去了拴兒嚇離了眼说的活像我们都替他圓了个謊大老爺就認真起来倒瞧了个很熱闹的壇場衆人虽然听见那裡肯信究无人敢住一日賈赦无事正想要叫几个家下人搬住园中看守惟恐夜间藏

匪奸人方敢傳出話去只見賈璉進來請了安回說今日到大舅家去聽見一个荒信說是二叔被節度使參進來為的是失察屬員重徵糧米請旨革職的事賈政聽了吃驚道只怕是謠言罷前兒你二叔帶書子來說探春於某日到了任所擇了某日吉時送你妹子到了海疆路上風恬浪靜合家不必掛念還說節度認親倒設席賀喜那裡有做了親戚倒提參起來的且不必言語快到吏部打聽明白就來回我賈璉即刻出去不到半日回來便說纔到吏部打聽果然二叔被參題本上去虧得皇上的恩典沒有交部便下旨意說是失察屬員重徵糧米苛虐百姓本應革職姑念初膺外任不諳吏治被屬員蒙蔽著降三級加恩仍以工部員外上行走并令即日回京這信是准的正在吏部說話的時候來了一个江西引見的知縣說起我們二叔是很感激的但說是个好上司只是用人不當那些家人在外招搖撞騙欺凌屬員已經把好名聲都弄壞了節度大人早已知道也說我們二叔是个好人不知怎麼樣這回又參了想是忒鬧得不好恐將來弄出大禍所以借了一件失察的事情參的倒是避重就輕的意思也未可知賈政未聽說完便叫賈璉先去告訴你嬸子知道且不必告訴老太太就是了賈璉去回王夫人未知有何話說下回分解

紅樓夢第一百三回

施毒计金桂自焚身　昧真禪雨村空遇舊

話说贾璉到了王夫人那边々々的说了次日到了部裡打點停妥回来又到王夫人那边将打點吏部之事告知王夫人王夫人便道打听准了庅果然這樣老爺也願意合家也放心那外任何嘗是做得的不是這樣回来只怕叫那些混賬東西把老爺的姓命都坑了呢贾璉道太々怎庅知道王夫人道自從你二叔放了外任並沒有半个錢拿回来把家裡的倒掏摸了好些去了你瞧跟老爺去的人他男人在外頭不多几時那些々小老婆子们都金頭銀面的粧扮起来了可不是在外頭瞒着老爺弄錢你叔々就由着他们鬧去要弄出事来不但自己的官做不成只怕連祖上的官也要抹掉了呢贾璉道太々说的很是方纔我听見恭了嚇的了不得直等打听明白纔放心也願意老爺做个京官安々逸々的做几年纔保的住一輩子声名就是老太々知道了倒也是放心的只要太々说的寛緩些々王夫人道我知道你倒底再去打听打听贾璉答應了纔要出来只見薛姨媽的老婆子慌々張々的走来到王夫人裡間屋內也沒说請安便道我们太々叫我来告訴這裡的姨太々说我们家了不得了又鬧出事来了王夫人听了便問鬧出什庅事来那婆子又说了不得了不得王夫人哼道糊塗東西有緊要事你到底说呼婆子便说我们家二爺不在家一个男人也沒有這件事情怎庅辦要求太々打發几位爺们去料理料理王夫人听着不懂便着急道到底要爺们去幹什庅婆子道我们大奶々死了王夫人听了啐道呸那行子女人死就死了罷咧也值的大驚小怪的婆子道不是好々兒死的是混鬧死的快求太々打發人去辦々说着就要走王夫人又生氣又好笑说這老婆子好混賬璉哥兒倒不如你去瞧々别理那糊塗東西那婆子沒听見打發人去只听見别理他々便賭氣跑回去了這裡薛姨媽正在着急再不見来好容易那婆子来了便問姨老爺打發

誰来婆子嘆説道人再別有急難事什庅好親好眷看来也不中用姨太〻不但不肯照應我們倒罵我糊塗薛姨媽听了又氣又急道姨太〻不管你姑奶〻怎庅説来着婆子道姨太〻既不管我們家的姑奶〻自然更不管了沒有去告訴薛姨媽啐道姨太〻是外人姑奶〻是我養的怎庅不管婆子一時省悟道是啊這庅着我还去正説着只見賈璉来了給薛姨媽請了安道了惱回説我嬸子知道弟婦死了問老婆子再説不明着急的很打發我来問个明白还叫我在這裡料理該怎庅樣姨太〻只管説了辦去薛姨媽本来氣的乾哭听見賈璉的話便赶忙説倒叫二爺費心我説姨太〻是待我最好的都是這老货説不清几乎誤了事請二爺坐下等我慢〻的告訴你便説不為別的事為的是媳婦不是好死的賈璉道想是為兄弟犯事怎命死的薛姨媽道若這樣倒好了前几个月頭裡他天〻赤脚蓬頭的瘋鬧後来听見你兄弟問了死罪他虽哭了一塲已後倒擦胭抹粉的起来我要説他又要吵个了不得我揔不理他有一天不知為什庅来要香菱去作伴兒我説你放着宝蟾要香菱做什庅况且香菱是你不愛的何苦惹氣呢他必不依我沒法兒只得叫香菱到他屋裡去可憐香菱不敢違我的話帶着病就去了誰知這他待香菱很好我倒喜欢你大妹〻知道了説只怕不是好心罷我也不理会頭几天香菱病着他倒親手去做湯給他喝誰知香菱沒福剛端到跟前他自己燙了手連碗都砸了我只説必要遷怒在香菱身上他倒沒生氣自己还拿笤帚掃了拿水潑淨了地仍旧兩个人很好昨兒晚上又叫宝蟾去做了兩碗湯来自己説和香菱一塊喝隔了一会子听見他屋裡鬧起来宝蟾急的乱嚷已後香菱也嚷着扶着墻出来叫人我忙着看去只見媳婦鼻子眼睛裡都流出血来在地下乱滚兩隻手在心口裡乱抓兩隻脚乱蹬把我就嚇死了問他也説不出来鬧了一会子就死了我瞧那个光景兒是服了毒的宝蟾就哭着来揪香菱説他拿藥〻死奶〻了我看香菱也不是這樣人再者他病的起还起不来怎庅能藥人呢無奈宝蟾一口咬定我的二爺這叫我怎庅辦只得硬着心腸叫老婆子們把香菱捆了交給宝蟾便把房门反扣了我和你二奶

妹守了一夜等府裡的门開了纔告訴去的二爺你是明白人這件事怎麽好賈璉道夏家知道了沒有薛姨媽道也得撕擄明白了纔好報啊賈璉道據我看起
來必要經官纔了得下來我們自然疑在寶蟾身上別人却說寶蟾為什麽藥死他姑娘呢若說在香菱身上倒還裝得上正說着只見榮府的女人們進來說我們二奶奶
來了賈璉雖是大伯子因從小兒見的也不迴避寶釵進來見了母親又見了賈璉便往裡間屋裡和寶琴坐下薛姨媽進來也將前事告訴了一遍寶釵便說若把香菱捆了
可不是我們也說是香菱藥死的了麽媽媽說這湯是寶蟾做的就該捆起寶蟾來問他呀一面就該打發人報夏家去一面報官纔是薛姨媽聽見有理便問賈璉賈璉
道二妹子說的很是報官還得我去托了刑部裡的人相驗問口供的時候方有照應只是要捆寶蟾蟾放香菱倒怕難些薛姨媽道並不是我要捆香菱我恐怕香菱病
中受冤着急一時尋死又添了一條人命纔捆了交給寶蟾也是個主意賈璉道雖是這麽說我們倒幫了寶蟾了若要放都放要捆都捆他們三個人是一處的只要叫
人安慰香菱就是了薛姨媽便叫人開门進去寶釵就派了帶來的幾個女人幫着捆寶蟾只見香菱已哭的死去活來寶蟾反得意洋洋以後見人要捆他便亂嚷起來那禁
得榮府的人吆喝着也就捆了賈開着门好叫人看着這裡報夏家的人已經去了那夏家先前不住在京裡因近年消索又惦記女孩兒新近搬進京來父親已
沒只有母親又過繼了一個混賬兒子把家業都花完了不時的常到薛家那金桂原是個水性人兒那裡守得住空房況兼天天心裡想念薛蟠便有些飢不擇食的光
景無奈他這一干兄弟又是個蠢貨雖也有些知覺只是尚未入港所以金桂時常回去也幫貼他些銀錢這些時正盼金桂回家只見薛家的人來心裡想着又拿什麽東西
來了不料說這裡的姑娘服毒死了他就氣的亂嚷亂叫金桂的母親聽見了更哭喊起來說好端端的女孩兒在他家為什麽服了毒呢哭着喊着的帶了兒子也
等不得僱車便要走來那夏家本是買賣人家如今沒了錢那顧什麽臉面兒子頭裡走他就跟了個破老婆子出了门在街上哭哭啼啼的僱了一輛車一直跑到薛

家進门也不搭话就兒声肉声的闹起那时賈璉到刑部去托人家裡只有薛姨媽宝釵宝琴何曾兒過這个陣仗兒嚇的不敢則声要和他講理他也不聽只說我女孩兒在你家得過什麽好处兩口子朝打暮罵闹了几時还不容他兩口子在一处你們商量着把我女婿弄在監裡永不見面你們娘兒們仗着好親戚受用也罷了还嫌他碍眼叫人藥死他倒說是服毒他為什麽服毒說着直奔薛姨媽来薛姨媽只得退後說親家太〻且瞧〻你女孩兒问〻宝蟾再說歪話还不遲呢宝釵宝琴因外面有夏家的兒子难以出来攔護只在裡边着急恰好王夫人打發周瑞家的照看一進门来見个老婆子指着薛姨媽哭罵周瑞家的知道必是金桂的母親便走上来說這位是親家太〻麽大〻自己服毒死的与我們姨太〻什麽相干也不犯這麽遭塌呀那金桂的母親问你是誰薛姨媽見有了人胆子略壯了些便說這就是我們親戚賈府裡的金桂的母親便道誰不知道你們有仗腰子的親戚纔能彀叫姑爺坐在監裡如今我的女孩兒倒白死了不成說着便拉薛姨媽說你到底把我女孩兒怎麽弄殺了給我瞧〻周瑞家的一面劝說只管瞧去不用拉〻扯〻把手只一推夏家的兒子便跑進来不依道你仗着府裡的勢頭兒来打我母親麽說着便將椅子打去却没有打着裡頭跟宝釵的人听見外頭闹起来赶着来瞧恐怕周瑞家的吃虧齊打夥兒上去半劝半喝那夏家的母子索性撒起潑来說知道你們榮府的勢頭兒我們家的姑娘已經死了如今也都不要命了說着仍奔薛姨媽拚命地下的人雖多那裡攔得住自古說的一人拚命萬夫莫当正闹到危急之際賈璉帶了七八个家人進来見是如此便叫人先把夏家的兒子拉出去便說你們不許闹有話好好兒的說快將家裡收拾收拾刑部裡的老爺們就来相驗了金桂的母親正在撒潑只見来了一位老爺几个在頭裡吆喝那些人都垂手侍立金桂的母親見這个光景也不知是賈府何人又見他兒子已被眾人揪住又听見說刑部来驗他心裡原想看見女孩兒的屍首先闹个稀爛再去喊官不承望這裡先報了官也便

軟了些薛姨媽已滿糊塗了還是周瑞家的回說他們來了也沒去瞧瞧他們姑娘便作踐起姨太太來了我們為好勸他那裡跑進一個野男人在奶奶們裡頭混鬧撒村混打這可不是沒有王法了賈璉道這會子不用和他講等回來打着問他說男人有男人的地方兒裡頭都是些姑娘奶奶們況且有他母親還瞧不見他們姑娘麼他跑進來不是要打搶來了麼家人們便好做好歹壓伏住了周瑞家的仗着人多便說夏太太你不懂事既來了該問個青紅皂白你們姑娘自己服毒死了不然就是寶蟾藥死他主子了怎麼不問明白又不看屍首就想訛人來了呢我們就肯叫一個媳婦兒白死了不成現在把寶蟾捆着因為你們姑娘必要點病兒所以叫香菱陪着他也在一個屋裡住故此兩個人都看守在那裡原等你們來眼看着刑部相驗問出道理來纔是啊金桂的母親此時勢孤也只得跟着周瑞家的到他女孩兒屋裡只見滿臉黑血直挺挺的躺在炕上便叫哭起來寶蟾見是他家的人來便哭喊說我們姑娘好意待香菱叫他在一塊兒住他倒抽空兒藥死我們姑娘那時薛家上下人等俱在便齊聲吆喝道胡說昨日奶奶喝了湯纔藥死的這湯可不是你做的寶蟾道湯是我做的端了來我有事走了不知香菱起來放了些什麼在裡頭藥死的金桂的母親沒聽完就奔香菱眾人攔住薛姨媽道這樣子是砒霜藥的家裡決無此物不管香菱寶蟾終有替他買的回來刑部少不得問出來纔賴不去如今把媳婦權放平正好等官來相驗眾婆子上來抬放寶釵道都是男人進來你們將女人動用的東西檢點檢點只見炕褥底下有一個揉成團的紙包兒金桂的母親瞧見便拾起打開看時並沒有什麼便撩開了寶蟾看見道可不是有了憑據了這個紙包兒我認得頭幾天耗子鬧得慌奶奶家去找舅爺要的拿回來擱在首飾匣內必是香菱看見了拿來藥死奶奶的若不信你們看看首飾匣裡還有不有金桂的母親便依着寶蟾的話取出匣子來只有幾支銀簪子薛姨媽便說怎麼好些首飾都沒有了寶釵叫人打開箱櫃俱是空的便道嫂子這些東西被誰拿去這可要問

宝蟾金桂的母親心裡也虛了好些見薛姨媽查問宝蟾便説姑奶的東西他那裡知道周瑞家的道親家太々别這庅説庅我知道宝姑奶是天々跟着大
奶々的怎庅説不知道宝蟾見問得緊又不好胡賴只得説道奶々每々自己帶回家去我當得庅衆人便説好个親家太々哄着拿姑奶的東西哄完了叫他尋死來
訛我們好罷咧回來相驗就是這庅説宝釵叫人到外頭告訴璉二爺説别放了夏家的人裡頭金桂的母親忙了手腳便駡宝蟾道小蹄子别嚼舌頭了姑奶几
時拿東西到我家去宝蟾道如今東西是小給姑奶償命是大宝琴道有了東西就有償命的人了快請璉二哥々問準了夏家的兒子買砒霜的話回來好回刑部裡
的話金桂的母親着了急道這宝蟾必是撞見鬼了混説起來我們姑奶何嘗買過砒霜要這庅説必是宝蟾藥死的了宝蟾急的亂嚷説别人賴我也罷了怎庅
你們也賴起我來呢你們不是常和姑奶説叫他别受委屈閙得他們家破人亡那時將東西捲包兒一走再配一个好姑爺這个話是有的没有金桂的母親
還未及答言周瑞家的便接口説道這是你們家的人説的還賴什庅呢金桂的母親恨的咬牙切齒的駡宝蟾説我待他不錯呀為什庅你倒拿話來葬送
我呢回來見了官我就説是你藥死姑奶的宝蟾氣的瞪着眼説請太々放了香菱罷不犯着白害别人我見官自有我的話宝釵聽出這个話頭兒來了便
叫人反倒放開了宝蟾説你原是个爽快人何苦白冤在裡頭你有話索性説了大家明白豈不完了事了呢宝蟾也怕見官受苦便説我們奶々天々抱怨説我這
樣人為什庅碰着這个瞎眼的娘不配給二爺偏給了這庅个混賬東西要是能够和二爺過一天死了也是愿意的説到那裡便恨香菱我起初不理會後來看見
和香菱好了我只道是香菱怎庅哄轉了不承望昨兒的湯不是好意金桂的母親接説道越發胡説了若是要藥香菱為什庅倒藥死了自己呢宝釵
便問道香菱昨日你喝湯來着没有香菱道頭几天我病的抬不起頭來奶々叫我喝我不敢説不喝剛要扎掙起來那碗湯已經洒了倒叫奶々收拾

丁難我心裡很過不去昨兒聽見叫我喝湯我喝不下去沒有法兒正要喝的時候兒偏又頭暈起來見寶蟾姐姐端了去我正喜歡剛合上眼奶奶自己喝着湯叫我嚐嚐我便勉強也喝了兩口寶蟾不待說完便道是了我老實說罷昨兒奶奶叫我做兩碗湯說是和香菱同喝的我氣不過心裡想着香菱那裡配我做湯給他喝我故意的一碗裡頭多抓了一把鹽記了暗記兒原想給香菱喝的剛端進來奶奶却攔着我叫外頭叫小子們僱車說今日回家去我出去說了回來見鹽多的這碗湯在奶奶跟前呢我恐怕奶奶喝着鹹又要罵我正沒法的時候奶奶往後頭走動我眼錯不見就把香菱這碗湯換過來了也是合該如此奶奶回來就拿了湯去到香菱床邊喝着說你到底嚐嚐那香菱也不覺鹹兩個人都喝完了我正笑香菱沒嘴道兒那裡知道這死鬼奶奶要算計香菱必定趁我不在將砒霜撒上了也不知道我換碗這可就是天理昭彰自害自身了於是眾人往前後一想真正一絲不錯便將香菱也放了扶着他仍舊睡在床上不說香菱得放且說金桂的母親心虛事實還想辯賴薛姨媽等你言我語反要他兒子償還金桂之命正然吵嚷賈璉在外嚷說不用多說了快收拾停當刑部的老爺就到了此時惟有夏家母子着忙想來總要吃虧的反求薛姨媽道千不是萬不是總是我死的女孩兒不長進這也是他自作自受要是刑部相驗到底府上臉面也不好看求親家太太息了這件事罷寶釵道那可使不得已經報了怎麼能息呢周瑞家的等人大家做好做歹的勸說若要息事除非夏親家太太自己出去攔驗我們不提長短罷了賈璉在外也將他兒子嚇住他情願迎到刑部具結攔驗眾人依允薛姨媽命人買棺成殮不題且說賈雨村陞了京兆府尹兼管稅務一日出都查勘開墾地畝路過知機縣到了急流津正要渡過彼岸因待人夫暫且停轎只見村旁有一座小廟牆壁坍頹露出幾株古松倒也蒼老雨村下轎閒步進廟但見廟內神像金身脫落殿宇歪斜旁有斷碣字跡模糊也看不明白意欲行至後殿只見一株翠

栢下蔭着一間茅廬々中有个道士合眼打坐雨村走近看時面貌甚熟想着倒像在那裡見過的再想不起來從人便欲吆喝雨村止住徐步向前叫一声老道那道士双眼略啟微々的笑道貴官何事雨村便道本府出都查勘事件路過此地見老道靜修自得想來道行深通意欲冒昧請教那道人説來自有地去自有方雨村知是有些來歷的便長揖請問老道從何處焚修在此結廬此廟何名共有幾人或欲真修豈無名山或欲結緣何不通衢那道人道葫蘆尚可安身何必名山結舍廟名久隱斷碣猶存形影相隨何須修募豈似那玉在匱中求善價釵於奩內待時飛之輩耶雨村原是个穎悟人初听見葫蘆兩字後聞釵玉一對忽然想起甄士隱的事來重復將道士端詳一回見他容貌依然便屏退從人問道君家莫非甄老先生麽那道人微微笑道什麽真什麽假要知道真即是假々即是真雨村聽説出賈字來益發無疑便從新施禮道學生自蒙慨贈到都託庇獲雋公車受任貴鄉始知老先生超悟塵凡飄舉仙境學生雖溯洄思切自念風塵俗吏未由再覲仙顏今何幸於此處相遇求老仙翁指示愚蒙倘荷不棄京寓甚近學生當得供奉得以朝夕聆教那道人也站起來回禮道我於蒲團之外不知天地間尚有何物適纔尊官所言貧道一概不解説畢依舊坐下雨村復又心疑想去若非士隱何貌言相似若此離別來十九載面色如舊必是修煉有成未肯將前身説破但我既遇恩公又不可當面錯過看來不能以富貴動之那妻女之私更不必説了想罷又道仙師既不肯説破前因弟子於心何忍正要下禮只見從人進來稟説天色將晚快請渡河雨村正無主意那道人道請尊官速登彼岸見面有期遲則風浪頓起果蒙不棄貧道他日尚在渡頭候教説畢仍合眼打坐雨村無奈只得辭了道人出廟正要過渡只見一人飛奔而來未知何人下回分解

紅樓夢第一百四回　醉金剛小鰍生大浪　痴公子餘痛觸前情

話說賈雨村剛欲過渡見有人飛奔而來跑到跟前口稱老爺方纔進的那廟火起了雨村回首看時只見烈焰燒天飛灰蔽日雨村心想這也奇怪我纔出來走不多遠這火從何而來莫非士隱遭劫於此欲待回去又恐悞了過河若不回去心下又不安想了一想便問道你方纔見那老道士出來了沒有那人道小的原隨老爺出來因腹內疼痛畧走了一走回頭看見一片火光原來就是那廟中火起特趕來禀知老爺並沒有見人出來雨村雖則心裡狐疑究竟是名利關心的人那肯回去看視便叫那人你在這裡等火滅了進去瞧那老道在与不在即來回禀那人只得答應了伺候雨村過渡仍自去查看查了幾處遇公館便自歇下明日又行一程進了都門衆衙役接着前呼後擁的走着雨村坐在轎內聽見轎前開路的人吵嚷雨村問是何事那開路的拉了一個人過來跪在轎前禀道那人酒醉不知迴避反沖突過來小的吆喝他他倒恃酒撒潑躺在街心說小的打了他了雨村便道我是管理這裡地方的你們都是我的子民知道本府經過喝了酒不知退避還敢撒賴那人道我喝酒是自己的錢醉了躺的是皇上的地就是大人老爺也管不得雨村怒道這人目無法紀問他叫什麼名字那人回道我叫醉金剛倪二雨村聽了生氣叫人打這東西瞧他是金剛不是手下把倪二按倒着實的打了幾鞭子倪二負痛酒醒求饒雨村在轎內哈哈笑道原來是這麼個金剛我且不打你叫人帶進衙門裡慢慢的問你衆衙役答應拴了倪二拉着就走倪二哀求也不中用

雨村進内覆旨回帶那裡把這件事放在心上那街上看熱鬧的三三兩兩傳說倪二仗着有些力氣恃酒訛人今兒碰在賈大人手裡只怕不輕饒的這話已傳到他妻女耳边那夜果等倪二不見回家他女兒便到各处賭場尋覓那賭博的都是這麼說他女兒哭了衆人都道你不用着急那賈大人是榮府的一家榮府裡的一个什麼二爺和你父親相好你同你母親去找他說个情就放出来了倪二的女兒想了一想果然我父親常說間壁賈二爺和他好爲什麼不找他去趕着回來就和母親說了娘兒兩个去找賈芸那日賈芸恰好在家見他母女兩个過来便讓坐賈芸的母親便命倒茶倪家母女將倪二被賈大人拿去的話說了一遍求二爺說个情兒放出来賈芸一口應承說這算不得什麼我到西府裡說一聲就放了那賈大人全仗着西府裡纔得做了這麼大官只要打發个人去一說就完了倪家母女歡喜回来便到府裡告訴了倪二叫他不用忙已經求了賈二爺他滿口應承討个情便放出来的倪二聽了也喜歡不料賈芸自從那日給鳳姐送禮不收不好意思進来也不常到榮府那榮府的門上原看着主子的行事叫誰走動纔有些休面一時来了他便進去通報若主子不大理了不論本家親戚他一概不回支回去就完事那日賈芸到府說給璉二爺請安門上的說二爺不在家等回来我們替回罷賈芸欲要說請二奶奶的安又恐門上厭煩只得回家又被倪家母女催逼着說二爺常說府上的不論那个衙門說一聲兒誰敢不依如今還是府裡的一家兒又不爲什麼大事這个情還討不来白是我們二爺了賈芸臉上下不来嘴裡還說硬話昨兒我們家裡有事沒打發人說去少不得今兒說了就放什麼大不了的事

倪家母女只得听信岂知贾芸近日大门竟不得进去绕到後頭要進园内找宝玉不料园门鎖著只得垂頭丧氣的回来想
起那年倪二借銀买了香料送他纔派我種樹如今我没錢打點就把我拒絕那也不是他的能為拿著太爺留下的公中銀錢在
外放加一錢我们窮当家兒要借一两也不能他打諒保得住一輩子不窮的了那裡知道外頭的名声兒很不好我不說罷了若說
起来人命官司不知有多少呢一面想著来到家中只見倪家母女正等著呢贾芸無言可支便說是西府裡已經打發人說了只
言贾大人不依你还求我们家的奴才周瑞的親戚冷子興去纔中用倪家母女听了說二爺這樣体面爺们还不中用若是奴才
是更不中用了贾芸不好意思心裡發急道你不知道如今的奴才比主子強多著呢倪家母女听来無法只得冷笑幾声說
這倒难為二爺白跑了這几天等我们那一个出来再道謝罷說畢出来另托人将倪二弄出来了只打了几板也没有什么罪
倪二回家他妻女将贾家不肯說情的話說了一遍倪二正喝著酒便生氣要找贾芸說這小雜種没良心的東西頭裡他没飯吃
要到府内鑽謀事辦虧我倪二爺幫了他如今我有了事他不管好罷咧要是我倪二鬧起来連两府裡都不干净他妻女忙劝
道嗳你又喝了黄湯就是這麼有天没日頭的前兒可不是醉了鬧的乱子捱了打还没好呢你又鬧了倪二道捱了打就怕他不成
只怕拿不著由頭兒我在监裡的時候兒倒認得了好几个有義氣的朋友听見他们說起来不独是城裡姓贾的多外省姓
贾的也不少前兒监裡收下了好几个贾家的家人我倒說這裡的贾家小一輩子連奴才们雖不好他们老一輩的还好怎

麽把了事呢我打听了打听說是和這裡賈家是一家兒都住在外省審明白了解進來問罪的我纔放心若說賈二這小子他忘恩負義我就和幾個朋友說他家怎麽欺負人怎麽放重利怎麽强娶活人妻吵嚷出去有了風声到了都老爺耳朵裡頭這一鬧起來叫他們纔認得倪二金剛呢他女人道你喝了酒睡去罷他又强占誰家的女人來著沒有的事你不用混說了倪二道你們在家裡那裡知道外頭的事前年我在場兒裡碰見了小張說他女人被賈家占了他还和我商量我倒劝著他纔壓住了不知道小張如今那裡去了這兩年沒見若碰著了他我倪二太爺出個主意叫賈小子死給我瞧瞧好好兒的孝敬孝敬我倪二太爺纔罷了說著倒身躺下嘴裡还是咕咕嚷嚷的說了一回便睡去了他妻女只當是醉話也不理他明日早起倪二又往賭場中去了不提且說雨村回到家中歇息了一夜將道上遇見甄士隱的事告訴了他夫人一遍他夫人便埋怨他為什麽不回去瞧一瞧倘或燒死了可不是咱們沒良心說著掉下淚來雨村道他是方外的人了不肯和咱們在一処的正說著外頭傳進話來說前日老爺吩咐瞧那廟裡失火去的人回來了雨村踱了出來那衙役請了安回說小的奉老爺的命回去也沒等火滅冒著火進去瞧那個道士那裡知他坐的地方兒都燒了小的想著那道士必燒死了那燒的墻屋往後塌了道士的影兒都沒有了只有一個蒲團一個瓢兒还是好好的小的各処找他的尸首連骨頭都沒有一點兒小的恐怕老爺不信要拿這蒲團瓢兒回來做個証見小的這麽一拏誰知都成了灰了雨村聽畢心下明白知士隱仙去便把那衙役打發出去了回到房中並沒提起士隱火化之言恐怕婦女不知反生悲感只

说并无形迹必是他先走了雨村出来独坐书房正要细想士隐的话忽有家人传报说内廷传旨交看事件 雨村疾忙上轿进内只听
见人说今日贾存周江西粮道被参回来在朝内谢罪雨村忙到了内阁见了各大臣将海疆办理不善的旨意看了出来即忙找着贾
政先说了些为他抱屈的话后又道喜问一路可好贾政也将违别以后的话细细的说了一遍雨村道谢罪的本上了去了没有贾政
道已上去了等膳后下来看旨意罢正说着只听里头传出旨来叫贾政贾政即忙进去各大人有与贾政关切的都在里头等着
等了好一会方见贾政出来看见他带着满头汗众人迎上去接着问有什么旨意贾政吐舌道吓死人吓死人倒蒙各位大人关切幸
喜没有什么事众人道旨意问了些什么贾政道旨意问的是云南私带神枪一案本上奏明是原任太师贾化的家人主上一时记
着我们先祖的名字便问起来我忙着磕头奏明先祖的名字是代化主上便笑了还降旨意说前放兵部后降府尹的不是也
叫贾化么那时雨村也在旁边倒吓了一跳便问贾政道老先生怎么奏的贾政道我便慢慢的奏道原任太师贾化是云南人现任府尹
贾某是浙江人主上又问苏州刺史奏的贾范是你一家什么人我又磕头奏道是主上便变色道纵使家奴强占良民妻女还成事么我句
不敢奏主上又问道贾范是你什么人我忙奏道是远族主上哼了一声降旨叫出来了可不是诧事众人道本来也巧怎么一连有这两
件事贾政道事倒不奇倒是都姓贾的不好算来我们寒族人多年代久了各处都有现在虽没有事究竟主上记着一个贾字不
不好众人说真是真假不假怕什么贾政道我心里巴不得不做官只是不敢告老现在我们家里两个世袭这也无可奈何的雨村道如

人家老先生仍是工部想来京官是没有事的贾政道京官虽然无事我究竟做过两次外任也就说不齐了众人道二老爷的人品行事我们都佩服的就是令兄大老爷也是个好人只要在令侄辈身上严紧些就是了贾政道我因在家的日子少舍侄的事情不大查考我心里也不甚放心诸公今日提起都是至相好或者听见东宅的侄儿家有什么不奉规矩的事么众人道没听见别的只有几位侍郎心里不大和睦内监里头也有些想来不怕什么只要嘱咐那边令侄诸事留神就是了众人说毕举手而散贾政然后回家众子侄等都迎接上来贾政迎着请贾母的安然后众子侄俱请了贾政的安一同进府王夫人等已到了荣禧堂迎接贾政先到了贾母那里拜见了陈述些违别的话贾母问探春消息贾政将许嫁的事都禀明了还说儿子起身急促难过重阳虽没有亲见听见那边亲家的人来说的极好亲家老爷太太都说请老太太的安还说今冬明春大约还可调进京来这便好了如今闻得海疆有事只怕那时还不能调贾母始则因贾政降调回来知探春远在他乡一无亲故心下伤感后听贾政将官事说明探春安好也便转悲为喜便笑着叫贾政出去然后弟兄相见众子侄拜见定了明日清晨拜祠堂贾政回到自己屋内王夫人等见过宝玉贾琏替另拜见贾政见了宝玉果然比先脸面丰满倒觉安静并不知他心里糊涂所以心甚喜欢不以降调为念辛亏老太太辨理的好又见宝钗沉厚更胜先时兰儿文雅俊秀便喜形于色独见环儿仍是先前究不甚锺爱歇息了半天忽然想起为何今日短了一人王夫人知是想着黛玉前因家书未报今日又刚到家正是喜欢不便直告只说是病着岂知宝玉的心里已如刀搅因父亲到家只得把持心性伺候王夫人设筵接风子

孫敬酒鳳姐虽是姪媳現辦家事也隨了寶釵等遞酒賈政便叫遞了一巡酒都歇息去罷命衆家人不必伺候待明早拜過宗祠然後進見分派已定賈政与王夫人說些别後的話餘者王夫人都不敢言倒是賈政先提起王子騰的事来王夫人也不敢悲戚賈政又說蟠兒的事王夫人只說他是自作自受趁便也將代玉已死的話告訴賈政反嚇了一跳不覺掉下淚来連声嘆息王夫人由掌不住也哭了傍边彩雲等即忙拉衣王夫人止住重又說些喜歡的話便安寢了次日一早至宗祠行礼衆子姪都隨往賈政便在祠旁廂房坐下叫了賈珍賈璉過来問起家中事務賈政（珍）揀可說的說了賈政又道我初回家也不便細細查問只是聽見外頭說起你家裡諸事更不比從前諸事要謹慎纔好你年紀也不小了孩子們該管教管教别叫他們在外頭得罪人璉兒也該聽著不是纔回家就說你們因我有所聞所以纔說的你們更該小心些賈珍等臉漲通紅的也只答應个是字不敢說什麼賈政也就罷了回歸西府衆家人磕頭畢仍復進内衆女僕行礼不必多贅只說寶玉因昨日賈政問起代玉王夫人答以有病他便暗裡傷心直待賈政命他回去一路上已滴了好些眼淚回到房中見寶釵和襲人等說話他便獨坐外間納悶寶釵叫襲人送過茶去知他必是怕老爺查問工課所以如此只得過来安慰寶玉便借此過去向寶釵說你今夜先睡我要定定神這時更不如從前了三言倒忘兩語老爺瞧著不好你先睡叫襲人陪我略坐坐寶釵不便強他點頭應允寶玉出来便輕輕和襲人說央他把紫鵑叫来有話問他但是紫鵑見了我臉上總是有氣須得你去解劝開了再来纔好襲人道你說要定神我倒喜歡怎麼又定到這上頭去了有話你明兒問不得寶玉道我就是今晚得閑明日倘或老爺叫幹什麼便没空兒了好姐姐你快去叫他来

襲人道他不是二奶奶叫是不来的宝玉道所以得你去说明了纔好襲人道叫我说什麽宝玉道你还不知道我的心和他的心麽都為的是林姑娘你说我並不是负心我如今叫你们弄成了个负心的人了说着這话便瞧瞧裡间屋子用手指着说他是我本不願意的都是老太太他们捉弄的好端端把个林妹妹弄死了就是他死也该教我见见说个明白他死了也不抱怨我嗄你到底听见三姑娘他们说过的临死恨怨我那紫鹃為他们姑娘也是恨的我了不得你想我是无情的人麽晴雯到底是个了头也没有什麽大好处他死了我实告诉你罷我还做个祭文祭他呢這是林姑娘亲眼见的如今林姑娘死了难道倒不及晴雯麽我连祭都不能祭一祭况且林姑娘死了还有灵圣的他想起来不更要怨我麽襲人道你要祭就祭去谁搁着你呢宝玉道我自从好了起来就想要做一篇祭文不知道如今怎麽一点灵机儿都没有了要祭别人呢胡乱还使得祭他是断断粗糙不得一点儿的所以叫紫鹃来问他姑娘的心他打那裡看出来的我没病的头裡还想的出来病後都不记得了你倒说林姑娘已经好了怎麽忽然死的他好的时候我不去他怎麽说来我病的时候他不来他又怎麽说来着所有他的东西我诓过来你二奶奶提不叫动不知什麽意思襲人道你這话越发糊涂了二奶奶惟恐你伤心罷了还有什麽呢宝玉道我不信林姑娘既是念我為什麽临死把诗稿烧了不留给我作个记念又听见说天上有音乐响必是他成了神或是登了仙去我虽见过了棺材到底不知道棺材裡有他没有襲人道你這话越发糊涂了怎麽一个人没死就搁在一个棺材裡当死了的呢宝玉道不是嗄大凡成仙的人或是肉身去的或是脱胎去的好姐姐你倒底叫了紫鹃来我问

向襲人道如今等我細細的說明了你的心他要肯來也好要不肯來還得費多少話就是來了見你也不肯細說據我的主意明日等二奶奶
上去了我慢慢的問他或者倒可仔細過著向空兒我再慢慢的告訴你寶玉道你說得也是你不知道我心裡的着急正說著麝月出來說
二奶奶說天已四更了請二爺進去睡罷襲人姐姐必是說高了興了忘了時候兒了襲人聽了道可不是該睡了有話明兒再說罷寶玉無奈只得
進去又向襲人耳邊道明兒好歹別忘了襲人笑說知道了麝月抹著臉笑道你們兩個又鬧鬼兒了為什麼不和二奶奶說明了就到襲人
那邊睡去由著你們說一夜我們也不管寶玉擺手道不用言語襲人恨道小蹄子兒你又嚼舌根看我明兒撕你的嘴回頭對寶玉道這不是你
鬧的說了四更天的話一面說一面送寶玉進屋各人散去那夜寶玉無眠到了次日還想這事只聽得外頭傳進話來說眾親朋因老爺回家都
要送戲接風老爺再四推辭說不必唱戲竟在家裡備了水酒倒請親朋過來大家談談於是定了後兒擺席請人所以進來告訴不知所請
何人下回分解

紅樓夢第一百五回　錦衣軍查抄寧國府　驄馬使彈劾平安州

話說賈政正在那裡設宴請酒忽見賴大急忙走上榮禧堂來回賈政道有錦衣府堂官趙老爺帶領好幾位司官說來拜望奴才要取職名來回趙老爺說我們至好不用的一面就下了車走進來了請老爺同爺們快接去賈政聽了心想和老趙並無來往怎麼也來現在有客留他不便不留又不好正自思想賈璉說叔叔快去罷再想一回人都進來了正說著只見二門上家人又报進來說趙老爺已進二門了賈政等搶步接去只見趙堂官滿臉笑容並不說什麼一逕走上廳來後面跟著五六位司官也有認得的也有不認得的但是總不答話賈政等心裡不得主意只得跟著上來讓坐衆親友也有認得趙堂官的見他仰著臉不大理人只拉著賈政的手笑着說了幾句寒溫的話衆人看見來頭不好也有躲進裡間屋的也有垂手侍立的賈政正要帶笑敘話只見家人慌張报道西平王爺到了賈政慌忙去接已見王爺進來趙堂官搶上去請了安便說王爺已到隨來的老爺們就該帶領府役把守前後門衆官應了出去賈政等知事不好連忙跪接西平郡王用兩手扶起笑嘻嘻的說道無事不敢輕造有奉旨交辦事件要赦老接旨如今滿堂中筵席未散想有親友在此未便且請衆位府上親友各散獨留本宅的人聽候趙堂官回說王爺雖是恩典但東邊的事這位王爺辦事認真想是早已封門衆人知是兩府干係恨不能脫身只見王爺笑道衆人只管就請叫人來給我送出去告訴錦衣府的官員說這都是親友不必盤查快快放出那些親友聽見就一溜烟如飛的出去了獨有賈赦賈政一干人唬得面如土色滿身

發頭不多一会只見進来無數翻役各门把守本宅上下人等不能乱走趙堂官便轉過一付臉来回王爺道請爺宣旨意就好動手這些翻役都撩衣奮臂專等旨意西平王慢慢的說道小王奉旨帶領錦衣府趙全来查看賈赦家產賈赦等听見俱俯伏在地王爺便站在上頭說有旨意賈赦交通外官依势凌弱辜負朕恩有忝祖德著革去世職欽此趙堂官一疊声叫拿下賈赦其餘皆看守惟時賈赦賈政賈璉賈珍賈蓉賈薔賈芝賈蘭俱在惟宝玉假說有病在賈母那裡打混賈環本来不大見人的所以就將現在几人看住趙堂官即叫他的家人傳齊司員帶同翻役分頭按房查抄登賬這一言不打緊唬得賈政上下人等面面相看喜得翻役家人摩拳擦掌就要往各処動手西平王道聞得赦老与政老同房各爨的理應遵旨查看賈赦的家資其餘且按房封鎖我们覆旨去再候定奪趙堂官站起来說回王爺賈赦賈政並未分家聞得他侄兒賈璉現在承總管家不能不盡行查抄西平王听了也不言語趙堂官便說賈赦賈璉兩処須得奴才帶領查抄纔好西平王便說不必忙先傳信後宅且叫内眷廻避再查不遲一言未了老趙家奴翻役已經拉著本宅家人領路分頭查抄去了王爺喝命不許囉唣待本爵自行查看說著便慢慢的站起来吩咐說跟我的人一个不許動都给我站在這裡候著回来一齊瞧著登數正說著只見錦衣司官跪禀說在内查出御用衣裙並多少禁用之物不敢擅動回来請示王爺一会子又有一起人来攔住西平王回說東跨所抄出两箱子房地契又一箱借票都是違例取利的老趙便說好个重利盤剥狠该全抄請王爺就此坐下叫奴才去全抄来再

侯定奪罷説着只見王府長史来禀説守门軍傳進来説主上特派北静王到這裡宣旨請爺接去趙堂官听了心想我好悔氣碰着這个酸王如今那位来了我就好施威了一面想着也迎出来只見北静王已到大厅就向外站着説有旨意錦衣府趙全听宣説奉旨着錦衣官惟提賈赦质審餘交西平王遵旨查辦欽此西平王領了旨意甚实喜欢便与北静王坐下着趙堂官提取賈赦回衙裡頭那些查抄的人听得北静王到俱一齐出来及闻趙堂官走了大家没趣只得侍立听候北静王便揀選两个誠实司官並十来个老年番役餘者一槩逐出西平王便説我正和老趙生氣幸得王爺到来降旨不然這裡很吃大虧北静王説我在朝内听見王爺奉旨查抄賈宅我甚放心諒這裡不致荼毒不料老趙這么混賬但不知现在政老及宝玉在那裡裡面不知闹到怎么樣了衆人回禀賈政等在下房看守着裡面已抄的乱騰騰了北静王便吩咐司員快将賈政帶来问話衆人領命帶了上来賈政跪下不免含淚乞恩北静王便起身拉着説政老放心便将旨意説了賈政感激涕零望北又谢了恩仍上来听候王爺道政老方纔老趙在這裡的時候番役呈禀有禁用之物并重利欠票我们也难掩过這禁用之物原備辦貴妃用的我们声明也無碍独是借券想个什么法兒纔好如今政老且帶司员实在将赦老家產呈出也就完事切不可再有隱匿自干罪戾賈政答应道犯官再不敢但犯官祖父遺産並未分過惟各人所住的房屋有的東西便爲已有两王便説這也無妨惟将赦老那边所有的交出就是了又吩咐司员等依命行去不許胡乱混動司员領命去了且説賈母那边女眷也擺酒王夫人正在那边説

宝玉不到外頭看你老子生氣凤姐带病哼々唧々的説我看宝玉也不是怕人他見前頭陪客的人也不少了所以在這裡照应也是有有的倘或老爺想起裡頭少个人在那裡照应太々便把宝兄弟献出去可不是好賈母咲道凤丫頭病到這个分兒這張嘴还是那麽尖巧正説到高興只聽見邢夫人那边的人一直声的嚷進来説老太々太々不好了多々少々的強盗来了翻箱倒籠的来拿東西賈母等聽着發獃又見平兒披頭散髮拉着巧姐哭々啼々的来説不好了我正和姐兒吃飯只見来旺被人拴着進来説姑娘快々傳進去請太々們廻避外頭王爺就進来抄家了我聽了几乎唬死正要進房拿要緊的東西被一夥子人渾推渾赶出来了這裡該穿該带的快々的收拾罷邢王二夫人聽得俱魂飛天外不知怎樣纔好独見凤姐先前圓睁兩眼聽着後来一仰身便栽倒地下賈母没有聽完便嚇得涕淚交流連話也説不出来了那時一屋子人拉這个扯那个正鬧得翻天覆地又聽見一疊声嚷説叫裡頭女眷們廻避王爺進来了宝釵宝玉等正在没法只見地下這些了頭婆子乱拖乱扯的時候賈璉喘吁々的跑進来説好了好了幸虧王爺救了我們了衆人正要問他賈璉見凤姐死在地下哭着乱叫又見老太々嚇壞了也回不過氣来更是着急还虧了平兒將凤姐叫醒令人扶着老太々也甦醒了又哭的氣短神昏躺在炕上李紈再三寛慰然後賈璉定神將兩王恩典説明惟恐賈母邢夫人知道賈赦被拿又要唬死且暫不敢明説只得出来照料自己屋内進屋門只見箱開櫃破物件搶得半空此時急得兩眼直竪淌淚發獃聽見外頭叫只得出来見賈政同司員登記物件一人报説枷楠壽佛一尊枷楠观音像一尊佛座一件枷楠念珠二串金佛

一堂鍍金鏡光九件玉佛三尊玉壽星八仙一堂金玉如意各二柄古磁瓶爐十七件古玩軟片共十四箱玉缸一口小玉缸二件玉碗一對玻
璃大屏二架炕屏二架玻璃盤四件玉盤四件瑪瑙盤二件淡金盤四件金碗六對金搶碗八個金匙四十把銀大碗銀盤各六十個
三鑲金牙箸四把鍍金執壺十二把折盂三對茶托二件銀碟銀盃一百六十件黑狐皮十八張貂皮五十六張黃白狐皮各四十張猞猁
猻皮十二張雲狐筒子二十五件海龍二十六張海豹三張虎皮六張麻葉皮三張獺子皮二十八張絳色羊皮四十張黑羊皮六十三張香
鼠筒子二十件豆鼠皮二十四方天鵝絨四卷灰鼠一百六十三張倭緞三十二度洋呢三十度嗶嘰二十三度姑絨四十度紬緞一百三十卷
紗綾一百八十一卷線縐三十二卷羽緞羽紗各二十二卷氆氇三十卷粧蟒緞十八卷各色布三十捆皮衣一百三十二件綿夾單紗絹衣三百四十
件帶頭九付銅錫等物五百餘件鐘表十八件朝珠九掛珍珠十三掛赤金首飾一百二十三件珠寶俱全上用黃緞迎手靠背三分宮
粧衣裙八套脂玉圈帶二條黃緞十二卷潮銀七千兩淡金一百五十二兩錢七千五百串一切動用傢伙及榮國賜第一一開列房地契紙家人文
書亦俱封裹賈璉在傍竊聽不見報他的東西心裏正在疑惑只聞二王問道所抄家資內有借券實係盤剝究是誰行的政老據實
纔好賈政聽了跪在地下磕頭說實在犯官不理家務這些事全不知道問犯官侄兒賈璉纔知賈璉連忙走上跪下稟說這一箱文書既在
奴才屋裏抄出來的敢說不知道麼只求王爺開恩奴才叔叔並不知道的兩王道你父已經獲罪只可併案辦理你今認了也是正理
如此叫人將賈璉看守餘俱散收宅內政老你須小心候旨我們進內覆旨去了這裏有官役看守說着上轎出門賈政等就在二門

跪送北静王把手一伸说请放心觉得脸上大有不忍之色此時贾政魂魄方定犹是发怔贾兰便说请爷爷到裡頭先瞧瞧老太太去呢贾政听了疾忙起身进内只见各门上妇女乱糟糟的都不知要怎樣贾政无心查问一直到了贾母房中只见人人泪痕满面王夫人宝玉等围着贾母寂静无言各各掉泪惟有邢夫人哭作一团因见贾政进来都说好了好了便告诉老太太说老爷仍旧好好的进来了请老太太安心罢贾母奄奄一息的微开双目说我的儿不想还见的着你一声未了便嚎啕的哭起来于是满屋裡的人俱哭个不住贾政恐哭坏老母即收泪说老太太放心罢本来事情原不小蒙主上天恩两位王爷的恩典萬般轸恤就是大老爷暂時拘质等问明白了主上还有恩典如今家裡一些些也不動了贾母见贾赦不在又傷心起来贾政再三安慰方止众人俱不敢走散独邢夫人回至自己那边见门全封锁了头老婆子也锁在几间屋裡无处可走便放声大哭起来只得往凤姐那边去见二门傍边也上了封條惟有屋门开着裡頭呜咽不绝邢夫人进去见凤姐面如纸灰合眼躺着平儿在傍暗哭邢夫人打谅凤姐死了又哭起来平儿迎上来说太太先别哭奶奶才抬回来像是死了的歇息了一会子苏过来哭了几声这会子略定了定神儿太太也请定定神儿罢但不知老太太怎么樣了邢夫人也不答言仍走到贾母那边见眼前俱是贾政的人自己夫子被拘媳妇病危女儿受苦现在身无所归那裡止得住悲痛众人劝慰李纨等令人收拾房屋请邢夫人暂住王夫人拨人服侍贾政在外心惊肉跳拈须搓手的等候旨意听见外頭看守軍人乱嚷道你到底是那一边的既碰在我们这裡就记在这裡册上拴着他交给裡頭錦衣府的爷们贾政出外看時见是焦大便说怎么跑到这裡来焦大见问便號天跑地的哭道我

天亡劝這些不長進的東西爺們倒拿我当作冤家爺还不知道焦大跟着太爺受的苦嗎今兒弄到這个田地珍大爺蓉哥兒都叫什么王爺拿了去了裡頭女主兒们都被什么府裡衙役搶得披頭散髮圈在一处空房裡那些不成材料的狗男女都像猪狗是的捆起來了所有的都抄出來擱着木器釘的破爛磁器打的粉碎他们还要把我拴起來我活了八九十歲只有跟着太爺捆人的那裡有倒叫人捆起來的我說我是西府裡的就跑出來那些人不依押到這裡不想這裡也是這么着我如今也不要命了和那些人拼了罷說着撞頭衆衙役見他年老又是兩王吩咐不敢發狠便說你老人家安靜些兒罷這是奉旨的事你先歇歇听信兒賈政听着雖不理他但是心裡刀攪一般便道完了完了不料我们一敗塗地如此正在着急听候内信只見薛蝌氣嘘嘘的跑進來說好容易進來了姨父在那裡呢賈政道來的好外頭怎么放進來的薛蝌道我再三央及又許他们錢所以我終能出入的賈政便將抄去之事告訴了他就煩他打听打听說別的親友在火頭兒上也不便送信只是你就好通信了薛蝌道這裡的事我到想不到那边東府的事我已听見說了賈政道究竟犯什么事薛蝌道今兒為我哥哥打听決罪的事在衙门裡听見有兩位御史風聞是珍大哥引誘世家子弟賭博這款还輕還有一大款強占良民之妻為妾因其不從凌逼致死那御史恐怕不准还將咱们家的鮑二拿了去又还拉出一个姓張的來只怕連都察院都有不是為的是姓張的起先告過賈政尚未听完便跺脚道了不得罷了罷了嘆了一口氣眼淚直淌下來薛蝌寬慰了几句即便又去打听隔了半日仍旧進來說事情不好我在刑科裡打听倒沒有听見兩王覆旨的信只听說李御史今早又參奏平安州奉迎合京官上司虐害百姓好

凡大歎賈政慌道那管他人的事到底打听我们的怎麽樣薛蝌道说是平安州就有我们那参的京官就是大老爷说的是包攬詞

訟所以火上澆油就是同朝這些官府俱藏躲不迭誰肯送信即如倖散的這些款友们有各自回家去了的也有遠遠兒的歇下打听的可

恨那些貴本家都在路上说祖宗撂下的功業弄出事来了不知道飛到那个頭上去呢大家也好施為施為賈政沒有听完復又頓足道都

是我们大老爺忒糊塗東府也忒不成事体如今老太太和璉兒媳婦是死是活还不知道呢你再打听去我到老太太那边瞧瞧若有信能彀

早一步纔好正说着听見裡頭乱嚷出来说老太太不好了急得賈政急忙進去未知生死如何下回分解

紅樓夢第一百六回

王熙鳳致禍抱羞慚　賈太君禱天消禍患

話説賈政聞知賈母危急即忙進去看視見賈母驚嚇氣逆王夫人鴛鴦喚醒回來即用疎氣安神的丸藥服了漸漸的好些只是傷心落淚賈政在旁勸慰道總是兒子們不肖招了禍來累老太太受驚若老太太寬慰些兒子們尚可在外料理若是老太太有什麼不自在兒子们的罪孽更重了賈母道我活了八十多歲自做女孩兒起到你父親手里多托着祖宗的福從沒有听見過這些事如今到老了倘或見你们受罪叫我心裡過的去麼倒不如合上眼隨你们去罷了説着又哭賈政此時着急異常又听外面説請老爺内廷有信賈政急忙出來見是北靜王府長史一見面便説大喜賈政道謝讓坐請問王爺有何諭旨那長史道我們王爺同西平郡王進内覆奏將大人懼怕之心感激天恩之語多代奏過了主上甚是憫恤並念及貴妃溘逝未久不忍加罪着加恩仍在工部員外上行走所封家產惟將賈赦的入官餘俱給還並傳旨令盡心供職惟抄出借券令我們王爺查核如有違禁重利的一槩照例入官其在定例生息的同房地文書盡行給還賈璉着革去職銜免罪釋放賈政听畢即起身叩謝天恩又拜謝王爺恩典先請長史大人代為稟謝明晨到闕謝恩并到府裡磕頭那長史去了少停傳出旨來承辦官遵旨一一查清入官者入官給還者給還將賈璉放出所有賈赦名下男婦人等造册入官可怜賈璉屋内東西除將按例放出的文書發給外其餘雖未盡入官的早被查抄的人盡行搶去所存者只有傢伙物件賈

璉始則惧罪後蒙釋放已是大幸及想起歷年積聚的東西並鳳姐的體己不下五七萬金一朝而盡怎得不疼且他父親現禁在錦衣府鳳姐病在垂危一時悲痛又見賈政含淚叫他問道我因官事在身不大理家故叫你們夫婦總理家事你父親所為固难諫劝那重利盤剥究竟是誰幹的況且非偺们这樣人家所為如今入了官在銀錢呢是不打緊的这声名出去还了得麼賈璉跪下道姪兒办家事並不敢存一点私心所有出入的賬目自有賴大吳新登戴良等登記老爺只管叫他们来查问現在这几年庫内的銀子出多入少雖没貼補在内已在各處做了好些空頭求老爺問太太就知道了这些放出去的賬連姪兒也不知道那裡的銀子要問周瑞旺兒才知道賈政道據你說来連你自己屋裡的事还不知道那些家中上下的事更不知道了我这会也不查问你現今無事的人你父親的事和你珍大哥的事还不快去打听打听麼賈璉一心委屈含淚答應出去賈政嘆道我祖父勤劳王事立下功勳得了兩个世職如今兩房犯事多革去了我瞧這些子姪没个長進的老天吓老天吓我賈家何至一敗如此我雖蒙聖恩格外垂慈給还家産那兩處食用自應歸併一處叫我一人那裡支撑的住方才據璉兒所說不但庫上無銀而且尚有虧空这几年竟是虛名在外只恨我自己為什麼糊塗倘或珠兒在世尚有膀臂宝玉雖大竟是無用之物老太太老太太若大年紀兒子们並没孝順一日反累老人家嚇得死去活来種種罪孽叫我委之何人想到那裡不覺淚滿衣襟正在悲切只見家人稟報各親友進来看候賈政一一道謝說起家門不幸是我不能管教子姪所以至此有的說我久知令兄赦大老爺行事不妥那边珍爺更加驕縱若說因官事錯悞得个不是於心無愧

如今自己闹出来的倒带累了二老爺有的説人家闹的也多没見御史参奏不是珍老大得罪朋友何至如此有
的説也不怪御史听見説是府上的家人同几个泥腿在外頭哄嚷出来的御史恐参奏不実所以誆了这裡的人去才
説出来的我想府上待下人最寛的為什庅还有这事有的説大凡奴才们是一个養活不得的今日在这裡多是好親友
我才敢说就是尊駕在外任我保得你是不爱錢的那外頭風声也不好多是奴才们闹的你該隄防些如今雖説没有
動你的家倘或主上再疑心起来好些不便呢賈政道衆位听見我的風声怎樣衆人道我们虽没見実據只听得
外頭人説你在粮道任上怎庅叫门上家人要錢賈政听了道这是對天可表的從不敢起这个念頭只是奴才们在外頭
招謡撞騙闹出事来我就耽不起衆人道如今怕也無益只將現在的管家们多𠎝𠎝的查一查若有抗主的奴才𠎝𠎝
的办一办也罢了正説着只見薛蝌進来説我打听錦衣府趙堂官必要照御史参的办只怕大老爺和珍大爺吃
不住衆人道还得二老爺出去求求王爺怎庅挽回才好不然這兩家子就完了賈政答応致謝衆人多散賈政
起賈母處請晚安見賈母略好些便回到自己房中埋怨賈璉夫婦只是鳳姐現在病重況他所有什物尽被抄搶
心里自然难受一时也未便説他暫且隱忍一夜無話次早賈政進内謝恩并到北静西平兩王府叩謝求照應哥哥侄兒二王
应許賈政又在同寅相好處託情且説賈璉打听得父兄之事不大妥無法可施只得回到家中平兒守着凤姐

哭泣秋桐在耳房抱怨賈璉見凤姐奄奄一息就有多少怨言也説不出来平兒哭道東西去了不能復来奶奶這樣倒
底還請个大夫来瞧瞧才好吓賈璉道呸我的性命还不保還管他呢凤姐听見睁眼一瞧那眼淚直流看見賈璉出去了
便和平兒道你别不省事了到這个田地你还顧我做什麽我巴不得今日就死纔好你眼裡有我我死後你扶養大了巧姐兒我
在陰司裡也感激你的平兒听了越發抽抽搭搭的哭起来……外頭鬧起我不放賬也没我的事如今枉費心計掙了一輩子的強偏兒落在人後
頭了我還恍惚听見珍大爺的事説是強占良民妻子為妾不從逼死有个姓張的在裡頭你想想還有誰呢要是這
件事審出来咱們二爺是脫不了的那时候兒我可怎麽見人巴不得立刻就死你還要請大夫這不是你疼我
反倒害了我了麽平兒愈听愈慘想来實在難處恐凤姐自尋短見只得緊緊守着幸賈母不知底細因近日身子
好些又見賈政無事寶玉寶釵不离左右略覺放心素来最疼凤姐便叫鴛鴦將我的體己東西……
叫平兒好生伏侍又命王夫人照看邢夫人此时寧國府第入官所有財產房地等項并家奴等俱已造冊收尽
賈母命人接了尤氏婆媳過来就在惜春所住的間壁居住又派了婆子丫頭伏侍一應飲食起居在大廚房内分送
賈璉悄悄地酤暫賣千金作為監中使費賈璉如此一行那些家奴見主勢敗也便趁此弄鬼指名借用……
題且説賈母思前想後日夜不寧一日傍晚叫寶玉回去自己叫鴛鴦各處佛堂上香自己院内焚起斗香用

〇衣服什物盡是賈母送去，零星需用亦在此房內開銷，俱照榮府每人月例之數。那賈赦、賈珍、賈蓉在錦衣府使用，此房內實在無項可支。如今鳳姐一無所有，賈璉況又多債負，賈政不知家務，只說已經托人，自有照應。賈璉無計可施，想到那親戚裡頭，薛姨媽家已敗，王子騰已死，餘者親戚雖有，俱是不能照應的，只得暗暗差人下屯。

〔右三行，原另紙繕寫附粘於第一百六回第二頁後半頁，接第十行「在大廚房內分送」句〕

○寶釵更有一層苦楚想哥哥也在外監將來要處決不知可能減等公婆雖然無事眼見家業蕭條寶玉依然瘋傻毫無志氣想到後來終身更比王夫人哭的悲痛寶玉

見寶釵如此他也有一番悲戚想老太太年老不得安老爺太太見此光景不免悲傷眾姐妹風流雲散一日少似一日追思園中吟詩起社何等熱鬧自林妹妹一死我鬱悶到今又有寶姐姐伴

着不便時常悲淒況他又憂兄思母日夜難得笑容今看他悲哀欲絕心裡更加不忍竟嚎啕大哭起來。

〔右三行，原另紙繕寫附粘於第一百六回第三頁前半頁，接第五行「三人也大哭起來」句〕

拐柱着出到院中上香磕頭念了一回佛含淚祝告道我賈门史氏虔誠禱告求菩薩慈悲我賈门數世以来不敢行兇霸道我帮夫助子雖不能為善也不敢作悪必是後輩兒孫驕奢淫佚暴殄天物以致闔府抄檢現在兒孫監禁自然凶多吉少皆由我一人罪孽不教兒孫所以至此我今叩求皇天保佑在監的逢凶化吉有病的早〻安身揔有闔家罪孽情願一人承當求饒恕兒孫若皇天怜念我虔誠早〻賜我一死寬免兒孫之罪說到這裡不禁傷心哭起来鴛鴦等解劝扶進房去王夫人帶了宝玉宝釵過来請晚安見賈母傷悲三人也大哭起来。鴛鴦衆人等看着傷心也多哭了外頭上夜的婆子听見急報于賈政那賈政听了心中着忙飛奔進内遠〻听得哭声甚衆打諒老太〻不好急得魂魄俱喪疾忙進来只見坐着悲啼纔放下心来道老太〻傷心你们该劝解纔是怎么又哭起来了衆人才急忙止哭賈政上前安慰了几句只見老婆子帶了史侯家的兩个女人進来請了賈母的安又向衆人請安畢便道我们家的老爺太〻姑娘打發我来说听見府里的事原没什么大事不過一時受驚恐怕老爺太〻煩惱叫我们過来告訴说二老爺是不怕的了我们姑娘原要自己来的因不多几日就要出閣所以不能来了賈母道你回去給我问好這是我们的家運合该如此承你们老爺太〻惦记着改日再去道謝你们姑娘出閣我原想過来吃盃喜酒不料我们家鬧出這樣事来我的心就像在熱鍋裡熬的是的那裡能够再到你们家去你回去說我问好我们這裡的人多請安问好你替另告

訴你們姑娘不用把我放在心上我是八十多歲的人了就死也算不得沒福了只願他兩口兒過了門和、順、的百年到老

我就心安了說着不覺掉下淚來那女人道老太、也不必傷心姑娘過了門等回了九少不得同着姑爺過來請安那時

老太、見了練喜歡呢賈母點頭那女人出去了賈政不放心又瞧、老太、見是好些便出來傳了賴大叫他將闔府管事

家人的花名冊子拿來一齊點了一點除去賈赦入官的人尚有三十餘家共男女二百十二名賈政叫現在府內當差的

男人共四十一名進來問起歷年居家用度共有若干進來該用若干出去那管總的家人將近來支用簿子呈上

賈政看時所入不敷所出又加連年宮里花用賬上多有在外浮借的再查東省地租近年所交不及祖上一半

如今用度比祖上加了十倍賈政急的跺腳道這還了得我打諒璉兒管事自有把持豈知几年頭裡已經寅年用了

卯年的了竟把世職俸祿當做不打緊的事有什麼不敗的呢我如今要省也遲了衆人道老爺也不用心焦如今有

這些家人……了賈政道放屁你們這班奴才詐騙人到鬧出事來往主子身上一

推就完了如今大老爺和珍大爺的事說是偺們家鮑二吵嚷的我看這冊子上並沒有什麼鮑二這是怎麼說

衆人道這鮑二是不在檔子上的先前在寧府冊上二爺見他老實把他兩口子叫過來後來他女人死了他又回寧府

去後來珍大爺替理家事帶過來的已後也就去了老爺口、打諒着冊子上有這个名字就只這一个人不知道

○這算字、這樣的老星揀選美差承運主帝宗派發遣的呢不過是裝着門面過到那裡是那裡罷咧好了老弟到底得了主上從
入了官老弟就忘了了不成。

〔右二行，原另紙繕寫（有殘缺）附粘於第一百六回第三頁後半頁，接第八行「老爺也不用心焦」句〕

一个女人手底下親戚也有好几个奴才还有奴才呢賈政道这还了得想来一時不能清理只得喝退衆人早打了主意在心裡了且等賈赦等官事審的怎樣再定一日正在書房籌算只見一人飛奔進来说請老爺快進内廷问话賈政听了心下着忙只得進去未知吉凶下回分解

紅樓夢第一百七回

散餘資賈毋明大義　復世職政老沐天恩

話說賈政進內見了樞密院各位大臣又見了各位王爺北靜王道今日我們傳你來有遵旨問你的事賈政急忙跪下衆大臣問道你哥〻交通外官恃強淩弱縱兒聚賭強占良民妻女不遂逼死的事你多知道麽賈政道犯官自從主恩欽点学政任滿後查看賑恤于上年冬底回家又蒙堂派工程後又任江西粮道題參回都仍在工部行走日夜不敢怠惰一應家務並未留心伺察实在糊塗不能管教子侄这就是辜負聖恩只求主上重〻治罪北靜王據說轉奏不多时傳出旨來北靜王述道主上因御史參奏賈赦交通外官恃強淩弱據該御史指出平安州互相往來賈赦包攬詞訟嚴鞫賈赦據供平安州原係姻親來往並未干涉官事該御史亦不能指實惟有倚勢強索石獃子古扇一欵是实然係玩物究非強索良民之物可比虽石獃子自尽亦係瘋傻所致与逼勒致死者有间今從寬將賈赦發往台站効力贖罪所參賈珍強占良民妻女為妾不從逼死一欵提取都察院原案看得尤二姐实係張華指腹為婚未娶之妻因伊貧苦自願退婚尤二姐之毋願結賈珍之弟為妾並無強占尤三姐自刎掩埋並未報官一欵查尤三姐原係賈珍妻妹本意為伊擇配因被逼索定礼衆人揚言穢亂以致羞忿自盡並非賈珍逼勒致死但身係世襲職員罔知法紀私埋人命本應重治念伊究屬功臣後裔不忍加罪亦從寬革去世職派往海

彊劝力赎罪賈蓉年幼無干省釋賈政实係在外任多年居官尚属勤慎免治伊治家不正之罪賈政听了感激涕零叩首不及又叩求王爺代奏下忱北静王道你該叩謝天恩更有何奏賈政道犯官仰蒙圣恩不加大罪又蒙將家產給还实在捫心惶愧愿將祖宗遺受重禄積餘置產一并交官北静王道主上仁慈待下明慎用刑賞罚無差如今既蒙莫大深恩給还財產你又何必多此一奏众官也說不必賈政便謝了恩叩謝了王爺出来恐賈母不放心急忙赶回到賈母跟前將蒙聖恩寬免的事細細告訴了一遍賈母雖則放心只是兩个世職革去賈赦又往台站効力賈珍又往海疆又不免悲傷起来邢夫人尤氏听見這話更哭起来賈政道老太太放心大哥虽則台站効力也是為國家办事不致受苦只要办得妥當就可復職珍兒正是年輕很該出力若不是這様便是祖父的餘德亦不能久享說了些寬慰的話賈母素来不大喜欢賈赦東府賈珍到底隔了一層只有邢夫人尤氏痛哭不止邢夫人想家產一空丈夫年老远出膝下虽有璉兒又是素来順他二叔的如今多靠着二叔他两口子自然更順着那边去了独我一人孤苦伶仃怎么好那尤氏本来独掌寧府的家計除了賈珍也算是惟他為尊又与賈珍夫妻相和如今犯事远出家財抄尽依住栄府虽則老太太疼爱終是依人门下又帶着佩凤偕鸞那蓉兒夫婦也还不能與家立業又想起二妹三妹多是璉二爺鬧的如今他们倒安然無事依舊夫妻完聚只剩我们几个怎么度日想到這裡便痛哭起来賈母不忍便问賈政

道你大哥和珍兒現已定案可能回家蓉兒既没他的事也該放出来了賈政道若在定例呢大哥是不能回家的我已
托人狗个私情叫我大哥同着姪兒回家好置办行装衙门内已應了想来蓉兒同他父親一起出来只請老太太放心
兒子办去賈母道我這几年老的不成人了總没有问過家事如今東府裡是抄了去了房子入官不用說你大哥那裡
璉兒那边也多抄了咱们西府裡的銀庫和東省地土你知道还剩了多少他兩个起身也得給他们几千銀子纔好賈政
正是没法听見賈母一问心想若是說明又恐老太太着急若不說明不用說将来只現在怎樣办法想畢便道若老太太
不问兒子也不敢說如今老太太既问到這裡現在璉兒也在這裡昨日兒子已查了舊庫的銀子早已虛空不但用尽外
頭还有亏空現今大哥這件事若不花銀托人雖说主上寬恩只怕他们爺兒兩个也不大好就是這項銀子尚無打算
東省的地畝早已寅年吃了卯年的租兒一時也弄不過来只好儘所有蒙聖恩没有動的衣服首飾折变了給大哥
和珍兒做盤費罢了過日的事只可再打算賈母听了又急得直淌眼淚道怎么着我们到了這个田地了據你說起来
麽我雖没有經过我
想起我家向日比這裡还強十倍也是擺了几年虛架子没有出這樣事已經塌下来了不消一二年就完了
偺们竟兩年多不能支了賈政道若是這兩个世俸不動外頭还有些挪移如今無可指稱誰肯接濟說着也淚流
滿面又道兒子也没有细查只看了家下的人丁册子别说上頭的錢一無所出那底下的人也養不起許多賈母正
在憂慮只見賈赦賈珍賈蓉一齊進来與賈母請安賈母看這般光景一隻手拉着賈赦一隻手拉着賈珍便大哭

起來他兩人臉上羞慚又見賈母哭泣多跪在地下哭道兒孫們不長進將祖上功勳丟了又累老太太傷心兒孫們是死無葬身之地的了滿屋中人看這光景又一齊大哭賈政只得解勸倒先要打算他兩个的使用大約在家只可住得一兩日遲則人家就不依了老太太含悲忍淚的說道你兩个且各自同你們媳婦說說話兒去罷又吩咐賈政道這件事是不能久待的想來外面挪移恐不中用那時悞了欽限怎麽好只好我替你們打算罷了就是家中如此亂糟糟的也不是常法說着便叫鴛鴦吩咐去了這裡賈赦等出來又與賈政哭泣了一回不免將從前任性過後悔悩如今分離的話說了一会各自夫妻們那邊悲傷去了賈赦年老倒還撂的下獨有賈珍與尤氏怎忍分离賈璉賈蓉兩个也只有拉着父親啼哭雖說是比軍流減等究竟生离死别這也是事到如此只得大家硬着心腸過去却說賈母叫邢王二夫人同着鴛鴦等開箱倒籠將做媳婦積攢到如今的東西多拿出來又叫賈赦賈政賈珍等一一的分派給賈赦三千兩說這裡現有的銀子你拿二千去做你的盤費使用留一千給大太太另用這三千給珍兒你只許拿一千去留下二千給你媳婦收着仍旧各自過日子房子還是一處住飯食各自吃罷四丫頭將來的親事還是我的事只可怜鳳丫頭操了一輩子心如今弄得精光也給他三千兩叫他自己收着不許叫璉兒用如今他還病的神魂顛倒叫平兒來拿去這是你祖父留下的衣裳還有我少年穿的衣服首飾如今我也用不着了男的呢叫大老爺珍兒璉兒蓉兒拿去分了女的呢叫大太太珍兒媳婦鳳丫頭拿了分去這五百兩

銀子交与璉兒明年將林丫頭的棺材送回南去分派定了又叫賈政道你外頭还該着賬呢这是少不得的你拿这金子变賣償还这是他们闹掉了我的你也是我的兒子我並不偏向宝玉已經成了家我下剩的这些金银東西大約还值几千两銀子这是多給宝玉的了珠兒媳婦向来孝順我蘭兒也好我也分給他们些这就是我的事情完了賈政等見賈母如此明斷分晰俱跪下哭道老太太这么大年紀兒孫们沒点孝順承受老祖宗这樣恩典叫兒孫们更無地自容了賈母道別瞎說了要不闹出这个乱兒来我还收着呢只是現在家人太多只有二老爺当差留几个就够了你就吩咐管事的將人叫齊了分派妥当各人家有人就是了譬如那時多抄了怎么樣呢我们裡頭也要叫人分派該配人的配人賞去的賞去就如今說房子不入官到底把这園子交了才是那些地畝还交璉兒清理該賣的賣留的留再不可支架子做空頭我索性說了罷江南甄家还有几两銀子大太太那裡收着該叫人就送去罷倘或再有点事兒出来可不是他们躲过了風暴又遭了雨了么賈政本是不知当家立計的人一听賈母的話一一領命心想老太太实在真真是理家的人都是我们不長進闹坏了見賈母勞乏求着老太太歇歇養神賈母又道我所剩的東西也有限等我死了做結果我的使用下剩的多給伏侍我的丫頭賈政等听到这裡更加傷感大家跪下請老太太寬怀只愿兒子们托老太太的福過了些时多邀了恩眷那時兢兢業業的治起家来以贖前愆奉養老太太到一百歲賈母道但愿这樣才好我死了也好見祖宗你们別打諒我是享得富貴受不得

貧窮的人不過这几年看着你们轟轟烈烈我樂得多不管說說笑笑養身子罷了那知家運一敗若說外頭好看裡頭
空我是早知道的了只是居移氣養移體一时下不了臺就是了如今借此正好收斂守住这个门頭不然叫人笑話你还不
知只打諒我知道窮了就着急的要死我心裡想着祖宗莫大的功勳無一日不指望你们比祖宗还強能守住也罷了誰知他
们爺兒兩个做些什么勾當賈母正長篇大論的說只見豐兒跑来回王夫人道今早我们奶奶聽見外頭的事哭了一場如
今氣多接不上了平兒叫我来回太太豐兒沒有說完賈母聽見便问倒怎么樣王夫人代回道如今說是不大好賈母道
唉这些冤家竟要磨死我了說着叫人扶着親自去看賈政急忙劝道老太太傷了一会心又分派了好些事这会子該歇
歇了就是孫子媳婦有什么事叫媳婦瞧去就是了何必老太太親自過去倘或再傷感起来老太太身上要有一点兒不好叫做
兒子的怎么樣呢賈母道你们各自出去等一会再進来我还有話說賈政不敢多言只得出来料理兄姪起身的事又叫賈
璉挑人跟去这裡賈母才叫鴛鴦等派人拿了給凤姐的東西跟着過来凤姐正在氣厥平兒哭得眼腫腮紅聽見賈母帶着
王夫人等過来疾忙出来迎接賈母便问这会怎么樣了平兒恐驚了賈母便說这会子好些說着跟了賈母等進来趕忙先走
過去輕輕的揭開帳子凤姐開眼瞧見賈母等滿心慚愧先前原打諒賈母等惱他不疼他了不料賈母親自来瞧心裡一寬覺那擁
塞的氣略鬆動些便要掙扎坐起賈母叫平兒按着不動你好些么凤姐含淚道我好些了只是從小過来老太太太太怎

麽樣疼我那知我福氣薄叫神鬼支使的失魂落魄不能在老太太跟前尽点孝心討个好兒这會兒还叫我挑人帮着料理
家務被我鬧的七顛八倒还有什麽臉見老太太太太呢今日老太太太太親自過來我更担不起了恐怕該活三天的又折了兩天
去了說着悲咽賈母道那些事原是外頭鬧起來的与你什麽相干就是你的東西被人拿去这也算不了什麽我帶了好些東西給你你瞧瞧
說着叫人拿上來給他瞧鳳姐本是貪得無厭的人如今被抄淨尽自然愁苦又恐人埋怨正是幾不欲生的时候今見賈母仍旧疼他王夫人也不嗔怪過來安慰
他又想賈璉無事心下安放好些便在枕上与賈母磕頭說請老太太太太放心若是我的病托着老太太的福好了些情愿當个粗使
的丫頭尽心竭力的伏侍老太太太太罷賈母听他說的傷心不免掉下淚來宝玉是從來沒有經過這大風浪的心下只知安樂不知憂患的如今碰來碰
去多是哭泣的事所以他竟比傻子尤甚見人哭他就哭鳳姐見眾人憂悶反倒勉強說幾句寬慰賈母的話求着老太太太太回去
我略好些過來磕頭說着將頭仰起賈母叫平兒好生服侍短什麽到我那裡要去說着帶了王夫人將要回到自己房中只聽見兩三處哭聲賈母實在不忍聞見便叫王夫人散去叫宝玉去見你大爺大
哥送一送就回來自己躺在榻上下淚幸喜鴛鴦等能用百樣言語勸解賈母暫且安歇不題且說賈赦等分離悲痛那些跟去的人誰是願意的不免心中抱怨叫
苦連天正是生離果勝死別看者比受者更加傷心好好的一个榮國府鬧到鬼嚎鬼哭賈政執手分別後趕至城外舉酒送行又叮嚀了好些國家軫恤勳臣力圖報稱的話
賈赦等揮淚分頭而別賈政帶了宝玉回家未及進门只見门上有好些人在那裡乱嚷說今日旨意將榮國公世職着
賈政承襲那些人在那裡要喜錢門上人和他們分爭說是本來的世職我們本家襲了有什麽喜報那些人說道那世職的榮耀比任什麽還難得正鬧着賈政回家門上回了雖則喜歡究竟是哥哥犯事所致反覺感極涕零趕着

進內告訴賈母賈母說了些勤黽報恩的話王夫人正恐賈母傷心過來安慰聽得世職復還也是歡喜獨有邢夫人尤氏心
下悲苦只不好露出來且說外面這些趨炎奉勢的朋友親戚先前賈宅有事多遠避不來今日賈政襲職大家又來賀喜那知賈政
純厚性成因他襲哥哥的職心內反生煩惱只知感激天恩于第二日進內謝恩將賞還府第園子備摺奏請入宮內廷
降旨不必賈政纔放心回家已後循分供職但是家計蕭條入不敷出風姐抱病不能理家賈璉的虧空日重一日難
免典房賣地府內家人有幾個有錢的怕賈璉纏擾多裝窮躲事甚至告假不來各自另尋門路獨有一
個包勇雖是新投到此恰遇榮府壞事他倒有點真心辦事見那些人欺瞞主子時常不忿柰他是個乍來的人
一句話也插不上他便生氣每日吃了就睡眾人嫌他不肯隨和便在賈政前說他終日貪杯生事並不當差賈政道隨他去罷
原是甄府薦來不好意思橫豎家內添這一個人吃飯雖說窮也不在這一人身上並不驅逐他眾人又在賈璉跟前說他不好賈
璉此時也不敢自作威福只得由他忽一日包勇奈不過吃了幾盃酒在榮府街上閒逛見有兩個人說話那人說道你瞧這麼個大府前
日抄了家不知如今怎麼樣了那人道他家怎麼能敗裡頭有位娘娘是他家的姑娘雖是死了到底有根基的況我常見他們來往
的多是王公侯伯那裡沒有照應就是現在的府尹前任的兵部是他們的一家兒難道還庇護不來麼那人道你白住罷了
在這裡別人猶可獨是那個
那賈大人更了不得我常見他在兩府來往前日御史參了主子還叫府尹查明實跡再辦他怕人說他迴護一家兒他倒狠狠的踢了一

脚所以兩府裡到底抄了你說如今的世情还了得么兩人無心說話豈知旁边有人听得明白（包勇）心下暗想道（天下有）人才（恒）知我（們）

們老爺的什么人我若見了他打他一个死（闹出事来我承当那包勇只是忍耐）在胡思乱想那边喝导而来（包勇遠遠站着）口听見那兩人道（悄悄的说）这不是賈大人来了包

勇听了（心裡怀怀抱着恨道）便大声说道没良心的男女怎么忘了我們賈家的恩了雨村在轎内听得見是一个醉漢也不理会過去了（可雨村上也使留神瞧看）

那包勇（醉着不知好歹）便得意洋洋回到府中竟把此事告诉众人（问起同伴知是方纔見的那位大人是這府裡提拔起来的他不念旧恩反来踢弄咱们家里見了他罵他几句他竟不敢答言那榮府的人）賈政此時正怕風波便一時

生氣叫進包勇来罵了几句（数）也不好深沉責罚便派去看園不許他在外行走（只是主人不許他知道他在外頭可惹禍出那些事来了賈政因包勇喝醉闹事的話回了）那包勇本是个直爽的脾氣投了主

手他便赤心護主那知賈政听了（反倒）別人的話罵他他也不敢再辨只得收拾行李往園中看守去了未知後事如何且听

下回分解

紅樓夢第一百八回

強歡笑蘅蕪慶生辰　死纏綿瀟湘聞鬼哭

卻說賈政先前曾將房產並大觀園奏請入官內廷不收又無人居住只好封鎖園子因接連尤氏惜春住宅太覺曠闊無人遂將包勇罰看荒園此時賈政奉了賈母之命將人口漸次減少諸凡省儉尚且不能支持幸喜鳳姐是賈母心愛的人王夫人等雖不大喜歡若說治家辦事尚能出力所以內事仍交鳳姐辦理但被抄以後諸事運用不來也是每形拮据那些房頭上下人等原是寬裕慣了的如今較往日十去其七怎能週到不免怨言不絕鳳姐也不敢推辭在賈母前扶病承歡過了些時賈赦賈珍各到當差地方恃有用度暫且自安寫書回家多言安逸家中不必掛念於是賈母放心邢夫人尤氏也略寬懷一日史湘雲出嫁回門來賈母這邊請安賈母提起他女婿甚好史湘雲也將那裡家中平安的話說了請老太太放心又提起黛玉去世不免大家落淚賈母又想起迎春苦楚越覺悲傷起來史湘雲解勸一回又到各家請安問好畢仍到賈母房中安歇言及薛家這樣人家被薛大哥鬧的家破人亡今年雖是緩決人犯明年不知可能減等賈母道你還不知道呢昨日蟠兒媳婦的不明白几乎又鬧出一場事來還幸虧老佛爺有眼叫他帶來的丫頭自已供出來了那夏奶奶沒的鬧了自家攔住相驗你姨媽這裡纔將皮裹肉的打發出去了如今守著蝌兒過日子這孩子卻有良心他說哥哥在監裡尚沒完事不肯娶親你那

妹〻在大太〻那邊也就狠苦琴姑娘爲他公〻死了还没滿服梅家尚未娶去你說〻真正是六親同運薛家是這
庅着二太〻的娘家大舅太爺一死鳳丫頭的哥〻也不成人那二舅太爺是个小氣的又是官項不清也是打飢荒甄家
自從抄家已後別無信息湘雲道三姐〻去了曾有字回来庅賈母道自從出了嫁二老爺回来說你三姐〻在海疆
狠好只是没有書信我也是日夜惦記爲我們家連〻的出些不好事所以我也顧不来如今四丫頭也没有給他提親
环兒呢誰有功夫提起他来如今我们家的日子比你從前在這裡的時候更苦了只可憐你寶姐〻自過了門没過
一天舒服日子你二哥还是這庅瘋〻癲〻這怎庅好湘雲道我從小兒在這里長大的這里那些人的脾氣我多知道
的這一回来了竟多改了樣子了我打諒我隔了好些時没来他们生疎我〻細想起来竟不是的就是見了我瞧他
们的意思原要像先的一樣熱鬧不知道怎庅說〻就傷起心来了所以我坐了坐兒就到老太〻這裡来了賈母道如今的
日子在我也罢了他們年輕〻的人兒还了得我正要想个法兒叫他们还熱鬧一天纔好只是打不起這個精神来湘雲
道我想起来了宝姐〻不是後兒的生日庅我多住一天給他拜个壽大家熱鬧一天不知老太〻怎庅樣賈母道我真正氣糊
塗了你不提我竟忘了後日可不是他的生日庅我明日拿出錢来給他办个生日他没有定親的時候到做過好幾次
如今過了門倒没有做宝玉這孩子頭里狠伶俐狠淘氣如今因為家里的事不好弄得這孩子話多没有了倒是珠兒

媳婦还好有的時候這麽着沒的時候也是这麽着帶着蘭兒静〻兒的過日子倒難為他湘雲道別人还不離獨有

璉二嫂子連模樣兒多改了說话也不伶俐了明日等我来引逗他們看他們怎麽樣但只他們嘴裡不說心裡要抱怨我說

我有了剛說到這裡把个臉飛紅了賈母会意道这怕什麽当初姊妹們多是在一處樂快了的說〻咲〻再别留這些心大凡一

个人有也罢没也罢總要受得富貴耐得貧賤纔好呢你宝姐〻生来是个大方的人頭裡他家這樣好他也一点兒不驕傲後来

他家坏了事他也是舒〻坦〻的如今在我家裡宝玉待他好他也是那樣安頓一時待他不好也不見他有什麽煩惱我看這孩

子倒是个有福的你林姐〻他就最小性兒又多心所以到底兒不長命的凤丫頭也見過些事狠不該畧見些風波就改了樣子

他若這樣没見識也就是小器了後兒宝丫頭的生日我另拿出銀子来熱〻鬧〻的与他做个生日也叫他喜欢這麽一天湘

雲道老太〻說得狠是索性把那些姊妹們多請了来大家敘一敘賈母道自然要請的一時高興遂叫妃央拿出一百銀

子来交給外頭叫他明日起預備兩天的酒飯妃央領命叫婆子交了出去一宿無話次日傳話出去打發人去接迎春

又請了薛姨媽宝琴叫帶了香菱過来又請李嬸娘不多半日李紋李綺多来了宝釵本不知道听見老太〻的丫頭来請

說薛姨太〻来了請二奶〻過去呢宝釵心裡喜歡便是隨身衣服過去要見他母親只見他妹子宝琴並香菱多在

這裡又見李嬸娘等也多来了心想那些人必是知道我們家的事完了所以来问候的便去问了李嬸娘好見

了賈母然後与他母親說了几句話和李家姐妹們问好湘雲在傍說道太〻們多請坐下讓我们姐妹们給姐〻拜壽宝釵听了倒呆了一呆回来一想可不是明日是我的生日便說姐妹们過来瞧老太〻是該的若說為我的生日是斷〻不敢的正推讓着宝玉也来請薛姨媽李嬸娘的安听見宝釵自已推讓他心裡本早打算過宝釵生日因家中鬧得七顛八倒也不敢在賈母處提起今見湘雲等衆人要拜壽便喜欢道明日才是生日我正要告訴老太〻来湘雲咲道扯臊老太〻还等你告訴你打諒這些人為什庅来是老太〻請的宝釵听了心下未信只听賈母和他母親道可怜宝丫頭做了一年新媳婦家裡接二連三的有事總沒有給他做過生日今日我給他做个生日請姨太〻太〻們来大家說〻話兒薛姨媽道老太〻這些時心裡才安他小人兒家还沒有孝敬老太〻倒要老太〻操心湘雲道老太〻最疼的孫子是二哥〻难道二嫂子就不疼了况且宝姐〻也配老太〻給他做生日宝釵低頭不語宝玉心裡想道我只說史妹〻出了閣必換了一个人了我所以不敢親近他〻也不来理我如今听他的話竟和先前是一樣的為什庅我们那个過了门更覺的腼腆了話多說不出来正想着小丫頭進来說二姑奶〻回来了随後李紈风姐多進来大家厮見一番迎春提起他父親出门說本要赶来見〻只是他攔着不許来說是偺們家正是晦氣時侯不要沾染在身上我扭不過沒有来直哭了兩三天鳳姐道今日為什庅肯放你回来迎春道他又說偺们家二老爺

又襲了戚还可以走〻不妨事的所以總放我来說着又哭起来賈母道我原為悶的慌今日接你們来給孫子媳婦過生日說〻笑〻觧个悶兒你們又提起這些煩事来又招起我的煩惱来了迎春等多不敢作声了鳳姐雖勉強說了几句有興的話終不似先前興利招人發笑賈母心裡要宝釵喜歡故意的慪风姐兒說話风姐也知賈母之意便竭力張羅說道今兒老太〻喜歡些了你看這些〻人好几時没有聚在一處今兒齊全說着回過頭去看見婆〻尤氏不在這裡又縮住了口賈母為着齊全兩字也想邢夫人等叫人請去邢夫人尤氏惜春等听見老太〻叫不敢不来心内也十分不愿想着家業零敗偏又高興給宝釵做生日到底老太〻偏心便来了也是無精打彩的賈母問起岫烟来邢夫人假說病着不来賈母会意知薛姨媽在這里有些不便也不提了一時擺下菓酒賈母說也不送到外頭今日只許偺們娘兒們樂一樂宝玉雖然娶過親的人因賈母疼愛仍在裡頭打混但不与湘雲宝琹等同席便在賈母身傍設着一个坐兒他替宝釵輪流敬酒賈母道如今且坐下大家喝酒到挨晚再到各處行礼去若如今行起礼来大家又鬧規矩把我的興頭打回去就没趣了宝釵便依言坐下賈母又向衆人道偺們今兒索性灑脫些各留一兩个人伺候我叫鴛鴦帶了彩雲鶯兒襲人平兒等在後间去也喝一鍾酒妃央等說我們还没有給二奶〻磕頭怎庅就好喝酒去呢賈母道我說了你們只管去用的着你們再来妃央等去了這裡賈母纔讓薛姨媽等喝酒見他們多不是往

常的様子賈母着急道怎庅着大家高興些纔好湘云道我们又吃又喝还要怎庅着呢凤姐道他们小的時候多高興如今碍着臉不敢混說所以老太、瞧着冷淨了宝玉輕、的告訴賈母道話是沒有什庅說的再說就說到不好的上頭去了不如老太、出个主意叫他们行个令兒罷賈母側着耳躲听了笑道若是行令又得叫夗央去宝玉听了不待再说就出席到後间去找夗央说老太、要行令叫姐、去呢夗央道小爺讓我们舒、服、的喝一鍾罷何苦来又来攪什庅宝玉道当真老太、說的叫你去呢与我什庅相干夗央沒法说道你们只管喝我去了就来便到賈母那边老太、道你来了庅这裡要行令呢夗央道听見宝二爺说老太、叫我纔来的不知老太、要行什庅令賈母道文的怪悶的慌武的又不好你到是想个新鮮頑意兒纔好夗央想了想道如今姨太、有了年紀不肯費心倒不如拿出令盆骰子来大家擲个曲牌名兒賭輸贏酒罷賈母道这也使得便命人取骰盆放在桌上夗央說如今用四个骰子擲去擲不出名兒来的罸一盃擲出名兒来每人喝酒的盃數兒擲出来再定衆人听了道这是容易的我们多随着夗央便打点兒衆人叫夗央喝了一盃就在他身上數起恰是薛姨媽先擲薛姨媽便擲了一下却是四个么夗央道这是有名的叫商山四皓有年紀的喝一盃于是賈母李嬸娘邢王兩夫人多該喝賈母舉酒要喝夗央道这是姨太、擲的还該姨太、说个曲牌名兒下家接一句千家詩说不出来的罸一盃薛姨媽道你又来算計我了我那裡说

的上来賈毋道不説到底寂寞还是説一句的好下家兒就是我了若説不出来我陪姨太〻喝一鍾就是了薛
姨媽道我説个臨老入花叢賈毋点〻頭兒道將謂偷閑学少年説完骰盆過到李紋便擲了兩个四兩个二鴛鴦
説也有名兒这叫刘阮入天台李紋便接着説了个二士入桃源下手兒便是李紈説道尋得桃花好避秦大家又
賈毋跟前便擲了兩个二兩个三鴛鴦道這要喝了鴛鴦道有名兒的這是江燕引雛衆人都説好喝一盃凤姐道雛是雛倒飛了好些了衆人瞅了他一眼凤姐便不言
喝了一口骰盆過到黛玉跟前便擲了一个二兩个三一个么便道这是什庅鴛鴦笑道这是个臭先喝一鍾再擲罢宝
語賈毋道我説什庅呢公領孫罷下手是李綺便説道閒看兒童捉柳花衆人都説好宝玉巴不得要説只是令盃行不到正想着恰好到了
玉只得喝了又擲〻了兩个三兩个四鴛鴦道有了这叫做張敞画眉宝玉知是打趣他宝釵的臉也飛紅了凤
姐不大懂得还説二兄弟快説了再找下家兒是誰宝玉難説自認罰了罢我也沒下家兒過了令盃輪到李
紈便擲了一下鴛鴦道大奶〻擲的是十二金釵宝玉聽了趕到李紈身傍看时只見紅綠對開便説这
个好看得狠忽然想起十二釵的夢来便呆〻的退到自己座上心里想这十二釵説是金陵的怎庅我家这
些人如今七大八小的就剩了这几个復又看〻湘云宝釵雖説多在只是不見了黛玉一時按捺不住眼淚便
要下来恐人看見便説身上燥〻得狠脱〻衣裳去掛了籌出席去了史湘云看見宝玉这般光景打諒
宝玉擲不出好的来被别人擲了去心裡不喜欢才去的又嫌那个令兒沒趣便有些煩只見李紈道我
不説了席间的人也不齊不如罰我一盃賈毋道这个令兒也不熱闹不如蠲了罢讓鴛鴦擲一下看擲出

个什庅來小丫頭便把令盆放在鴛鴦跟前鴛鴦依命便擲了兩个二一个五那一个在盆里只管轉鴛鴦叫道不要

五那骰子單單轉出一个五來鴛鴦道不好了我輸了賈母道這是不筭什庅的庅鴛鴦道名兒倒有只是我說不上曲

牌名來賈母道你說名兒我給你謅鴛鴦道這是浪掃浮萍賈母道這也不難我替你說个秋魚入菱窠鴛鴦下手

的就是湘雲便道白萍吟尽楚江秋衆人道這句很確賈母道這令完了咱們喝兩盃吃飯罷回頭一看見

宝玉还沒進來便问道宝玉那裡去了还不來鴛鴦道換衣裳去了賈母道誰跟了去的那鶯兒便上來回道

我看見二爺出去我叫襲人姐姐跟了去了賈母王夫人才放心等了一回王夫人叫人去找小丫頭到了新房子裡只見

五兒在那裡插蠟小丫頭便问宝二爺那裡去了五兒道在老太太那边喝酒呢小丫頭道我在老太太那裡來

太太叫我來找豈有在那裡到叫我來找的呢五兒道這就不知道了你到別處找去罷小丫頭沒法只得

回來遇見秋紋問道你見二爺那裡去了秋紋道我也找他太太們等他吃飯這会子那裡去了呢你快去回老

太太去不必說不在家只說喝了酒不大受用不吃飯了畧躺一躺再來請老太太太太們吃飯罷小丫頭依言回去

告訴珍珠珍珠回了賈母賈母道他本來吃不多不吃也罷了叫他歇歇罷告訴他今兒不必過來有他媳婦在這裡就是

了小丫頭答應着不便說明只得別處轉了一轉說告訴了衆人也不理会吃畢飯大家散坐閒话不題且說宝

玉一時傷心走出来正無主意只見襲人赶来問是怎麽了宝玉道不怎麽只是心裡牲煩的要不趁他们喝酒偺们
兩个到珍大奶〻那裡逛〻去襲人道珍大奶〻在这裡去找誰宝玉道不找谁他既在這裡瞧〻他住的房屋怎麽樣襲人
只得跟着一面走一面说走到尤氏那边又一个小门兒半開半掩宝玉也不進去只見看園門的兩个婆子坐在門檻上說話兒
宝玉问道这小門兒间着麽婆子道天〻不间今日有人出来说預備老太〻要用園裡的菓子價开着门等着呢宝玉便
慢〻的走到那边果見腰门半開宝玉才要進去襲人忙拉住道不用去園裡不干净常没有人去别再撞見什麽宝玉
仗着酒氣說道我不怕那些〻襲人苦〻拉住不容他去婆子们上来說道如今这園子安靜的了自從那日道士拿了妖去我们摘花兒打
菓子一个人常走的二爺要去偺们多跟着有这些人怕什麽宝玉喜歡襲人也不便相強只得跟着宝玉進得園来
只見滿目淒凉那些花木枯萎更有几處亭館彩色久经剥落遠〻望見一叢翠竹倒还茂盛宝玉一想說我自病時出
園住在後边一連几个月不准我到这裡瞬息荒凉你看獨有那几杆翠竹菁葱这不是瀟湘館麽襲人道你几个月
没来連方向多忘了偺们只管說話不覺将怡紅院走過了回頭用手指着道这纔是瀟湘館呢宝玉順着襲人的手一瞧道可不是
過了麽偺们回去瞧〻襲人道天晚了老太〻必是等着吃飯該回去了宝玉不言找着旧路竟往前走你道宝玉雖離了大
觀園將及一載豈遂忘了路徑只因襲人怕他見了瀟湘館想起黛玉又要傷心所以要用言混過後来見宝玉只

望裡走又怕他招了邪氣所以哄着他只說〔已經〕走過了那裡知道宝玉的心全在瀟湘館上此时宝玉往前急走襲人只得
趕上見他站着似有所見如有所聞便道你听什庅宝玉道瀟湘館倒有人住庅襲人道大約沒有人罢宝玉道我明〻
听見有人在内啼哭怎庅没有襲人道是你疑心素常你到這裡常听見林姑娘傷心所以如今还是那樣宝玉不信还要听
去婆子們〔趕上說〕道二爺快回去罢天已晚了別處我們还敢走〻這里的路兒隱僻又听見人說打林姑娘死後常听見有哭
声所以人多不敢走〔的〕宝玉襲人听說多吃了一驚宝玉道可不是說着便滴下淚来道林妹〻〻〻好〻兒的是我害了你了你别
怨我這是父母做主並不是我負心愈說愈痛便大哭起来襲人正在沒法只見秋紋帶着些人趕来对襲人道你好大胆
怎庅和二爺到這里来老太〻太〻急的打發人各處找我到了剛才腰门上有人說是你和二爺到這裡来了唬的老太〻太
們了不得罵着我叫我帶人来趕还不快回去呢宝玉猶自痛哭襲人也不顧他兩个人拉着就走一面替他拭眼淚告訴他老
太〻着急宝玉没法只得回来襲人知老太〻不放心將宝玉仍送到賈母那边衆人多等着未散賈母便說襲人我素常因你
明白才把宝玉交給你怎庅今兒帶他園裡去他的病才好倘或撞着什庅又閙起来那可怎庅好襲人也不敢分辨只得
低頭不語宝釵看宝玉顏色不好心裡吃驚〔着實〕宝玉恐襲人受委曲說道青天白日怕什庅我因為好些時沒到園裡逛〻今
趁着酒興走〻那裡就撞着什庅了呢鳳姐在園裡吃過大虧的听到那裡寒毛直竪說宝兄弟胆子忒大了湘雲道不是胆

大倒是心實不知是會芙蓉神去了還是尋什麽仙去了寶玉聽着也不答言獨有王夫人急的一言不發賈母道你到園裡沒有唬着呀不用說了已後要逛到底多帶几个人才好不是你鬧的大家多早散了去罢好〻的睡一夜明日一早過來我要找補叫你們再樂一天呢別為他再鬧出什麽原故來衆人聽說遂辭了賈母出來薛姨媽便到王夫人那里住下史湘雲仍在賈母房中迎春便往惜春那里去了餘者各自回去不題獨有寶玉回到房中噯声嘆氣寶釵明知其故也不理他只是怕他憂悶勾出舊病來便進裡間叫襲人來細問他寶玉到園怎麽樣的光景未知襲人怎生回說下回分解

紅樓夢第一百九回

候芬魂五兒承錯愛　還孽債迎女返真元

話說宝釵叫襲人問出原故恐宝玉悲傷成疾便將代玉臨死的話與襲人假作閒談說是人在世上有意有情到了死後各自幹各自的去了並不是生前那樣的人死後还是那樣活人雖有痴心死的竟不知道況且林姑娘既說仙去他看凡人是个不堪的濁物那里还肯混在世上只是人自己疑心所以招出些邪魔外祟來纏擾宝釵雖是与襲人說話原說給宝玉听的襲人会意也說是沒有的事若說林姑娘的魂靈兒还在園裡我們也算相好怎么沒有夢見過一次宝玉在外面听着細細的想道果然也奇我知道林妹妹死了那一日不想几遍怎么從沒夢見想必他到天上去了瞧我這凡夫俗子不能交通神明所以夢多沒有一个兒我如今就在外間睡或者我從園裡回來他知道我的心肯與我夢里一見我必要問他实在那里去了我也時常祭奠若是果然不理我這濁物竟無一夢我也不想他了主意已定便說我今夜就在外間睡你們也不用管我宝釵也不強他只說你不用胡思亂想你沒瞧見太太因你園裡去了急的話多說不出來你這会子还不保養身子倘或老太太知道了又說我們不用心宝玉道白這么說罷了我坐一會子就進來你也乏了先睡罷宝釵料他必進來的假意說道我睡了叫襲姑娘伺候你罷宝玉听了正合機宜等宝釵睡下他便叫襲人麝月另鋪設下一付被褥常叫人進來瞧二奶奶睡着了沒有宝釵故意裝睡也是一夜不寧那宝玉只當宝釵睡着便与襲人道你们各自睡罷我又不傷感你若不信你就

伏侍我睡了再進去只要不驚動我就是了襲人果然伏侍他睡下預備下茶水関好了門進裡間去照應了一回各自假寐着
着宝玉若有動静再出来宝玉見襲人進去了便將坐更的兩个婆子支到外頭他輕〻的坐起来暗〻的祝讃了几句方才
睡下起初再睡不着已後把心一静誰知竟睡着了却到一夜安眠直到天亮方才醒来拭了拭眼坐着想了一回並
没有夢便嘆口氣道正是悠〻生死別經年魂魄不曾来入夢宝釵又是一夜没有睡着听見宝玉念這两句便接口
道這話你説莽撞了若林妹〻在時又該生氣了宝玉听了自覺不好意思只得起来搭訕着進裡间来説我原要進
来不知怎么一个晚児就打着了宝釵道你進来不進来與我什么相干襲人也本没有睡听見他们两个説話即忙上来倒
茶只見老太〻那边打發小丫頭来問宝二爺昨夜睡的安頓么若安頓早〻的同二奶〻梳洗了就過去襲人道你回去回老
太〻説宝玉昨夜狠安頓回来就過来小丫頭去了宝釵連忙梳洗鶯児襲人等跟着先到賈母那裡行了礼便到王
夫人那边起至鳳姐多讓過了仍到賈母處見他母親也過来了大家問起宝玉好么宝釵道昨夜回去就睡了没有什么
衆人放心又説些閒話只見小丫頭進来説二姑奶〻要回去了听見説孫姑爺那边人来到大太〻那里説了些話大太〻叫人
到四姑娘那边説不必留了讓他去罢如今二姑奶〻在大太〻那边哭呢大約就過来辭老太〻賈母衆人听了心中好不自在
多説二姑娘这么一个人為什么命裡遭着這樣的人一輩子不能出頭這可怎么好呢説着迎春進来淚痕滿面

因是宝釵的好日子只得含着淚辞了眾人要回去賈母知道他的苦處也不便強留便道你回去也罷了但不用傷心碰着這樣人也是沒法兒的過几天我再打發人接你去迎春道老太太始終疼我如今也疼不來了可憐我沒有再来的時候了說着眼淚直流眾人多劝道這有什麼不能回来的呢比不得你三妹妹隔得遠要見面就难了賈母等想起探春不覺也大家落淚為是宝釵的生日只得轉悲作喜說這也不难只要海疆平靜那边親家调進京来就見的着了說着迎春只得含悲而别大家送了出来仍回賈母那裡從早至暮又閙了一天眾人見賈母勞乏各自散了獨有薛姨媽辞了賈母到宝釵那裡說道你哥哥是今年過了直要等到皇恩大赦的時候减了等才好贖罪這几年叫我孤苦伶仃怎麼處我想要給你二哥哥完婚你想想好不好宝釵道媽媽是因為大哥哥娶了親唬怕了的所以把二哥哥的事也疑惑起来據我說很該办那姑娘是媽媽知道的如今在這裡也很苦娶了去雖說偺們窮究竟比他傍人门户好多着呢薛姨媽道你得便的時候就去回明老太太說我家沒人就要擇日子了宝釵道媽媽只管和二哥哥商量挑了好日子過来和老太太大太太說了娶过去就完了一庄事這裡大太太也巴不得娶了去才好薛姨媽道今日听見史姑娘也就回去了老太太心裡要留你妹妹在這裡住几天所以他住下了我想他也是不定多早晚就走的人了你們姊妹們也多叙几天話兒宝釵道正是呢于是薛姨媽又坐了一坐出来辞了眾人回去了却說宝玉晚间歸房因想昨

夜代玉竟不入夢或者他已往成仙所以不肯来見我这種濁人也是有的不然就是我的性兒太急了也未可知便想了个主意向宝釵说道我昨夜偶然在外頭睡着似乎比在屋里睡的安稳些今日起来心裡也覚清淨我的意思还要在外頭睡兩夜只怕你们又来攔我宝釵听了明知早晨他嘴裡念詩自然是為代玉的事了想来他那个獃性是不能劝的莠他睡兩夜索性自己死了心也罢了况兼昨夜听他睡的到也安静便道好没来由你只管睡去我们攔你做什庅但只别胡思乱想的招出些邪魔外祟来宝玉咲道誰想什庅襲人道依我勸二爺竟还是屋里睡罢外边一時照應不到着了凉倒不好宝玉未及荅言宝釵却向襲人使了个眼色襲人會意道也罢叫个人跟着你罢夜里好倒茶倒水的宝玉便咲道这庅說你就跟了我来襲人听了倒没意思登時紅了臉一聲也不言語宝釵素知襲人穩重便说他是跟慣了我的还叫他跟着我罢叫麝月五兒照料着也罢了况且今日他跟着我闹了一天也乏了該叫他歇歇了宝玉只得咲着出来宝釵因命麝月五兒給宝玉仍在外间鋪設了又囑附兩个人醒睡些要茶要水多留点神兒兩个荅應着出来看見宝玉端然坐在床上閉目合掌居然像个和尚一般兩个也不敢言語只管瞅着他咲宝釵又命襲人出来照應襲人看見这般却也好咲便輕輕的叫道該睡了怎庅又打起坐来宝玉睁開眼看見襲人便道你们只管睡罢我坐一坐就睡襲人道因為你昨日那个光景闹的二奶奶一夜没睡你再这庅着

成什庅事宝玉料着自己不睡多不肯睡便收拾睡下襲人又囑付了麝月等几句總進去関门睡了这里麝月五
兒兩个人也收拾了被褥伺候宝玉睡着各自歇下那知宝玉要睡越睡不着見他兩个人在那裡打鋪忽然想起那年
襲人不在家時晴雯麝月兩个服侍夜间麝月出去晴雯要唬他因為没穿衣服着了凉後来还是從這个病上死
的想到这裡一心移到晴雯身上去了忽又想起鳳姐説五兒給晴雯脱了个影兒因將想晴雯的心又移在五兒身上自
己假粧睡着偷偷兒的看那五兒越瞧越像晴雯不覺獃性復發听了听裡間已無声息知是睡了但不知麝月
睡了没有便故意叫了兩声却不答應五兒听見了宝玉叫人便问道二爺要什庅宝玉道我要漱漱口五兒見麝月
已睡只得起来重新剪了蠟花倒了一鍾茶来一手托着漱盂却因赶忙起来的身上只穿着一件桃紅綾子小
襖兒鬆鬆的挽着一个鬢兒宝玉看時居然晴雯復生忽又想起晴雯説的早知躭了虛名也就打个正經主意了
不覺獃獃的呆看也不接茶那五兒自從芳官去後也無心進来了後来听説鳳姐叫他進来伏侍宝玉竟比宝玉聆他
進来的心还急不想進来以後見宝釵襲人一般尊貴穩重看着心裡实在敬慕又見宝玉疯疯傻傻不似先前的丰致
又听見王夫人為女孩子们和宝玉頑笑多攆了所以把那女兒的柔情和素日的痴心一槩擱起怎奈这位獃爺
今晚把他當作晴雯只管愛惜起来那五兒早已羞得兩頰紅潮又不敢大声説話只得輕輕的説道二爺漱口吓

宝玉咲着接了茶在手中也不知道漱了没有便咲嘻ゝ的問道你和晴雯姐ゝ好不是五兒听了摸不着頭腦便道多是姐妹也沒有什庅不好的宝玉又悄ゝ的問道晴雯病重了我看他去不是你也去了庅五兒微ゝ咲着点頭兒宝玉道你听見他說什庅了沒有五兒搖着頭兒道沒有宝玉已經忘神便把五兒的手一拉五兒急的紅了臉心裡乱跳便悄ゝ說道二爺有什庅話只管說别拉ゝ扯ゝ的宝玉才撒了手說道他和我說来早知担了虛名也該打正經主意了你怎庅沒听見庅五兒听了这話明ゝ是撩撥的意思又不敢怎庅樣便道那是他自己沒臉这也是女孩兒家說的庅宝玉着急道你怎庅也是這个道学先生我看你長的和他一模一樣我纔肯和你說這个話你怎庅倒拿這些話遭塌他此時五兒心中也不知宝玉是怎庅个意思便說道夜深了二爺睡罢别緊着坐着看涼着了剛才奶ゝ和襲人姐ゝ怎庅囑付来宝玉道我不涼說到这里忽然想起五兒沒有穿着大衣裳就怕他也像晴雯着了凉便問道你為什庅不穿上衣裳就過来五兒道爺叫的緊那裡有仅着穿衣裳的空兒要知道說這半天話兒時我也穿上了宝玉听了連忙把自己盖的一件月白綾子棉袄兒揭起来遞給五兒叫他披上五兒只不肯接說二爺盖着罢我不涼我涼我有我的衣裳說着回到自己舖边拉了一件長袄披上又听了听麝月睡的正濃才慢ゝ過来說二爺今晚不是要養神庅宝玉咲道实告訴你罢什庅是養神我倒要遇仙的意思五兒

听了越發疑心便问道遇什庅仙宝玉道你要知道這話長着呢你挨着我来坐下我告訴你五兒紅了臉咲道你在那里躺着我怎庅坐呢宝玉道这个何妨那一年冷天就是你晴雯姐、和麝月姐、頑我怕凍着他还把他攬在一个被窩裡呢这有什庅大凡一个人緫别酸文假醋的才好五兒听了句、多是調戲之意那知這位獃爺却是实心实意的話五兒此時走开不好站着不好坐下不好倒沒了主意因拿眼一溜抿着嘴兒咲道你别混說了看人家听見什庅意思怨不得人家說你專在女孩兒身上用工夫你自已放着二奶、和襲人姐、多是仙人兒是的只愛和别人混攪明兒再說这些、話我回了二奶、看你什庅臉見人正說着只听外面咕咚、一般把两个人唬了一跳里间宝釵咳嗽了一声宝玉听見連忙撇嘴兒也就忙、的息了燈悄、的躺下了原来宝釵襲人因昨夜不曾睡又兼日间劳乏了一天所以睡去多不曾听見他们說話此時院中一响猛然驚醒听了听也無動静宝玉此時躺在床上心里疑惑莫非林妹、来了听見我和五兒說話故意唬我们的翻来覆去胡思乱想五更以後才朦朧睡去却說五兒被宝玉鬼混了半夜又兼宝釵咳嗽自己懷着鬼胎生怕宝釵听見了也是思前想後一夜無眠次日一早起来見宝玉尚自昏、睡着便輕、兒的收拾了屋子那時麝月已醒便道你怎庅这庅早起来了你难道一夜沒睡庅五兒听这話又似、麝月知道了的光景便只、是赸咲也不答言一時宝釵襲人也多起来開了門見宝玉尚睡却也納悶怎広在外頭兩夜睡的倒這広安穩呢及宝玉醒来見衆人多起来了自已連忙爬起揉着眼睛細想昨夜又不曾夢見可是仙凡路隔了慢慢的下了床又想昨夜五兒説的宝釵襲人多是天仙一般這話却也不錯便怔怔的瞧着宝釵宝釵見他發怔雖知他為黛玉之事却也定不淂夢不夢只是瞧的自已到不好意思便道你昨夜可遇見仙了広宝玉听了只道昨晚的話宝釵听見了勉強咲道這是那裡的話那五兒听了這一句越發心虛起来又不好说的只淂且看宝釵的光景只見宝釵又咲着问五兒道你听見二爺睡夢裡和人说话来広宝玉听了自已坐不住搭赸着走開了五兒把臉飛紅只淂含糊道前半夜到说了几句我也沒听真什広撈了虛名又什広沒打正經主意我也不懂劝着二爺睡了後来我也睡了不知二爺还說来沒有宝釵低頭一想這話明是為代玉了但儘着呼他在外頭恐怕心邪了招出些花妖柳怪来况兼他的旧病元在姐妹上情重只好設法將他的心意挪移過来然後能免無事想到這里不免面紅耳熱起来也就赸赸的進房梳洗去了且説賈母兩日高興畧吃多了些這晚有些不受用第二天便覺着胸口飽悶鴛鴦要回賈政賈母不叫言語说我這兩日嘴饞些吃多了点子我餓一頓就好了你们别吵嚷於是鴛鴦並沒有告訴人這日晚间宝玉回到自已屋裡見宝釵自賈母王夫人處才請了晚安回来宝玉想着早起之事未免赧顔抱慚宝釵看他這様也曉淂是沒意思的光

景因想他是痴情人要治他的这个病少不得仍以痴情治之想了想便问宝玉道你今夜还在外頭睡去罢了宝玉自覺没趣便道裡頭外頭多是一樣的宝釵意欲再説及覺碍難出口襲人道罢呀这倒是什庅道理呢我不信睡的那庅安頓五兒听見这話連忙接口道二爺在外頭睡别的倒没有什庅只爱説夢話叫人摸不着頭腦兒又不敢駁他的回兒襲人便道我今日挪出床上睡睡看説夢話不説你们只管把二爺的鋪蓋鋪在裡间就是了宝釵听了也不做声宝玉自己慚愧那裡还有強嘴的分兒便依着搬進来一則宝玉抱歉欲安宝釵之心二則宝釵恐宝玉思鬱成疾不如稍示柔情使得親近以為移花接木之計於是當晚襲人果然挪出去这宝玉果是有意負荊那宝釵自然也無心拒客從過門至今日方才是雨膩雲香氤氲調暢從此二五之精妙合而凝此是後話不提且説次日宝玉宝釵同起宝玉梳洗了先過賈母這边来这裡賈母因疼宝玉又想宝釵孝順忽然想起一件東西来便叫夗央開了箱子取出祖上所遺的一个漢玉玦虽不及宝玉他那塊玉石掛在身上却也希罕夗央找出来遞與賈母便説道這件東西我好像從沒見的老太太這些年还記得這樣清楚説是那一箱什庅匣子裡裝着我挨着老太太的話一拿就拿出来了老太太这會子叫拿出来做什庅賈母道你那裡知道这塊玉还是祖爺爺給我们老太爺老太爺疼我臨出嫁的時候叫了我去親手遞給我的还説这玉是漢朝

所佩的東西狠貴重你拿着就像見了我的一樣我那時还小拿了来也不當什庅便擱在箱子裡到了這裡我見你們家的東西也多这算得什庅從沒帶過一擦便擱了六十多年今日見宝玉这樣孝順他又丢了一塊玉故此想着拿出来給他也像是祖上給我的意思一時宝玉請了安賈母便喜歡道你過来我給你一件東西瞧々宝玉走到床前賈母便把那塊漢玉遞給宝玉々々接来一瞧那玉有三寸方圓形似甜瓜色有紅暈甚是精緻宝玉口々称讚賈母道你愛庅这是我祖爺々給我的我傳了你罢宝玉笑着請了安謝了拿了要送給他母親瞧賈母道你太々瞧了告訴你老子又說疼兒子不如疼孫子了他們從沒見過宝玉咲着去了宝釵等又說了几句話也辭了出来自此賈母兩日不進飲食胸口仍是膨悶覺得頭暈目眩咳嗽邢王二夫人凤姐等請安見賈母精神尚好不過吽人告訴賈政立刻来請了安郎請大夫来胗了脉說是有年紀的人停了些飲食感冒些風寒畧消導發散些就好了開了方子賈政看了知是尋常藥品命人煎好進服以後賈政早晚進来請安一連三日不見稍减賈政又命賈璉打听好大夫請来瞧老太々的病偺們常請的几个大夫我瞧着不怎庅好所以吽你去賈璉想了一想說道記得那年宝兄弟病的時候倒是請了一个不行医的来瞧好了的如今不如找他賈政道医道却是極難的越是不行時的大夫倒有本領你就打發人去找来罢賈璉答應了出去回来說道这刘大夫新近出城教書去了過十来天進城一次这時等不得又請了一位

也就来了賈政听了只得弄着不題且說賈母病時合宅女眷無日不来請安一日众人多在那裡只見看園内腰門的老婆子進来回說園裡的櫳翠菴的妙師父知道老太〻病了特来請安众人道他不常過来今兒特来你们快請進来凤姐走到床前回了賈母岫烟是妙玉的旧相識先走出去接他只見妙玉頭帶妙常髻身上穿一件月白素紬袄兒外罩一件水田青緞鑲边長背心拴着秋香色的絲縧腰下繫一条淡墨画的白綾裙子手執麈尾念珠跟着一丁侍兒飄〻拽〻的走来岫烟見了问好說是在園内住的時候可以常来瞧〻你近来因為園内人少一丁人輕易难出来况且偺们这裡的腰門常関着所以这些日子不得見你今日幸會妙玉道頭裡你们是熱鬧塲中你们雖在外園裡住我也不便常来親近如今知道这裡的事情也不大好又听說是老太〻病着又惦記着你还要瞧〻宝姑娘我那管你們閑不閑我要来就来我不来你们要我来也不能啊岫烟咲道你还是这種脾氣一面說着已到賈母房中众人見了多問了好妙玉走到賈母床前問候說了几句套話賈母便道你是丁女菩薩你瞧〻我的病可好的了好不了妙玉道老太〻这樣慈善的人壽数正有呢一時感冒吃几貼藥想来也就好了有年紀的人只〻要寬心些〻賈母道我倒不為這些我是極爱尋快樂的如今这病也不覺怎麼着只是胸膈飽闷刚才大夫說是氣惱所致你是知道的誰敢給我氣受这不是那大夫脉理平常麼我和璉兒說了还是頭一丁大夫説感冒傷

食的是明兒还請他来说着叫夗央吩咐厨房裡办一桌净素菜来請妙師父这裡便飯妙玉道我吃過午飯了我是不吃東西的王夫人道不吃也罢偺們多坐一會说、閑話罢妙玉道我久已不見你們今日来瞧、又説了一回話便要走回頭見惜春站着便问道四姑娘為什庅這様瘦不要只管愛画劳了心惜春道我久不画了如今住的房屋不比園裡的显亮所以没兴頭畫妙玉道你如今住在那一所惜春道就是你才来的那个門東边的屋子你要来狠近妙玉道我高兴的時候来瞧你惜春等说着送了出去回身過来听見丫頭們回說大夫在賈母那边呢衆人暫且散去那知賈母這病日重一日延医調治不效已後又添腹瀉賈政着急知病难医即命人到衙門告許日夜同王夫人親侍湯藥一日見賈母畧進些飲食心里稍寛只見老婆子在門外探頭王夫人叫彩雲看去問、是誰彩雲看了是陪迎春到孫家去的人便道你来做什庅婆子道我来了半日這裡我不着一个姐、們我又不敢冐撞我心裡又急彩雲道你急什庅又是姑爺作践姑娘不成庅婆子道姑娘不好了前兒鬧了一塲姑娘哭了一夜昨日痰堵住了他們又不請大夫今日更利害了彩雲道老太、病着呢別大驚小怪的王夫人在内已听見了恐老太、听見不受用忙叫彩雲帶他外頭說去豈知賈母病中心静偏、听見便道迎丫頭要死了庅王夫人便道沒有婆子們不知輕重説是這兩日有些病恐不能就好到这裡問大夫賈母道瞧我的大夫就好快請了去王夫人便叫彩雲叫这婆子去回

大太々去那婆子去了這裡賈母便悲傷起来說是我三丁孫女兒一丁享尽了福死了三丫頭遠嫁不得見面迎丫
頭虽苦或者熬出来不打諒他年輕、兒的就要死了留着我這庅大年紀的人活着做什庅王夫人夗央等解
劝了好半天那時宝釵李氏等不在房中凤姐近来有病王夫人恐賈母生悲添病便叫人叫了他们来陪着自己回到
房中叫彩雲来埋怨这婆子不懂事已後我在老太々那裡你们有事不用来回丫頭们依命不言豈知那婆子刚到
邢夫人那裡外頭的人已傳進来說二姑奶々死了邢夫人听了也便哭了一場現今他父親不在家中只得叫賈璉快去
瞧去知賈母病着衆人多不敢回可憐一位如花似月之女結褵年餘不料被孫家揉搓以致身亡又值賈母病篤
衆人不便离開竟容孫家草、完結賈母病勢日增只想这些孫女兒一時想起湘雲便打發人去瞧他回来的人
悄々的找夗央因夗央在老太、身旁王夫人等多在那裡不便上去到了後頭找了琥珀告訴他道老太、想史姑娘
叫我们去打听那裡知道史姑娘哭的了不得說是姑爺得了暴病大夫多瞧了說这病只怕不能好若是变了
癆病还可挨丁四五年所以史姑娘心里着急又知道老太、病只是不能過来請安还叫我别在老太、跟前提起
来倘或老太々問起務必托你们变丁法兒回老太、才好琥珀听了咳了一声也就不言語了半日說道你去罢琥珀也
不便回心裡打算告訴夗央叫他撒謊去所以来到賈母床前見賈母神色大变地下站着一屋子的人嘁、喳、的說

瞧着是不好也不敢言語了这裡賈政悄悄的叫賈璉到身傍向耳边說了几句话賈璉輕輕的答应出去了便傳齊了現在家裡的一干人說老太太的事待好出来了你们快快分頭派人办去頭一件先請出板来瞧瞧好掛裡子快到各處将各人的衣服量了尺寸多闲明了便叫裁縫去做孝衣那棚杠執事多講定了厨房裡还该多派几个人頼大等回道二爺这些事不用費心我们早打算好了只是这項銀子在那裡領呢賈璉道这種銀子不用外頭去老太太自已早留下了剛纔老爺的主意只要办的好我想外面也要好看頼大等答应派人分頭办去

賈璉復回到自已房中便問平兒你奶奶今兒怎么樣平兒把嘴往裡一努說你瞧去賈璉進内見鳳姐正要穿衣一時動不得暫且靠在炕桌兒上賈璉道你只怕養不住了老太太的事今兒明兒就要出来了你还脱得過么快叫人将屋裡收拾收拾就該扎挣上去了若有了事你我还能回来么凤姐道偺们这裡还有什么収拾的不過就是這点子東西还怕什么你先去罢看老爺叫你我換件衣裳就来賈璉先回到賈母房裡向賈政悄悄的回道諸事已交派明白了賈政点頭外面又報太医来了賈璉接入診了脉出来悄悄的告訴賈璉老太太的脉氣不好防着些賈璉会意與王夫人等說知王夫人即忙使眼色叫鴛鴦過来叫他把老太太的裝裹衣服預備出来鴛鴦自去料理

賈母睜眼要茶喝邢夫人便進了一杯參湯賈母剛用嘴接着喝便道不要这个倒一鍾茶来我喝衆人不敢

違拗即忙送上來喝了一口还要又喝一口便說我要坐起來賈政等道老太〻要什広只管說可以不必坐起來才好

賈母道我喝了口水心裡好些〻兒畧靠着和你〻們説〻話兒珍珠等用手輕〻扶起看見賈母這会子精神好

了些〻未知生死下回分解

紅樓夢第一百十回

史太君壽終歸地府　王鳳姐力詘失人心

却說賈母坐起說道我到你們家已經六十多年從年輕的時候到老來福也享尽了自你們老爺起兒子孫子也多寧是好的了就是宝玉呢我疼了他一場說到那里拿眼滿地下瞧王夫人便推宝玉走到床前賈母從被窩里伸出手來拉着宝玉道我的兒你要爭氣纔好宝玉嘴里荅應心里一酸那眼淚便要流下來又不敢哭只得站着听賈母說道我想再見一个重孫子我就安心了我的蘭兒在那裡呢李紈也推賈蘭上去賈母放了宝玉拉着賈蘭道你母親是要孝順的將來你成了人也叫你母親風光風光鳳丫頭呢风姐本来站在賈母旁邊赶忙走到跟前說在這裡呢賈母道我的兒你是太聰明了將來修修福罷我也沒有修什麼不過心實吃虧那些吃齋念佛的事我也不大幹就是旧年叫人寫了些金剛経送送人不知送完了沒有风姐道沒有呢賈母道早該施捨完了才好我們大老爺和珍兒是在外頭樂了最可惡的是史丫頭沒良心怎麼總不来瞧我妃央等明知其故多不言語賈母又瞧了一瞧宝釵嘆了口氣只見臉上發紅賈政知是回光返照即忙進上參湯賈母的牙関已經緊了合了一回眼又睜着滿屋裡瞧了一瞧王夫人宝釵上去輕輕扶着邢夫人鳳姐等便忙穿衣地下婆子們已將床安設停當鋪了被褥听見賈母喉間略一响動臉变笑容竟是去了享年八十三歲衆婆子疾忙停床於是賈政等在外一邊跪着

邢王人等吊內一边哭了得

一齊擧起哀來外面家人各樣預備齊全只听裡頭信兒一傳出來從榮府大门起至內宅門扇扇大开一色淨白紙糊了孝棚高起大門前的牌樓立時豎起上下人等登時成服賈政報了丁憂礼部奏聞主上深仁厚澤念及世代功勳又係元妃祖母賞銀一千两諭礼部主祭家人們各處報喪衆親友雖知賈家勢敗今見聖恩隆重多來探喪擇了吉時成殮停靈正寢賈赦不在家賈政為長宝玉賈环賈蘭是親孫年紀又小多應守靈賈璉雖也是親孫帶着賈蓉尚可分派家人办事雖請了些男女外親來照應內裡邢王二夫人李紈鳳姐宝釵等是應靈旁哭泣的尤氏雖可照應他自賈珍外出依住榮府一向總不上前且又榮府的事不甚諳練賈蓉的媳婦更不必說惜春年小雖在這裡長的他於家事全不知道所以內裡竟無一人支持只有鳳姐可以照管裡頭的事況又賈璉在外做主裡外他二人倒也相宜鳳姐先前仗着自己的才幹原打諒老太太死了他大有一番作用邢王二夫人等本知他曾办過秦氏的事必是妥當於是仍叫鳳姐總理裡頭的事鳳姐本不應辭自然應了心想這裡的事本是我管的那些家人更是我手下的人太太和珍大嫂子的人本來難使喚如今他們多去了銀項雖沒有對牌這種銀子却是現成的外頭的事又是我們那个办雖說我現今身子不好想來也不致落褒貶必比寧府裡還得办些心下已定且待明日接了三後日一早分派便叫周瑞家的傳出話去將花名冊取上來鳳姐一一的瞧了統共

男僕只有二十一人女僕只有十九人餘者俱是些々丫頭連各房算上也不過三十多人雖以派差心裡想道這回老太太的事倒沒有東府裡的人多又將庄上的弄出几个也不敷差遣正在思算只見一个小丫頭過來說夗央姐々請奶々風姐只得過去只見夗央哭得淚人一般一把拉着風姐說道二奶々請坐我給二奶々磕个頭雖說服中不行礼這个頭是要磕的夗央說着跪下慌的風姐赶忙拉住說道這是什麼礼有話好々的說夗央跪着風姐便拉起來夗央說道老太々的事一应內外多是二爺和二奶々辦這種銀子是老太々留下的老太々這一輩子也沒有糟塌過什麼銀錢如今臨了這件大事必得求二奶々體々面々的辦一辦才好我方才听見老爺說什麼詩云子曰我也不懂又說什麼喪與其易寧戚我更不明白我問宝二奶々說是老爺的意思老太々的喪事只要悲切才是真孝不必靡費圖好看的念頭我想老太々這樣一个人怎麼不該體面些々我雖是奴才丫頭敢說什麼只是老太々疼二奶々和我這一塲臨死了还不叫他風光々々我想二奶々是能辦大事的故此我請二奶々來作个主意我生是跟老太々的人死了我也是跟老太々的若是瞧不見老太々的事怎麼辦將來怎麼見老太々呢風姐听了這話來的古怪便說你放心要體面是不難的雖是老爺口說要省那勢派也錯不得便拿這項銀子多花在老太々身上也是該當的夗央道老太々的遺言說所有剩下的東西是給我們的二奶々倘或用着不敷只管拿這个去折變

補上就是老爺説什庅也不好違了老太〻的遺言況且老太〻分派的時候不是老爺在這裡听見的庅风姐道你素来最明白的怎庅這会子這樣的着急起来了鸳鸯道不是我着急為的是大太〻是不管事的老爺是怕招揺的若是二奶〻心裡也是老爺的想頭説抄過家的人家喪事还是這庅好將来又要抄起来也就不顧起老太太来怎庅樣呢我呢是个丫頭好歹碍不着到底是這裡的声名风姐道我知道了你只管放心有我呢鸳鸯千恩萬謝的托了风姐那风姐出来想道鸳鸯這東西好古怪不知打了什庅主意論理老太〻身上本該體面些〻且别管他只按着偺们家先前的樣子办去於是叫旺兒家的来把話傳出去請二爺進来不多時賈璉進来説道怎庅找我你在裡頭照應着些〻就是了横竪做主是老爺太〻们他説怎庅着我们就怎庅着风姐道你也説起這个話来了可不是鸳鸯説的話應驗了庅賈璉道什庅鸳鸯的话风姐便將鸳鸯請進去的话述了一遍賈璉道他们的話算什庅刚才二老爺叫我去説老太〻的事固要認真办理但是知道的呢説是老太〻自己結果自己不知道的只説偺们多隱匿起来了如今很寬裕老太〻的這種銀子用不了谁还要庅仍旧该用在老太〻身上老太〻是在南边的虽有坟地却沒有陰宅老太〻的靈是要歸到南邊去的留這銀子在祖坟上蓋起些〻房屋来再餘下的置買几頃祭田偺们回去也好就是不回去便叫那些〻貧窮

族中住着也好按時按節早晚上香時常祭掃〻〻你想這些話可不是正經主意庅據你的話難道多花了
罢凤姐道銀子發出来了没有賈璉道誰見過銀子我听見偺們太〻听見了二老爺的話極力的竄掇二太〻
和二老爺説這是好主意叫我怎庅着現在外頭棚杠上要支几百銀子这会子还没有發出来我要去他們多説
有先叫外頭办了回来再筭你想这些奴才有錢的早涵了按着册子叫去有説告病的有説下庄子去了的剩下几
丁走不動的只有賺錢的能耐还有賠錢的本事庅凤姐听了呆了半天説道这还办什庅正説着来了一丁了頭
説大太〻的話問二奶〻今日第三天了裡頭还狠乱供了飯还叫親戚們等着庅叫了半天上了菜短了飯这
是什庅办事的道理凤姐急忙進去吆喝人来伺候將就着把早飯打發了偏〻那日人来的多裡頭的人多死眉
瞪眼的鳳姐只得在那裡照料了一会子又惦记着派人赶着出来叫了旺兒家的傳齊了家下女人們一〻分派
了衆人多答应着不動凤姐道什庅時候还不供飯衆人道傳飯是容易的只要將裡頭的東西發出来我
們才好照〻管去凤姐道糊塗東西派定了你們少不得有的衆人只得勉強應着凤姐即往上房取發應用之物
要去請示邢王二夫人見人多難説看那時候已經日漸平西了只得找了妃央説要老太〻存的那一分傢伙妃央道
你还问我呢那一年二爺當了贖了来了庅凤姐道不要銀的金的只要那一分平常使的妃央道大太〻珍大

奶奶屋裡使的是那裡來的风姐一想不差轉身就走只得到王夫人那边找了玉釧彩云才拿了一分出来急忙叫彩明登賬發與衆人收管鴛鴦見风姐這樣慌張又不好叫他回来心想他頭裡做事何等爽利週到如今怎麼掣肘的這个樣兒我看這兩三天連一点頭腦多沒有不是老太太白疼了他了麼那知邢夫人一听賈政的話正合着將来家計艱難的心巴不得留一点子做个收局況且老太太的事原是長房做主賈赦雖不在家賈政又是拘泥的人有件事便說請大太太的主意邢夫人素知风姐手脚大賈璉的鬧鬼所以死拿住不放鬆鴛鴦只道已將這項銀兩交了出去了故見风姐掣肘如此却疑為不肯用心便向賈母靈前嘮嘮叨叨哭个不了邢夫人等听了話中有話不想到自己不令风姐便宜行事反說风丫頭果然有些不用心王夫人到了晚上叫了风姐過来說道咱們家雖說不濟外頭的體面是要的這兩三天人来人往我瞧着那些人多照應不到想必你沒有吩咐還得你替我們操点心兒才好风姐听了呆了一会要將銀兩不湊手的話說出来但只銀錢是外頭管的王夫人說的是照應不到风姐也不敢辯只好不言語邢夫人在旁說道論理該是我們做媳婦的操心本不是孫子媳婦的事但是我們動不得身所以托你你是打不得撒手的风姐紫漲了臉正要回說只听外頭鼓樂一奏是燒黃昏紙的時候了大家舉起哀来又不得說风姐原想回来再說王夫人催

他出去料理說道這裡有我們呢你快〻見的去料理明見的事罷凤姐不敢再言只得含悲忍泣的出来
又叫人傳齊了衆人又吩咐了一會説大娘嬸子們可憐我罷我上頭挨了好些説為的是你們不齊集叫人笑話明見
你們豁出些辛苦来罷那些人回道奶〻辦事不是今見个遭見我們敢違拗麼只是這回的事上頭過於累贅只
說打發這頓飯罷有在這里吃的有要在家裡吃的請了這位太〻又是那位奶〻不来諸如此類那裡能齊全還求
奶〻勸〻那些姑娘們少挑飭就好了凤姐道頭一層是老太〻的丫頭們是难纏的太〻們的也难說話叫我說誰去
呢衆人道從前奶〻在東府裡還是署事要打要罵怎麼那樣鋒利誰敢不依如今這些姑娘們多壓不住了凤姐
嘆道東府裡的事雖説託辦的太〻虽在那裡不好意思説什麼如今是自己的事情又是公中的人〻説得話再者外頭
的銀錢也叫不靈即如棚裡要件東西傳出去了總不見拿進来這叫我有什麼法見呢衆人道二爺在外頭
倒怕不應付麼凤姐道還提這丫他也是那裡為难第一件銀錢不在他手裡要一件得回一件那裡湊手衆人道
老太〻這項銀子不在二爺手裡麼凤姐道你們回来问管事的就知道了衆人道怨不得我們听見外頭男人
抱怨説這麼件大事偺們一点也摸不着净當苦差叫人怎麼能齊心呢凤姐道如今不用説了眼面前的事大家
留些神罷倘或鬧的上頭有了什麼説的我可和你們不依衆人道奶〻要怎麼樣我們敢抱怨麼只是上

頭一人一个主意我们实在難遇到凤姐听了也没法只得央及道好大娘们明兒且帮我一天等我把姑娘们闹明白了再説罢了衆人听命而去凤姐一肚子的委曲愈想愈氣直到天亮又得上去要把各處的人整理〃〃又恐邢夫人生氣要和王夫人説怎奈邢夫人挑唆这些丫頭们見邢夫人等不助着凤姐的威風更加作践起他来幸得平兒替凤姐排解説是二奶〃巴不得要好只是老爺太〃们吩咐了外頭不許糜費所以我们二奶〃不能应付到了説過几次才得安静些虽説僧经道懺弔祭供飯絡繹不絶终是銀錢吝嗇誰肯踴躍不過草〃了事連日王妃诰命〃也来的不少凤姐也不能上去照应只好在底下張羅叫了那个走了这个發一回急央及一回支吾過了一起又打發一起别説夗央等着去不像樣連凤姐自己心裡也過不去了邢夫人虽説是冢婦仗着悲戚為孝四个字倒也多不理会王夫人只得跟着邢夫人行事餘者更不必説了独有李紈瞧出凤姐的苦處却不敢替他説話只自嘆道俗語説的牡丹雖好全仗緑葉扶持太〃们不虧了凤丫頭那些人还帮着麽若是三姑娘在家还好如今只有他几个自己的人瞎張羅背前面後的也抱怨説是一个錢摸不着臉面也不能剩一点兒老爺是一味的尽孝庶務上頭不大明白这樣的一件大事不撒散几个錢就办的周了麽可怜凤丫頭闹了几年不想在老太〃的事上只怕保不住臉了於是抽空兒叫了他的人来吩咐道你们别看着

人家的様兒也這塌起璉二奶〻来別打諒什庅穿孝守霊就寡了大事了不過混過几天就是了看見那些人張羅不閙就揮亇手兒也来為不可這也是公事大家多該出力的那些素服李紈的人多答應着說大奶〻說得狠是我们也不敢那庅着只听見鴛鴦姐〻们的口話兒好像怪璉二奶〻的是的李紈道就是鴛鴦我也告訴過他我說璉二奶〻並不是在老太〻的事上不用心只是银子錢多不在他手裡叫他巧媳婦還做得上没米的粥来庅如今鴛鴦也知道了所以也不怪他了只是鴛鴦的様子竟是不像從前了這也奇怪那時候有老太〻疼他倒没有作過什庅威福如今老太〻死了倒有些氣質不大好了我先前替他愁這会子幸喜大老爺不在家才躲過去了不然他有什庅法兒說着只見賈蘭走来說媽〻睡罷一天到晚人来客去的也乏了歇〻罷我這几天總没有摸〻書本兒今兒爺〻叫我家裡睡我喜欢的狠要理亇一兩本書才好別等脱了孝再多忘了李紈道好孩子看書呢自然是好的今兒且歇〻罷等老太〻送了殯再看罷賈蘭道媽〻要睡我也就睡在被窝裡頭想〻也罷了衆人听了多誇道好哥兒怎庅這点年紀得了空兒就想到書上不像宝二爺娶了親的人還是那庅孩子氣這几日跟着老爺跪着瞧他狠不受用巴不得老爺一動身就跑過来找二奶〻不知唧〻咕〻的說些什庅弄的二奶〻多不理他了他又去找琴姑娘 琴姑娘和邢姑娘多不狠和他說話倒是咱们本家兒的什庅喜姑娘四姑娘哥〻長

哥〻短的和他親密我们看那宝二爺除了和奶〻姑娘們混〻只怕他心裡也没有別的事白過費了〻老太〻的心疼了他这么大那裡及蘭哥児一零兒呢大奶〻将来是不愁的了李紈道就好也还小呢只怕到他大了咱们家还不知怎么樣了呢环哥児你们瞧着怎么樣〻象人道那一个更不像樣〻児了双隻眼睛倒像个活猴児是的東湊〻西看〻虽在那裡嚎丧見了奶〻姑娘们来了他在孝幔子裡頭净偷着眼児瞧人呢李紈道他的年紀也不小了前日听見说还要給他说親呢如今又得等着了还有一件事咱们家这些人我看来也是说不清的且不必说閑話後日送殯各房的車是怎么樣了象人道璉二奶〻这几天闹的像失魂落魄的樣児也没見傳出去昨日听見外頭男人们说二爺派了薔二爺料理说是咱们家的車也不彀赶車的也少要到親戚家去借去呢李紈道車也借得的么象人道奶〻说笑話児了車怎么借不得只是那一日所有的親戚多用車只怕难借想来还得僱呢李紈道底下人的只得僱上頭白車也有僱的么象人道現在大太〻東府裡的大奶〻小蓉奶〻多没有車了不僱那裡来呢李紈听了嘆息道先前見有咱们家裡的太〻奶〻们坐了僱的車来咱们多笑話如今輪到自己頭上了你明児去告訴你们的男人我们的車馬早〻的預備好了省了擠象人答应了出去不題且说史湘雲因他女婿病着賈母死後只来了一次屈指算是後日送殯不能不去又見他女婿的病已成癆症暫且不妨只〻

得坐夜前一日過来想起賈母素日疼他又想、到自已病苦剛配了一个才貌双全的女婿性情又好偏、的得了寃孽症候不過捱日子罢了於是更加悲痛直哭了半夜夗央等再三劝慰不止宝玉瞧着也不勝悲傷又不好上前去劝見他淡粧素服不敷脂粉更比未出嫁的時候犹勝几分回頭又看宝琴等也多是淡素裝飾丰韻嫣然独看到宝釵渾身掛孝那一種雅致比尋常穿顏色時更自不同心裡想道古人说千紅萬紫終讓梅花為魁看来不止為梅花開的早竟是那潔白清香四字真不可及了但只这時候若有林妹、也是这樣打扮更不知怎樣的丰韻想到这裡不覺心酸起来那淚珠兒便一直的滾下来了趁着賈母的事不妨放声大哭衆人正劝湘雲外间忽又添出一个哭的人来大家只道是想着賈母疼他的好處所以悲傷豈知他们两个人各有各的眼淚这場大哭招得滿屋的人無不下淚还是薛姨媽李嬸娘等劝住次日乃坐夜之期更加熱鬧凤姐这日竟支撑不住也無方法只得用尽心力甚至咽喉嚷啞敷衍過了半日到了下半天親友更多了事情也更繁了瞻前不能顧後正在着急只見一个小丫頭跑来说二奶、在这裡呢怪不得大太、说裡頭人多照應不過来二奶、是躲着受用去了凤姐听了这话一口氣撞上来往下一咽眼淚直流只覺得眼前一黑嗓子里一甜便噴出鮮红的血来身子站不住就蹲倒在地幸亏平兒急忙過来扶住只見凤姐的血一口、的吐个不住未知性命如何下回分解

第一百十一回　鴛鴦女殉主登太虚　狗彘奴欺天招夥盗

話說凤姐听了小丫頭的話又氣又急又傷心不覺吐了一口血便昏暈過去坐在地下平兒急来
扶住忙叫了人来攙扶着慢々的送到自己房中將凤姐輕々的安放在炕上立刻叫小紅斟
上一盃開水送到凤姐唇边凤姐呷了一口昏迷仍睡秋桐过来畧瞧了一瞧便走開了平兒也不
叫他只見豐兒在傍站着平兒便說快去回明二位太々于是豐兒將凤姐吐血不能照應的話
回了邢王二夫人邢夫人打諒凤姐推病藏躲因这時女親都在内裡也不好說别的心裡却不全信只
說叫他歇着去罷衆人也並不言語自然这晚親友来往不絶幸得几个内親照應家下人等見
凤姐不在也有偷閒歇力的亂々吵々已鬧的七顛八倒不成事体了到了二更多天遠客去後便
預備辭灵孝幕内的女眷大家都哭了一陣只見鴛鴦已哭的昏暈过去了大家扶住捶鬧了一
陣纔醒过来便說老太々疼了一場要跟了去的話衆人都打諒人到悲哭俱有这些言語也
不理会及至辭灵的時候上々下々也有百十餘人只不見鴛鴦衆人因為忙亂却也不曾檢點到琥
珀等一干人哭奠之時纔要找鴛鴦又恐是他哭乏了暫在别處歇着也不言語辭灵已後外頭
賈政叫了賈璉問明送殯的事便商量着派人看家賈璉回說上人裡頭派了芸兒在家照
應不必送殯下人裡頭派了林之孝的一家子照應拆棚等事但不知裡頭派誰看家賈
政道听見你母親說是你媳婦病了不能去就叫他在家的你珍大嫂子又說你媳婦病的利害
还叫四丫頭陪着带領了几个丫頭婆子照看上屋裡纔好賈璉听了心想珍大嫂子与四丫頭兩个

不合所以攛掇着不叫他去若是上頭就是他照應也是不中用的我們那一个又病着也難照應想
了一回回賈政道老爺且歇歇兒等進去商量定了再回賈政點了点頭賈璉便進去了誰知此
時鴛鴦哭了一場想到自己跟着老太太一輩子身子也沒有着落如今大老爺雖不在家大太太的
這樣行為我也瞧不上老爺是不管事的人已後便亂世為王起來了我們這些人不是要叫他們擺
弄了么誰收在屋子裡誰配小子我是受不得這樣折磨的倒不如死了干凈但是一時怎麽樣的个死法呢
一面想一面走到老太太的套間屋內剛跨進門只見灯光慘淡隱隱有个女人拿着汗巾子好似要上吊
的樣子鴛鴦也不驚怕心裡想道這一个是誰和我的心事一樣倒比我走在頭裡了便問道你是誰咱
們兩个人是一樣的心要死一塊兒死那个人也不答言鴛鴦走到跟前一看並不是這屋子的了頭仔細一
看覺得冷氣侵人一時就不見了鴛鴦呆了一呆退出在炕沿上坐下細細一想道哦是了這是東府裡小
蓉大奶奶啊他早死了的了怎麽到這裡來必是來叫我來了他怎麽又上吊呢想了一想道是了必是教給我死
的法兒鴛鴦這麽一想邪侵入骨便站起來一面哭一面開了妝匣取出那年絞的一綹頭髮揣在懷裡就登
上解下一条汗巾按着秦氏方纔比的地方拴上自己又哭了一回聽見外頭人客散去恐有人進來急忙關上屋
門然後端了一个腳凳自己站上把汗巾拴上扣兒套在咽喉便把腳凳蹬開可憐咽喉氣絕香魂出竅
正無投奔只見秦氏隱隱在前鴛鴦的魂魄疾忙趕上說道蓉大奶奶你等等我那个人道我並不是什么
蓉大奶奶乃警幻之妹可卿是也鴛鴦道你明明是蓉大奶奶怎麽說不是呢那人道這也有个緣故
我告訴你你自然明白了我在警幻宮中原是个鍾情的首座管的是風情月債降臨塵世自當為

第一情人引這些癡情怨女早〻歸入情司所以我該懸梁自盡的因我看破凡情超出情海歸入情天
所以太虛幻境癡情一司竟無人掌管今警幻仙子已經將你補入替我掌管此司所以命我前來引你
前去的鴛鴦的魂道我是個最無情的怎麼算我是個有情的人呢那人道你還不知道呢世人都把那
淫慾之事當作情字所以作出傷風敗化的事來還自謂風月多情無關緊要不知情之一字喜怒哀樂
未發之時便是個性喜怒哀樂已發便是情了至於你我這個情正是未發之情就如那花的含苞一樣若待
發洩出來這個情就不為真情了鴛鴦的魂聽了點頭會意便跟了秦氏可卿而去這裏琥珀辭了靈聽見邢王二
夫人分派看家的人想着去問鴛鴦明日怎樣坐車便在賈母的那間屋裏找了一遍不見又找到套間裏
剛到門口見門兒掩着從門縫裏望裏看時只見燈光半明半滅的影〻綽〻心裏害怕又不聽見屋裏有什麼
動靜便走回來說道這蹄子跑到那裏去了劈頭見了珍珠說你見鴛鴦姐〻來着沒有珍珠道我也找他太〻
們等他說話呢必在套間裏睡着了罷琥珀道我瞧了屋裏沒有那燈也沒人夾燭花兒漆黑怪怕的我
沒進去如今偺們一塊兒進去瞧有沒有琥珀等進去正夾蠟花珍珠說誰把腳凳撂在這裏幾乎絆我
一跤說着往上一瞧唬的噯喲一聲身子往後一仰咕咚的栽在琥珀身上琥珀也看見了便大嚷起來只是兩
隻腳挪不動外頭的人也都聽見了跑進來一瞧大家嚷着報與邢王二夫人知道王夫人寶釵等聽了都哭着去
瞧邢夫人道我不料鴛鴦倒有這樣志氣快叫人去告訴老爺只有寶玉聽見此信便唬的雙眼直豎襲人等慌忙
扶着說道你要哭就哭別憋着氣寶玉死命的才哭出來了心想鴛鴦這樣一個人偏又這樣死法又想實在
天地間的靈氣獨鍾在這些女子身上了他算得了死所我們究竟是一件濁物還是老太〻的兒孫誰能趕

得上他復又喜欢起来那時宝釵听見宝玉大哭了出来及到跟前見他又咲襲人等忙説不好了又要病了宝釵道不妨事他有他的意思宝玉听了更喜欢宝釵的話到底他还知道我的心别人那裡知道正在胡思乱想賈政等進来着实的嗟嘆説道好孩子不枉老太太疼他一塲即命賈璉出去吩咐人連夜買棺盛殮明日便跟着老太太的殯送出也停在老太太棺後全了他的心志賈璉答応出去這裡命人將鴛鴦放下停放裡间屋内平兒也知道了過来同襲人鶯兒等一干人多哭的哀哀欲絶内中紫鵑也想起自己終身一無着落恨不跟了林姑娘去又全了主僕的恩義又得了死所如今空懸在宝玉屋内雖説宝玉仍是柔情密意究竟算不得什庅於是更哭得哀切王夫人即傳了鴛鴦的嫂子進来叫他看着入殮遂与邢夫人商量了在老太太項内賞了他嫂子一百兩銀子还説等闲了將鴛鴦所有的東西俱賞他們他嫂子磕了頭出去反喜欢説真真的我們姑娘是个有志氣的有造化的又得了好名声又得了好發送傍边一个老婆子説道罷呀嫂子这会子你把一个活姑娘賣了一百銀子就喜欢了那時候兒給了大老爺你还不知得多少銀子呢你該更得意了一句話戳了他嫂子的心便红了臉走开了剛走到二門上見林之孝帶人抬進棺材来了他只得也跟進去帮着盛殮假意哭嚎了几声賈政因他為賈母而死要了香来上了三炷作了个揖説他是殉葬的人不可作丫頭論你們小一輩的多該行个礼兒宝玉听了喜不自勝走来恭恭敬敬磕了几个頭賈璉想他素日的好處也要上来行礼被邢夫人道有一个爺們就是了别折得他不得超生賈璉就不便過来了宝釵听了这話好不自在便道我原不該与他行礼但只老太太去世咱們多有未了之事不敢胡為他肯替咱們尽孝咱們也該托托他好好的替咱們伏侍老太太西去也少尽一点子心説着扶了鶯兒走到靈前一面奠酒那眼淚早撲簌簌流下来了奠畢拜了几拜狠狠的哭了一塲衆人也有説宝玉的兩口子多是傻子也有説他兩个心腸兒好也有説他知礼的賈政反倒合了意一面商量定了看家的仍是

凤姐惜春餘者多遠去伴靈一夜誰敢安眠一到五更听見外面看人到了辰初發引賈政居長衰麻哭泣極尽孝子之礼靈柩出了门便有各家的路祭一路的風光不必細述走了半日来至鐵檻寺安靈所有孝男等俱應在廟伴宿不題且說家中林之孝帶領拆了棚將门户上好打掃净了院子派了巡更的人到晚打更上夜只是榮府規例一交二更三门掩上男人就進不去了裡頭只有女人們查夜凤姐雖隔了一夜漸漸的神氣清爽了些只是所理動得只有平兒同着惜春各處走了一走吩咐了上夜的人也便各自歸房却說周瑞的乾兒子何三去年賈珍管事之時因他和鮑二打架被賈珍打了一頓攆在外頭終日在賭場過日近知賈母死了必有些事情領办豈知探了几天的信一些也沒有想頭便唉声嘆氣的回到賭場中悶悶的坐下那些人便說道老三你怎麼不下来撈本兒了麼何三道倒想要撈一撈呢就只沒有錢麼那些人道你到你們周大太爺那里去了几日府裡的錢你也不知弄了多少来又和我們裝穷了何三道你們还說呢他們的金銀不知有几百萬只藏着不用明兒留着不是火燒了就是賊偷了他們才死心呢那些人道你又撒謊他家抄了家还有多少金銀何三道你們还不知道呢抄的是擱不了的如今老太太死後还留了好些金銀他們一个也不使多在老太太屋裡擱着等送了殯回来才分呢内中有一个人听在心里擲了几骰便說我輸了几个錢也不畨本兒了睡去了說着便走出来拉了何三道老三我和你說句話何三跟他出来那人道你这麼个伶俐人这麼穷我替你不服这口氣何三道我命裡穷可有什麼法兒呢那人道你才說榮府的銀子这麼多為什麼不去拿些使喚使喚何三道我的哥哥他家的金銀雖多你我去白要一二錢他們給麼那人道他不給偺們就不会拿麼何三听了这話裡有話忙問道依你說怎麼樣拿呢那人道我說你沒有本事若是我早拿了来了何三道你有什麼本事那人便輕輕說道你若發財你就引个頭兒我有好些朋友多是通天的本事别說他們送殯去了家裡只剩下几个女人就讓有多少男人也不怕只怕你沒这麼大胆子罷了何三道什麼敢不敢你打諒我怕那个乾老子麼我是瞧着乾媽

的情児上頭才認他做乾老子罢咧他又害了人了你刚才的话就只怕弄不来倒招了飢荒他们那个衙门不熟别说拿不来倘或拿了来也要闹出来的那人道这庅说你的運氣来了我的朋友还有海边上的呢現今多在这裡看个风頭等个门路若到了手你我在这裡也無益不如大家下海去受用不好庅你若捨不下你乾媽偺们索性把你乾媽也带了去大家夥児樂一樂好不好何三道老大你别是醉了罢这些话混说的是什庅说着拉了那人走到个僻静地方两个人商量了一回各人分頭而去暫且不題且说包勇自被賈政喝派去看園賈母的事出来也忙了不曾派他差使他也不理会總是自做自吃悶来睡一覺醒時便在園里耍刀弄棍倒也無拘無束那日賈母一早出殯他雖知道因没有派他差使他任意閒遊只見一个女尼带了一个道婆来到園内腰门那裡扣门包勇走来说道女師父那裡去道婆道今日听得老太太的事完了不見四姑娘送殯想必是在家看家恐他寂寞我们師父来瞧瞧他包勇道主子多不在家園门是我看的请你们回去罢要来等主子们回来了再来婆子道你是那裡来的个黑炭頭也要管起我们来包勇道我不叫你们来有什庅法児婆子嚷道这多是反了天的事連老太太在日还不攔我们走動呢我偏要打这裡走说着把手在门环上狠狠的打了几下妙玉已氣的不言语正要回身便走不料裡頭看二门的婆子听見有人拌嘴連忙開门一看見是妙玉已往回身走去明知包勇得罪了便赶忙走来说不知師父来我们開门遲了我们四姑娘在家裡正想師父呢快請回来看園的小子是新来的他不知偺们的事回来回了太太打他一頓攆出去就完了妙玉雖是听見總不理他那禁得婆子再四央求後来才说出怕自己担不是几乎急的跪下妙玉無柰只得随着那婆子過来包勇見这般光景不好再攔氣得嘆氣而回这裡妙玉带了道婆走到惜春那裡道了惱叙些閑话惜春说起在家看家只好熬个几夜但是二奶奶病着一个人又悶又害怕能有一个人在这裡我就放心如今裡頭一个男人也没有今児你既光降肯伴我一

宵偺们下棋説話兒可使得麽妙玉本来不肯見惜春可怜又提起下棋一時高興應了打發道婆回去取了他的茶
具衣褥命侍兒送了過来大家坐談一夜惜春欣幸異常便命彩屏去開上年蠲的雨水預備好茶那妙玉自有茶
具道婆去了不多一時又来了一个侍者送下妙玉日用之物惜春親自烹茶兩人言語投机説了半天那時天有初更
時候彩屏放下棋枰兩人對奕惜春連輸兩盤妙玉又讓了四个子兒惜春方贏了半子不覺已到四更正是天空
地濶萬籟無声妙玉道我到五更須得打坐我自有人伏侍你自去歇息惜春猶是不捨見妙玉要自己養神不便扭他
剛要歇去听得東边上屋内上夜的人一片声喊起惜春那裡的老婆子们也接声嚷道了不得有了人了唬得惜春彩
屏等心胆俱裂听見外頭的男人便声喊起来妙玉道不好了必是这裡有了賊了説着赶忙的関上屋门掩了灯光在
窗戶眼内往外一瞧只見几个男人站在院内唬得不敢做声回身擺着手輕輕的爬下来説了不得外頭有几个大漢站着
説猶未了又听得房上响声不绝便有外頭上夜的人進来吆喝拿賊一个人説道上屋裡的東西多丢了并不見人東
边有人去了偺们到西边去惜春的老婆子听見有自己的人便在外间屋裡説道这裡有好些人上了房了上夜的
多道你瞧这可不是麽大家一齊嚷起来只听房上飛下好些瓦来衆人多不敢上前正在没法只听園裡腰门一声大
响打進门来見一个稍長大漢手執木棍衆人唬得藏躲不及听得那人喊道不要跑了他们一个你们多跟我来这些家
人听了这話越發唬得骨軟筋酥連跑也跑不動了只見这人站在當地只管乱喊家人中有一个眼尖的看出来了你道是
誰正是甄家薦来的包勇这些家人不覺胆壮起来便顫巍巍的道有一个走了有的在房上呢包勇便登身上房追
赶那賊这些賊人明知賈家無人先在院内偷看惜春房内見有个絶色尼姑便頓起淫心又欺上屋俱是女人且
又畏懼正要踹進門去因听外面有人進来追赶所以賊衆上房見人不多还想抵擋猛見一人上房赶来那些賊

見是一人越不理論便用短兵抵住那經得包勇用力一棍打去將賊打下房來那些賊飛奔而逃從園墻過去包勇也在房上追捕豈知園內早藏下了几个在那里接贓已經接過好些見賊夥跑回大家舉械保護見追的只有一人明欺寡不敵衆反倒迎上來包勇一見生氣闻声郎打那夥賊輪起器械四五个人圍住包勇乱打起來外頭上夜的人也多仗着胆子赶來衆賊見闹他不過只得跑了包勇还要趕時被一个箱子一絆立定看時心想東西未丢衆賊遠逃也不追趕便叫衆人將灯照看地下只有几个空箱叫人收拾他便欲跑回上房因路徑不熟走到鳳姐那边見裡面灯烛輝煌便問这裡有賊沒有裡頭平兒戰戰兢兢道这裡也沒開门只听上屋叫喊說有賊呢你到那裡去罷包勇正摸不着路遥見上夜的人過來纔跟着一齊尋到上屋見是門開戶啟那些上夜的在那裡啼哭一時賈芸林之孝多進來了見是失盗大家着急進內一瞧老太太的箱櫃俱開便罵那些上夜女人道你們多是死人麼賊人進來你們多不知道那些上夜的哭道我們几个人輪更上夜是管二三更的我們多沒有住脚前後走的他們是四更五更我們才下班兒只听見他們喊起來並不見一个人赶着照看不知什麼時候把東西早已丢了求爺們問管四更五更的林之孝道你們个个要死回來再說咱們先到各處看去上夜的男人領着走到尤氏那邊門兒關緊有几个接音說唬死我們了林之孝問道这裡沒有丢東西裡頭的人方開了門道这裡沒丢東西林之孝帶着人走到惜春院內只听得裡面說道了不得唬死了姑娘了醒醒兒罢林之孝便叫人開门問是怎麼了婆子道賊在这裡打仗把姑娘多唬坏了虧得妙師父和彩屏才將姑娘救醒東西是沒失林之孝道賊人怎麼打仗上夜的男人說幸虧包大爺上了房把賊打跑了还听見打倒了一个呢包勇道在園门那裡你們快瞧去罷賈芸等走到那边果然看見一个人躺在地下死了細細的一瞧好像是周瑞的乾兒子衆人見了詫異派了一个人看守着又派了兩个人照看前後门走到门前看時那门俱关鎖着

林之孝便吽人開了門報了营官立刻到来查勘賊踪是従後夹道子上了房的到了西院房上見那瓦片破碎不堪一直過了後園去了上夜的齊声說道這不是賊是強盜营官着急道並無明火執杖怎麽便筭強盜上夜的道我們赶賊他在房上撒瓦我们不能到他跟前幸虧我们家姓包的上房打退赶到園里还有好几个賊竟和姓包的打起仗来打不過才跑了营官道可又来若是強盗难道倒打不過你们的人麽不用说了你们快查清了東西遞了失单我们報就是了賈芸等又到上屋裡凤姐已扶病過来惜春也来了賈芸請了安大家查看失物因鴛鴦已死琥珀等又送靈去了那些東西多是老太太的並沒見過数兒只用封鎖如今打從那裡查起衆人多說箱櫃東西不少如今一空偷的時候見不小了那些上夜的人管做什麽的況且打死的賊是周瑞的乾兒子必是他們通同一氣的凤姐听了氣的眼睛直瞪瞪的便说把那些上夜的女人多拴起来交与营裡審问衆人吽苦連天跪地哀求不知怎生發放並失去物件有無着落下回分解

第一百十二回　活冤孽妙姑遭大劫　死讐仇趙妾赴冥曹

話說凤姐命捆起上夜的女人送營審問衆女人跪地哀求林之孝同賈芸道你们求也無益老爺派我们看家沒是造化如今有了事上下都躭不是誰救得你若說是周瑞的乾兒子連太太起裡裡外外的都不干淨凤姐喘吁的說道這都是命裡所招和他们說什庅帶了他们去就是了那丟的東西你告訴營裡去說實在是老太太的東西問老爺们纔知道等我们报了去請了老爺们回來自然開了失單送來文官衙门裡我们也是這樣报賈芸林之孝答應出去惜春一句話也沒有只是哭道這些事我從來沒有聽見過為什庅偏偏碰在偺们兩个人身上明兒老爺太太回來叫我怎庅見人說把家裡交給你们如今鬧到這个分兒还想活着庅凤姐道偺们願意嗎現在有上夜的人在那裡惜春道你还能說况且你又病着我是沒有說的這都是我大嫂子害了我了他攛掇着太太派我看家的如今我的臉擱在那裡呢說着又痛哭起來凤姐道姑娘你快別這庅想若說沒臉大家一樣的你若是這个糊塗想頭我更擱不住了二人正說着只聽見外頭院子裡有人大嚷的說道我說那三姑六婆是再要不得的我们甄府裡從來是燥不許上门的不想這府裡倒不講究這个昨兒老太太的殯纔出去那个什庅庵裡的尼姑死要到偺们這裡來我吆喝着不准他進來腰门上的老婆子们倒罵我死央及着叫那姑子進來那腰门子一会兒開着一会兒關着不知做什庅

我不放心没敢睡听到四更這裡就嚷起来我来叫门倒不開了我听見声兒緊了打開了门見西边院子裡有人站着便赶来打死了我今兒纔知道這是四姑奶〻的屋子那个姑子就在裡頭今兒天没亮溜出去了可不是那姑子引進来的贼么平兒等听着都说這是谁這么没規矩姑奶〻都在這裡敢在外頭這么混嚷风姐道你听他说甄府裡就是甄家薦来的那个厭物罷惜春听得明白更加心裡受不的风姐接着问惜春道那个人混说什么姑子你们那裡弄了个姑子住下了惜春便將妙玉来瞧他留着下棋守夜的话说了风姐道是他么他這么肯這樣是再没有的话但是叫這詩人嫌的東西嚷出来老爺知道了也不好惜春愈想愈怕站起来要走风姐虽说坐不住又怕惜春害怕弄出事来只得叫他先别走且看着人把偷剩下的東西収起来再派了人看着偺们好走平兒道偺们不敢收等衙门裡来了踏看了纔好収呢偺们只好看着但只不知老爺那裡有人去了没有风姐道你叫老婆子问去一回進来说林之孝走不開家下人要伺候查驗的再有的是说不清楚的已經芸二爺去了风姐點頭同惜春坐着發愁且说那夥贼原是何三等邀的偷搶了好些金银財宝接運出去見人追赶知道都是那些不中用的人要往西边屋内偷去在窗外看見燈光底下两个美人一个姑娘一个姑子那些贼那顧性命頓起不良就要踹進去因見包勇来赶纔獲贜而逃只不見了何三大家且躲入窩裡家到第二天打听動靜知是何三被他们打死已經報了文武衙门這裡是躲不住的便商量趁早

歸入海洋大盜一処去若遅了通緝文書一行関津上就過不去了内中一个人胆子極大便說偺們走是走我就只捨不得那个姑娘
長的実在好看不知是那个庵裡的雛兒呢一个人道啊呀我想起來了必就是賈府園裡的什么櫳翠菴裡的姑子不是前
外頭說他和他們家什么宝二爺有原故後來不知怎么又害起想思病來了請大夫吃藥的就是他那一个人听了說偺們今
躲一天叫偺們大哥拿錢置辦些買賣行頭明兒亮鐘時候陸續出関你在関外二十里坡等我衆賊議定分贓俵散不題
且說賈政等送殯到了寺内安厝畢親友散去賈政在外廂房伴霊邢王二夫人等在内一宿無非哭泣到了第二日重新上
祭正擺飯時只見賈芸進來在老太〻霊前磕了頭忙〻的跑到賈政跟前跪下請了安喘吁〻的將昨夜被盗將老太〻上房
的東西都偷去了包勇趕賊打死了一个人已經呈報文武衙門的話說了賈政听了發怔邢王二夫人等在裡頭也听見了都嚇
得魂不附体並無一言只有啼哭賈政過了一会子問失单怎樣開的賈芸回道家裡的人都不知道還沒有開单賈政道还
好偺們動過家的若開出好的來反耽罪名快叫璉兒那時賈璉領了宝玉別処上祭未回賈政叫人赶了回來賈璉听了
急得直跳一見芸兒也不顧賈政在那裡便把賈芸狠〻的罵了一頓說不配指挙的東西我將這樣重任托你押著人上夜
巡更你是死人么虧你还有臉來告訴說着望賈芸臉上啐了幾口賈芸垂手站著不敢回一言賈政道你罵他也無益了
賈璉然後跪下說這便怎么樣賈政道也沒法兒只有報官緝賊但只是有老太〻遺下的東西偺們都沒動你說要回

子我想老太太死得几天誰忍得動他那一項銀子原打諒完了事算了帳再有的在這裡和南邊置墳產的所有東西也没見數兒如今說文武衙門要失單若將几件好的東西開上恐有碍若說金銀若干衣飾若干又没有實在數目謊使不得倒可𥬞咲你如今竟換了一个人了為什麼這樣料理不開你跪在這裡是怎麼樣呢賈璉也不敢答言只得站起來就走賈政又叫道你那裡去賈璉又回來道便見奔回家去料理清楚賈政哼了一声賈璉把頭低下賈政道你進去回了你母親叫了老太太的兩个丫頭去叫他們細細的想了兩單子賈璉心裡明知老太太的東西都是鴛鴦經管他死了問誰就問珍珠他們那裡記得清楚只不敢駁回連連的答應了回身走到裡頭邢王二夫人又埋怨了一頓叫賈璉快回去問他們這些看家的說明兒怎麼兒我們賈璉也只得答應了出來一面命人套車預備琥珀等進城自己騎上騾子跟了几個小厮如飛的回去賈芸也不敢再回賈政斜簽着身子慢慢的溜出來騎上了馬來赶賈璉一路無話到了家中林之孝請了安一直跟了進來賈璉到了老太太上屋裡見了鳳姐惜春在那裡心裡又恨又說不出來便問林之孝道衙門裡瞧了没有林之孝自知有罪便跪下回道文武衙門都瞧了來踪去跡也看了屍也驗了賈璉吃驚道又驗什麼屍林之孝又將包勇打死的夥賊似周瑞的乾兒子的話回了賈璉賈璉道叫芸兒賈芸進來也跪着听話賈璉道你見老爺時怎麼没有回周瑞的乾兒子做賊被包勇打死的話賈芸說道上夜的人說像他的恐怕不真所以没有回賈璉

道好糊塗東西你若告訴了我就帶了周瑞來一認可不就知道了林之孝回道如今衙門裡把屍首放在市口兒招認
去了賈璉道這又是个糊塗東西誰家的人做了賊被人打死要償命麼林之孝回道這不用人家認奴才就認得是他賈
璉听了想道是啊我記得珍大爺那一年要打的可不是周瑞家的麼林之孝道他和鮑二打架爺還見過的呢賈璉听了
更生氣便要打上夜的人林之孝哀告道請二爺息怒那些上夜的人派了他們敢偷懶嗎只是爺府上的規矩三門裡一个男
人不敢進去的就是奴才們裡頭不叫也不敢進去奴才在外同芸哥兒刻刻查點見三門關的嚴嚴的外頭的門一重沒有
開那賊是從後夾道子來的賈璉道裡頭上夜的女人呢林之孝將上夜的人說奉奶奶的命捆着等爺審問的話回
賈璉問包勇道呢林之孝說又往園裡去了賈璉便說去叫他小廝們便將包勇帶來說還虧你在這裡若沒有你
只怕所有房屋裡的東西都搶了去了呢包勇也不言語惜春恐他說出那話心下着急鳳姐也不敢言語只見外頭說琥珀姐
們回來了大家見了不免又哭一場賈璉叫人檢點偷剩下的東西只有些衣服尺頭錢箱未動餘者都沒有了賈璉心裡更
加着急想着外頭的棚杠銀廚房的錢都沒有附給明兒拿什麼還呢便呆想了一会只見琥珀等進去哭了一番見箱櫃開着
所有的東西怎能記憶便胡亂猜想虛擬了一張失單命人即送到文武衙門賈璉復又派人上夜鳳姐惜春各自回房
賈璉不敢在家安歇也不及埋怨鳳姐竟自騎馬趕出城外去了這裡鳳姐又恐惜春短見打發豐兒過去安慰天已三更不

言這裡賊去閙門衆人更加小心不敢睡覺且說夥賊一心想着妙玉知是孤菴女衆不難欺負到了三更夜静便拿了短
兵器帶些悶香跳上高墻遠遠瞧見櫳翠菴内燈光猶亮便潛身溜下藏在房後僻処等到四更見裡頭只有一盞海
燈妙玉一人在蒲團上打坐歇了一会便噯声嘆氣的說道我自元墓到京原想傳个名兒為這裡請来不能又棲他処昨
兒好心去瞧四姑娘反受了這蠢人的氣夜裡又受了大驚今日回来那蒲團再坐不穩只覺肉跳心驚因素常一个打
坐的今日又不肯叫人相伴豈知到了五更寒顫起来正要叫人只听見窗外一响想起昨晚的事更加害怕不免叫人
豈知那些婆子都不答应自己坐着覺得一股香氣透入顖門便手足麻木不能動彈口裡也說不出話来心中更自
着急只見一个人拿著明晃晃的刀進来此時妙玉心中却是明白只不能動想是要殺自己索性横了心倒不怕他那知那个
人把刀插在背後騰出手来將妙玉輕輕的抱起輕薄了一会子便拖起背在身上此時妙玉心中只是如醉如痴可憐一个
極清極淨的女兒被這強盗的悶香熏住由着他擺弄了去了却說這賊背了妙玉来到園後墻邊搭了軟梯爬上墻
跳出去了外邊早有夥賊弄了車輛在園外等着那人將妙玉放倒在車上反打起官銜燈籠叫開栅欄急急走到城
門正是開門之時門官只知是有公幹出城的也不便查詰趕出城去那夥賊加鞭趕到二十里坡和衆強徒打了照面各
自分頭奔南海而去不知妙玉被劫或是甘受污辱還是不屈而死不知下落也难妄擬只言櫳翠菴一个跟妙玉

的女尼他本住在靜室後面睡到五更听见前面有人声响只道妙玉打坐不安後来听见有男人脚步门窗响動欲要起来瞧看只是身子發軟懶怠開口又不听见妙玉言語只睁着兩眼听着到了天亮終覺得心裡清楚披衣起来叫了道婆預備妙玉茶水他便往前面来看妙玉豈知妙玉的踪跡全無门窗大開心裡詫異昨晚响動甚是疑心說這樣早他到那裡去了走出院门一看有一个軟梯靠墙立着地下还有一把刀鞘一條搭膊便道不好了昨晚是賊燒了悶香了急叫人起来查看庵门仍是緊閉那些婆子侍女们都說昨夜煤氣熏着了今早都起不起来這麽早叫我们做什麽那女尼道師父不知那裡去了眾人道在观音堂打坐呢女尼道你们还做夢呢你来瞧瞧眾人不知也都着忙開了庵门园裡都找到了想来或是到四姑娘那裡去了眾人来叩腰门又被包勇罵了一頓眾人說道我们妙師父昨晚不知去向所以来找求你老人家叫開腰门問一問来了没来就是了包勇道你们師父引了賊来偷我们已经偷到手了他跟了賊去受用去了眾人道阿弥陀佛說這些話的防着下割舌地獄包勇生氣道胡說你们再鬧我就要打了眾人陪笑央告道求爺叫開门我们瞧瞧若没有再不敢驚動你太爺了包勇道你不信你去找若没有回来問你们包勇說着叫開腰门眾人且找到惜春那裡惜春正在愁悶惦着妙玉清早去後不知听见我们姓包的話了没有只怕又得罪了他以後總不肯来我的知己自没有了况我現在實難見人父母早死嫂子嫌我頭裡有老太太到底还疼我些如

今世死了留下我孤苦伶仃如何了局想到迎春姐姐折磨死了史姐姐守着病人三姐姐远去这都是命里所招不能自由独有妙玉如闲云野鹤无拘无束我若能学他就造化不小了但我是世家之女怎能随意这回看家大躭不是还有何颜又恐太太们不知我的心事将来的后事更未晓如何想到其间便要把自己的青丝绞去要想出家彩屏等听见急忙来劝岂知已将一半头发绞去了彩屏愈加着忙说道一事不了又出一事这可怎么好呢正在吵闹只见妙玉的道婆来找妙玉彩屏问起来由先唬了一跳说是昨日一早去了没来里面惜春听见急忙问道那里去了道婆将昨夜听见的响动被煤气熏着今早不见妙玉庵内有软梯刀鞘的话说了一遍惜春惊疑不定想起昨日包勇的话来必是那些强盗看见了他昨晚抢去了也未可知但是他素来孤洁的岂肯惜命便问道怎么你们都没听见么道婆道怎么没听见只是我们睁着眼连一句话也说不出来必是那贼烧了闷香妙姑一人想也被贼闷住不能言语况且贼人必多拿刀执杖威逼着他还敢声喊么正说着包勇又在腰门那里嚷说里头快把这些混帐道婆赶出来罢快关上腰门彩屏听见恐担不是只得催婆子出去叫人关了腰门惜春于是更加苦楚无奈彩屏等再三以礼相劝仍旧将一半青丝笼起大家商议不必声张就是妙玉被抢也当作不知且等老爷太太回来再说惜春心里從此死定一个出家的念头暂且不题且说贾琏回到铁槛寺将到家中查点上夜的人开了失单报去的话回了贾政贾政道怎样开的

賈璉便將琥珀記得的數目單子呈出並說上頭元妃賜的東西已經注明還有那人家不大有的東西不便開上等侄兒脫了孝出去托人細々的緝訪少不得弄出來的賈政聽了合意就點頭不言賈璉進內見了邢王二夫人商量着勸老爺早些回家便好呢不然都是亂麻是的邢夫人道可不是我們在這裡也是驚心吊胆賈璉道這是我們不敢說的還是太々的主意二老爺是依的邢夫人便與王夫人商議妥了過了一夜賈政也不放心打發寶玉進來說請太々們今日回家過兩三日再來家人們已經派定了裡頭請太々派人罷邢夫人派了鸚兒等一干人伴靈將周瑞家的等人派了提管其餘上下人等都回去一時忙亂套車備馬賈政等在賈母靈前辭別眾人又哭了一場都起來正要走時只見趙姨娘還爬在地下不起周姨娘打諒他還哭便去拉他豈知趙姨娘滿嘴白沫眼睛直豎把舌頭吐出反把家人唬了一跳賈環過來亂嚷趙姨娘醒來說我是不回去的跟着老太々回南去眾人道老太々那用你跟呢趙姨娘道我跟了老太々一輩子大老爺還不依弄神弄鬼的算計我々想仗着馬道婆的出々我的氣銀子白花了好些々也沒有弄死一个如今我回去了又不知誰來算計我眾人先只說鴛鴦附着他後頭聽說馬道婆的事又不像了邢王二夫人都不言語只有彩雲等代他央告道鴛鴦姐々你死是自己願意與趙姨娘道什麽相干放了他罷見邢夫人在這裡在這裡也不敢說別的趙姨娘道我不是鴛鴦是閻王老爺差人拿々我去的要問我為什麽和馬道婆用魘魔法的案件說着口裡又叫好璉二奶々你在這裡老

爺面前少說一句兒罷我有千日的不好還有一天的好呢好二奶奶二奶奶並不是我要害你我一時糊塗聽了那个老娼婦的話正鬧著賈政打發人進來叫環兒婆子們去回說趙姨奶中了邪了三爺看著呢賈政道沒有的事我們先走了於是爺們等先回這裡趙姨奶還是混說一時救不過來邢夫人恐他又說出什麼來便說多派几个人在這裡瞧著他咱們先走到了城裡打發大夫出來瞧罷王夫人本嫌他也打撒手兒寶釵本是仁厚的人並想著他害寶玉的事心裡究竟過不去背地裡托了周姨奶在這裡照應周姨奶也是个好人便應承了李紈說道我也在這裡罷王夫人道可以不必於是大家都要起身賈環急著說我也在這裡嗎王夫人啐道糊塗東西你姨媽的死活都不知你還要走嗎賈環就不敢言語了寶玉道好兄弟你是走不得的我進了城打發人來瞧你說畢都上車回家寺內只有趙姨奶賈環鴛鴦等人賈政邢夫人等先後到家到了上房哭了一場林之孝帶了家下眾人請了安跪著賈政喝道去罷明日問你鳳姐那日發暈了几次竟不能出接只有惜春見了覺得滿臉羞慚邢夫人也不理他王夫人仍是照常李紈寶釵拉著手說了几句話獨有尤氏說道姑奶你操心了倒照應了几天惜春一言不答只紫漲了臉寶釵將尤氏一拉使了个眼色尤氏等各自歸房去了賈政略略的看了一看嘆了口氣並不言語到書房席地坐下叫了賈璉賈蓉賈芸吩咐了几句話寶玉要在書房來陪賈政賈政道不必仍跟他母親一宿無話次日林之孝一早進房跪著賈政將前後被盜的事回了一遍並將周瑞供了出來又說衙門拿住了鮑二身邊搜出了

失單上的東西現在央訊要在他身上要這一夥賊呢賈政聽了大怒道家奴負恩引賊偷竊家主真是反了立刻叫人到城外將周瑞捆了送到衙門審問林之孝只管跪着不敢起來賈政道你還跪着做什麼林之孝道奴才該死求老爺開恩正說着賴大等一干辦事家人上來請了安呈上喪事帳簿賈政道交給璉二爺算明了來回吆喝着林之孝起來出去了賈璉一腿跪着在賈政身邊說了句話賈政把眼一瞪道胡說老太太的事銀兩被賊偷去難道就該罰奴才拿出來麼賈璉紅了臉不敢言語站起來也不敢動賈政道你媳婦怎麼樣了賈璉又跪下說看來是不中用了賈政嘆口氣道我不料家運衰敗一至如此况且環哥兒他媽尚在廟中病着也不知是什麼症候你們知道不知道賈璉也不敢言語賈政道傳出話去叫人帶了大夫瞧瞧去賈璉即忙答應着出來叫人帶了大夫到鐵檻寺去瞧趙姨奶奶未知死活下回分解

紅樓夢第一百十三回　懺宿冤鳳姐托村嫗　釋舊憾情婢感癡郎

話說趙姨娘在寺內得了暴病見人少了更加混說起來唬得衆人發怔就有兩个女人攙着趙姨娘雙膝跪在地下說一回哭一回有時爬在地下叫饒說打殺我了紅鬍子的老爺我再不敢了有一時雙手合着也是叫疼眼睛突出嘴裡鮮血直流頭髮披散人〻害怕不敢近前那時又將天晚趙姨娘的声音只管陰啞起來居然鬼嚎的一般無人敢在他跟前只得叫了几个有胆量的男人進來坐着趙姨娘一時死去隔了些時又回過來整〻的鬧了一夜到了第二天也不言語只粧鬼臉自己拿手撕開衣服露出胸堂好像有人剝他的樣子可怜趙姨娘雖說不出來其痛苦之狀実在难堪正在危急大夫來了也不敢胗脉只囑咐办後事罢說了起身就走那送大夫的家人再三央告說請老爺看〻脉小的好回稟家主那大夫用手一摸已無脉息賈环听了这才大哭起來衆人只顧賈环誰管趙姨娘蓬頭赤脚死在炕上只有周姨娘心裡想到做偏房的下塲頭不過如此况他还有兒子我將來死的時候还不知怎樣呢於是反倒悲切且說那人赶回家去稟知賈政即派人去照例料理陪着环兒住了三天一同回來那人去了这裡一人傳十〻人傳百多知道趙姨娘使了毒心害人被陰司裡拷打死了又說是璉二奶〻只怕也好不了怎庅說璉二奶〻告的呢這話傳到平兒耳內甚是着急看着鳳姐的樣子実在是不能好的了况且賈璉近日並不是先前的恩愛本來事也多竟像

不与他相干的平児在风姐跟前只管劝慰又並看邢王二夫人回家几日只打發人来问〻並不親身来看风姐心裡更加悲苦賈璉回来也沒有一句貼心的话风姐此時只求速死心里一想邪魔郎至只見尤二姐從房後走来潛近床前说姐〻許久的不見了做妹〻的想念得狠要見不能如今好容易進来見〻姐〻〻的心机也用尽了咱们的二爺也不領姐〻的情反倒怨姐〻做事過于刻薄把他的前程去了叫他如今見不得人我替姐〻氣不平风姐恍惚说道我如今也後悔我的心忒窄了妹〻不念旧恶反来瞧我平児在傍听見说奶〻说什庅风姐一時甦醒想起尤二姐已死必是他来索命被平児叫醒心里害怕又不肯说出只得勉強说道我神魂不定想是说夢話給我捶〻平児上去捶着只見个小丫頭進来说是劉老〻来了婆子们帯着来请奶〻的安平児急忙下来说在那裡呢小丫頭说他不敢就進来还听奶〻的示下平児听了点頭想风姐病裡必是懶待見人便说道奶〻現在養神呢暫且叫他等着你问他来有什庅事庅小丫頭道他们问過了沒有事说知道老太〻去世了因沒有報才来遲了说着风姐听見便叫平児说人家好心来瞧我不可冷淡了他你去请他進来我和他说〻話児平児只得出来請劉老〻这裡坐风姐刚要合眼又見一个男人一个女人走向炕前就像要上炕的风姐急忙便叫平児说那裡来了一个男人跑到这里来了連叫了兩声只見豊児小紅赶来说奶〻要什庅风

姐睁眼一瞧不見有人心裡明白不肯说出来便问豐兒道平兒这東西那裡去了豐兒道不是奶〻叫去請劉老〻去了麽凤姐定了一會神也不言語只見平兒同刘老〻帶了一个小女孩兒進来说我们姑娘〻在那裡平兒引到炕邊刘老〻便说請姑奶〻安凤姐睁眼一看不覺一陣傷心说姥〻你好怎麽这時候才来你瞧你外孫女兒也長得这麽大了刘老〻看着凤姐骨瘦如柴神情恍惚心裡也就悲惨起来说我的奶〻怎麽这几个月不見就病到这个分兒我糊塗的要死怎麽不早来請姑奶〻的安便叫青兒給姑奶〻請安青兒只是笑凤姐看了倒也十分憐愛便叫小紅招呼着刘老〻道我们屯鄉裡的人不会病的若一病了就要求神許愿從不知道吃藥我想姑奶〻的病别是撞着什麽了平兒听着那话不在理忙在背地裡拉他刘老〻会意便不言语了凤姐听了这句话便道老〻你是有年紀的人说的不錯你知道麽趙姨娘也死了刘老〻道阿弥陀佛好端〻一个人怎麽就死了他那个小哥兒怎麽樣呢平兒道那怕什麽他还有老爺太〻呢刘老〻道姑娘那裡知道不好死了是親生隔了肚子是不中用的这句话又招了凤姐的愁腸哭起来衆人多来解劝巧姐兒听見他母親悲哭便扭着凤姐的手也哭起来凤姐道你見過了老〻了沒有巧姐兒道沒有凤姐道你的名字还是他起的呢就和乾媽一樣你給他請个安巧姐兒便走到跟前刘老〻忙拉住道阿弥陀佛不要折殺我了巧姑娘我一

年多不来你还認得我麽巧姐道怎麽不認得那年在園裡見的時候我还小呢前年你来我和你要隔年的蟈
蟈兒你也沒有給我必是忘了刘老〃道好姑娘我是老糊塗了这蟈〃兒我们屯裡多着呢只是不到我們那裡去若
去了要一車也容易凤姐道不然你帶了他去罢刘老〃道姑娘这樣千金貴體綾羅裹大了的吃的是好東西到了我
們那裡我拿什麽哄他頑拿什麽給他吃呢这不是坑殺我了麽説着自己还笑曰説那麽着我給姑娘做个媒罢我
們那裡虽説鄉裡也有（大）財主人家几千頃地几百牲口銀子錢也不少只是不像这裡有金的玉的姑奶〃自然瞧
不起这樣人家我們庄家人看这樣財主也算天上的人了凤姐道你説去我愿意就給刘老〃道这是頑話罷
（我是指奶〃肯〃上頭太〃們也不給）
有姑奶〃这樣大官大府的人家只怕还不肯給那里肯給庄家人巧姐聽見这話便走了去和青兒説話兩个女
（因他这話不好）
（拉了刘老〃说你提起太〃来你还没有过去呢）
孩兒倒説得上漸〃的熟起来这裡平兒恐刘老〃話多攪煩了凤姐便説我叫人帶你去見〃太〃也不枉来这一趟刘老
（千恩万谢的説）
老便要走凤姐道忙什麽你坐下我问你近来的日子还過的麽刘老〃道我们若不仗着姑奶〃早多餓死了如今
（説着指着青兒説他的老子娘）
雖説是庄家人（苦）家裡也掙了几畝地又打了一眼井種些菜蔬瓜菓一年賣的錢也不少盡（彀）他们吃的了这兩年姑奶
（时常）
奶还給些衣服布疋在我們村裡算過得的了（阿彌陀佛）前日他老子進城聽見这裡動了家几乎唬殺了（虧得）又有人説不是这裡
（怔怔）
我才放（心来）心又聽見老爺陞了我又喜歡（这裡）明日又聽見老太〃沒了我在地裡打豆子聽了这話（唬得）連豆子多拿不起来
（我要来道喜為的是满地的庄稼来不得）

就在地裡哭了一大場我女兒女婿听見了也哭了一会子今兒天没亮就赶着我進城来了我也不認得一个人来到後門
見周神多糊了我周嫂子又找不着撞見一个小姑娘倒知道周嫂子攆出去了我又等了半天遇見个熟人才得進来
不打諒姑奶奶也是这麼病說着就掉下淚来平兒着急這个說道你老人家口乾了咱們喝茶去罢拉到下房坐着
青兒自在巧姐那边到老老道茶到不要你叫人帶了我去見見太太哭老太太去平兒道你不用忙今兒也赶不出城了方才我
是怕你說話不防頭招的奶奶哭所以催你出来你别思量到老老道這是姑娘多心到是奶奶的病怎麼好平兒道
你瞧妨碍不妨碍到老老道說是罪過我瞧着不好正說着又听风姐叫呢平兒走到床前风姐又不言語了平兒
正问豐兒賈璉進来向炕上一瞧也不言語走到裡间氣哼哼的坐下只有秋桐跟了進去倒了茶慇懃一回不知說
些什麼回来賈璉叫平兒来问道奶奶不吃藥麼平兒道不吃藥怎麼樣呢賈璉道我知道麼你拿櫃子上的
鑰匙来罢平兒見賈璉有氣又不敢问只得出来风姐耳边說了一声风姐不言語平兒便將一个匣子擱在賈璉
那裡就走賈璉道有鬼叫你麼擱着叫誰拿呢平兒忍氣打开取了鑰匙开了櫃子便问道拿什麼呢賈璉
道咱們有什麼平兒哭道有話明說人死了也願意賈璉道这还要說麼頭裡的事是你們闹的如今老太太的
还短了四五千銀子老爺叫我拿公中的地賬弄銀子你說有麼外頭拉的賬不開麼誰叫我應这

个名兒只好把老太太给我的東西折变去罢了你不依麽平兒听了一句不(言语)將東西搬出只見小紅過来说平

姐姐奶奶(快走)不好呢平兒急忙過来(也顧不得賈璉)只見凤姐用手空抓平兒用手攥着哭(叫)賈璉也过来一瞧(把脚一跺)道若是这樣是要我的

命了说着掉下淚来豐兒進来说外頭找二爺呢賈璉只得出去这裡凤姐愈加不好眾人大哭巧姐听見趕来刘老

老也忙走(到炕前)嘴裡念佛搗了些鬼果然好些一時王夫人(听了丫头的信)也過来(了先)見凤姐略安静些心下放心見刘老老便(说)道你好什麽

時候来的刘老老便说请安(也不及说别的只言)凤姐的病講究了半天彩雲進来说老爺请太太呢王夫人叮嘱了平兒几句

话便過去了凤姐鬧了一回此時又覚清楚些(見刘老老在这裡心裡信他求神祷告)便把豐兒等支開叫刘老老坐在床前告訴他心神不寧如見鬼

的樣子刘老老道我们屯裡什麽菩薩靈什麽庙有感應凤姐道求你替我祷告要用供献的銀錢我有便在

手上退下一隻金鐲子来交給他刘老老道姑奶奶不用那个我们村庄人家許了愿好了花上几百錢就是了

那用这些就是我去替姑奶奶求去也是许愿等姑奶奶好了要花什麽自己花去凤姐(明知刘老老一片好心)不好勉強只得留下说老老

我的命交与你了(我的)巧姐兒也交(是千灾百病的也)你了刘老老順口答應便说(这麽着我看)天氣尚早还趕得出城去我就去了明兒姑奶奶好

了再请还愿去凤姐因被眾鬼纏繞(害怕)巴不得他就去便道你肯替我用心(我)能穩睡一覺就感激你了你外孫女兒

叫他(在)这裡住下罢刘老老道庄家孩子没見過世面没得在这裡打嘴(我帶他去的好)凤姐道这就是多心了既是(咱们)一家人这

怕什么虽说我们穷了也不在多这一个人吃饭刘老老见凤姐真情便和青儿说了青儿因与巧姐顽熟了
落得叫青儿住几天省了家裡的吃用
巧姐又不愿意他去青儿又要在这里刘老老便辞了平儿忙忙的赶出城去且说栊翠庵元是贾府的地址因
吩咐了几句
盖省亲园子将那庵圈在里头向来食用香火并不动贾府的钱粮如今妙玉被劫那女尼呈报到官一则候
官府缉盗的下落二则是妙玉基业不便离散依旧住下不过回明了贾府那时贾府的人虽多知道只为
贾政新丧且又心事不宁也不敢将这些没要紧的事回禀只有惜春知道此事日夜不安渐渐传到宝
玉耳边说妙玉被贼劫去又有的说妙玉凡心动了跟人而走宝玉听得十分纳闷想来被强徒抢去这个人
必是
必不肯受一定不屈而死但是一无下落心下甚不放心每日长吁短叹还说这样一个槛外人怎么遭此结局又想到当日园
中何等热闹自从二姐姐出阁一来死的死嫁的嫁我想他一尘不染是保得住的了岂知风波顿起比林妹妹死的更
奇由是一一追思起来想到庄子上的话虚无缥缈人生在世难免风流云散不觉的大哭起来袭人等又道是他的旧
病发作百般的温柔解劝宝钗初时不知何故也用话箴规怎奈宝玉抑郁不解又觉精神恍惚宝钗想不出道理再三打
听方知妙玉被劫不知去向也是伤感只为宝玉愁烦便用正言解释因提起兰儿自送殡回来虽不上学闻
得日夜攻苦他是老太太的重孙老太太素来望你成人老爷为你日夜焦心你为闲情痴意遭塌自己我们

守著你如何是个結果說得宝玉無言可答過了一回纔說道我那裡管人家的閒事只可嘆咱們家的運氣
衰頹宝釵道可又來老爺太太元為是要你成人接緒祖宗遺緒你只是執迷不悟如何是好宝玉聽來話不
投机便靠在桌上睡去宝釵也不理他叫麝月等伺候着自己多去睡了宝玉見屋裡人少想起紫鵑到了这
裡我從沒和他說句知心的話兒冷冷清清擱着他我心裡甚不過意他又比不得麝月秋紋我可以安放得的
想起從前我病的時候他在我这裡伴了好些時如今他那面小鏡子还在我这裡他的情意却也不薄了
如今不知為什麼見我就是冷冷的若說為我們这一回他是和林妹妹最好的我看他待紫鵑也不錯我
不在家的日子紫鵑也与他有說有笑到我來了紫鵑便走開了想為林妹妹死了我便成了家的原故嗳紫
鵑鵑你这樣一个女孩兒難道連我这点子苦處多看不出來麼又想今晚他們睡的睡做活的做活不如趁这个
空兒我找他去倘或我还有得罪之處便陪个不是也使得想定主意輕輕的走出了房門來找紫
鵑那紫鵑的下房也就在西廂裡間宝玉悄悄的走到窓下只見裡面尚有燈光
便用舌頭舐破窓紙往裡一瞧見紫鵑獨自挑燈又不是做什麼呆呆的坐著宝
玉便輕輕的叫道紫鵑姐姐還沒有睡麼紫鵑聽了唬了一跳怔怔的半日纔說

是誰[redacted]宝玉道是我紫鵑聽著似乎是宝玉的聲音便問是宝二爺麼宝玉在外輕輕的答應了一聲紫鵑問道你來做什麼宝玉道我有一句心裡的話要和你說說你開了門我到你屋裡坐坐紫鵑停了一會兒說道二爺有什麼話天晚了請回罷明日再說罷宝玉聽了寒了半截自己還要進去恐紫鵑未必開門欲要回去這一肚子的隱情越發被紫鵑這一句話勾起無奈說道我也沒有多餘的話只問你一句紫鵑道既是一句就請說宝玉半日反不言語紫鵑在屋裡不見宝玉言語知他素有痴病恐怕一時寔在搶白了他勾起他的舊病倒也不好了因站起來細聽了一聽又問道是走了還是傻站著呢有什麼又不說儘著在這裡慪人已經慪死了一個難道還要慪死一個麼这是何苦来呢说着也從宝玉舐破之處往外一瞧見宝玉在那裡歎听紫鵑不便再说回身剪了剪燭花忽听宝玉嘆[redacted]了一声道紫鵑姐、你從来不是这樣鉄石心腸怎麼近来那個姐、一筆ま不理我、連句好、的話兒多不和我說了我固然是个濁物不配你们理我但只我有什麼不是只望姐、說明了死了也做个明白鬼紫鵑听了冷笑道

二爺就是這个話吓还有什庅若就是这句話我们姑娘在時我也跟着听俗了我们有不好處呢〃二
爺只管回太〃去左右我们丫頭们更算不得什庅了說着便哽咽起来宝玉在外知他傷心便道这事怎庅
説我的事情你在这裡几个月还有不知道的説着也嗚咽起来宝玉正在傷心忽听背後一个人道麝月
这一句话把个人多唬了一跳元来却是麝月宝玉自覺没趣麝月道一个陪不是一个又不理紫鵑姐〃
就太狠心了这庅怪冷的人家央及了这半天連个活動氣兒也没有又向宝玉道刚纔二奶〃說了多早晚了打谅
你在那裡呢你却一个人站在房簷底下做什庅紫鵑道早就請二爺回去有话明日再说这是何苦来宝玉
回麝月在此不便再說只得走回说道罷了我今生今世也难剖白这个心了惟有老天知道罷了説着那眼
淚就滔〃不断麝月道二爺依我劝你死了心罢白陪眼淚也可惜了宝玉也不荅言進了屋子見宝釵睡了製
人便道有什庅话明日說不得巳〃的跑去闹便打發睡下一夜無眼自不必说这裡紫鵑直哭了一夜思想
宝玉的事明知他病中不能明白所以衆人弄鬼弄神的办成了後来宝玉明白了旧病復發時〃常哭想並非忘情負義
今日这種柔情一發难受可怜林姑娘真正無福消受他如此看来人生緣分多有一定未到頭時多是痴心妄想及
至無可如何糊塗的就不理会那情深義重的也不過臨風對月洒淚悲啼可怜死的未必知道活的苦惱傷

昔日之　我是太〃派来的
哭了　是的跺脚
接言　你叫谁替你说
什庅　我使别人不肯告訴（替我）你难道你还不叫我说叫我憋死了不成
呢谁是谁的什庅自己得罪了人自己要死叫人家背陰不實在人家何苦来挲我们這些没要紧的垫喘兒呢只見　又說　到底是怎庅着　你倒是快些的罢
吓嘠嫂们　把樑外
外们
裡面搭着说道這可是什庅意思呢
还要说话　好　〃〃
也不知是何处来的　史的　这
剑那裡　闹不说到這裡也就不肯說这一這便接着说了身上不爽这庅宝玉也不言語
宝玉　被宝玉一招越发心裡难受　由
想〃到見衆人　假人
〃情　叫人　我们　是　人生緣分　在那裡　大家
那　也　了　那　这　真〃是

心無休無了算來竟不如草木石頭無知無覺倒也心中干凈想到此處倒把那酸熱之心一時氷冷了才要收拾睡時只

听東院裡吵嚷起來未知何事下回分解

紅樓夢第一百十四回　王熙凤歷幻返金陵　甄應嘉蒙恩還玉闕

却說宝玉宝釵听說凤姐病的危急赶忙起来了頭柬燭伺候正要出院只见王夫人那边打發人来說璉二奶々不好了还沒有嚥氣二爺二奶々且慢些過去罷璉二奶々的病有些古怪從三更天起到四更時候沒有住嘴說了好些胡話要船要轎只說赶到金陵歸入什麼册子去衆人不懂他只是哭々喊々璉二爺沒有法兒只得去糊船轎还沒拿来璉二奶々喘着氣等着呢叫我們過来說等璉二奶々去了再過去罷宝玉道這也奇他到金陵做什麼去襲人輕々的說道你不是那年做夢我还記得說有多少册子莫不璉二奶々是到那裡去罷宝玉听了點頭道是呀可惜我都不記得那上頭的話了這麼說起来人都有个定數的了但不知林妹々又到那裡去了我如今被你一說我有些懂的了若再做這个夢時我必細々的瞧々便有未卜先知的分兒了襲人道你這樣的人可是不可合你說話我偶然提了一句你就認起真来了就算你能先知又有什麼法兒宝玉道只怕不能先知若是能了我也犯不着為你們瞎操心了兩人正說着宝釵走来問道你們說什麼宝玉恐他盤詰只說我們談論凤姐々々宝釵道人要死了你們还只管议論他旧年你还說我咒人那个籤不是應了麼宝玉又想了一想拍手道是的是的這麼說起来你倒能先知了我索性問々你々知道我将来怎麼樣宝釵笑道這是又胡閙起来了我是就他求的籤上的話混解的你就認了真了你和我們二嫂子成了一樣的了你失了玉他去求妙玉扶乩批出来衆人不解他背地裡合我說妙玉怎麼前知怎麼參禪悟道如今他遭此大難如何自己都不知道這可是算得前知嗎就是我偶然說着了二奶々的事情其實知道他是怎麼樣了只怕我連我自己也不知道呢這些事情原都是知道的可是信得

的麽宝玉道別提他了你只說那妹〻罷自從我們這裡連〻的有事把他這件事竟忘記了你們家這麽件大事怎麽就草〻的完了
也沒請親喚友的宝釵道你這話又是迂了我們家的親戚祇有偺們這裡和王家最近王家沒了什麽正經人了偺們家遭了老太〻的大
事所以也沒請就是璉二哥張羅了張羅別的親戚雖也有一兩門子你沒過去如何知道算起來我們這二嫂子的命和我差不多好
好的許了我二哥〻我媽〻原想〻要体〻面〻給二哥〻娶這房親事的一則為我哥〻在監裡二哥〻也不肯大辦二則為偺們家的事三
則為我二嫂子在大太〻那边苦〻苦又加著抄了家大太〻是一味的苛刺他也实在难受所以我和媽〻說了便將〻就〻的娶了過去我
看二嫂子如今倒是安心樂意的孝敬我媽〻比親媳婦还强十倍呢待二哥〻也是極尽婦道的和香菱又甚好二哥〻不在家
他兩个和〻氣〻的過日子雖說是窮些我媽〻近來倒安逸好些就是想起我哥〻來不免傷心況且常打發人家裡來要使用多
虧二哥〻在外頭賬頭兒上討來应付他我听見說城裡的几处房子已經也典了还剩下一所如今打算搬了去住宝玉道為什麽要搬
住在這裡你來去也便宜(易)些若搬远了你去就要一天了宝釵道雖說是親戚到底各自的穩便些那裡有个一輩子住在親戚家的呢宝玉
还要講出不搬去的理王夫人打發人來說璉二奶〻嚥了氣了所有的人都過去了請二爺二奶〻就過去宝玉听了也掌不住跺脚要哭宝
釵雖也悲戚恐宝玉傷心便說有在這裡哭的不如到那边哭去於是兩人一直到鳳姐那裡只見好些人圍著哭呢宝釵走到跟前見鳳姐
已經停床便大放悲声宝玉也拉著賈璉的手大哭起來賈璉也重新哭泣平兒等因見无人劝解只得含悲上來劝止了衆人都悲

哀不止賈璉此時手足無措叫人傳了賴大來叫他辦理喪事自己回明了賈政然後去行事但是手頭不濟諸事拮据又想起鳳姐素日的好處來更加悲哭不已又見巧姐哭的死去活來越發傷心哭到天明即刻打發人去請他大舅子王仁過來那王仁自從王子騰死後王子勝又是無能的人任他胡為已鬧得六親不睦今知妹子死了只得趕着過來哭了一場見這裏諸事將就心下便不舒服說我妹妹在你家辛辛苦苦當了好幾年家也沒有什麼錯處你們家該認真的發送發送纔是怎麼這時候諸事還沒有齊備賈璉本與王仁不睦見他說些混帳話知他不懂的什麼也不大理他王仁便叫了他外甥女兒巧姐過來說你娘在時本來辦事不周到只知到一味的奉承老太太把我們的人都不大看在眼裏外甥女兒你也大了看見我從來沾染過你們沒有如今你娘死了諸事要聽着舅舅的話你母親娘家的親戚就是我和你二舅舅了你父親的為人我也早知道了只有敬重別人的那年什麼尤姨娘死了我雖不在京聽見說花了好些銀子如今你娘死了你父親倒是這樣的將就辦去你也不知道勸勸你父親嗎巧姐道我父親巴不得要好看只是如今比不得從前了現在手裏沒錢所以諸事省些是有的王仁道你的東西還少麼巧姐兒道舊年抄去何嘗還有呢王仁道你也這樣說我聽見老太太又給了好些東西你該拿出來巧姐又不好說父親用去只推不知道王仁便道哦我知道了不過是你要留着做嫁妝罷咧巧姐聽了不敢回言只氣得哽噎難鳴的哭起來了平兒生氣說道舅老爺有話等我們二爺進來再說姑娘這麼點年紀他懂的什麼王仁道你們是巴不得二奶奶死了你們就好為王了我並不要什麼好看些也是你們的臉面說着賭氣坐着巧姐滿心的不舒服心想我父親並

不是沒情我媽媽在時舅舅不知多少東西去如今說得這樣乾淨于是便不大瞧得起他舅舅了豈知王仁心裡想來他妹妹不知抖摟了多少

雖說抄了家那屋裡的銀子还怕少嗎必是怕我來纏他們所以也幫着這庅說這小東西兒也是不中用的從此王仁也嫌了巧姐兒了

賈璉並不知道只忙着弄銀錢使用外頭的大事叫賴大辦了裡頭也要用好些錢一時實在不能張羅平兒知他着急便叫賈璉道二爺也別過

於傷了自己的身子賈璉道什庅身子現在日用的錢都沒有這件事怎庅辦偏有个糊塗行子又在這裡蠻纏你想想有什庅法兒平兒

道二爺也不用着急若說沒錢使喚我还有些東西舊年幸虧沒有抄在裡頭去二爺要就拿去當着使喚罷賈璉聽了心想難得這樣便

笑道這樣更好省得我各處張羅等我銀子弄到手了还你平兒道我的也是奶奶給的什庅还不还只要這件事辦的好看些就是了

賈璉心裡倒着實感激他便將平兒的東西拿了去當錢使用諸凡事情便與平兒商量秋桐看着心裡就有些不甘每每口角裡頭便說平兒

沒有了奶奶他要上去了我是老爺的人他怎庅就越過我去了呢平兒也看出來了只不理他倒是賈璉一時明白越發把秋桐嫌了碰着

有些煩惱便拿着秋桐出氣邢夫人知道反說賈璉不好賈璉忍氣不題再說鳳姐停了十餘天送了殯賈政守着老太太的孝搃在外書

房那時清客相公漸漸的都辭去了只有个程日興还在那裡時常陪着說說話兒提起家運不好一連人死了好些大老爺合珍大爺又在外

頭家計一天難似一天外頭東庄地畝也不知道怎庅樣搃不得了那程日興道我在這裡好些年也知道府上的人那一个不是肥己的一年一年

都往他家裡拿那自然府上是一年不彀一年了又添了大老爺珍大爺那邊兩處的費用外頭有些債務前兒又破了好些財要想衙

门裡頭賊追賍那是難事老世翁若要安頓家事除非傳那些管事的来派一个心服人各処去清查清查該去的去該留的留有了虧空著在經手的身上賠補這就有了數兒了那一座大園子人家是不敢買的這裡頭的出息寔不少又不派人管了几年老世翁不在家這些人就弄神弄鬼兒的鬧的一个人不敢到園裡這都是家人的弊此時把下人查一查好的使著不好的就攆了這纔是道理賈政點頭道先生你有所不知不必說下人就是自己的侄兒也靠不住若要我查起来那能一一親見親知況我又在服中不能照管這些个我素来又兼不大理家有的没的我还摸不著呢程日興道老世翁最是仁德的人若在别人家這樣的家計就窮起来十年五載还不怕便向這些管家的要也就彀了我听見世翁的家人还有做知縣的呢賈政道一个人若要使起家人們的錢来便了不得了只好自己儉省些但是册子上的產業若是實有还好生怕有名無實了程日興道老世翁所見極是晚生為什麽說要查查呢賈政道先生必有所聞程日興道我雖知道些那些管事的神通晚生也不敢言賈政听了便知話裡有因便嘆道我家祖父已来都是仁厚的從没有剋薄過下人我看如今這些人一日不似一日了在我手裡行出主子樣兒来又叫人笑話兩人正說著门上的進来回道江南甄老爺来了賈政便問道甄老爺進京為什麽那人道奴才也打听過了說是蒙聖恩起復了賈政道不用說了快請罷那人出去請了進来那甄老爺即是甄寶玉之父名叫甄應嘉表字友忠也是金陵人氏功勲之後原与賈府有親素来走動的因前年挂誤革職動了家產今遇主上眷念功臣賜还世職行取来京陛見知道賈母新喪特備祭禮擇日到

寄靈的地方拜奠所以先來拜望賈政有服不能遠接在外書房门口等着那位甄老爺一見便悲喜交集因在制中不便行禮遂
拉着手叙了些濶别思念的話然後分賓主坐下獻了茶彼此又將别後事情的話説了賈政問道老親翁几時陛見的甄應嘉
道前日賈政道主上隆恩必有温諭甄應嘉道主上的恩典真是比天还高下了好些旨意賈政道什么好旨意甄應嘉道近來越
寇猖獗海疆一带小民不安派了安國公征剿賊寇主上因我熟悉土疆命我前往安撫但是即日就要起身昨日知老太々仙逝謹備
瓣香至靈前拜奠稍尽微忱賈政即忙叩首拜謝便説老親翁即此一行必是上慰聖心下安黎庶誠哉莫大之功正在此行但弟不
克親睹奇才只好遥聆捷報現在鎮海統制是弟舍親會時務望青照甄應嘉道老親翁与統制是什么親戚賈政道弟那年
在江西粮道任時將小女許配与統制少君結縭已經三載因海口案内未清继以海寇聚奸所以音信不通弟深念小女俟老親
翁安撫事竣後拜懇便中一視弟即修字數行煩尊紀带去便感激不尽了甄應嘉道兒女之情人所不免我正在有奉托老
親翁的事昨蒙聖恩召取來京因小兒年幼家下乏人將賤眷全帯來京我因欽限迅速晝夜先行賤眷在後緩行到京
尚需時日弟奉旨出京不敢久留將來賤眷到京少不得要到尊府定叫小犬叩見如可進教遇有姻事可圖之處望乞留意
為感賈政一々答應那甄應嘉又説了几句話就要起身説明日在城外再見賈政見他事忙諒難再坐只得送出書房賈璉宝玉
早已伺候在那裡代送因賈政未叫不敢擅入甄應嘉出來兩人上去請安應嘉一見宝玉呆了一呆心想這个怎么甚像我家宝玉只

一二九八

是渾身縞素問過至親久闊爺們都不認得了賈政忙指着賈璉道這是家兄名赦之子璉二侄兒又指着寶玉道這是第二小犬名叫寶玉應嘉拍手道奇我在家裡聽見說老親翁有個啣玉生的愛子名叫寶玉因與小兒同名心中甚爲罕異後來想着這個也是常有的事不在意了豈知今日相見不但面貌相同且舉止一般這更奇了問起年紀比這裡的哥兒略小一歲賈政便又提起承薦包勇問及令郎哥兒與小兒同名的話述了一遍應嘉因屬意寶玉也不暇問及那包勇的好歹只連連的稱道真真罕異因又拉着寶玉的手極致殷勤又恐安國公起身甚速急須預備長行勉強分手徐行賈璉寶玉送出一路又問了寶玉好些然後纔登車而去那賈璉寶玉回來見了賈政便將應嘉問的話回了一遍賈政命他二人散去賈璉又去張羅算明鳳姐喪事的賬目寶玉回到自己房中告訴了寶釵說是常提的甄寶玉我想一見不能今日倒先見了他父親了我還聽得說寶玉也不日要到京到了要來拜望我們老爺呢他也說和我一模一樣的我只不信若是他後兒到了咱們這裡來你們都去瞧瞧看他果然和我像不像寶釵聽了道噯你說話怎麽越發沒前後了什麽男人同你一樣都說出來了還叫我們瞧去呢寶玉聽了知是失言臉上一紅連忙的還要解說不知何話下回分解

紅樓夢第一百十五回

惑偏私惜春矢素志　證同類宝玉失相知

話说宝玉為自己失言被宝釵问住想要掩飾過去只見秋紋進来说外頭老爺叫二爺呢宝玉巴不得一声兒便走了到賈政那裡賈政道我叫你来不為別的現在你穿着孝不便到学裡去你在家裡必要將你念過的文章溫習溫習我這几天倒也閑着隔两三日做几篇文章我瞧瞧看你這些時進益了没有宝玉只得答應着賈政又道你環兄弟蘭姪兒我也叫他们溫習去了倘若你做的文章不好不及他们那可就不成事了宝玉不敢言語答應了个是站着不動賈政道去罷宝玉退了出来正遇見賴大諸人拿着些册子進来宝玉一溜烟回到自己房中宝釵问了知道叫他做文章倒也喜欢惟有宝玉不愿意也不敢怠慢正要坐下靜靜心只見两个姑子進来是地藏菴的見了宝釵说道請二奶奶安宝釵待理不理的说你们好因叫人来倒茶給師父们喝宝玉原要和那姑子说話見宝釵似乎厭惡這些也不好兜搭那姑子知道宝釵是个冷人也不久坐辭了要去宝釵道再坐坐去罷那姑子道我们因在鐵檻寺做了功德好些時没来請太太奶奶们的安今日来了見過了太太奶奶们還要看看四姑娘呢宝釵點頭由他去了那姑子到了惜春那裡看見彩屏便问姑娘在那裡呢彩屏道不用提了姑娘這几天飯多没吃只是歪着那姑子道為什麼彩屏道说也話長你見了姑娘只怕

他就和你说了惜春早已听完急忙坐起说你们两个人好吓，見我们家事差了就不来了那姑子道阿弥陀佛有也是施主沒也是施主别说我们是本家庵裡受過老太々多少恩惠的如今老太々的事太々奶々们多見過了沒有見姑娘心里惦记今日特々的来瞧姑娘来了惜春便问起水月庵的姑子来那姑子道他们庵裡鬧了些事如今门上也不肯常放進来了便问惜春道前日听見说櫳翠庵的妙師父跟了人走了惜春道那裡的話说这个话的人隄防着割舌頭人家遭了強盗搶去怎么还说这樣的坏话那姑子道妙師父的為人古怪只怕是假惺々罢在姑娘面前我们也不好说的那裡像我们这些粗夯人只知道諷经念佛給人家懺悔也為着自己修个善果惜春道怎樣就是善果呢那姑子道除了偺们这樣善德人家不怕若是别人家那些诰命夫人小姐也保不住一輩子的荣華到了苦难来了可就救不得了只有个觀世音菩薩大慈大悲遇見人家有苦难事就慈心發動设法兒救濟為什么如今多说大慈大悲救苦救难的觀世音菩薩呢我们修了行的人虽说比夫人小姐们苦多着呢只是沒有險难的了虽不能成佛作祖修々来世或者轉个男身自己也就好了不像如今脱生了个女人胎子什么委屈煩难多说不出来姑娘你还不知道呢要是姑娘们到了出了门子这一輩子跟着人是更沒法兒的若说修行也只要修得真那妙師父自為才情比我们強他就

嫌我们这些人俗豈知俗的才能得善缘呢他如今倒底是遭了大劫了惜春被那姑子一番话说得合在机上也
顧不得了頭们在这裡便將尤氏待他怎樣前日看家的事说了一遍並將頭髮指給他瞧道你打諒我是什麽没主
意恋火坑的人麽早有这樣的心只是想不出道兒来那姑子听了假作驚慌道姑娘再别说这个话珍大奶〻听
見还要罵殺我们攆出庵去呢姑娘这樣人品这樣人家將来配个好姑爺享一輩子的荣華富貴惜春不等说完
便紅了臉说珍大奶〻攆得你我就攆不得麽那姑子知是真心便索性激他一激说道姑娘别怪我们说錯了
话太〻奶〻们那裡就依得姑娘的性子呢那時闹出没意思来倒不好我们倒是为姑娘的话惜春道这也
瞧罢了彩屏等听这话頭不好便使个眼色兒給姑子叫他走那姑子会意本来心裡也害怕不敢挑逗便告辞出
去惜春也不留他便冷笑道打諒天下就是你们一个地藏庵麽那姑子也不敢答言去了彩屏見事不妥恐躭不是
悄〻的去告诉了尤氏说四姑娘鉸頭髮的念頭还没有息呢他这几天不是病竟是怨命奶〻隄防些别闹出事
来那会子歸罪我们身上尤氏道他那裡是為要出家他為的是大爺不在家安心和我過不去也只好由他
罢了彩屏等没法也只好常〻劝解豈知惜春一天〻的不吃飯只想鉸頭髮彩屏等吃不住只得到各處告訴
邢王二夫人等也多劝了好几次怎柰惜春執迷不解邢王二夫人正要告訴賈政只听外頭傳進来说甄家的

太、带了他们家的宝玉来了众人急忙接出便在王夫人處坐下众人行礼叙些寒温不必細述只言王夫人提起甄宝玉与自己的宝玉無二要请甄宝玉進来一見傳話出去回来说道甄少爺在外書房同老爺说話说的投了机了打發人来請我们二爺三爺还叫蘭哥兒在外頭吃飯吃了飯進来说畢裡頭也便擺飯元来此時賈政見甄宝玉相貌果與宝玉一樣试探他的文才竟應對如流甚是心敬故叫宝玉等三人出来警厲他们再者倒底叫宝玉来比一比宝玉听命穿了素服帶了兄弟姪兒出来見了甄宝玉竟是舊相識一般那甄宝玉也像那里見過的兩人行了礼然後賈环賈蘭相見本来賈政席地而坐要讓甄宝玉在椅子上坐甄宝玉因是晚輩不敢上坐就在地下鋪了褥子坐下如今宝玉等出来又不能同賈政一處坐着為甄宝玉是晚一輩又不好竟叫宝玉等站着賈政知是不便站起来又说了几句話叫人擺飯说我失陪叫小兒輩陪着大家说話兒好叫他们領、大教甄宝玉遜謝道老伯大人請便小姪正欲領世兄们的教呢賈政回覆了几句便自往内書房去那甄宝玉却要送出来賈政攔住宝玉等先搶了一步出了書房门檻站着看賈政進去然後進来讓甄宝玉坐下彼此套叙了一回诸如久慕渴想的話也不必細述且說賈宝玉見了甄宝玉想到夢中之景並且素知甄宝玉為人必是和他同心以為得了知己因初次見面不便造次且又賈环賈蘭在坐只有極力誇讚说久仰芳名無由親炙今日見面真是謫仙一流的人物那甄宝玉素来也知賈宝玉的為人今日一見果然不差只是可以和我共学不可與我適道他既和我同名同貌也是三生石上的旧精魂了我如今略知些道理何不和他講講但只是初見尚不知他的心与我同不同只好緩緩的来便道世兄的才名弟所素知的在世兄是數萬人裡頭選出来最清最雅的至於弟乃庸庸碌碌一等愚人忝附同名殊覺玷辱了這兩个字賈宝玉听了心想這个人果然同我的心一樣的但是你我多是男人不比那女孩兒们清潔怎么他拿我當做女孩兒看待起来便道世兄謬讚实不敢當弟至濁至愚只不過一塊頑石耳何敢比世兄品望清高实称此兩字呢甄宝玉道弟少時不知分量自謂尚可琢磨豈知家遭消索數年来更比瓦礫犹賤虽不敢说歷尽甘苦然世道人情畧畧的領悟了些須世兄是錦衣玉食無不遂心的必是文章經濟高出人上所以老伯鍾爱將為席上之珍弟所以才说尊名方称賈宝玉听這話頭又近了祿蠹的旧套想話回答賈环見未与他说话心中早不自在倒是賈蘭听了這話甚覺合意便说道世叔所言固是太謙若論到文章經濟实在從歷練中出来的方為真才实学在小侄年幼雖不知文章為何物然將讀過的细味起来那膏粱文繡比着令聞廣譽真是不啻百倍的了甄宝玉未及答言賈宝玉听了蘭兒的话心里越發不合想道這孩子從几時也学了這一派酸論便道弟聞得世兄也詆尽流俗性情中另有一番見解今日弟幸會芝範想欲領教一番超凡

入聖的道理從此可以洗净俗腸重開眼界不意視弟為蠢物所以將世路的話来酬應甄宝玉听說心裡曉得他知我少年的性情所以疑我為假我索性把話説明或者与我做個知心朋友也是好的便説世兄高論固是真切但弟少時也曾深悪那些旧套陳言只是一年長似一年家君致仕在家懶於應酬委弟接待後来見過那些大人先生尽多是顯親揚名的人便是着書立説無非言忠言孝自有一番立德立言的事業方不枉生在聖明之時也不致負了父親師長養育教誨之恩所以把少時那些迂想痴情漸漸的淘汰了些些如今尚欲訪師覔友教導愚蒙幸会世兄定當有以教我適才所言並非虛意賈宝玉越听越不耐煩又不好冷淡只得將言語支吾幸喜裡頭傳出話来説若是外頭爺們吃了飯請甄少爺裡頭去坐呢宝玉听了趁勢便邀甄宝玉進去那甄宝玉依命前行賈宝玉等陪着来見王夫人賈宝玉見是甄太太上坐便先請過了安賈环賈蘭也見了甄宝玉也請了王夫人的安兩母兩子互相廝認雖是賈宝玉是娶過親的那甄夫人年紀已老又是老親因見賈宝玉的相貌身材與他兒子一般不禁親熱起来王夫人更不用説拉着甄宝玉問長問短覺得比自己家的宝玉老成些回看賈蘭也是清秀超羣的雖不能像兩個宝玉的形像也还隨得上只有賈环粗夯未免有偏愛之色衆人一見兩個宝玉在這裡多来瞧看説道真真奇事名字同了也罷怎麽相貌身材多是一樣的虧得是我们宝玉穿孝若是一樣的衣服穿着一時也認不

出来内中紫鵑一時痴意發作便想起代玉来心裡説道可惜林姑娘死了若不死時就將那甄宝玉配了他只怕也是願意的正想着只听得甄夫人道前日听得我们老爺回来説我们宝玉年紀也大了求這裡老爺留心一門親事王夫人正愛甄宝玉順口便说道我也想要与令郎作伐我家有四个姑娘那三个多不用说死的死了嫁的嫁了还有我们珍大姪兒的妹子只是年紀過小几歲恐怕难配倒是我们大媳婦的两个堂妹子生得人才齊正二姑娘呢已經許了人家三姑娘正好與令郎為配過一天我給令郎做媒但是他家的家計如今差些甄夫人道太太這話又客套了如今我们家还有什庅只怕人家嫌我们穷罷了王夫人道現今府上復又出了差將来不但復舊必是比先前更要昌盛起来甄夫人咲着道但愿依着太太的話更好這庅着就求太太做个保山甄宝玉听他们説起親事便告辭出来賈宝玉等只得陪着来到書房見賈政已在那裡復又立談几句听見甄家的人来回甄宝玉道太太要走了請爺回去罷于是甄宝玉告辭出来賈政命宝玉环蘭相送不題且说宝玉自那日見了甄宝玉之父知道甄宝玉来京朝夕盼望今兒見面元想得一知己豈知談了半天竟有些冰炭不投闷闷的回到自己房中也不言不咲只管發怔宝釵便问那甄宝玉果然像你庅宝玉道相貌倒还是一樣的只是言谈间看起来並不知道什庅不過也是个禄蠹宝釵道你又編派人家了怎庅見得也是个禄蠹呢宝玉道他説了半天并没

个明心見性之談不過説些什庅文章经濟又説什庅為忠為孝這様人可不是个禄蠹庅只、可惜他也生了這様一个相貌我想来有了他我竟要連我的相貌多不要了宝釵見他又説獃話便道你真正説出句話来叫人發笑這相貌怎庅能不要呢况且人家這話是正理做了一个男人原該要立身揚名的誰想（像）你一味的柔情私意不説自己没有剛烈倒説人家是禄蠹宝玉本听了甄宝玉的話甚不耐煩又被宝釵搶白了一塲心中更加不樂悶、昏、不覺將旧病又勾起来了并不言語只、是傻笑宝釵不知只、道　自己的話錯了他所以冷笑也不理他豈知那日便有些發獃襲人等慪他也不言語過了一夜次日起来只、是獃、的竟有前番的病様一日王夫人因為惜春定要鉸髪出家尤氏不能攔阻看着惜春的様子若是不依他必要自尽的雖然晝夜着人看守終非常事便告訴了賈政、、嘆氣跺、脚只、説東府裡不知幹了什庅鬧到如此地位叫了賈蓉来説了一頓叫他去和他母親説認真、劝解若是必要這様就不是我們家的姑娘了豈知尤氏不劝还好一劝更要尋死説做了女孩兒終不　能在家一輩子的若像二姐、一様老爺太、們倒要操心况且死了如今譬如我死了放我出了家干、淨、的一輩子就是疼我了况且我又不出门就是櫳翠庵元是咱們家的基趾我就在那裡修、行我有什庅你們也照應得着現在妙玉的當家的在那裡你們依我呢我就算得了命了若不依我、也没法只有死就完了［我如若遇了心服那时还可以回来和他说並不是你们逼着我的若我死了未免哥哥回来倒说他们不容我、］九氏本与惜春不合听他的话也似乎有理只得去回王夫人、、已到宝叡那裡見宝玉神魂失所心下着忙便说襲人道你们忒不留神二爺犯了病也不来回我襲人道二爺的病元来是常有的一時好一時不好天、到太、那裡仍旧請安去元是好、兒的今兒才幾糊塗些、二奶、正要来回太、恐怕太、说我們大驚小怪宝玉听見王夫人说他们心裡一時明白恐怕他们受委屈便说道太、放心我沒什麼病只是心裡覚着有些悶、的王夫人道你是有这病根子早说了好请大夫瞧、吃兩剂藥好了不好若再闹到頭裡丢了玉的様子那可就費了事了宝玉道太、不放心便叫个人瞧、我就吃藥王夫人便叫了頭傳出话去请大夫这一个心思多在宝玉身上便将惜春的事忘了遅了一回大夫看了服藥王夫人回去過了几天宝玉更糊塗了甚至於飯食不進大家着急起来恰又忙着脱孝家中無人又叫了賈芸来照應大夫賈璉家下無人請了王仁来在外帮着料理那巧姐兒是日夜哭母也是病了所以栄府中又閙的馬仰人翻一日又當脱孝来家王夫人親身又看宝玉見宝玉人事不醒急的衆人手足無措一面哭着一面告訴賈政说大夫说了不肯下藥只好預備後事賈政嘆氣連、只得親自看視見其光景果然不好便又叫賈璉办去賈璉不敢違拗只得叫人料理手頭又短正在為难只見一个人跑進来说二爺不好了又有飢荒来了賈璉不知何事这一唬非同小可

便道什么事那小厮道門上来了一个和尚手裡拿着二爺的这塊丢的玉说要一萬賞銀賈璉吵道我打量什
么事这樣慌張前番那假的你不知道么就是真的現在人要死了要这玉做什么小厮道奴才也说了那和尚
说給他銀子就好了正说着外頭嚷進来说这和尚撒野各自跑進来了众人攔他攔不住賈璉道那裡有这樣
怪事你们还不快打出去呢賈政听見了也沒了主意了里頭又哭出来说宝二爺不好了賈政益發着急只見
那和尚说道要命拿銀子来賈政忽然想起頭裡宝玉的病是和尚治好的这会子和尚来或者有救星但
是这玉倘或是真他要起銀子来怎么樣呢想一想如今且不管他果真人好了再说賈政叫人去请那和
尚已進来了也不施礼也不答話便往裡就跑賈璉拉着道裡頭多是内眷你这野東西混跑什么那和尚道
遲了就不能救了賈璉急得走着乱嚷道裡頭的人不要哭了和尚進来了王夫人等只顧着哭那裡理会賈璉
走進来又嚷王夫人等回頭見一个長大的和尚唬了一跳躲避不及那和尚直走到宝玉炕前宝釵避過一邊襲
人見王夫人站着不敢走開只見那和尚道施主們我是送玉来的说着把那塊玉擎着道快把銀子拿出来我好
救他王夫人等驚惶無措也不擇真假便道若是救活了人銀子是有的那和尚咲道拿来王夫人道你放心横竖折
變的出来和尚哈哈大咲手拿着玉在宝玉耳邊叫道宝玉宝玉你的宝玉回来了说了这一句王夫人等見宝玉把眼一睁襲

人道好了只、听宝玉问道在那裡呢那和尚把玉递与他手裡宝玉慢慢的回過手来放在自己眼前细细的一看说阿
失而得的樣着似的
呦久違了裡外衆人多喜欢的念佛連宝釵也顧不得有和尚了賈璉也走過来一看果見宝玉回過来了心里一
喜疾忙躲出去了那和尚也不言语赶来拉着賈璉就跑賈璉只、得跟着到了前頭赶着告訴賈政賈政听了喜欢
即找和尚施礼叩謝和尚还礼坐下賈璉心下狐疑必是要了銀子才走賈政細看那和尚又非前次見的便问宝刹
何方法師大號这玉是那裡得的怎麽小児一見便会活過来呢那和尚咲道我也不知道只要拿一萬銀子来就完
了賈政見这和尚粗鲁也不敢得罪便说有和尚道有便快拿来我要走了賈政道畧請少坐待我進内瞧瞧
和尚道你去快出来才好賈政果然進去也不及告訴便走到宝玉炕前宝玉見是父親欲要爬起王夫人按着說道
不要動宝玉咲着拿这玉給賈政瞧道宝玉来了賈政畧畧一看知道此玉有些根源也不细看便和王夫人道宝玉好
過来了这賞銀怎麽樣王夫人道儘着我所有的折变了給他就是了宝玉道只怕这和尚不是要銀子的賈政点
頭道我也看来古怪但是他口口声声的要銀子王夫人道老爺出去先款留着他再说賈政出来宝玉便嚷餓了喝
了一碗粥还要飯婆子们取了飯来王夫人不敢与他吃宝玉说不妨的我已经好了便爬着吃了一碗漸漸的神氣好過来
了便要坐、起来、麝月上去輕輕扶起因心裡喜欢忘了情便道真是宝貝才看見了、一会兒就好了虧得當初沒有砸

破宝玉听了这话神色一变把玉一摞身子往後一仰未知死活下回分解

紅樓夢第一百十六回　得通靈幻境悟仙緣　送慈柩故鄉全孝道

話說寶玉一听麝月的話身往後仰復又死去急得王夫人等哭叫不止麝月自知失言致禍此時王夫人等也不及說他那麝月一面哭着一面打算主意若是寶玉一死我便自盡跟他去不言麝月心裡的事且說王夫人等見叫不回來赶着叫人出來找和尚救治豈知賈政出去时那和尚已不見了賈政正在詫異听見裡頭又鬧急忙進来見寶玉又是先前的樣子牙関緊闭脈息全無用手在心窝中一摸尚是溫熱賈政只得急忙請医灌藥救治那知那寶玉的魂魄早已出了竅了你道死了不成却原来恍恍惚惚赶到前廳見那送玉的和尚坐着便施了礼那和尚忙站起身来拉着寶玉就走寶玉跟了和尚覺得身輕如葉飄飄飖飖也沒出大门不知從那裡走出来了行了一程到了个荒野地方遠遠的望見一座牌樓好像曾到過的正要问那和尚只見恍恍惚惚又来了一个女人寶玉心裡想道這樣曠野地方那得有如此的麗人必是神仙下界了寶玉想着走近前来細細一看竟有些認得一时想不起来見那女人和和尚打了个照面就不見了寶玉一想竟是尤三姐的樣子越發納闷怎麼他也在這裡又要问时那和尚早拉着寶玉過了牌樓只見牌上寫着着真如福地四个大字兩边一副对聯乃是

假去真来真勝假　無原有是有非無

轉過牌坊便是一座宮门上也橫書四字道福善禍淫又有一副对聯道

過去未来莫謂智賢能打破　前因後果須知親近不相逢

寶玉看了心下想道原来如此我倒要問〻因果来去的事了這庅一想只見妃央站在那里招手兒叫他寶玉想道我走了半日原不曾出園子怎庅改了樣兒了便来趕〔呢想着要合鴛鴦說話豈知一轉眼便心裡不免疑惑起来走到鴛鴦站的地方〕不見了但見一溜配殿半掩半開寶玉也不敢造次進去〔心裡正〕要問那和尚一声回過頭来早已不見了寶玉見殿宇巍峩絕非大觀園景像便〔立住腳〕看那匾上道

引覺情癡　两边对聯道

喜笑悲哀多是假　貪求思慕總因癡

寶玉看了又想要進去〔便點頭嘆息〕心下又害怕往里一瞧只見十數个大樹〻門半掩寶玉忽然想起少時做夢曾到過這樣地方如今能〔够〕親身到此也是大幸便大着胆將上首〔的〕大樹門了一瞧見有好几本冊子心裡更覺喜欢想〔去凡人做夢說是假的豈知有這夢便有這事我常說還要做這个夢再不能的不料今兒被我找着了但〕道不知那冊子是那个見過的不是伸手取了一本冊上寫着金陵十二釵正冊寶玉想道〔如今看〕我恍惚記得是那个〔只恨記不清楚了〕便打開頭一頁看去見上頭有畫〔只是畫的模糊再瞧不出来〕後面有几行字跡也不清楚〻尚可摹擬便細〻的看去見有什庅玉帶上頭好像个林字心裡想道莫不是說林妹〻罷便認真看去底下又有金簪雪裡四字詫異道怎庅又像他的名字呢復將前後四句合起来一念道也沒有什庅道理只是暗藏着他两個名字並不為奇独有那憐字嘆

字不好這是恁麽解　又哼道我是偷着看　若只管呆想起来倘有人来又看不成了遂往後看也無暇細玩
只從頭看去看到尾上有几句詞什麽虎兎相逢大夢歸一句便恍然大悟道是了果然机関不爽這必是元春
姐姐了若更是這樣明白我要抄了去細玩起来那些姊妹們的壽夭窮通沒有不知的了我回去自不肯洩漏只
做一个未卜先知的人也省了多少閑想又見畫上有个影影放風箏的人兒也無心去看急急的將那十二首詩詞
多看遍了也有一看便知的也有不大明白的心下牢牢記着一面嘆息一面又取那金陵又副冊一看看到堪羡優伶有福
誰知公子無緣先前不懂見上面尚有花席的影子便大驚痛哭起来待要往後再看忽聽見有人說道你又發獃了林妹
妹請你呢宝玉回頭却不見人心中正自驚疑忽然鴛鴦在門外招手宝玉一見喜滋滋趕出来但見鴛鴦在前影影綽綽
的走只是趕不上宝玉叫道好姐姐等等我那鴛鴦只顧前走宝玉無奈儘力趕去忽見別有一洞天樓閣高聳
殿角玲瓏宝玉貪看景致順步走入一座宮门内有奇花異卉多也認不明白惟有白石花闌圍着一顆青草
葉頭上畧有紅色但不知是何名草這樣矜貴只見微風動處那青草已摇摆不休雖說是一枝小草又無花朵
嫵媚之態不禁心動神怡魂消魄散宝玉只管呆呆的看着旁边忽听有一人道你是那裡来的蠢物在此窺探仙草宝玉
听了吃驚回頭看时却是一位仙女便施礼道我找鴛鴦姐姐誤入仙境恕我冒昧之罪請問神仙姐姐這裡是何

地方我怎庅妃央姐、到此还説是林妹、叫我望乞明示那人道誰知你的姐、妹、我是看管仙草的不許凡人在此逗遛宝玉央告道神仙姐、既是管理仙草必是花神姐、了但不知这草有何好處那仙女道那草本在靈河岸上名曰絳珠草那時萎敗幸得一个神瑛侍者日以甘露灌溉得以長生後来降凡歷刼还報了灌溉之恩今返歸真境所以警幻仙子命我看管不令蜂纏恋宝玉听了一心疑定必是遇見了花神了不可當面錯過便問道管這草的是神仙姐、了还有無数名花必有專管我也不敢煩問只有看管芙蓉花的是那位神仙仙女道我却不知除是我主人方曉宝玉道姐、的主人是誰仙女道我主人是瀟湘妃子宝玉道是了这位妃子就是我表妹林代玉仙女道胡説此地乃上界神女之所虽號為瀟湘妃子並不是娥皇女英之輩何得與凡人有親你少来混説叫力士打你出去宝玉听了只覺自形穢濁正要退出又有人赶来道裡面叫請神英侍者那仙女道我奉命等了好些時總不見有神英侍者過来那裡請去那一个笑道纔退去的不是那侍女慌忙赶出来説請神瑛侍者回来宝玉只道有人赶他便跟蹌而逃正走時忽一人手提宝劍迎面攔住宝玉唬得驚惶無措抬頭一看却是尤三姐便央告道姐、怎庅你也来逼起我来了那人道你們弟兄沒一个好人敗人名節破人婚姻今日你到这裡是不饒的了宝玉正在着急有人叫道姐、快、攔住不要放他走了尤三姐道我奉妃子之命等侯已久今日見了必要一見斬斷塵緣宝玉听了一發着忙豈知身後說話的却是晴雯宝玉一見悲喜交集便說晴雯姐〃快〃帶我回家去罷晴雯道侍者不必多疑我非晴雯我是奉妃子之命特来請你一會並不難為你宝玉道那妃子究是何人晴雯道此時不必問見了自然知道宝玉沒法只得跟着走不多時到了只見殿宇精致彩色輝煌過了几層房舍見一正房珠簾高掛那侍女說站着侯旨宝玉只得等着不多時侍女出来說請侍者參見只見一女子端坐在内略一抬頭見是代玉的形容便道妹〃在这里叫我好想侍女悄〃道侍者無礼快〃出去宝玉正要問个明白又被驅逐無奈出来又無人引着正要找原路而去忽見凤姐站在一所房簷下宝玉道好了元来回到自己家裡了怎庅迷乱至此急奔前来說姐〃在这裡庅我被这些人捉弄了到這了見林妹〃又不肯見我不知是何緣故走到凤姐站在地方細看起来並不是凤姐却元来是賈蓉的前妻秦氏宝玉只得立住脚要问凤姐在那裡那秦氏也不答言竟自往屋里去了宝玉恍〃惚〃的嘆道我今日得了什庅不是衆人多不理我便痛哭起来見有几个黄巾力士執鞭赶来說何處男人敢闯入天仙福地来快〃走出去宝玉听了不敢言语正要尋路出来遠〃望見一羣女子說咲前来宝玉看時像是迎春等一干人心裡喜欢叫道你们快来救我正嚷着後面力士赶来宝玉急得往前乱跑忽

見那一羣女子多变做鬼怪也来追撲宝玉正在情急只見那送玉来的和尚拿一面鏡子一照道我奉元妃娘〻旨意特来救你登時鬼怪全無仍是一片荒郊宝玉拉着和尚道我記得是你領我到这裡你又不見了看見了多少親人只是多不理我忽又变做鬼怪到底是夢是真望老師明白指示那和尚道你到这裡曽偷看什麽東西没有宝玉道見了好此冊子和尚道可又来你見了冊子还不解麽世上的情緣多是那此魔障只要把歷过的事情細〻記着將来我與你説明説着把宝玉一推説回去罢宝玉站不住一跤跌倒口裡嚷道阿喲襲人正在哭泣听見宝玉醒来連忙叫喚宝玉睁眼看時仍躺在炕上見王夫人宝釵等哭得眼泡紅腫定神一想便哈〻的笑了王夫人只道旧病復發便好延医調治即命婆子告訴賈政宝玉回过来了不用備辦後事了賈政听了即忙進来看視果見宝玉醒来便道没福的痴兒你要唬死誰吓説着也掉下淚来嘆了几口氣仍出去叫人請医生这里麝月正思自盡見宝玉一过来也放了心王夫人叫人端了桂圓湯来叫他喝了几口漸〻的定了神大家才放心宝玉躺在炕上看着襲人不覺又添傷感襲人不解其意怎知宝玉觸着机来竟把偷看冊上的詩句字〻記住了未曾說出来心中早有成見賈政見宝玉已好現在丁憂無事想起賈赦不知几時遇赦老太〻的靈柩久停寺内終不放心欲要扶柩回南安塟便叫了賈璉来商議賈璉道老爺想的極是如

○也沒有找麝月只叫人仍把那玉交給寶釵給他帶上想起那和尚來這玉不知那裡找來的也是古怪怎麼一時要銀子一時又不見了莫非是神仙不成寶釵道說起和
尚來蹤去跡那玉並不是找來的頭裡丟的時候必是那和尚取去的王夫人道玉在家裡怎麼能取的去寶釵道既可送來就可取去襲人等道那年丟了玉林大爺測了個字後來二奶、
過了門我還告訴過二奶、說測的那字是什麼賞字二奶、還記得寶釵想道是了你們說測的是當舖裡找去如今總明白了竟是和尚的尚字在上頭可不是和尚取了去的麼王夫人道那和尚本
來古怪那年寶玉病的時候那和尚來說是我們家有寶貝可解說的就是這塊玉了他既知道自然這塊玉到底有些來歷況且你女婿養下來嘴裡含着的古往今來你們聽見
過這第二個麼只是不知終久這塊玉到底是怎麼着就連寶玉也不知是怎麼着病也是這塊玉好也是這塊玉生也是這塊玉說到這裡忽然住了又流下淚來寶玉聽了心裡卻也明白更想起死
去的事愈加有因只不言語心裡細、的記憶那時惜春便說道那年失玉還請妙玉請過仙說是青埂峰下倚古松還有什麼入我門來一笑逢的話想起來入我門三字大有講究佛教
的法門最大只怕二哥不能入得去寶玉聽了又冷笑幾聲寶釵聽了不覺的把眉頭兒揪着發起怔來尤氏道偏你一說又是佛門了你出家的念頭還沒有歇麼惜春笑道不瞞嫂子
說我早已斷了葷了王夫人道好孩子阿彌陀佛這個念頭是起不得的惜春聽了也不言語寶玉想青燈古佛前的詩句不禁連嘆幾聲忽又想起一床蓆一枝花的詩句來拿眼看着襲
人不覺又流下淚來眾人都見他忽笑忽悲也不解何意只道是他的舊病豈知寶玉觸處機來竟能把偷看冊上詩句俱牢、記住了只是不說出來心中早有一個成見在那
裡了暫且不題且說眾人見寶玉死去復生神氣清爽又加連日服藥一天好似一天漸、的復原起來便是。

（右十行，原另紙繕寫附粘於第一百十六回第三頁後半頁，接第十行「王夫人等放心」句）

○義父親回來了倘或還再起用也好賺的只是老爺這麼大年紀辛苦這一場惟兒們心裡不安要知道老老的事是應該的只要你在家謹慎些把持
定了纔好賈璉道老爺這倒只管放心侄兒雖糊塗斷不敢不認真辦理的況且老爺回南少不得多帶些人去所留下的人也有限了這點子費用還可以過
的來就是老爺路上短少些必經過賴尚榮的地方可也叫他出點力兒賈政道自己的老人家的事叫人家帮什麼賈璉答應了是○

〔右三行，原另紙繕寫附粘於第一百十六回第四頁前半頁，接第六行「也使得」句〕

今赶着丁憂幹了这件大事更好将来老爺起了服生恐只怕又不能遂意了但是我父親不在家姪兒又不敢僭越老爺

的主意很好只是這件事也得好几千銀子衙門裡緝賊那是再緝不出来的賈政道我的主意是定了只為大老爺不

在家叫你来商議商議怎麽个办法你是不能出門的現在這裡沒有人我想好几口材多要帶回去的一个人怎麽能

照應想着把蓉哥兒帶了去況且有他媳婦的棺材也在裡頭還有你林妹妹的那是老太太的遺言我想這

項銀子只好在那裡挪借幾千也就彀了賈璉道借是借不出来的只好拿房

的房契去押去等起復後再贖也使得賈政道便退出打算銀子賈政便告訴了王夫人叫他

管了家擇了發引長行的日子就要起身宝玉此時身體復元賈政叫他同賈蘭交付賈璉叫

他管教今年是大比的年頭环兒有服不能入場務必叫宝玉同着蘭兒考去能彀中一个舉人也好贖一贖僭

們的罪名賈璉唯唯應命賈政才別了宗祠便在城外念了几天经就發引下船帶了林之孝而去也沒

有驚動親友惟有自家男女送了一程回来宝玉因赶考王夫人不時查考工課宝釵襲人勸勉那知宝玉

病後雖精神日長他的念頭一發更奇僻了不但厭棄功名竟把兒女情緣也淡了些一日恰遇紫鵑送了林代玉

的靈柩回来闷坐自己屋裡哭想着宝玉無情見他林妹妹靈柩回去並不傷心見我痛哭也不勸慰反瞧着我笑

这樣負心的人前夜虧我想得開不然几乎上了他的當只是一件叫人不解如今我看他待襲人等也是冷冷兒的
從前都是花言巧語來哄着我們
二爺、本是不查沒叔叔的麼那些人我不抱怨他麼我抱怨的
女孩兒們多是痴心的白操了那些心不知將來怎樣結局正哭着只見五兒走來姐姐又林姑娘了
想他見紫鵑滿面淚痕便說
我想一个人聞名不如眼見頭里聽着二爺女孩兒跟前是最好的豈知我進來了盡心竭力伏侍了几次病如今
姑叔再三把我要進來
病好了連句好話也沒掙出來这會子索性連正眼兒也不瞧了紫鵑啐道你这小蹄子你心裡要寶玉
聽他說的好笑便噗哧的一笑
怎麼樣个女孩兒家也不害臊人家明公正氣的屋裡人还不怎麼呢你到底算寶玉的什麼人五兒聽了
兒待你像你
自知失言便紅了臉正要解說只聽院门外亂嚷道外頭和尚又來了要那一萬銀子太太着急偏叫二爺
又不在家那和尚在外頭說些瘋话太太叫請二奶奶過去商量不知怎樣打發那和尚下回分解

紅樓夢第一百十七回

阻超凡佳人雙護玉　欣聚黨悪子獨承家

話說王夫人打發人來叫寶釵過去商量寶玉听見說是和尚在外頭便獨自一人走到前頭口見李貴將和尚攔住不放他進來寶玉便請李貴听了才鬆了手那和尚搖搖擺擺的進來寶玉看見那僧的形狀与他死去時所見的一般心裡早有些明白便上前施礼連叫師父弟子迎侯來遲那僧道我不要你們接待只要拿了銀子來我就走寶玉听來又不像有道行的話看他滿頭癩瘡渾身腌臢又想道自古真人不露相〻〻不真人也不可當面錯過我且應了他謝銀再探他的口氣便道師父不必性急現在家母料理請師父坐下略等片刻弟子請問師父可是從太虛幻境而來和尚道什麼幻境不過是來處來去處去罷了我是送还你的玉來的我且问你那玉是從那裡來的寶玉一時對答不來那僧道自己的來路尚不知便來問我寶玉本來穎悟又經点化早把紅塵看破只是自己的底裡未知一闻那僧问起玉來好像當頭一捧便道你也不用銀子的我把那玉還你罷那僧笑道也該还我了寶玉也不答言往裡就跑走到自已院内忙向自己床边取了那玉便走出來迎面碰見襲人便道你快回去回太〻說不用張羅銀子了我把這玉还了他就是了襲人即忙拉住道這斷使不得那玉就是你的命若是他拿了去你又要病了寶玉道如今再不病的了撂脫襲人就想要走襲人

人赶忙拉住紫鹃住屏里帮着抱住宝玉那宝玉虽用力掙
打怎禁两人死也不放便道为一塊玉这樣死命的不放若是我一个人走了你们又怎庅樣襲人紫鹃听了这
話嚎啕大哭起来正在难分难解王夫人宝钗急忙赶来見是这樣形景王夫人便哭着喝道宝玉你又瘋了宝玉
見王夫人来了明知不能脱身只得咲道这當什庅又吓太々着急我說那和尚不近人情他必要一萬銀子
我生氣進来拿了這玉还他就說是假的要他做什庅他見我们不希罕便随意给他些就過去了王夫
人道这也罢了為什庅告訴明白了他们叫他们哭々喊々的像什庅宝钗道那和尚有些古怪倘或一給了他
又鬧得家口不寧豈不是不成事了至於銀錢呢就把我的頭面折变了也还夠了王夫人道這庅也罢了宝
玉也不回答只見宝钗走上来在宝玉手裡拿了这玉道你也不用出去我去与他錢就是了宝玉道玉不还他也使得
只是我还得見他一見才好襲人等仍不放手宝玉道你们這些人原来重玉不重人你们既放了我々便
跟着他走了看你们就守着那塊玉怎庅樣襲人心裡着急了得着王夫人宝钗的面又不好太露輕薄怕咩
小子頭在三门口告訴外頭照應着些二爺他有些瘋了小子頭答應了出去王夫人宝钗等進来問襲人来
由襲人便將宝玉的話細々說了王夫人宝钗甚是不放心又叫人出去吩咐衆人伺候听着和尚說些什庅

一三二四

回来小丫頭傳話進来回王夫人道二爺真有些病了外頭小厮們説裡頭不与他玉他也没法兒如今身子出
来了求那和尚帯了他去王夫人道這還了得那和尚説什麼来小丫頭道那和尚説要玉不要人宝釵道不要
銀子了麼小丫頭道沒听見説後来和尚和二爺説着頑着有好些話外頭小厮們多不大懂王夫人道糊塗東
西便叫小厮進来細问那小厮道我們只听見什麼大荒山青埂峯又説什麼太虚境斬断塵緣這些話王
夫人听着也不懂宝釵听了唬得两眼直瞪止要叫人出去拉宝玉進来只見宝玉嘻嘻的進来説好了好了
王夫人道你瘋顛顛的説的是什麼宝玉道那和尚与我原認得的他也不過要見我一見他何嘗是真要銀
子也只當化个善緣就是了一説明白他自己就飄然而去了王夫人不信又问小厮那小厮出去问了门上的人進来回道
果然和尚走了説請太太們放心我原不要銀子只要宝二爺時常到他那裡去去就是了諸事只要隨緣自有一定的道理王夫人道元来
是个好和尚你們曾问他住在那裡小厮道奴才听説门上也问来着他説我們二爺知道的王夫人便问宝玉道他到底住在那裡宝玉笑道這
个地方説遠就遠説近就近宝釵不待説完便道你醒醒兒罷別儘着迷在裡頭現在老爺太太就疼你一个人老爺還吩咐你叫你
幹功名上進呢宝玉道我説的不是功名麼你們不知道一子出家七祖昇天呢王夫人听了不覺傷起心来説我們的家
運怎麼好一个四丫頭口口聲聲要出家如今又添出一个来了我這樣日子過他做什麼説着放声大哭起来宝釵[illegible]

見王夫人傷心
渴上前苦劝正閙着只見丫頭們來回話璉二爺回來了說請太太回去說話王夫人道將就些罷小嬸子也是
旧親不用回避賈璉進來見了王夫人請了安宝釵也來問了安賈璉道剛才接了我父親的信說是
病重的狠叫我就去遲了恐怕不能見面王夫人道什麼病賈璉道感冒風寒起的如今竟成癆病了現
在危急嵩差人連夜趕來的故來回太太姪兒必得就去才好只是家裡沒人照管薔兒芸兒雖說糊塗
倒底是个男人外頭有事还可傳傳話秋桐天天哭着閙着姪兒叫他娘家的人領了去了倒省了平兒好
些氣虽是巧姐沒人照应还亏平兒的不壞姐兒心裡也明白只是性氣比他娘还剛硬些求太太時常管教
管教他王夫人道放着他親祖母在那裡托我做什麼賈璉道太太要說这话姪兒就該死了畢竟人道
着就跪下來王夫人也眼圈兒紅了說你快起來娘兒們說話兒這是怎麼說只
是一件孩子也大了倘或你父親有个一差二錯又耽擱住了或者有个门當户对的來說親还是等你
回來还是你太太做主賈璉道現在太太們在家自然是太太們做主不必等我王夫人道你要去就寫了信給二老
說家裡沒有人你父親不知怎樣快請二老爺
爺將老太太的大事早早完結快快回來賈璉答應了出來叫了众家人交代清楚寫了書收拾了行
裡沒有人了他們老爺去了快太太住的房子薛二奶奶已經挪到自己的房子內住了
裝平兒等不免叮嚀了好些话只有巧姐兒慘傷得了不得賈璉又欲托王仁照应巧姐到底不願意
聽見外頭托了芸薔二人心裡更不受用嘴裡卻說不出來只得送了父親謹謹慎慎的
卻說不出來只得送了父親看平兒遇日直说賈芸賈薔送了賈璉便進來見了邢王夫人他兩

有時找了几个朋友吃車捻会甚至頑賭裡面那裡知道一日
中瞧見了賈芸賈薔住在這裡知他想闹也
个倒替着在外書房住下日间便与家人厮闹後来那大舅王仁就借此看的名兒常在外書房
喝酒那有几个正經的家人……
設局賭錢把个荣國府闹得没上没下没裡没外賈薔还想勾引宝玉賈芸攔住道那年我与他说
宝二爺那个人……的不同意也
引的是了又有……這一闹
了一頭絶好的親事父親……寫了封書子与他谁知他没造化他心裡早和这个二嬸娘好上了你没听見说还有一
个林姑娘呢弄的害了相思病死的谁不知道賈薔听了把这心歇了且说賈环為他父親不在家趙姨
娘已死王夫人不大理会他便入了賈薔一路甚至偷典偷賣不一而足賈环更加宿娼濫賭無
所不為一日那大舅王仁多在外書房喝酒一時高興叫了几個陪酒的来唱着喝着那個賈薔便说你们闹得
太俗我要行个令兒衆人道使得賈薔道偺们月字流觴罢我先说起月字数到谁就是谁喝酒要酒
面酒底須得依着令官不依者罚三大盃衆人多依了賈薔喝了一盃令酒便说飛羽觴而醉月順飲数到賈
环賈薔便说酒面要个桂字賈环道说冷露無声湿桂花酒底呢賈薔道说个香字賈环道天香雲外飄那大
舅说没趣没趣你又懂得什麽字了也假斯文起来这不是取樂竟是慪人了偺们都免了倒是揸拳輸家吃酒輸家唱叫做苦
使得只要有趣衆人都喜
中苦不会唱的说个笑話兒也可於是乱揸起来王仁輸了喝了一盃唱了一个衆人道好又揸起来是个陪酒的輸了唱
了一个以後那大舅輸了衆人要他唱曲兒他说我唱不上来说个笑话兒罢賈薔道若说不笑仍要罚酒那大舅喝

了一盃道村庄上有座玄帝庙旁边有个土地祠那玄帝老爺常叫土地来説閑話一日玄帝庙里被了盗便
叫土地去查訪土地道這地方没有賊的必是神將不小心被外賊偷了東西去玄帝道胡説你是土地失了盗自然不問
你倒說我神將不小心土地道雖說不小心倒底是風水不好玄帝道你会看風水庅土地道待小神看看那土
地各處一瞧回來道老爺坐的身子背後两扇紅门就不謹慎小神坐的背後是砌的墙自然東西丢不了
玄帝听了有理便叫神將派人打墙衆神將嘆口氣道如今香火一蛀也没有那裡有磚灰人工来打墙呢
玄帝听了没法龟將軍站起来道你们不中用我有主意你们將紅门拆下来到了夜裡拿我的肚子
堵住這门难道當不得一堵墙庅衆神將道好又不花錢又便當于是龟將軍便当這个差使竟安靜了那
知過了几天那庙裡又丢了東西怎庅如今有了墙还要丢東西那土地道這墙砌的不結實衆神將
道你瞧去土地一看果然是一堵好墙把手摸了一摸道我说是真墙那裡知道是假墙衆人听了大笑
的子弟来説爺们好樂吓衆人道老大老三怎庅這時候才来那两个人説今早听見一个謡言説偺们家又
起来賈薔道傻大回爲什庅罵我們一大盃衆人又喝了一回大家多有醉意只見外頭走進賴林两家
鬧出事来了心里着急趕到裡頭打听去並不是我们爺也有些干係就是賈雨村老爺要解到三

○還審出將此賊雖也有藏在城裡的打聽消息抽空兒就劫搶人家如今知道朝裡那些老爺們都是能文能武出力報効所到之處早就消滅了衆人道你聽見
有在城裡的不知審出偺們家失盜一案來沒有又一個道倒沒有聽見恍惚有人說是有個內地裡的人城裡犯了事搶了一個女人下海去了那女人不依被那賊寇殺了那賊
寇正要跑出關去被官兵拿住了就在拿獲的地方正了法了衆人道偺們櫳翠菴的什麼妙玉不是叫人搶去不要就是他罷賈環道必是他衆人道你怎
麼知道賈環道妙玉這東西是最討人嫌的他一日家捏酸見了寶玉就眉開眼笑了我若見了他他從不拿正眼瞧我一瞧真要是他我才趁願呢衆
人道搶的人也不少那裡就是他賈芸道有點信兒前日聽見人說菴裡的道婆做夢說看見妙玉是叫人殺了衆人笑道夢話算不得

〔右五行，原另紙繕寫附粘於第一百十七回第四頁前半頁，接第二行「也解到法司衙門審問」句〕

我们见他常在咱们家来往，恐有什么事便弄了去。我听见芸说到二老太太用心去设法打听。你且来喝一盅再说罢，讓了一回便吃喝

衙门里

法司審问去呢。众人道：里头还有什么新闻没有？两人道：别的事没有，只听见海疆的贼寇拿到了好

着呢。道：这位雨村老爷人也很能干，也会钻营，官也不小了，只是贪财，被人家参了个婪索属员的几款。如今的万岁爷是最仁慈的，独听了一个贪字，或因遭蹋了

些，也解到法司衙门审问。还有，那大舅道：咱们别管这些，快吃饭罢，今夜做个大输赢。众人愿意，便吃毕

了姓，或因倚势欺人，是极生气的，所以旨意便叫拿问。若是问出来了，只怕捆不住；若是没有的事，那参的人也不便。如今真真是好时候，只要有造化做个官儿就好。众人

了饭，大赌起来，赌到三更，只听见里头乱嚷，说四姑娘和珍大奶奶拌嘴，把头发多铰了，赶到二位夫人那里磕了

道你的哥哥就是有造化的，现做知县，还不好么？蔡家的说道：我哥哥虽是做了知县，他的行为只怕也保不住怎么样呢。贾环

头说要做尼姑呢，叫请蔷大爷芸二爷进去。二人听了，进来，见了邢王二夫人假意的劝了一回。无奈惜春立意

呈求容他

送他一个地方，若不容他，她就死在眼前，太太们没主意

便商量道：太太们我们也是做不得主的，况且也不能做主，只好由他们罢

着蔷芸二人便叫了我们来，叫我们商议定了主意

出家，尤氏见劝不肯，做主又怕惜春寻死，自己便硬做主张，说这个不是索性我就了罢，说我做嫂子的

就不要他出家，一面问伺候他诵经拜佛

容不下小姑，逼她出了家了就完了，若说外头去呢，断断使不得，若在家里呢，太太们多在这里，算我的主意

罢，叫蔷哥儿写封信与你珍大爷琏二叔就是了。贾蔷等答应了。不知邢王二夫人依不依，下回分解

紅樓夢第一百十八回　　記微嫌舅兄欺弱女　　驚謎語妻妾諫痴人

話說邢王二夫人聽了尤氏一段話明知也難挽回王夫人道姑娘要行善這也是前生的夙根我们也实在攔不住只是我們這樣人家的姑娘出了家不成个事體如今你嫂子說了准你修行也是好處却有一句話那頭髮可以不剃的只要自己的心真那在頭髮上頭呢你想妙玉也是帶髮修行的不知他怎樣凡心一動才鬧到那个分兒姑娘執意如此我们就把姑娘住的房子便算了姑娘的靜室所有伏侍姑娘的人也得叫他們來問他若願意跟的就講不得說親配人若不願意跟的另打主意惜春听了收了淚拜謝了邢王二夫人李紈尤氏等王夫人說了便問彩屏等誰願跟姑娘修行彩屏等回道太々們派誰就是誰王夫人知道不願意正在想人忽見紫鵑走上前去在王夫人面前跪下回道剛才太々問跟四姑娘的姐々太々看着怎麼樣王夫人道這個如何強派得人的誰願意他自然就說出来了紫鵑道姑娘修行自然姑娘願意並不是別的姐々們的意思我有句話回太々我也並不是拆開別的姐々們各人有各人的心我伏侍林姑娘一場林姑娘待我實在恩重如山無以可報他死了恨不得跟了他去但他不是這裡的人我又受主子家的恩典難以從死如今四姑娘既要修行我就求太々們將我派了跟着姑娘伏侍姑娘一輩子不知太々們准不准若准了就是我的造化了邢王二夫人尚未答言只見宝玉路[illegible]大哭走上来道我不該說的這紫鵑蒙太々派在我屋裡我纔敢說求太々准了他罷全了他的好心王夫人道你頭裡姊妹出了嫁

还要哭淂死去活来如今看見四妹〻要出家不但不勸倒説好事你如今倒底怎庅个意思宝玉道四妹〻修行是
（我索性不明白了）
已經准了的四妹〻也是一定的主意了我有一句話告訴太〻的我這也不算洩漏了這也是一定的我到過一個地方
（若是不定的我就不敢混説了惜春道二哥〻說話也好笑一个人主意不定便扭得過太〻們來了我也是像紫鵑的話）
（容我呢是我的造化不容我呢还有个死呢那怕什庅二哥〻既有話只管說宝玉道）
看了一首詩念与你们听〻罢便道

勘破三春景不長　　緇衣頓改昔年粧

可憐繡户侯門女　　獨卧青燈古佛傍

李紈寶釵听了甚覺咤異王夫人道你説前日是積話怎庅忽然有這首詩罢了我知道了我也沒有法児只好
（道不好了這人入了迷了）
（听了這話点頭嘆息便問宝玉你到底是那裡看來的宝玉不便說出來回道太〻也不必問我自有見的地方王夫人回）
（你們依我是庅樣呢）
（過休來細〻一至便更哭起来）
由着你們罢但只等我合上了眼各自幹各自的就完了説着便哭起来宝釵一面勸着这个心比刀鉸更甚也放
（要）（掌不住便）
声大哭起来襲人已經哭的死去活來宝玉也不啼哭也不相勸只不言語賈环等听到那裡各自走開李紈
（説是宝兄弟見四妹〻修行他想來是痛极了不過前後的）
竭力的解説這是瘋話作不淂准的獨有紫鵑的事情准不准好叫他起来王夫人道什庅依不依横竖一个人的
（這些）
主意定了那也是扭不過來的可是宝玉說的也是一定的了紫鵑听了嗑頭惜春又謝了王夫人紫鵑又与宝玉
宝釵嗑了頭宝玉念声阿弥陀佛难淂难淂不料你到先好了宝釵只是悲傷襲人也顧不淂王夫人在上便痛哭不止說
我也願意跟了四姑娘去修行宝玉道你也是好心但是你不能享這清福襲人道這庅說我是要死的了宝玉听到
（笑）（哭）
這裡倒覺傷心只是不說因時已五更宝玉請王夫人安歇李紈等各自散去彩屏等暫且伏侍惜春回去後来
（出来）

指配了人家紫鵑終身伏侍毫不改初此是後話且說賈政扶了賈母靈柩一路南行因遇着班師的兵將船隻過境河道擁擠不能速行甚是焦心幸喜遇見了海疆的官員聞得鎮海統制欽召回京想來探春一定回家略略解些煩心只打听不出起程的日期心裡又煩燥又想到盤費不敷不得已寫書一封差人到賴尚榮任上借銀五百叫人沿途迎上來應付需用那人去了几日賈政的舡才行得十數里那家人回來迎上船隻將賴尚榮的稟啟呈上書內告了多少苦處備上白銀五十兩賈政看了大怒即命家人立刻送還將原書發回叫他不必費心那家人無奈只得回到賴尚榮任所賴尚榮接到原書銀兩心中煩悶知事辦得不周到又添了一百央來人帶回帮着說些好話豈知那人不肯帶回撂下就走了賴尚榮心下不安立刻修書到家回明他父親叫他設法告假贖出身來于是賴家托了賈薔賈芸等在王夫人面前乞恩放出賈薔明知不能過了一日假說王夫人不依的話回覆了賴家一面告假一面差人到賴尚榮任所叫他告病辭官王夫人並不知道那賈芸聽見賈薔的假話心裡便沒想頭連日在外輸了好些錢無所抵償便和賈環借貸賈環道你們年紀又大放着弄銀錢的事又不敢辦到和我沒有錢的人商量賈芸道三叔你這話說的到好咱們一塊兒頑一塊兒鬧那裡有々錢的事賈環道不是前日有人說是外藩要買個偏房你們何不和王大舅商量把巧姐說與他呢賈芸道叔叔我說句招你生氣的話外藩花了錢買人還想能和咱们走動麼賈環在賈芸耳边說了些話賈芸雖然点頭只道賈环是小孩子的話也不當事恰好王仁走來道

你們两ケ商量些什庅賈芸便將賈环的話附耳低言的說了王仁道這到是一宗好事又有銀子只怕你們不能若是

瞞着我

怕事

你們敢办我是親舅舅做得主的只要环老三在大太太跟前那庅一說我找邢大舅再一說太太們問起來你們要說好

齊打夥

就是了賈环等商議定了王仁便去找邢大舅賈芸便去回邢王二夫人說得錦上添花王夫人听了雖然入耳只是不

信邢夫人听得邢大舅知道心裡願意便打發人找了邢大舅來問他邢邢大舅已經听了王仁的話又可分肥便

在邢夫人跟前說得天花亂墜邢夫人又請了王仁來一問更說得熱鬧於是邢夫人倒叫人出去追着賈芸去

話哄得心動

道若說這位郡王是極有体面的爺應了這門親事雖說不是正配保管过了門姊夫的官早復了這裡的声勢又好了邢夫人本是沒主意的人被傻大舅一番假

說王仁即刻找了人去到外藩公館說了那外藩不知底細便要打發人來相看賈芸又鑽了相看的人說明原

是瞞着合宅的只說是王府相親等到成了他祖母做主親舅舅的保山是不怕的那相看的人應了賈芸便

送信与邢王二夫人那日果然來了几個女人多是艷粧麗服邢夫人接了進去叙了些閑話那來人知是ケ誥命

本

也不敢怠慢邢夫人因事未定也沒有和巧姐說明只說有親戚來瞧叫他去見巧姐到底是ケ小孩子便跟了

那

奶媽過來平兒不放心也跟着來只見有两ケ宮人打扮的見了巧姐便身上下一看更又起身來拉着巧姐的手

仔

又瞧了一遍略坐了一坐就走了巧姐回到房中納悶想來沒有這門親戚便問平兒平兒看見來頭也猜着

倒把巧姐看得羞臊

卻

八九必是相親的留神打听那些丫頭婆子多是平兒使過的便將外頭的風声多告訴了平兒嚇得沒了

但是二爺不在家大太太作主到底不知是那府裡的若說是对的親不該這樣相看瞧那几ケ人的來頭不像是本府的倒像是外頭路數如今且不必和姑娘說的

且打听明白再說平兒心下

主意雖不和巧姐說便趕着去告訴了李紈宝釵求他二人告訴王夫人々々知道这事不好便和邢夫人說知怎柰邢夫人信了兄弟並王仁的話反疑心王夫人不是好意便说孫女兒也大了現在璉兒不在家这件事我还做得主況且他親舅爺々和他親舅々打听的难道倒比别人不真么我横竪是願意的倘有什么不好我和璉兒也抱怨不着别人王夫人听了这些々话心下暗々生氣勉強说些々閑話便走了出来告訴了宝釵自已落淚宝玉劝道太々别煩惱这件事我看来是不成的这也是巧姐兒命里所招只求太々不管就是了王夫人道你一開口就是疯話人家說定了就要接過去若依平兒的話你璉二哥々可不抱怨我么别说自已的姪孫女就是親戚家的也是要好才好邢姑娘是我们做媒的配了你二大舅子如今和々順々的過日子不好么那琴姑娘梅家娶了去听見说豊衣足食的很好就是史姑娘是他叔々的主意頭裡原好如今姑爺癆病死了你史妹々立志守寡也就苦了若是巧姐兒錯給人家可不是我的心坏正說着平兒過来瞧宝釵並探听邢夫人的口氣王夫人將邢夫人的話说了一遍平兒呆了半天跪下求道巧姐兒終身全仗着太々若信了人家的話不但姑娘一輩子受了苦便是璉二爺回来怎么說呢王夫人道你是个明白人起来听我說巧姐兒到底是大太々孫女兒他要做主我能個攔他么宝玉劝道無妨碍的只要明白就是了平兒生怕宝玉瘋癲嚷出来也並不言語回了王夫人竟自去了 这裡王夫人想到煩悶一陣心痛叫了頭扶着勉強回到自已房

中船下不叫宝玉宝釵過来説瞧瞧就好的自己却也煩悶听見说李嬸娘来了也不及接待只見賈蘭進来請了安回
道今早爺爺那裡打發人帯了一封書子来外頭小子们傳進来的我母親接了正要過来因我老娘来了叫我先呈給太太
瞧回来我母親就過来回太太还説我老娘要過来呢说着把書子呈上王夫人一面接書一面问道你老娘来做什麽賈蘭道我也不
知道听見我老娘説我三姨的婆婆家有什麽信兒来了王夫人听了想起来还是前次給甄宝玉说了李綺後来放定下茶
想来此時甄家要娶過门所以李嬸娘来商量这件事情便点点頭兒拆書閲看道
近因沿途俱係海疆凱旋船隻不能迅速前行聞探姐隨翁婿来都不知曾有信否前接到璉姪手稟知
大老爺身體欠安亦不知已有確信否宝玉蘭兒塲期已近務須实心用功不可怠惰老太太靈柩抬家尚需
日時我身體平善不必掛念此諭宝玉等知道月日手書蓉兒另稟
王夫人看了仍遞与賈蘭说你拿去与你二叔瞧瞧还交与你母親正説着李紈同李嬸娘過来请安问好畢王夫人讓
了坐李嬸娘便將甄家要娶李綺的話説了一遍大家商議了一会子李紈因問王夫人道老爺的書子太太看過了麽
王夫人道看過了賈蘭便拿着与他母親瞧李紈看了道三姑娘出了門好几年總沒有来如今要回京了太太也放
了好些心王夫人道我本是心痛看見探了頭要回来了心裡略好些只是不知几時纔到李嬸娘便问了賈政

在路好李紈又向賈蘭道哥兒瞧見了場期近了你爺爺惦記的什麽是的你快拿了去給你二叔瞧去李嬸娘道他
們爺兒兩个又沒進過学怎麽能下場呢王夫人道他爺爺做粮道時給他爺兒兩个捐了例監了李嬸娘点頭賈蘭拿着書子出
來我宝玉却說宝玉送了王夫人去後正拿着秋水一篇在那裡細玩宝釵從裡間走出見他看的得意忘言便走過來一看見他這個心裡着實煩悶想他只顧把這些出世離群的話當作一件正經事終久不妥看他這種光景料劝不過来便坐在宝玉旁邊怔怔的瞧着宝玉見他這般便道你這又為什麽道我想你我既為夫婦你便是我終身的倚
靠却不在情慾之私論起榮華富貴原不過是過眼烟雲但自古聖賢以人品根柢為重宝玉不等說完便道據你說人品根柢又是什麽古聖
賢說過不失其赤子之心那赤子有什麽好處不過是無知無識無貪無忌我們生来已陷溺在貪嗔痴愛中猶如
污泥一般怎麽能跳出這般塵網如今才曉得聚散浮生四字古人說了不曾提醒一个既要講到人品根柢誰是到那
太初一步地位的宝釵道你說赤子之心古聖賢原以忠孝為赤子之心並不是遁世离群無關無係為赤子之心堯舜
禹湯周孔時刻以救民濟世為心所謂赤子之心元不過是不忍二字若你方才所說忍於拋棄天倫還成什麽道理宝玉
点頭笑道堯舜不強巢許武周不強夷齊宝釵你這話益發不是了道古来若多是巢許夷齊為什麽如今人又把堯舜周孔稱為聖賢呢
况且你自比夷齊更不成話伯夷叔齊原是生在商末世有許多難處之事所以才有托而逃當此聖世咱們世受國恩祖父錦衣玉食况你自有生以来自去世的老太々以及老爺太々視如珍宝你方才所說是与不是自己細想宝
玉聽了無言可答只有仰頭微笑宝因又劝宝釵道你既理屈詞窮我劝你從此把心收一收好々的用功但能博得一第便從此而止也不枉天恩祖
德了宝玉点々頭嘆氣道一第呢其實也不難到是這个是什麽從此而止不枉天恩祖德却還不離其宗宝釵未及答言襲人過来說道剛才二奶々說的古聖

先賢我們也不懂只想着我們這些人從小兒辛辛苦苦跟着二爺不知陪了多少小心論理起来原該當的但二奶奶在老爺太太跟前行了

至于神仙那一层更是谎话谁见过有走到凡间来的神仙呢那裡来的這些和尚说了些混话二爷就信了真二爷是读书之人难道他的话比老爷太太还重么宝玉听了低

多少孝道就是二爺不以夫妻爲事也不可太辜負了人心正說着賈蘭隔着窗户問道二叔在屋裡麽宝玉听是賈蘭的声

头不语袭人还要说时只听外面脚步走响　笑容可掬的给宝玉宝钗　接在手中　爷爷既如此写倒是回来的了宝玉点头不语默然

音便道你進来罢賈蘭進来請了安便把書子呈与宝玉宝玉看了道你三姑姑要回来了賈蘭道要回来了爺爺還叫咱們

如有所思賈蘭便問叔叔看見爺爺后面寫的

好生念書呢宝玉便命坐下兩人談了一回文講了一回下場規矩宝釵襲人听了甚是喜欢一時賈蘭回去了宝玉拿書子

来与麝月收了便將莊子等書多翻過一遍口中吟着

○内典語中無佛性　金丹法外有仙舟

宝釵等看見如此行爲甚覺罕異且看他作何光景宝玉便命麝月秋紋等收拾一間静室把那些語録名稿應制詩之

類多找出来自己静静用起功来宝釵這才放了心自進鶯兒伺候這日宝玉正在寘心危坐忽見鶯兒端了一盤瓜菓

進来說太太叫送来与二爺吃的又道二爺這一用功進塲中了出来明年会了進士做了官真是有造化的呢宝玉道據你

说来我是有造化的你們姑娘也是有造化的你呢鶯兒紅了臉道我們不过当了頭一辈子罢了有什麽造化呢宝玉

道果然能回一輩子了頭這了頭比我們還大呢鶯兒听見又说瘋话打算要走宝玉道傻了頭我告訴你罢未知説些

什麽下回分解

宝钗也说根基真只说得一般佛性有仙骨几个字心中倒又称疑且看他作何光景宝玉便命麝月秋纹等收拾一间静室把那些语录名稿及应制诗之类都找出来搁在静室中自己却当真
静静的用起功来宝钗这才放了心袭人此时真是闻所未闻见所未见便悄悄的笑向宝钗道到底奶奶说话透彻一路讲究就把二爷劝明白了就只可惜迟了一点儿临场太近了宝钗点头
微笑道功名自有定数中与不中倒也不在用功的迟早但愿他从此一心巴结正路把从前那些邪魔永不沾染就好了说到这里见房里无人便悄说道这一番悔悟回来固然很好但只一件
怕又犯了前头的旧病从见们打起交道来也是不好袭人道奶奶说的也是二爷自从信了和尚便把这些姐妹冷淡了如今不信和尚真怕又要犯了前头的旧病呢我想奶奶和二爷原不大理会紫
鹃去了如今只他们四个这里头就是五儿有些狐媚子听见说他妈求了大奶奶和奶奶说要讨出去给人家儿呢但只是这两天到底在这里呢麝月秋纹虽没别的只是二爷那几年也都有些顽顽皮皮
的如今算来只有莺儿二爷倒不大理会况且莺儿也稳重我想倒茶弄水只叫莺儿带着小丫头们伏侍就够了不知奶奶心里怎么样宝钗道我也虑的是这些你说的倒也罢了从此便派
莺儿带着小丫头伏侍那宝玉却也不出房门天天只是差人去给王夫人请安王夫人听见他这番光景那一种欣慰之情更不待言了到了初三这一日正是贾母的冥寿宝玉早晨过来磕
了头便去仍到静室中去了饭后宝钗袭人等都和姐妹们跟着邢王二夫人在前面屋里说闲话宝玉自在静室冥心危坐忽见莺儿端了一盘瓜果进来说太太叫人送来给二爷吃
的这是老太太的克什宝玉站起来答应了复又坐下便道搁在那里罢莺儿一面放下瓜果一面悄向宝玉道太太那里夸二爷呢宝玉微笑莺儿又道太太说了二爷这一用功明儿进场中了出来
明年再中了进士作了官老爷太太可就不枉了盼二爷了宝玉也只点头微笑莺儿忽然想起那年给宝玉打络子的时候宝玉说的话来便道真是二爷中了那可是我们姑娘的造化了二爷还记
得那一年在园子里不是二爷叫我打梅花络子时说的我们姑娘后来带着我不知到那一个有造化的人家儿去如今二爷可是有造化的罢宝玉听到这里又觉尘心一动连忙敛神定息微
微的笑道据你说来我是有造化的你们姑娘也是有造化的你呢莺儿把脸飞红了勉强道我们不过当丫头一辈子罢咧有什么造化呢宝玉笑道果然能够一辈子是丫头你这个
造化比我们还大呢莺儿听见这话似乎又是疯话了恐怕招出宝玉的病根来打算着要走只见宝玉笑着说道傻丫头我告诉你罢未知宝玉又说出什么话来且听下回分解

〔右十三行，原另紙繕寫附粘於第一百十八回第四頁後半頁，接第五行「金丹法外有仙丹」句〕

紅樓夢第一百十九回　中鄉魁寳玉却塵緣　沐皇恩賈家延世澤

話說鶯兒見宝玉說話摸不着頭腦正自要走只听見宝玉道儍丫頭我告訴你罢你姑娘既是有造化的你跟着他自

然也是有造化的了你襲人姐〻是靠不住的往後只要你盡心伏侍他就是了日後或有好處也不枉你跟着他熬了

〻〻鶯兒听着（了）前頭像話後頭說的又有些〻不像了便道我知道了姑娘还等我呢二爺要吃菓子時打發小丫頭叫我

就是了宝玉点頭鶯兒才去了只見場期已到寳釵叫襲人同素雲等与他爺兒兩个收拾妥當一面（过来）同李紈

回了王夫人揀家里老成管事的多派几丁只說怕人馬擁擠碰了次日宝玉賈蘭換了半新不舊的衣服欣

然過来見了王夫人王夫人囑咐道你們爺兒兩丁多是初次下場但是你们活了這么大並不曾離開我一天就

是不在我跟前也是丫頭媳婦們圍着何曾孤身出去睡過一夜今日進去孤〻悽〻（举目无亲）須要自己保重早些做完了文

章出来找着家人早些回来也叫你母親媳婦们放心王夫人說着不免傷心虽然走過来与王夫人磕了三丁（起来賈蘭听一声只見宝玉一声不哼待王夫人說完了）（隨下滿眼流淚）

頭道母親生我一世我也無可報答只這一入場（用心作了文章好〻的中）中丁舉人出来太〻喜欢〻便是兒子一輩子的事多完了王（一輩子的不好也了遮过去了）

夫人听（了）更覺傷心（起来）便道（你有）這丁心自然是好的可惜你老太〻不能見（一面说一面拉他起来）那宝玉（只管跪着不肯起来便说）道老太〻見与不見（总是）知道喜欢的

既能知道（了）喜欢（了）便不見也和見了的一樣只不過隔了形質並非隔了神氣李紈見這光景連忙過来說道（見王夫人和他如此一则怕勾起宝玉的病来）

二则也觉得光景不大吉祥连忙过来说道
太太这是大喜的事为什么这样伤心况且宝兄弟带了侄儿进去好好的做文章早早的回来等着爷儿两个多近来很知好歹很孝顺又肯用功只要
写出来请咱们的世交老先生们看了等着爷儿两个都
的
报了喜就完了叫人搀起宝玉宝玉却转过身来与李纨作揖说大嫂子放心我们爷儿两个多是必中的日
说着
完了一面
来
给
了个
后兰哥还有大出息呢李纨道但愿应了叔叔的话才好宝玉又向宝钗深深的作了个揖道姐姐我要走了你好生
大嫂子还要带凤冠穿霞帔
笑
那
走到
跟前
众人见他行事古怪也摸不着是
怎么样又不敢笑他只见宝钗的眼泪直流下来众人更是纳罕又听宝玉说道姐姐我要走了你好生
你倒催的我紧
跟着太太听我的喜信儿罢宝钗此时两泪交流便道是时候了你不必说这些唠叨了宝玉道我自己也知道该走了便
我的
你
说这些话
御太太嗐道走了小儿了事了不用胡闹了走来看宝钗见这般光景眼泪直流下来哭出宝玉来硬找出宝川
走来名利无双地　　打出樊笼第一关
不言宝玉贾兰出门赴考且说贾环见他们考去自己又气又恨便自大为王说我可要给母亲报仇了家里一个男人没有上头大太太依了我还怕谁想定了主意跑到邢夫人那边请了安说了些奉承的话那
邢夫人自然喜欢便说道你这才是明理的孩子呢像那巧姐儿的事原该我做主的你琏二哥糊涂放着亲奶奶倒
托别人去贾环道人家那头儿也说了只记得这一门子现在定了还要备一分大礼来送太太呢如今太太有了这
藩王
大老爷没大官做了不是我说自己太太的他们有了元妃姐姐便欺压的人难受将来巧姐儿别也是这样没良心等我去问问他
样的孙女还怕什么呢邢夫人道你也该告诉他他才知道你的好处只怕他父亲在家也找不出这门亲事来但平儿那个糊涂东西他倒说这件
指儿
怎么了不
说是太太也不愿意想来恐怕我们得了意
事不好若迟了你二哥回来又听了人家的话就办不成了贾环道那边多定了只等太太出了八字王府的规矩
都
三天就要来娶的但是一件那边说不提娶犯官的孙女只好悄悄的抬了去等大老爷免罪做了官大家
只怕太太不愿意

回頭見衆人都在這裡只沒惜春紫鵑便説道四妹〻和紫鵑姐〻跟前替我説句罢横竪是再見就完了衆人見他的話又像有理又像瘋話大家祇説他從沒出过门都是老〻的一套話招出來的不如早〻催他去了就完了事了便説道外面有人等你呢你再鬧就悮了时辰了宝玉仰面大笑道走了〻〻不用胡鬧了完了事了衆人也都笑道快走罢独有王夫人和宝釵娘兒兩个倒像生離死别的一般那眼淚也不知從那里来的直流下来几乎失声哭出但見宝玉嘻天哈地大有瘋傻之狀遂從此出门走了正是

走來名利無雙地　打出樊籠第一關

〔右六行，原另紙繕寫附粘於第一百十九回第一頁後半頁，接第四行「我自己也知道該走了」句〕

再熱鬧起来邢夫人道这也是礼上應該的你叫薔兒寫个八字就是了賈环喜欢的了不得連忙答应了出
来趕着邀了王仁到外藩公舘立文書兌銀子去了那知剛才所說的話早被跟邢夫人的丫頭听見便抽空兒趕到
平兒那里一五一十的都告訴了平兒平兒知此事不好已和巧姐細細的說明巧姐哭了一夜必要等他父親回来做
主今日又听見这話便大哭起来平兒急忙攔住道姑娘且慢着大太太是你的親祖母他說二爺不在家大太太做
得主的还有舅舅做保山他们多是一氣姑娘一个人那里說得過呢我到底是下人說不上話去如今只可想法兒果是
不中用的正說着只見邢夫人打發人来告訴姑娘的大喜事来了叫平兒將姑娘所有應用的東西料理出
来賠送呢原說明了等二爺回来再放平兒只得答應了回来又見王夫人過来巧姐一把抱住哭得倒在懷
里王夫人也哭道妞兒不用着急大太太的主意是很不過的了只好差个家人星夜趕到你父親那里告訴平
兒道太太还不知道么早起三爺在大太太跟前說外藩規矩三日就要過去的如今大太太已叫芸哥兒寫了年庚
去了那里还等得二爺王夫人听說是三爺便氣得說不出話来半天叫人找賈环人回今早同薔哥兒王舅爺出去了王夫人问
芸哥呢眾人回說不知道巧姐屋内人人都瞪着眼無方法王夫人也难和邢夫人争論只有大家抱頭大哭有个婆子進来回說後门上的人說那个劉老老又来了王夫人道咱们家遭着这樣事那有
工夫接待人不拘怎么回了他去罷平兒道太太該叫他進来他是姐兒的乾媽也得告訴告訴他說着劉老老已經進来各人问了好平兒就將巧姐之事告訴了他

遲了一会子便问道怎么了太太姑娘们必是想二姑奶奶了巧姐兒听見提起他母親越發大哭起來平兒道老太太别說閑話你說日只姑娘的乾媽也該知道的便一五一十的告訴

了把个刘老老也唬了怔了半天忽然笑道你這樣一个伶俐姑娘没听見過鼓兒詞么这上頭的法兒多着呢拿起來拼了

这有什么難的平兒赶忙问道老老你有什么法兒快說罢刘老老道这有什么難的呢一个人也不叫他们知道拿起來就走 只怕你们不走

一走就完了平兒道我们這樣人家走到那里去刘老老道你们要走就到我屯裡去我就把姑娘藏起來即

事了 這可是混說了 叫 可不是玩的 去

刻叫我女婿弄了人姑娘寫个字兒赶到姑老爺那里少不得他就來了平兒就告訴了未木巧姐兒听見便

道求太太救我橫豎父親回來只有感激的平兒道要快走了才好呢若是他们定了回來就有饑荒了

不用說了太太可去罢回來只要太太派人回屋子王夫人…你们两个

的衣服铺盖是要的平兒道

提醒了王夫人 去 把邢夫人先绊住了

未大道是了你们快办去罢有我呢於是王夫人回去到邢夫人说闲話兒平兒這里便遣人料理去了嘱

咐道倒不要避人有人進來看見就說是大太太吩咐的要一輛車送刘老老去这里又買嘱了看後门人的僱了車

又刘 說來平兒只要當送人眼錯不見也跨上車去了原來近日賈府後门雖開只有一兩个人看着餘外雖有几个家下人因房大人少空落落的

來平兒便將巧姐粧做青兒模樣急急的去了邢夫人還自和王夫人說話那里理会只有王夫人甚不放心

誰能照应且邢夫人又是个不憐下人的眾人明知此事不好却又感念平兒的好處所以通同一氣放走了巧姐

說了一回話悄悄的走到宝釵那里坐下宝釵見王夫人神色恍惚便问太太的心里有什么事王夫人將這事和宝

心裡不是個儿着 背地裡 終要酱回

釵說了宝釵道險得很如今得快的叫芸哥兒止住那里才好王夫人道我找不着环兒呢宝釵道太太

要緊 說

提粧不知芸我想个人去叫大太太知道才好王夫人点頭一任宝釵想人且說外藩原是要買几个使喚的

想人暂且不言

女人據媒人一面之辞所以派人相看的後來知是賈府說了不滿几乎惧了大事尚有人再來快快打發出

相看人回去稟明了藩王藩王问起人家眾人不敢隐瞒只得实说那外藩听了 再說

只說是有干例禁的 便 現在朝覲已過便要擇日起程

去這日恰好賈芸王仁等遞送年庚只見府門里頭的人說奉王爺之命有賈府的人來冒充民女者拿

再敢 门 便 的 要

平兒道大太〻知道呢刘老〻道我來他们知道庅平兒道大太〻住在後頭他待人刻薄有什庅信没有送給他的你老前

门去來就知道了好〻是没门來的不好事刘老〻道說偺们定了幾时我叫女婿打了車來接了去平兒道這还等得九

时呢你生着要急忙進去將刘老〻避了旁人告訴了王夫人想了半天不妥當平兒道只有這樣西的是太〻總說明太〻

就裝不知道回來倒问大太〻我们那裡就有人去想二爺回來也快王夫人不言語嘆了一口氣巧姐兒聽見便和王夫人——

〔右四行，原另紙繕寫附粘於第一百十九回第二頁後半頁，接第三行「可不好麼」句〕

住究治的此时太平时候谁敢这样大胆这一嚷喇得王仁抱头鼠窜出来贾环闹埋怨那说事的人大家掃興而散贾环在家候信又起来王夫人衛嘆急得烦燥见贾芸一人回来赶着问道定了

么贾芸慌忙跺足道了不得了不得不知谁露了风了把还吃亏的话说了一遍贾环气得发怔说道我早起在大太太跟前说的这样好如今怎

么處这樣呢那都是你们众人坑了我了正没主意只听见里头乱嚷叫着贾环的名字说大太太二太太叫呢两个人只得蹭进去只

见王夫人怒容满面说你们干的好事如今逼死了巧姐和平儿了快快的给我找还尸首来完事两人跪下贾

环不敢言语贾芸低头说道孙子不敢干什么为的是邢舅太爷和王舅爷说给巧妹妹做媒我们才回太太们的大太太

愿意才叫孙子写帖儿去的人家还不要呢怎么我们逼死了妹妹呢王夫人道环儿在大太太那里跟前说的三日内便

要抬了走说亲做媒有这样的么我也不问你们快把巧姐儿先找还了我等老爷回来再说邢夫人此时也是这一句话说不出了只有落

泪王夫人便骂着贾环说赵姨娘这样混账东西留的种子也是这混账的说着叫了头扶了回到自己房中去了那贾环贾芸邢夫人三个人互相埋怨说道如今且不用埋怨想来死是不死的必是平

儿带着他到那什么亲戚家躲着去了邢夫人叫了前后的门上人来骂着问巧姐儿和平儿知道那里去了岂知下人一口同音说是大太太不必问我们问当家的爷们就

知道了自从琏二爷出了门外头闹的还了得在大太太太太也不用闹等我们太太问起来我们有话说要打大家打要发大家发我们的月钱月米是不给了赌钱喝酒闹小旦还接了外头的媳妇

儿到宅里来这不是爷么说得贾芸等顿口无言王夫人那边又打发人来催说叫爷们快找来那贾环等急

得恨无地缝可钻又不敢盘问巧姐那边的人明知众人深恨是必藏起来了但是这句话怎敢在王夫人跟前说只得各处亲戚家打听毫无踪迹里头一个邢夫人外头环儿

等这几天闹的昼夜不宁看看到了出场日期王夫人只盼着宝玉贾兰回来等到晌午不见回来又打发人到下
王夫人李纨宝钗着忙　去
处打听等到傍晚见贾兰回来众人喜欢问道宝二叔呢贾兰也不及请安便哭道二叔丢了王夫人听了这
去了一起又是一起又没消息连去的人也不来了回来又打发一起人去又不见回来三个人心里如热锅煎
有人进来见了也
话便直挺挺的躺倒床上亏得彩云等在后面扶着呼醒宝钗袭人似哭得泪人一般王夫人哭着问贾兰道
忙了半天也不言语便　下死的钉着哭着　也是白瞪两眼
你同二叔在一处怎么他就丢了贾兰道我同二叔一起去交了卷子一同出来在龙门口一挤回头就不见了我们
和二婶在下处是一处吃一处睡进了场相离也不远刻刻在一处的今儿头里二叔的卷子早完了还等我呢我
家接场的人多问我李贵还说看见的相离不过数步怎么一挤就不见了现叫李贵等分头找去我也带了人
王夫人是哭的句话也说不出来宝钗心里已知八九袭人痛哭不已贾蔷等不等吩咐
各处号里多找遍了没有所以这时候才回来还要找去王夫人道我的儿你叔叔丢了还禁得再丢了你么好孩
也是分头而去可怜荣府的人个个死多活少空备了接场酒饭贾兰也忘却了辛苦自己倒是痛哭
子歇歇去罢惜春便问宝钗道二哥的玉带去没有宝钗道这是随身的东西怎么不带惜春听了便不言语
你　贾兰那里肯走尤氏等苦劝不止众人中只有惜春心里明白只不好说出来
袭人想起那日抢玉的事来也是料着那和尚作怪柔肠几断珠泪交流呜呜咽咽哭个不住追想当年宝玉相待的情分有时恼他便怄了也有一种令人回
李纨怕王夫人苦坏了极力劝着回房众人多跟着伺候只有邢夫人回去贾环躲着不敢出来王夫人叫贾兰去了一夜无眠
心的好处那温存体贴是不用说了若恼急了他便赌誓说做和尚那知道今日却应了这句话呢那天已发晓是四更天气并没有个信儿
次日天明虽有家人回来都说没有一处不找到实在没有影儿于是
薛姨妈等众亲戚接二连三的过来请安问信
八那里来的说我们家的
如此一连数日王夫人哭得饮食不进命在垂危忽有家人回道海疆来了一人口称统制大人
三姑奶奶明日到京了王夫人听说探春回京虽
不能解宝玉之愁那个心略放了些到了明日果然探春回来众人远远接着看探春看见王夫人形容枯槁众人眼肿腮红
见探春出跳得比先前更好了服采鲜明见了
便也大哭起来哭了一会然后行礼看见惜春道姑打扮心里很不舒服又听见宝玉心迷走失家中多少不顺的事大家又
哭起来还亏得探春能言见解亦高把话来劝解了一回王夫人等略觉好些至次日三姑爷也来了知有这样事

一三五二

把探春留下劝解跟探春的丫頭老婆也与衆姐妹相聚各訴别後的事從此上下無日無夜專等宝玉的信那一夜五更多天外頭几个家人進來報喜几个小丫頭道太太奶々們大喜王夫人打諒宝玉找着了便站起身來說在那裡找着的快叫他進來那家人道中了第七名舉人王夫人道宝玉呢家人不言王夫人听了仍舊坐下探春便問第七名中的是誰家人回說是宝二爺正說着外頭又一家人進來道蘭哥兒中了那家人赶忙出去接了報单回禀見賈蘭中了一百三十名李紈心下自然喜歡但因王夫人不見了宝玉不敢喜形於色王夫人見賈蘭中了心下也是喜歡只想若是宝玉一回來咱們這些人不知怎樣樂呢獨有宝釵心下悲苦又不好掉淚衆人道喜說是宝玉既有中的命自然再不会丢的況天下那有迷失了的舉人不過再過兩天必然找的着的王夫人等想來不錯畧有咲容衆人便趁勢劝王夫人等多進了些飲食只見三門外頭焙茗亂嚷說我們二爺中了舉是丢不了的了衆人問道怎見得呢焙茗道一舉成名天下聞如今二爺走到那裡那裡就知道誰敢不送來裡頭的衆人都說這小子雖是沒規矩這句話是不錯的惜春道這樣大人了那裡有走失的只怕他勘破世情入了空门這就难找着他了這句话又招得王夫人等大哭起來李紈道古來成佛作祖成神仙的果然把爵位富貴抛了也多得很王夫人道他若抛了父母就是不孝怎能成佛作祖探春道大凡一个人不可有奇處二哥々生來帶塊玉來都道是好事這麼說起來都是有了這塊玉的不好若是再有几天不見我不是叫太々生气就有些原故了只好譬如沒有生這一位罷了果然有來頭成了正果也是太々几輩子的修積宝釵听了不言語襲人那里忍的住心里一疼頭上一暈便栽倒了王夫人看着可憐命人扶他回去賈環見哥々侄兒中了又為巧姐的事大不好意思只抱怨蔷芸兩个知道探春回來此事不肯干休又不敢躲開這几天竟是如在荆棘之中次日賈蘭只得先去謝恩知道甄宝玉也中了大家序了同年知貢舉的將考中的卷子奏聞皇上一々的披閱看取中的文章俱是平正通達的見第七名賈宝玉是金陵籍貫第一百三十名又是金陵賈蘭皇上傳旨詢問兩个姓賈的是否賈妃一族大臣領命出來傳賈宝玉賈蘭問話賈蘭將宝玉塲後迷失的話並將三代呈明大臣代為轉奏皇上想起賈氏功勳命大臣查覆大臣便細々的奏明皇上甚是憫

恤命有司將賈赦犯罪情由查案呈奏皇上又看到海疆靖寇一本聖心大悦命九卿叙功議賞并大赦天下
班师善后事宜 奏的是海宴河清萬民樂業的事
賈蘭等朝臣散後拜了座師並听朝内有大赦的信合家略有喜色只盼宝玉回來却說巧姐隨了刘老老带着平
見出了城到了庄上刘老老也不敢輕亵巧姐便收拾上房与巧姐住下每日雖是鄉村風味倒也潔淨又有青兒陪
着暫且寬心那庄上也有几家富户知道刘老老家來了賈府姑娘誰不來瞧也有送菓菜的也有送野味的倒也熱
都道是天上神仙
閙内中有一人家姓周庄有一子年紀十四歲新近中了秀才那日他母親見了巧姐心里羡慕常常來刘老老
自想我是庄家人家那能配得起这様世家小姐呆呆的想着
知他心了拴着他说你的心事我知道了我给
道我与你們做个媒罷周媽媽笑道你别哄我他们什庅人家肯給我們庄家人刘老老道說着瞧罷于是各自散
開刘老老惦記着賈府叫板兒進城打听那日恰好到寧榮街只見有好些車轎在那里板兒便在隣近打听
說是寧荣两府復了官賞还抄的家產如今府里又要起來了板兒心里喜欢又見好几匹馬來在门前下馬门上
只是他們的宝玉中了官不知走到那裡去了
打千兒請安說二爺回來了大老爺身上安了庅那位爺道好了又遇恩旨就要回來了便问那些人做什庅的门上
大喜 笑着 还
回說是皇上派官在这里下旨意叫人領家產那位爺便進去了板兒料是賈璉也不再打听赶忙回去告訴他外祖
喜歡
听说喜的眉開眼笑去和巧姐兒賀喜將板兒话說了一遍平兒笑說道可不是虧得老老这樣一办不然姑娘也模不
母刘老老便告訴了巧姐兒那送信的人也回來了說是姑老爺感激得很叫我一到家快把姑娘送回去又賞了我好
着那好的家巧姐更自歡喜正說着
巧姐等辞别刘老老老老住熟了及是依依不舍更有青兒哭着很不舍留下刘老老和他不
几两艮子刘老老听了得意便叫人赶了两輛車請巧姐平兒上車刘老老帶青兒同了進城直奔荣府而來且說賈璉先
忽相别 便叫

薛姨媽更加喜欢便要打筭續罷一日人报甄老爺同三姑爺来道喜王夫人便命賈蘭出去接待不多一回

賈蘭進来笑嘻嘻的回王夫人道太太們大喜了甄老伯在朝内听見有旨意說是大老爺的罪名免

了珍大爺不但免了罪仍襲了寧国三等世職榮国世職仍是老爺襲了俟丁憂服滿仍陞工部郎中所抄

家産全行賞还二爺的文章皇上看了甚喜問知元妃兄弟北静王还奏說人品亦好皇上傳旨召見衆大臣奏稱據伊

姪賈蘭回稱出場時迷失現在各處尋訪皇上降旨着五營各衙门用心尋訪這旨意一下請太太們放心皇上這

樣聖恩再没有找不着了王夫人等這纔大家称賀喜歡起来只有賈环等心下着急四處找尋巧姐那知—

〔右六行，原另紙繕寫附粘於第一百十九回第四頁後半頁，接第二行「只盼寶玉回來」句〕

前知道賈赦病重赶到配所父子相見漸漸的好起来又接着家書禀明賈赦回来走到中途听得大赦今日到家
又赶了两天
裡同邢夫人等正愁無人接着雖有賈蘭終是年輕人恰遇璉二爺回来大家相見悲喜交集比時
恰遇預賞恩旨也不及進內叙話暁到前廳叩見欽命說明日到內府領賞寧國府第發交居住衆人起身辭別賈璉
大人問了他父親好
送出门去見有几輛老車家人們不許停歇正在吵鬧賈璉知是巧姐的車便罵家人道我不在家就欺心害主將巧姐兒
多遍走了如今人家送来还要攔阻家人道二爺出了门多是三爺薔大爺做主不与奴才們相干賈璉道什么混賬
東西我完事再和你們說快把車赶進来賈璉進去見了王夫人跪下回道姐兒回来了全亏太太週全环兒弟也不用
邢夫人也不言語轉身到了那裡磕了个頭
說他了正說着巧姐兒進来見了王夫人多抱頭大哭賈璉過来謝了劉老老王夫人便拉他坐下說起那日的話来卻說
王夫人道你不留下了西什麼也是這樣賈璉道太太不用說我自有道理
賈璉見平
兒外边不好說別的心裡感激眼中流淚自此賈璉心裡感激平兒打算等賈赦等回来要扶平為正此是后话暂且不題却說
邢夫人听見賈璉在王夫人那里心下甚是着急叫了頭去打听回来說是巧姐兒同着劉老老在那里說話呢邢夫
人才如夢初覺知是他們弄鬼还自抱怨只見巧姐同着劉老老帶了平兒王夫人在後頭跟着進来先把頭里的話多
說在賈芸王仁身上說大太太原是听見人說為的是好事那里知道外頭的鬼邢夫人听了自覺羞慚想起王夫人主
意不差心里也服於是邢王二夫人彼此到心下相安了平兒回了王夫人帶了巧姐到宝釵那里請安各自提各自的苦
處又說皇上隆恩偺們家又该興旺了想来宝二爺必回来的正說着只見秋紋跑来說道襲人不好了不知何事
且听下回分解

紅樓夢第一百二十回　甄士隱詳說太虛情　賈雨村歸結紅樓夢

話說寶釵听秋紋說襲人不好連忙進去瞧看巧姐兒同平兒也隨着走到襲人炕前只見襲人心痛難禁一時

原來襲人模糊听見說寶玉若不回来便要打發屋裡的人都出去一急越發不好了到大夫瞧後秋紋給他煎藥他各自一人躺着神

氣厥寶釵等用開水灌了過来仍舊扶他睡下一面傳請大夫一時大夫来胗了脉說是急怒所致開了方子去了

襲人獨自躺着細想那日搶玉的光景混推混揉一点情意沒有這就是悟道的樣子但是你悟了道抛下二奶

後来待二奶奶更生厭煩在別的姊妹跟前也是沒有一点情意

奶怎麼好我雖伏侍你究竟沒有在老爺跟前回明倘或打發我出去我若死守着又呼人笑話我若是去心想寶

玉待我情分实在不忍左思又想萬分难處不如死了干淨豈知吃藥已後心痛减了好些也難躺着只好仍旧起来伏侍寶釵且說

寶釵想

今寶釵暗中垂淚自嘆命苦又知他母親打算給哥哥贖罪很費張羅不能不幫着打算暫且不表且說

賈政扶賈母靈柩到了金陵安了葬賈蓉又送代玉的靈也去安葬賈政料理墳墓的事一日接到家書一行一行的看

賈蓉送了秦氏鳳姐鴛鴦的棺木

到寶玉賈蘭得中心里自是喜歡後来看到寶玉走失復又煩惱只得赶忙回来在道兒上又聞得有恩赦的

旨意又接着家書果然赦罪復職更是喜歡便日夜趲行一日行到毘陵驛地方那天乍寒下雪泊在一个清淨

賈政打發衆家人上岸投帖辭謝朋友總說即刻開船都不敢勞動船中只留一小廝伺候自己在船中寫家書先要打發人起旱到家寫到寶玉的事便停筆

去處在船中閒坐忽抬頭見船頭上微微雪影里面一个人光着頭赤着脚身上披着一領大紅斗蓬向賈

政倒身下拜賈政急忙出船才要扡揖迎面一看不是別人却是寶玉賈政吃一大驚忙問道可是寶玉麼

那人只不言語似喜似悲只見又來了一僧一道夾住寶玉道俗緣已畢还不快走說着三人飄然登岸而去

贾政不顾地滑疾忙赶来那里赶得上只听得三人口中作歌曰

我所居兮青埂之峰我所游兮鸿濛太空谁与我逝兮吾谁与从渺渺茫茫兮归彼大荒

贾政一面听一面赶转过一小坡忽然不见已赶得心虚气喘惊疑不定回过头来见家人小厮多随后赶来贾政问道你可见方才那三个人么小厮道看见的奴才为老爷追赶故也赶来后来只见老爷不见那三个人了贾政知是古怪只得回来到了船中闲坐了一回仍旧写家书即便修书便把那事写上劝谕合家不必想念了写完封好即着家人起旱先回贾政随后赶回不题且说薛姨妈得了赦罪的信便命薛蝌各处借贷自己又凑了些赴刑部交了银子将薛蟠放出他母子姊妹弟兄见面不必细述薛姨妈便把香菱与薛蟠为正室同过贾府拜谢见了众人彼此聚首正说着恰好贾政的家人回家呈上书子说老爷不日到了王夫人叫贾兰将书子念来贾兰念到贾政亲见宝玉一段大家多痛哭起来大家又将贾政书中叫家内不必悲伤原是借胎的话说了一遍又道咱们家出一位佛爷还是老爷太太的积德太太这么想心里便开豁了王夫人哭着和薛姨妈道宝玉抛了我还恨他呢叹的是媳妇的命苦才成了一二年的亲怎么也硬着肠子撂下了薛姨妈听了也是伤心宝钗哭得人事不知王夫人又道我更为他撂了一辈子的苦明明儿说的娶了亲中了举人又知道媳妇坐了胎心里方喜欢些不想弄到这样结局若说别的丫头呢没有什么难处的大的配了出去小的伏侍奶奶就是了独有袭人可怎么处呢又想到袭人身上此时人多也不便说且等晚上和薛姨妈商量那日薛姨妈并未

早知這樣就不該娶親害了人家的姑娘薛姨媽道這是一定的咱們這樣人家還有什麼
別的說的嗎幸喜有了胎將來生個外孫子必定是有成立的後來就有了結果了你看
大奶奶如今蘭哥兒中了舉人明年成了進士可不是就做了官了麼他頭裡的苦也算
吃盡了如今的甜來也是他為人的好處我們姑娘的心腸兒姊姊是知道的並不是刻薄
輕佻的人姊姊倒不必躭憂王夫人被薛姨媽一番言語說得極有理心想寶釵小時候更
是廉靜寡欲極愛素淡的所以才有這個事想來人生在世真有一定數的看著寶
釵雖是痛哭他那端莊樣兒一點不走卻倒來勸我這是真真難得的不想寶玉這樣一
個人紅塵中福分竟沒有一點兒想了一回也覺解了好些

〔右八行，原另紙繕寫附粘於第一百二十回第一頁後半頁，接第十二行「不想弄到這樣結局」句〕

回家因恐宝釵痛哭住在宝釵房中解劝那宝釵却是极明理思前想後宝玉原是一種奇異的人夙世前因自有一定
原無可怨天天人便将大道理的话告诉他母親薛姨媽心里反倒安慰便到王夫人那里先把宝釵的话说了王夫人点
頭嘆道若說我無德不該有這樣好媳婦了說着更
又傷心致表薛姨媽倒又劝了一会因又提起襲人来說我見襲人近来瘦的了不得他是一心想着宝哥兒但是正
配呢理应守的屋里人愿守也是有的但是襲人並没有過明路的王夫人道我正要和妹妹商量若說放他出
去怕他又要尋死覓活若留着他又恐老爺不依所以难办薛姨媽道我看姨老爺是再不肯叫守着的再者姨老爺並不知道襲人的事不過是个丫頭那有留的理呢只要姨姨叫他本
家的人来狠狠的吩咐他叫他配一门正經親事再多多的陪送他些東西也算姐姐待他不薄了襲人那里還得我
就是教他家人来也不用告诉他
細細劝他看等他家里说定了人家我们还打听打听若果然足衣足食女婿長的像个人兒然後叫他出去王夫人道这个主意狠是不然叫老爺冒冒失失的一办可不是
又害了一个人了薛姨媽听了点头道可不是么又说了几句便辞了王夫人仍到宝釵房中去了看見襲人淚痕满面薛姨媽便劝解
不是怪牙利害的人薛姨媽說一句他应一句回来说
了一会襲人本来老实便道我是做下人的人姨太太瞧得起才和我说这些话我是從不敢違拗太太的薛姨
媽听了他的话好一个柔順的孩子心裡更加喜欢宝釵又將大義的话说了一遍大家各自相安過了几日賈政回家衆人迎接賈政見賈赦賈珍
多已回家弟兄叔侄相見大家歷叙别後景况然後内眷们相見想起宝玉大家又悲傷起来賈政道这是一定
的道理如今只要我们在外把持家事你们在内相助断不可仍是從前這樣的散慢別房的事各有各家料理也不用

承祧我们本房的事裡的全归于你都要料理不成王夫人便将宝钗有孕的话也告诉了将来丫头们多放出去贾政点头无语次日贾政进内请示大臣们说是蒙恩感激但未服阕应该怎么谢恩之处望乞大人们指教众朝臣说是代奏请旨于是圣恩浩荡即命陛见贾政进内谢了恩圣上又降了好些旨意又问起宝玉的事贾政据实回奏圣上称奇说宝玉的文章固是清奇想在朝中必可进用他既不敢受圣朝的爵位便赏了一个文妙真人的道号贾政谢恩而出回到家中贾琏贾珍接着贾政将朝内的话述了一遍众人喜欢贾珍便回说宁国府第收拾齐全回明了要搬过去栊翠庵圈在园内与四妹妹养静贾政并不言语隔了半日却吩咐了一番仰天报恩的话贾琏就将巧姐亲事又说太太都愿给周家的话说了一遍贾政点头进去了贾琏打发人请了刘老老来应了这件事刘老老见了王夫人说些将来怎样陞官起家的话正说着花自芳的女人进来请安王夫人问了几句话花自芳女人便回道妹子的亲事是城南蒋家现在有房有地姑爷年纪略大几岁并没有娶过的况且人物儿长的是百里挑一的王夫人听了愿意说道你去应了隔几日再来接你妹子罢王夫人又命人打听都说是好王夫人便告诉了宝钗仍请薛姨妈细细的告诉了袭人袭人悲伤不已又不敢违命心裡想起宝玉那年到他家去回来说的死也不回去的话如今太太硬作主张若说我守着又叫人说我不害臊若是去了实不是我的心愿便哭得哽咽难鸣又被薛姨妈宝钗等苦劝回过念头道我若死在这里倒把太太的好心弄坏了我该死在家里才是於是含悲叩辞了众人那姐妹分手时自然更有一番不忍说袭人怀着必死的心肠上车回去见了哥哥嫂子也是哭泣那花自芳悉把蒋家的聘礼送与他看又把自己所办粧奁一一指与他瞧那是太太赏的那是置办的袭人此时更难开口住了两天想哥哥办事不错若是死在家里岂不又害了哥哥呢千

思萬想，左右為難，真是一條柔腸几乎牽斷，只得忍住。那日已到迎娶吉期，便委委曲曲上轎而去，心裡原想到那里再做打算，豈知過了门，見那蔣家办事極其認真，多按着正配的規矩，一進门，丫頭僕婦多稱奶奶。襲人此时欲在這里，又恐辜負了一番好意。那夜原不肯俯就，不禁那姑爺極其柔情曲意的承順。到了第二天開箱，這姑爺看見一条猩红汗巾，方知是宝玉的丫頭。此时蔣玉菡念着宝玉旧情，倒覺惶愧，便故意將宝玉所換松花綠的汗巾拿出來。襲人看了，方知就是蔣玉菡，始信姻緣前定，終把心事說出。蔣玉菡極其敬服，越發溫柔体貼，弄得个襲人真無死所了。看官听說：雖然事有前定，無可奈何，但義夫節婦、孽子孤臣，這不得已三字也不可一槩推委得的。此襲人所以在又副册也。正是前人過那桃花廟的詩上說道：

千古艱難惟一死，傷心豈獨息夫人。

不言襲人從此又是一番天地。且說那賈雨村犯了婪索的案，審明定罪，今遇大赦，遞籍為民。雨村因叫家眷先行，自已帶了个小廝，來到急流津覺迷渡口，只見一个道者從那草棚里出來，執手相迎。雨村認得是甄士隱，也連忙打恭。士隱道：“賈老先生別來無恙？”雨村道：“老仙長到底是甄老先生！何前次相逢覿面不認？後知火焚草亭，下鄙深為惶恐。今日幸得相逢，益歎老仙翁道德高深。奈鄙人下愚不移，致有今日。”甄士隱道：“前者老大人高官顯爵，貧道怎敢相認！原因故交，敢贈片言，不意老大人相棄之深。然而富貴窮通，亦非偶然，今日復得相逢，也是一樁奇事。這里离草菴不遠，暫請膝談，未知可否？”雨村欣然領命，兩人攜手而行，到了一座茅菴，士隱讓雨村坐下，小童獻上茶來。雨村

便请教（仙長）趣塵始末士隱道（笑）一念之间塵凡頓易老先生從繁華境中来豈不知温柔富貴鄉中有一宝玉乎雨村道
怎麽不知近闻他遁入空门下愚（當时）也曾与他来往過數次再不想此人竟有如是之决绝士隱道非也这一段奇缘我先
知之昔年（我）与先生在仁清巷（旧宅门口）叙话之前我已会過他一面雨村（驚訝）道京城离貴鄉甚远何以能見士隱道神交久矣
雨村道既然如此宝玉的下落仙長能定知之士隱道宝玉即宝玉也那年荣寧查抄之前釵黛分离之日此玉早
已离世一為避禍二為撮合從此風缘一了形質歸一又復稍示神靈高魁貴子方显得此玉乃天奇地靈煅煉之宝
非凡间可比前經茫茫大士渺渺真人带了下凡如今塵缘已满仍是此二人携歸本處（这）便是宝玉的下落雨村听了（雖）嘆
（不能全然明白却也十知四五便点头歎道）
道原来如此那宝玉有如此来歷又何以情迷至此復又豁悟如此还要请教士隱道此事説来先生未必尽解太
靈幻境即是真如福地及翻阅冊原始要終之道歷歷生平如何不悟先草歸真焉有通靈不復原之理（呢）雨村听了
（却不明白了）
知是仙机不便再问便道（因又說宝玉之事既閒聞命）但敝族闺秀如是之多何元妃以下结局俱属平常（呢）士隱（歎息）道老先生莫怪拙言貴族之女俱
属從情天孽海而来大凡古今女子淫字固不可犯只这情字也是沾染不得的但凡情思缠绵那结局就不可问了雨
村听到这里不覺（拈鬚）長嘆（因又）问道（请教老仙翁）那荣寧两府尚可如前否士隱道福善禍淫古今定理現今荣寧两府善者修缘恶者
悔禍將来蘭桂齊芳家道復初也是自然的道理雨村道是了是了現在他府中有一个名蘭的已中鄉榜適老仙

前說蘭桂齊芳又道宝玉高魁貴子莫非他有遺腹之子可以飛皇騰達么士隱〔微ゝ笑〕道此係後事不便預說〔雨村还要再问士隐不答便〕便連未染
命人設俱盤飧邀雨村共食ゝ畢雨村还要再问自己的终身士隐便道老先生
草菴暫歇我还有一段俗緣未了正當今日完結雨村道仙長純修若此不知尚有何俗緣士隱道〔也不过是儿女私〕老先生有鄙
情罢了雨村听了益發驚異請問仙長何出此言士隱道老先生有所不知
小女英蓮幼遭塵劫老先生初任之時曾經判斷今歸薛姓產難完劫遺一子於薛家以承宗祧此時正是塵緣
脫尽之时只好接引ゝゝ說着拂袖而起雨村就在草菴中睡着了這士隱自去度脫了香菱送到太虛幻境交割清
楚剛過牌坊見一僧一道縹緲而來士隱道大士真人恭喜賀喜情緣完結了那僧道說情緣尚未全結倒是
那蠢物已經回來了还把他送还原所將他後事叙明不枉他下世一回士隱便拱手而別那僧道仍携了玉到青
埂峯下將宝玉安放在女媧〔煉〕石補天之處各自雲遊而去從此後

天外書傳天外事　兩番人作一番人

這日空ゝ道人又從青埂峯前經过見那補天未用之石仍在那里上面字跡依然如旧便看了一遍見後面又歷叙了
多少收緣結果的話便〔点頭歎〕道我從前見石兄這段奇文原說可以聞世傳奇所以曾經抄錄但未見返本还原不知何時復有
此段佳話箬我再抄錄一番尋个世上清閑無事的人托他傳遍〔知者奇而不奇俗而不俗真而不真假而不假〕或者塵夢勞人貴從石化飛來想畢便抄了仍袖着
繁ゝ華昌盛地方尋了一番俱係〔不是建功立業之人即係〕鬪口謀衣之輩〔那有閑情更去和石頭饒舌〕直到覺迷渡口草菴中睡着一个〔人因想他必是閑人〕便要与他看ゝ那知那人再

叫不醒空〻道人復拉他便慢〻起来一看仍旧掷下道這事我已親見我指与你一个人托他傳去便可歸結你待
某年某月某日某时到一个悼红軒中有個曹雪芹先生只〻說賈雨村言托他如此〻說畢仍旧睡下了那空〻道人牢〻
着此言又不知過了几世几劫果然有个悼红軒曹雪芹先生空〻道人便將賈雨村言了方把這石頭記示看那
雪芹先生笑道果然是賈雨村言了空〻道人便問何以認得此人雪芹先生道說你空〻元来肚里果然空
空既是假語賈雨村言但無魯魚亥豕以及背謬矛盾之處樂得同二三同志雨夕灯窗同消寂寞又何必大人先生品題傳世似你這樣尋
根究依便是刻舟求劍膠柱鼓瑟了那空〻道人听了仰天大笑掷下抄本飘然而去口中說道元来是敷
衍荒唐不但作者抄者不知並閱者也不知不過游戲筆墨陶情適性而已後人見了這本傳奇亦曾題
過四句偈語為作緣起之言更進一竿云

說到辛酸處　荒唐愈可悲
由来同一夢　休笑世人痴